U0937089

David Copperfield

大卫·科波菲尔（上）

[英] 查尔斯·狄更斯◎著　麦　芒◎译

天津出版传媒集团
天津人民出版社

图书在版编目（CIP）数据

大卫·科波菲尔：全2册 / (英) 查尔斯·狄更斯著；麦芒译. -- 天津：天津人民出版社, 2019.11
（大卫·科波菲尔）
ISBN 978-7-201-12709-5

Ⅰ.①大… Ⅱ.①查… ②麦… Ⅲ.①长篇小说—英国—近代 Ⅳ.①I561.44

中国版本图书馆CIP数据核字（2017）第291380号

大卫·科波菲尔

DA WEI · KE BO FEI ER

出　　版　天津人民出版社
出 版 人　刘　庆
地　　址　天津市和平区西康路35号康岳大厦
邮政编码　300051
邮购电话　（022）23332469
网　　址　http: //www.tjrmcbs.com
电子信箱　tjrmcbs@126.com
责任编辑　刘子伯
印　　刷　北京欣睿虹彩印刷有限公司
经　　销　新华书店
开　　本　880×1230　　1/32
印　　张　35.5
插　　页　6
字　　数　820 千字
版次印次　2019年11月第1版　2019年11月第1次印刷
定　　价　78.80元（全二册）

Copperfield was born. (P1)

My room was on the back roof , It is a narrow room with blue pinecone patterns. (P100)

Dick's position. (P200)

Wherever I go, it is my knapsack, and I must assume the obligation to wear it. (P300)

Hamm. (P400)

I found myself well qualified as a surrogate. (P538)

前言

查尔斯·狄更斯（1812—1870），19世纪英国最伟大的作家之一，也是一位以反映现实生活见长的作家。他出生于海军小职员家庭，11岁就承担起繁重的家务劳动。曾在黑皮鞋油作坊当童工，15岁时在律师事务所当学徒，后来当上了民事诉讼法庭的审案记录员，接着又担任报社派驻议会的记者。他只上过几年学，全靠刻苦自学和艰辛创作而成为知名的作家。他在自己的作品中，以高超的艺术手法，描绘了包罗万象的社会图景，作品一贯表现出揭露和批判的锋芒，贯彻惩恶扬善的人道主义精神，塑造出众多令人难忘的人物形象。他在三十多年的创作生涯中写了十五部长篇小说和许多中短篇小说、随笔、游记、时事评论、戏剧及诗歌等，为英国文学和世界文学做出了卓越的贡献。一百多年来，他的代表作《双城记》《大卫·科波菲尔》在全世界畅销不衰，深受广大读者的欢迎。

《大卫·科波菲尔》是查尔斯·狄更斯创作的长篇小说，被他称为“心中最宠爱的孩子”，于1849—1850年间，分二十部分逐月发表。全书采用第一人称叙事，融进了作者本人的许多生活经历，用诙谐幽默的语言讲述了主人公大卫从幼年至中年的生活历程，以“我”的出生为源，将朋友的真诚与阴暗、爱情的幼稚与冲动、婚姻的甜美与琐碎、家人的矛盾与和谐汇聚成一条溪流，在命运的河床上缓缓流淌，最终融入宽容壮美的大海。其间夹杂的各色人物、各类机缘，如同河流中的顽石，又似岸边的花草，在惊险的同时美丽着。作品展示了19世纪中叶英国的广阔画面，反映了狄更斯希望人间充满善良、正义、人道、博爱的理想。

目录 Contents

第一章

让列位看官明白本书的主角是我而不是其他的什么人，这是本书应当加以说明的。关于我自己的传记应当从我出世的那一刻写起。我记得（不过也只是听说的罢了，但是我对此却深信不疑）我是在某一个礼拜五的半夜出世的。那时钟刚敲十二下，而就在此刻我也呱呱坠地了，两者分秒不差。

对于我出世的日子与时辰，我的保姆和一些见多识广的女邻居倒有这样一个说法。几个月前，在我还没有出世的时候她们就开始关注我了。她们说，第一，命不好，注定一生坎坷；第二，具有能看见鬼的本事。她们深信：在礼拜五后半夜的几小时内出世的小孩都是不幸的，都天生就具有那两种禀赋，男孩也好，女孩也罢，都是一个样。

至于第一点，用不着我在这里多说什么，以后我的亲身经历会告诉大家这个预言是否会像她们说的那样。关于第二点，我也只能这样说，大概在我出世后不久就把这种特殊的本事给弄丢了，反正到目前为止，我还没有体验过。即使没那份禀赋我也不会有所抱怨，假若正好被某个人捡去，那么我则会衷心地祝福他受用一生。

小孩在出世的时候，都带着一层胎膜，我也不例外。后来，我的那张胎膜竟然以十五畿尼的低价在报纸上登广告出售。可能是当时的水手手头紧，抑或是人们认为这胎膜不能保佑他们溺水不死（英国人认为小孩出世的时候头上戴着胎膜是一种吉兆，可以保护人终身不致溺水身亡），宁愿穿软木救生衣，最终也只有一个人开出了价格。他是个与证券经纪人打交道的律师，他出的价格也只有两镑，余下的部分用葡萄酒给补上。他不愿意多加一个子儿，哪怕因此失去终身不致溺水身亡的担保。最终只得撤回广告，白白浪费了一笔广告费。说起葡萄酒，那时我家多得很，我母亲自己也去市场上卖酒。十年过去了，这胎膜又再一次拿出来卖，不过这次是由我们村的五十个人以抽奖的方法来决定由谁来买。每个人先出半克朗作为此次的抽奖费，而抽中的人则需要再花五先令买下它。当时我也在场，看到自己身体的一部分竟然被这样处理，心里十分不安，也窘得很。最终被一位拎着篮子的老奶奶抽中了。老奶奶十分不情愿地从篮子里掏出了五先令，都是一枚枚半便士的硬币，但最终还差两个半便士，即使人们花了好长的时间，用了很多数学方法向她证明这一点，也没能起到一点效果。后来，在那个地方流传着这样一个奇闻：那个老太太寿终正寝的时候刚好九十二岁。不过听人家说，她平生最得意的一件事就是一生当中除了走过一座桥之外，就再也没有在任何水面上走过了。即便是在喝茶的时候（茶，她倒是蛮喜欢喝的），她也要对那些四处游荡的水手和其他的这类人表示一下愤怒，在她心中，这种行为简直是罪过。即使你向她说明茶也是那些游荡水手通过她认为的这样的罪过的行为才得到的，最终你得到的也不过是她更自信的回答："我们绝不游荡。"

现在我也不需要游来荡去地说明这事了，要从我出生时接着说下去。

我出生在萨福克的布兰德斯通，抑或如苏格兰人所说的"在那里"。我是一个遗腹子，在我出世前六个月我父亲就离我们远去了。即便是现在，只要一想到我们从未谋面，我心里就觉得怪怪的。在我儿时的记忆里，令我更加觉得奇怪的是，他那块白色的墓碑是我小时候最早产生的联想，每当火炉把我们的客厅烘得暖烘烘，烛光把我们的客厅照得亮堂堂的时候，总是对被我们关在门外独自躺在黑夜里的父亲感到无限同情，简直觉得有点残忍不堪。

我父亲有一个姨母，也就是我的姨奶奶（后面还会提到她），在我们家算得上是个大人物——特洛伍德小姐，每当提到她时，我可怜的母亲总是鼓足勇气称呼她为贝西小姐，当然我母亲提到她的机会是不多的。她曾与一个比她年轻的男人结过婚。他长得相当俊秀，但如果像俗语所说"美貌在于美德"的话，他就不够俊秀了——因为他有打过贝西小姐的嫌疑。在一次为了日常饭菜争吵时，他鲁莽得很，甚至想将贝西小姐从三层楼高的窗户中给扔出去。他脾气暴躁，也就因为这一点使得贝西小姐同意给他一些钱然后与他两地分居了。他带着钱去了印度，后来在我们家中一直流传着这样一个荒诞的说法，说有一次有人瞧见他和一个大狒狒骑在一头大象身上。但我总是觉得，那应该是一个贵妃抑或是一个公主。

先不管这个谣传吧，十年后，当我姨奶奶听到从印度传来他闭眼归天的消息时，有何感想我们便无从得知了。但至少有这样一点我还是清楚的，就是和那人一分手，我姨奶奶就恢复了她原来的姓，并在离我们很远的一个海滨小村庄里买了一间小屋，和她的仆人一起在那里做单身贵族。很显然，她是想过世外桃源的生活了。

我相信她曾经很喜爱我的父亲，但是在婚姻这事上，父亲着实让她伤透了心，因为在她看来，我的母亲简直是一个“瓷娃娃”。在她还没见到我母亲之前，就已经晓得她还不满二十岁。自从我父亲结婚之后，他也就再也没和贝西小姐见过面了。父母结婚的时候，我父亲的年龄是我母亲的两倍。他的体质一向不太好，婚后一年便去世了，正如我前面所说的那样，在我出世前六个月他就离我们远去了。

在一个礼拜五的下午，发生了一件不寻常的事，我个人认为比较重要，请允许我在此提一下。不过那件事究竟以何种方式发生的，我现在已没有什么印象了。那时，我母亲正坐在火炉旁边看着炉火，两眼充满了汪汪的泪水，身子虚弱，完全一副精神不振的样子，想到自己和那刚出世就没了父亲的小陌生人，顿时一阵悲凉涌上心头。楼上的抽屉里许多绣有大吉大利祝福语的针插早就表达了对这个小孩的欢迎，似乎这个世界早就接受了他的到来，因此没有人露出一点的奇怪之色。就像我说的，在一个天气晴朗吹着微风的三月下午，我母亲坐在火炉边，一副精神委靡的样子，正怀疑着是否能挺过目前的困难，当她拭去眼角的泪水朝窗外张望时，恰好瞧见一个陌生女人正朝着花园这边走来。

瞧着那一幕的时候，我母亲的第六感告诉自己她就是贝西小姐，而且很坚信这一预感。落日的余晖洒在那个站在花园篱笆外的女人身上，甚是耀眼，她摆出一副从容不迫的样子朝门前缓缓走来。

当她来到门前的那一刹那，她的行为举止证明了我母亲的预感。据我父亲所说，她那行为举止是一般的基督教徒所没有的。她并没有拉铃，而是径直走到正对着我母亲的那扇窗前，伸着头从外往里张望。她将鼻尖压在窗户上，压得如此之紧，以致我那可怜的母亲跟我们提起她时总是说她的鼻子是扁平而且是白色的。

也就是因为那次，她使我母亲大吃一惊，所以我一直坚信我能在礼拜五出生多半是得力于贝西小姐。

我母亲一时慌了神，赶紧起身走到椅子后面的角落。贝西小姐站在对面不慌不忙地扫视了一下屋内，若有所思，她的眼神如同荷兰钟摆一般左右摇晃，最终落在我母亲身上。她皱了皱眉头，然后对我母亲打了个手势，示意我母亲去给她开门，如同使唤用人一般。我母亲也顺着她的意思走了过去。

“我想你就是大卫·科波菲尔夫人吧？”贝西小姐说道，说这话时她加重了语气，大概是看到我母亲身上的丧服及她的身体状况而特意加重的。

“嗯。”我母亲有气无力地答道。

“我是特洛伍德小姐，”贝西小姐自己介绍道，“你准听说过，我敢这样说。”

我母亲回答说她很荣幸听说过她的名字。但她却表现得不那么愉快，丝毫没有荣幸的样子。

“此刻，她就站在你面前。”贝西小姐说。我母亲低着头把她请进了屋。

因为走廊对面的那间最舒适的房间没有生火，所以她们来到我母亲刚刚出来的那间房间里。事实上，那间房间从我父亲的丧礼结束一直到现在都没生过火。她们俩坐下后，贝西小姐一言不发，我母亲想忍住伤感，想不哭出声来，但那只不过是徒劳罢了。

“哦，好了，好了，好了！”贝西小姐连忙劝阻道，“别这样了！行了，行了，行了！”

可我母亲哪里能忍得住，一直哭尽兴了才停下来。

“孩子，把你的帽子拿下来，我想好好看看你。”贝西小姐说道。

即使我母亲有意想拒绝却因为太惧怕她，所以只好照办了。但由于过分地紧张，手忙脚乱到把头发全都散在了脸上，那一头的秀发甚是美丽。

“哎呀，我的天！”贝西小姐惊叹道，“你还是个吃奶的娃娃呢！”

毋庸置疑，从外貌上看我母亲十分年轻，甚至跟她的实际年龄相比还要年轻。她低垂着头抽噎着，仿佛这是她的过错。她一边小声地哭着，一边说着，她恐怕也认为自己是一个充满孩子气的寡妇，如果能活下去恐怕也只是个孩子气的母亲罢了。在短暂的停顿当中，她仿佛觉得贝西小姐用她那并不柔和的手在抚摩她的满头秀发。可是，当她怯生生地朝贝西小姐看去时，却发现这位女士卷起裙裾的下摆坐在炉栏旁，双眼盯着炉火，眉头紧皱，脚踏炉栏，双手则叠放在一只膝盖上。

“这到底是为什么？为何叫鸦巢呢？”贝西小姐突然问道。

“你在说这个房子吗，小姐？”

“如果你们当中任何一个对生活有点实际观念的话，叫厨房会好些而不应该叫它什么鸦巢。”贝西小姐说道。

“鸦巢是科波菲尔先生说的，”我母亲说道，“我们——科波菲尔先生认为这附近一带有乌鸦。”

恰在这个时候，一阵晚风吹过，在庭院尽头几棵高大的老榆树中间引起了一阵骚动，使得我母亲和贝西小姐都不禁朝那里望去，只见那几棵老榆树起先枝头低弯俯接，好像巨人在交头接耳，低声密谈一般，这样安静了好几秒钟之后，枝头又开始晃动起来，仿佛刚才她们谈的话语扰乱了它们内心的平静。正当这几棵树乱摇狂摆的时候，树顶上的那几个饱经风霜的旧鸦巢犹如惊涛骇浪中的破船一样颠簸了起来。

“那些鸟到底在哪呢？”贝西小姐问道。

“哪些？”当时我母亲正在想着一些别的事。

“我是说那些乌鸦，它们在哪？”

“我们想——科波菲尔先生想——当初这里的确存在一个大鸦巢呢。不过，都很多年了，那些鸟早就离开了。”

“这就是大卫·科波菲尔啊！”贝西小姐大声说道，“地地道道的一个大卫·科波菲尔啊！竟能想到如此奇妙的点子，把一座周围没有一只乌鸦的房子叫做鸦巢，因为看见了鸟窝，就认定周围肯定有鸟的存在，多么傻啊！”

“科波菲尔先生，”我母亲回敬道，“去世已有一段时间了。倘若你要是当着我的面挖苦他……”

我心里暗想，那时我可怜的母亲肯定是恨不得想打我姨奶奶一巴掌，不过即使我母亲在这之前有过这样的训练，姨奶奶也会轻而易举地将她制伏，对她来说一只手就可以完全胜任了。不过，这场无形的较量在我母亲从椅子上起身后便告终了——她又很温顺地坐了下去，接着晕了过去。

醒后，或许是贝西小姐将她摇醒的吧，无论如何，当她醒来时发现贝西小姐在窗前站着。暮色降临，她们彼此还能看清对方的轮廓，这得感谢一下炉火，否则什么也瞧不见了。

“嗯，你感觉大概会在什么时候……”贝西小姐回到座位上时说道，仿佛刚才不过是看看窗外的风景而已。

“我现在浑身都在哆嗦，”我母亲吞吞吐吐地答道，“我也不晓得我这是怎么了。我快要死了，我相信我活不长了！”

“别，别，别，”贝西小姐说道，“先喝口茶吧。”

“咳，咳，你觉得茶对我来说还有多大的用处吗？”我母亲叫道，一副叫人心疼的样子，着实可怜。

“当然有好处啦，”贝西小姐说道，“你不过是有些幻觉罢了。你怎样称呼那个女孩？”

“我还不晓得她到底是男孩还是女孩呢，贝西小姐。”我母亲天真地说道。

“上帝保佑她！”贝西小姐念起楼上抽屉里第二针插上的祝福语，但她对我却没有丝毫祝福的意思，那句话是对我母亲说的，“我不是说你肚子里的那个，我在说你的女用人！”

“皮果提？”我母亲问道。

“皮果提！”贝西小姐愤然地重复道，“孩子，你的意思是说有人走进基督教堂，竟然给自己取了个皮果提这样的教名吗？”

“皮果提是她的姓，”我母亲怯生生地回答道，“鉴于她的教名和我的一样，科波菲尔先生就用她的姓称呼她了。”

“嘿，皮果提，”贝西小姐打开客厅的门叫道，“把茶端进来！你的女主人有点不舒服，别出去闲逛了，动作快些！”

贝西小姐对人发出命令的时候俨然一副一家之主的样子，仿佛自打有这房子起她就是这儿的主人似的。听到这陌生的声音，皮果提吃了一惊，赶紧端着蜡烛从走廊里走了过来。贝西小姐跟她打完招呼之后，顺手把门关上了，在椅子上坐了下来，脚踏在上炉栏上，双手则叠放在一只膝盖上，跟先前一个样。

“你刚才说过你要生一个女孩，”贝西小姐说，“准是女孩，我有这种预感！那么，孩子，这女孩在出世之后……”

“没准是个男孩呢？”我母亲冒失地插了一句。

“我告诉你我的预感向来是非常准的，”贝西小姐说，“别顶嘴！这个女孩在出世之后，我愿意做她的朋友，做她的教母。就叫她贝西·特洛伍德·科波菲尔好了。这个贝西·特洛伍德一生不应该有任何过错，也不应当滥用她的爱情。可怜的孩子，她应当接受上等的教育，良好的家庭监护，使她不会愚昧到相信她根本不值得信赖的事物，今后这个就是我的责任了。”

贝西小姐每说一句话，头都要摆动一次，像是痉挛了似的，如同她过去的仇恨在同她作对一般，而她则克制着不使其外露。至少，我母亲借着微弱的炉火观察她时是这么想的。因为我母亲太怕贝西小姐了，看到她感觉太不安了，也太软弱太慌张了，所以什么也没看清，也不知道怎么说才好。

“大卫待你如何，孩子？”一阵沉默之后，贝西小姐张口问道，她头部刚才的那些动作逐渐停了下来，“你们在一起幸福吗？”

“我很幸福，”我母亲答道，“科波菲尔先生对我实在太好了。”

“什么，你被他惯坏了吧，我想？”贝西小姐回了一句。

“现在又是我孤身一人在这个艰难的世界上残喘了，完全依靠我自己，就这点看来，我想我确实被他惯坏了。”我母亲一边抽噎一边说道。

“好了，好了！别再哭了！”贝西小姐说道，“从地位上看，你们并不般配。孩子，我问个问题，你是一个孤儿，是吗？假如人生来就同样想富贵的话。”

“是的，我是个孤儿。”

“以前还当过家庭教师吧？”

“我在科波菲尔先生曾经拜访的一个家庭当保姆。科波菲尔先生对我非常和蔼，特别关心照顾我，最后我答应了他的求婚，接着我们就结婚了。”我母亲很坦诚地说道。

“咳！可怜的人儿！”贝西小姐沉思道，依旧对炉火皱着眉头，“你究竟懂得什么呢？”

“我不太清楚你在说什么，小姐。”我母亲怯生生地问道。

“我是说在持家这一方面。”贝西小姐说道。

“恐怕不是很多，”我母亲答道，“没有我希望的那么多。不过科波菲尔先生生前教过我……”

“他自己又能懂多少呢？”贝西小姐插了一句。

“……比起以前，我想已有了不少进步了，这恐怕要得益于我虔诚地学而他又耐心地教，要不是因为他离我而去……”说到这里，我母亲又停住了，再也说不下去了。

“够了，够了！”

“……我敢说，我们从没有在这上面闹过一句，不过有时科波菲尔先生反对我把3和5写得几乎无法辨认，再就是我在写7和9时加上一条弯曲的小尾巴。”说到这里，我母亲只得停了下来，拭了拭眼角的泪水。

“别这样了，你非得把自己弄病不可吗？”贝西小姐说道，“你再这样的话，对你，对我的教女都不好。好了，你绝对不能再那样了！”

她的这番话对于我母亲渐感不适的身体来说不过是起了点小小的功效罢了。接着又是一段沉默，不过有时被贝西小姐的咳嗽声打破了，她依旧把脚架在炉架上一动不动地坐在那里。

“我知道大卫曾经买了一笔年金，”过了一会儿，贝西小姐说道，“为你他做了哪些安排呢？”

“科波菲尔先生，”我母亲有些吃力地答道，“考虑得很周到，为人体贴厚道，他把其中的一部分留给了我。”

“多少？”

“一年一百零五镑。”我母亲说。

“他本可以给得更少一些的。”我姨奶奶说。

在适当的时机她说了句适当的话。这时我母亲的情形变得更加糟糕了。皮果提端着茶盘和蜡烛进来时一眼就发现了这一状况。若不是屋里光线不好的话，我想贝西小姐也早就发现了这一点。皮果提连忙扶我母亲到楼上的卧室，并让她的侄儿汉姆·皮果提去请护士和医生过来。皮果提把汉姆藏在我家已有些时日了，就是为了发生这种紧急状况时可以有个人去请医生，当然我母亲是不晓得的。

当那两个重要的人物在到达时，看到一个不曾相识的女人，在火炉前坐着，左胳膊上挂着一顶帽子，耳朵里还塞着棉花球，这使得他们大为吃惊。我母亲从未跟皮果提提起过我姨奶奶，因此对于她皮果提便一无所知了。她在客厅里完全是个秘密。她衣兜里装满了棉花球，还不时地往耳朵里塞，她并没有因为这一举动而贬低她的庄严与神圣。

医生到楼上看了看之后，便下来了。据我猜想，当他发现接下来的几小时可能会跟对面的这位陌生女子相处时，便就努力地表现出一副有礼貌并善交际的样子。在他那个性别中，他可谓是最谦逊的了，在小人物当中他也算得上是最温和了。他总侧着身子出入房间，为的是给别人多留下点空间。他的脚步犹如《哈姆雷特》中的那个鬼一般轻，甚至连那个鬼也没法跟他比谁慢。他的头总是朝一边歪着，为了表现自己的谦逊而贬低自己，另外是为了谦卑地讨好别人。如果他说从没有对一条狗废过话，那根本没什么好奇怪的，就是面对一条疯狗他也不会跟它废话。他最多只会对疯狗很温顺地说一句，或者半句，或一句的一小部分，因为他说起话来甚至比他走路还慢。他绝不会为一条狗动气，也绝不会对它动粗，不论什么原因都不能使他变得急躁。

齐力普先生温和地看着我的姨奶奶，头歪向一边，微微向她鞠了一躬以表示敬意，轻轻地碰了下自己的左耳，暗指那些棉花球说道：

“耳朵发炎了吗，小姐？”

“什么？”我姨奶奶把棉花球像拔一个瓶塞一样“嘭”的一声拔了出来。

齐力普先生被她这一粗暴举动吓了一跳——他后来对我母亲说——几乎到了举足无措的地步。但他还是极为温和地重复道：

“耳朵发炎了吗，小姐？”

“胡说什么啊！”我姨奶奶说完便又把耳朵给塞上了。

此时齐力普先生也不知道该做什么好，只能静静地坐在那里看她，而她则坐在那里看火。他们一直坐到齐力普被唤上楼去。在上楼后过了大约一刻钟，他又下来了。

“嗯？”我姨奶奶把靠近他那一侧的那个耳朵里的棉花球“嘭”的一声拔了出来问道。

“嗯，”齐力普先生答道，“我们在——我们在缓慢地进行呢，小姐。”

“呸！”我姨奶奶在这个蔑视的字眼加上了一串纯正的颤音。然后，她用棉花球把耳朵又塞了起来。

的确——的确——齐力普先生后来提起这件事时对我母亲说道，他的确受了惊吓，单就职业的观点来说，受惊吓是肯定的。但他还是坚持坐在那里看她，而她则坐在那里看火。就这样，他们坐了差不多两小时，直到齐力普先生又一次被请上楼去。上楼后不久，他又下来了。

“嗯？”我姨奶奶把那侧耳朵的棉花球拔出来后问。

“嗯，”齐力普先生答道，“我们在——我们在缓慢地进行呢，小姐。”

“呸！”面对我姨奶奶发出的这种声音齐力普先生觉得忍受不了了。那简直就是存心在打击他的精神。当他再次被叫到楼上之前，他宁愿坐在又黑又冷的楼梯上。

第二天，听汉姆·皮果提说，在这件事发生过后的一小时内，正当他朝客厅门口张望时，这一偶然的举动却被贝西小姐发现了，在汉姆还没来得及逃跑之前就被正激动得在客厅里走来走去的贝西小姐抓住了。汉姆在免费的小学上过一段时间学，最擅长的是面对老师的提问，所以在我看来他说的话是可信的。据他所说，当楼上的脚步声和说话声越来越大时，他被那位女士一把抓住，接下来就把她的激动全都发在他身上了，从这点可以断定，她耳朵里的那些棉花球面对楼上的那些声音是起不到什么效果的。他还说，那女士抓着他的衣领，在客厅里把他拖来拖去，如同刚服用的鸦片在此刻正发挥作用一样，抓他，摇他，打他，乱揉他的衣领，乱扯他的头发，甚至连耳朵是谁的她都分不清，直接用棉花球塞住他的耳朵。他的姑母证实了他的遭遇，他直到十二点半才被释放，当时正被他姑母撞见，她说当时他和我出世时一个样——红扑扑的。

温顺的齐力普先生可以在其他任何时间记仇，但在那个时候他却是怎么也办不到的。他刚替我母亲接生完，就侧着身子来到了客厅，极为和蔼地对我姨奶奶说：

“嗯，小姐，祝贺你。”

“祝贺我什么？”我姨奶奶粗鲁地回复他道。

齐力普先生被我姨奶奶这种极其粗鲁的态度吓得又开始紧张起来，但齐力普先生面带微笑向她微微鞠了一躬，这样做是为了让她平静一点。

“天哪，你到底想要干什么？”我姨奶奶不耐烦地嚷道，“你不会说话吗？”

“放心吧，亲爱的小姐，”齐力普先生再一次发挥了他那最为温和的语气说，“现在，再也不用担心了。小姐，放心吧。”

当时我姨奶奶居然没有去摇他，没有把她想知道的话给摇出来，这实在可以算得上一个奇迹了。她只对他摇了摇头，却摆出了一副足以令她发抖的神气。

“哦，小姐，”齐力普先生鼓足勇气说道，“祝贺你。一切都过去了，小姐，现在都办完了。”

我姨奶奶细细端详了他足足五分钟，这段时间内齐力普先生正一心发表他的演说。

“她还好吗？”我姨奶奶交叉着双臂摆成一副圆规的姿势问道，帽子依旧挂在她的胳膊上。

“哦，小姐，我想再过不久她就会觉得很舒服了，”齐力普先生说，“在这种不幸的家庭背景下，对一位年轻的母亲来说我们所能期待的舒服大概也只能如此了。小姐，如果你现在去看她的话会对她有益的。”

“她呢？她好吗？”我姨奶奶粗鲁地问道。

齐力普先生把头歪得比先前更甚了，如同一只温驯的鸟一般，看着我姨奶奶。

“我在说那个小孩，”我姨奶奶说，“她怎么样？”

“小姐，”齐力普先生答道，“我以为你早预料到了，他是个男孩啊。”

我姨奶奶一听这话，顿时一言不发，像扔甩石的机弦那样把帽子提了起来，对着医生的头部瞄了一下，然后把帽子歪戴在自己的头上，起身走了出去，再也没有回来。如同一个失望的仙女一般，或者说就像大家认为的，像我有本事看见的鬼一样消失了，再也没有回来过。

她真的不曾回来过。现在只有我躺在摇篮里，而我的母亲，则躺在床上，至于贝西·特洛伍德·科波菲尔则永远留在梦和影子的国度里，留在我最近游历过的广袤区域。我们窗户上的亮光也照在人们最后的归宿地上，也照在那个无他即无我的人的坟茔上。

第二章

当我回想我幼年模糊的岁月时，首先清晰地在我的脑海中浮现的便是我那满头秀发年轻漂亮的母亲，其次就是完全不成样子的皮果提。首先是她的黑眼睛，仿佛她的黑眼睛使得她近眼处都发暗，其次是她又红又硬的双颊和两臂，我常常奇怪，为什么鸟儿偏偏选择去啄苹果而放弃她的双颊和两臂。

我清楚地记得，这两人彼此在相隔不远的地方俯下身子或跪在地板上，那时她们在我眼里同我差不多高，然后我就在她们两个中间摇摇摆摆地走来走去。面对皮果提习惯伸给我她那被针线活磨得粗糙了的食指点触我的感觉，我分不清那是一种印象还是一种记忆。

或许这不过是幻觉罢了，但是我仍然相信我们的记忆力能够让我们回想起比众人认为的还要远得多的时代，正如我相信的一样，许多小孩的观察力的准确性和贴切性是足以让我们吃惊的。不过老实说，那些成年人在这些方面也同样具有这样的能力，与其说这种能力是他们后天获得的，还不如说他们天生就有而且自始至终都没有失去。当我大概地观察了那些到今天还保持年轻时的朝气、宽厚和乐观心态的人之后，更让我感觉这种能力是他们从童年遗传下来的。

先不说这个了，倘若不是借此来说明下面的观点，我真的怀疑我是否也在游荡。我所要说的观点是：这些结论是我从自己的亲身经历中得出来的。如果我接下来所遇到的经历能表明我是一个心思缜密的孩子，抑或在成年之后仍对童年生活记忆犹新的话，我完全可以拥有这两种特性的所有权，这是毫无疑问的。

像我前面说的那样，回想幼年模糊的岁月时，我母亲和皮果提是在那些混乱事物之上优先浮现在我眼前的。让我想想，除了她们，我还记得哪些呢？

首先是在我看来并不新的房屋，在云雾中忽隐忽现，但还是保持着幼年的那种熟悉记忆。第一层是通向后院的厨房，有一个鸽笼在后院中央的柱子上，却并不曾住过什么鸽子；有一个狗窝在院子的一个拐角，却也没有什么狗；倒是有一群让我觉得高得可怕的家禽在院子里走来走去，摆出一副吓人的模样。有一只习惯在柱子顶上打鸣的公鸡，当我透过厨房的窗子朝它望时，它对我便格外注意，摆出一副凶猛至极的样子，令我发抖。院门外有一群鹅，我每次走近它们时，它们就会伸长脖子摇摆地追逐我，时常在梦里还能梦见它们，像一个被野兽围困过的人夜里会梦见狮子一样。

其次是一条长廊，那么的幽远深长！它是连接厨房和前门的一条通道。一间黑暗的储藏室的门就开在那里，是一个独自一人在夜里走过时要加快脚步的地方，假如没有人拿着一盏灯站在那里为我照明，我真不会想到在那些桶桶罐罐和旧茶叶盒后面会钻出什么来。从那门里飘出一股混杂的气味，像肥皂味、像泡菜味、像胡椒味、像蜡烛味，又像咖啡味，完完全全是一股发霉的气味。另外还有两间客厅，一间是我们（母亲、我，还有皮果提；因为平时我们也没什么客人，皮果提在干完一天活之后就成了我们真正的伙伴）晚上坐的客厅，另一间是我们星期天坐的，很气派，但并没有让我们感觉到丝毫的舒服，因为不知是什么时候皮果提曾告诉我关于我父亲的丧事，还提到穿黑外套的人，所以它总让我觉得凄凉阴森。在一个礼拜天的夜间，在那间客厅里，当母亲对我和皮果提说那拉撒路人如何从死人里复活的场景时，我怕得要命，以至于她们后来不得不把我从床上抱到卧室窗子前对我指着那片寂静的墓地。那些死者在肃穆的月光下一动不动地躺在那里。

在我所知道的任何地方，青草不及墓地那里的一半绿，树没有那里的一半阴凉，也没有任何东西能超过墓碑那里的一半安静。每天早晨，当我从母亲卧室的套间的小床上朝外张望时，总能看到有人在那里放羊，面对日晷上的红光我时常这样想：日晷是不是因为自己能报时而感觉快乐呢?

我们在教堂有一个高的靠背座位，它就坐落在这里。在我旁边有扇窗子，透过窗户能够看见我的家。每当清晨礼拜时，皮果提总要朝房子看许多次，以确保房子没有遭受抢劫和火灾的危险。因为她的不放心，她的眼睛向四处张望是难免的，但如果我也像她一样朝四周张望，她就会很不高兴。当我从座位上站起来时，她便要皱眉，示意我除了牧师哪也不许看。就算那个牧师不穿那件白大褂，同样我也可以在众人中把他认出来，他会不会奇怪我总是这样看着他呢，这倒是让我感到很害怕，也许他会突然停下来问我为什么老是看着他。我总不能这样一直朝着他看吧，我总该干点什么啊。肯定不能打呵欠。我朝母亲看，她却假装没看见我；我朝走廊中一个小孩看，他朝我做了个鬼脸；透过前廊，朝那射进来的阳光向外看，发现了一头想进教堂的羊，它大概是迷路了吧。假如再多朝它看一秒钟，我想我肯定会高声大叫起来，如果真的那样，我要变成什么样子连我自己恐怕都想象不出来了！当我抬起头时看到了墙上的灵位，试着去怀念和我们住在同一个教区的包杰斯先生，当他久经病痛折磨而令医生也感到束手无策时，不知道他夫人有没有想到齐力普先生，或许他也无力回天吧，如果真是这样，他是否会希望每个礼拜都有人在他面前提起此事来帮助他不至于忘记。我从戴着围领的齐力普先生（那围领只有礼拜时他才会戴）朝讲坛看去，多么好的一个游戏场啊，它可以改建成一座很好的城堡，由另一个孩子爬上梯子去攻打时，可以把带穗子的绒靠枕向他头顶抛过去。慢慢地，我的眼睛闭上了，头顶上响起牧师的一首催眠曲，他唱得那么兴起，接着所有的声音都消失在耳畔，最后我从座位上摔了下来，咕咚一声，然后半睡半醒地任由皮果提带我回了家。

这时我看到的是我家外部的一些情景，清新的空气从卧室打开的格子窗透进来；那些旧鸦巢在花园尽头的那些老榆树上摇摆不定。那时我就在后花园中，我记得在空鸽笼和空狗窝的院子后面有一片蝴蝶保育场，被高高的围墙隔开，门上还有一把大钩锁。那园子里的树上挂满了果实，没有哪个园子里的果实比这里多，比这里熟。当我陪同母亲在园子里采摘果实时，我站在篮子旁边赶忙拿起一颗草莓吞了下去，还装出一副若无其事的样子。夏天在一阵西北风中就这么过去了。在冬日里，将近黄昏时分，我们会在一起做游戏，在客厅里跳舞。当母亲气喘吁吁时，她就会坐在靠背椅上休息，这时她就会把她的头发往手指上缠绕，还伸一伸腰。她会让人看上去觉得她是健康的，并为自己的美丽而自豪，这一点我再清楚不过了。

以上这些都是我最早印象中的一部分。在我最早的印象中可以得出这样一点见解（假如能称得上见解的话）：对于皮果提，母亲和我都有点害怕，在很多事情上都是她拿主意。

某一天晚上，皮果提和我坐在客厅的火炉边取暖。我跟皮果提讲了一个关于鳄鱼的故事。要么是讲得太清楚了，要么就是她对于这个故事太感兴趣了，我记得，当我讲完之后，鳄鱼给她的印象就是一种蔬菜。我讲累了，讲疲倦了，非常想去睡觉，可是那时我可以等到去邻居家消磨夜晚时光的母亲回来（觉得这确实是一个不错的优待），因为这个我决定不去睡觉，即使是死在岗位上也不去睡。当时我已经困到不用手指撑开眼皮就会立马从椅子上跌下来的程度，那时皮果提在我眼里开始膨胀了，越来越大，我用力地坐在那里看她在忙着手头上的事，看她留的一小块蜡烛头（用来擦线的），它太旧了，身上全是褶皱。看码尺上的那间小茅草屋，看她那个绘着红色的圆顶圣保罗教堂的针线匣盖，看她手指上的铜顶针，看我觉得十分可爱的她。我困极了，我想如果我有一会儿的工夫看不见任何东西，我就会跌下去。

“皮果提，”我突然问道，“你结过婚吗？”

“天哪，大卫少爷，”皮果提答道，“你怎么会想问结婚这事呢？”

我被她的惊慌回答给弄清醒了。她把针拉到线的尽头，放下手边的活看着我。

“你到底有没有结过婚呢，皮果提？”我说，“你是个很美丽的女人，我说得没错吧？”

老实说，我当然觉得她和母亲是没法比的，在我看来她却是另一种美的代表。在那个气派的客厅里有一张画，画上有个花球红绒面脚凳，那是母亲画的。皮果提的肤色和凳子的底色是一样的，只不过凳子光滑些，而皮果提的皮肤却粗糙一些罢了，不过这有什么关系呢。

“我美丽，大卫？”皮果提说，“唉，不对呀，大卫少爷！你怎么会想问结婚这事呢？”

“我也不清楚！人不能一次和两个人结婚对吧，皮果提？”

“肯定不能。”皮果提没有丝毫迟疑。

“假如先前和你结婚的那个人后来死了，这样你就可以嫁给另外一个人了吧，是不是这样子的，皮果提？”

“可以，”皮果提说，“如果她愿意的话，亲爱的，每个人的见解是不同的。”

“那你的见解呢，皮果提？”

我好奇地看着她问道，当时她也为我的问题而惊讶地看着我。

“我的见解是，”皮果提一边说着一边转移了她的目光，继续做她刚才没做完的活，想了想说道，“我没有结婚的打算，大卫少爷，我坚决不结婚。我的见解就是这样。”

“我但愿你没生我的气，是吧，皮果提？”如此沉默了一分钟我问道。

她当时看我的态度是那么淡定，以至于我真的认为她在生我的气。但我的想法被她接下来的举动证实是错的，她把手边的活（她正在补一只袜子）放下，张开双臂面对我长满鬈发的脑袋，给了我一个拥抱。当时给我的感觉就是那个拥抱好挤，因为她很胖，当她穿好衣服时，只要稍稍一用力，她衣服上的扣子就会向外飞出那么一两颗。就在她搂住我的时候，我清楚地听到纽扣蹦到客厅的声音。

“你再给我讲讲鳄鱼的故事吧，”皮果提说，对于鳄鱼的名字她还不能准确地讲出来，“我感觉我只听了一小半呢。”

当时我不明白皮果提为什么用如此奇怪的眼神看我，也不明白她为什么那么想听有关鳄鱼的故事。不过，当我给她讲那些怪物的时候，不知不觉睡意全消。埋在沙土中的受精卵会利用太阳来孵化，我们在它们身边不断转着圈子，因为它们笨重的身体，它们根本赶不上我们的速度，它被我们尽了所有能想到的花样去折磨那些鳄鱼。能做的我都做了，至于对皮果提我就不敢说了，她好像若有所思的样子，偶尔用她手上的针戳她的脸和手臂。

鳄鱼估计被我们折磨得体无完肤了，我们又开始拿美洲鳄发脾气，此刻，花园的门铃响了。当我们来到门口时，看到母亲回来了，我觉得此刻她更美了。在她身旁是一个长着浓密头发和胡子的男人，上次做完礼拜就是他送我们回来的。

就在母亲蹲下来吻我的时候，他说我比皇帝还享有更多的特权——或是别的意思差不多的话，当时我并不明白这些话，后来才慢慢明白过来。

“我不明白你的意思？”我伏母亲肩膀上朝他问道。

他拍拍我的手，但说不上来，我就是不喜欢他，可能是不喜欢他洪亮的嗓音，更不想看到的是他在拍我的手时碰到我母亲的手，但他的确那么做了，我用力地把他推开。

“嗯，大卫！”母亲温柔地呵斥道。

“勇敢的小家伙！”他说，“对于你的忠心我丝毫没有意外感。”

母亲那晚美丽的颜容是我见过的最美的一次。对于我的粗暴，她也不过是很温和地责备了一句，随后把我抱得更紧了。接着她转过身去，向那位费了那么多事送她回家的男人道了一句谢，并向他伸出了右手，当他回礼去握时，我感觉她瞥了我一眼。

“让我们说‘晚安’吧，孩子，”那男人对我说道，此刻他把头挨在母亲的手套上，我看到了让我大发醋意的一幕。

“拜拜！”我说。

“好吧！我们交个朋友吧，成为世上最好的一对！”那男人笑着说，“让我们握手吧！”

我的右手此刻握在母亲的左手里，我便把左手伸给他。

“嗬，不是这只手，大卫！”他摇摇头。

这时母亲把我的右手伸向他。可是因为以上的理由，我向他伸的仍是我的左手。不过他也就苦笑地握了一下，还说我是个勇敢的家伙。说完便走了。

他在花园里拐了个弯便出去了，在门就要关上之前他朝我们看了最后一眼。

在旁边一直没有说话的皮果提甚至没动一下手指头就把门上了锁。我们来到客厅。与以往不同的是母亲并没有在火炉边的靠背椅上坐下，而是直接来到房间另一端低声吟唱。

“但愿你今晚过得很愉快，夫人。”皮果提说。她拿着烛台站在屋中间，一动不动，俨然一个水桶。

“谢谢你，皮果提，”母亲口气很高兴地答道，“今晚我过得非常愉快。”

“这种快乐的变化因为一个陌生人或其他什么而引起的？”皮果提暗示道。

“这样的变化实在是令人快乐。”母亲答道。

皮果提仍旧一动不动地站在那里，母亲继续低吟浅唱着。我去睡觉了，但没有睡熟，还能隐约听见些她们的谈话，但听不清具体在谈什么。当我从迷糊中醒来时（醒来的感觉很不舒服），发现母亲和皮果提一边流泪一边在谈着什么。

“不是这样一个人，科波菲尔先生会不高兴的，”皮果提说，“我敢这么说，我也敢发誓！”

“哦！老天啊！”母亲叫道，“你非得要把我逼疯不成吗？哪有女孩像我这样可怜地让一个下人来说自己的不是呢？你非得如此不公平地把我唤作女孩吗，这到底是为什么？我难道结过婚吗，皮果提？”

“你结过婚这是个事实，上帝可以为你证明，夫人。”皮果提答道。

“那你怎么敢，”母亲说，“我并不想说你怎么敢，我的意思你是知道的，皮果提，而是你怎么可以忍心让我如此难受，对我说了让人受不了的话，你是否明白，除了你，我没一个朋友可以依靠！”

“越是这样，”皮果提答道，“就越不行。不！无论如何也不行！不！”皮果提用力地摇她手中的烛台来表明她的意思，我怀疑她是否会把烛台扔出去。

“你怎么忍心这样对我，”母亲说完就开始流泪了，“多么不公平的话啊！你怎么总以为一切都已成定局并似乎都安排好了一样，皮果提？我不是告诉过你很多礼仪吗，还说这些都是最普通的交际，你怎么能如此残忍！追求对我来说，又能如何？如果人们愚蠢到滥用感情，那能怪我吗？我能怎么办，我问你？我想你肯定希望剃光头发涂成黑脸，或是烫伤自己把自己变丑？你会希望我那么做的，皮果提，我敢肯定。”

面对母亲的不公平的指责，皮果提似乎很伤心，至少我是这么想的。

“亲爱的，”母亲一边叫道一边走到椅子边把我抱住了，“亲爱的大卫！她根本是在暗示我，说我根本就不疼爱你！”

“我没有作出任何暗示。”皮果提说。

“你作了，皮果提！”母亲答道，“你有没有暗示过，没人比你更清楚。那你刚才的那些话又是什么意思，刻薄的东西，你心里比我还清楚，上季度我连一把阳伞都不肯买，你也知道那把绿伞破得连一点穗子也没有了。对于这一点你比我更清楚，皮果提，你能否认吗？”说完她就朝我转过身来，满脸激动的样子，还把脸贴近我的脸，“我是一个令人讨厌的妈妈，是吧，大卫？我是一个讨厌的、自私的、品行低劣的坏妈妈吗？说我是，亲爱的，说‘是’呀，那样皮果提才会爱你，跟她的爱相比，我的根本就不值一提，大卫。我是不是不曾爱过你？”

说到这里，我们都哭了，我哭得最厉害。不光是我，她们哭得都很伤心。我清楚地记得皮果提哭得甚为悲痛，甚至让我怀疑她身上的扣子是否会飞出去。她和母亲言好之后，她便在我的椅子旁跪下来哄我，当时有几粒纽扣像炸弹一样向外飞了去。

我们上了床，心情都不怎么好。有那么一段时间，我被自己的呜咽声所惊醒，有一次我竟从床上爬了起来时，发现母亲正坐在床头上朝我俯下身子。再后来，我就歪在她怀里睡熟了。

我再次见到那个男人具体在什么时候，我也记不太清楚了，或许是在接下来的一个星期天，或许是过了更长的时间，因为我对时间的概念很不敏感。不过，他来到教堂和我们一起礼拜，最后又送我们回家。和我们一起走进院子，看到客厅里的一束天竺葵花，当时他也没怎么认真看它啊，但为什么在离开之前，他非得让母亲送他一朵呢，还不情愿自己去拿，非得我母亲亲自为他挑选，这让我很纳闷。他甚至还说他会永远戴着它。他难道不知道花在两天之内就会凋谢吗？那他真是够傻的。

现在皮果提晚上也不像以前经常跟我们坐在一起谈心了。据我的观察母亲对她比以往更尊重了，但我们却没有以前那么快活了，经过上次之后我们便疏远了。至于原因，我是这样猜想的，可能是皮果提不赞成母亲穿那些一直埋放在抽屉里的漂亮服饰，也可能是她不喜欢她经常去那个男人家，但至今我也没能想明白。

自那以后，我也经常见到那个满脸胡子的男人。但我并不因为我们经常见面而喜欢他，相反因对他的嫉妒而产生的不安至今仍没有消除。这样说吧，这可能是发自一个孩子内心对他的厌恶，也可能是由于皮果提和我对母亲所持的一贯看法，或许还有其他什么理由吧，但到今天我也没有因为自己比以前多了一些见识而发现它们。至少在当时对我来说，那种观点在我头脑中还没完全成型，或者说那种观点根本就不想接近我的大脑。至少我还不能把这些零碎的东西拼凑成一张网，并把所有人都置于这张网中。

一个深秋的清晨，当我和母亲在花园里散步时，默德斯通先生（那个男人，而我在此刻才知道他的名字）骑马来到我们跟前。他喝住了马，跟我母亲打了个招呼说他正要去罗斯托夫特拜访几位开游艇的朋友。他还说，假如我愿意骑马的话，可以坐在他前面的马鞍上同他一道去。

早晨的空气甚为清爽，那马站在花园门口不停地向外吐气，还舞动着四肢，似乎很乐意让人骑。看见它如此欢迎我，有想去的冲动了，真的想！于是，我被母亲打发到屋里，让皮果提把我打扮一下。此时，默德斯通先生也下了马，牵着缰绳，沿着蔷薇篱笆（在花园外）慢慢地走来走去，母亲则在花园里陪他慢慢地走来走去。我记得，当时皮果提和我从窗子向外偷偷地望着他们，他们在一边走，一边欣赏着院子里的那些蔷薇。我还记得，脾气温和的皮果提此刻一下就暴躁了，对着我的头朝相反的方向用力地梳。

过了片刻，我便坐在默德斯通先生的马上出发了。马儿沿着青草地快活地往前奔跑着。他用一只胳膊甚为轻松地搂着我，平时我是不喜欢乱动的，但那时，我怎么都想扭过脸去看看他那张长满胡子的脸。他的眼睛很浅，我真找不到一个更好的词来描述他那没有一点深度可言的眼睛，当他目光转动时，仿佛能被一种奇怪的光线所轻易改变。有几次，我怀着惧意凝视他眼神时这样想道：他到底在想什么呢？从我现在的位置看他，他的头发和胡子要比我以前看他时还要浓，还要黑。他的下颌是方的，刚刮过的胡子还留着又粗又硬的短楂，看到这一切使我想起大约半年前在我们这里巡展的蜡像。如果你看过他那整齐的眉毛，以及黑褐分明的五官，你一定认为他是个英俊男子，我想我那可怜又可爱的母亲肯定也会这么想。但在我看来他的模样让我一想起来就觉得讨厌，这让我很是忐忑。

我们在海边的一家旅馆外停下来。有两个穿着宽松短装的男人各自躺在那儿抽雪茄，他们的身下都不少于四张椅子。角落里堆着一捆外衣，里面还有海军斗篷，另外还夹杂有一面旗子。

当我们进屋后，那两个人懒洋洋地爬起来说道："喂，默德斯通！我们还以为你死了呢！"

"还没有。"

"他是谁？"其中一个抓住我问道。

"这是大卫。"默德斯通先生答道。

"姓什么？"那人又道，"琼斯吗？"

"不是，姓科波菲尔。"默德斯通先生道。

"啊？是那个迷人的科波菲尔太太的儿子吗？"那人叫道，"那个美丽的小寡妇？"

"奎宁，"默德斯通先生说，"你得小心点。有人很明事理呢。"

"谁明事理？"那人笑着问。

我也抬起头，想知道那个明事理的人究竟是谁。

"谢菲尔德的布鲁克斯。"默德斯通先生说。

听到他说是谢菲尔德的布鲁克斯，我就放心了，起初我以为他是在说我呢。

那个布鲁克斯似乎有很好笑的地方，因为一提到他，那两个人就开怀大笑起来，默德斯通先生也笑了，笑得很开心。笑过片刻之后，被唤作奎宁的说："至于这次的生意，谢菲尔德的布鲁克斯是什么个态度呢？"

"嗬，对于这件事布鲁克斯又了解多少呢？"默德斯通先生答道，"但是我想他是不会赞同的。"

说完这话，他们又开心地笑了。奎宁打算拉铃叫些葡萄酒为布鲁克斯祝福，当然他也确实那么做了。酒上来之后，他叫我也吃点饼干喝一点酒。就在我准备喝酒之前，他要我站起来说：“打倒布鲁克斯！”说完便引起大家的一阵喝彩，接着便又开心地笑了，我也跟着笑了。我一笑，他们笑得就更为开心了。总之，我们都很开心。

之后我们便来到海滨的悬崖上散步，接着来到草地上，用望远镜看东西（我装作能看见很多美丽的景色，其实利用那玩意儿我没有看见任何东西）然后我们回旅馆提前吃了午饭。在外面散步时，那两个人就一直在吸烟，如果你闻闻他们那粗布外衣的气味，你就会立刻想到这衣服在他们从裁缝处拿来时就一直伴随他们吸烟到现在。我清楚地记得，在我们上了游艇之后，他们三个人一同走进船舱去忙着整理文件了。从敞开的天窗朝他们望去时，只见他们十分卖力。在他们整理文件的时候，我由一个很和气的满头红发的人照顾着。天生一颗大脑袋，却戴着一顶极为小巧的帽子。他的背心上绣着“云雀”字样的英文字母。我猜想那大概是他的名字吧，可能他住在船上的缘故吧，与住在街上的人不同，不能像他们一样把自己的姓名标在门上，于是就把姓名写在了自己的胸前，可就在我那么称呼他时，他却告诉我云雀是这个游艇的名字。

据我观察，整整一天当中比起那两人，默德斯通先生似乎更为严肃、稳重。那两个人很快活地开着玩笑，和他开玩笑却是很少见的。我觉得默德斯通先生很深沉、冷静，对于我的观察，他们似乎也有这种看法。据我观察，有那么一两次，奎宁先生怕惹默德斯通先生生气，于是在说话时歪着头对着他。还有一次，就在巴斯尼治先生（另外一个人）得意扬扬时，奎宁踢了他两下，并给他使了个眼色，意思是要他注意一声不吭的默德斯通先生。除了那个谢菲尔德的笑话外我真的想不起来那天他在什么时候笑过，不过话又说回来，那也是他自己讲的笑话啊。

天黑之前我们回到了家。那晚秋风瑟瑟，在打发我进屋喝茶之后，母亲便陪着他在蔷薇篱笆外散步。在他离开之后，母亲问我在一天当中我都做了什么事，他们都做过什么说过什么。我如实地告诉了她，她笑了，还说他们全是些颠三倒四的家伙。但据我观察，对于他们的胡说八道，她好像很喜欢，对于这一点，至今我都这样认为。我突然想到谢菲尔德的布鲁克斯先生，便问她是否认识，她的回答却是否定的；不过，据她猜测他应该是个制作刀叉的。

此刻，她的脸又出现在我面前，比我想在大街的人群中想要寻找的任何一张脸还要清晰；我能说她的脸不存在了吗？虽然我知道它已变化了，虽然我明知它已经不复存在了，但是我能那么说吗？她那少女般的纯真而美丽的脸庞在那一夜里扑面而来时，我能说它凋谢了吗？她在我记忆里一直那么鲜活（我也只能这么说了），而在我的记忆中她比任何人都光彩动人，我还能那么说吗？

说完，我就上了床，让我来如实讲述她那时来和我互道晚安时的情景吧。她来到我的床边，双腿屈膝，双手托额，好像在跟我开玩笑。

“他们是怎么说的，大卫？再给我讲一次吧，我才不信呢。”

“‘迷人的——’”我开始说。

母亲把手放到我嘴唇上阻拦我。

“肯定不是‘迷人的’，”她笑了起来，“肯定不是‘迷人的’，大卫，现在我敢肯定不是那样的！”

“是的，就是那样的。‘迷人的科波菲尔太太，’”我挺理直气壮地答道，“还说是‘美丽的’。”

“不，不，肯定不会是‘美丽的’，肯定不会，”母亲又把手放在我嘴唇上道。

“是的，就是这么说的。‘美丽的小寡妇。’”

“这些愚蠢的家伙，也不感到害臊！”母亲捂着脸笑了，“这些家伙真是可笑至极！是不是，亲爱的大卫？”

“是，妈妈。”

“千万不能告诉皮果提，否则她会生气的。我自己就很生气了，我不想看到皮果提也这样。”

当然，我答应了。于是，我们互相亲吻过后不久我便睡着了。

相隔多年，我感觉好像是发生在第二天一样，但事实上不过是两个月的时间而已，皮果提告诉了我一件让我甚为欢喜的事。

某个夜晚，和往常一样我们在一起坐着，身边有袜子、码尺、蜡烛头、绘有圣保罗教堂的针线匣、关于鳄鱼的书。当时母亲去邻居家了。皮果提看了我好多次，想开口说些什么却没有发出任何声音，见她这样，我还以为她不过是在打呵欠罢了，最后她还是说了，不过我觉得她好像是在哄我一样。

“大卫少爷，你想不想跟我一道去雅茅斯住两个星期呢，我哥哥家就在那里。那里很好玩的。”

“你哥哥人怎么样，皮果提？”我忙问道。

“哦，他是个非常好的人！”皮果提把两只手举得很高喊道，“那儿不仅有海、海滩、大小船只，还有打鱼的人，还有汉姆可以陪你玩——”

皮果提说的汉姆是她侄儿，在第一章里我曾提到过。

她讲的这些开心的事，让我感觉很兴奋。于是我说很想去，但又怕母亲不同意。

“嘿，我敢打一个畿尼的赌，”皮果提很认真的样子，“她一定会同意的，如果你想去，她回来我就去问她，怎么样？”

“但是我们怎么能把她一个人丢下呢？”我一边说一边把我的小胳膊肘支在桌上，想对这问题作一个深刻的讨论，“总不能把她一个人丢在家里吧。”

如果皮果提非得要在她手中的袜子上找一个洞去补的话，我想这个洞肯定小得可怜。

“我说，皮果提！她是不能独自一个人过的，你知道的啊！”

“哦，天哪！”皮果提看着我说道，“你还不知道吧？她正打算和格雷普太太住两个星期呢，至于格雷普太太，她正要宴请宾客呢。”

哦！原来如此，那样的话，我就可以放心地去了。我迫不及待地等着母亲从格雷普太太家（那家邻居）回来，等她决定是否愿意给我们一个实现这了不起的愿望的机会。正像我所想的一样，母亲爽快地答应了。当晚便安排好了一切，旅行期间的食宿费也都准备好了。

转眼之间，就到了动身的日子，连迫不及待的我都觉得时间过得太快。对于这一天，我等得实在是太过急切了，害怕会发生地震、火山爆发或其他的自然灾害而使我的旅行停止下来。吃过早饭，我们便乘车子出发了。让我拿钱换一夜穿靴和衣而睡，我也愿意，不管多少钱！

在叙述我当时是如何迫不及待地离开那快乐的家时，我有点不经意，但到现在我还为此感到难过，当时我竟没有想到我永远离开它了。

当车子停在我家门口快出发之前，母亲跑过来吻我。当时，面对我的母亲，面对那个生我养我的地方，依恋之情顿时涌上心头，不一会儿便哭出了声。母亲也跟着哭了，她把我抱得很紧以至于我能清晰地听到她的心跳，想到这些，我感觉真的好幸福。

我记得当车夫开始要赶车的时候，母亲在门边跪下请他再等一会儿，好让她能再亲吻我一次。那时当她的脸凑上我的脸吻我时，我能感受到她那份真挚的爱，那时我真的很幸福。

最后我们出发了，就在她一个人站在路旁朝我们远望时，默德斯通先生来到她的跟前，好像在劝她别太感情用事。我透过车后的窗子向他们看去时，我不明白这一切跟他有什么关系。皮果提也看到了那一幕，似乎跟我一样不高兴，当她把脸转回车厢时通过她的表情就可以很清楚地看出这一点。

我坐在那里看着皮果提，心想，假若她像童话中说的那样奉命把我遗弃，不知道我能否沿着她落下的纽扣找到回家的路呢？

第三章

据我观察，在世上恐怕再也找不到比那车夫的马更懒的马了。它垂着头，慢吞吞地向前走着，仿佛它满心希望收包裹的人们一个劲地等着。我还以为它因为这个念头在笑呢，但车夫说它不过是在咳嗽罢了。

车夫也把他的头垂得比马还要低，把一只胳膊放在膝盖上，一边打着瞌睡一边慢慢地驾着车。与其说是他在赶车，还不如说是马在替他做这一切，我想，没有他，我们也会到达雅茅斯的。他独自一人得意扬扬地吹着口哨，压根就没想过要和我们搭话。

皮果提临走时带了一篮点心，即使我们乘着这辆慢得要命的马车去伦敦，我们也不会挨饿的。一路上我们除了吃和睡再也没有别的事可做了。皮果提用篮子把支撑着下颌，很快就入睡了，就算睡着了篮子也不曾离开过她的手。如果我那天没有听到她的鼾声，我怎么也不会相信像她这样一个手无缚鸡之力的妇人会有如此震耳的鼾声。

我们在路上走走停停，如此很多次，甚至花费了很长一段时间，为的就是把一副床架送交给一家酒馆，又拜访了许多其他的地方，对于这些我感到异常厌倦。但是当我一想到马上就能看到雅茅斯时，就备感兴奋。面对河对岸的那片沉闷的荒地，感觉那么潮湿，完全是一块蓄水地。突然想到，地理书上说我们居住的这个世界是圆的，但是为什么从每一角度看上去它却又是如此平坦呢？大概是因为雅茅斯位于两极，所以才会这样的吧，我想。

当我们走得更近一点时发现附近的一切景象都像是横在天空下的一条很低的直线。我向皮果提暗示说，假如有一座小山的话会好一些，假如小镇和潮水不像烤面包和水那般混在一起，会更好的。听到这些，皮果提用异常浓重的口吻对我说，我们应适应这世上的一切，对她自己来说，以自称雅茅斯鱼而感到无比荣幸。

我们在街上看到的一切，让我大开了眼界，鱼味、麻絮味、柏油味扑鼻而来，到处游荡的水手，另外还有在路上叮当着来去的马车，突然发觉自己先前是冤枉了这个热闹非凡的地方。当我把我的这一发现告诉皮果提时，她大为欣喜，并对我说，这里的人都明白，雅茅斯是最适合人类居住的地方。

“我的汉姆也住在这里呢！”皮果提叫道，“大概我已认不出他了！”

事实上，他在一家小酒馆里等我们，当我们见面时，他问我此趟旅行感觉如何，如同一个认识已久的朋友一般。听到这话时，我觉得我对于他的了解并没有他对于我那么熟悉，因为除了我出生之前的日子，他就再也没去拜访过我们，所以他认识我而我却不曾见过他。一路上因为他背着我回家，所以我们之间的关系大大进了一步。对身高六英尺，魁梧健壮，身宽肩圆的他来说，却天生一副带着孩子气傻笑的脸，还长有一头让他看起来像头绵羊的浅色鬈发。他穿着一件帆布短衫和一件即使没有腿在里面也能直立起来的硬裤子。他戴着一顶帽子，如同一种漆黑的东西盖在旧房子上。

汉姆驮着我，胳膊下夹着一只箱子，另一只在皮果提手里。我们穿过堆满碎木片和沙砾的巷子，经过煤气厂、造绳厂、小船厂、大船厂、拆船厂、修船厂、配索厂、铁匠厂，以及其他类似的地方，最终到达了从远处看来那异常沉闷的荒地。这时，汉姆对我说。

“少爷，那就是我的家！”

我朝周围望去，尽可能从荒地望过去，望到海滩边、河道旁，但我始终没有看到任何房子。但在只有离我们不远的地方有一条看似旧船之类的东西，在海潮不及处。从那里面伸出一个漏斗一样的烟囱，还缓缓地冒出几缕青烟，我实在看不出它哪一点像是人居住的地方。

“不会就是那个吧，”我说，“像船一样的东西？”

“正是，大卫少爷。”汉姆答道。

我想即使是阿拉丁的宫殿或鹏鸟的蛋，也不能比住在这艘船里的荒诞想法更让我神往的了。在它的旁边，开了一道有趣的小门，直通屋顶下，船的周身还开有一些小窗。但更让我着迷的一点是它是一条下海无数次的船，单单又没人会想到要把它拖到地面上作为房屋供人居住。假如在建造之初它就是专门供人来居住的话，它会让我们感觉它太小且不方便或是太孤单什么的，可单单它就是一条下海打鱼的船，所以现在看来它倒成了一个完美的住处了。

走进去一看，里面清洁可爱，异常整齐。一张桌子，一只荷兰钟，一个带有抽屉的衣柜，衣柜上放有一个茶盘，盘面上绘有一个拿阳伞的女人正和一个在转动铁环军人模样的小男孩在散步。茶盘被一本《圣经》托着，防止它掉下来把书周围的茶杯、碟子和茶壶都砸碎了。墙上有一些普普通通的关于《圣经》故事的彩色油画，被镶有玻璃的画框装着。这些东西给我留下的印象相当深刻，以至于后来一见到小贩卖这些东西，我就会记起皮果提哥哥房子里的这一切。在我看来有两幅最为出色的画：一幅是穿蓝衣的伊撒被穿红衣的亚伯拉罕当做祭品，另一幅是穿黄衣的但以理被扔进了绿色的狮穴中。小小的壁炉架上，有一幅由桑德拉人建造的取名叫撒拉·珍的小船的画，船尾还粘有一根真正的木头，实在是一件集美术和木工技艺于一身的艺术珍品，在我眼里，它是一件令世人羡慕的作品。有一些钩子悬在天花板的横梁上，另外还有一些类似柜子和箱子之类的东西，用它们来当做坐具，以弥补椅子的不足。

以上这些都是在我一进门之后所看见的（感觉挺幼稚的），接着，皮果提打开了一扇靠近船尾的小门对我说，那是我在这里的卧室。比起我家的那间它更为完美可爱，在以前船舵经过的地方开了一扇小窗户；墙上挂了一面镶有贝壳镜框的镜子，它的高度正好让我看到我的整张脸；一张和我差不多大的小床；桌上有一只插着海藻的蓝色玻璃杯。墙壁刷得比牛奶还要白，缝有补丁的床单反射着阳光打在我的眼睛上，火辣辣的。在这间可爱的房间里，散发出的鱼味吸引了我的注意，那气味强烈到当我掏出手帕擦鼻子时，都感觉手帕中有一只大海虾被包裹在里面。私下里我跟皮果提说了我的这一发现，她告诉我说，她哥哥是以贩卖大海虾、螃蟹为生的。此后的时光里，在屋外一间放有盆和桶的小木屋中，我能经常看见这样一大堆小东西，它们彼此有趣地缠在一起，一旦夹到什么东西它们到死也不会松开。

一个系着白围裙的女人在门口甚为礼貌地迎接着我们。离她大约还有四分之一英里时，我就能从汉姆肩上看到她在门口向我们屈膝行礼了。在她旁边还有一个戴着一串蓝珠子的项链的漂亮女孩（我是这样认为的）和她一道在迎接我们。当我走到她跟前想要吻她时，她不让，跑进屋躲了起来。晚上，就在我们很得意地吃着比目鱼、溶奶油和马铃薯时（另外我还吃了一块排骨），进来一个脸上长满胡须却很和善的人。他管皮果提叫“小丫头”，接着给了她一个响吻，从她的言行举止来看，我猜测这应该就是她的哥哥了，果然他们给我介绍说他是皮果提先生，这家的主人。

“欢迎您的到来，少爷，”皮果提先生说，“你会觉得我们有点粗鲁，但那正是我们豪爽的一面啊。”

我谢过他说在这里我会很快乐的。

“你妈妈呢，她好吗，少爷？”皮果提先生问道，“你们走时，她没有不舒服吧？”

我对皮果提先生说，像他所希望的那样，她是愉快的，并说她要我转达她的问候呢——当然，这是我编造的一句客套话。

“真的很感谢她，”皮果提先生道，“嗬，少爷，如果你能和她，”他朝他妹妹点了下头，“汉姆，还有小爱米丽一起，在这里多住两星期，我们会觉得万分荣幸呢。”

他如此热情地表达了地主之谊后，便走到屋外，一边用热水冲洗着自己，一边说道："我身上的污泥是冷水所不能洗净的。"洗完之后便来到屋中，看上去干净多了，不过因为水太热把他的脸烫得太红了，这倒让我想起了屋外的那些大海虾，进热水之前身体还是黑的，出来之后就全身通红了。

我们在喝过茶之后，就把门关严了，相对于外面寒冷多雾的天气，我觉得这所温暖的屋子是最舒适的隐居之所了。听着海面上呼啸的风声，想象着屋外的冷雾偷偷爬过这片荒地，面对着火炉想到附近这唯一一所用船作为住处的房屋，一想到这些感觉自己像是着了魔一样。小爱米丽已不再害羞，和我一道坐在烟囱旁边的一个低小的柜子上，这柜子的大小刚好够坐我们俩。皮果提太太系着白围裙面对着火炉在织毛衣。皮果提很自在地用那绘有圣保罗教堂的针线匣子和那块破旧的蜡烛头在缝补，看上去就像那些东西不曾被别人保管过一样。那晚汉姆教我如何用扑克算命，可规则他却又不记得了，因此他翻动了所有的牌，结果他手上的鱼腥味全都沾在那副脏得要命的牌上了。皮果提先生在一旁抽着烟，我觉得这是一个和他聊天的好机会。

"皮果提先生！"

"少爷，什么事？"他说。

"因为你们住在方舟上所以才给你儿子取名叫汉姆（诺亚的第二个儿子叫为汉姆，所以我才有如此一问）的吗？"皮果提先生觉得这个问题似乎蕴藏着很深的道理，但他的回答却并没有显示出这一点：

“不是的，少爷。他的名字不是我起的。”

“那他的名字是谁起的呢？”我用基督教义问答的第二个问题向皮果提先生问道。

“这个呀，是他父亲呀，少爷。”皮果提先生说。

“我一直以为他是您的儿子呢！”

“他的父亲是我弟弟宙。”皮果提先生说。

“死了吧，皮果提先生？”我沉默了片刻问道。

“淹死的。”

皮果提先生的回答让我感到甚为诧异，汉姆竟然不是他的儿子。我开始怀疑这些人之间的关系是否都被我弄错了。我很想把这些人的关系理清楚，于是我决定向皮果提先生问到底。

“小爱米丽呢？”我看着她说道，“是你的女儿吧？”

“不是的，少爷。她是我妹夫汤姆的女儿。”

我忍不住又问了一句同样的话：“死了吧，皮果提先生？”我又沉默了片刻之后问道。

“淹死了。”皮果提先生说。

我深刻感到再继续这个话题的困难程度了。但是我还没有弄清楚其他人的关系呀，于是打算继续问下去。于是我说：

“你连一个孩子也没有吗，皮果提先生？”

“嗯，少爷，”他笑一下继续说，“我是孤单一个人呢。”

“单身汉？”这让我更为惊讶了，“嗯？那么她是谁，皮果提先生？”我指着那个系着白围裙正在织毛衣的人问道。

“哦，她呀，她是高米芝太太。”皮果提先生说。

“高米芝？”

此刻，皮果提——我家的用人——向我示意别再问了，我也就只好陪大家一起默默地坐在那里。到睡觉的时候，皮果提来到我的房间，告诉我说，汉姆和爱米丽都是孤儿，皮果提先生在他们被无依无靠地抛下时就一直收养他们到现在。至于高米芝太太的丈夫，是和他曾经在一条船上干活的伙伴，因为贫穷，最终死了。不过他自己也是一个穷人，她说，但他比金子还要好，比钢还要硬——她如此比喻。她告诉我，唯一能让他发脾气或诅咒的就是妄加评论他的这些义举。如果有人在他面前提起这事，他会很愤怒地捶一下桌子，曾经还打破了一张，然后诅一个可怕的咒，假如这样做不能奏效的话，他要么一去不复返，要么就要受到“高埋”（一个英文单词的谐音，意为遭天谴）。对于“高埋”这个词，我曾问过那里所有的人，似乎没人知道他的来历，但人人都把它当做再可怕不过的诅咒了。

我在睡意浓烈的情况下领会了主人的好，心情也跟着舒畅了。听到女人们在船的那一头一间和我的差不多大的卧室中入睡，也听到他和汉姆在悬梁的钩子上吊起两张吊床。就在我甚感睡意的时候，海上的风咆哮着吹过海滩，想到这夜晚翻腾起伏的大海，顿时有种说不出的忧虑。但我想到，我毕竟是在一条船上，而且万一发生了一些事，因为船上有像皮果提先生那样的人是有很多好处的。

第二天醒来，一切都和往常一样，什么事没有。当早晨的第一缕阳光照到我那镶有贝壳的镜子的镜框上时，我便起了床，和小爱米丽一道来到海滩上拣石子。

“我想你应该是个水手吧？”我向小爱米丽问道。究竟有没有想过这个问题连我自己也不是很清楚，但我觉得出于礼貌我应该说点什么；就在那时，我看到离我们不远处有一面船帆，在她明亮的眼睛中倒射出一个美丽的影子，使我想到这个问题。

“不，”小爱米丽摇摇头，“我怕海。”

“怕？”我站在大海面前摆出一副神气十足的样子冲海喊道，“我不怕！”

“啊！可它是残忍的，”小爱米丽说，“它曾那么残忍地对待着我们的一些人，我见过一艘同我们房子一般大的船被它吞没了。”

“那不会是——”

“你是说我父亲淹死在里面的那艘？”小爱米丽说，“不，不是那艘。我从来没见过那艘船。”

“你也不曾见过他吗？”我问。

小爱米丽摇摇头：“想不起来了。”

无独有偶！我立刻对她说：我父亲在我出世前就死了，只有我母亲和我过着我们想象的幸福生活，而且还说不光是现在，将来也要这样幸福地生活下去，我父亲的墓在我家附近，被一棵树遮着，有许多个愉快的早晨，我来到那树下听鸟儿欢快地歌唱。有一点似乎和小爱米丽不同，那就是，她母亲在她父亲之前便离开了她，除了黑暗的海底没人知道她父亲到底埋在哪里。

“另外，”小爱米丽一面低头找着贝壳和石子一面对我说道，“你父亲是上流社会的，你母亲也是位太太；我父亲不过是个渔夫，我母亲也是个渔夫的女儿，我的舅舅丹也是个渔夫。”

“你说的丹就是皮果提先生吧？”我问道。

“丹舅舅——在那里。”小爱米丽对着那座船一样的房子点了点头道。

“嗯，我指的就是他，我想他对你一定很好。”

“他对我很好。”小爱米丽说，“假如哪天我也做了太太，我一定送给他一件钻石纽扣的天蓝色外衣、一条紫花布色的长裤、红鹅绒背心、卷边帽子、金表、银烟斗，对了，还有一箱钱。”

我说皮果提先生对于这些是受之无愧的。不过我很怀疑，他是否能很自在地穿上他那感恩的小外甥女为他设计的服装，至于那顶卷边帽子对他是否合适，我就更为怀疑了，当然我没有说出我的这些想法。

小爱米丽已经停下了步伐，面对着天空盘算着，仿佛那些都是一种美好的景象。我们一边朝前走着，一边注意着脚下的贝壳和石子。

“你想成为一个太太？”我说。

爱米丽看着我点了点头笑了：“是呀。”

“我很想那样，如此一来，我、丹舅舅、汉姆，还有高米芝全都会成为上等人了，我们就不必担心暴风雨会在什么时候来临了。我不光是为了我们自己，还有那些可怜的渔夫，万一他们遭遇不测，我想我的钱可以帮助他们。”

我对这想法甚为满意，而且不会有任何阻碍。当我对这想法表示了我的欢喜之后，小爱米丽害羞地问道：

“现在呢，你仍然不怕海吗？”

此刻海很安静，安静得让我安心，假如现在有一个大一点的浪花向我们打过来时，我肯定会怀着对她那些被淹死的家人的可怕记忆跑开的。但我仍然说：“不怕。”我又补充道，“你也没有表现出很害怕的样子啊，虽说你说你很怕。”因为我们走过旧码头或木板上时，她走得太靠边了，我真担心她会因此而掉下去呢。

“我怕的不是这个，”小爱米丽说，“每当海风咆哮的时候，我就会被惊醒，全身发抖，想着丹舅舅和汉姆，我相信我可以听见他们呼救的声音。所以，我好想成为一个夫人。不过我怕的不是这个，一点也不，真的，看！”

她从我身边一直走到离我们不远处的一根突起的锯齿形木头上，高高地悬在水面上，周围没有一点可以作为护栏的东西。那一刻的情景给我留下了很深的印象，假如我会画画的话，我完全可以把它画下来；小爱米丽带着那种我永远也忘不了的神气面朝大海跳上她的死地（我觉得是这样的）。

当她安然无恙地回到我身边时，我笑我刚才为什么如此害怕，甚至差点发出了叫喊，对于没有一个人的地方，叫喊是没有任何益处的。自那以后一直到现在我想了很多次：在那些无法预料的事中，是否存在这种可能，即她在那天突然变得如此胆大是否是因为有一种仁慈的吸引力在鼓动她去冒险，她那亡故的父亲在引诱着她向他靠拢，以便那天他们可以团聚。自那以后，有那么一段时间我曾这样怀疑：假如她未来的生活已在那一瞬间给我作了启示，以一个孩子完全可以理解的方式给我作了启示，如果我不向她伸出援手她便很难得以保全的话，我是否应该向她伸出援手呢？自那以后，有那么一段时间（虽然不长但的确有过）我这样问自己：假如小爱米丽在那天就在我的眼前被吞没是否会更好些？我这样回答，是会更好。

或许这太早了点，或许我说得太快了。不管怎样，由他去吧。

那天我们走了很长一段路，拣了很多在我们看来稀罕之物，还把一些搁浅的星鱼很小心地放回了海里——到现在我还是无法了解它们，对于我们这样的做法，我无法断定它们究竟会感谢我们，还是正好相反——接着我们便朝皮果提先生的住处走去。在龙虾外屋的避风处，我们交换了天真的吻，之后洋溢着阳光和快乐的心情进去用早餐了。

“两只多么年轻的画眉啊。”皮果提先生说。照我们的话来说，说我们是两只年轻的画眉，我把这当做一种恭维接受了。

当然，我爱上小爱米丽了。我敢说，我爱她，比我后来那高尚且尊贵的爱情还要真挚强烈，更为纯真和高尚。我相信，围绕着那个蓝眼睛的小女孩生出一种东西，并把她化成了我心目中的天使。即使在任何一个晴朗的清晨，在我面前她展开一双小翅膀飞走了，我也不会认为有什么奇怪。

我们经常这样相亲相爱地走在雅茅斯雾蒙蒙的海滩上。我们就这样自在地消遣度日，仿佛时光也像一个长不大的孩子。我对小爱米丽说，说我很喜欢她，如果她不承认她也很喜欢我，那我就不得不用刀子杀死自己。她说她很喜欢我，我也相信她很喜欢我。

对于不平等或太年轻或有关其他什么缘故阻碍我们的困难，我和小爱米丽都不因此而感到烦恼，因为我们没有考虑过未来的事。我们没有想过以后的事，就像我们不曾想过以前的事一样。每晚，当我和小爱米丽肩并肩坐在小柜子上时，高米芝太太和皮果提都会称赞我们，经常能听到她们这样说：“哦，多么般配的一对啊！”皮果提先生一边抽着烟一边对着我们微笑，汉姆也对着我们咧嘴。除了笑他们什么也不做。我想，他们是喜欢我们的，如同喜欢一个好看的玩具或喜欢一个袖珍的罗马剧场模型。

没过多久，我便发现，在高米芝太太和皮果提先生同居的日子里，并非我们想象的那么和谐。面对如此小的住处，面对如此暴躁的高米芝太太，我们经常为她的啜泣而感到不安。我很担心她，假如她有自己的房间的话，那样她就可以在她不高兴时去她自己的房间独自哭泣，一直到好点后再出来，我想这样我们也会舒服一点。

皮果提先生偶尔去光顾一家叫如意居的酒馆。我发现这一点是在我来到这里的第二天晚上或第三天晚上，那晚他出去了，在八九点钟，听面对着荷兰钟的高米芝太太说的，她说他早上就去那里了，现在肯定还在那里。

高米芝太太整日愁眉不展。就在早上刚点上火炉时她还哭过。“我是个苦命的人，”当遇到不愉快的事时她就会说这样的话，“一切都不顺我的意。”

“啊，烟熏得满屋子都是，”皮果提说——我家的用人——“你也知道它有多讨厌，我们和你一样都烦它呢。”

“我觉得它烦我更深一些。”高米芝太太抽噎道。

那天寒风阵阵，冰冷刺骨。高米芝太太坐在离火炉最温暖、最舒适的地方，我是这么想的，当然她的椅子也是最舒适的。但即便是这样，她仍在抱怨，她抱怨这寒冷的天气，说冷气不断地侵蚀着她，像虫子在她背上爬一样。终于，她哭出了声：“我是一个苦命的人，一切都不顺我的意。”

“今天真的很冷，”皮果提说，“我们都这样认为。”

“但我比你们感觉还要冷。”高米芝太太回道。

类似的事件在吃饭时也发生了。因为我在这里算得上是贵客了，因此，高米芝太太的菜总是跟在我之后上。鱼太小而且有很多刺，马铃薯烤得也有点焦，对于这一点我们都不否认的确感到有点失望。但是高米芝太太说她更失望，接着又哭了，并且又很悲痛地重复了那句话。

大概九点的时候，皮果提先生回来了，这位不幸的妇人正在她的座位上织毛衣，很凄惨很可怜的样子；而皮果提在缝补；至于汉姆，他在补他的大水靴；当时我正在读书给他们听，小爱米丽坐在我旁边。高米芝太太除了叹气不曾开过口，就算喝茶时也没有抬起头来看我们。

“嘿！你们好啊！”皮果提先生坐下道。

我们都和他搭了话或做了个眼神来表示我们对他的欢迎，只有高米芝太太坐在那里一声不吭地织毛衣。

“有什么不顺你的意了吗？”皮果提先生双手一合说道，“打起精神来！”

不过她好像没有要振作的愿望，掏出一条黑丝手帕拭了拭眼角的泪水，并没有接着就放进口袋，而是放在伸手可及的地方，过了一会儿，又拿起来擦了擦，仍旧放在原处，备用。

“有什么不顺你的意了吗，太太！”皮果提先生重复道。

“没什么，”她答道，“你去如意居了吧？”

“嗯，我刚才在那逗留了一会儿。”

“我的错，是我赶你去那里的。”高米芝太太说。

“赶？我很乐意去那里啊，怎么会是你赶我去的呢！”

“很乐意？”高米芝太太一边摇头一边擦着泪说道，“的确，的确，很乐意，都是我的错，都是因为我你才那么乐意的吧？”

“因为你？怎么会呢？让我们忘了这个吧！”皮果提先生说。

“的确，的确，都是因为我，我很清楚我自己，我是个苦命的人，不仅一切都不顺我的意，而且，我也不顺别人的意。的确，的确，我的感触比别人多，表示也比别人多。这是我的悲哀。”

我坐在那里静静地看着他们，突然想到，那种悲哀已经蔓延到家中的其他人身上去了。但皮果提先生并不这样认为，他所作的回答只是恳求高米芝太太打起精神来。

“我和我的期望差得太远了，我很清楚我自己，因为自己的烦恼让我感觉更加烦恼。我极力不去想它们，但结果是徒劳的；我极力去习惯它们，但结果仍是徒劳的。因为我的存在，这个家已经变得不那么愉快了，对此，我并不否认，你的妹妹已经很不愉快了，还有大卫少爷。”

听到这些，我开始感到不安，带着重大的内疚与不安叫出了声：“不，别这么想，你没有使我们感到丝毫的不愉快。”

“我的做法纯属无理取闹，”高米芝太太说，“没有一点益处，我的最好归宿就是进救济院等死。我是个苦命的人，最好别在这里跟你们作对。假如事情要和我作对，而我又要和我自己作对，让我回救济院作对吧。丹，我还是去救济院，免得惹你们生气。”

高米芝太太说完便回房睡了。在她离开之后，满脸同情之色的皮果提先生面对着我们大家说道：

“她在想那个老头子呢。”

那时，我还不清楚大家所说的高米芝太太想的那个老头子是谁，直到皮果提送我进房间睡觉时，她才对我说，是那淹死的高米芝先生。她的哥哥总会在她不高兴时拿出那句话作为理由在他自己身上发挥一种感动的效果以此来宽恕她的暴躁。那晚，就在他上吊床之后，我还时而能听到他对汉姆说：“可怜的人啊！她在想那个老头子呢！”在我居住在那里的剩下的时间里，每当高米芝太太出现类似状况时（发生的次数不多），他总以他最大的宽容化解了。

两周的时间就这么过去了。潮水的涨落打乱了皮果提先生去如意居的次数，也打乱了汉姆的工作进程。当汉姆无事可做时，他会和我们一起散步，指着大小的船只给我们看，还带我们去划过几次船。为什么屈指可数的一组印象与另外一些地方的印象那么相似，特别是他们童年时的那些联想，我相信绝大多数人是这么想的，但我始终没想明白这是为什么。每当我听到有人提起雅茅斯时，就会想起在海边某个礼拜天的清晨，那催人去教堂的钟声，靠在我身边的小爱米丽，向海里懒洋洋地扔着石子的汉姆，海的尽头，太阳刚透出浓雾，像影子一般的船在阳光的照射下显示在我们面前。

日子过得飞快，终于临近回家了。我可以忍受同皮果提先生和高米芝太太分别，但是要我跟小爱米丽道别却是万分痛楚的。当我们手拉手向车夫居住的酒馆走去时，我答应会写信给她，后来给她寄了一封，但是字比招租广告上的还要大。我们在离别时都很难过，在我的人生当中，假如有过缺陷的话，那天便产生了一个。

我在皮果提哥哥家做客的两周时间里，基本上没有想过我的家，可以说是完全背弃了它。但是当我朝家走去时，我那谴责的童年的良心此刻就如同一个引子在向我指引了，当我精神不振时，我便感觉，那是我的家，我的母亲就是我的朋友，可以给我最大的安慰。

当我离家越近时，对于这一点的感觉便更加强烈，而周围的一切又变得如此熟悉，我便迫不及待地想要回到那里，投入她的怀抱。但是皮果提没有这样的感觉，而且对我还很和蔼地加以压制，表现得很不安，心情很不佳。

先不管她吧，只要马没有不高兴，我们总可以回到布兰德斯通的鸦巢的。我记忆犹新，那是一个阴冷的下午，阴沉的天仿佛有雨。

打开门，我半哭半笑着找我的母亲，甚为激动，却见到一个未曾谋面的仆人。

“皮果提！”我很伤心，“妈妈呢？”

“回来了，少爷，”皮果提说，“她已经回来了，等一下，少爷，我想——我想跟你坦白。”

由于激动加上她下车时表现的那种笨拙，她把自己弄得像个彩球一样，不过让我觉得有点扫兴而且近乎离奇，但我未对她说出这一点感受。下车后，便握紧我的手，疑神疑鬼地把我拉进厨房，关上了门。

“怎么了？出什么事了吗？”我很惊讶。

“没事，少爷！”她强作高兴的样子。

“我相信发生了什么，妈妈呢，她在哪儿？”

“妈妈在哪儿？”皮果提重复我的话。

“是呀，她为什么没有到门口去迎接我们，我们来这里做什么？说啊，皮果提！”泪水填满了我的眼眶，我感觉失去重心了。

“可怜的孩子！”皮果提紧紧抓住我叫道，“你怎么了？说话呀，亲爱的！”

“不会也死了吧！天哪，她没有死吧？”

“没有！”她叫道，叫得那么大声，接着坐了下来开始喘气，还说我让她受了惊。

为了使她恢复过来，我上前拥抱了她一下，然后又退了回来，满脸疑问地看着她。

“你是知道的，我之前就应该告诉你的，始终，我却没找到一个合适的机会，我应该去制造一个机会的，但我却不能十风，”她那颤抖的话语，不经意间把十分说成了十风，“打定主意。”

“后来呢？”我感到更加惶恐了。

“少爷，”她一边颤巍巍地揭下她的头巾，一边喘着气说道，“你现在有个爸爸了，你觉得怎么样？。”

顿时，我的脸色惨白，全身发抖。我想到躺在那里面的他一下又活了过来，我不知道这是为什么，仿佛一阵让人感觉窒息的风向我迎面吹来。

“另外一个。”皮果提说道。

“另外一个？”

皮果提倒吸了一口气，如同吞下了一块很硬的东西，然后把手伸到我面前说：

“来，我们去见他。”

“不，我不要。”我向后倒退了两步。

“还有你的妈妈呢。”

我停下了。接着我们来到那间最好的客厅，也就是她离开我的地方。我母亲和默德斯通先生面对面坐在火炉旁。见我来了，我母亲赶忙放下手边的活站了起来，但我却感到莫名的陌生。

“嗯，克拉拉，亲爱的，”默德斯通先生说，“冷静点！控制住，永远控制住自己！大卫，你好吗？”

我把手向他伸去，犹豫了片刻，我走到母亲跟前，我们相互亲吻着，她拍了拍我的肩膀，然后又坐下来继续刚才未完成的针线活。我不敢看我的母亲，也不敢看那个男人，但我很清楚，他在看我们。我转身来到窗前，透过窗子看在寒风中低垂的草。

后来，我找了机会溜到了楼上，我原先的卧室被搬走了，现在我要睡在很远的地方。接着我不经意地走下楼，想看看还有什么依旧保持着原貌，但一切似乎都改变了；接着我又悠闲地来到院子里，但我很快就离开了，因为那个空狗窝被一只大狗占据了——那狗和他声音一样低沉，毛发黑黑的——它在远处看见我便朝我狺狺狂吠，跳出狗窝向我扑来。

第四章

假若我的床所移进的那间房间是一个可以为我作证的有思想的东西的话，现在——我想知道以后是谁睡在那里——我便要它证明，我带给它的是何其沉重的一颗心啊。在我上楼时那狗一直在狂吠，我在它的吠声中走进我的房间。那个房间跟我之见如同两个陌生人，我两手交叉着坐在那儿想心事。

我想的全是一些无关紧要的事，房间的样子，天花板上的裂缝，墙上的壁纸，玻璃窗上的条纹和上面的灰尘，看到那三条腿的脸盆架，东倒西歪的，带着一种不满的神态，这使我想起了那因失去她老头子而烦恼的高米芝太太。我哭了，不过说到底，除了冷和沮丧之外，我不知道为什么哭。最后，我在寂寞中突然想到小爱米丽，我被人从她身边拖走，来到一个没有任何人像小爱米丽一半那样需要我的地方，想到这里，我很伤心，便缩进被窝里哭了，不久便睡着了。

“他在这儿！”蒙眬中，我听见有人在说话，我的头被她们从被窝里抱了出来，接着我被吵醒了，是我母亲和皮果提，她们来看我了，我是被她们其中一个给吵醒的。

“大卫，没事吧？”母亲问道。

对于她的问题我感到很奇怪，不过我说：“没有。”我记得，我说完便把脸埋在被子里，以此来掩藏我那因撒谎而发抖的嘴唇。

“我可怜的孩子。”

那时候，似乎没有其他的什么话能够像她那样把我叫做她的孩子那般有感染力了。我把头缩进被窝里，当她伸出手来掀我被子的时候，我把她的手用力地推开了。

“这是你的错，皮果提，残忍的东西！”母亲说，“对于这一点我完全清楚，但我想知道，当你唆使我的孩子来反对我、反对我爱的人时，你对得起良心吗？你为什么要这样做，皮果提？”

皮果提举起了双手，抬起了头，可怜到只能用我在饭后常背诵的祷告来回答她：“科波菲尔太太，愿上帝保佑你，希望你永远不会为你方才说的话而真心忏悔！”

“你想把我气死吗？”母亲叫道，“现在我还在度蜜月呢，恐怕连我最大的仇人在这时也会放松一点，不去妒忌此刻正在享受片刻宁静与幸福的我。大卫，你这淘气的孩子！皮果提，你这粗鲁的东西！上帝啊！”母亲把头在我们俩面前扭来转去带着一种暴躁的性子叫道，“当我们有权利希望这个世界顺心如意时，便突然发现，它是如此令人苦恼。”

这时有一只手向我伸来，我发现那只手既非是我母亲的也非皮果提的，那是默德斯通先生的，他把手搭在我的肩膀上说，

“怎么回事？克拉拉，难道你忘了吗？——坚定一些，亲爱的。”

“爱德华，我很愧疚，”母亲说，“我很想做得好一点，但是我却实在不舒服。”

“的确！”他说，“对他来说，这是一个坏消息，而且来得如此快，克拉拉。”

“现在，我已经感到很不舒服了，而且很难堪，的确，那是很难堪的，我说得对吗？”

他扶起了我的母亲，靠近她的耳边低声说了些什么，还吻了她。此刻，我母亲把头靠在他的肩上，搂着他的脖子，看到这些，我就知道他有能力将我那软弱的母亲塑造成他想象的样子，并且他已经做到了。

“亲爱的，你先到楼下去吧，”默德斯通先生说，“大卫和我待会儿就到。”他对着我的母亲点头微笑，然后目送她离去。接着他拉着脸朝皮果提说道，“你知道你的女主人姓什么吧？”

“这个我当然知道，我来这里已经有一段时间了。”

“诚然，”他说，“不过，在我上楼的时候，我好像听到你在称呼她时用的不是她自己的姓。现在，她已经跟我姓了，这个你是知道的，也请你记住这个！”

皮果提朝我望了几眼，眼神中透露出不安，她没有说话，行过礼之后便退了出去；我想，她大概明白有人不希望她留在这里，再说，她也没有理由留在这里。他关上了门，坐在椅子上，此时屋里只剩下我们俩了，他提着我的胳膊，让我站在他面前，盯着我的眼睛。我感到我的眼睛也被他吸住了。每当我回忆起我们这样彼此面对面的时候，我就能听到我的心跳声，每次都那么迅速，那么强烈。

“大卫，”他的嘴唇闭了起来又张开，说道，“如果要让一匹马或一条狗听话，你猜我会怎么做？”

“不知道。”我有气无力地回道。

“打它。”

此刻，周围都寂静了，我听见了我的呼吸声，那么短促。

“打它，让它感觉痛苦，我告诉自己说：‘我要驯服它。’即使打得它皮开肉绽，流出了血，我也要驯服它。你脸上有什么东西？”

“是脏。”我说。

我知道那是泪痕，我想他也知道。但是如果他握起拳头对着我将刚才那问题问上二十遍，我想我宁愿心脏炸开也不会骗他的。

“你是一个聪明的家伙。”他带着别人不曾有的微笑说道，“我知道，你很清楚我的心思。去，把脸洗干净，大卫少爷，然后我们到楼下去。”

说着便指着那个让我感觉和高米芝太太家很像的脸盆架，并点头向我示意，要我照他的话去做。我不曾怀疑，直到现在也没有怀疑过，假若我迟疑一秒钟，他一定会毫不迟疑地将我打倒。

“克拉拉，亲爱的，”当我照他的指示做了之后，他依旧提着我的胳膊，在后面监督我走进了客厅，“我想你不会再感到不舒服了，我们年轻的性格不久就会得到改善。”

天哪，那刻只要他说一句很和蔼的话，我想我就很快被改善的，而且这样的改善将是终生的，那时，我也不是现在的我了，而是另外一个人。如果他说一句鼓励我的话，或者说一句怜悯我年幼无知的话，或者说一句欢迎我的话，再或者说一句“这是我的家”，都会使我从内心去顺从他、尊敬他，而不是外表上的假装。当我的母亲看见我惊恐不安地，甚为疏远地站在房中时，我想，她是难受的，当我溜向一张椅子时，她那忧虑的眼睛跟着我移动，她好像要说我那幼稚的步伐中带着一种自在的风度，但她最终并未说出口，因为说那句话的时机已经溜走了。

我们三个人坐在一起吃饭，但彼此都很独立。他好像很爱我的母亲——但我并不因此而喜欢他——我母亲也很爱他。从他们谈话中得知，当晚他的姐姐要来跟我们一起住。顺便插一句我的这样一个发现：他似乎无所事事，除了在伦敦一家酒馆有一份股权，每年可以从中拿到一些红利之外，他不曾干过其他的事，况且，那家酒馆是他的曾祖父留下的，他的姐姐在那家也有一份股权。

饭毕，我们坐在火炉旁，当我想如何逃到皮果提那里，而又不使人觉得我是在逃跑从而会得罪一家之主的时候，花园门前停了一辆马车，于是他出去了。我母亲也跟着出去了，我胆怯地跟在她身后，在那黑暗的门旁，她转过身来，像过去那样，把我拥入怀中，低声对我说，要我爱他、听从他。她在匆忙中说完了这些话，仿佛她刚才所做的根本就是在犯罪，但她却又表现得那么亲热，她伸出手来握住我，一直走到他的身旁才放开我，伸出手挽着他。

来的是默德斯通小姐，一个看上去十分晦气的女人。乍一看，跟他的弟弟一样黑，就连面貌和声音也跟他很像，两条很浓的眉毛，几乎一直长到她的那个大鼻子上，仿佛上帝弄错了她的性别，用她的眉毛来代替她的胡子。她带来了两个大箱子，箱子盖上用铜钉钉出了她名字的首字母。她从一个硬皮钱包中拿出钱付给车夫之后，便把钱包放进了袋子里，那袋子被一条粗大的链子束缚在她的胳膊上，接着袋子就被她关上了，钱包就那样被她监禁了。在那之前，我从未见过一个像默德斯通小姐这样的女人，从头到尾都像是铁打的一样。

一阵寒暄过后，她跟着我们来到客厅，在那里，我母亲作为新的亲属被正式介绍给她。随后她便面对着我问道：

“弟妹，你儿子吧？”

我母亲说是。

“一般来说，我不大喜欢男孩，你好吗，男孩？”默德斯通小姐说。

在她这种鼓励之下，我对她说，我很好，并也向她问了声好。默德斯通小姐面带冷淡回了我四个字：

“缺少教养。”

经过上面一番谈话之后，她便要求去她的房间看看。自那以后，我便觉得那个房间阴森得让人害怕。她带来的两只大黑箱子从未有人见过被打开过，永远是锁着的，还有她那镜子上森然地挂着无数用来打扮自己的小钢钉。

据我观察，她打算长久地住下来了，没有要走的意思。第二天清晨，她便开始出入储藏室，打乱了物品原来摆放的位置，为的是帮我母亲整理物品。我总觉得默德斯通小姐有点疑神疑鬼，她总怀疑佣人在家中藏了一个男人。在这种幻觉的影响下，她总是不时地冲进煤窖，打开黑暗的橱柜的门，之后又啪的一声关上门，并相信自己已经发现了那个男人。

虽然默德斯通小姐全身没有任何灵活之处，但就早起这一点来说，她却是很积极的。在我们都还在梦境中时，她便起床了，第一件事就是去找那个男人。皮果提这样说，她连睡觉也睁着一只眼，对于这一点，我却不能同意，因为后来我亲自体验过，发现这样根本就办不到。

她在来到我们家的第一个清晨，在公鸡开始打第一声鸣时，她便起床了，过后不久便摇铃叫醒我们。当我母亲下楼来用早餐并准备沏茶时，默德斯通小姐如同小鸟一样在她脸上啄了一下，以此来表示她的吻，说道：

“克拉拉，亲爱的，你应当清楚，我来这里是为了分担你的烦恼。你是太美了，也太没有思想了，”我母亲的脸刷地一下红了，笑了笑，似乎对她这样的说辞并不厌烦——“我可以承担你的家务，如果你愿意的话，我可以替你保管钥匙，那样的话，这一切都由我帮你整理。”

自那以后，那串钥匙就整天被放进了她的小监牢中，一直收藏在她的枕头底下，此后，那串钥匙就与我和我母亲断绝了来往。

对于管理权的移交，我母亲也表示过抗议。一天夜晚，当默德斯通先生批准了他姐姐提出的一项家务计划时我母亲突然哭了起来，说道，她以为可以跟她商量一下的。

“克拉拉，我真的搞不懂你！”默德斯通先生一脸严厉的样子。

“哦，你说搞不懂我是很合适的，爱德华！”母亲叫道，“你在我面前谈论坚定是很适合的，但是你并不喜欢这样。”

可以这么说，坚定是他们姐弟俩所共有的品德。如果要我对这种品德按照我的理解加以解释的话，那应该是霸道的另外一个称呼，也可以解释为一种傲慢的气质。当然，无论作哪一种解释，他们俩都共同拥有这一品德。就我现在看来，它仍然是这样。默德斯通先生相当坚定，在他看来，这个世上再无别人能与他相比了；在他看来，别人根本就没有半点坚定，因为别人的坚定都臣服于他。但我的母亲和他的姐姐是个例外，默德斯通小姐可以坚定，因为他们是亲属，但那坚定不过是低级的，附属于他的坚定；至于我母亲，她也是可以坚定的，也必须坚定，但也仅仅是忍受他们所谓的坚定，而且还必须坚定地相信，世上再也没有其他的坚定了。

“这很让人难受，”我母亲说道，“在我的家里——”

“我的家？”默德斯通重复道，“克拉拉！”

“我的意思是我们自己的家，”我母亲撇着嘴说道，很明显她是受到了惊吓，“我想你应该明白我的意思，爱德华，这是很让人难受的，在你的家里，我无权询问一句关于家务的话。在我们还没有结婚之前，家里的事我管得很有条理，问问皮果提就知道了，在她不干涉我的情况下，我做得怎么样！”

“爱德华，就此打住吧，我明天就离开。”默德斯通小姐说。

“珍·默德斯通，请你别开口可以吗？你是了解我的，但是你怎么可以暗示你一无所知呢？”她弟弟说道。

当时，我母亲处境很不好，泪流满面地说道：“事实上，我没有要赶任何人的意思。假若有人要离开，我会很苦恼，很不愉快。我的要求并不过分，我也不是那种不近人情的人，我只是想有些事偶尔可以跟我说一下。对于曾帮助过我的人，我很感激他们，但我只想时而象征性地跟我商量一下。我记得，有一次你因为我的幼稚和缺乏经验而感到欢喜呢——我记得你这样说过——但是，但是现在你却因为这个人对我感到厌烦，而且还那么严厉。”

“爱德华，就此打住吧，我明天就离开。”

“珍·默德斯通，请你别开口好吗？你怎么可以违背我的坚定？”

默德斯通小姐拿出一条手帕举在她眼前。

“克拉拉，”他对我母亲说道，“你让我感到很惊讶，很奇怪！的确，我曾经因为能娶一个缺乏经验的人而感到欢喜，那是因为，我可以在塑造他的品德时加入一定量的坚定。但是就在珍如此尽心尽力地帮我，因为我而采取了一些类似管家的权力，却遭到了这样卑劣的回报时——”

“别，别，爱德华，”我母亲叫道，“别责备我是一个忘恩负义的人，我相信我不是，也不曾有人那样说过我，的确，我犯过很多错。但那样的错我却不曾犯过。别那样对我，亲爱的！”

“当珍·默德斯通遇到如此卑劣的回报时，我必须得说，”在我母亲停下不说话了，他又继续说，“我感到心寒，也改变了我的想法。”

“别那样说，亲爱的！”我母亲楚楚可怜地请求道，“哦，别那样，亲爱的！你那么说我，我感到很难受。无论我变成什么样，我是很热情的，我知道我是，在我说这话之前，我很清楚我是，否则我肯定不会那样说。我相信皮果提也会这么说的，不信你可以问问她，我相信她会那样告诉你的。”

“不管你软弱到何种程度也不能使我有半点改变。”默德斯通答道，“你怎么了，喘不过气来了？”

“让我们跟以往一样和睦相处吧，哪怕有半点的冷淡和残酷都会让我难以活下去。”我母亲说道，“我很内疚，我知道，因为我的过错，也多亏了你的好意，愿意帮我纠正这些过错。珍，我不反对任何事，假若你走了，我肯定会伤心难过的——”我母亲悲痛得再也无法说下去了。

“珍，我希望我们之间像今天这样粗暴的话在今后不要再出现。今天发生的事，并非你我的过错，我们都是被牵连进来的，让我们想方设法忘了它吧。”一番慷慨陈词之后，他继续补充道，“今天的事会对孩子产生负面影响的，所以，大卫，去房间睡吧！”

我很担心我的母亲，我的泪水充斥着眼眶，几乎找不到门在哪儿，连跟皮果提道声晚安或跟她要根蜡烛的心情也没有了，就这样在黑暗中摸索着走进我的房间。午夜一点之后，皮果提来到我的床头，叫醒我对我说，母亲已经伤心地睡去了，他们姐弟俩还坐在那里。

第二天我起得很早，当我走到客厅外时，听见了母亲的声音，便停住了脚步。她在很谦虚地恳求默德斯通小姐对她的宽恕，默德斯通小姐答应了，接下来的一切便又归于平静。自那以后，我母亲如果想在某件事上发表她的见解，她一定会向默德斯通小姐请示，或者用某种绝对可靠的方法去探知她的意见。当默德斯通小姐生气（她动不动就那样）时，她就会伸向她的袋子，仿佛她真的要取出那钥匙一样，看到她的这一举动，我母亲便会陷入极度的恐慌之中。

默德斯通家血统中那阴郁的遗传染指了他家那严厉而愤怒的信

仰。自那以后，我经常想，那种信仰存在一种让默德斯通先生产生如此坚定的性质，那种坚定深刻到他不允许任何人以任何借口逃避那几段严厉的处罚。即使是这样，我也不会忘记我们去教堂时的那种可怕情景，以及那已改变了的氛围。让我头痛的礼拜天又来了，现在我听到的是默德斯通小姐带着残忍的口气念着那些可怕字眼的经文了。当她念道“可怜的罪人们”时，她的眼睛在教堂里转来转去，仿佛那句话是对教堂内所有在祈祷的人们说的。我向我的母亲看了几眼，看见她处在他们俩之间，微微地张合着她的嘴唇，那姐弟俩像闷雷一样在她的耳畔咕哝着。这时，我甚至怀疑是不是那些传教士都弄错了，而他们俩才是正确的，天堂中的天使都是一群恶魔。假若在祷告的过程中，我稍微动一下手指头或抽动一下脸部的肌肉，默德斯通小姐都会用她手中的书杵我一下，杵到我肋骨疼痛。

当然，在我们回家的路上，我又见到那些邻居在远处看着我的母亲和我，窃窃私语。他们三个人相互挽着走在前面，把我一个人丢在后面，当我在后面低首徘徊时，我打量着那些人的眼神，同时也怀疑我母亲的步伐是否没有以前那么轻盈了，她那美丽的资色是否也已荡然无存了。我还对另外一个问题有疑问，那就是，那些人是否和我一样没有忘记过去我们（我母亲和我）一起走回来的情形，在那段凄惨的岁月里，我整天都在想这个愚蠢的问题。

有关我上学的事，他们曾提过几次，那是由默德斯通姐弟俩首先提起，当然我母亲肯定不会有任何异议。但那时，我还在家中上课，自然这个提议也就没有太大的成效。

那些功课我到死都不会忘记。名义上由我母亲教我，事实上，却是由默德斯通姐弟俩把持着。每次他们都在场，把那些功课当做是叫我母亲学习他们所谓坚定的绝佳机会，殊不知，对我们母子俩来说，那坚定根本就是毒药啊！我确信我是因为那样才没有去上学的。当只有我母亲陪我时，我学得很认真，学得也很快。至今我还能隐约想起我倚在我母亲腿上学写字母的情形。如果现在要我拿起课本面对着那些胖乎乎的字母时，O、Q和S的平易性格好像又像过去那样浮现在我眼前，虽然它们的样子让我觉得很怪，但给我的感觉却丝毫没有憎恶和勉强。恰恰相反，当我读那本鳄鱼书时，母亲在一旁用她那温柔的声音对我进行鼓励，听到这些，我就如同在小径上漫步一般。但每当我面对那些森严的功课时，我觉得那对喜欢宁静的我而言就是致命一击，如同在灾难的日子里服苦役一般。那些功课既多且长，而且我敢说，我母亲同我一样被那些科目弄得手足无措。

让我回忆一下当时的情形吧，顺便把它记录下来。

用过早饭之后，我便带着书、本子和一块石板来另一客厅。我母亲已坐在桌边等我，但更真正等候我的人是默德斯通先生——他坐在靠窗户边的一把椅子上佯装看书——还有那挨近我母亲正在串珠子的默德斯通小姐。他们俩给我的影响是很深刻的，以致我费尽千辛万苦装进脑子里的东西全都逃走了，逃到一个我实在无法找到的地方去了。

我把一本书递给了我母亲，也许是本语法，也许是一本历史或许地理，现在我记不大清楚了。当我把书递给她的一刹那，我朝那书望了最后一眼，趁着自己还没有忘记之前以最快的速度大声背了出来。当我背错一个字时，默德斯通先生看了我一下；当我背错第二个字时，默德斯通小姐看了我一下，这时，我脸红了，就在我背错第六个字时，再也进行不下去了。我想，我母亲此时肯定想把书递给我以便我能想起来，但是她不敢，于是用温和的声音对我说：

“哦，大卫啊，大卫啊！”

“嗯？”默德斯通先生说，“对孩子要坚定一些，不要说那些幼稚的话，他也许明白他的功课，也许不明白。”

“我敢肯定他不明白。”默德斯通小姐插了一句，很凶的样子。

“我真担心他不明白呢。”母亲说。

“那样的话，克拉拉，你就应该把书递给他，让他明白。”默德斯通小姐说道。

“是啊，亲爱的，我也正想那么做呢，大卫啊，再背一次，别再犯糊涂了。”

我照她的话做了前半部分，背了一次，但是后半部分我却怎么也做不到，因为当时我是糊涂的。还没背到上次背的地方，我先前背对的部分，此时因为我的糊涂也背错了，再也背不下去了，停在那里想。但我想的不是那些功课，而是一些无关紧要而且甚为可笑的事，如默德斯通先生的睡衣值多少钱啦，他姐姐帽里的兜网有大码啦，等等。此刻默德斯通姐弟俩做了同样的一个动作，对于那个动作我期待已久了，即使他们做得那样不耐烦。这时，我的母亲领会了他们的意思，把书合了起来，但是这次欠下的债必须在完成另外的任务之后继续把它补上。

当然，对于这样的债，它只会像滚雪球一样越积越大。当然，我也就越糊涂。面对如此绝望的一个荒谬而幽深的泥潭，我感觉是那般失望，以至于连逃出来的念头都没有了，最后只得把自己交给命运了。当我一直错下去的时候，我母亲和我面面相觑的样子的确让人感到悲哀。当面对这些令人苦恼的功课时，发生了更令人苦恼的一幕，我母亲动了她一下嘴唇想给我一点暗示，她天真地以为不会有人注意她的这一举动，一直在专心致志等着这事发生的默德斯通小姐发出了一声沉沉的警告：

“克拉拉！”

我母亲大吃一惊，脸色苍白，随后怯生生地笑了。默德斯通先生站了起来，拿起书砸向我，或者用书打我的脸，然后提着我把我推到了屋外。

即便功课做完了，还有那些令我头痛的算术题在等着我。那是专门为我准备的并由默德斯通先生口传给我。他问道：“我去一家奶酪店买奶酪，奶酪的价格是四便士半每块，我买了五千块双格罗赛斯德奶酪，那么我应该付多少钱？”此刻默德斯通小姐正暗自在那发笑。一直想到晚餐时间，我也没想出个所以然来。那时，石板灰弄得我满身都是，浑然一个黑白色，最后还是一片面包帮我摆脱了那些奶酪的困惑，羞愧地度过了那个晚间。

到如今，我都觉得我那不幸的学习大概就是这样的。假若没有默德斯通姐弟俩在一边，我本来可以学得不错，但他们姐弟俩对我的影响宛若两条毒蛇对一只小鸟的影响那般神奇。即使那个上午我获得还算不错的成绩，午餐的时候也得不到什么优待；因为假若我不经意间表现出没什么事可干——默德斯通小姐是绝不甘心我无所事事的——她就会用下面那些话来唤起她弟弟对我的注意，“克拉拉，我亲爱的，没什么可以比工作更好的了——让你的孩子做点功课吧。”如此一来，我立马被压上新的劳动。至于说到与年龄差不多的孩子们玩玩游戏，那可是很少有的事，因为默德斯通姐弟俩的阴郁神学把所有的小孩都看做一条毒蛇（虽然在众多圣徒中也有过一个小孩），并坚信他们的毒性会相互传染。

被这样连续地对待了六个多月，我变得阴沉、迟钝、执拗也是必然的结果。感到与母亲一天比一天疏远生分也是一个原因。假若没有那一件事，我想我一定会变糊涂的。

那情形是这样的：我父亲在楼上的一间小房间里留下来一小批书，家中也没人关心。由于那间小房间紧邻我的卧室，我可以很方便拿到它们。就是从那间无人看管的小房间中，罗德利克·兰顿、皮尔格林·皮克、汉弗来·克林克、汤姆·琼斯、维克菲尔德教区的牧师、堂吉诃德、吉尔·布拉斯和鲁滨孙·克鲁索这么一群赫赫有名的大人物走了出来与我交好，他们都将我当做朋友。他们保全了我的幻想，也保全了我对某种超越于我当时处境的东西所抱有的希望。他们——还有《天方夜谭》和妖怪的故事——没有对我造成一点害处，就算那些书中有几本是有害的，但对我也没有什么害处。现在我还为此而感到惊讶，当时在那么繁重的问题包围下，我得苦苦思索，但仍然错误百出，却能抽出时间来读那些书。我也觉得奇怪，在那些小小的苦恼之下（当时我觉得那些都是大大的苦恼），居然还能将我自己想象成喜欢的那些人物，将默德斯通先生与小姐比作所有的坏人，从而使自己得到一丝安慰。我曾经在整整一个星期里将自己当成汤姆·琼斯（一个孩子的汤姆·琼斯，一个与人无害的人）。我确信我一连在一个月里扮演我心中的罗德利克·兰顿。我一个劲地读着当时书架上放的那些有关航海与旅游方面的书——如今，那些书名我已经不记得了；我还记得，我曾一连好多天在我们那房子中属于我的领地上走来走去，拿着一根旧鞋楦的中轴武装了一下自己，宛若大英皇家海军的舰长，在被野蛮人的围攻危机前，决心献身也在所不辞。那个舰长永远不会因为不知拉丁语法而被扇耳光从而失去了尊严。我的确那样过，但无论活着还是死了，舰长毕竟是舰长，是个英雄，尽管世上有种种语文的种种的语法。

这是我唯一的经常的安慰。想到这情形时，我脑海中总会出现这样的画面：一个夏季的晚上，孩子们在教堂的院子里游戏，而我却坐在床上拼命地读书。在我心中，周围一带任何一个谷仓，教堂里任何一块石头，院子里的每一寸土地，都与这些书挂上了关系，统统代表这本书中某个著名的地方。曾经，我看到汤姆·派普斯爬到教堂的圆顶；曾经，我曾瞧着斯特莱普背着行囊在侧门前停下来休息；我还晓得就在我们那村子酒店的大厅里，特伦宁舰长正在与皮克尔先生开会。

列位看官现在和我一样清楚，当我再次回忆起童年生活中那一段往事的时候，我是什么样子。

一天早晨，当我带着那些书来到客厅的时候，发现母亲的样子是焦虑的，默德斯通小姐的样子是坚定的，而默德斯通先生正在把一种东西扎在一根有韧性的棍子的下面。当我走进屋的时候，他就不再扎了，而是把那玩意儿扬了起来，在空中鞭打。

“我和你讲，克拉拉，”默德斯通先生说道，“曾经，我常挨鞭子。”

“真的，当然。”默德斯通小姐说道。

“确实，我亲爱的珍，”母亲怯弱地吞吞吐吐地说道，“不过——不过你想那对爱德华有益吗？”

“你想那对爱德华有害吗，克拉拉？”默德斯通先生严肃地说道。

“就是这句话！”他的姐姐说道。

对于这句话，我母亲答道：“确实，我亲爱的珍。”再也不说什么了。

我隐约觉得这些对话与我有着直接关系，我留意默德斯通先生落到我身上的目光。

“喂，大卫，”他说道——我看到他在说话时又斜视了一下——“今天，你应当要较往常多加小心。”他又将那根棍儿扬了起来，挥动了一下。他将这些已经准备好的东西放在他的身边，随后拿起他书，做了一个令人难忘的眼色。

刚开始就这样，立马让我心慌意乱了起来。我感到课文中那些字又溜跑了，不是一个一个地，也不是一行一行地，而是整页整页地溜跑了。我想抓牢它们，但它们似乎穿着溜冰鞋——假若我能够这样说的话——没有哪个能拦得住它们从我身边溜走了。

我们开始时不好，接下去就更糟糕了。刚进来的时候，我还以为自己准备得很好，想能好好表现一番；可是事实证明我是完全错了。我不及格的书一本又一本堆了起来，而在这整个期间，默德斯通小姐就一直监视着我们。当我们最后轮到做那道五千块奶酪的算术题时（我记得那天他用棍子做算题术），我母亲一下子哭了起来。

“克拉拉！”默德斯通小姐用她那警告的声音说道。

“我不太舒服，我亲爱的珍，我想……”我母亲说。

我看到他严肃地朝他姐姐使了个眼色，一面拿起那根鞭子起身道：“喂，珍，我们不能指望克拉拉能够坚定地忍受今天大卫要加给她的忧虑与痛苦。那样会让她太为难了。克拉拉变得坚强了许多，也改进了许多，但我们还不能指望她太多。大卫，你与我一道上楼去，孩子。”

当他把我带到门口的时候，我母亲向我们跑来。默德斯通小姐一边说着：“克拉拉！你是个十足的傻瓜吗？”一边阻拦。我看到我母亲这时捂住了耳朵，并听到她了的哭声。

他缓缓地严肃地朝我卧室走来——我可以断定他对这种行刑的正式仪式感到其乐无穷——当我们到达那里的时候，他就突然一把把我的头扭到他的胳臂下。

“默德斯通先生！先生！”我朝他叫嚷道，“不要！求你不要打我！我本来是想学的，但当你和默德斯通小姐在边上的时候我就学不了。我真的是学不了！”

“学不了，真的，大卫？”他说道，“我们试试瞧。”

我的头被他夹住就如被一把老虎钳夹中一般，但我设法拦住他，并有那么一会儿拦住他了，我求他不要打我。但我只能拦住他那么一小会儿，因为他立马就要朝我身上狠狠地打下来，而我就咬住他夹住我的手并将它咬破。现在想起那时的情形，就使我觉得牙酸。

于是他打起我来，好像要将我打死。在我们发出的喧闹声中，我还听见她们哭着跑上楼——我听见我母亲哭——还有皮果提。随后他走了，把门从外面锁上；我发狂了，但我感到身子发热、发烧、破烂、肿痛，只好无力地躺在地板上。

我记得多么清楚，当我安静下来的时候，整所房子是被一种异样的沉寂笼罩着！我记得多么清楚，当痛楚与激情开始减退的时候，我开始觉得我多么不应该呀！

我坐起来听了好长时间，没有任何声音。我从地板上爬了起来，在镜子里瞧见我的脸，那么肿，那么红，那么丑，就连我自己也吃了一惊。当我动一下的时候，伤痕处就被拉得紧紧地痛，这让我又哭了起来。但是与我所感到的负罪感比起来，这痛算不了什么。我相信那沉甸甸压在我心头的负罪感使我觉得我是一个穷凶极恶的罪人。

天色已经暗了下来，我关上了窗户（在大部分时间里，我都头枕着窗台躺着，轮流着哭、睡，茫然地朝外面看），这时钥匙转了，默德斯通小姐拿了一点面包、肉、牛奶进来了。她将这些东西放在桌子上，用那典型的坚定眼神瞟了我一眼，随后就出去了，随手把门又锁了起来。

天黑了好久后，我仍然坐在那儿，心想不知道还会不会有人来。当那一夜已无来人的可能时，我脱了衣服，上了床。在床上，我开始满怀恐惧，想以后我会有什么样的遭遇。我的所作所为是不是犯罪行为？我会不会受监禁，送进监牢？我到底有没有被绞死的危险呢？

我永远忘不了第二天清晨醒来时的情形：刚睁开眼睛时那股高兴和新鲜感立马被对凄惨旧事的记忆压垮了。默德斯通小姐在我还没起床的时候又出现了，她唠唠叨叨地告诉我，说我可以在花园里散半个钟头的步，不能更多了，说完就走了出去，让门敞开着，如此一来我可以享受那份恩典。

我那样做了，在长达五天的囚禁中，我每天都那样做了。假若我能够单独见到母亲，我会向她跪下，求她饶恕；但是在那段日子里，除了默德斯通小姐外，我看不见任何一个人——晚祷的时候是例外；那时等大家都就位了后，我被默德斯通小姐押解到会。在客厅里，我这个青年罪犯被孤零零地安置在近门的地方。在其他的人做完祈祷起身前，我就被我的看守庄严地带走。我只能看见我母亲尽可能远远离开我，并把脸转到另一方向；我也看见了默德斯通的手被绷带包扎着。

我无法对任何人证明那五天是如何的长。好多年后，我都记得那几天。我倾听家中一切可以听到事的声音，门铃声、门开关声、嘈杂的说话声、楼梯上的脚步声，在孤独和屈辱中格外让我感到难堪的笑声、口哨声和唱歌声——那让人捉摸不定的时间，特别是在夜里，当我以为是早晨醒来的时候，却发现家人还未去睡，而漫长的夜晚才开始呢——我那些令人丧气的梦和可怕的梦魇——白天、中午、下午、晚间的复返，还有男孩们在教堂院子里游戏，而我那时只能在室内里远远地看着他们，并因为惧怕他们晓得我被监禁着而羞于在窗口露面——永远听不见我自己说话的奇怪感觉，随吃喝一同产生又一同消失的那种短促的感觉，那种可算是种愉快的感觉——一个夜晚带着新鲜气息的雨，它在我和教堂之间越下越快，直到似乎它与那临近的夜色似要把我在忧郁、恐惧和懊悔中浸透——这一切好像周而复始了好几年，如此生动、如此强烈地印刻在我的记忆中。

我被囚禁的最后一夜，有人轻轻呼唤我的名字而把我给叫醒。我从床上跳起来，向黑暗中伸着胳膊说道：

“皮果提，是你吗？”

没有直接地回答，却依旧再一次叫我的名字。那声音是那么神秘那么可怕，假若我不是忽然意识到它一定是从钥匙孔里透过来的，我想我一定会被吓昏过去的。

我摸索到门边，将嘴唇对着钥匙孔，小声地说道：

“是你吗，皮果提，亲爱的？”

“是的，我亲爱的宝贝大卫，”她答道，“像老鼠一样轻呵，否则猫会听见的。”

我懂得这是说默德斯通小姐，也意识到眼前情形的危险，她的房间就在附近呢。

“妈妈好吗，亲爱的皮果提？她很生我的气吗？”

在她回答以前，我能听到在钥匙孔另一边，皮果提轻轻地抽泣着，而我也在这一边小声地哭着。然后她答道：“不，不很生气。”

“我要受怎样的处置，亲爱的皮果提？你晓得吗？”

“去学校，挨近伦敦。”是皮果提的回答。由于我忘记了将嘴从钥匙孔移开再将耳朵对着那儿，她第一次回答全从我喉咙里传了进去，我只好让她再说一次，虽说她说的是让我开心的话，但我却没有听到。

“什么时候呢，皮果提？”

“明天。”

“默德斯通小姐从我的抽屉里把衣服拿出来就是为了这个吗？”她是这样做了，不过我忘记提了。

“是的，”皮果提说道，“箱子。”

“我能见到妈妈吗？”

“能，”皮果提说道，“早晨。”

随后，皮果提将嘴对着钥匙孔，尽那钥匙孔所能地用那么多感情和诚意说了一席话。我敢说，这个钥匙孔在射出每一个断断续续的句子的时候，本身也发生了一阵阵微微的震动。

“大卫，亲爱的，假若我近来——不曾像过去那样——和你亲近，那并不是因为我不爱你。我可爱的孩子，我还是一样爱你，比过去更爱你——因为我想，那样会对你更好——对别人也更好。大卫，我亲爱的——你在听吗？你能听见吗？”

“是——是——是——是的，皮果提！”我呜咽道。

“我亲爱的！”皮果提无比同情地说道，“我所说的是——你永远不要忘记我——因为我也永远不会忘记你。我会尽一切努力照顾你妈妈；大卫——像我过去照顾你那样——我绝不会离开她的。总有一天她会喜欢将她那可怜的头枕在——枕在她那笨头笨脑、脾性极坏的皮果提胳臂上——我要写信给你，亲爱的——虽说我没有什么学问——我还要——我还要——”皮果提开始一个劲地吻那钥匙孔，因为她不能吻我。

“谢谢你，亲爱的皮果提！”我说道，“哦，谢谢你！谢谢你！你能替我做一件事吗，皮果提？请你写信给皮果提先生与小爱米丽，还有高米芝太太与汉姆，和他们说，我并不像他们想象的那么坏，并和他们说，我将所有的爱送给他们——特别是给小爱米丽，行吗，你愿意吗，皮果提？”

那心地仁慈的人答应了，我俩都带着最深的爱亲吻那个钥匙孔——我记得，我还用手拍它，仿佛那是她那张诚实的脸——然后分别了。从那一夜起，我心中就对皮果提产生一种我也不大能说得清楚的感情。她并没有代替母亲，也没有人能代替；但是她进入我心中的一个地方，我的心把她关闭在里面；我对她怀抱的那种感情是我对任何人都不曾有过的。这也是一种有意思的感情，但假若她已经死了，我无法想象我自己会做些什么，或如何来出演这一场悲剧。

第二天一早，默德斯通小姐像往常一样出现了，她告诉我，我就要去学校了，不过这消息对我完全不如她所想象的那样算个新闻。当我穿好衣服的时候，她告诉我，要我去楼下客厅吃早餐。在那儿，我看见母亲面色苍白，两眼通红。我扑到她怀里，请求她饶恕我那痛苦的灵魂。

“哦，大卫！”她说道，“你竟伤害了我所爱的人！努力改过，千万要改过！我饶恕你，可我非常难过，大卫，你心里竟有那样坏的情感！”

他们已经说服她，让她相信我是个坏东西，这比我的离开更让她难过。我也为此感到伤心。我想吃下这顿离别的早餐，但我的泪水滴到我的奶油面包上，流进我的茶里，我吃不下去。我看到母亲有时看看我，随即又看看那监视着我的默德斯通小姐，再向下或向别处看看。

“科波菲尔少爷的箱子在那里！”当门口车轮声响起的时候，默德斯通小姐说道。

我寻找皮果提，她却不在场；她和默德斯通先生都不曾出现。我的旧相识，就是那车夫，已来到门前，将箱子拿到车前，放了进去。

“克拉拉！”默德斯通小姐用警告的腔调说道。

“放心好了，我亲爱的珍，”母亲答道，“再见了，大卫。你去是为你自己好。再见了，我的孩子。放假的时候，你就能回家了，做一个好孩子吧。”

“克拉拉！”默德斯通小姐又说了一声。

“当然，我亲爱的珍，”母亲拉着我答道，“我原谅你，我亲爱的孩子。上帝保佑你！”

“克拉拉！”默德斯通小姐重复一遍说道。

蒙默德斯通小姐好意将我带出门，送到车前，一路上她还说她希望我会在得到坏结果前能够痛改前非。于是我就上了车，随那匹懒洋洋的马上路了。

第五章

当马车前行了约半里路的时候，突然停了下来，此刻我的小手帕已经沾满了泪水，湿漉漉的。

为了弄清楚马车停下来的原因，我向外探出了脑袋，却惊奇地发现，皮果提从一道围墙中跑过来，爬进了马车。她一把抱住我，搂在胸前，后来发现鼻子很不舒服，才想起来是皮果提抱我时挤的，但当时却没有丝毫疼痛的感觉。皮果提没有说话，仅仅是松开了一只手臂，从口袋中掏出了几袋点心塞给我，又塞给我一个钱包，在完成这么多过程里，她始终没说过一句话。最后又抱了我一下，用力地一挤，接着便下车跑了回去。我始终这样认为，那时她的长衫上不曾有一粒扣子了。我从地上捡起了一粒作为她的纪念品珍藏了好久。

车夫看了我一眼，似乎在问她是否还会再回来。我对他摇了摇头，说应该不会了。于是他对那匹懒马说道："走吧！"于是我们便继续我们的旅程。

我哭了很久，之后我想，再这么哭下去也没什么益处。况且我记得罗德利克·兰顿和英国皇家海军的舰长在任何艰难的情况下也不曾哭过。车夫见我没有再哭的打算了，便建议我把那个小手帕晾在马背上，我很感激地答应了，那一刻，我发现我的那个小手帕真是小得可怜。

哭过之后，我也无事可做，便拿出皮果提塞给我的那个带有弹簧的硬皮钱包，打开一看，发现有三个亮闪闪的先令，它们被皮果提事先用漂白粉清洗过，这样做是为了让我更加喜欢它们，另外还有用纸包着的两个半克朗，纸上有我母亲的笔迹："让我的爱伴随在大卫的身旁。"当我看到这句话的时候，我感动了，恳求车夫帮我拿回我的小手帕，他却说，最好还是不用的好，我也同意他的看法，便用袖子擦了擦眼，之后便停止了哭泣。

但由于之前的那些因素，时而我还会进行一番彻底的呜咽。没走多远，我问车夫是否会一直送我。

"你要到哪里上学？"车夫问。

"前面。"

"前面是哪里？"

"离伦敦不远吧。"我说。

"哦，但是那匹马，我估计还没有走到伦敦一半时，它恐怕就走不动了，那时甚至比猪还要懒。"那车夫抖着缰绳说道。

"照你这么说，你只送我到雅茅斯吗？"我问。

"差不多吧，到了之后，我把你送上长途马车，它会带你到你想要去的无论什么地方。"

到此刻我才知道他叫巴吉斯，他今天所说的话已经很多了。正如上一章所言，他是一个沉默寡言的人，为了酬谢他，我从皮果提塞给我的点心中拿出了一块递给他，他一口便吞了下去。如果把那块点心递给一头大象，我想它会表现出欣喜之色，但他却没有半点表情。

“点心是她做的吗？”巴吉斯先生问道，依旧无精打采地弯着腰，两只手搭在两个膝盖上。

“你是问皮果提吗？”

“嗯！”

“对啊，我们家吃的点心全是她做的，饭也是。”

“真的吗？”

他翘起了嘴好像要吹口哨，但我却始终没有听见。他仍旧坐在那里，打量着马的耳朵，好像看到了什么新的东西。就这样前进了一段时间之后，他才慢吞吞地问道：

“我相信她还没有情人吧？”

“你是在说杏仁糖吗（英文中情人和杏仁糖的音很接近），先生？”我以为他还要吃点别的什么东西，以至于连他的话都听错了。

“我是说情人，她没有心上人吧？”

“皮果提吗？”

“嗯！”

“没有，从来没有。”

“真的吗？”

他又翘起了嘴好像要吹口哨，但我却始终没听见，他不过是继续坐在那里打量马耳朵罢了。

“她，”巴吉斯先生想了许久最后问道，“还会做各种各样的水果点心和各式各样的美味佳肴，对吧？”

我告诉他说是。

“那，我问你，”他说，“你会写信给她对吧？”

“当然啦！”我很肯定地答道。

“那，”他慢慢地转过头对我说道，“那，如果你给她写信，请加一句，巴吉斯愿意，可以吗？”

“巴吉斯愿意？”我重复道，“只有这一句吗？”

“嗯——”他考虑了一下说道，“是——的，就这一句，巴吉斯愿意。”

“但是你明天就可以回到布兰德斯通了啊，那时，我离家已经很远了，为什么你不当面告诉她呢？”

他摇了摇头，然后很认真地重复了他的请求：“就这一句，巴吉斯愿意。”于是我答应了他。当天下午，当我们在一家旅店等车时，我要来了纸和笔给皮果提写了一封简短的信：亲爱的皮果提，我已到达，一切顺利，敬请放心。巴吉斯愿意。代我向母亲问好。你亲爱的大卫。还有，他很想让你明白一点——巴吉斯愿意。

我提前完成了他的这项委托，之后巴吉斯又陷入了沉默。近来的遭遇让我感觉身心疲惫，一进车我便在一只袋子上睡着了。到达雅茅斯的时候，我才醒过来，车子来到了一家让我感觉异常新奇而又陌生的旅店，陌生得让我放弃了见皮果提先生和其家人的愿望，甚至连见小爱米丽的愿望也被粉碎了。

院子里停了一辆没有套马的长途马车，是那么干净光亮，看不出一点要去伦敦的样子。当巴吉斯先生把马车赶进院子后，我在想他会如何处理我那放在柱子旁的箱子，还有，他会把我如何安置。这时，从挂有禽肉的弓形窗子里探出一个女人，问道：

“你就是那个从布兰德斯通来的吗？”

“是的。”我答道。

“姓什么？”

“科波菲尔。”

“嗯？我这里没有人为这个姓预先付下定金。”

“可能是默德斯通吧？”我说。

“如果你是默德斯通少爷，那么你刚才为什么称自己是科波菲尔呢？”她很不解。

我对她解释之后，她摇了一下铃，喊道：“威廉，带他去餐厅。”这时从对面的厨房中走出一个茶房，当他发现我就是他要接待的人时，似乎大为失望。

我们来到一个挂着地图的大房间里。我在怀疑，假如这些地图上的地方真代表外国，如果我被遗弃在中间的某一个角落，此刻我感到异常陌生。我坐在靠近门边的一张椅子的一个拐角上，手中拿着一顶帽子，我觉得这一举动是很不礼貌的。当那个茶房为我铺了一块布，并在上面放了一些调味瓶之后，我那时一定很害羞，脸肯定早已红透了。

那茶房递给我一些排骨和蔬菜，并很粗鲁地打开了盖子。我以为之前一定得罪过他。但他接下来的举动让我那颗忐忑不安的心静了下来，他在桌边摆了一把椅子，并很客气地对我说："六尺高的，过来坐啊！"

我向他道过谢之后便坐在那把他为我摆放的椅子上。但是他却站在我对面目不转睛地看着我，每当与他目光相接时，我觉得我的脸红得发烫，害羞得不能让我灵活地使用刀叉了，每切一片肉，肉汁都会溅到我身上。当我就要吃第二块排骨的时候，他对我说：

"特地为你准备了一些麦酒呢，现在要尝尝吗？"

我谢过他之后说要，于是他把酒倒进一只大杯子里，然后把杯子举过头顶，酒在阳光下显得那么耀眼。

"哎呀！"茶房说道，"好像倒多了。"

"似乎真的不少呢！"我微笑着答道。见他如此开心，当然我也觉得高兴。他，满脸疙瘩，头发直挺挺地竖着，一手叉着腰，一手拿着杯子透过光站在那里观察，十分友好的样子。

"昨天这里来了一位先生，叫陶普骚耶，很强壮的一个人，我想你认识他吧。"

"不，我想应该不认识。"

"穿着短裤，灰大衣，花围巾，戴着一顶很宽的帽子。"他说。

"不，我没有福气认识他。"我很惭愧。

"他来到这里，"他把杯子举过头顶透过光说道，"他也要了一杯这样的酒，我告诫他最好不要喝，但他就是不听，结果喝下去之后便倒在地上死了。这酒对他来说是有害的，更不应该拿出来，事情就是这样的。"

听完这件可怕的事之后，我大为惊讶，我说，我还是喝一点水吧。

“嗯，我想你应该清楚，”他闭着一只眼睛看那透过杯子的光说道，“在我们这里，没有人会喜欢点过的东西剩下来，那样他们会生气，不过，你要是乐意，我可以帮你喝掉它。这种酒我常喝，习惯了当然就不会有事了。如果我仰起头一口气把它喝下去，我想它对我是没有任何害处的，我可以帮你喝了吗？”

我对他说，如果他确定那酒对他无害，我是很乐意的，但我也绝不愿意看到他如此去为我冒险。就在他仰起脖子一口气把它灌下去的时候，我极不想看到他也像那个陶普骚耶先生一样，倒在地板上死去。但是那东西对他好像没有任何害处，恰恰相反，当他喝完之后，我倒觉得他更加精神了。

“这是什么？不会是排骨吧？”他把叉子伸进我盘子问道。

“是啊。”我说。

“啊，上帝啊，”他大声叫道，“我不知道那是排骨呢，对麦酒来说，排骨是最好不过的解药了，这不是上帝的恩赐吗！”

于是，他左手拿起排骨，右手拿起马铃薯，自鸣得意地吃了起来，见到他安然无恙，我很放心。接着他又拿起一根排骨，一个马铃薯，接着又是一个。当我们吃完之后，他又拿来一个布丁摆在我面前。那一刻，他好像在想着什么，心神不宁的样子。

“你感觉这饼怎么样？”他打起了精神问道。

“这是布丁。”

“布丁！”他又叫出了声，“真的？你刚才说它是什么？”他凑近了一点，“你是说这是布丁？”

“是的。”

“啊，布丁，”他顺手拿起一个汤勺，“布丁是我的最爱！这不是上帝的恩赐吗！来，让我们比赛吧，看谁吃得最多。”

毋庸置疑，最后的胜利者肯定是他。他总是要我跟他比谁吃得多，但是与他的汤勺、速度和饭量相比，这些我都逊他很多。当然从吃第一口开始，我就被落下了，永远地落下了，不过像他这样爱吃布丁的人我还是头一次见。当布丁被吃完时，他大笑了，好像他对于布丁的钟爱依旧不变。

由于他的友好，而且我们又相处甚欢，于是我便向他要了笔、信纸和墨水，开始给皮果提写信。他立刻拿来了我要的东西，并且说要在我写信的时候监督我。写完之后，他问我要去哪里上学。

“挨近伦敦。”我知道的也不过是这些而已。

“啊？我很担心你呢！”他表现得很无助。

“怎么了？”我问道。

“上帝啊！那所学校曾经弄断过孩子的肋骨呢，两根呢！那可是一个孩子啊，可以这么说，嗯——让我看看，你多大了？”

我告诉他已经八岁了。

“你的年纪和他相仿，他在八岁半的时候被弄断了第一根肋骨，两个月之后，断了第二根，结果就死了。”

我无法掩饰什么，更不想对他作任何掩饰，听见他把我和那个小孩作比较，我感到极为难受，便问道，他的肋骨是如何被弄断的。他的回答丝毫没有让我感觉舒服一点，因为他用了三个可怕的字眼：“打断的！”

这时，院子里的长途马车的号角声打断了我们，我倒觉得它响得正是时候，于是我起了身。因为自己有个钱包，因此内心感到有点骄傲，于是慢吞吞地问，有没有东西是需要付钱的。

“嗯，一张信纸，”他问道，“你买过信纸吗？”

我实在想不起来我买过那玩意。

“信纸是很贵的，因为要纳税，在这里我们就这样被抽税的。值三个便士，还有，除了给茶房的小费，就没有其他要付的了，墨水就我给你垫上吧。”

“你——我——我应当付多少给茶房呢？”我红着脸吞吞吐吐地问。

“如果我没有儿子，而他又没有生疹子，我绝不会要六便士；如果我不需要赡养我年迈的母亲和我那可爱的妹妹，”他很激动，“我不会要一个法寻（四分之一便士）；如果我有一份好的工作；如果老板对我很好，我绝不会要你的钱，相反，我还会送你点什么，但是我是靠那些残羹冷炙过日子的，又只能睡在煤堆旁——”他再也说不下去了，哭了起来。

对于他的不幸，我深表同情，觉得如果给他少于九便士的报酬，那便是残忍！于是我拿出一先令递给了他，他接了下来，很谦虚恭敬的样子，接着便拿在手上，试验了它的真伪。

就在我被扶上车之后，发现了一件令我很尴尬的事，大家都以为中午的所有饭菜是被我一个人吃下去的，听见那弓形窗子里的女人对驾车的车夫说道：“乔治，一定要看好那孩子，我担心他会撑破肚皮呢。”接着又发现院子里的那些女佣都跑过来看我，对着我笑，以为我是一个十分能吃的小怪物，还有那个令我同情的朋友——那个茶房，此刻已经不再悲伤了，似乎并没有因为我被嘲笑而感到惭愧，甚至还加入那些嘲笑的行列，丝毫没有愧意。如果我曾经怀疑过他，我想，一半是因为他的这一举动引起的，但是凭着一个孩子所拥有的单纯的信任和对一个年长者的信赖，我敢说，那时我并没有认真地怀疑过他。

我承认当我无缘无故成为车夫们嘲笑的对象时，我感觉很难堪，他们说因为我的缘故才使车子加重了分量，还有四轮马车对我的行程会比较方便。我的饭量同样被那些乘客当做笑柄，还问我的生活费否同两三个兄弟的总和相等，我的伙食费是否被人事先垫付了，以及另外一些令他们开心的问题。最糟糕的是，在我匆忙离开时，我把皮果提给我的点心落在了旅店里，又因为他们的嘲笑，在有机会吃东西的时候，出于羞愧，就忍住没有吃，因此在吃一顿便饭之后便要彻底挨饿了，接下来发生的事证实了我的顾虑。在我们停下车子吃晚饭的时候，我很想吃，但怎么也鼓不起勇气，于是独自坐在火炉旁说，我不饿。但这也并没有减少他们对我的嘲笑，一个声音沙哑、长相粗鲁的人说我是一条蟒蛇，吃过一顿可以维持很长一段时间，而他呢，一路上，除了口渴喝水之外，其他时间他都从箱子里拿出东西来往嘴里塞，刚说完又吞了一块炖牛肉。

我们打算下午三点从雅茅斯动身，估计第二天上午八点能到伦敦。夏日的傍晚凉爽宜人。当我们途经一座村庄时，我在想房子里面是什么样子，人们都在干什么。有些小孩追上我们的车子，扒在后面走了一小段路，我在想，他们的父亲是否还活着，他们过得是否幸福快乐，此外，我还想了很多其他的事。我记得，有时我情不自禁地想到母亲和皮果提，并隐隐约约记得，在咬默德斯通先生之前，我在想那时我是什么样的感觉，到底我有多坏，想到最后也没能令自己满意，似乎感觉咬他是很久远的事了。

夜幕降临，温度也跟着降了下来，他们怕我从车上掉下去，于是把我挤在两个男人之间，几乎被闷死，他们睡着之后，把我挤得更厉害了，我痛得失声叫道："啊！抱歉！"——对于我的叫声他们感到极不舒服，因为他们被我的叫声吵醒了。坐在我对面的是一个包裹着外套的老妇女，裹得那样紧，以至于在黑暗中我把她误认为是干草堆了。她随身带着一个篮子，但是很长时间没有找到一个可以安置它的地方，后来她发现我腿下有一片空地（因为我腿短，坐着触不到地板），于是把篮子放到我的脚下，我被那篮子刺得十分难受，但是我稍微碰一下那篮子，里面的玻璃杯就会相互碰撞而发出响声，那个老女人便会给我很重的一脚，说："喂，别乱动，小心你的骨头。"

天终于破晓了，已经能看见晨曦了，此刻他们睡得比较安稳。他们通过那可怕的鼾声表达对整夜的颠簸不满现在也听不见了。当太阳普照在大地上的时候，他们的睡意差不多也消退了，便一个接一个醒了。但此时他们都说自己昨晚不曾睡过，甚至让我吃惊的是如果有谁说看见他睡了，他就会表现得异常愤怒。在接下来的观察中，我发现，在人性的所有弱点中，我实在想不通他们为什么不敢承认在马车中睡过觉这一事实，至今，我还未弄明白，同样也感到诧异。

当我从远处看伦敦时，我觉得它是一个充满神奇的地方，我相信，我所喜欢的英雄们都会在那里不断地表演，我还隐约认为，它比其他任何城市都充满了更多的奇迹与罪恶，在这里就不多讲了。当我们走近它时，我们入住在白教堂区（伦敦的一个贫民区）的一个旅店预订的房间。我忘记了那旅店到底是蓝牛还是蓝猪了（英文中蓝牛和蓝猪字音相近），但我记得它是蓝什么，而且在马车后面有它的画像。

那车夫在他下车时把头转向我，然后到票房门前说道：

“这里有一位布兰德斯通来的默德斯通少爷在这里等人领取，有人来领吗？”

没有人回应。

“试试科波菲尔吧，先生。”我无奈地垂着头说道。

“这里有一位布兰德斯通来的默德斯通少爷但自称是科波菲尔的小家伙，有人来领吗？”

没人回应。我很着急地朝四周望了望，但是除了一位裹着脚的独眼人之外，车夫的话没有在任何人身上起到任何效果。那个独眼人说，应当在我的脖子上挂一个铜圈拴在马厩里。

梯子拿来之后，我跟在那个干草堆一样的女人下了车，但在她拿走篮子之前，我没敢动一下。车里已经没有乘客了，行李也很快被卸了下来，马也被卸下牵走了，马车被旅店的几个伙计推走了，却依旧没有人来认领我这个从布兰德斯通风尘仆仆赶来的少爷。

此刻我感觉比鲁滨孙·克鲁索还要孤单（没有人同他说话，也没有人了解他的孤独感），当我走进卖票房时，承蒙售票员的邀请，我进了柜台后面坐在那架称行李的天平上。当我坐在那里面对着大包、小包、账簿和马厩里的气味时，一连串可怕的担忧从我的头脑中闪过。如果没人来领取我，他们会在这里留我多久呢？我那七先令用完之后就赶我走吗？晚上我是否会同这些行李一样睡在大木箱里，早晨只能用喷水机中的水洗脸，再或者晚上露宿荒野，到第二天再让我坐在这里等人来领？如果是默德斯通先生计划好要赶我出家门，那我该怎么办？就算他们让我留在这里，等到我那七先令用完开始挨饿时，我也就不能再留在这里了，否则，不但会令顾客感到烦恼，还有可能要使那个蓝什么东西承担我的葬礼费呢。如果我现在就回家，尽最大努力走回去，但我又不认识路啊，相信不会走多远就会迷路的，就算我回到了家，除了皮果提我还能相信谁呢？如果我去警察局，去当兵，或做一个水手，面对如此弱小的我，他们铁定不会要的。想到这里，我开始发昏了，正当我焦虑到极点的时候，走进来一个人，跟售票员低声说了什么，那售票员就把我从天平上拉起来，推到他面前，仿佛我是一件被称过，付过账，交完货的商品。

就在他拉着我的手走出售票房门口的时候，我偷偷瞟了他一眼。他是一个双颊深陷、脸色苍白的年轻人，拥有和默德斯通先生一样黑的下颌，但不同的是他没有留胡子，他的头发乱糟糟的，褪了色，没有光泽，还穿着一件褪了色的黑大衣。他的袖子和裤子都很短，脖子上还系着一条不大干净的白围巾。我一直不认为那是他身上唯一的麻布（暗示该人未穿衬衣），不过那是他露在外面的唯一一条麻布了。

“你是刚入学的新生吧？”他问。

“是的，先生。”我这样认为，但实际上我并不清楚。

“我是伦敦学校的一名教师。”他说。

面对这样一位学者，我感到敬佩，于是向他深深鞠了一躬，同时又感到羞愧，羞愧于去拿像我的箱子那么平凡的东西了。因此，在出院子走了一段路之后，我才厚着脸皮说回去取。我很委婉地对他说那箱子或许以后还能用得着，当我们回来时，他对售票员说，中午的时候会叫人来拿。

“先生，还要走很远吗？”当我们回到刚才折回去的那个地方时我问道。

“离布莱席兹不远。”

“离这里远吗？”我怯怯地问。

“远着呢，我们乘马车过去，差不多六英里吧。”

我实在太疲倦了，想到还有六英里，我实在坚持不住了。我鼓足勇气对他说，我已经一整夜没有吃东西了，希望他同意我去买点，那样的话我会很感激他的。听到这话，他停下了，显得很吃惊，想了一会儿说，他要去拜访离这里不远的一个老人，这样我就可以去买点面包或其他我喜欢的东西，另外我可以在那里得到一些牛奶。

于是我们来到一家面包店，站在外面朝里张望，我提出许多易于消化的食物，但都被他否决了，最后花了三便士买了一块黑面包。接着我们来到一家食品店，用第二个先令买了一片五花咸肉和一个鸡蛋，但我感觉找回的零头依然很多，这让我觉得伦敦是一个物价很便宜的地方。把买好的食品包好之后，我们便往那个老人的家走去，路上我们遭遇了一阵使我原本困乏的头脑再次混乱如麻的喧闹声，过了一座伦敦桥——桥名应该是他告诉我的，因为那时我正处于迷糊状态——那个老人的家终于到了。就那房子的外观看，门前立着一个石碑，碑上说这里收纳了二十五个穷女人，因此我猜想这应该是个救济院。

那个老师来到了一个小黑门前，顺手拔掉了其中一扇门的门闩，那些门旁边都有一个斜斜的窗子，每扇窗子上面又有一个与之类似的窗子。当我们进去时，她正在烧水，锅中的水正在沸腾。见老师来了，便停下了手中的活，说了一句，好像是“我的小查理！”当看见我进屋时，便站了起来，双手一合，稍稍向我屈了屈膝。

“你能为这位年轻的先生热一下早餐吗？”老师问道。

“我可以这么做吗？我当然可以啊！”那老妇人自问自答道。

“菲比茨恩太太今天还好吧？”老师面对着另一个坐在火炉旁的老女人问道，那个老女人看上去就像一堆衣服，直到现在我还庆幸当时我没有坐错地方，刚开始我以为会坐在她身上呢。

“她很不好，”第一个老女人答道，“这应该是她感觉很不好的时期了。就像火炉的火一样，一旦熄灭了，她便跟着熄灭了，而且永远地熄灭了。”

我跟他们一样，盯着菲比茨恩太太。那天很暖和，但是她仍然感觉冷，除了火炉之外她不曾想过其他什么东西。我在想她恐怕在嫉妒火炉上的汤锅呢，我很清楚地记得，当火炉被用来煮我的鸡蛋、烤我的咸肉时，我向她投去了惶恐的一瞥，在没引起他人注意的情况下，她向我扬起了拳头。阳光透过窗子照进来，打在她的背上，她坐在火炉前，用一种很不放心的眼神打量着它，如同她在温暖那个火炉，而非那个火炉在向她散发热量。当我的早餐热好之后，火炉便得到了解放，这让她感到异常快乐，并且大声笑了出来，但我觉得那笑声相当刺耳。

坐定之后，我便享受了一顿丰盛的早餐：黑面包，鸡蛋，咸肉片，还有一些牛奶。当我吃得高兴时，那个老女人向那个学者问道：

“你那根笛子带来了吗？”

“嗯，在身上。”

“奏一曲吧，”那老妇人用讨好的腔调请求道，“无论如何！”

于是，那个学者从衣袋里拿出了三段笛子，拼接好之后便吹了起来。长这么大，我觉得没有人比他吹得更难听了，在这个世上，在我听过的所有天籁或人为发出的声音中，要数他的笛声最为苦闷了。我从没听过那些调子，甚至我在怀疑他的每一个音节是否有对的调子，那调子给我的感觉就是：一、使我想起我的悲伤往事，最后终于流下了泪；二、夺走了我的食欲并唤起了我的睡意。我开始打起了盹，眼睛慢慢闭上了，此时，头脑中涌现了过去的往事。那个敞开角橱的房间，以及房间里的那个方背大椅子，还有那用来装饰的三根孔雀毛——我记得，在我进门时，我就在想，如果那孔雀知道它那美丽的羽毛今天的命运时，它会是什么感受——都消失在我的视野中，我睡着了。笛声渐渐远去了，此刻我听到的是车子行驶在路上的声音，我上路了。突然马车颠簸了一下，我被惊醒了，笛声又在我的耳畔响起，那学者交叉着腿坐在那里依旧吹着，很凄哀的样子，那老女人则在一旁微笑着听。接着她，他都消失了，一切都消失了，笛声、教师、伦敦学校，还有我自己，除了沉睡，什么都消失了。

我梦见，那老女人在那悲哀的笛声中满脸笑容地一步一步向他走去，站在他椅子背后给了他一个大大的拥抱，这使得他暂停了演奏。记不清是之前还是随后，我正处于迷迷糊糊的状态，就在他重新演奏的时候，我看见了也听见了那老女人在问菲比茨恩太太笛声怎么样，她向炉火点头回答说："啊，很美妙！"我相信，她把演奏出如此美妙的笛声的功劳都归功于炉火了。

就这样，我睡了很长一段时间，当那伦敦学校的教师把笛子拆成三段收起来之后，便带我出去了。一辆马车停在不远的地方，于是我们便上了车。我感到非常疲倦，当我们在半路上停下来带别人的时候，他们把我安置在一个空位上，我便在那里睡着了，一直到马车爬上一个树林的小山坡时才醒过来，过后不久，车停了，到了。

之后，我们——教师和我——沿着一条小路走了不多久便到了伦敦学校，学校被很高的围墙围着，看上去很沉闷。墙上挂着一个"伦敦学校"字样的匾，当我们按下门铃之后，一张看上去甚为阴森的脸从门上的孔洞中向我们张望着。门打开了，那个人的脸很肥胖，牛一样的脖子，突出的太阳穴，短头发，还有一条用木头代替的腿。

"一个新生。"教师说道。

那个带着木头腿的人把我仔细地打量了一遍——用的时间很短，因为我并不大——锁起了门，拔出了钥匙。当我们朝他那看上去阴森森的树林中的房屋走去时，他冲我们喊道：

"喂！"

当我们朝他望去时，见他手中拿着一双靴子站在门前。

“喂！梅尔先生，在你出去的时候，修鞋匠把你的靴子送来了，他说，它们已经坏得不成样子了，他还奇怪你为什么还想着要去修。”

说完便把靴子朝梅尔先生扔了过来，梅尔先生走过去拾了起来，我们便继续朝森林中的房屋走去。这时我才发现他脚上的那双也坏得不成样子了，就连袜子也破了，如同花蕾绽放一般。

伦敦学校是一所没有任何装饰的四方砖建筑。校园内异常安静，于是我问梅尔先生，是不是学生们都出去了，听到我这样问，他也感到奇怪，对我说，当时是假期，学生们都回家了。校长克里克尔先生及其太太，女儿住在海边。我之所以在假期入学，是作为我犯错的一种惩罚。这些都是他在路上告诉我的。

我仔细打量了他领我进的教室，我从未见过如此寂静而荒凉的地方，今天算是见识到了。一间大房子里摆放了三排长书桌以及六排长板凳，墙上满是用来挂帽子和石板的钉子，肮脏的地板上洒满了纸屑，书桌上凌乱地摆满了纸质的蚕房。两只被主人遗弃的小白鼠在发了霉的纸板和铁丝做成的笼子里蹿来蹿去，用它们那饿得通红的眼睛打量着四周，寻找充饥的东西。一只鸟在一个跟自己差不多大的笼子里，围着一个两寸来高的横木跳上跳下，那动作发出的声音甚为可悲。但它却似乎没有这种感觉，因为它没有发出任何悲哀的声音。教室中到处弥漫着一种不愉快的气味，像是发了霉的棉衣、腐烂的苹果或是书本。即使这房间建成时就没有屋顶，即使一年四季下的都是墨水雨、墨水雪、墨水雹，也不会比现在屋内溅起的墨水更多。

梅尔先生拿着那双被鞋匠退回来的鞋上了楼之后，我便一边观察四周一边朝讲台走去。我在一张书桌上发现了一块纸牌，用优美的字体写道："小心他，他咬人。"

我立刻在书桌周围张望，怀疑那是给一条狗准备的。我用匆忙的眼神打量了一番之后，却没有任何发现。当我还在四下张望时，梅尔先生下楼径直走到我跟前问我在找什么。

"抱歉，先生，我在找狗。"

"狗？找什么狗？"

"那不是一条狗吗？"

"什么不是一条狗？"

"要人小心，他会咬人。"

"没有，科波菲尔，"他一脸严肃之色，"他不是一条狗，相反，他是个人，是个学生。抱歉，科波菲尔，我接到指示，那块告示牌是为你准备的。真的很抱歉，但我必须得这样做。"

说完便扶着我把那块小巧而醒目的告示牌挂在了我的脖子上，以后，不管我到哪里，它就是我的一个背囊，我必须承担戴着它的义务。

没有人能够想象它给我带来的痛苦，不管有没有人在看我，我总是觉得有人在念那几个字，但当我转过身时却没有发现任何人，但这却没有让我感到丝毫的安心，因为无论我的背朝哪个方向，我总是觉得有人在我的背后念它。那个冷酷的木腿人让我感觉更加痛苦，他有权监督我，当我靠在树上或是倚在墙上时，他就会站在他的门前朝我大声嚷道："喂，科波菲尔，转过身来，露出那个标牌，否则，我就去揭发你！"

紧挨在教室和厨房的背后，是用石子铺成的操场，每天早晨，当我奉命在那里散步时，我都会听到教室前的每一个人都在念那几个字，差役、屠夫、面包师等；我怀疑，连我自己也开始害怕起来，担心自己是一个咬过人的野种。

操场上的一扇旧门上刻满了名字，仿佛这是一种历来已久的惯例。面对那扇门，我在想，万一假期结束了，他们回来了，他们会用怎样的腔调，带着多重的音念道："小心他，他咬人。"每当我念起每一个名字的时候，都不由得想这个问题。一个叫詹姆斯·斯梯福兹的学生把他的名字刻得很深，我在想，他会用一种很有力的声音来念它，之后便过来扯我的头发；一个叫汤姆·特拉德尔的，我在想，他会带着一种玩笑的口吻念它并假装很怕我；至于那个叫乔治·邓普尔的，我想他会唱出那六个字。我畏缩在门前，看着那些名字，似乎听到所有的学生——梅尔先生说全校共四十五个学生——一起跟我绝交，然后用不同的腔调喊道："小心他，他咬人！"

我经常想起那个问题。面对教室的书桌和长板凳，躺在床上面对那些空床铺时，我都在想这个问题。我记得不止一次地梦见，像以往一样和我母亲在一起时，或去参加皮果提先生家的聚会时，或乘马车去郊游时，或是跟我那个不幸的茶房朋友一起用餐时，他们都会因为看见我穿着一件睡衣而且还挂着那个告示牌而尖叫。

面对如此单调乏味的生活，面对开学时的那种忧虑，这未尝不是一种苦难啊！每天，我都得同梅尔先生做很长时间的功课，但值得庆幸的是，这里没有默德斯通他们姐弟俩，当然也就没有受到任何惩罚，但在做功课前后，我都在那个木腿人的监视下去散步。我清楚地记得那绿色的石板，漏水的水桶，潮湿的空气，长相奇怪的树干，雨天里从它身上滴下的水仿佛比别的树都要多，在晴天里蒸发得好像又比它们少一样。大概一点钟的时候，梅尔先生和我在摆满松木桌却很空荡的食堂里，坐在满是油污的桌前吃饭。之后，我们便一直学习到喝下午茶的时间。梅尔先生端着一个蓝茶杯，而我则用一个锡罐喝水。每晚，我们得忙到七八点钟，梅尔先生在教室的讲台上，用笔、墨水、戒尺、稿纸在吃力地结算着上半年的账目。当他收拾起那些工具后，准备睡觉之前，他总要拿出那根笛子吹一会儿，每当听见他的笛声，我便在想，他就要从笛子两端的孔中钻进去，之后从每个音孔中渗出来。

听着梅尔先生那令人发愁的催眠曲，我想象自己坐在教室那昏暗的灯光下，背诵着第二天的功课；合上书，从他那令人发愁的笛声中，我仿佛能听见家中那些习惯的声音，还有雅茅斯的海风声，突然感觉悲凉、寂寞；想象着，独自一人去那没有人的卧室中睡觉；想象着，坐在床头回想着皮果提的每一句安慰我的话；想象着，早晨站在楼梯上从一个可怕的裂缝口眺望着那悬在屋顶上的大钟和那个风向标；我害怕那个叫詹姆斯·斯梯福兹和别人在上课的时间到来。在我的这些忧虑中，那个时刻让我感到害怕的程度仅次于那个木腿人打开那生锈的大门让克里克尔先生进门的时刻。在这些情形下，我不敢想自己是一个很危险的人，但我却戴着那个告示牌出现在这所有的情形中。

梅尔先生对我从不苛刻，也很少与我说话。我觉得我们已经成为不交谈的朋友了。对了，有时，他用无法形容的态度自言自语，发笑，抱拳，龇牙，搔首。他的这些动作，刚开始，我感到很惊讶，但时间久了，也就司空见惯了。

第六章

这样的生活大约过了一个月，那个木腿人就开始带着拖把和水桶出入学校的任何一个房间了，因此，我在想，他这样做可能是要开学了，他开始准备迎接克里克尔先生和那些学生了。我猜对了，因为过了不久，他就带着拖把进了教室，把梅尔先生和我赶了出来。在有一段时间里，只要哪里可以睡，我们就将睡在哪里，只要能过下去，就尽力过。差不多在那个时候，有两三个先前不怎么见到面的年轻女人，现在也经常出入校园了。那段时间里，伦敦学校就像个鼻烟盒，到处弥漫着灰尘，弄得我不断地打着喷嚏。

一天，梅尔先生对我说，克里克尔先生会在晚上回来，晚上，当我们喝过茶之后，梅尔先生对我说他已经到了。在我上床睡觉之前，木腿人过来把我领到他那里去了。

克里克尔先生在学校里居住的地方比我们的要舒服千百倍。另外他还有一个很别致的小花园，比那个尘沙弥漫的运动场给人的感觉要舒服千百倍。我想那个运动场简直就是一个微型的沙漠，除了单峰或双峰的骆驼，估计没有人会在那里面感觉舒服。当我颤巍巍地走在通往克里克尔先生房间的走廊上时，我甚至觉得去留心那走廊带给我的舒服感也是一件极为奢侈的事。当我见到他时，他的威仪让我感到羞怯。在他房间里，我没有见到克里克尔太太和他的千金，除了他之外，我没有见到任何人。克里克尔先生很胖，胸前挂着一个表链和一个装饰，坐在靠背椅上，旁边放着一个杯子和一个茶壶。

“嗯！”克里克尔先生说，“这就是那个需要锉去獠牙的年轻人吧！把他身体转过去。”

木腿人提着我转过了身体，好让那块告示牌呈现在克里克尔先生面前，他看够了之后，我又被那个木腿人提着身子转了过来，让我面对着克里克尔先生，接着他便站到了克里克尔先生旁边。克里克尔先生看上去很凶猛，小眼睛，小鼻子，大下巴，光秃的头顶，还有额头上那粗大的青筋，还有一些白而稀少的湿润的头发，梳过两边的太阳穴，在前额上交叠起来。他给我的印象最深的是他的嗓音不高，只能低声说话。另外，当他说话时，我感觉，他很紧张——对于如此微弱的声音——因为他的脸色更加愤怒了，额头上那粗大的青筋更加粗大了，当我回想起这一切时，面对他的这些特征，我一点也不感到惊奇。

“嗯，”克里克尔先生说，“关于他，有什么要报告的吗？”

“还没有任何机会让我找到他的过错呢。”木腿人回答说。

看来，克里克尔先生很失望。这时，克里克尔太太和小姐进来了，看上去都很瘦弱，从她们的安静中，我看出她们并未感到失望。

“到这里来，小家伙！”克里克尔先生朝我打了个手势道。

“过来！”木头腿人重复道。

“很荣幸，我能认识你的继父。”克里克尔先生捻着我的耳朵低声说道，“他是一个坚强的人，一个有价值的人。我们彼此互相了解，对于我你了解多少？”他带着一种残忍的恶作剧的口吻问道。

“还不了解呢，先生。”我咬着牙说道。

“还不了解是吗？嗯？”克里克尔先生重复道，“不过要不了多久你就会了解了。嗯？”

“你要不了多久就会了解了。嗯？”那木腿人重复了克里克尔先生的话。我后来常发现，他总是对着学生用他那粗野的声音翻译着克里克尔先生的话。

我感到相当吃惊，对他说，如果他乐意我那样做的话，我会尽全力去了解他的。这时，我发现我的耳朵快被拧得要冒出火来了。

“让我告诉你我是什么样的人。”克里克尔先生低声对我说道，他最后用力拧了一下我的耳朵，终于放开了，但那一下足以让我干枯的眼睛涌出泪水。“我是一个鞑靼。”

“一个鞑靼。”木腿人重复道。

“当我决心要做一件事的时候，我会毫不犹豫地去做；当我决心要完成一件事的时候，我肯定会把它完成。”

“——要做成一件事，我一定会把它完成。”木腿人翻译道。

“我是相当有决心的，这就是我做人的原则，而我处事的原则是尽我最大的责任，当我的亲人，”此时他凝视着克里克尔太太，

“反抗我的时候，他们就不再是我的亲人，我会抛弃他们。那小子，”面对着那个木腿人，“又来过吗？”

“没有。”他回答说。

“没有，他了解了，他了解我了。带他走吧，我说带他离开，”克里克尔先生望着他太太拍了一下桌子说，“因为他现在了解我了，小家伙，你也将会了解我的。你可以走了，带他出去。”

听他说这话，我自然感到高兴，当看见克里克尔太太和她的千金都在抹眼泪时，我又为她们感到不舒服。但是，我心里有个请求，虽然我怀疑是否有勇气把它说出来，但是它与我的关系实在太密切了，使我不得不说：

“如果您高兴的话，先生——”

克里克尔先生小声说：“嗯？你还有什么想要了解的吗？”克里克尔先生用眼睛直盯着我，仿佛我就要被他的眼神燃烧了。

“我对我过去的行为已感到很惭愧了，”我吞吞吐吐地说，“如果您高兴的话，可否在学生回来上课之前，让我摘下那告示——”

我不清楚克里克尔先生因为打算同意我的请求，还是他从椅子上跳起的这一动作仅仅是为了吓唬我，在他还没来得及离开那张椅子，也没等木腿人送我出去，我便慌张地退了出来，径直走向我的卧室，一刻也没停过，也不敢停。当发现后面没人追上来的时候，我便安心地上了床（那时已经很晚了），躺在床上差不多两个钟头才睡着。

第二天一大早，夏普先生返校了，他是一位教学水平高出梅尔先生许多的高级教师。夏普先生的早晚餐都会跟克里克尔先生一家在一起吃，而梅尔先生却只能同他的学生一起进餐。夏普先生看上去是一个肥胖却没有多少力气的人，天生一个大鼻子，可能是由于太重的缘故，以至于头总是向一边垂着。对于他那光滑的卷发，我听第一个返校的学生说，他的头发全是假的，还是二手货，并且在每周六的下午还要去卷一次。

告诉我这些的正是那个汤姆·特拉德尔，他是第一个返校的。他对我说，我可以在那扇大门的右边的门闩上方找到他的名字。我问："特拉德尔吗？"他说："是！"接着他便请我把我本人和我家里的情况向他作了汇报。

我对于特拉德尔第一个返校感到高兴。因为他对我身上的那块告示产生了浓厚的兴趣，打消了我以往考虑是把它露在外面还是藏匿所感到的不安。在每一个学生返校之后，不管其他的，他会第一个把我介绍给他们，还说："看这儿！多好玩的游戏啊！"也幸亏大部分的学生在返校后都垂丧着脸，没有像我之前想的那样拿我来开玩笑。当然也存在一些人，他们围着我乱跳，就像野蛮的印第安人一般；也有一些人把我当成一条狗，摸我，拍打我，冲着我喊："兄弟，爬啊！"又把我叫做桃泽（狗的名字）。面对如此多的人，我感到很难堪，流了不少泪，但与过去我所想的待遇相比，这些又算得了什么呢？

不过，在詹姆斯·斯梯福兹返校之后，我才算正式成为该学校的一名学生。见到他就如同见到长官一样，他以学识渊博著称，至少长我六岁，很帅。曾经在操场前的一个棚子里，他仔细盘问了我近来所受到的待遇，听完之后便大为愤慨地说："这是一种耻辱！”因为这句话，我决心永远与他交好。

“科波菲尔，你身上有多少钱？”当他用那几个字结束了对我的盘问同我离开时问道。

我对他说有七先令。

“钱，如果你愿意的话最好由我替你保管，倘若你不想，那就算了。”

对于他如此友善的提议，我立刻表示同意，接着便拿出皮果提给我的钱包，把钱倒在他手上。

“你现在用钱吗？”

“不用，谢谢。”我说。

“如果你高兴的话，随时都可以，你知道的，尽管告诉我就是了。”

“谢谢，真的不用。”我又说了一遍。

“等一下去宿舍，也许你会很乐意花两先令买一瓶葡萄酒吧？”斯梯福兹说，“我发现我们同住一间寝室。”

听他说这个建议之前，我自然没有想到这个，于是对他说好，我很乐意那样做。

“不错，我想，你同样会很乐意花一先令买一块杏仁饼吧？”

我说好，很乐意。

“再买点饼干和水果，各花一先令，怎么样？”他建议道，“我说，你剩的可不多了！”

见他笑了，我也跟着笑了，但心中感到一丝的不畅。

“好啦！”他说，“我们应当尽全力利用好这笔钱，这就对啦，我会尽力帮你拿到你想要的。如果我高兴，随时都可以出去，然后把食物偷偷地带进来。”说完便把钱放进了自己的腰包，然后很客气地对我说，他会很小心的，叫我放心那些钱，保证不会出现任何问题。

他对我兑现了他的承诺，但是我并不因为这个而感到忧虑——我担心我会乱花母亲给我的那两个半克朗——即使我把那包钱当做很珍贵的礼物保存起来。在我们上楼睡觉时，他拿出了那些价值七先令的食物，摆在那洒满月光的床上说道：

“瞧，小科波菲尔，你现在完全可以举行一场盛大的宴会了！”

对于年幼的我，面对年长的他，我不敢想由自己来主持这场宴会，一想到这一点，手便会颤抖。于是我求他来代替我主持。寝室里的其他人齐声附和我，于是他便答应了下来。在我的枕头上坐定之后，便开始分配食物了——在我看来，他分得那么合理，那么公道——拿出他自己的那只没有脚的杯子传递那瓶葡萄酒。周围的人靠近我们坐在床上或地板上，我则坐在他的左手边。

我记得很清楚，与其说我们集体坐在一起低声说笑，不如说我在一旁很恭敬地听他们说笑。月光透过窗子照进来，地板上倒映着它。斯梯福兹在桌子上寻找东西时，拿起一根火柴投进磷粉盒中，随即闪现出蓝色的火焰，打在我们的身上，可能是因为黑暗，也可能是因为晚宴的秘密性，也可能因为我们说笑时都很低声，突然一阵神秘的感觉涌上心头。我带着一种说不清的感觉听着他们谈论一切，可能是严肃，也可能是敬畏。不过这种感觉让我觉得愉快，因为大家离我很近。但接下来的一幕让我吃惊并佯装大笑——特拉德尔冲着大家说墙角有鬼。

从他们中间我听到了所有有关学校里的事。他们说，克里克尔先生自称鞑靼是因为他严厉、残忍，而且无人能及。打学生已成为每天必做的事，像一名骑兵一样攻击他们，毫不手软地鞭打他们，斯梯福兹说他除了鞭打这门艺术之外，近乎无知，甚至比学校中最低等的学生还要无知。很多年前，他曾是伦敦桥南的一个小酒商，后来破产了，于是花光了克里克尔太太的钱兴办了这所学校。我还听到了一些我所不知道的事，至于他们如何得知，我也不清楚。

他们说，那个木腿人叫屯哥，是个很野蛮的家伙，他之前在克里克尔先生的酒馆里打过下手，他们说，他的腿是在那时候弄断的，而且还帮助克里克尔先生做成过一笔名声不是很好的生意，所以知道他的一些秘密，现在克里克尔先生也就只好带着他一起进入教育界了。他们说，全学校的学生都是屯哥的死敌，当然克里克尔先生除外，唯一能够让他开心的就是生活中的冷酷与残忍。他们还说，克里克尔先生本来是有一个儿子的，当然了，也是屯哥的死敌。他曾经在学校中帮过忙。有一次，因为他跟他父亲直谏过学校的制度太过于苛刻，也有人猜想说，他曾抗议过他对他母亲的不公正待遇，之后便被赶出了家门，自那以后，克里克尔母女俩便一筹莫展了。

但是，我听到了一件很奇怪的事，在学校中，克里克尔先生永远不敢对詹姆斯·斯梯福兹动手。当提起此事时，斯梯福兹说他倒是很愿意看到他那样做。一个和我性格差不多的看上去很柔和的学生问道，假如他真的那样做了，他将如何处理。他随手拿起了一根火柴扔进了磷粉盒，火光打在他的脸上，他说，如果他敢动手，他便会拿起放在壁炉上的那价值七个半先令的墨水瓶砸他的头，直到砸倒他为止。听他这样说，坐在黑暗中的我们连气都不敢出。

他们说，夏普先生的待遇其实不比梅尔先生好。优待生斯梯福兹证实说，当饭桌上摆了冷热两盆肉的时候，夏普先生总是说他比较喜欢那盆冷的。他们说，夏普先生的那头假发其实跟他并不适合。有人说他是“神气活现”——因为他自己头上的那头红发很容易被人看见。

他们说，学校中有一个煤商为了抵偿债务把儿子送进学校，因此他们都叫他“汇票或等价物”。他们说，在父母眼里麦酒是一种劫掠品，布丁是一种惩罚。他们都说，斯梯福兹正在与克里克尔小姐谈恋爱。在黑暗中的我，头脑中浮现出他那帅气的模样，潇洒的姿态，卷曲的头发，耳畔回响起他那好听的声音，我想这是极为可能的。我还听说，梅尔先生其实并不坏，只是他连半个先令也拿不出手罢了；可以想象，他的母亲也穷得叮当响了。此刻我的脑袋中浮现出那顿早餐的情形了，还有那句“我的小查理！”又响起在我的耳际。如今回想起来，我感到很高兴。当然那件事，我没有跟任何人提起。

我们一直聊到宴会结束之后的一些时候。吃完了，大多数人便立刻上床睡了，最后那些依旧在低语和静听的人也都上床了。

“晚安，小科波菲尔，我会照顾你的。”斯梯福兹对我说。

“我很感激你的仁慈。”

“你有姐姐吗？”斯梯福兹伸了一下腰问道。

“没有。”

“多遗憾啊，如果你有一个姐姐，我相信她一定是一个大眼睛、美丽、娇柔、害羞的女孩，我会很喜欢她的。晚安，好梦！”

“晚安，好梦。”

当我上床之后，我的脑子里全是他，当我抬起头看他时，他面朝上躺着，柔和的月光打在他那清秀的脸上，他很自在地把头支在他的手臂上。在我看来，他有很大的权势，当然，这是我尊敬他的原因。月光下，并没有朦胧的未来向他投下阴郁的暗影，在我梦到的我终夜在里面闲逛的花园里，也丝毫没有他脚步的影子。

第七章

第二天便正式上课了，我记得很清楚，当克里克尔先生用完早餐后，进入教室时，原先乱哄哄的教室顿时变得死一般的宁静，他站在门口，看着我们，像是一个巨人在俯视他的俘虏一般，这给我留下很深的印象。

屯哥站在克里克尔先生一旁。我想此刻他已经没有再叫大家安静的必要了，因为我们个个都吓得发抖，一声都不敢吭。

接着克里克尔先生便说：

“嗯，学生们，这是一个新学期了。在这个学期里，我劝你们，你们要当心你们的功课，因为我会加重惩罚，我不会手软的，所以你们要当心你们的功课。你们的那些擦来擦去是没有任何用处的，因为接下来我给你们的伤痕是你们永远也抹不去的。努力吧，亲爱的同学们。”

这可怕的开场之后，屯哥便出去了，而克里克尔先生则来到我旁边坐下，对我说如果我因咬人而闻名于世，那么他也是。说完，他便拿出一根棍子，问我说，如果用它代替牙齿，那么我会有什么感想？它很锋利对吧，嗯？而且还是双料的牙齿吧，嗯？它有很长的尖头吧，嗯？它咬人吧？它咬人比你厉害吧？每发出一问，我身上便多出一条伤痕，痛得我扭来扭去。所以没过多久，我就可以很自在地享受优待。当然没过多久，我便哭出了声。

我并没有说，我所受到的都是特种待遇，而且不止我一个人，恰恰相反，就在克里克尔先生巡视教室时绝大多数人都受到了同样的优待，特别是那种体格弱小的学生。那天的课程还没开始之前，至少有一半人已经在哭了。那天在课程结束之后，全校有多少人在哭泣，我不敢去回忆，不是我在有意夸大其词。

我想像克里克尔先生那样从他的职业中（打学生）获得乐趣并以此来满足他那种强烈的欲望的人恐怕再也找不出第二个了。我以为，在所有学生当中，他最不能放过的便是长得肥胖的学生，仿佛他们身上有一些让人迷恋的东西，但让他觉得烦躁，因此他总会在一天之内把学生们弄得伤痕累累。因为我自己就很胖，所以很清楚这一点。我想如果我现在想起那个家伙，即使我没有受到过他的虐待，我对他仍然有着一种正义的愤怒，只要我能了解了一切，我也会感受到这种愤怒，因为他就是一个浑蛋，彻头彻尾的浑蛋，他没有资格让我去信任他，就如同他没有资格去担任海军大元帅或陆军总司令一样，但话又说回来，只要他从事这两项职务中的任何一项，他所做的坏事大概又会少很多。

在他的眼里，我们如同一尊偶像下的小罪犯，卑微，可怜，而他却又是那么残忍，就现在回想起这一切，我难以想象它是怎样一种人生开端啊!

现在我仿佛又回到课桌边了，留意着他的眼光——很卑顺地留意着。这时，他正拿着戒尺为另一个刚受过难的人（手刚被打肿）纠正算术题，那个受难者正在用小手巾擦手上的伤痕。我并非特地去留意他的眼神，我有很多事要做，但我却被他那病态的眼光所吸引，我在想——怀着一种恐惧的心情想他接下来会做什么，是来惩罚我还是其他人。不仅是我，在我前面的那排学生对他的眼神也有同样的兴趣，也在注意着。我想他也清楚我们的这一举动，只不过他不愿揭穿罢了。他摆出一副可怕的脸色在纠正着他的算术题，不久他把眼光转向我们，我们赶紧低头装着看书，身体不停地在颤抖。不久，当他不看我们时，我们便又抬起了头。一个人因为未完成习题，像一个犯人一样被他揪了出去。那个小罪犯在他面前吞吞吐吐地保证明天会做得好一点。克里克尔先生打他之前讲了一个笑话，我们都笑了，脸色却吓得惨白，浑身打战。

现在我仿佛自己坐在座位上了，在一个夏季令人发困的下午，好像周围的人都变成了苍蝇，到处是一片嗡嗡嘤嘤声。我感觉到一种肥肉的油腻味（刚吃完饭一两个小时）。我的头重得像一块铅，我非常想睡。我坐在位子上盯着克里克尔先生，如同一只小猫头鹰一样对他眨着眼；当我快被睡神征服时，他似乎出现在我的梦中，为我纠正那些算术题，他慢慢地走到我的身后，为了让我清醒过来，他在我背上留下一道伤痕。

这时我仿佛又出现在运动场中，即使我没有找到他，但是我感觉我的眼光依然被他吸引住了。我知道他吃饭的地方离窗子不远，因此，我便想象他就在窗子中，盯着窗子看。如果他从窗子中透出他的脸，那么我肯定会表现得很卑微很温顺；如果他透过窗子朝窗外张望，就连最勇敢的学生（不是斯梯福兹）也会停止住他们那欢快的叫喊，变成一脸毫无表情的样子。一天，特拉德尔踢球时不幸打碎了那窗子的玻璃。就那时的情况看，好像那只皮球打在了克里克尔先生的头上，就现在想起当时的一幕，我还会怕得浑身发抖呢！

不幸的特拉德尔，穿着紧身的天蓝色外套，胳膊和腿看上去就像德国香肠，卷筒的布丁。所有学生中他是最快活的却又是最不幸的；上学期他几乎是每天都要挨棍子的，除了星期一放假的那天，当然也挨戒尺。他说要给他的叔父写信告诉他所受的待遇，但终究是没有写。他把头在课桌上靠了一会儿之后，又高兴了起来，开始大声地笑。不知是什么原因使他如此开心。眼眶中的泪水还没有干之前，便拿起笔在石板上画满了骷髅。刚开始，因特拉德尔从画骷髅这一举动中寻求安慰，这让我感觉很奇怪。曾经有一段时间，我以为他在修身养性，并且用那些象征着死亡的骷髅来提醒自己，不能再受他打了，但是后来才发现，他之所以不停地画骷髅仅仅是它们好画，且没有什么特征而已。

特拉德尔认为同学之间应该互相帮助，而且那应当是一项庄严的义务。凭这一点看，我想他是值得尊敬的。但他曾因为这个而受过几次苦；那次，在教堂中斯梯福兹发出笑声，教堂的司仪以为是特拉德尔。于是便把他提了出来。就现在我还可以想象得出他在那些会众鄙视的眼光下被押出去的情形。即使他被关了很长时间，第二天伤心地在他的拉丁文字典中画满骷髅，他也不愿说出真正的凶犯是谁，但是他得到了回报：斯梯福兹说他的心是纯洁的，没有半点歪念头。我们都认为那是对他的最高评价了。当然我也想做点什么来赢得大家的好评，哪怕是上刀山下火海，虽然我没有特拉德尔勇敢，也没有他老练。

面对着斯梯福兹拉着克里克尔小姐的手从我们面前向教堂走去的那一幕，我觉得我算是见了一回世面。我不认为克里克尔小姐的美貌能与爱米丽相比，但是就风度来说，她绝对是无人能比的，而且还是一位非常具有吸引力的年轻小姐。我不是因为爱上了她才对她作如此高的评价的，当然，我也不敢爱她。当看见穿着白色裤子的斯梯福兹为她撑着阳伞时，我觉得认识他是很荣幸的一件事。我也相信，她很崇拜他，在我看来，夏普先生和梅尔先生是很显著的大人物，但与斯梯福兹相比，宛如两颗星星和太阳一般。

由于斯梯福兹的保护，学校里也就没人敢得罪我了，准确地说没有人敢不给他面子去得罪他看得起的人，这使得他成为我很有用的朋友，但是他却不能，或者说他不曾使我免受克里克尔先生的虐待。克里克尔先生对我的严厉并未因为他而放松丝毫，每当我受到他的虐待时，他便会告诉我说，他不能忍受。我不曾拥有他的勇气，这让我觉得他是出于好心好意而鼓励我。克里克尔先生对我的严厉也不是没有好处的，当然仅仅是那一次的好处，也是唯一的一次。当他从我身后走近我，想扬起手打我时，他突然觉得那块告示牌在妨碍他，因为这个，不久便把那块牌子摘了下来，之后，我便没有再见到它了。

发生了一件很意外的事，加深了我和斯梯福兹之间的友谊，虽说有时它给我带来了一些不便，但是它却让我感到骄傲与荣幸。有一次，在运动场中，我和他在聊天时，我随口提了一个大概是某个人——我忘记了——好像是关于《培尔格林·皮克尔》中的某个人。他当时也没说什么，但是就在我睡觉之前，他问我有没有那本书。

我说没有，但是告诉他我读过，当然也提到了一些别的书。

“你还记得吗？”他说。

“嗯，记得。”我答道，我的记性很好，我相信我还可以说出来。

“那好，你讲给我听吧。”他说，“你把读过的书讲给我听。晚上我不能早睡，否则早上天还没亮就要醒的。我们大可以一本一本地讲。这就是我们之间的《天方夜谭》呢。”

这个主意让我感觉愉快，当晚我们便实施了。但是，每晚我都得讲到很晚，当我极为困乏时，却又必须打起精神，所以这时讲故事就成了一件很艰苦的工作。但是为了不使他失望或者说令他不高兴的事根本就不能发生，因此故事必须要讲。而且在早晨，起床铃摇响之前，我便像希拉乍德王妃一样被叫醒，那时我很困，很想再睡半小时，之后便要讲上很长的故事。这是一件很长久的事，但他却很坚持，并且他答应指导我数学和习题，还有一切我觉得晦涩难懂的课程，照此看来我并不吃亏。但是，我想插一句公道话，为我自己，是因为我崇拜他、喜爱他，使我感动的是他的赞扬，而并非那些不吃亏的交易，也不是出于怕他。当时这让我觉得是很宝贵的，即使现在我怀着受伤的心去回忆这些小事情。

斯梯福兹是很体贴的一个人，他不顾一切地把他的体贴表现在一件很特殊的事上。但是我怀疑，特拉德尔和其他人会因此而气恼。皮果提说给我写的信——那是一封令我兴奋不已的信啊——在开学后不久便到了。她还寄来了一包橘子。橘子中藏有一块饼和两瓶樱草酒。我把它们当做至宝。照理说，我应该请求斯梯福兹替我保管的。

“嗯，照我说，酒应该留起来，在你讲故事时拿它来润嗓子。”

他这样说让我很害羞，顿时红了脸，然后请求他不要那样。但是他说，我在讲故事的时候曾经嗓子哑过——不过是他听到一点嘎音罢了——因此每滴酒都不能浪费在那些无谓的酗酒行为上。之后，他便把酒倒进了一个大玻璃瓶中锁进了自己的箱子，当他认为我需要借助酒来提一下神时，便让我喝一口。有些时候，为了使它加大提神的效果，他便往酒中掺些橘子汁，或加一些姜呀、薄荷来提味。虽然我不敢说他那样做会改善酒的味道，同样也不敢说那是一些很不错的健胃品，但是每天起床的第一件事和睡觉前的最后一件事便是怀着感激之情喝下一点。当然，对于他的关怀我同样怀有感激之情。

皮尔格林这个故事我好像讲了几个月，又花了几个月讲了别的故事。我想，寝室里的每一个人都不曾因为缺少一个故事而不高兴。那酒好像也如同故事本身一样持久。可怜的特拉德尔——我想到他，就能笑得流出眼泪——应该说，他是最易激动的一个。当我讲到好笑的部分时，他便笑得打嗝，讲到恐怖的一幕时，便怕得发抖。因为他，我经常不能继续我的故事。我记得很清楚，当我讲到和吉尔·布拉斯与马德里遇上了强盗首领对峙时，他发出一种恐怖声，恰好被门外暗中巡视的克里克尔先生听到了，于是被以扰乱寝室为名揪了出去，打了一顿。

我心底那些浪漫的幻想被鼓动了起来，原因是我在黑暗中讲了那么多故事。单就某一方面来说，这或许对我没有太大的用处。但至少我已被同寝室的人当成开心果了，虽然在学校里我的年纪最小，但我却被传播开了。引起了很多人对我的注意。这使得我更加努力。在一个完全用残酷的手段压迫学生的学校里，不管校长是否是个浑蛋。我想，学生们大概也无法安心学习了。我想，当时的我们跟其他学生一样无知，受了过多的压迫和挨打之后，便也无心学习了，正如人们不能处在痛苦、烦恼和不幸中安心工作一样。但是因为我心底的那些虚荣心和斯梯福兹对我的帮助，让我有了不少进步。在学校的那段时间里，虽然责罚没有丝毫的减少，但就平时积累知识这一方面，我却是做得最好的一个。

当然，梅尔先生给我的帮助是不可忽视的。顺便插一句，带着谢意插一句，他是喜欢我的。所以每次看到斯梯福兹蓄意中伤他，诽谤他的感情或者怂恿别人也去损害他时，我感觉非常痛苦。当我对斯梯福兹提起梅尔先生曾带我去那个女人家享用自己的早餐的事之后的很长一段时间里，我感到痛苦，害怕他会把这事抖出来并以此来辱骂他，但是我有什么办法啊，因为我不能对斯梯福兹藏有秘密啊，如同我不能背着他拥有一块饼或任何其他的有形的东西一样。

一天，克里克尔先生生病了，没有来学校，这对我们来说无疑是一件高兴的事，全校上下洋溢着一种快乐的氛围，早上上课时大家都在无所顾忌地说笑。我们感到的轻松与快乐使得屯哥根本无计可施，纵使他拖着那木腿进入教室两三次并记下了主犯的姓名，但他的这一举措并未收到很好的成效。因为他们明白，现在他们不管怎么做，第二天都免不了受罚，所以他们想倒不如及时行乐来得痛快。事实上，那天就半天假，由于是周六，我们担心去操场会引起克里克尔先生的注意，何况那天的天气也不适宜外出，所以在下午的时候，我们便留在教室学习一些专门为这种季节准备的功课，当然是比较容易的那种。那天刚好是夏普先生去做卷发的日子，因此学校里的一切苦差事就落到了梅尔先生一个人身上了。

如果我可以把温和的梅尔先生比作一头牛或一只熊的话，那么，那天下午，当喧闹声达到最高时，他就像那两个动物中的一只被成群的狗所围攻。我记得，他用他那干枯的手支撑着他的头，伏在讲台摆放的书上，痛苦地想在那连下议号叫院主席都头痛的喧闹声中继续那令人头痛的工作。学生们在教室里跑来跑去，跟别的同学抢座位，有的在说话，有的在笑，有的在唱，有的在跳，有的在号叫，有的在拖着脚走路，围着他转圈，龇着牙，做鬼脸，模仿他：模仿他的贫穷，鞭子，大衣，母亲，模仿那些凡是他们能看到的属于他的东西。

“别吵！”梅尔先生突然站起身，把书用力地摔在桌子上叫道，“你们这是在干什么？让人难以忍受，简直让人发疯！你们怎么可以如此对待我？”

那摔在桌子上的书是我的。我站在他的身旁，跟着他的眼光朝教室看了一圈，发现同学们都停下了，有的表现得很惊讶，有的感到有些害怕了，也有的大概是内疚了。

斯梯福兹坐在教室的最后一排。他的双手插在衣袋里，靠在墙上微笑。当梅尔先生盯着他时，他抿着嘴悠闲地看着梅尔先生，好像在吹着口哨。

“别吵，斯梯福兹！”梅尔先生冲着他说道。

“是你自己在吵吧。”斯梯福兹先生红着脸说道，“你在跟谁讲话？”

“坐下吧。”梅尔先生说。

“是你该坐下吧，先管好你自己吧。”斯梯福兹说。

接着便是一阵笑声和一阵喝彩声，但是当他们发现梅尔先生的脸色表现得那么苍白时，便又恢复了宁静。一个跑到他身后准备扮他母亲的人在那时也改变了想法，退了回去，假装在修钢笔。

“如果你认为你可以操纵任何人的头脑。”这时，他下意识（我是这么想的）把手放在我的头上，“或者可以在几分钟之内驱使任何比你小的同学用卑劣的手段来侮辱我，而我对此却完全不知情的话，那你就错了。”

“我不需要因为你费脑筋，所以事实上我并没有错。”斯梯福兹冷冷地说。

“老弟，如果你利用你在这里得宠的地位，”梅尔先生的嘴唇哆嗦得很厉害，“来侮辱一个上层社会的人——”

“一个什么人？——他在哪？”斯梯福兹笑道。

这时特拉德尔叫道：“羞辱啊，詹姆斯·斯梯福兹！太坏了！”说完便被梅尔先生拦住了。

“侮辱一个不幸的而且从来没有得罪过你的人，凭你的聪明才智，你应当知道侮辱他是个过错。”梅尔先生的嘴唇抖得更厉害了，“你知道你在干什么吗？结束卑鄙下流的事，坐下或站着都由你自己决定。科波菲尔，往下读。”

“小科波菲尔，”他走上前说道，“我老实告诉你，梅尔先生，当你在众人面前说我卑鄙下流或者其他类似中伤我的话的时候，你就是个厚颜无耻的乞丐。不！你一生就是一个乞丐。但是当你那样说我时，你就变得厚颜无耻了。”

我搞不清楚，是他准备对梅尔先生动手，还是梅尔先生想出手，或者他们都有这样的想法，他们僵持了，仿佛都成了石头。这时，我发现屯哥陪在克里克尔先生身旁一同站在我们中间。我还发现，克里克尔太太和小姐站在门口朝里张望，看样子他们都吃了惊。梅尔先生一动不动地坐在那里整张脸埋在双手里，胳膊撑在桌子上，就这样坐了一些时候。

“梅尔，”克里克尔先生把手放在他的胳膊上低声说道，但声音显得那么清晰，以至于屯哥没有必要去翻译他的话，“我希望你没有忘记自己！”

“没有，先生，没有忘记，”他露出脸，摇晃着脑袋搓着手答道，很紧张的样子，“没有忘记，先生，从来没有。我记得我自己，我记得——没有忘记，先生，从来没有，我——我记得很清楚，先生——我——我希望你更早点想起我，克里克尔先生。那样的话就更仁慈、更公道了，同时也会省掉一点麻烦，先生。”

克里克尔先生脚搭在板凳上，手搭在屯哥的肩上，坐在桌子上恶狠狠地盯着梅尔先生看了一会儿。见梅尔先生很紧张地在摇头搓手时，便扭过头对着斯梯福兹问道：

“嗯，老弟，既然他如此不屑于告诉我这是怎么一回事，那么你说说看。”

斯梯福兹避开了那个问题，带着一种轻蔑和愤怒的眼神看着他的对手，仍旧没有回答。就在那样一个紧张的时刻，我也不自禁地想，梅尔先生与他那高贵的外表相比是何其丑陋和庸俗啊！

“我想知道他说的宠人意味着什么？”斯梯福兹终于开口了。

“宠人？是谁说的？”克里克尔先生额上的青筋胀得很粗。

“他！”斯梯福兹指着梅尔先生说。

“嗯，你是什么意思？”克里克尔先生转向他的助手，很愤怒地问道。

“我是说，克里克尔先生，”他低声说道，“我是说没有人能够利用他在这里得宠的地位来侮辱我。”

“侮辱你？上帝啊，请容我问一句，”克里克尔先生双臂抱在胸前，连同那根棍子一起，皱着眉，眼睛几乎被眉毛给遮挡了，“当你在说宠人的时候，你是否想到过我，对我持有最起码的尊重，对我啊！我可是这所学校的校长啊，我也是你的雇主啊！”

“我知道，我也承认那么说是很不合适的，但是那时我太激动了，以至于没控制住自己才那么说的。”梅尔先生说。

斯梯福兹插了一句：

“他说我很下流、卑鄙，所以我也说他是一个乞丐。但是那时我也太激动了，所以才叫他乞丐的。既然我说出了口，那么我就甘心承担后果。”

当时我并未想到会承担什么后果，但他的演说却引起了我的兴趣。当然，不仅是我，他的演说也影响了其他人，因为其中的某些人也表现出了稍稍的激动，虽然没有人做声。

“我很惊讶，斯梯福兹——我很高兴你能如此坦白，但是你确实让我感到惊讶，你怎么可以把那样一个卑劣的称呼强加于萨伦学校所雇用的人身上？”克里克尔先生说。

斯梯福兹发出了一声短促的笑声。

“我不想看到你用如此的方法来回答我，我想知道更多的情况，从你这里，斯梯福兹。”克里克尔先生说道。

如果梅尔先生与这个英俊的学生相比是丑陋的话，那么克里克尔先生的丑陋就更难以想象了。

“让他自己来澄清自己吧。”斯梯福兹说。

“澄清他自己不是一个乞丐吗？斯梯福兹，你是说他在这里要饭吗？”克里克尔先生嚷道。

“如果他不是一个乞丐，那么他的家人肯定也是，所以这跟他自己是一个乞丐效果是一样的。”斯梯福兹说道。

梅尔先生看了我一眼，轻轻地拍着我的肩。我的脸烫得很厉害，心中很是内疚，抬起头看他，发现他在盯着斯梯福兹的手继续地轻拍着我的肩，看的还是他。

“克里克尔先生，即使你希望我能够表明我的态度，为我自己辩解，但是，我必须要说，他的母亲现在正在救济院里靠救济才勉强苟活于世啊！”

梅尔先生的手依然拍着我的肩膀，眼睛一刻也没有离开过他，低声说了一声，如果我没听错的话，我想他说的应该是“不错，他说的是对的”。

眉头紧皱的克里克尔先生带着一种不善意的笑容面向他的助手说道：

“嗯，这位先生的话你都听到了吧，梅尔，现在请你当着大家的面澄清这件事吧。”

“他说得对，没有半点错误，他说的全是真的。”梅尔先生说话时教室内死一般沉静。

“那么，请你当着大家的面宣布，同时也好心地告诉我在这之前，你有没有对我坦白？”克里克尔先生歪着头，看着大家，转动着眼珠子问道，“我想你并没有直接了解，这是他的回答。”

“哼，从一开始我不知道此事，是吗？”克里克尔先生冷笑道。

“我想一直以来你不认为我生活得很好，而且我现在在这里的地位和以往在这里的地位你都一清二楚。”他的助手答道。

“这我知道，如果你这样说，那我确信，”克里克尔先生额头上的青筋瞬间暴涨，“你以前的地位根本就是错误的，你以为这里是慈善学校吗？抱歉，梅尔先生，你走吧，越快越好。”

“再也没有比这更好的选择了。”梅尔先生站起身说。

“那么，请吧，老兄！”

“告辞了，克里克尔先生，再见了，亲爱的同学们。”梅尔先生环顾了教室一周，又把手轻轻地搭在我的肩上说道，“詹姆斯·斯梯福兹，对于你，我最大的希望就是你会为今天的所作所为而内疚。但是现在，我希望，我们不曾是朋友，同样也不希望你是我所关心的任何一个人的朋友。”

说完他又把手放到了我的肩上，不久便收拾了几本书和那根笛子，把钥匙放在了书桌上，留给继他之后的那个人。做完这一切便夹着他的所有家当离开了。之后，屯哥翻译了克里克尔先生的一篇演讲，对斯梯福兹维护了学校的尊严这一义举进行了大加赞赏。还同斯梯福兹握了手，最后演讲在我们的三声喝彩中告终了。我不知道大家为什么要喝彩，我很难过，但是为了斯梯福兹，我也很热烈地参与了。倒是特拉德尔，对于梅尔先生的离去，他不但没有参与喝彩，反而在那暗自神伤，这一举动被克里克尔先生发现了，随后便遭到了一顿毒打。打完他之后，克里克尔先生便回到了原来的地方，也许是沙发，也许是床吧，我记不太清楚了。

克里克尔先生走后，只剩下我们面面相觑地站在那里。我很内疚很后悔，也被牵涉进去了，如果不是斯梯福兹以为我不够朋友——或者说，如果不顾我们之间年龄的差距和我曾对他的敬仰——我肯定无法控制我的眼泪。当然，对于特拉德尔挨打，他是很高兴的。

可怜的特拉德尔刚才还把书枕在书桌上，此刻，他正像往常一样把自己埋在一堆骷髅里，以此来发泄心中的不快，他还说他根本不会计较。梅尔先生确实受了委屈。

“他受了谁的委屈？哼，你这个丫头。”斯梯福兹说。

“哼，除了你还有谁！”特拉德尔答道。

“我做了什么呀？”斯梯福兹问。

“你做了什么呀？”他反问道，“侮辱了他的感情，还让他丢了工作。”

“他的感情！哈哈，我可以打包票，他的感情很快会好起来，他不像你，特拉德尔小姐。至于他的工作——那是一种很重要的东西吧。我会给家里寄信，让他拿到一些钱的，你这个丫头。”

我们相信斯梯福兹这番话。因为他母亲是很富有的寡妇，还听说，不管他要求什么，她都会尽可能去满足。对于特拉德尔被制伏，我们相当高兴，对斯梯福兹也极为推崇，最后降低身份。对我们来说，他之所以这样做，完全是为了我们大家的利益，他不顾自己的利益，已经将这样一种伟大的恩赐施加在我们身上了。

但是我必须要提的是，就在那一晚，当我躺在黑暗的寝室里讲故事的时候，我仿佛多次听到梅尔先生那哀鸣的笛声；当斯梯福兹疲乏睡去之后，我躺在床上，很难受地想象着那笛声肯定在离我们不远处悲伤地吹奏。

没过多长时间，我就因注意斯梯福兹而把他抛在了脑后。还没有新老师来给我们上课的时候，斯梯福兹上课时很轻松，不带任何书本，完全靠脑袋代替它们。从拉丁语学校聘了一位老师来教我们课，在他还没有正式教我们课之前，他就被介绍给了斯梯福兹。斯梯福兹对他的评价很高，常常对我们提起说他是块砖头。虽然我不太了解他所说的砖头指的是什么意思，但是我却很尊敬他，也没有怀疑过他的学问，虽然他从来没有像梅尔先生那样照顾我（说这话并非说自己有多大的面子）。

在这个学期的学习生活中，还有另外一件事让我印象深刻，至今都还清楚地记得。

一天下午，就在我们被克里克尔先生攻击得晕头转向而且还没有停止的意思的时候，屯哥走过来扯着嗓子喊道：“科波菲尔，有人找！”

至于客人是谁、他们在哪里等候等一系列问题，他和克里克尔先生说了几句，随后我便奉命前去饭厅。当然，像往常一样，在课堂听到有人喊我的名字的时候，就会站起来，吓得浑身发抖，在去饭厅之前，来到楼梯的后面换上了一身干净的衣服。在执行这些命令的时候，对一个从未有过这种经验的少年来说，我是那样的慌张。一路上，我想，他们应该是默德斯通姐弟俩。但是当我走到门前，突然想起来或许应该是我的母亲，刚想开门时，却把手缩了回来，停在那里，小声地哭了一会儿。

进门之后，我却没看见任何人，倒是感到身后有一股莫名的压力，转过头一看，我很吃惊，原来是皮果提先生和汉姆，彼此相互靠在墙角，看见我便脱帽向我致意。我笑了，一部分因为他们装出来的样子，但大部分是由于见到他们的那种喜悦心情。我一直在笑，笑到掏出小手帕来擦拭眼角那高兴的泪水才停止，我们还很亲热地握手。

皮果提先生见到我眼角的泪水，露出很心疼的表情，还用胳膊推了一下汉姆，示意他说点什么。

“高兴些，少爷！”汉姆笑道，“让我看看，你长了多少？”

“我长了吗？”我一边擦眼泪，一边问道。我不会为我所了解的任何一件事而哭泣，但是，一旦看见我的老朋友，我便会哭起来。

“是长了，不然还能是什么！”汉姆道。

“的确是长了！”皮果提先生说道。

接着他们俩相视而笑，又使我笑出了声，再后来我们三个都笑了，一直笑到我差点哭出声才告终。

“皮果提先生，你知道妈妈最近还好吗？还有那个我最亲爱的老皮果提。”我问道。

“当然！”皮果提先生答道。

“那小爱米丽和高米芝太太呢，她们怎么样？”

“当然好。”皮果提先生很肯定地答道。

接着大家都沉默了，是皮果提先生从口袋里掏出两只顶大的龙虾才打破了沉默。另外，汉姆的胳膊上还挽着一个装小虾的帆布口袋，其中还有一只大螃蟹。

“瞧，在你与我们同住的那段日子里，我知道你喜欢吃这些东西，所以我们特地给你带了一点。都是那个老妈妈做的哦，全都是她烧的。都是高米芝太太烧的呢！没错。”皮果提先生似乎总是在这个话题上转圈子，可能是事先没有准备要对我说什么吧，“没错，是高米芝太太，说实话，这些全是她烧的呢！”

我向他表示了感谢。当皮果提先生注意到汉姆只是很腼腆地对着那些东西微笑而并没有帮助他圆场的意思的时候，皮果提先生便接着说：

“嗯，我们是乘雅茅斯的帆船到格雷夫森德的，一切都还顺利。我妹妹把你现在的地址写给了我，并且还说，如果我能来格雷夫森德，一定要我过来看你，顺便替她向你请安，并且告诉你家人一切都好。对了，在我回去之后，小爱米丽将会给我妹妹写信，告诉她我看见你了，说你很好，让她放心。这样，我们便完成了一个兜圈子的游戏。”

我把他刚才说的话重新回想了一遍，才明白皮果提先生的意思是说他把消息在我和我的这些亲人之间传递了一圈。我很诚恳地表达了我的谢意，并对他说，小爱米丽从我们在海滩上拾贝壳的那时起就变了样子，还没有说完便感觉自己的脸红了起来。

“是啊，她快要变成大人了，她的确要变成那样子了，你可以问他。”皮果提先生说道。

他指着那个装满小虾的口袋微笑地对汉姆说道，汉姆也点头表示同意。

“她那张美丽的脸啊！”皮果提先生说道。

“还有她的学问！”汉姆应和道。

“她的书法呀！如同黑玉一样黑哦，而且大得你从任何角度看都可以看得很清楚。”

当皮果提先生提到小爱米丽的时候，他那令人愉快的热情，当他站在我面前时，我简直无法形容他那豪爽而多毛的脸上显示出的快乐与喜悦。他那诚恳的眼睛似乎在发光冒火，仿佛它们深处被一种光明的东西所撩动。他很激动，以至于他那宽大的胸膛都在不断地起伏。他把他那厚实的双手交错地握在一起，又用他那大锤般的右臂加重他的语气。

汉姆也表现得像他一样诚恳。要不是斯梯福兹的出现使他们感到羞怯，我想关于她，他们还有很多话要说。当斯梯福兹看到我在一个角落里同两个陌生人说话，便中止了他刚才哼的曲子对我说道：“原来你也在这里，科波菲尔！”（因为这不是普通的会客室）说完便从我们身旁走了出去。

当他正要走出去时，我叫住了他。至于原因，可能是因为拥有他这样一个朋友而感到骄傲吧，也有可能是我想向他介绍我得到皮果提先生这样一个朋友的经过。我很客气地对他说（到今天，我仍然记得当时我们说的话）：

“等一下，斯梯福兹，对不起。他们是我保姆的亲戚，两个很和蔼的人，在雅茅斯靠打鱼为生，从格雷夫森德来看我的。”

“哦！”斯梯福兹折回来说道，“你们好吗？很高兴见到你们！”

他的态度中含有一种洒脱的内涵，一种愉快的优雅，而非傲慢。我还相信，那种洒脱是迷人的。就他蓬勃的精神、悦耳的声音、俊秀的脸和身材及其他我所知道的一切，再加上他那种与生俱来的吸引力和那种被极少数人排斥的魅力来说，他们乐意向他敞开心扉这一情形是必然发生的。

“在给家里人写信时，请你一定要告诉她们，斯梯福兹对我很好，如果没有他，我真不知道怎么办才好。”我对皮果提先生说道。

“别听他乱说！”斯梯福兹笑道，“千万别告诉他们关于我的事。”

“皮果提先生，假如他去诺弗克或萨弗克，只要我在那里，请你放心，如果他愿意，我一定带他去看你的房子。那是我见过的最好的一所房子了，斯梯福兹，它是用一条船改造而成的。”

“嗯？用船改造成的房子吗？”

“对于这样一个不折不扣的船家，那真是一所最好不过的房子了。”

“嗯，少爷，他说得对，”汉姆咧着嘴说道，“你说得对，年轻的朋友，少爷，这位先生说得很对。不折不扣的船家！呵呵！正是如此！”

皮果提先生的高兴劲不差于他的侄子。但是由于他很谦虚，所以不能表现得像他侄子那样高兴地去接受他的夸赞。

“嗯，少爷，”他一边把领巾向怀里塞着一边笑着向我们鞠躬，说道，“谢谢，少爷，很感谢，我在我那个行业里尽了自己的一份力。”

“最出色的人也不过如此而已，皮果提先生。”斯梯福兹说道。他已经知道他姓什么了。

“我敢说，你也是这样的人，少爷，”皮果提先生摇着头说道，“你做得很好，很出色！十分感谢你，少爷。你对我的好意我很感激，少爷。我很粗鲁，少爷，但是，我却又是豪爽的，我希望我是豪爽的，你懂得。至于我的房子，好像没什么值得看的地方，少爷，但是，如果你愿意一起前来，我会好好招待你们的。我是一只蜗牛人，是真的。”他说的是蜗牛，他那样称自己是为了说明他走得很慢，在他说完第一句话的时候他就想走，但最终却回来了，“但是我希望你们过得快乐！”

汉姆回答了这句客气的话，接着我们便以最热情的方式跟他们道了别。那个晚上，我忍不住想告诉斯梯福兹一些关于小爱米丽的事，但是我太羞怯了以至于不敢去提她的名字，当然也怕他笑话我。我记得，当我想起皮果提先生说小爱米丽就要变成大人的时候，我怀着一种很安静的心情想了老半天，但是，我想那是毫无意义的。

我们偷偷地把那些皮果提先生称之为野味的海鲜搬进了教室，

在晚间我们举行了一次盛大的夜宴。但是特拉德尔却无福消受。他实在太不幸了，连一顿晚宴也不能享用。他太脆弱了，因为吃了螃蟹而在夜里得了病。发现之后，因不肯招供实情结果挨了棍子。

那个学期剩下的日子里，我的记忆是混乱不堪的，每天都在为我们的生命而挣扎;季节的更替，夏日的离去；寒冷的早晨唤我们起床的铃声，又被那铃声唤去就寝；灯光暗淡，炉火不暖的课堂；炖牛肉，烤牛肉，炖牛肉，烤牛肉，循环交替；还有那些奶油面包，奶油布丁，卷角的书本，裂了缝的石板，沾有泪水污迹的练习本，棍子，戒尺，理发，下雨的礼拜天；还有那令人窒息的墨水味。

但是，我清楚地记得，关于假期这个想法，有很长一段时间，它像一个固定的黑点丝毫没有移动，直到后来才开始向我们走来，越来越清晰。刚开始，我们以月为单位，后来是星期，最后开始数天数。但是我却担心得不到回家的准许。后来，当我听到斯梯福兹说通知已经下来的时候，我又出现我会弄断一条腿的预感。放假的日子终于由下下星期更替到下星期，由后天、明天、今天，最后到今夜，就在那夜间，我登上了去雅茅斯的马车，踏上了回家的旅途。

在车子上，我断断续续睡了很久，也零星地做了很多梦。当我醒来时，窗外已不再是伦敦学校的操场了，耳边响起的也不是克里克尔先生对特拉德尔的呵斥声了，而是车夫赶车的声音。

第八章

天还没亮，马车便来到了一家旅店，但并不是上次那个茶房朋友所在的那家。我被领进一间门上漆着“海豚”的可爱的小卧室。虽然之前在楼下火炉旁喝了他们给我倒的热茶，但是我依然感觉很冷。夜深之时，我高兴地上了海豚的床，盖上海豚的被子睡去了。

车夫巴吉斯先生打算在明早九点来接我，我被奉命在之前等他，八点钟就起了床。由于昨晚没休息好，现在有点头晕。他见到我时的那种神气仿佛我们还不曾离开五分钟，仿佛我去旅店兑换零钱或类似的事都没有发生一般。

我和我的箱子上了车，车夫就位之后，那匹懒马就拖着它那习惯的步子前进了。

“看上去，你感觉很好啊，巴吉斯先生！”

对于我的话他没有任何反应。唯一的动作就是用袖子擦了擦他的脸，然后仔细盯着他的袖子看了好一会儿，仿佛要从那上面找到一些他所希望看到的健康的颜色。

“你的话我已经帮你带到了，巴吉斯先生，我已经给皮果提写信告诉她你想对她说的话。”我以为他知道会高兴一点。

“哦！”他似乎并没有因此而高兴，回答的语气很冷淡。

巴吉斯先生干巴巴地答应着，看上去不怎么高兴。

“怎么了？有什么问题吗？”我迟疑了一下问道。

“嗯，有问题。”

“你想说的不是那句话吗？”

“话或许没有问题，不过到了就结束了。”

我不太明白他所指的意思是什么，于是重复了他的话继续问道：“结束了，巴吉斯先生？”

“到现在还没有答复啊，”他斜视我说道，“没有答复啊。”

“你在等一个答复吗？”我睁大眼睛问道，因为这在我看来是一种新的见解。

“当一个人在说他愿意的时候，那就是说，他在等一个答复啊！”他慢慢地转向我说道。

“嗯，我不太明白。”

“嗯，我从那刻就开始在等待她的回答呢！”他又重新把眼睛移回马耳朵上了。

“你告诉过她是在等待吗？”

“没——有，”他哼道，“到今天我和她说过的话不超过六句，我不要去说。”

“要我替你去说吗？”我迟疑了一下问道。

“如果你愿意，你可以那样做，”他又慢慢地朝我望了一眼，

“巴吉斯在等待她的答复。你说——该怎么称呼？”

“你是问她的名字是吗？”

“嗯！”他点了一下头。

“皮果提。”

“是姓还是名？”

“是姓，她的教名是克拉拉。”

“真的吗？”

之后就坐在车上思考着，仿佛刚才的这些事中有许多要去思考的东西，还轻轻地吹着口哨。

就这样大概过了一刻钟，他说道：“你就对她说：‘皮果提，巴吉斯在等待你的回答呢！’她也许会问：‘回答什么？’你说：‘回答我写信对你说的啊！’‘什么啊？’‘巴吉斯愿意啊！’你说。”

给了我这样的指示之后，还用他的肘部猛击了一下我的肋骨。之后，他又像先前一样坐在那里赶着马车，没有再说其他的什么话，大概这样过了半小时，他从口袋中拿出一支粉笔，在车篷上写上“克拉拉·皮果提”，他这么做显然是为了防止自己忘记她。

啊，当那个家不再是我自己的家时，但是，当我站在那里面对周围熟悉的一切时，都会使我想起以前那个充满温馨的家，但现在却又像是一个永远也无法梦见的梦了。这种感觉是多么奇特啊！在路上，我想起那段没有其他人插足我们中间的日子里，母亲和我还有皮果提相亲相爱，却又悲伤不能断定我到底是喜欢家，还是喜欢待在学校和斯梯福兹一起忘记过去。但终究还是到了家，没过多久便到了住宅前。那些叶片凋零的老榆树在严寒中颤抖着那些枝丫，还有那些鸦巢也一片一片随风飘散了。

巴吉斯把我的箱子拎下马车就驾车离开了。我沿小道朝家走去，面对那些玻璃窗，我很害怕默德斯通先生或他的姐姐突然出现在窗子后面并朝我张望，但一直到门口也没有看见那两张面孔，因为懂得如何打开那扇门，所以就没有去敲门，而是以一种静悄悄的方式进了屋。

当我迈进客厅时，听见母亲的声音，她轻声的歌声唤醒了我心灵深处那最稚嫩的记忆。我想，虽然此刻她唱的是一个新调子，但也感到亲切，如同一个很久未见的密友。

从那歌声中，我听出母亲的孤寂和沉思，我猜她是一个人待在那里的，于是便来到她所在的房间。她坐在火炉旁，喂怀里的一个婴儿吃奶，把婴儿的手按在脖子上，眼睛直盯着他，嘴里哼着小曲。我推断得没错，她是一个人。

当我对她说话时，她吓了一跳并叫出了声，但是当她发现是我，把我唤作亲爱的大卫，她的亲爱的孩子。她从房间中央向我走来，跪在我面前亲吻我，把我的头抱在她的胸口，又把挨近她的那个婴儿的手举近我的嘴边。

我情愿在那个时候死去，也情愿怀有那样的感情离去。相比以后任何时刻，那时我更适合进天堂。

“他是你的弟弟，”母亲抚摸着我说道，“大卫，我可怜又可爱的孩子！”一边说一边按着我的脖子一次次亲吻我。此刻，皮果提突然跑了出来，一下坐在我们旁边的地上，在我们面前疯狂了大概十五分钟。

好像没有人会想到我能回来得这么早，车夫把时间往前提了很多。默德斯通姐弟俩去拜访附近几个朋友了，估计入睡之前是不会回来的。我根本没有料到会是这样一种局面，没有料到我们三个人又能坐在一起而不受其他人影响。那时候，我感觉以前的那些快乐时光又回来了。

我们坐在火炉旁边吃晚餐。皮果提在旁侍奉着，但我母亲却极力反对她这样做，叫她同我们一起坐下吃饭。我用的是我原先那个绘有褐色战船的盘子，当我在学校的这段时间，皮果提把它藏了起来，还说，即使拿一百英镑她也不会卖它的；我喝水用的是那个刻有“大卫”的杯子，还有我那不会割破手指的刀叉。

当我们在吃饭时，我想这是一个绝佳的机会，去传递巴吉斯先生的话。在我还没有说话之前，皮果提就开始笑了，还用围裙蒙住了脸。

“发生什么事了，皮果提？”母亲说道。

皮果提笑得更加厉害了，母亲想去扯开她的围裙时，她便紧紧地按在脸上，如同头套在口袋里一般。

“你到底做了些什么？”母亲笑道。

“哦，该死的家伙！他想娶我呢！”皮果提叫道。

“他应该是一个很好的人，对吧？”母亲问道。

“我不知道，也别问我，即使他是金子做的，我也不会要他的，我不要嫁给任何人。”

“那，你为什么不告诉他，这样你不觉得很可笑吗？”

“告诉他，关于他的想法，他不曾亲口对我说过一个字。他很明白，如果他敢那样，我一定会扇他的耳光。”皮果提露出脸说道。

这时，我发现，她的脸比任何时候都要红，甚至比其他任何人的脸都要红。每当她笑出声时，她就把脸蒙在围裙里，如此反复了几次之后，便继续吃饭了。

我的母亲虽然一直在微笑，但是我能感觉到她变得格外严肃，更悬心了。刚开始，我就看得出来，她变了脸色。虽然脸依旧那么美丽，但表现出的忧伤让人感觉单薄，手变得更加瘦了，而且白得近乎透明。接着，她连态度也改变了，变得烦躁、慌张。最后终于伸出手，很温和地放在她的老仆人的手上问道：

“亲爱的，你不会嫁给他，对吧？”

“太太？”她睁大眼睛说，“上帝保佑你，不会的。”

“不会很快结婚吧？”母亲温柔地说。

“会不会马上就结婚？”

“永远都不会！”

这时母亲紧握她的手说道：

“别离开我，留下吧。或许不会等多久了，要是没有你，我该如何是好啊？”

“离开？怎么会？我说，你那愚蠢的头脑到底装了什么啊，竟会使你想到这些？”皮果提对我母亲说话的语气像是对一个孩子，这种情况早就司空见惯了。

母亲除了表示感谢之外没有任何话语了，于是皮果提接着说道：

“我会离开你？我相信并也了解我自己。皮果提要离开你？我倒是很情愿去试试！不会，不会的，绝对不会！”她摇着头交叉着双臂继续说道，“亲爱的，如果她那样做了，那她对不起你。她那样做，会让那些猫儿高兴的，但是她不会让他们得逞的。我要留在这里，要他们继续烦恼，一直到我成为一个怪僻的老太婆。等到我聋了，瞎了，瘸了，牙掉光了，说话也不清楚了，没有半点用处，等到无法被人吹毛求疵时，我就会到大卫那里，求他收留我这个老太婆。”

“我一定会很高兴的，让你享受女主人的招待。”我说。

“菩萨心肠！我知道你会那样的！”说完便吻了一下我的前额，表示对我的感激。在那以后，她又蒙起脸笑了巴吉斯，在那以后，她抱起了那个婴儿喂他去了。在那以后，收拾了饭桌；在那以后，换了另外一顶帽子，带着她的针线匣、码尺、蜡烛头，像以往一样走了进来。

我们围在火炉旁快乐地说笑着。当我告诉他们克里克尔先生多么严厉时，她们非常心疼我；当我告诉他们斯梯福兹是如何好的一个人，又是如何保护我时，皮果提决定要走二十里地前去感谢他。当婴儿醒来时，我把他抱起，很温和地盯着他。当他睡熟之后，我像往常一样爬到我母亲的身边，搂着她的腰，把我的脸贴在她的肩上，感觉她那天使般的头发垂在我的身上，我感到温馨极了。

当我坐在母亲身旁，面对着红热的火炉，我几乎相信，我不曾离开过家半步；默德斯通姐弟俩随着火光的暗淡而消失了，除了母亲和我还有皮果提，其他一切都不是真的。

皮果提坐在火炉前，左手套着一只袜子，右手拿着针，火光闪一下，她就缝一针。我实在不明白哪来那么多袜子需要缝补，袜子究竟是谁的，来自哪儿。从我最初的记忆起，她似乎一直在从事这种针线活，永远不曾做过其他的事。

“我想知道大卫少爷的姨奶奶现在怎么样了？”皮果提似乎对于一些出乎意料的问题会在恰当的时候突然想起来。

“皮果提！你的话是多么愚蠢啊！”母亲从沉思中醒悟过来。

“但是，但是我确实想知道啊，太太！”

“你怎么会想起她来？难道这个世界上就没有别人可以想吗？”

“我也不知道这是怎么回事，可能是由于愚蠢使我的大脑再也想不起其他任何人。他们的出现与消失完全是随意的，完全不受我控制。但是我真的想知道她现在到底怎么样了。”

“真是胡闹！难道你还希望她来第二次吗？”

“怎么会？”皮果提解释道。

“那就好，让我们忘了这样一件不舒服的事吧。”母亲说道，“毋庸置疑，贝西小姐将她自己关在海边的那个小屋里，永远都会待在那里。不管怎样，她大概不会再来烦我们了。”

“不会了！”皮果提想了一会儿说道，“不会，肯定不会的，不过我想知道，如果她死了，她会给大卫少爷留些什么？”

“哎呀，皮果提，”母亲说，“你多糊涂啊！当初她根本就不希望大卫出世啊！”

“或许今天她已经饶恕他了。”皮果提暗示说。

“她为什么现在能饶恕他呢？”母亲针锋相对。

“我是说，因为大卫少爷现在有一个弟弟了。”

对于皮果提如此这般，母亲立刻哭了起来。

“好像这襁褓中的婴儿对你做过什么一样，要你这样去说他！”

母亲哭道，“为什么不嫁给那个车夫巴吉斯？你还是去吧！”

“如果我离开的话，那样默德斯通小姐会很高兴的。”皮果提说道。

“你的心肠什么时候变得这么恶毒了？”母亲应道，“你对默德斯通小姐的仇恨何时达到了这样一种程度。我想，你是想钥匙应该由你来保管并管理家中的一切吧！即使你那样做了，也不会让我感到丝毫意外。她这样做完全是出于她的好心！你知道她是这样的人，我相信你知道得很清楚。”

皮果提嘀咕了一句，好像是在说“讨厌的好心”，还说她的心也未免太过分了。

“你的心思我懂，我知道，皮果提，也完全理解。你也知道我明白，但是我却很惊讶你的脸为什么不红。让我们一件件地说，现在我们来讨论默德斯通小姐，皮果提，这你是无法推托的。你不曾听见她一次次地说我太没有思想，也太——呃——呃——”

“漂亮。”皮果提提醒道。

“得，”母亲很腼腆地回答道，“如果她愚蠢到这样说我，能怪我吗？”

“没人会说是你的错。”

“没有，我希望没有！”母亲说道，“你不曾听到她一次又一次地说，因为这个，她愿意为我省去这些麻烦，因为她认为这些麻烦是不适合我的，当然我自己也这么认为。每天她不都是起早摸黑吗？她不是每天都在做各种事，摸进所有能进的地方吗？煤棚、储藏室，以及那些我都不知道的地方，还有那些令人感觉不舒服的地方。难道你想说她这样做没有一点热心吗？”

“我可没这样的心思。”

“你有那样的心思，除了干活，其他的任何时候你都在暗示我这一点，永远也不会找到别的事去做。而且你从中得到满足，皮果提。”母亲接应道，“你除了干活，就暗示，再也不干什么别的了。你总暗示，从那里得到满足，当你谈到默德斯通先生好心的时候——”

“我从未谈及过他！”皮果提说。

“的确从未，皮果提，不过你暗示过。这就是你刚才对我说的。这是你最恶劣之所在。你一直在暗示。刚才我说我懂你，现在你也知道我懂你。当你谈及默德斯通先生好心却又装着没看见的时候，我相信。你像我一样知道他的好意，是那些好意在驱使他去做这一切的啊！你懂得，同时我也相信大卫明白，他过去对于某个人的严厉是为了他好啊！因为我，他爱上大卫，完全是为了他的好处行事，虽然严厉了一点。但对于问题的分析能力，他比我擅长，因为相对于他这样一个坚定、严肃而认真的人来说，我是软弱、轻浮而幼稚的，他也是为我。”这时，因为她的激动而酝酿出的泪水轻轻地滑落她的脸颊，继续说道，“因为我，他操了很多心，我应当感激他、服从他。如果我不这样做，那么，皮果提，我就要发愁，责备自己，怀疑自己，不知道怎么办才好。”

皮果提静静地坐在那里看着火炉，用套有袜子的左手托着下颌。

“别再这样了，皮果提，”母亲换了个腔调继续说道，“我们别在这里拌嘴了，我受不了这样。如果在这个世界上我还有真正的朋友的话，你就是一个。当我把你唤作可笑的人，或可恨的家伙，或其他一切类似的什么的时候，皮果提，我想说的是，你是我真正的朋友。从科波菲尔先生带我来这儿，你在大门欢迎我的那个夜晚，我就把你当做真正的朋友了。”

皮果提反应还算快，很用力地挤了我一下，并以此来签署那个好的条约。从那次聊天中，我得到了一些结论。她发起那次聊天，参加讨论，无非是想让我母亲可以利用这个小小的矛盾所得出的结论来安慰自己。她的这个策略是十分有效的，因为，下半个晚上，母亲表现得格外愉快，皮果提也没有去和她拌嘴了。

喝完茶，掏过炉灰，剪过烛火之后，皮果提从她的口袋中拿出那本鳄鱼书（我不清楚是否一直以来她都收藏着它），为了纪念过去的一些往事，我又给她念了一个章节。后来，我们提到了萨伦学校，于是我给她们谈了一个神圣的话题——斯梯福兹。那晚，我们都很开心。那晚，像以前一样快乐的夜晚，却又注定不会再次出现，在我的记忆中永远被尘封。

大概十点的时候，门外响起了马车声。我们都打算出来迎接他们，可母亲连忙说，已经很晚了，况且默德斯通先生和小姐又不喜欢我晚睡，所以，我还是先去睡为好。在他们进屋之前，我和母亲相互亲吻之后，连忙拿起蜡烛上了楼。当我途经以前被关禁闭的房间时，突然产生了这样一种想法：由于他们的介入，将家中过去那种温馨的氛围如同吹散羽毛一般将它们吹走了。

自上次事件之后，我还不曾见过默德斯通先生，出于不安，我连下楼吃早餐的勇气都没有了。在下楼的过程中，我停留了两三次，甚至还多次踮着脚轻声回到房间，但我觉得是逃不掉的，最终还是下了楼。

当时，默德斯通小姐在泡茶，他背对着火炉站着，见到我只是目不转睛地盯着看，却没有任何想要跟我打招呼的表示。

一阵惶恐过后，我颤巍巍地走到他跟前："很抱歉，对于以前做过的那些事，我感到很后悔，希望您能够谅解。"

"对于你的忏悔，我表示高兴。"他说。

说着便把那只我曾咬过的手向我伸来，面对上面的那个红点，我不禁多看了一眼，但当我注意到他脸上显露出阴险的表情时，那红点跟我通红的脸比起来似乎算不了什么。

"你好！"我对默德斯通小姐说。

"假期有多久？"她一面叹气，一面用那个取茶的勺子指着我问道。

"有一个月呢。"

"从哪天开始呢？"

"今天，小姐。"

"哦！也就是说现在已经过去一天了。"

她似乎很高兴每天早晨以同样的态度在日历上画去一天。但是在画第十天之前，她总是那样的闷闷不乐，当数字进入两位数的时候，她觉得似乎看到了希望，画去的天数越多，她越是快活。

就在假期的第一天，我做了一件令她极为惶恐的事，我来到了她和我母亲坐着的那个房间。我把那几个星期大的婴儿从我母亲腿上抱了起来。突然默德斯通小姐发出了一声尖叫，差点吓得我把手中的婴儿摔下来。

“怎么了？”我母亲问道。

“啊！克拉拉，你瞧见了吗？”她喊道。

“瞧见什么？在哪里？”母亲问道。

“他抱起他了！那个小孩居然抱起了他！”

她吓得厉害，连忙向我扑来，夺走了我手中的婴儿。随后便晕了过去，为了让她清醒过来，我们给她喝了些葡萄酒。醒来后，便命令我以后无论如何也不准碰我的弟弟。我那可怜的母亲用一种极为温顺的口吻赞同了她的这项禁令：“毋庸置疑，你的做法是对的。”但我可以看得出，她不愿意这样。

还有一次，当我们仨和我弟弟在一起时，因为我母亲的话，她又发了脾气。母亲抱着那个婴儿，面对着他微笑，此刻，我觉得他很可爱，母亲看着我说：

“大卫，过来！”

这时默德斯通小姐放下了手中的珠子。

“我相信他们很相像，他们跟我长得很像，当然他们也非常像！”母亲很温柔地说。

“什么，你在说什么？”默德斯通小姐冲我母亲问道。

“亲爱的，我是说，我发现这孩子的眼睛跟大卫的很像。”面对她的责问，母亲怯生生地说。

“克拉拉，有时，你就是一个傻子，傻到了极点！”她很气愤地说。

“我亲爱的珍！”母亲抗议道。

“你就是一个傻子，要不，怎么会拿我弟弟的孩子同你作比较？你们像吗？哪里像了？一点也不！他们之间没有任何相似的地方，现在是这样，以后也同样如此！我可不想坐在这里听你作如此愚蠢的比较！”说完便昂首走了出去，并重重地关上了门。

一言以蔽之，在默德斯通小姐看来，在其他任何人看来，我不是一个讨人喜欢的人，甚至有时，我自己也这么看我自己。不喜欢我的人表现得那么明显，而那些喜欢我的人却又善于去表现。这一反差使我造成了一种错觉，总感觉自己粗俗、愚笨。

有时，我的行为令他们感到不安，如同他们令我不安一样。如果我进入他们正在谈话的房间，如果我母亲是高兴的，那么从我过去的那一刻开始，她的脸上就会飘来一朵愁云。如果默德斯通先生很高兴，那么由于我的介入，终止了他的高兴。如果他姐姐很不愉快，那么我加重了她的烦恼。母亲总是受难者，她害怕同我说话，也害怕善待我，否则便会惹恼他们，随后便会受到教训。她不仅怕自己惹恼他们，也怕我会得罪他们，于是在我每次进来之后，便会怀有一种惴惴不安之色打量着他们的脸色。

为了让母亲少受些难，我决定尽量避开他们。假期的大部分时间里，我披着小外套，躲在那个没有半点乐趣的卧室里，一边看书，一边听着教堂的钟声。

有时，吃过晚饭，我会同皮果提坐在一起，在那里我不会因为暴露出了本性而发愁，因此，感到极为舒服。但是，在客厅中，这些都是被禁止的。但是，为了训练我那可怜的母亲，他们便拿我来做试验，因此，我不能擅自缺席。

一天在晚饭过后，当我像往常一样离开时，默德斯通先生叫住我：“大卫，我发现，在你身上有一种孤僻的神气，我很为这个担忧。”

“比熊还要孤僻！”他姐姐叫道。

我很卑微地站在那里，垂着头，一动都不敢动。

“嘿，大卫，孤僻而倔犟的性格是最恶劣的。”默德斯通先生说道。

“没错，在我所见过的所有人之中，这孩子的性格最为固执！我相信，你也发现了吧，克拉拉？”他姐姐说道。

“请你能够谅解，亲爱的珍，你认为——我相信你不会怪罪我的，亲爱的珍——你很了解大卫吗？”母亲说道。

“如果我不了解，那么，我应该感到羞耻。我承认自己没有渊博的知识，但是，我并不缺少这方面的常识。”

“对于你的理解力，我没有任何的怀疑。”母亲说。

“哎呀，千万别这么说。”默德斯通小姐愤愤地插嘴道。

“不过我敢这么说，大家也都知道。从这一点得到的好处是多方面的，没有人比我自己更清楚这一点，所以我也这样说，也敢担保。”母亲说。

“克拉拉，可以这么说，对于那个孩子，我一点也不了解。”她摆弄了一下手腕上的手镯说，“你们可以认为，抱歉，我一点也不了解他，他实在太难理解了。不过，我相信，以我弟弟的洞察能力足以将那孩子的性格看得一清二楚。我想，就在我们讨论这个问题的时候，他正准备说出自己的观点呢。”

“克拉拉，”默德斯通用一种极为低沉的语调说，“就这一问题，应该有比你更公正的判决人呢。”

“爱德华，”母亲怯生生地说道，“对于这所有的一切，你才是最好的裁决人，比起冒充的我要强百倍，你和珍都是如此，我只是说——”

“你只是说了一些温顺而又欠缺思考的话，以后不要再这样做了，亲爱的，好好注意自己的言行吧。”

母亲动了动嘴唇，仿佛在说“知道了，亲爱的”，但是她却未大声地说出口。

“大卫，”他把头坚定地面向我说道，“当我发现你那种孤僻的性格时，我很为此担忧。如果听任你这样发展下去而我却没有帮你改正，那就是我的过错，也是我所不能忍受的。少爷，你必须努力改正，我们也必须努力帮你改正。”

“抱歉，从假期开始的那天起，我绝没有故意去孤僻的意思。”我吞吞吐吐地答道。

“在真话面前，说谎也是一门艺术！”他训斥我说，此刻我发现母亲颤巍巍地伸出手，像是要伸向我们之间。“你带着你的孤僻躲进了房间。当你应当待在这里的时候，你却，你却待在自己的房间，我是要你留在这里，而非那里。还有，我要你在这里听话，大卫，你是了解我的，我说到做到！”

此刻默德斯通小姐冷笑了一声。

“我要怀着一种恭敬的、直爽的、敏锐的态度来对待我自己、珍·默德斯通和你的母亲。我不会再任由你自己的性子躲开这个房间，好像这里存在一种流行病。给我坐下！”

他像呵斥狗一样命令我，我也如同狗一般服从。

“另外，”他继续说道，“你喜欢与那些庸俗下流的人为伍。以后不准再与仆人们来往。你有许多需要改正的地方，但厨房绝对是一个可以改正你那些缺点的地方。至于那个唆使你的女仆，我不会说什么，但是，克拉拉，”他压低了声音对我母亲说，“因为以往感情和那些颠扑不破的错误观念。”

“一种没有任何道理的极端的错误思想！”默德斯通小姐大声附和道。

“我不过是，我不太愿意看到你同女仆皮果提那样的人来往，以后要改掉这一不良习惯！否则，大卫，你了解我的，如果你不老老实实地服从我，后果你是知道的。”

我很清楚他所说的后果，或许应该说比他所能想到的还要清楚。我只得老老实实地服从他，没有再躲进自己的房间，不敢再到皮果提那里避难了。只得一晚一晚地坐在客厅，等待夜幕降临之后去就寝。

我受到了如此令人厌烦的拘束，几小时以同样的姿势坐在那里，手臂、腿连动也不敢动一下，否则默德斯通小姐就会指责我浮躁，甚至连眼睛也不敢转动一下，生怕她从我的眼中看出我带着一种不喜欢或是查看的眼光在巡视着周围的一切，那样她就会有新的理由来指责我了！哪怕有一丁点的动作，她便要找个借口来指责我的不是。坐在那里，听着时钟走动的声音。看默德斯通小姐穿着那些亮闪闪的珠子，想是否会有一个不幸的人愿意娶她；默数火炉架上的那些线条，眼神不经意地从墙纸上的那些波纹缓慢移到天花板：这是多么令人无法忍受的沉闷啊！

在那糟糕的天气中，令人窒息的客厅里，在默德斯通姐弟俩面前我是怎么样在独自徘徊啊！那是一种我必须担起的可怕的担子，一种永远也冲破不了的白日噩梦，一种压制我智力的力量。

在吃饭的时候，总觉得饭桌上多余了一把刀叉、多余了一个碟子和椅子，同样也多余了一个人，所有这一切的一切，都是我的，多余的是我，在如此沉闷而不安的环境中，吃的是怎样的饭啊？

当点亮蜡烛时，我希望能做点什么，却又不敢去看那些令我感兴趣的书，只得硬着头皮看一些算术论文，以至于那些度量衡图表变成了五线谱，我看的那些枯燥的东西如同线穿过祖母的针眼一样，从我的左耳穿过，右耳穿出了，这是多么令人苦恼的夜晚啊！

虽然有很多顾虑，但是我们仍然在不断打瞌睡，不断地从睡梦中惊醒，面对那些曾经不曾有的一些小问题。现在似乎永远也得不到解决，面对脑中一片空白的我，似乎被所有人忽视，却又妨碍了所有人。当时钟敲响九点钟的第一声时，默德斯通小姐命令我去睡觉，这是多么美好的解脱啊！

我的假期就这样挨到了最后一天。那天早晨，默德斯通小姐兴奋地说道："假期完了！"说完便递给我假期中的最后一杯茶。

对于离开，我并不惋惜。当时，我近乎愚蠢，但是我却很清醒地在想念斯梯福兹，他身后站着令人战栗的克里克尔先生。此刻巴吉斯已经在门外等候了，面对母亲俯下身子与我告别这一举动，默德斯通小姐发出了警告的口吻："克拉拉！"

我吻了她和我的弟弟，虽然很难过，却并不因离开而难过，因为每天见面却又近乎别离的状态，如同代沟一样每天都存在。在我的记忆里，对于那个热情的拥抱之后的情景，似乎比拥抱时的感受更加鲜活。

上车之后，她从背后叫我，我探出脑袋，见她独自站在门前抱着婴儿让我看。

就这样，我们分别了。后来在梦中，我梦见分别时的那一幕，我专注地看她，她也以同样的表情很专注地看我。

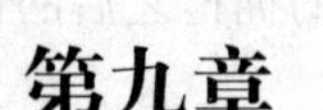

第九章

我生于三月份，在这之前学校中发生的一切事，就一笔带过不提了。唯一记得的就是斯梯福兹比以前更加值得敬佩了。他比以前更活泼、独立，而且喜欢他的人更多了，但他却要在学期结束时离开了。当时，面对如此伟大的记忆，寻那些较小的事，显得那样渺小而无关紧要。

我甚至不敢相信，在回到学校时距我生日这中间竟有两个月的时间。对于这铁一般的事实，我只能承认，否则，我便要相信，这两件事之间是紧挨着的。

对于那一天，我记得很清楚！到处弥漫着雾气，地上铺撒着幽灵般的白霜，我那盖满雾水的头发散落在脸上，面对教室中朦胧的景象，教室中零星地布了几只溅了泪的蜡烛，照亮了那多雾的早晨。学生们跺着脚，呼出的气在寒冷彻骨的空气中缭绕。

当时已经吃过早餐，我们刚从操场走到教室。夏普先生喊道：

“大卫·科波菲尔，跟我到客厅来一下。”

我期待着皮果提提着一只篮子来看我，所以一听见这个命令就甚为高兴。当我匆忙离开座位时，旁边的同学跟我说在吃东西的时候，多想着他们一点。

“不急，大卫，”夏普先生见我如此匆忙，“有的是时间，不忙，不忙。”

他说话时的腔调，假如我仔细想一下，便会感到吃惊，但是当时我没有心思去想他的话，便匆匆忙忙向客厅跑去，进去之后，看见克里克尔先生正坐着吃早餐，面前摆了一份报纸和那根棍子，他的妻子拿着一封已经拆封的信，唯独没有看见篮子。

“大卫·科波菲尔，”她把我拉到沙发前，很郑重地对我说，“有一件事要告诉你，我的孩子。”

这时，我不禁看了克里克尔先生一眼，他正在心不在焉地摇着头看着别处，并塞了一块很大的奶油烤面包。

“你还太小，对于这个世界的变化无常还不够了解，”克里克尔太太说，“其中有些人会离我们而去。但是这是我们必须应该知道的，大卫；有人在年幼的时候就意识到了这一点，有人在年老时醒悟，也有人自始至终都明白。”

我很诚恳地看着她，希望能从中明白她的意思。

“假期结束时，你离开家的时候，”她停顿了一下，“他们都好吗？”又停了一下问道：“你妈妈呢？她好吗？”

我心中一惊，依旧不明白她的意思，仍旧诚恳地看着她，不想说话。

“嗯——很不幸，今天早上，我刚收到消息，说你妈妈病了，病得不轻。”

此刻，克里克尔太太和我之间腾起了一层雾气，她的影子左右晃动了一会儿。紧接着那令人沮丧的泪水便沿着脸颊滑落了，此刻她的影子也静止了。

“她病得很重。”

我完全明白她的意思了。

“她死了。”

其实她不必说出结果了，我已经很悲伤地哭出了声，这广漠的世界中又多出了我这样一个孤儿。

克里克尔先生待我很仁厚，整天留我在那里，有时独自把我留下，我只是哭了睡，醒了又哭。当我再也哭不下去时，我想，那时我身上的压力最为沉重，甚至悲哀也成了一种无法解脱的痛楚。

但由于我的懒散，我并没有花过多的时间去关注那压在我心头的灾难，不过只是很懒散地徘徊。此刻，我想了很多。想到这时肯定大门紧闭的房子，想到那个婴儿，克里克尔太太说他已经很微弱了，他们说他也会死的，想到父亲的坟墓，想到将要躺在那棵我熟悉的树下的母亲。当我一个人时，我站在椅子上面对镜子中的自己，发现眼眶中布满了血丝，脸上爬满了愁容。就这样过了几小时，我在想一个问题，如果回到家我的眼泪像此时这样干枯，那么，那时我应该想一些过去发生在我和母亲之间令我感动的事。那段时间里，我也领会到了别的学生给予我的尊重，因为我的不幸，我已经成为他们中间重要的人物了。

如果说有哪个儿童真正感受过悲伤之痛，那么我算是感受到了。但是，因为这种悲伤却让我享受了一份满足。那天下午，他们都在上课，而我却在操场中独自散步。当他们正在上课时，发现他们透过窗子看我，感觉自己很另类，于是更加愁苦了，走得更缓慢了。下课之后，他们跑到我面前同我说话，我从未因此而表现得骄傲，跟先前一样，关注他们所有的人。

在第二天夜里，我便要乘车回家，这次坐的不是马车，而是那种专门供人在中途短距离旅行的脚踏车。那一晚，我没有讲故事，特拉德尔非得把他的枕头借给我用，我并不清楚他这样做会对我有什么好处，况且我自己也有一个，但是这似乎是他唯一一件可以借给我的东西，不幸的人啊！除此之外，临别的时候，他把那张画满骷髅的信纸送给了我，作为我悲伤的一个安慰，帮助我内心安宁的一剂良方。

第二天下午，便离开了萨伦学校，那时，我还不曾想过，那次离开后，便再也回不来了。整晚，我们都在缓慢地前进，一直到第二天早上九点多才到雅茅斯。我下车去找巴吉斯先生，没有找到他，却发现有一个肥胖的，呼吸短促的，十分愉快的老头儿在那等我。宽边帽子，黑衣服，短袜子，膝盖处有褪了色的缎条，黑袜子，喘着气来到我面前问道：

“你就是科波菲尔少爷吧？”

“是的。”

“跟我来吧，我送你回家。”

他牵着我的手来到一条狭窄的街道上，一路上我在想他是谁。最后我们在一家店铺前停了下来。店面上写着“欧默，经营布、绒衣、服饰、丧事用品等”。那是一间令人窒息的店铺，摆满了各式各样的已制或未制的服饰，还有一个摆满帽子的橱窗。我们来到店铺后面的一间客厅，有三个年轻的女人正在裁剪桌上的黑色布料，布屑撒满地板。客厅中还有一个烧得很旺的火炉，还弥漫着令人窒息的黑纱布气味。

那三个女人抬起头看了我一眼，便很勤快地继续了手边的活。窗外传来院子里作坊中的一阵很枯燥的锤打声，“咚——嗒嗒，咚——嗒嗒，咚——嗒嗒。”没有丝毫旋律感。

“喂！明妮，你们完成得怎么样了？”那个老头对其中的一个女人说。

“快完了，能赶上试衣的时间，放心吧，父亲。”她高兴地答道。

欧默先生坐了下来，摘了帽子，喘着气。他太胖了，必须先喘会气才能说：

“很好。”

“父亲啊！你快成为了一只海豚了！”明妮开玩笑地说。

“呵呵，我也不知道这是怎么了，不过，我跟它真有点像了。”他思考着答道。

“你是那么随便，把什么事都看得那么随便。”

“亲爱的，不随便也没有用处啊。”

“真的没有用呢，不过我们都很快乐，感谢上帝！你说呢，父亲？”

“我希望如此，亲爱的，”欧默先生说，“现在我喘过气了，现在我要为这位年轻的先生量体裁衣了。跟我到铺子里来好吗，科波菲尔少爷？”

照着他的吩咐，我站到了他的身前，他拿来一匹布，说这是上等料子，如果为父母服丧，这是首选，随后在一个本子上记下了他刚给我量过的尺寸，并在记录时给我看了一些存货，有的款式他说“正流行”，有的他说“刚过时”。

“因为这个，我们赔了不少钱，”欧默先生说道，“不过款式的流行与过时跟人是一样的，没有人知道它们什么时候流行，因为什么而流行，怎样流行，同样也没有人知道它们会在什么时候过时，因为什么。依我看，如果你把人生也这样看待的话，一切都可以折射出人生。”

或许是我太悲伤了，以至于不能探讨这样的问题，或许我是没有资格去探讨它，最后欧默先生便带着困难地喘息将我带回了客厅。

来到客厅，他朝门后的那道陡峭的台阶下面喊了一声：“把准备好的茶和奶油面包拿上来！”在那两样东西拿上来之前，我一直朝我的周围张望、思考，静听裁衣声和作坊里锤子发出那很沉闷的调子。原来那两样东西是为我准备的。

“我认识你，”欧默先生看了我一会儿说道，但是在那一段时间里，我没有花任何心思在那份早餐上，因为黑色的东西让我没有胃口，“我认识你很久了，少爷。”

“真的吗？”

“从你出生之后，不，应该说在此之前，我就认识你的父亲。他身高五尺九寸半，占地二十五尺。”

“咚——嗒嗒，咚——嗒嗒，咚——嗒嗒”，作坊中传来锤子的击打声。

“占地二十五尺，如果只占五尺的话，”他说，“那肯定是他要求的，要不就是他的指示，具体的，我也记不太清楚了。”

“我的弟弟，你知道他现在怎么样了吗？”我问。

他摇了摇头。

“咚——嗒嗒，咚——嗒嗒，咚——嗒嗒。”

“他现在已经躺在他母亲的怀里了。”

“哦，可怜的人！他死了？”我呜咽地问。

“不要过多地关注那些你无能为力的事，不过，他已经死了。”

听到他这么说，我崩溃了，旧处的伤痕裂开了。我抛弃了那份未尝过一口的早餐，走到一张桌子前，把头埋在那里，明妮见此，连忙收拾了铺在桌子上的丧服，否则我的泪水一定会玷污它。她是一个美丽而性格柔和的女孩，她温柔地拨开了散落在我眼前的头发。但是由于她快要完成她的工作因此表现得很愉快，与那悲伤的我相比，实在是差之千里啊！

锤声停了之后，一位英俊的青年从院子里走了进来，手里握着一把锤子，嘴里含着钉子。

“约拉姆！”欧默先生问，“做完了吗？”

“嗯，做完了！”他取出钉子后回答说。

明妮的脸变红了，另外两个女孩也相视一笑。

“啊？这么说，昨天晚上，就在我从俱乐部还没有回来时，你就一直在烛光下工作，是吗？”欧默先生闭着一只眼问道。

“是的，”约拉姆说，“因为你答应，如果做完它，我们就去一次旅行，明妮和我——还有你。”

“哦！我认为你把我给忘了呢！”欧默先生笑道，最后咳出了声。

“因为你答应过，所以我也就用心去做了。对了，还得请你把你对它的一些想法告诉我呢。”

“一定，一定，”欧默先生站了起来，面向我问道，“想去看看你的……”

“别，父亲。”明妮喝住她父亲。

“我想这是应该的。但是，也许你是对的。”

我也不清楚自己是如何知道欧默先生要我去看的是我那亲爱的母亲的棺材。之前，我从未听说过棺材，也从未见过，但是，当听到锤子的敲击声时，我能想到那是什么。当那个英俊的年轻人进来之后，我就已经猜到他是在做什么了。

明妮和另外两个女孩的活儿也干完了。她们整理了残留在自己衣服上的碎布和线头之后，那两个女孩进店铺，稍作打扫之后，便开始等待顾客了。明妮则待在客厅，跪在那里整理刚才她们裁好的衣服，装进了两只筐子，嘴里还哼着小调。她的男友走了进来，似乎忽视了我的存在，趁她忙的时候，吻了她一下。告诉她说，欧默先生已经去预订马车了，他得去准备一下，说完便出去了。她收拾好顶针、剪刀之后，把一根穿有黑线的针很熟练地插在了长衫的胸口。然后对着门后的那面镜子打扮着自己，从那镜子中可以看出她高兴的面孔。

这些都是我坐在房间拐角的一张桌子旁，手扶着头，胡思乱想时看到的。没过多久，马车便停在了店铺门前。我跟在那两只筐子之后上了车，随后他们三个也进去了。那幽暗色的半客半货的车子由一匹黑马拉着，马车很宽阔，我不用担心会被挤得喘不过气来。

想起他们的动作，面对他们在车上的那种愉快的表情，我想同他们在一起的那种奇特的感觉平生是第一次经历也是唯一一次经历。我并不生他们的气，我想大部分是因为怕他们，仿佛我被遗弃在一群与我没有丝毫共同特征的动物之间。他们异乎寻常地高兴。那个老头子坐在车前赶着马，两个年轻人坐在他的两侧，无论什么时候，只要他对他们说话，他们便会靠近，很用心地聆听。当他们对我说话时，我躲开了，满腹愁情地坐在一旁，烦恼他们那调情与欢笑的声音，虽然音量还没有达到喧嚣的程度。对于他们这样完全不顾及别人感受而尽情享乐却全然没有丝毫责备，这让我感到很奇怪。

当他们停下车子喂马、吃喝、玩乐时，我没有去碰他们的任何东西，依旧坐在那里禁食。当我们到家之后，我很快便从后面下了车，避免在那些充满严肃氛围的窗子前面对他们一张张快活的嘴脸。那些原先明亮的窗子现在如同紧闭的双眼一样站在我面前。哦！当我看见我母亲的窗子以及在它旁边的陪我度过美好时光的那扇窗，世界再没有比这更让人泪流满面的场景了。

当我还没有走到门口时，就被皮果提抱住扶进了屋子。当她看见我的那一瞬间，她便爆发了，但是不久便控制住了情绪，放低了声音，连走路也很轻了，仿佛会惊扰到死者。我发现，她已经很久没有上床睡过了，整夜整夜地坐在那里守候。她说，只要她那可怜又可爱的美人儿没有入土安葬之前，她便会一直守候着她。

当我进入客厅时，默德斯通先生也在，但他却没有发现我，只是坐在火炉旁无声地哭泣。他姐姐坐在那桌摆满书信和文件的书桌旁，看见我之后，便指着我用极为严厉而低沉的声音问我是否为丧服量过了尺寸。

“已经量过了。”

“你的衣服呢，带回来了没？”

“都带回来了，所有的衣服。”

以上便是她给我的全部问候。对于那样的场合，对于她的所谓的自制、坚定、毅力、常识以及冷酷所显露出的全部恶毒的东西，她很自豪于这一点，当然我也并不怀疑。对于她那处理事务的能力尤为自豪，不会为任何事所感动，以纸和笔来炫耀自己的才华。自从见她的那一刻开始，她不曾离开过那张书桌，用一支笔镇定自若地乱写着，用同一种语调很冷静地对待着每一个人，永远都不会绷紧脸上的任何一块肌肉，或缓和声音中的任何一个语调，或者让她的衣着哪怕露出一丁点失态的样子。

默德斯通先生有时拿起一本书，但据我观察，他不曾看过，打开书看着它，好像很仔细地读，但整个钟头却不见他翻过一页，之后便放下了书，在客厅中徘徊。默德斯通先生现在和他姐姐之间几乎没有言语了，但和我之间是绝对没有的。不过，在那死寂的房子里，除了那些走动的钟之外，他便是唯一能发出响声的东西了。

在母亲出殡前的日子里，除了上下楼经过母亲和那个婴儿躺卧的房间，睡觉之前她来到我房间像往常一样坐在我床头，除此之外的其他时间，我很少看见皮果提。在母亲安葬前一两天吧——那时，在那段沉闷的日子里，我脑中混乱得对时间的反应已近乎迟钝且无知了——她领我进了那个房间。在那张床上的白布下，仿佛躺着一位严肃而安静的天使。当她要去揭开那块白布时，我抓住了她的手叫道：“哦，不！哦，不要！”

即使出殡发生在昨天，我也不能全部想起了，但是对于客厅中的氛围，烧得很旺的火炉，闪着光的酒，各式各样的酒杯与碟子，散发出淡淡清香的点心以及默德斯通小姐和我们那些黑衣服所散发出的气息，我都记得一清二楚。当时，齐力普先生也在，看见我，便向我走来。

“我们的大卫少爷好吗？”他很慈祥地问道。

我不能告诉他说很好，因为我确定不太好，我只是把手伸向了他，他握了起来。

“哎呀！”他带着一种很祥和的微笑说，“我们的小家伙已经长大了，长得连我们都快认不出来了呢，小姐！”

这话是对默德斯通小姐讲的，但是她却毫无反应。

“似乎进步很大吧，小姐？”

齐力普先生得到的回复仅仅是她的一次皱眉和一个轻微的点头，受了如此挫折之后，齐力普先生便握着我的手走进了一个角落，不再开口。

我之所以要写这一情节，是因为我记得，而并非是在关心自己，回家以来我还不曾关心过自己。

钟敲响了，默德斯通先生和其他几个人过来让我们准备。像皮果提在很久以前告诉我的那样，当初给我父亲送殡的人们也是在这个房间内让她们准备一样。

房间里有默德斯通先生、邻居格雷普先生、齐力普先生和我。

当我们来到门口时，杠夫已经抬着母亲和婴儿进入花园了。他们在我们面前走过小径，越过榆树，穿过花园式的大门，来到了那块我经常在夏天的早晨去听鸟歌唱的墓地。

感觉那天有点异乎寻常，仿佛阳光也换了一种格外惨淡的颜色。现在那里到处是严肃而寂静的气氛，那是我们和即将入土为安的人从家中带来的，我们光着头围在墓穴前站着聆听教士的声音：“万能的主说，我是复活生命！”随后便是啜泣声。在旁观者中我发现了那个忠诚而善良的仆人（默德斯通小姐说葬礼只有家人才能参加，就这样找了个借口排除了她）。现在，在这个世上，我最爱她，我幼稚地断定，终有一天上帝会称赞她：“干得漂亮！”

在那样一群人中，有许多我熟悉的面孔。有我在教堂做礼拜四下张望时就已经熟悉的面孔。即使那些面孔都在我面前晃动，即使他们都很熟悉，但是现在我并不关心那些，除了我的哀伤，也很冷漠地看待明妮站在旁观的人群中向她那挨近我的情人抛来的那些飞吻。

母亲下葬之后，我们回去了。那所房子耸立在我们面前，依然映射着往日的辉煌，它与我心中那个逝去的人联系得太紧了，其他所有的哀伤与它让我想起的哀伤相比，实在是太渺小了。回来的路上，齐力普先生一边扶着我一边安慰我，到家之后，他给我倒了杯水。之后，当我上楼去卧室时，他用女人一般温柔的声音同我道了别。

这一切又如同发生在昨天。后来发生的许多事已经随海浪漂到对岸了，所有忘却了的在未来某个时间一定会再次出现，但是这件事如同一座巨大的海岛耸立在大海之中。

我能预感到皮果提将会来陪我，因为那天的寂静对我们如此哀伤的两个人来说是再适合不过了。她来到我床头，坐在我身旁，握着我的手，一会儿把它贴近自己的嘴唇，一会儿又用她的另一只手轻轻地拍着。之后，她便告诉了我母亲临终时的一些情况。

“有那么一段时间，她总是精神恍惚，心情不畅。起初我错误地认为，或许在她的孩子出世之后，一切都会好起来的，但是却一天接一天地衰弱、单薄。孩子还没出世之前，经常见她独自坐在那里流泪。孩子出世后，家里就时常能听见她那轻柔的歌声——即将消逝的歌声。

“到后来，她更加微弱了，很容易受惊吓，哪怕一句粗暴的话也像一个拳头一样会刺痛她的心。但在我看来，她没有变，在她那愚笨的老仆人皮果提眼里，她是一样的，永远是不会改变的，我那可怜又可爱的美人永远都不会改变。”

说到这里，她停了一会儿，轻拍着我的手。

“上次我所见她精神振作是在你从学校回来过寒假的那天晚上，也是最后一次。当你离开的那天，她说：‘我再也不会见到我那可爱的大卫了，我有这种预感，而且相当真实。’

“你走后，她很想打起精神振作起来，当他们说她没有烦恼、没有思想时，她总会装出一副很精神的样子，但这现在都已经成为过去了。直到那一夜——她离开前的一个多星期——她才对她的丈夫说：‘亲爱的，我不久便要离开人世了。’之前除了我之外，她没对任何人提起过，她害怕对任何人提起。

“那晚，我服侍她上床休息时，她对我说：‘现在一切都轻松了，他会相信的，可怜的人，默德斯通先生会慢慢接受这个事实的，然后一切又都会恢复原样的。我现在很累，让我睡一会儿吧。

当我睡着之后，请别离开我。守候着我，皮果提求上帝保佑我的两个孩子！上帝啊，保佑和照顾我那从小就失去父亲的孩子吧！’

“自那以后，我便一直守候在她身旁。楼下那对姐弟也经常上来看她，她同他们聊着天，因为她爱他们，她爱周围的一切，不过当他们离开时，她便面向我，仿佛只有皮果提才能让她安息，让她入睡。

“在她的最后一个晚上，在那天夜里，她吻了吻我，对我说：‘如果我的婴儿也活不成，皮果提，让他们把他放在我的怀里，将我们一起安葬吧。’（我照她的意思办了，因为那个可怜的羔羊在她离开的第二天也跟着她去了。）‘让我那亲爱的大卫送我们去安息的地方吧，转告他，他的母亲躺在这里时会为他祝福的，不是一次，而是成百上千次的祝福呢。’”

之后她又停下了，轻轻地拍着我的手。

“夜深之时，”皮果提说，“她跟我要了点水，喝过之后，便朝我默默地笑了笑，那么可爱！那么美！”

“天亮了，太阳升起来了，这时，她告诉我科波菲尔先生过去对她是那么慈爱，那么体贴，容忍她，他会用这样的话——一颗仁爱的心比智慧更好，更有力量——去安慰那个不自信的她，在她心里，他是幸福的。‘亲爱的皮果提，再靠近我一些吧，’她是那么的软弱，‘让你的胳臂托起我的脖子，好让我靠近你一些吧，你的脸是那么的远，让我靠近些，看清你的脸。’我照做了，哦，大卫啊！时候到了，第一次我与你分别说的话应验了——她喜欢将她那可怜的头躺在她那愚蠢的皮果提怀中——她就像一个沉睡的孩子一样睡着了，永远没再醒过来！”

皮果提就这样结束了她的叙述。当我得知母亲已经去世时，有关我脑海中的那些让她安享晚年的概念片刻间荡然无存。从那时起，关于母亲的一些印象，我只记得她是位年轻的母亲，将她那闪光的鬈发一圈圈地绕在手指上的动作，经常在黄昏时分与我一起在客厅中跳舞的情形。皮果提告诉我的一切并没有使我对她的晚年有多少幻想，却让那些年轻时的回忆在我心中扎了根。这很奇怪却又那么真实。在她死后，留在我脑海中的她的那份平静与无忧无虑的青春覆盖了其他的一切。

我的母亲在我还是个孩子时，便离我而去，长眠于地下了，而她怀中的那个小人儿，让我想起过去我是怎样一度被她搂在胸前的。

第十章

母亲出殡的日子过去一段时间之后，那时，阳光照进屋子时也不显得那么沉闷了。此时，默德斯通小姐所做的第一件事，就是告诉皮果提让她在一个月后离开。对皮果提来说，她并不喜欢这种工作，但是，我确信，她可以为了我放弃这世间最好的工作。当她告诉我说我们不久就会分开，以及分别的原因时，我们相互安慰着彼此。

对于我做何打算，默德斯通小姐并未涉及过一句，也没有任何表示。我想，如果他们也像打发皮果提一样打发我，他们一定会很高兴。有一次，我鼓起勇气问默德斯通小姐什么时候回学校读书，她很冷淡地回了一句，她相信我可以不用回去了。除此之外，没有别的任何指示。皮果提和我都很想知道他们要怎样处置我，但是，我们却得不到一点风声。

在那段时间里，我的地位发生了变化，对于这种变化，虽然打消了我目前所处的不安，但是，假如认真思考一下，这将使我对于未来的安置更加迷茫，更为不放心了。那种变化具体是这样的，过去我受到的那些约束现在被完全撤销了。现在，我无须再留在客厅中那个令我烦恼的椅子上了，甚至有几次，当我坐在那里时，默德斯通小姐眉头紧锁让我离开。甚至现在他们也不关心我是否与皮果提在一起了。除了默德斯通先生，没有人会继续承担我的教育工作，或是由他姐姐来完成这项任务，但是，慢慢我发觉，这种担心是完全没有必要的，因为在他们之间我已经受到了冷落。

当时，母亲的离去的阴影在我的脑海中并未消除，也就无心顾及其他的事，当然，他们的冷落并未给我造成多大的痛苦。不过，偶尔也会想到以下几种令我担忧的可能性：终止了教育，无人照料，长大后会成为一个庸俗不堪的人，在农村过着一种碌碌无为的生活。偶尔也会想到另一种可能：脱离了目前的状态，像神话故事中的英雄一样，去另一个地方寻找属于自己的梦想。不过这些如同过眼云烟，转瞬即逝，都是一些平时我可以见到的白日梦，又好像淡淡地刻画在卧室的墙上，等到它们消失的那一刻，墙上依旧没有留下任何痕迹。

一天晚间，当我在厨房的火炉旁取暖时，我带着一种深思的口吻对皮果提说道："默德斯通先生比以往更不喜欢我了，一直以来他都不大喜欢我，但是，皮果提，如果他不愿意，他连见都懒得见我了。"

"也许是因为他也太过于悲伤了吧。"皮果提摸着我的头发说道。

"也许是这样吧，皮果提，我很伤心。如果真的是他太过于悲伤，但是我根本不这样认为。肯定不是啊，不是，不是那个原因。"

"你怎么知道不是呢？"她沉默了一会儿继续问道。

“因为，因为他表现出的悲伤完全是另一回事。如果他和他姐姐很悲伤地坐在火炉旁一言不发，但是，但是如果我此刻走过去，那情况就变了。”

“他会怎么样？”

“发怒，”我不禁地模仿着他那看上去阴险的紧锁的眉头，“如果他只是悲伤，那么他就不会以那种表情看我，而是应该和我一样：因为悲伤，而表现得更加和蔼。”

皮果提沉默了很长时间，似乎在想着其他的一些事，我也只是跟她一样沉默地坐在火炉边烘手取暖。

“亲爱的大卫啊！”她终于开口了。

“什么事？”

“我用尽了所有办法，能想到的，不能想到的，在布兰德斯通找一份适合我的工作，但是，亲爱的大卫啊，结果只是徒劳啊。”

“你想要什么样的工作呢？”我想了一会儿问，“你是说想要去碰碰运气吗？”

“我看我得回雅茅斯了，可能不会回来了。”

“我以为你要去一个很远的地方，以后再也见不到面了呢。”我笑道，感觉有点高兴，“我可以去看望你啊，亲爱的皮果提。但是，但是你不会去世界的另一头吧？”

“上帝保佑，不会！”她高兴地说，“只要你还在这里，每个星期都会来看你一次。只要我活着，每个星期必有一天来这里看你。”

我觉得她的话应该可以打消我心中的一个顾虑，但是后来她说的话证实我的那些顾虑多多少少还存在一些。

她说："再过不久我就得走了，先去我哥哥那住半个月，让我好好静一静，考虑一下。对了，也许他们会同意你同我一同去，因为他们似乎不愿意你留在这里。"

那时，除了皮果提，我与附近所有人的关系都发生了变化，如果还有什么能令我感到愉快的话，那就是皮果提的这个建议了。此刻，以往那些记忆又浮现在我的眼前：被那些热情欢迎我的诚实面孔所环绕，可以听到钟在鸣响，向海中丢石子，船穿梭在雾气中，享受星期天早晨的那份宁静，告诉小爱米丽我的烦恼，同她快乐地玩耍，在海滩上拾贝壳、石子。但是，这些往事所带给我的那份宁静不久便被默德斯通小姐是否同意这样的疑虑所扰乱，幸运的是，这个疑虑没过多久便得到了解决。正当我们还在继续说话时，她来到了储藏室，这时，皮果提怀着令我吃惊的勇气提出了她的想法。

"在那里他会变懒的。"她看过一个泡菜坛说道，"一切罪恶都可以归因于懒惰。但是，我想，这孩子不管在哪里，即使是这里，他也会变懒的，因为对他来说这是必然的。"

此刻，皮果提已经准备发怒了，但是，为了我，终究还是咽下了，继续缄默。

"唉！但是目前最重要的就是让我的弟弟免于一切惊扰或者弄得不舒服。所以，我还是答应了吧。"她面对着那坛泡菜说道。

我面无表情地向她道了谢，不敢带有任何高兴之色，生怕她会收回刚才的承诺。当她移出泡菜坛看我的时候，带着一种莫大的酸味，似乎眼睛里充满了那种味道，她的这种表情让我想到刚才的顾虑是有必要的。但是，她并没有收回这种承诺。那一个月的期限快结束时，我和皮果提也准备动身了。

巴吉斯先生走进屋子扛起了皮果提那个最大的箱子。以前他从未进过花园的大门，而这次却进了屋子。当他走出屋子的时候看了我一眼，如果他的脸上可以流露出内心的情感的话，我想，我读懂了其中的意思。

皮果提离开时表现得很沮丧，因为这么多年来，她把这里当做了自己的家，更何况是离开她一生之中的依恋——母亲，她和我一大早就去墓地了，待了很久才回来。上了车之后，只是用手绢蒙着双眼静静地坐在那里，一言不发。

皮果提保持沉默的那段时间，巴吉斯先生也没有任何想要活动的迹象，只是像以前一样坐在原先的位置上懒散地赶着马车，着实像一个大模型坐在那里。当皮果提心情开始好转时，她向周围看了看并同我说了几句话，而此刻巴吉斯先生不断地点头，龇牙，我不明白他为什么这样做，做这些动作是为了给谁看。

“天气晴朗，阳光明媚啊，巴吉斯先生！”出于一种礼貌，我觉得应该说点什么。

“天气不错。”他回道，他从来不为了暴露自己而多说一个字。

“皮果提她现在已经感觉好点了，巴吉斯先生。”我这么说是为了能让他高兴一些。

“真的？”

想了一会儿之后，巴吉斯看了看她问道：

“现在，你感觉很舒服了是吗？”

皮果提笑了笑，以此作为一种肯定的答复。

“真的感觉很舒服是吗？”巴吉斯从原先的位置上向她移了移，并用胳膊撞了她一下问道，“真的吗？很舒服是吗？嗯？”他每问一句便要向她靠近一点，并撞她一下，最后，我们被挤到车的一个角落里。

当我快透不过气时，皮果提提醒他注意一下我的处境，他才往回移了一下。但是我得说，他想到了一种甚为奇妙的方法：用简单而简约的话语表达出他自己的意思，从而避免了谈话啰唆时带来的不便。因为这样的方法他暗自笑了很长时间。接着又开始面向皮果提，重复了刚才的意思：“你真的已经很舒服了吗？嗯？”接着又开始向我们进攻，直到我被挤得近乎断气才告终。接着又问了一遍并向我们靠近，无疑结果是相同的。后来，一见他向我这边靠近，我就站起来，佯装在欣赏周围的景色，自那以后，我过得很好。

他想得太周到了，在一家酒馆前面停下，买了一些烤羊肉和啤酒。当皮果提在喝酒的时候，他又重复了那些动作，差点呛到她。当我们快要到站时，他的事渐渐多了起来，当然与皮果提调情机会就变得少之又少了。当我们刚踏上雅茅斯的人行道时，之前我们被颠得快散架了，自然也就没有心情去做其他的事了。

皮果提先生和汉姆早就在那里等我们了，他们见到我们，很热情，也很高兴地与巴吉斯先生握了手，巴吉斯先生的帽子朝后仰着，从头到脚一副忸怩的神态，一副傻头傻脑的样子。他们各拿起一个箱子正准备走开时，巴吉斯先生伸出他的一根手指向我示意要我同他到附近的拱门下面。

“嗯，”他说，“一切都很顺利呢。”

我仰望他，故意装出一副深沉的样子应道："哦！"

"事情还没有结束，但一切都很顺利呢。"巴吉斯先生点头自语。

"哦！"

"你知道谁愿意吗？巴吉斯！只有巴吉斯啊！"

我点头表示同意。

"一切都很顺利呢，我们是朋友。事情进行得如此顺利首先是你的功劳啊！一切都很顺利呀！"

巴吉斯的话似乎是要弄清楚，但又显得格外神秘。如果皮果提不来叫我，我想我会站在那里一直看他那张如同停了摆的钟面一样的脸，一直看上个把钟头，当我们在行进过程中，皮果提问我他对我说了什么，我说，他说一切都很顺利呢。

"厚颜无耻，"她说，"但是我不会介意的！亲爱的大卫，如果我结婚了，你会怎么想？"

"嗯——我敢肯定，那时候的你对我的喜欢同样不会有丝毫改变，对吧？"我考虑了一下说。

听到我这么说，她停了下来，拥抱着我，还说了许多不变的誓言，这一举动令周围的行人和她的亲人都甚感惊奇。

"我想知道你的想法。"我们继续前行时她问道。

"你是要嫁给——巴吉斯先生吗？"

"嗯，是的。"

"我认为，这是一个不错的主意。因为到那个时候，你随时都可以坐马车来看我了，而且不用花钱就可以来看我。"

"亲爱的，有见识啊！"皮果提叫道，"一个月前我也这么想！没错，那时我就更独立了，你也知道，没有任何事比在自己家中更让人觉得舒心了，更何况，如果现在去当一个仆人，处在一个陌生的环境中，我真不知道该做些什么。现在我就靠近我的美人儿的安息地，随时都可以去看她。等到我也离开的时候，我同样也可以挨着她。”

好一会儿我们都没有说话。

“但是，如果亲爱的大卫反对我这么做。”她高兴地说道，“我便不会再想，即使在教堂中被问上三十三次，即使戒指烂在我的口袋中，我也不会去想。”

“你是想知道我是否真的愿意吗？”其实我打心底就同意她这样，而且全心全意地同意。

“好了，亲爱的，”她挤了我一下继续说道，“我曾经整日整夜地想这个问题，我想这是最好的处理办法了，但是我需要再想一下，也需要跟我哥哥商量一下，但是大卫，目前只有你我知道，帮我保守这件事。巴吉斯是个善良而老实的人，如果我在他身边尽我的责任的时候，如果我感到不舒服了，那一定是我的过错。”她微笑地说道。

她的这句话让我感到很高兴，笑了一会儿。当我们看见皮果提先生的小屋时，我们格外兴奋。

小屋的样子没有变，不过看上去好像比先前小了点。高米芝太太站在门前迎接我们，仿佛从上次分别时她就不曾离开过，房子的东西没有移过位，就连我们房间中蓝杯子里的海藻也不曾凋零过。我来到屋外，四处张望，仿佛那些龙虾、螃蟹、大海虾似乎还缠在一起，在那个角落里。

却唯独没有看见小爱米丽，于是问皮果提先生她在哪儿。

“她上学去了，”皮果提先生一边擦着汗一边说，“大概在半小时内便可以到家了，”他看了一下那个荷兰钟说道，“我们都很想她，她那么可爱！”

高米芝太太叹着气。

“高兴一点，老妈妈！”皮果提先生说。

“我比你们任何人都想她，我是一个孤苦无依的人，而她从来没有跟我作过对。”

高米芝太太哭着，摇着头，专心去吹火。此时，皮果提先生用手遮着嘴向我们低声说道：“老头子！”他这么说，让我可以肯定，自从上次，高米芝太太的心情并没有好转。

或许，这里，应该说整个这个地方向来就是很愉快的，但是给我的印象却不是如此，我感到失望，也许是小爱米丽不在吧。我认识那条路，于是连忙起身沿路去找她了。

没走多远，眼前便出现了一个人影，很快我便断定那是小爱米丽，虽然年龄已经长了几岁，但是就身材来说依旧没有长高多少。走近发现，她那双蓝眼睛比以前似乎更蓝了，那张长有酒窝的脸更加光彩动人了，她似乎比以前更漂亮、更美了。这时，我发了愣，好像不认识她了，继续向前走去。如果我没有记错的话，后来也发生过如此类似的情况。

小爱米丽清楚地看见了我，却装着不在意，非但没有转过身叫我，还笑着跑走了。最后，我只好去追她，一直跑到小屋附近才赶上。

“是你啊！”小爱米丽说。

“现在知道了，爱米丽。”我说。

“难道你不知道那是我吗？”她说。

当我凑过去吻她时，她却用手掌拦住了她的嘴唇，还说，她现在已经不是小孩子了，说完便笑着跑进了屋。

她好像更加喜欢捉弄我，在我看来，这似乎是一种奇怪的变化。桌子已经摆好了，原先我们坐的那个小箱子也拿来了，但是她却没有跟我一起坐，反而坐在那个总是满脸愁容的高米芝太太身旁。皮果提先生问她怎么不跟我坐在一起时，她只是用头发遮着脸一味地笑。

“真像一只可爱的小猫！”皮果提先生轻轻拍着她笑道。

“对！对！”汉姆笑道，“大卫少爷，她就是一只可爱的小猫！”他带着赞美和愉悦的心情坐在那里对她笑，脸红得像火一般。

实际上，他们把小爱米丽给宠坏了，尤其是皮果提先生，只要她走到他身边，把她的脸贴在他那乱蓬蓬的胡子上，他就可以满足她任何事。至少当她做这样的举动时，我是这么想的，不过我觉得皮果提先生的做法是完全对的。因为她的热情，还有那种稍带狡猾而害羞的态度，足以让我对她更加着迷。

她是善良的，饭后当我们围坐火炉旁时，皮果提先生一边吸着烟一边对大家说我过去的一些不幸的遭遇，小爱米丽坐在对面用那双柔和而又充满泪水的眼睛望着我，这实在让我感动。

“啊！”皮果提先生握着她那如同流水一般柔顺的头发说道，“她也是个孤儿，你明白的，少爷。”随后他又拍了拍汉姆说道，

“又是一个，虽然看起来不太像。”

“如果你是我的监护人，皮果提先生，我想，我不会认为自己是一个孤儿的！”我摇着头说道。

“说得对，少爷！”汉姆高兴地说道，“呵呵，说得好！你也不会认为自己是个孤儿了。”说着也用手拍了拍皮果提先生，此时小爱米丽站了起来，吻了皮果提先生一下。

“那位待你友善的朋友还好吗，少爷？”皮果提先生对我说。

“你是说斯梯福兹吗？”

“就是他！”皮果提先生向汉姆说道，“我想这个名字与我这个行业扯上一点关系。”

“你以前说的可是鲁特弗啊。”汉姆笑道。

“用船桨来前进，相差无几啊，我说得对吗？”皮果提先生反驳道，“他现在怎么样？还好吗？”

“嗯，在我离开之前，他确实很好。”

“那才算得上一个真正的朋友啊！”皮果提先生叼着他的烟斗说道，“如果你提到朋友，他就是一个！上帝啊，能看他一眼那都是眼福啊！”

“他很英俊，对吧？”我的心快要沸腾了。

“的确！”皮果提先生叫道，“在你面前，他像——像一个——嗬！我不知道他不站在你面前又像什么。他是那样勇敢！”

“我相信！如果要跟他说书本上的知识，那是无人能及的。”皮果提先生吐了一口烟看着我说道。

“的确，没有他不知道的，他是那样聪明，足以令所有人惊叹。”我兴奋地说道。

“那才是一个朋友呢！”皮果提先生摆了一下头严肃地说道。

“似乎没有能难倒他的，任何事，他一看便通。还是一个很好的棒球手，下棋时，可以让你很多棋子，然后轻而易举地让你败阵。”

皮果提先生又摆了一下头，好像在说：“的确如此！”

“他还是一位口才很好的演说家，可以说服任何人，还有，如果你听见他的歌声，你的夸赞之词便涌现不断。”我说。

皮果提先生又摆了一下头，好像在说：“是这样的！”

“而且，他还是一个大方、优秀而高尚的人。”我已经被这个伟大的话题迷住了，“对于他的称赞我无法找到那么多的词来形容。他是那样保护一个比他小那么多的我，我要说对于他我永远也感激不尽。”

我看着小爱米丽，一边滔滔不绝地进行着我的话题。她趴在桌子上，屏着呼吸听着，她的那双如同蓝宝石一样的眼睛发出光芒，双颊涨得通红。她那极为诚恳而美丽的样子中断了我对斯梯福兹的赞赏。见我停了下来，大家也同时面向她，一边笑一边看她。

“爱米丽也想见他一次呢！”皮果提先生说。

爱米丽被我们看得慌了神，红着脸垂下了头。过了片刻，从她那散开的鬈发中朝我们望了望，见我们依旧在看她（我相信，我可以看她几个钟头不眨眼），她便跑开了，躲了起来，一直到就寝的时候才出来。

我躺在先前睡过的那个房间，风也像以前一样悲伤地吹拂着海滩。但是，现在，我倒觉得这是在为那些被它吞没的人而悲伤。

那一刻我不担心，海浪会在夜里将那只船吞没，想的是自上次听过海风声时，吞没了我那幸福的家。我记得，当风声渐渐消失时，我在祷告，并在其中加了句，祈求在我长大后，我可以娶小爱米丽为妻，怀着这样一种满足我睡着了。

时间就这样一天天地过，却出现了一种变化——小爱米丽已经很少同我在海滩上嬉戏了。每天她除了功课，还要做针线活，大部分时间都不在家。但是，即使她没有这些事，我想，我们也不会像先前一样快活玩耍了。即便她很热情，充满幼稚的幻想，却更像一个大人了。在那一年多一点的时间里，她似乎有意疏远我，她喜欢我，但也嘲笑我，令我苦恼。当我去上学的路上迎接她时，她便偷偷地绕道而行，当我失望地回到门口时，她却站在那里大笑。但是令我感觉最愉快的时间便是她坐在门前做功课，我坐在她旁边的木质台阶上对她朗诵。在那个时候，我忽视了四月份里明媚的阳光，不曾见过那条旧船门口的那个活泼少年，无视如此湛蓝的天空、碧蓝的海水以及那些驶向海中在阳光下泛着金色光芒的渔船。

在到皮果提先生家的第一个晚上，巴吉斯先生面带一种异常呆傻而笨拙的表情，提着一包用手巾包裹的橘子拜访了我们。对于他带来的那包橘子，他未提一个字，因此，当他空手离去时，我们都以为他遗忘了，最后汉姆追过去还给他时，才得知那是送给皮果提的。自那以后，每天他都会在相同的时候过来，总拎着一小包东西，而且对于他带来的东西不曾提过一个字，来时习惯地放在门口，走时空手离开。他的那些用来求爱的礼物繁多而且古怪。我记得有四只猪蹄，一个针筒，大概半箱苹果，一对黑玉制品的耳环，西班牙玉葱，骨牌，一个装有金丝笼子，一条腌猪腿。

在我看来，巴吉斯先生的求爱方式异同寻常。每晚与我们相处的时候，他就以那种坐在自己的马车上的姿势坐在火炉旁，只是傻乎乎地盯着坐在他对面的皮果提。可能是受到了爱情的鼓舞，他忽然抢过皮果提的那个蜡烛头，揣进了口袋，带走了。从那以后，那个蜡烛头便是他的乐趣：当皮果提要用的时候，他就掏出那个粘在口袋中的半融状的蜡烛头，在她用完后，便又装进了口袋。他似乎很开心，似乎没有任何话语，即使是同皮果提一起漫步于海滩，他也不会因没有话说而感到不安，仅仅是问她是否舒服就足以让他感到满足。有时候，在他离开之后，皮果提会用围裙蒙住脸笑上半小时。当然，我们都为他们感到高兴，也只有高米芝太太是个例外，她当年的爱情似乎与之类似，他们的这些活动让她时常想起那老头子来。

就在我将要离开时，巴吉斯和皮果提终于对我们大家说要去度假，小爱米丽和我一道陪伴他们。一想到能和小爱米丽在一起度过一天的美好时光，前一晚我便兴奋得整宿没睡好。动身的时间定在早上，就在我们还在吃早饭的时候，巴吉斯驾着车出现了，朝着他的爱情来了。

皮果提的打扮平常，依旧穿着那件干净而朴素的衣服，而巴吉斯却打扮得很体面，穿着一件新做的蓝色外套。那个裁缝想得如此周到：那个袖子完全可以在冬天的时候当手套使。那领口高得让他的头发都退避三舍，最后也只好立着，配的是大号的纽扣，在阳光底下反射出耀眼的光辉。那件外套，配上他穿的那条褐色裤子和黄色背心，此时我感觉巴吉斯是一个不同凡响的人物了。

我们在屋外忙乱时，我发现皮果提先生手里拿着一只旧鞋，说要抛在我们背后，图个吉利，最后，他把鞋交到高米芝太太手中，让她抛。

“别，还是由他人来抛吧，丹，”高米芝太太说，“我就是一个孤苦无依的人，我怕会坏了大家的兴致。”

“来吧，老妈妈！”皮果提先生说道，“拿在手里，抛出去！”

“别，丹，”高米芝太太苦着摇头说，“我可以通过多做事来减轻我的感伤，但是你同我不一样，丹，没什么事不顺你的意，你也不会与他们作对，还是由你来抛吧。”

皮果提先生在匆忙间一个接一个吻过我们之后便从车上喊，非要高米芝太太抛不可。于是，高米芝太太便做了，做完便哭了起来，她的哭声扫了我们出游的兴致。之后，便拥入汉姆的怀中，说她知道自己是个负担，她应该进救济院。我那时，也想她说得很对，汉姆应该付诸行动。

当然，我们最后还是出发去度假了。途中第一件事就是来到一所教堂，巴吉斯先生把马系在栏杆上，便携着皮果提进去了，留我和小爱米丽在车上。我乘机搂着小爱米丽说，因为不久我便要离开，因此，我们应当珍惜余下的时光，我们应当快活地度过这一天。她答应了，允许我吻她。于是我便不顾一切地吻了她。我记得，我对她说，我会永远爱她，打算杀死一切追求她的人。

听到我这样说，她笑得厉害，那个仙女般的少女带着一种骄傲的神态说我是“一个蠢孩子”。接着又可爱地笑了，她那可爱的笑使我在快乐中忘却了那个侮辱的名字带给我的痛苦。

巴吉斯先生和皮果提在教堂逗留了很久才出来，接着我们往乡间赶。我们在前进时，巴吉斯面向我给我使了个眼色——顺便提一下，我从来未想过，他还会使眼色——说道：

“以前，我在车子上留的那个名字是什么？”

“克拉拉·皮果提。”

“如果有个车篷，你猜我会写什么呢？”

“仍然是克拉拉·皮果提？”我说。

“克拉拉·皮果提·巴吉斯！”说完便大声笑了出来，连马车也震动了。

总之，他们结为了夫妻，刚才去教堂就是这个原因。皮果提决定在没有任何人观礼的情况下举行婚礼，由牧师做主婚人。当巴吉斯宣布这一事实时，她略显得有些紧张，并采用挤压我的方式来表明她那不受损伤的爱情，但没过多久便冷静了下来，还说，对于这件事的结束她感到高兴。

我们来到一个路口附近的一家小旅店，那里已经为我们预备好了一顿丰盛的午餐，就这样，我们怀着一种莫大的满足感度过了这一天。如果皮果提在过去度过的那十年间每天结一次婚，我想她对于结婚恐怕也不会比今天这样感觉平淡了。结婚并没有使她有任何变化：每天依旧在喝茶之前带我和小爱米丽去散步。至于巴吉斯，则很有哲学味道地吞着烟，据我猜测，他的开心应归功于他对幸福的那种幻想。另外，那种幻想让他的胃口大开。我记得很清楚，午餐刚吃过两只鹅、许多猪肉和一些青菜，但是在喝下午茶的时候又吃了很多冷腌肉。

自那以后，我便经常想起，对于那次婚礼是多么新奇而又不寻常啊！天黑不久，我们便坐着车，踏着星光，高高兴兴地往家赶。一路上，我的话让巴吉斯长了不少见识，我告诉了他一切我所知道的，凡是我说的他都深信不疑。他对我的才识表示出崇高的敬意，那时，他当着我们的面对他的妻子称赞我是“青年洛休斯”——我猜他所说的大概是天才少年的意思。

当我们不再谈论星星时，或许那时巴吉斯的才能已经消耗殆尽，小爱米丽和我在座位上垫起一个用旧包袱改成的外套，就这样一直坐到家。那时，我在想，我是多么多么爱她啊！如果她嫁给了我，我们可以去任何地方，树林中也好，田野中也罢，我希望我们永远都不要长大，不要变得聪明，像现在这样，永远是那个孩子，无忧无虑地嬉戏在那阳光普照鲜花盛开的大地上，夜里在绿苔上进入纯洁而可爱的梦乡。当我们死去之后，由鸟来替我们安葬，这是多么幸福的一件事啊！一路上我都神往着这样一幅图景。没有实际的境界，由我们天真的光辉充实着，如同天上的星星一般迷离。一想到皮果提在结婚时由我和小爱米丽两颗纯洁的心陪伴，我就觉得开心。一想到爱神和快乐之神以如此轻快的方式结束了这朴实的婚礼，我就觉得高兴。

夜深之时，我们来到了那条旧船的房子门前，巴吉斯先生和太太向我们道了别，高高兴兴地朝自己的家赶去。那一刻，我感觉自己失去了皮果提。如果那一晚不是和小爱米丽同眠于同一屋檐下，我想我一定因为痛苦而难以入眠的。

我心中的痛苦，皮果提先生和汉姆看得一清二楚，于是他们使用一些晚餐和他们那些善于待客的面孔来驱除我心中的痛。小爱米丽也和我紧挨在那个箱子上——这是我来这么久唯一的一次，这大概是美好的日子里最美好的收场了。

那一晚涨潮了，我们躺下没多久，皮果提先生和汉姆就下海打鱼了。面对那样孤寂的住宅，我觉得自己很勇敢，因为我承担着保护小爱米丽和高米芝太太的责任。我情愿袭来一头狮子或一条蛇或其他任何怀有敌意的怪物，那样我便可以消灭它让自己得到荣耀。但整一夜都没有类似的怪物徘徊于雅茅斯的海滩之上，于是我便竭力地去寻找替代品，做了整夜关于恶龙的梦。

皮果提伴着晨光来到我的窗子下叫我起床，仿佛车夫巴吉斯先生从来就是她的一个梦。早餐过后，她领我去了她那个美丽的家。那房子里最令我关注的是客厅中那个黑木质的旧书架，上面的顶子缩了进去，如果把它拿下来打开，便成了一张简易的书桌，里面有一本福克斯的著作《殉道者记》。当我发现它时，便决心要去读它。此后，每当我来到这里时，便跪在一张椅子上，从箱子中拿出它，仔细地读着。也许，让我感兴趣的是那些令人恐怖得发抖的插图。不过自那以后一直到现在，殉道者和皮果提的房子便成了我脑中不可分割的成分。

第二天，在皮果提屋檐下度过最后一夜后，我便与皮果提说，要她永远为我保持那间房间的模样（那本鳄鱼书放在床头的架子上），永远为我预备着。

“不管我是年轻，还是老了，亲爱的，只要我还活着，这所房子还在，你就会发现它还是现在这个样子。我会每天都去打扫它，就像以前替你收拾老家的那个房间一样。即使你以后去中国，在你离开的那段日子里，你也可以相信它的样子一点没变呢。”

此刻，我体会到那亲爱的保姆对我的关心与忠诚，于是很想跟她道谢，但是这却不太容易做到，因为一大早她就搂着我的脖子说这些话，而我就要走了，就要在那个早晨被她和巴吉斯一起送回家了。在大门前，我们相互道了别，气氛很不愉快，最后车子把皮果提载走了，唯独我留在那些老榆树下眺望着那房子，再也没有一张带有爱情或愉悦的脸了，面对这样一种景象，我感觉很稀有。

此刻，我又处于一种被忽视的状态，一想到当时的情景，就甚感悲哀。我感觉自己处于一种孤苦无依的境况——没有友好的脸色，没有同龄伙伴与我嬉戏，除了与自己的影子无味地打趣之外，没有任何伴侣——这种消极而悲观的思想在我这本书里占据了很大的笔调。

如果被再次送进那严厉的学校，我也是极为愿意的！不管去哪里，只要能教我一点东西就好。但我却从未看出默德斯通先生有这样的打算。他们讨厌我，采用各种阴险、残酷的手段冷落我。我想，那时候，默德斯通先生的生活是困窘的，但这并不相干。他不想收留我，他会希望尽一切办法来打发我，推卸他对我应尽的任何义务——结果他成功了。

我并未受到极度恶劣的对待。未挨打，未受冻；但是对于我的伤害却没丝毫的削弱，他们采用了一种系统而又冷酷的方法对我进行冷落：一天接着一天，一个星期接着一个星期，一个月接着一个月。当我面对这种情形时，我很想知道，如果那时我病了，他们会怎样，是否会任我躺在那孤寂的房间中死去，是否会有人医治我。

当默德斯通姐弟俩在家时，我便同他们一同用餐。当他们外出时，我只能独自一人吃喝。我可以在家附近散步，但是反对我交朋友，也许他们是怕，我有了朋友，便要向他们诉说自己悲惨的遭遇。也是因为这个，齐力普先生邀我去他那里，在他的手术室中待上一下午，看一本未曾听闻的医药书，或者按照他的指导去研磨一点药材，但是这样的幸福的事，我是很少得到允许的。

同样是因为这个，再加上平日里他们对皮果提的敌意，因此我很少得到去看她这样的准许。皮果提遵守了她对我的承诺，每个星期都来看我一次，或是在附近与我见面，没有空过来看我的时候，失望还是占据了很大一部分思想，因为我不被允许去看望她。也许是相隔很长一段时间的原因吧。有很少的几次，我被允许可以去那里看望她。但是，我发现巴吉斯先生有点吝啬了，或者正如皮果提说，有点小气。他把钱藏在床下的那只大箱子里，却只是说除了一些衣物箱子里什么也没有。他把那些财产保藏得甚为周密，唯独哄也不过使他拿出极少的一部分。为此，皮果提必须预订一个长而巧妙的计划才能解决每个星期六的开销。

在那段时间里，我感到所有希望都在离我远去，完全被冷落，如果我不曾拥有那些旧书，那么我会是多么苦恼，连我自己也无法想象了。它们是我唯一的慰藉，我忠于它们，正如它们忠于我，我一遍一遍地读着它们，记不清楚读了多少次。

就现在来说，只要我还能想起任何事，就永远也不会忘记那段时间。那时候的记忆，经常在不知不觉中，鬼使神差般地浮现在我的眼前，扰乱我愉快的生活。

一天，我带着一种由那枯燥生活酝酿而成的无精打采的幻想在住宅附近徘徊了一会儿过后，当我转过房屋附近的一个拐角时，我看见默德斯通先生正在和另外一人向我走来，我慌了神，正要离开时，却听到那个男人叫道：

“布鲁克斯！”

“错了，是大卫·科波菲尔。”我纠正道。

“轮不到你来指正我，你就是布鲁克斯。希菲尔的布鲁克斯。”那个男人叫道，“这才是你的真名！”

听他这样说，我很仔细地看了看他，我记起了他的笑声，他是奎宁先生，以前（不记得是什么时候了，也没必要记得了），默德斯通先生带我去罗斯托夫特看过他。

“你还好吗？在哪读书啊，布鲁克斯？”奎宁先生问道。

他把手搭在我的肩上，把我转向他，要我同他一起走。我不知道怎么回答他，犹豫不定地望着默德斯通先生。

“他现在只是待在家中，不准备送他去读书了。但是我现在也不知道如何处置他呢，的确是比较棘手的一件事。”默德斯通先生代我答道。

他那阴险的目光移到我身上，停留了片刻，随后眉头一锁，眼光暗淡下来，带着一丝憎意转向他处去了。

“啊！多么好的天气啊！”奎宁先生面对着我们俩说道。

随后便是一阵沉默。当时我正在想如何将我的肩膀挣脱出他的手掌，然后逃开，这时他说：

“我想，你还很懂事吧？嗯？布鲁克斯？”

“嘿！他是够懂事的，我说，你还是放开他吧，我想他会感激你的。”默德斯通先生不耐烦地说。

在他的暗示下，奎宁先生放开了我，我连忙向屋里跑去。在我进入花园门口时，我向后望了望，发现默德斯通先生背靠着墓地的柱门和奎宁先生聊着什么。他们都在那朝我看，因此，我觉得他们聊的话题是关于我的。

那一晚，奎宁先生在我家住了一宿，第二天，早餐过后，当我起身正要出去的时候，默德斯通先生叫住了我。这时，他面无表情地走向了他姐姐坐的那张书桌，奎宁先生双手插在衣袋中，面对着窗外站在那里，我跟他来到他们旁边，站在那里看着他们。

“大卫，”默德斯通先生说，“对于年轻人，这是一个时刻需要行动的世界，而非游手好闲到处乱逛的世界。”

“像你这样。”默德斯通小姐补充道。

“珍，还是让我说吧。我刚说过，对于年轻人，这是一个时刻需要行动的世界，而非游手好闲到处乱逛的世界，尤其是对像你这样有气度的年轻人，虽然它还有许多要改正的地方。这样的气度，除了压迫它、破坏它、强迫它遵守这劳动世界的法则之外，没有别的更好的办法了。”

“因为这里不能容忍倔犟，对付倔犟的办法只有压迫，必须压迫！也一定能够压迫它！”他姐姐说。

他瞅了她一眼，眼神中带有一半赞同，一半反对，继续说道：

“我想你也知道，大卫，我并不富有。即便你以前不知道，那么你现在知道了。你已经接受了不少的教育，何况那是很费钱的。即便那不费钱，我也不能供应，但是，我认为留在学校中对你也不会有任何益处。现在你面前站的是整个世界，而且你必须同它战斗，越早准备越好！”

我觉得，那时我已经很拙劣地准备了，不管当时怎么样，现在应该如此了。

“我想你也许听到有关‘账房’的风声了。”默德斯通先生说。

“账房？”我不解。

“默德斯通——格林伯公司的账房，造酒的。”

我仍然疑惑不解，他继续说道：

“你也许听到‘账房’，或那个买卖，那个酒窖，或是那个码头，或者其他任何与之有关的事。”

“我想我曾经听人提起过，”我积极追忆他和他姐姐那有关账房的事说道，“但是，我忘了是什么时候听人提起过了。”

“时间忘了，没有关系，奎宁先生正在打理着那项生意。”

我怀着应有的敬意朝那面向窗外的奎宁先生望了一眼。

“奎宁先生说，公司既然可以去雇用别的孩子，他想也应该用相同的条件去雇用你。”

“因为，他已经没有别的前途了，默德斯通。”奎宁先生侧着身子低声说道。

默德斯通先生没有注意他的话，而是做出了一种极不耐烦甚至愤怒的姿态，说道：

“你可以自己挣够自己吃的、喝的和零花，你的房租已经由我付上，你洗衣服的费用也——”

“也不得超出预算。”他姐姐连忙说。

“你的衣服我会提供，因为你一时间还挣不到那些。就这样吧，现在就跟奎宁先生去伦敦凭自己的双手开创世界吧。”

“总之，你得到了赡养，尽你自己的责任去吧！”他姐姐说。

虽然我很清楚这样的宣告是为了除去我，但那时的我是高兴还是吃惊，我却没有印象了。唯一的印象是，对于这个问题，我处于一种混乱之中，摇摆于两点之间，却又接触不到其中的任何一点。当然，我也没有时间去理清这些纷繁的思绪，因为奎宁先生第二天就离开去伦敦了。

到了第二天，看看我的穿着吧，一顶缠着黑纱的破旧小白帽，黑纱是为了纪念我的母亲，一件黑短衣，一条紧绷绷的厚棉裤——默德斯通小姐认为这是一件未来我同世界作战的最好护腿铠甲——看着我的装束吧，拎着一只小箱子便能装下的全部财产，一个孤苦无依的人，与奎宁先生一起坐上了去雅茅斯转伦敦马车的邮车！不久，我们的房子和教堂便消失在了天空中；那片墓地也被遮挡了，尖塔也随之消失了，天空中除了零星地飘了几朵云便一无所有了！

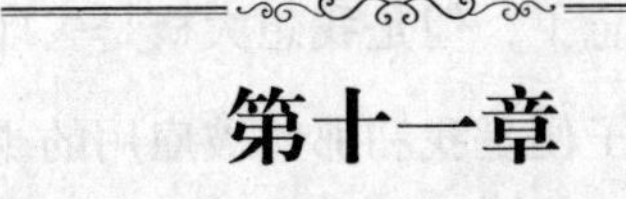

第十一章

经历这么多事后，发觉自己的承受能力变强了，同时也变得冷漠了，到了不再为任何事感到吃惊的程度，但是就在那样的年纪却被人抛弃，就现在来看，也多少有点令我感到吃惊。一个优秀的孩子同样具有很强的观察能力与对事情作出快速反应的能力，具有待人接物的那份热情，当然也避免不了脆弱的一面，精神和身体方面也极易受到伤害。因为这个而令我感到吃惊，吃惊没有任何一个人考虑一下我的处境：仅仅十岁就成了默德斯通——格林伯公司的一个苦力了。

那家公司的批发店原坐落在靠近布莱克·弗赖尔的一条小河边。不过经过后人对那个地方的改造，现在它成了那条狭窄的街道尽头处的一所房屋。那条街道曲曲折折地从山上延伸到河边。那个店已经很破旧了，拥有自己的码头，潮水上涨时淹没那几级台阶，退潮时能看见它一直延伸到泥土之中，常有老鼠出没。那间被污垢和烟尘染了色的房间（我估计已经有一个世纪之久了），腐烂的地板和楼道，到处充斥着老鼠尖叫声的地下室，面对如此恶心的污垢，现在仍能时常想起。时隔多年，奎宁先生牵着我那发抖的手刚进房间的那一幕现在仍能浮现在我的脑海中。

跟默德斯通——格林伯公司做生意的人遍及社会各个阶层，但邮船是其主要的合作对象，向其出售酒类饮料。至于那些邮船行驶终点的确切位置我已经忘了，但是我想大概是去印度群岛的。它们回来时带回的那些空瓶子便是我和那些被雇用的少年们的工作：对着光检查是否有裂纹并剔除它们，洗干净，晾干后向装满酒的瓶身贴上标签，加塞子，再在塞子上贴上封印，最后装箱。

我们，算上我，共四人。我们在店里的一个角落中干着这些活。奎宁先生可以从账房凳子下面的那根横木上透过窗子观察我的一举一动。就在我很荣幸地开始独立过生活的第一个清晨，有一个年龄最大的长工少年过来交代了我要做的工作。他叫米克·沃克尔，他头上顶着一个纸质的帽子，腹部围着一件破围裙。他父亲是个船家，戴着黑天鹅绒毛巾，在伦敦市长就职的赛会中跑腿。他还说，领我们班的是一个名字甚为奇怪的少年，好像叫赛白粉·马铃薯，但是我后来才知道，那并不是他的教名。这只是店里的人给他起的一个昵称，因为他的皮肤像粉一样白。赛白粉的父亲曾是一名水手，并善于抢救火灾。因为这小小的一点长处而被菜家戏剧院所雇用，另外赛白粉的另一个家人——我猜是他妹妹——也在那家戏院的一个哑剧中扮演小鬼。

面对周围这一群人，拿现在的这些伙伴与我以往愉快的童年生活中的那些——至于斯梯福兹，特拉德尔以及其他学生就不提了——作一下比较，我就会隐约感到我的梦想——成为一个学识渊博而德高望重的人——会磨灭在我的心中，无法用言语表达出心中的那种痛。当时毫无希望可言，以及那样的工作带给我的羞辱，面对以前所想的、所学的、爱好的以及那些激发我幻想和好胜的心的东西在一天天、一点点地消灭在我的记忆中，这所有的一切给我带来的痛苦是无法言表的。每天上午在米克·沃克尔离开之后，我便带着心中那随时有破裂危险的伤痕呜咽着，泪水滴落在洗涮酒瓶的水中。

我们午饭的时间是在十二点半，此刻奎宁先生敲了敲窗子并示意我进去，进去后发现账房中站着一个身穿褐色外套，黑紧裤，秃顶的中年肥胖男人，他把那张宽大的脸面向我之后，我发现他衣衫褴褛，但里面的硬领衬衣却很显眼，拄着一根系有退了色的穗子手杖，外套还配有一只单眼镜，后来才发现，那不过是他的装饰品，很少使用它，即便用了，也看不清任何东西。

“他，”奎宁先生指着我说，“就是了。”

“他，”他带着一种折节下交的口吻，显露出一种上流社会的那种难以言表的神气说道：“就是大卫吗？你好吗，少爷？”

我对他说我很好，也希望他好。上帝很清楚我当时的不安与苦痛，但是当时不便诉说，因此很违心说我过得很好，也希望他好。

“呵呵，上帝保佑，我很好。前不久，默德斯通先生来信说让我把我家那未住人的房屋后部——简单地说，租为卧房——给我有幸结识的年轻的创业者。”那个陌生人一面摆手说道，一面把他的下巴缩进硬领衬衣中。

“米考伯先生。”奎宁先生介绍道。

“嗯！这是我的姓。”他说。

“米考伯先生和默德斯通先生是朋友。他给我们介绍生意通过寻找雇主而得到佣金。在收到默德斯通先生的信之后，他愿意向你提供住房。”

“我住在湿泽里的都会路。”米考伯先生带着一种上流社会人所带着的那种神气和另一种突发的勇气说道。

我向他鞠了一躬。

“我猜想，”米考伯先生说，“你在这大都会可能不太熟，如果你沿都会路穿行在现代巴比伦迷宫，也许你会感到不适从，简单地说，你也许会迷路，今晚我会过来，顺便领你熟悉一下周围的环境。”

我很诚恳地谢了他，他是那样不怕麻烦，那完全是他的好意。

“晚上什么时间，我可以——”米考伯先生问道。

“八点吧。”奎宁先生说。

“那好，就八点吧，到时我过来，不打搅了，奎宁先生。”

于是他戴上了帽子，夹着手杖，直挺着身子，哼着小曲出了账房。

现在我被奎宁先生正式雇用成为默德斯通—格林伯公司的批发店的一名员工了，至于报酬，一星期六先令。现在已记不太清楚到底是六先令还是七先令了，但是我宁愿相信刚开始是六先令，后来是七先令的。他从口袋中掏出了那六先令拿给了我。晚间的时候，我付给赛白粉六便士以酬谢他带我把箱子搬到了湿泽里，箱子虽不是很重，但那时以我的气力是搬不动的。我又花了六便士为我的午餐买了份肉饭，配着自来水吃完了午饭之后，我来到街上散了一会步，因为午餐时间是一个钟头。

米考伯先生在约好的时间来了。之前我便洗好了脸，以示对他的敬意，之后我们便向我们的住宅走去（此刻，我想我可以这样称呼它了），路途中，米考伯先生向我介绍了街道的名称和周围一些标志性的建筑，他这么做是为了方便第二天早晨我可以寻路回去。

到了他的家之后——这所房子和他一样褴褛，却跟他一样力求排场——他向我介绍了那个坐在客厅中喂着一个婴儿的老女人——米考伯太太。看上去她是一个瘦弱而面容憔悴的女人。那个婴儿是双胞胎之一，顺便提一句，在我住的那段时间里，那两个婴儿从没有同时离开过米考伯太太，而且总有一个在她怀中吃奶。客厅中没有任何家具，帘子也从来没有拉开过，似乎在瞒着邻居的眼睛。

客厅中还有另外两个孩子，大约四岁的米考伯少爷和他三岁大的妹妹。另外还有一个黑皮肤，有哼鼻习惯的年轻女人——米考伯先生家的仆人，在进屋不到半个钟头，便从她口中得知她是来自附近圣路加教养院的一个孤儿。家中的所有成员都在这里了。我的房间在后面的屋顶上，是一间印满蓝色松饼状花纹的狭窄的房间，当然也没什么家具。

“在我还没有结婚的时候，”米考伯太太带着那对双胞胎和其他两个，领着我去了我的房间，她坐下来喘着气说，“那时我同父母住在一起，我从没有想过有收房客的必要，但是现在米考伯先生已经有困难了，当然我也就不能再由着自己的性子了。”

“是的，太太。”我说。

“目前，米考伯先生已经很是窘迫了，能否挺过这一关我也不清楚。当我还没有出嫁时，我的字典里就没有‘困难’这个词，但是我现在懂了，也清楚地明白了它背后所蕴藏的含义，我想，爸爸以前也曾担心过吧。”

对于米考伯先生当过海军军官这回事，我记不清是出于自己的想象还是出自米考伯太太之口了，但是，我相信，他曾入过海军，但至于原因就不清楚了。现在，他在城里为各种各样的商店招揽生意，我想，收入应该很微薄吧。

“如果那些债主不肯宽限他时间，”她说，“那么他们也不会得到任何好处，他们把这件事办得越绝越好。他们现在从米考伯先生这儿得不到一个子儿，正如同从石头身上压榨不出半滴血一样。”

我一直想不明白，是因为我过于庄重而使得米考伯太太不能断定我的年纪，还是那令她烦心的问题无人可诉，即便不是我，我想她甚至会对那对双胞胎谈起此事，而且这仅仅是个开端，自我认识她以后，她便一直在说这件事。

她实在太可怜了！她说她努力过，当然对于她的话我并不怀疑，街门的中心被一张刻有“米考伯太太的年轻女人招待所”的铜牌遮挡着，但是在那里我压根就没有见到过任何年轻女人住过，或来访，也没听过有任何年轻女人提议说来过，当然她也就没有任何接待的准备。唯独见过和听到过的只有债主。他们会在任何时间到来，当然凶恶是他们共有的特点。一个看上去像鞋匠的满脸污垢的人一贯在七点进入走廊，冲着楼上的米考伯先生嚷道：“喂！我知道你还在家里！快点还我们钱。不要躲躲藏藏的，那是卑劣的行为。如果我是你，我一定不会像你那样卑劣。快还我们钱！你必须还我们钱，喂，你听见了没？”在这些怒骂之后，他发现没有起任何效果，气急败坏之下便冲他喊“骗子”、“土匪”，仍然没有回应，便走到街对面对着二楼的窗子（他很清楚米考伯先生就在那里）叫骂。面对这种情形，米考伯先生甚是羞愧，甚至拿起剃刀做出了自杀的架势（这也是从米考伯太太的尖叫声中得知的），但是还没有半小时，他便擦亮了靴子，哼着小调带着比过年时还要体面的神气出了门。相比之下，米考伯太太对此的反应也有过之而无不及。有一次大约在三点钟被债主的账单和诉讼费逼得昏了过去，但一小时过后便津津有味地吃着用两只茶匙典当来的炸羊排和热麦酒。还有一次，他们刚被法庭强制执行过，那晚我提前在六点之前回到家中，发现她昏倒在地上，当然那对双胞胎在她怀中，头发散落在脸上，也就是在那个晚上，她一面吃着烤牛肉一面跟我聊起有关她父母的事，以及平时他们的一些琐事，那晚的她是我见过的最为开心的一次了。

在这个家里同这家人度过了我的空闲时间。我的早餐是那价值各一便士的面包和牛奶，另外我还在卧室的一个特殊的架子上收藏了一小块面包和小片干酪，这是晚上回家后我的晚餐。光吃饭就占去了薪水的大部分，白天待在店里，每个星期只能用那笔薪水养活自己。从每周一的清晨到周六的夜晚，就连我想要去天堂的时候，我都不曾记得有任何人对我有过任何祷告、建议、鼓励、安慰、帮助、支持！

我是如此年幼以至于不能料理自己的生活起居，但是这又有什么办法呢？清晨去默德斯通——格林伯公司的路上，面对那以半价出售的陈蛋糕时，我抵挡不了这种诱惑，用去了吃午餐的钱，而随后的午餐我或是不吃，或买一点布丁。我记得有两家布丁店，其中一家靠近圣马丁教堂，现在也全都拆迁了，那家的布丁是用小葡萄干做的，很特殊的一种，当然也特殊的贵，花两便士买到的结果还没有那种一便士普通的分量多，另外一家在斯特兰大街，卖的是很普通的那种大块的灰色布丁，里面零星地散落着大而扁的葡萄干，吃起来很松软，最后根据自己的经济状况选择了后者。每天那家布丁差不多随着我下班一道上市，所以常常拿它当午餐。如果想要吃得正常一些丰盛一些，我便去一家店里点上一条腊肠和一便士的面包，或者一碟四便士的牛肉；或者在我工作的对面的一家叫狮子或狮子和什么（它的名字我已经忘记了）的酒店里点一碟面包和干奶酪，另外再加一杯啤酒。记得有一次，我夹着一块用纸包裹着形似一本书的面包来到一家靠近德鲁里的牛肉店，点了一小碟。面对我这样一个如此陌生而又独自行动的小怪物，我不知道那个茶房会是什么想法，但是，就在我吃那一小碟牛肉和从家中带来的面包时，他连同另外一个茶房目不转睛地盯着我，就是现在还能清楚地想起那时候的情形呢，结果我给了他半便士小费。

我想，我大概可以花半小时去吃点心。在钱够用的时候，我买半品托咖啡和奶油面包；当囊中羞涩时，便来到海军街的野味店；或走到可芬花园市场去看菠萝。我常去那个拥有黑色拱门而略显神秘的阿尔菲台街散步。记得有一天晚上我从河边小酒馆的拱门来到酒馆前面的一片空地上，坐在一条凳子上看那群挑煤的人在跳舞。对于我这样一位观众，我不知道他们会想到什么。

面对我这样一个年幼的孩子，当我走进陌生酒馆点一杯麦酒或黑啤酒来滋润我带来的午餐时，店主竟不敢拿给我。记得在一个很热的夜晚，我走进一家酒店，对店主说：

“这里最好的——口感最好的——麦酒怎么卖？”因为那是一个特殊的日子，也许是我的生日。

“两便士半一杯，是正宗的斯丹宁麦酒。”

“那，”我掏出钱摆在桌子上说，“麻烦你给我来一杯满满的正宗的斯丹宁吧。”

听我这么说，他脸上露出了一丝诡异的笑，站在柜台内把我从头到尾仔细打量了一遍，非但没有去倒酒，却是同屏风后的妻子低声说着什么。她带着她手中的活来到柜台内，和她丈夫一道打量着我。那时的情形现在还能清楚地想起：未穿外套的店主倚在柜台前，他的妻子从那小半截门框向外看，而我，则很不解地站在柜台外仰望着他们。他们询问了我一大堆问题：多大年纪，怎么称呼，家住哪里，在哪儿工作。如何来到这里，等等。对于他们的问题，我怕会因此而牵连别人，于是撒了一些谎言。最后店主给我倒了一杯，但我怀疑那不是正宗的斯丹宁。老板娘走出了那小半截门，蹲下来，把钱还给了我，另外吻了我一下，那个吻带着一半的赞赏，另一半包含同情，但是我相信那是善意的一个吻。

我清楚，我在不自觉地夸耀自己财政的赤字或生活的窘迫；我清楚，在任何时候奎宁先生给我一先令，我肯定会花在一顿饭或点心上；我同样清楚，我是一个穷苦的人。得和那些成年人或比我小的从早工作到晚；我清楚，当自己又累又饿时游荡于大街的处境；

我还清楚，单就从我受到的照顾来看，若不是上帝的庇佑，我恐怕早就是一个土匪、流氓了。

在默德斯通——格林伯公司，我也保持着一种地位。对于粗心而又忙碌于一些异乎寻常之事的奎宁先生来说，他把我看得与众不同，这是很难得的，更何况，对于我的经历，我从不向这里的任何人提起，当然自己的苦恼也不作任何些微的表示。我独自忍受那份苦痛，除了自己，没人知道。我所忍受的痛苦所达到的程度，前面我已提过，那是我表达能力之外的事。但是我仍旧保守着自己的那份痛，继续工作。刚开始我就明白一点，不能做他们一样的工作，便会受歧视。幸好没过多久便熟练地掌握了那些工作，速度也赶上了那两个比我小的人、虽然我们之间很熟，但是就行为和态度来说我们之间还是有一定距离的。我被他们叫做“小先生”或“小萨弗克人”。一个叫葛里高雷的装箱工头和另一个叫狄普的身穿红短衣的车夫习惯叫我“大卫”，但是这也不过是在我们亲近的时候，或者当我拿那些从家中带来的旧书款待他们的时候。面对我如此显赫的地位，赛白粉·马铃薯曾表示他的不满，但这一情绪很快便被米克·沃克尔给压制了。

我认为脱离这样的生活连一点希望都没有，因此也就放弃了这种想法，但是，对于这样的生活我从未妥协过，时刻在为这件事烦恼，但我还是忍住了，就连在给皮果提的信中也没有透露，一半是为了爱她，一半是因为羞愧。

另外，米考伯先生的困难对我的精神又是一个打击。在我那段孤苦无依的日子里，我同他们的关系一天天地在升华，经常为米考伯太太的筹款而伤神，为米考伯先生的债务而担忧。对于我来说，星期六的晚上是一个美好的时刻，因为那时拿到薪水，面对店铺想着如何利用这笔钱，这是件大事，另外，那天我可以提前下班。米考伯太太会在那天晚上和第二天清晨告诉我关于她的一些伤心事。每个礼拜的早晨，我会把前一晚就准备好的茶或咖啡调好，坐在那里享用那顿过了时的早餐。在星期六晚上谈话之前，米考伯先生先是狠狠地啜泣，但是接近尾声时，便又哼起小曲。有一次曾见他流着泪回来吃晚饭，嘴里还念叨着唯独只有监狱在等着他了，但是在入眠之前还在想着装修窗子的费用，他的口头禅是那句：如果出现机遇的话。那也是他最得意的一句话。米考伯太太跟他的情况类似。

虽然我们之间的年龄相差甚远，但是因为各自的遭遇将我们联系在了一起，营造出了一种友好平等而又奇特的关系。但是在米考伯太太当我是她的挚友之前，我从不肯应他们的邀请与他们一同吃饭，因为他们与那些屠夫、面包商关系紧张，而且自己也经常饿肚子。米考伯太太拿我当挚友的具体情形是这样的：

“科波菲尔少爷，”她说，“我拿你当自己人，所以才对你说，现在，米考伯先生快要处于危难之间了。”

听她这么说，我感到极为难受，甚为同情地望着米考伯太太那充满泪水的双眼。

“目前，储藏室里除了一块荷兰奶酪——但这对于一个年轻的家庭来说是极不合适的——什么也没有了。“储藏室”这个词在我同父母一起生活时就已经习惯了，现在还是很不自觉地冒出一两次。我是说，家里已经没有任何东西可吃了。”

“啊？”我甚为关心地叫出了声。

我赶紧掏出口袋中仅剩的那两三个先令（据此推断，那一定是在星期三的晚上），希望米考伯太太能收下这笔借款。但她一面吻我一面让我把钱放进口袋，说她怎么也不能接受。

“不行，少爷，”她说，“我压根就没这么想过！你的心智已经超过了你的年龄，如果你愿意，你可以帮我一个忙，那样我一定会感谢你的。”

我问她有什么是我能够帮得上忙的。

“在不同的时间里，我已亲自把六个茶匙、两个盐匙和一把糖钳拿去典当了。但是现在这对双胞胎却成了我的累赘，不过一想到父母，便感觉此前的交易是如此的令人痛心，对于米考伯先生的性子，我永远也不会让他处理这样的事。至于克里吉特（那个教养院来的仆人），又过于愚笨，如果我相信她而把这些事交给她，那么事情更令人痛心。科波菲尔少爷，如果我可以求你的话——”

我已经明白了米考伯太太的话，于是答应了她的请求。当晚，我便开始处理那些易于携带的物品了。差不多每天清晨，在我工作之前，我都会出去典当一次。

首先典当的是在米考伯先生书房中的那为数极少的几本书，一本接着一本地拿到了都会路附近的一家书摊卖掉，不管什么价。那个摊主每晚都喝醉酒，第二天总能听见他老婆的叫骂声。很多次，当我一大早赶到那里的时候，发现他青肿着一只眼，额头上带着伤站在床铺前，由此看出昨夜他又醉酒了。接着他便提着那双颤抖的手摸着散落一地的衣服，希望能从中找到一些钱，而他的老婆踏着一双破鞋抱着婴儿站在他旁边不断地骂。当然，他也有摸不到钱的时候，便让我下次再来，但他的老婆似乎很有钱（不过我猜想，应该是在他醉酒后拿的）。就在我们下楼时，悄悄地结束了一笔交易。

在当铺中，我也开始变得小有名气了。当我去典当时，那个柜台后的掌柜经常要我变换着使用一个拉丁文的名词或形容词，或者当面给他活用一个动词。每次典当之后，米考伯太太便会开一个小派对，我记得很清楚，每顿饭都会有一些美味。

米考伯先生的困难在那天清晨终于爆发了——他被捕了，入了狱。当他上车之时，他心碎地告诉我他的死期不远了，我也心碎地当真的了，但是后来我听别人说，在晌午之前他还高兴地玩着九柱戏。

就在他入狱的第一个礼拜天，我准备去探望他，顺便同他一道用餐。我向人问到了去巴洛监狱的走法：我先得去那样一个地方，在它不远处我将会看见另外一个地方，在那另一个地方有一片空地，穿越空地一直走，就会看见一个监狱看守，于是也就到了目的地。我照办了，当看见那个看守时，让我联想起洛德里克·兰顿在监狱时的那身装束——身上仅有一块破布，此刻，那个看守在我那发暗的双眼和跳动的心前浮动了起来。

那时，米考伯先生已等候我多时了，走进他的那间牢房之后，我们大哭了一场。接着，他很慎重地对我说，并拿他自己作为惩戒教导我："如果一个人的年薪是二十镑，即便他用去了十九镑零六便士，那么他也是快活的，相反，如果他多用去了一先令，那他也应当苦恼。"后来，他向我借了一先令给了看守，并给我写了个借据，然后便收好了他的小手巾，舒畅了起来。

我们坐在火炉前（炉栏已经生锈了，为了节约烧煤量，在炉栏两边各放了一块砖），差不多中午的时候，与米考伯先生同房的另一个债务人带着我们合股的午餐——羊腰肉——回来了。接着便让我带着米考伯先生的问候去顶层房间找"哈普金船长"借一副刀叉。

我带着他致米考伯先生的问候和刀叉回来了。不过我顺便提一下在他门口用时不到两分钟看到的一切：房间中除他之外，还有一个很脏的女人和两个面如死灰的女孩，面对他的两个头发凌乱的女儿，我想借刀叉胜过借哈普金船长的梳子。船长两颊长有络腮胡，全身只有一件破旧的褐色大衣。面对那个卷在墙角的卧具，还有那放在架子上的锅碗瓢盆，我断定（上帝知道我是如何断定的）那两个头发凌乱的女孩即便是他的女儿，那个脏女人并非是他的妻子。

那顿午餐不但美味可口，还带有一种吉卜赛式的风味。午餐过后不久我还回了刀叉，之后便回去了，米考伯太太一见到我便晕倒了，之后当我用探访后的情况安慰她时，她烫了一小壶甜鹅蛋酒来慰劳我。

至于家中的家具，我并不清楚是由谁经手，怎样典当的，反正我没有参与此事的任何一个环节。最后家具被一辆货车拉走了，家中只剩下卧铺，几把椅子和一张饭桌，和这些财产一起，我们——

米考伯太太，四个孩子，孤儿女仆和我——扎营在湿泽里的那所房子的两个空荡荡的客厅里，整日整夜地住在那里，时间的长度我已经忘却了。与米考伯先生同房的那债务人换房之后，米考伯先生便独立地拥有了一个房间，因为这个，米考伯太太终于决定搬走了，最后把钥匙还给了他，而他则是非常高兴能收回这些钥匙。除了我的那张床铺之外，其余均被送进了监狱，与米考伯一家相处这么久，我们已经到了无法别离的程度了，最后我很满意能在离监狱不远处租了一个房间来安置我的那张床。至于那个孤儿女仆也在那附近租到了一间费用不多的住所。我的卧室面朝木场，一个安静的后顶楼，住在这里可以离米考伯先生一家近点儿，而且还能感受到他的困难，我想这里实在是一个绝佳的住所。

在那样一段时间里，我带着一种卑贱的样子以及刚开始那种无端受辱的感觉。和那样一群下贱的伙伴一起在默德斯通——格林伯公司做着苦力。但是我从未（我觉得这是件幸事）与任何一个人结识，甚至没有同那些出入批发店或在吃饭时或在街头徘徊时所见到的任何少年攀谈过。我独自过着这样一种不愉快的生活，从不依赖于任何人，与之前相比，我觉得自己发生了些许变化，首先，我已经变得邋遢，身上的衣服甚为褴褛了；其次，以往那些米考伯先生和太太的困难给我所带来的苦痛现在已经减轻了不少，因为现在，他的那些亲戚朋友开始帮助他们了，在监狱中他们活得更快活了。现在，具体的情况我已忘记——因为某种特殊的照顾，我每天和他们在一起吃早餐，至于牢门在什么时候打开让我进去，我也忘记了，但是我知道，我通常在六点钟起床，一有空便坐在老伦敦桥上看过往的人，或者从围栏上看那顶在纪念塔的金色太阳倒映在水中的一幕。有时，我会碰到那个孤儿女仆，跟她聊起那些码头和伦敦塔的一些恐怖故事，对于那些故事，我宁愿它们都是真的。晚上的时候，我经常同米考伯先生在监狱的运动场中散步，或者同米考伯太太一边打牌一边听她聊着她父母的一些事。至于我现在的情况，默德斯通先生知道吗？我并不清楚，因为我对于默德斯通——格林公司的人从不提自己的事。

米考伯先生现在已经渡过了最危急的时刻，却遭受了一种所谓“契据”的牵连。我听过不少关于契据的事，现在想，那应该是给债权人的借据，不过对于当时年幼的我来说，我实在无法弄清楚它们与那些曾在德国盛行一时的恶魔文件有什么本质的区别，但是后来它们好像又失去了原有的那些法律效力，已经不再成为债务人前进的绊脚石了。后来，米考伯太太对我说，她的娘家人认为米考伯先生有权依据破产者法案要求对其无罪释放。她盼望着这部法律能够在一个半月之内使他脱离牢狱之苦。

“到那个时候，”米考伯先生说，“上帝保佑，我也就没有任何债务了，我会过着另一种新的生活，如果——简单地说，出现什么机遇的话。”

那时，米考伯先生开始起草一篇给下议院要求修改因债务而受牢狱之苦的法律——的呈文。我之所以把这件事记在这里是因为我用往日读过的旧书桌配合自己改变了生活，用市井琐事和人物为自己编造故事的方式，都可以使我自己从这上头得到一个例证，并且，在我写传记时，我不自觉地发展的性格的某些主要特点，怎样在这时不断地逐渐形成，也可以使我自己从这上头得一个例证。

监狱中有一个俱乐部，对于米考伯这样一个摩登人物来说，着实可以成为其中的权威了。当他把这呈文的想法提出来之后，俱乐部中其他人都表示赞成。于是米考伯先生（他是一个非常和气的人，积极于自身之外的任何事，而且非常乐意去忙那些与自己利益无关的事）便开始起草了，在一个特定的时间里，在桌子上铺了一张大纸，俱乐部或监狱中的任何人都可以来到他的房间中签上自己的名字。

在临近这个仪式之前，我向公司请了一小时的假，来到一个角落里，急切地希望大家一个紧跟着一个去签名（那时，我与监狱中的大多数人都互相认识了）。那天到场的人实在太多，把米考伯先生挤到了呈文面前，由站在呈文前的老朋友哈普金船长（为表示他对这仪式的重视，他刚洗漱过）向那些未曾领略呈文内容的人们讲述其中的深意。随后打开门，那些苦难的人们排成长队逐个走进去，签上自己的名字，之后走出去。每进来一个人，哈普金船长便会问："你知道这呈文的意思吗？""不知道。""那么你想了解吗？"只要那个人表现出一点点想要知道的样子，哈普金船长便会用高嗓音把呈文的每个字都读一遍，即便有两万个人想听，他也一定会一字不漏地读上两万遍。当他读到"列席国会之人民代表诸君"、"所以聚集大家向贵院郑重提出申请"、"仁慈陛下之不幸万民”等语句时，便会摇头晃脑，仿佛这些语句对于他来说是一些甘甜爽口的美味；而此刻，米考伯先生则带着一些虚荣心，一面听着呈文，一面呆望着墙上的那些大铁钉。

每天，当我在萨德克与布莱克·弗赖尔之间来回行走时，当我吃饭后徘徊于那不知名的街道（也许街道的那些石头已被我那年幼的双脚磨得异常光滑了）时，我不知道，那群聆听哈普金船长的呈文的人中，现在还剩多少！当我回想起年幼时那段漫长的痛苦时，我不知道，那记得很清楚的事实会笼罩着多少我为寻到那些人而虚构的历史！当我踏上往日的土地时，似乎并不吃惊于看见和同情一个天真烂漫的少年从我面前走过，用那些异常的经验和卑贱的事物来造就他的想象空间。

第十二章

机遇终于来了：米考伯先生的呈文最终得到了受理，根据该法律条文规定，他接到了出狱的通知，当然我为这事高兴了好一阵子。至于那些债主现在似乎也能理解了，据米考伯太太说，那个凶狠的鞋匠也公开说他不过是为了要回自己的钱，对米考伯先生并无恶意，他还说，这大概是人性中的弱点吧。

米考伯先生的案子审完之后，他再次回到了监狱，因为在他得到最后的自由之前，还有一些账要结算，一些手续要办理。俱乐部很热情地接待了他，并为他开了一场联欢会，而我和米考伯太太在趁其他人睡着之后悄悄地吃了一顿羊杂碎。

“面对如此的机会，科波菲尔少爷，我要再添一些加料酒，”米考伯太太说，但这之前我们已经喝了不少，“为了纪念我的父母。”

“他们都去世了吗？”在与她碰杯之后问道。

“米考伯先生生活窘迫之前，或者说在这些困难还没有严峻之前，我的母亲，便离我而去了。而我的父亲在保释米考伯先生几次却毫不见效之时，也与世长辞了，我们都很痛惜。”

米考伯太太摇着头，恰巧把一颗含满孝意的泪滴在了怀中的那个婴儿的额头上。

面对这样一个绝佳的机会，我问了一个与我密切相关的问题：

“恕我冒昧，现在米考伯先生已经摆脱了那些债务，不久也将恢复自由，你和米考伯先生打算做什么呢？决定好了吗？”

“去我娘家，”她说（但是此刻我想象不出她所指的还有谁），“我的意思是说米考伯先生离开伦敦，去施展他的才华。他是一个有大智慧的人哪，少爷。”

我回答说我相信他。

“有大智慧，”她重复了一遍，“我的意思是说，像他这样有大智慧的人，只要得到哪怕一丁点儿的帮助，便可以在海关上施展才华，大有作为。但是我娘家的势力还没有涉及伦敦，因此他们希望他也立刻去普莫斯。”

“随时都可以动身吧？”我试探着问道。

“嗯，随时都可以，如果出现什么机遇的话。”

“你也会一道去吧？”

面对当时的情形和那对双胞胎，也许还因为那些加料酒，此刻米考伯太太已完全控制不住自己的情绪了，流着泪说：

“我永远也不会丢下米考伯先生不管的。或许刚开始他隐瞒过他的困难，因为他那乐观的态度或许使他认为他一定能够渡过这些难关。母亲的珍珠项链手镯以原价一半的价钱当掉了，父亲给的那副珊瑚手镯嫁妆是相当于废物一样扔掉了。但是，我永远也不会丢下米考伯先生不管的，不，不会的！”她叫道，现在更加激动了，“我永远都不会那么做，要我做出那样的事是绝对不可能的！”

我很担心——好像米考伯太太认为我会逼她那样做一样！于是忐忑不安地坐在那里看她。

“米考伯先生也有缺点：他根本不会去算计人，对我隐瞒着他的财产和债务。但是这不是我能够丢下他不管的理由。”

这时米考伯太太已经喊出了她全身的力气，吓得我跑向俱乐部向米考伯先生报告她这一令人吃惊的状况。而此刻米考伯先生正坐在一张长桌前领着大家唱：

前进，都宾（一个马的名字），
前进啊，都宾，
前进，都宾，
前进，前进啊——

听见我这么说，他立刻大哭着，穿着那件沾带虾头虾尾的背心跟着我走向房中。

“我的天使恩玛！”来到门前他便大声嚷道，“出什么事了？”

“我永远都不会丢下你不管的，米考伯！”

“我的宝贝儿！”他跑过去搂过她说，“我知道。”

“他是我孩子的爸啊！还有一对双胞胎呢！他是我的丈夫！我永——远——都——不——会——丢下他不管的！”米考伯先生把她抱得太紧了。

米考伯先生被她的忠贞感动了，而我那时也两眼汪汪，他带着那份感动将她拥在怀中，叫她向上看，请她安静。但是她却不愿向上看，也更不安静起来。这样只是在徒添伤感罢了，最后，米考伯先生及他太太和我都哭得一塌糊涂。最后，米考伯先生为了能够很好地服侍她睡下，便让我带着梯子去楼梯上等他，本来打算回去睡了，但是他非得等到摇送客铃时才允许我离开，最后他也搬了一把椅子坐在了我身旁。

“米考伯太太现在好点了吗？”

“她太紧张了。”他摇了摇头说，“面对这样一个可怕的日子，我们现在更加孤立无援了——一切都离我们而去了！”

米考伯先生握着我的手呻吟着，接着流下了泪。我既感动又失望，因为我曾想，米考伯先生恢复自由之时，我们应是开心愉快的。但是米考伯夫妇和我又习惯了往日的困难，一想到马上就可以从那困难当中解放的时候，他们便感到十分空虚绝望。他们以往的那些对于这个社会的适应能力，现在全都消失了，变得那么无所适从，我还从来没见过他们有哪一次难过甚于那晚的一半。当铃声摇响之后，米考伯先生送我来到我的住处，当我们相互祝福分手时，面对他那沉重的悲哀，我实在不忍心离开他。

面对那些出乎意料的事所带给我们的混乱与沮丧，我很清楚，米考伯夫妇一家要离开伦敦了，而且别离的日子屈指可数。在那夜我回去的路上以及躺在床上难以入眠的那段时间里，我闪过一个念头——我不知道这个念头是通过什么方式进入我的头脑的，也是我第一次起念头——这个念头在后来形成了一种甚为坚定的决心。

我与米考伯先生一家患难与共，在这患难中走得更近、更熟了，一旦他们离去，我便又孤立无助了，重新寻找住所，重新面对新面孔，仿佛往日的经历，带着由经验获得的对于那经历的现成知识，又出现在我现在的生活当中。当脑中闪过这一情形时，便会想起因为经历所滋生出的对事物过于敏感的情感和它们在我心中留下的羞辱与苦痛，此刻，它们在我脑中开始慢慢变大，对于这样的生活，我实在无法忍受了。

唯有逃跑，否则就没有任何希望摆脱那样的生活，对于这一点，我十分清楚，有关默德斯通先生的任何消息，我全然不知，对于姐姐也知道得很少：奎宁先生曾转交给我两三包完好的或带有补丁的衣服，每个包袱中夹带着一张便条，大意是，她希望我用心工作，尽心尽职——至于我是否可以拥有脱离这种卑贱的苦差去做别的事的机会，她没有提，也不曾给过哪怕一点的暗示。

当我刚因为这个念头而兴奋时，第二天，便有事实表明，米考伯太太对我谈论他们的离开并非是没有原因的。他们打算在我住的房子里租一片空地住一个礼拜，之后便动身前往普里莫斯。下午，米考伯先生便亲自去见了奎宁先生，告诉他，他即将离开，而且必须得舍下我，另外给了我一种在我看来完全能够承担得起的高度赞赏。于是奎宁先生便叫来了那个车夫狄普（他是一个有家的人，最主要是刚好有间房要出租），便将我安排住他家。他没有问我是否同意，但是他似乎有足够的理由认为我们都不会反对。因为我没有说任何话来表明我的态度，虽然我已下定了决心。

在与米考伯先生一家同住的那一个星期里，每晚我们都待在一起，时间剩得越少，我们相处得也越融洽。在最后的礼拜天，我们在一起共进了午餐，他们请我吃了猪腰肉、苹果酱和布丁。前一晚我送给了小威尔金·米考伯一个带有斑点的木马，送给小恩玛一个小娃娃，作为别离的礼物，另外给了那个即将再度成为孤儿的孤儿女仆一先令。

我们度过了快活的一天，虽然我们都悲伤于即将别离的时刻。

“科波菲尔少爷，”米考伯太太对我说，“如果我不会回想起米考伯当初所受的那份困苦便罢，否则我一定会想你。你是那种最体贴，也最愿意去帮助别人的人，从来，我没有把你当做一个房客看，而是一个朋友，真正的朋友！”

“亲爱的，”米考伯先生说，“科波菲尔，对于这样的称呼，他已经叫顺口了，当他的朋友在困苦的时候，他会用一颗忧虑的心去同情，用心去为他着想，用手去——简单地说，拥有一种非凡的才能去典当那些不必要的物品。”

对于他如此的赞赏我表示会心，并说，对于我们的别离我很痛惜。

“我亲爱的朋友，”米考伯先生说，“我比你年长，在人生的各个方面都比你的经验要丰富，尤其就困难这一方面来说，简单地说，也有一点经验。现在，在出现什么机遇之前，（我想，他肯定时刻想着那个机遇会出现）除了劝告之外，我没有其他的可以赠送给你了。我想我的忠告还是有一点价值的，我自己——简单地说，因为没有履行这样的劝告，才成为——刚开始还眉飞色舞，容光满面，此刻已满脸愁容——你现在所见到的这样一个悲惨的人。”

“亲爱的！”米考伯太太说。

“我说，”米考伯太太又容光满面了，“站在你面前的是这样一个悲惨的人。我要送给你的忠告就是，坚决不要把今天该完成的事拖到明天。延迟是偷时间的盗贼。抓住它吧！”

“这是我那可怜的父亲的忠告。”米考伯太太解释说。

“亲爱的，”米考伯先生说，“你父亲的忠告很好，简单地说，我们这辈子也许都不会——简单地说，认识一个和他差不多的人，且有一条裹着布的腿，另外在读那些印刷的字迹时不用戴眼镜的人了。我不应去诋毁他，但是，他把那样的忠告强加于我们的婚姻之上，亲爱的，我的婚事办得太早了，且有些操之过急了，花去的费用是我永远也偿还不了的。”

米考伯先生斜视着他的妻子并补充说道：“

那一年的收入是二十镑，而那一年的花费是十九镑十九先令六便士，那便是一种幸福。而年薪是二十镑，开销赤字却仅有六便士，那也是一种苦恼。到那时，只能眼睁睁地看着叶零花谢，连阳光也会被淹没，于是——简单地说，你就永远失败了，像我一样！”

米考伯先生为了能够使自己这样的榜样更为动人，便带着一种极为愉悦的心情给自己灌了一杯酒，之后便哼起了圆舞曲。

那时，我真真切切地被他们感动了，因此坚定地对他们说，我会把那些忠告珍藏在心中，虽然我不需要那样做。第二天，我在马车售票窗口碰到他们，只见他们满脸凄凉地坐在车的后面。

“愿上帝保佑你！”米考伯太太说，“我不会忘记的，即使我能够忘记，我也不愿意那样。”

“再见了，科波菲尔！”米考伯先生说，“希望你在未来的岁月里一切幸福，顺利！同时，我也希望我的不幸会成为你今后的一个警戒，那样，我便觉得我并非无益地存在过了。如果有什么机遇的话，能够使我改善你的未来，那么我就很高兴了。”

当我站在那里看着米考伯先生一家坐在车后时，我眼睛湿润了，模糊了我的视线，我相信，那时她肯定看出我有多么渺小。我之所以这样相信，是因为她脸上带着一种慈母般的表情，招我过去，搂着我的脖子吻了一下，如同我是她自己的孩子一般。我们刚一分开，车便出发了，他们摇摆着手巾向我们挥别，不到一分钟，车便走远了。我和孤儿女仆四目相对茫然地站在街中央，随后握手道别，我想她也只能回到原先的那个教养院了，而我只能去默德斯通——格林伯公司度过那令人厌倦的一天。

但是，对于那样令人如此厌倦的日子，我不想再过下去了，不！我下定了决心逃离，即使用尽一切方法，也要逃到乡村见我在这世上仅有的亲眷——贝西小姐，决定把我的所有遭遇统统告诉她。

我已经提过，我不知道这种念头是通过什么方式进入我的头脑的。但是一旦形成，想要消除恐怕也难了。它在我的脑海中形成了一种主张，一种没有比这更坚定的主张。但是，我不敢说，这一定能成功，但是，既然我打定了主意，就一定会将其付诸实现。

自那个念头初次产生并为此失眠的那一夜开始，我便一次又一次地（可能有几百次之多）重温母亲告诉的有关我出生的情形。我的姨奶奶当时显得有点威严且可怕。但是她当时的行为之中显露出一个让我玩味很久的小特征，也正是这样一个特征时而给了我一些轻微的鼓励。

第十三章

“我是大卫·科波菲尔，出生萨弗克的布兰德斯通，我出世那一晚，我在那里，同我那可爱的母亲在一起。但自她去世之后，我的生活就变了样：冷落、辍学、独自在伦敦谋生、做一件并不适合我的工作。最后下定决心逃到你这里了，但是刚出发不久，便受到了抢劫，一路上，从我出发的那晚起，便没有睡过床。”此时，我已完全丧失了自尊心，接着便向她显露出我那褴褛的模样，以此来向她说明一路上我所受到的苦，接着便喊出了那憋闷了一个礼拜之久的哭声。

除了吃惊，我姨奶奶脸上再无其他表情，坐在地上瞪着我，直到我哭出了声才慌忙站起身，揪着我的衣领进了客厅。来到客厅的第一件事就是打开柜子的锁，随便拿出几个瓶子，然后把每个瓶子的东西往我嘴里倒了一些，有茴香液，鱼酱，冷果汁。她向我倒了这些营养品之后，我并没有因此而好些，依旧悲哀地呜咽。她揪着我，然后放在了沙发上，在我的胸前围了一条围巾，又把她头上的那条手巾裹在了我的脚上，防止我玷污了她的沙发套，然后她便坐在那绿屏风后面，如同狼嗥一般，每过一分钟便喊出一声，“上帝啊！”

过了片刻，她摇了铃，喊道：“珍妮！”那女仆进来后，我姨奶奶说道：“到楼上去叫狄克先生，就说，我有些事要同他谈。”

珍妮看见我笔直地躺在沙发上（我担心我动一下我姨奶奶会不高兴），显得有点吃惊，但还是上了楼。我姨奶奶背着手徘徊在客厅里，最后那个从窗子里向我点头微笑的男人微笑着走了进来。

“狄克先生，别装疯卖傻，如果你愿意，我想没有人比你更懂得如何去处理事务，这一点我们都了解，因此，不管怎样，都不要装疯卖傻。”

他立刻严肃了起来，望了望我。仿佛在恳求我别提之前通过窗子我们见过面。

“狄克先生，我想你还记得我对你提过大卫·科波菲尔吧？那，千万别装着不记得了，因为你和我都很清楚地了解这一点。”

“大卫·科波菲尔？”他说，但我觉得他似乎应该没有印象了。“科波菲尔？嗯，记得，大卫嘛，记得！”

“好了，”我姨奶奶说，“这，便是他的儿子。即便与他的母亲不相像，我想，也一定很像他的父亲。”

“他的孩子？大卫的儿子？哦，当然！”

“是的，现在他做了一件很不错的事。他逃了出来。啊！要是他的姐姐贝西·特洛伍德，她是肯定不会逃走的。”我姨奶奶坚定地摇了摇头，对那个未能如她所愿出世的女孩的性格和行为持有坚定的信心。

“哦！你如此坚定地认为她不会逃走吗？”狄克先生说。

“上帝啊！”我姨奶奶尖刻地叫道，“你这叫什么话？难道我还不了解她吗？她会跟她的婆婆一起相亲相爱地幸福地生活在一起。那么他姐姐从哪儿逃？这里吗？又逃到哪里去呢？”

“肯定不会发生此类逃离事件。”狄克先生说。

“那就可以啦，”这时我姨奶奶缓和了语气，“不过你的话跟外科医生的注射针头一样锋利，狄克，你怎能如此装疯卖傻呢？我想问你的是，对于这个大卫·科波菲尔我应该如何处置？”

“如何处置？”狄克先生搔着首怯怯地说，“哦！处置？”

“没错！”我姨奶奶伸出那严肃的食指指着他说，“现在，我需要一种妥当的处置办法！”

“如果我是你的话。”狄克先生很茫然地看着我说“我会——”他打量我过后，似乎想到了一种极为得意的办法，于是笑道，“我会把他洗干净！”

“珍妮，”我的姨奶奶怀着一种得胜归来的神态叫道，“看狄克先生给我们指出了多么妥当的办法啊！赶紧去烧水，把他洗干净！”

虽然对于他们的谈话感到十分有趣，但在他们谈话的过程中，我却又观察了我的姨奶奶，狄克先生，珍妮以及那房间。

我姨奶奶是一个高挺的、长相并不难看而脸色却很严厉的女人。从她的脸上，说话的声音以及走路的姿态，你都可以从中读出她的那种刚强，如此你便可以想象她的这些性格对我那柔和的母亲所产生的影响，虽然严肃，坚定，却还算俊俏，我尤其注意她那双灵活而明亮的眼睛。她的白头发在便帽下面分成了两部分。她那干净而整齐的紫色衣服，虽然尺寸小了点，但仿佛是她为了尽量减少妨碍而特地这样做的。我当时在想，她的衣服看上去与那剪去多余下摆的骑马装极为相似。腰上戴着金表，还附有链子和其他装饰，从那金表的款式和大小来看，应该是男人用的，脖子上有一块如同衬衫领口的领子，手腕袖口的东西。

至于狄克先生，前面已经提过，是红颜白发的。除了这些，另外他那下垂得极为厉害的头使我想起学生被克里克尔先生打之后的情形，他那灰色而突出的大眼睛，泛出一种奇特而水汪汪的光，还有那种神志不清的态度，对我姨奶奶的服从，以及当他受称赞时表现出那种儿童般的喜悦，这让我很怀疑他恐怕有疯癫，假如我的怀疑是正确的，那么对于他来到这里的经过却又令我十分费解，他的着装很普通：一件宽大的外衣，一条白色裤子，裤兜里放着表，钱在衣袋里哗啦哗啦地响，仿佛在摆阔。

对于珍妮，当时没有仔细地观察，但乍一眼看去，是一个美丽的少女，全然如一幅图画一般美，年纪大概也就十九或二十。后来我发现，她是我姨奶奶所有学徒中的一个，而她们从我姨奶奶那里学到的唯一技能便是如何去疏远男人，最后通过嫁给面包师这种方式来表示他们对于男人厌弃的决心。

那个房间如同珍妮或我姨奶奶一般整洁。就在刚才我放下笔回忆那个房间里的情形时，那洋溢着花香的海风迎面吹来，此刻眼前又浮现了那房间里的一切：油光发亮的家具，那绿屏风旁摆着我姨奶奶那不可侵犯的桌椅、地毯、壶架、猫、两只金丝雀、盛满玫瑰花瓣的酒杯、装着各式各样器皿的橱柜，还有跟房间中一切显得极不和谐的躺在沙发上打量着周围的一切的满身污垢的自己。

珍妮去烧水了，接下来发生了一件令我极为恐慌的事，姨奶奶怒得几乎吼不出声：“珍妮，驴子！”

那刻，房子像着火似的，珍妮连忙从楼上跑到园子里，赶走了那两匹大胆踏入草地的驴子，姨奶奶随之冲出，抓住了一根驮有孩子的驴的缰绳，赶忙拉出了那片神圣的草地，随后给了那个孩童耳光，作为亵渎那片神圣的草地的惩戒。

直到现在，我也没弄清对于那块草地，我姨奶奶到底有没有法律上的拥有权，但是我想她认定那片草地是她的财产，况且法律上拥有权的有无在她来说都是一样的。在她的一生中，她不能容忍而且必须惩戒一头驴子从她那干净无尘的草地上走过这种不法行为。不管她当时在做什么，也无论话题多么对她的胃口，一旦发现这样的不法行为，她都会转变念头，向它扑过去。在园子中，她藏了暖瓶和小壶，准备用来攻击那些入侵者；门后埋伏着棍子，随时都可能发生战争。也许，那些赶驴的孩童把它当做一种刺激的游戏，也许那些聪明的驴子明白这一切的后果，却仍带着那种天生的倔犟，喜欢进去走走。我记得，在我洗澡之前，一共发生了三次类似的状况，最后一次也是最严重的一次，姨奶奶单枪匹马与差不多一个十五岁大的红发孩童在战斗，在他还没来得及明白这是怎么一回事之前，他那红色的头发便被她揪起向大门猛烈撞去。这些插曲甚为好笑，当时她正在一勺一勺地喂我喝汤（她坚定地认为，对于饥饿的人来说，刚开始必须一点点地进食），正当我张开嘴等着她的汤时，却见她放回了勺子，喊道：“珍妮！驴子！”随后跑去冲锋陷阵了。

洗澡的确是一大享受。因为长时间地睡在田间，四肢早已疼痛不已，此刻又是如此困乏和虚弱，哪怕坚持五分钟的时间不合眼，也能将我击垮。洗完澡之后，姨奶奶和珍妮拿了狄克先生的衣物给我穿上，随后又给我包了三条毛巾，我也不知道自己被包成了什么样子，只是觉得很热，很乏力，很想睡，没过多久便倒在沙发上睡熟了。

也许是那幅画给我留下的印象至深，使得我做了个梦：我姨奶奶来到我身边，理了理我脸上的头发，然后重新摆正了我的脑袋，为了让我更舒服一些，之后便站在那里注视着我，嘴里似乎还说着“可爱的人”或“可怜的人”这样几个字。但是当我醒后，我怎么也不相信那几个字是出自我姨奶奶之口，因为她那时正坐在弓形窗前看海。

我们坐在桌边吃烤鹅和布丁是我醒后不久的事，但是我被包得像一只绑着翅膀的鸟一样，坐在桌边，艰难地移动着我的两臂。但是既然姨奶奶将我包好，我也不去向她诉说这其中的艰难了。但是，我却非常想知道，她会如何处置我，而她除了沉默地吃饭之外，仅仅是偶尔抬起头看看我说“上帝啊！”但是仅凭这一句又怎能消除我心中的不安呢?

撤了桌布之后，拿来了一种葡萄酒，我也喝了一杯。当狄克先生又被我姨奶奶请来和我们坐在一起听我讲述我的遭遇时，他便极力摆出一副很明白的样子。我过去的那些遭遇被我姨奶奶的一系列问题所引出。当我在讲述时，她目不转睛地盯着他，否则，我相信他早就已经睡着了。但是他的每一次微笑却又被我姨奶奶的皱眉给拦了回去。

“我实在想不明白，为什么那个不幸的‘吃奶的孩子’一定要改嫁？是什么样的信念在指使她非去那样做不可？”当我说完我的遭遇之后，我姨奶奶由此疑问。

“也许是她与她的后夫相爱了。”狄克先生说。

“相爱！你是什么意思？她为什么要爱上他？”姨奶奶问。

“也许，”狄克先生想了一下之后发出了一声傻笑说，“也许是为了享乐。”

“享乐，的确！”我姨奶奶点着头说，“像她这样一个‘吃奶的孩子’能够把她那如此简单的信仰寄托在一个如此虐待她的杂种身上，这的确是一种惊人的享乐啊！我很想知道她会如何圆说。她已经结过一次婚，也给那个从孩提时代就一直在追求蜡娃娃的大卫·科波菲尔送了终。她已经有一个孩子——在那个周五的晚上，她生下了这个孩子的时候，那里还有一对吃奶的孩子呢！——她还想要什么呢？”

狄克先生向我摇了摇头，好像对于这话他无力反驳。

“她生的孩子全都一个样，他（姨奶奶指着我）的姐姐贝西·特洛伍德在哪儿？用不着你告诉我，她还没有出世！”

狄克先生大为吃惊。

“还有那个垂着脑袋的医生，”我姨奶奶说，“吉力普，甭管他怎么称呼吧，他能做什么呢？他能做到的也只是像一只知更鸟一样告诉我——他就是一只知更鸟——‘那个是男孩呀’男孩！他们全是一群傻头傻脑的家伙！”

她这一声发自内心的吼叫让狄克先生大吃一惊，说实话，我吃的惊不比狄克先生的小。

我姨奶奶继续说：“到后来，不，这仿佛还不够，她把他的姐姐贝西·特洛伍德害得好像还不够，她改嫁了，居然还嫁给了一个杀人犯（默德斯通与杀人犯在英文中的读音相近），这更是害惨了那个孩子！另外，除了那个‘吃奶的孩子’，其他任何人都清楚他（姨奶奶指着我说）会颠沛流离，在他长大成人之前与该隐（亚当与夏娃之子）有相同的命运。”

狄克先生仔细地打量着我，仿佛要看穿我的命运。

“另外，那个与邪教徒近间的女人，”姨奶奶说，“就是皮果提，她也嫁了人，因为她还没有看透这世间的罪过。他说，她也嫁了人。我倒是希望，”姨奶奶摇了摇头说，“她的丈夫是报纸上常登的那种恶徒，用铁链鞭笞她。”

我实在无法忍受我那善良的保姆受到如此的诋毁和侮辱。我对我姨奶奶说，她实在是误会她了。在这个世界上恐怕再也找不到像皮果提这样可以信任、忠心、尽心尽力而又没有私心的仆人了，她就是一个朋友！她非常爱我，也非常爱我的母亲，我母亲临终前曾在她怀里给了她最后那一感激的吻。我哽塞在对她们的回忆当中，当我想说，她的家就是我的家，她所有的一切她都愿意同我分享，如果不是担心会给她那卑贱的地位徒增烦恼，我一定会逃到她那里，当这些话还在口中时，我便哭了，趴在桌子上哭了。

“好啦！好啦！这个孩子是在维护曾保护他的人，这很好——

珍妮！驴子呀！”

我想，如果不是那些驴子在捣乱，我一定会得到很好的安慰，那时，姨奶奶已经把她的一只手搭在了我的肩上，在她这种行为的鼓舞下，我已有心想过去搂着她，希望她能保护我。但是这一有关驴子的插曲以及门外混乱的战争让她异常烦乱，也中止我一切温柔的念头；另外让她开始了对狄克先生的演讲——她决定向法律发出求助，以此来惩戒多佛所有养驴业的犯罪行为——一直持续到喝茶才告一段落。

喝过茶之后，我们便坐在窗子旁——姨奶奶一脸严肃的表情，我想她是在警戒入侵者——一直到夕阳西下，之后珍妮点了蜡烛摆上了双陆盘，拉下了百叶窗。

“狄克先生，”我姨奶奶带着一种威严的态度用食指指着狄克先生说，“我现在还有另外一个问题。看着这个孩子。”

“大卫的孩子？”狄克先生聚精会神却又一脸茫然地望着我说。

“没错，现在你打算如何处置他？”

“处置他？”

“对！处置他！”

“哦！”狄克先生说，“我应当——处置——我会让他去睡觉。”

“珍妮。”我姨奶奶怀着与先前一样的神态叫道，“狄克先生给我们指出了多么妥当的方法啊！如果床已经铺好，那就带他去睡吧。”

当珍妮说床已铺好之后，我便被他们和蔼地领去睡了，姨奶奶走在前面，珍妮在我身后，觉得自己像是一个囚犯。接下来发生的一件事让我看到了一点希望。当我们在上楼时，姨奶奶突然问起弥漫在空气中的气味，除了我身上的那堆甚为可笑的东西外，再没有别的衣物，另外在她们离开时，反锁了房门。给我留下了一支仅足够燃烧五分钟的蜡烛。现在想起来，可能当时姨奶奶对我不了解，怀疑我有逃跑的怪癖，所以事先准备好了这一切警戒措施，将我完全地密封好。

那是一个可爱的房间，高居屋顶，俯临大海，柔和的月光打在海面上。我祈祷过后，蜡烛熄灭了，我依旧希望能看见我那可爱的母亲带着她的孩子踏着月光向我慢慢走来，像我最后一次见到她那美丽的脸庞一样望着我。最后，我转过脸，心中的那种庄严也因看见那雪白的床铺所产生的感激与安逸所代替。当我轻轻地躺下依偎在那雪白的被子里时，这样一个感觉是怎样在一步步深化啊！当我回想起睡在那没有屋顶的荒凉之地时，我祈祷不再做流离失所的人，也永远不会忘记那些流离失所的人。再后来，我踏上了海上那条令人发愁的小道，进入了梦乡。

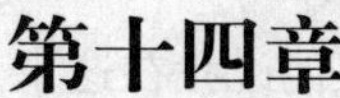

第十四章

第二天早晨来到楼下，发现姨奶奶趴在桌子的茶盘上，她想得那么入神，以至于罐子里的东西从茶壶中流到桌子上，桌布已完全浸透，她却全然没在意。直到我走到她跟前时，才把她从思绪中拉出来，因此，我猜想她应该想如何处置我，因此，我便急于知道她处置我的办法。但我却未向她表露出自己的焦急，怕她会生气。

我的嘴相对于眼睛来说还是比较容易控制的，而那双眼睛在吃早餐的过程中经常被她吸引。但我也总发现她用一种把玩的眼光望着我，好像我并非是坐在她对面而是另外一个很远的地方。我姨奶奶吃完早餐之后，便双手交叠在胸前坐在那张大椅子上，眉头紧锁，聚精会神地看着我，她那如此集中的目光令我感到不安。当刀叉相遇时，刀却卡在了叉缝里。肉没吃上嘴，肉汁却被我切得飞上了一个惊人的高度，茶似乎也在跟我作对，结果把我呛到了，我放下手中的东西干坐在那里，在我姨奶奶那查看的目光注视下，面红耳赤地坐在那里。

“嘿！”过了好去一段时间，我姨奶奶对我说。

我抬起头看着她，毕恭毕敬地迎接她那锋利的目光。

“我已经给他写信了。”我姨奶奶说。

“谁——”

“你的继父，我已经写了封信寄给他了，请他有所准备，我对他说，让他当心，否则我们之间会发生一场唇枪舌剑般的争吵！”

“那么，姨奶奶，你跟他说我在这里了吗？”我惊慌地问道。

“在信里，我已经提了。”她点了点头说。

“你打算把我交——给——他——处置吗？”我吞吞吐吐地问道。

“这个，现在还不好说，看情况而定。”

“哦！如果要我回到默德斯通先生那儿，”我失声叫道，“那我该如何是好啊？”

“现在，对于这个问题，我完全没底，”我姨奶奶摇了摇头说，“说实在的，现在我也不知道，到时候看情况而定。”

听他这样说，我开始显得消沉了，很失落，很伤心。而我的姨奶奶却未在意我，只是从衣橱中拿出了一件带有胸巾的围裙，穿上之后便开始亲自干起了活，洗好茶杯之后，将其放回了茶盘；叠放了桌布，随后摇铃叫来了珍妮让她拿走了；接着戴上了一副手套，拿起扫帚开始扫地毯上的面包渣，直到看不到一丝灰土才肯罢休；随后又打扫起了那个干净而整齐的房间。当这所有的一切都达到了令她满意的程度时，她摘下了手套和围裙，整齐地叠好之后，便放回了刚才那个衣橱的原来那个角落；随后拿起她的针线匣来到那张小桌子旁坐下，绿屏风遮挡了从那敞开的窗子中射进来的阳光，开始了她的针线活。

“希望你替我到楼上去，”我姨奶奶在穿针时说，“问候狄克先生，另外，代我问他，他的呈文准备好了没有。”

当我快速地站起了身，连忙照着她的指示去做这件事时，姨奶奶像刚才那样穿针时闭着一只眼睛说：

“我猜，你肯定会为狄克先生这样一个简短的名字而惊讶吧，嗯？”

“昨天我就有这样的感觉了。”我承认道。

“但是你不要认为他没有一个更长的名字，当他想用的时候，”我姨奶奶带着那种骄傲的神气说，“他的真实姓名是李查德·巴布利。”

当我正想谦卑而又不失礼仪地去提议，我还是称呼他真实姓名比较稳妥时，我姨奶奶却打消了我这一念头：

“但是无论如何你也别称呼他的真实姓名。他害怕听到那个名字，这似乎是他的一种特性，但我也不清楚这到底是不是他的一种特性；因为过去他一直受那一姓人的虐待，也受够了，因而极其厌恶那样一个姓，上帝可以明鉴。现在，无论是在这儿还是在其他任何地方（包括那一姓人居住的地方），狄克先生是他的名字。所以要当心啊，你只能叫他狄克先生，千万别叫他真实姓名啊。”

我记下了姨奶奶的忠告，随后便带着我的差事上了楼；在上楼时，我回想起，当我在下楼时透过那半敞的门看见狄克先生正在写着什么，如果他用这相同的速度工作到现在，我想他应该已经写不少了。但是当我走进房间时，却依然见他拿着一支长笔埋头专心地写着，他是那样的认真，并没有发现我，以至于给了我充分的时间去观察那墙角的风筝，他的手稿，摆在桌子上的笔和那最令我注意的一打半加仑容量的墨水。

“啊！阿波罗（希腊神话中太阳和光明之神）！我要告诉你这个世界目前的状况，我不愿听人提起，但是这是一个——”此刻，他向我招手示意我到他跟前，然后贴搂我的耳朵说，“这是一个疯狂的世界。如同疯人院一般！”说着便伸手拿起桌子上圆盒中的鼻烟，随后大笑起来。

但是我并不想就这样一个问题与他作深刻的探讨，我只是完成了我姨奶奶给我的任务。

“好的，也替我向她问好。我，我想我已经开了一个头。”他一边说着，一边摸着他那一头的白发，还向他的手稿看了一眼——没有丝毫信心的一眼，“你上过学吗？”

“上过学，不过那是相当短的一段时间。”

“那你是否记得，”他一面拿起笔，一面很和蔼地问我，“查理一世是在哪一年被送上断头台的？”

我很坚信地告诉他说那是一六四九年。

“嗯——”他用笔挠着耳朵，犹疑不定地看着我说，“书上也是这么记载的，但是我却想不通这到底是怎么一回事。因为在那么多年以前，他周围的那些人是如何将他头脑（送上断头台之后）中的那些难题误装进我的大脑中的呢？”

对于他这样的问题，我感到吃惊和迷糊，没有和他作任何的探讨。

“而且奇怪的是，”他一面失望地看着他那些手稿，一面摸着头发说，“我甚至无法把这些问题处理好，永远不能把它弄明白。

但是，这没关系，也不要紧！”他高兴地勉励着自己说，“时间还多得很！代我向特洛伍德小姐问好，告诉她我这边一切顺利。”

当我正打算走出门时，他让我看了那只风筝。

“那只风筝怎么样？”

我说很漂亮。看上去大概有七尺长。

“那是我亲手做的，不久我们便要去放了，你和我，”狄克先生说，“上面的字你看见了吗？”

说着便指给我看，风筝上糊着密密麻麻的草稿，但很清楚，我一行行地读着，我相信，在这其中的一两个地方我又看见了关于查理一世脑袋的那种问题。

“线很长，当然它们飞得很高，那样它就会把这些事实传递到很远的地方。我用这种方法来传播它们。虽然我不知道它会落在何方，当然这由风向来决定，但是我会将它们传播出去。”

他那柔和的脸上带着一种饱满的精神，愉快之中带着一种崇高的味道，这使得我无法断定他是真的要这么做还是跟我开玩笑。但是，我笑了，接着他也笑了，离开时，我们成为了要好的朋友。

“孩子，”当我来到楼下时，姨奶奶问，“狄克先生今天怎么样？”

我传达了狄克先生对我姨奶奶的问候，说他一切进展顺利。

“你感觉他怎么样？”姨奶奶问道。

模糊之中，我似乎产生了一种逃避这个问题的想法，于是告诉她说，我感觉他是个好人。对于我如此的敷衍，显然不能了事，她放下了手中的活，把那针线匣放在了膝盖上，然后把手叠放在上面说：

“喂！你的姐姐会爽快地告诉我她对任何人的看法。你要尽量跟你姐姐学习，老实告诉我吧！”

“他——狄克先生——我不太清楚，但我想问，他是不是神志不清啊？”我结结巴巴地问，因为此刻我正处于一种危险的境地。

“没有的事！”

“哦，的确！”我有气无力地说。

“不管狄克先生是怎么样的，”她拿出很大的决心和魄力说，“根本没有神志不清这回事。”

“哦，的确！”我怯生生地说，我找不到比这更好的词了。

“人们都说他疯狂，我带着一种自私的欢喜去感受他被人说成疯狂时的样子，否则，在这过去的十几年里——事实上，自从你的姐姐令我失望开始——我是无缘得到他的陪伴和意见的。”

“都是这样久的啊？”我吃惊道。

“不过，那些说他疯狂的人都是些好人，狄克先生是我的一个远亲——用不着管这些，我也不必提。如果没有我，我想此刻他还仍然被他的亲兄弟关着呢。事实就是这样的。”

当看见我姨奶奶在这一问题上表示出愤慨时，我也想表示出愤慨的样子，但觉得这很虚伪。

“一个骄傲的傻瓜！他哥哥有这样一个怪僻——虽然他身上的怪僻没有其他人一半多——他不想在他的家周围见到他，于是就送他进了一所私立疯人院，虽然他们的父亲也把他当成了一个白痴，虽然在临死前嘱咐他哥哥照顾他。他的父亲能如此洞察他，可见他的聪明之处！毋庸置疑，他哥才是一个疯子呢！”

当我姨奶奶表现出一副坚信的样子，此刻，我又得做出与她一样坚信的样子。

“最后，我插手了，我跟他提了一个建议。我说，你的弟弟完全正常——至少比你正常，而且将来也是如此。还给他应得的那份遗产吧，让他与我同住。他不会令我感到害怕，我也不会骄傲，而且我打算照顾他，并且不会去虐待他，像某些人一样。经过一番争辩之后，他哥哥妥协了，自那以后，便一直住在这里。在这个世上恐怕找不到第二个像他这样友好、听话的朋友了；还有他的那些意见！除了我之外，没有人能够理解他。”

我姨奶奶摇着头摸着衣服，那样的动作让人觉得她好像是要将世界上所有的污蔑驱逐出她的脑袋和衣服。

“他还有一个可爱的妹妹，她是一个好姑娘，待他很好。但她最后跟她们一样——嫁了一个男人。他也跟他们一样——虐待她。此事给狄克先生产生了一种不良影响，但我想那并不是疯狂，还有对他哥哥那种残酷的惧怕，最终他病了。这些都是来到我这里之前的情况，但是就算是在现在，一旦想到那时的情形，他仍然会伤感。我猜他跟你问过查理一世吧？”

“问过，姨奶奶。”

“啊！”我姨奶奶摩擦了一下鼻子，好像有些烦乱，“这是他表示那种情形所打的比喻。我所用的比喻是将他那时的病痛与那些大的扰乱和激动联系在了一起，但是如果他觉得合适，这又有何不妥呢！”

“这个当然。”我说。

“但是这不是一种有条不紊的说话方式，是现时这个社会所摒弃了的，对于这一点我很清楚，因而我希望，在他的呈文里，最好一个字也不要谈及这个。”我姨奶奶说。

“他写的呈文是关于他自己的过失吗，姨奶奶？”

“是啊，”我姨奶奶又摩擦了一下鼻梁，“他是为了他自己的事写呈文，给大法官看，或大什么，抑或是别的什么——总之，花钱买呈文的人便是其中之一。我想，要不了多久这呈文便出版了。我担心他的呈文中避不开那种表达自己的方法，但是没关系，只要他有事可做就好。”

事实上，据我后来观察，狄克先生曾经过了十多年的努力想要把查理一世的问题从他的呈文中丢弃，却是徒劳，因为他不时地将其掺杂在里边。

“我再重申一遍，”我姨奶奶说，“除了我之外，没有人能理解他；在这个世上恐怕再也找不到第二个像他这样友好、听话的朋友了，就算他偶尔想放一次风筝，那又有什么要紧的！富兰克林也经常放一次风筝啊，更何况他还是——如果我没有记错的话——一个教友会的信徒，没有哪个人会比一个教友会的信徒放风筝更好笑了。”

我想我姨奶奶跟我说了这些琐事，大概是为了表示对我的一种信任，因此我应该感到很光彩，并且从她那看得起我的态度上抱有乐观的想法。但是我不禁会想她之所以要对我说这些事，是因为那个问题从她头脑中被引了出来，虽然只是对我一个人说，但与我并没有太大的关系。

另外，我想说，她保护那可怜的狄克先生免受伤害的那份义气，让我这年轻的心产生了她同样会保护我的那份自私的希望，同样让我这颗年轻的心对她也开始温暖了起来。我相信同时也知道，我姨奶奶有许多怪僻的性格，但同样也有值得赞许和信任的地方。那一天，虽然她跟以前一样严肃，也会经常因为驴子而冲出去，另外一个路过的青年人让她大为愤怒，因为他站在窗前向珍妮抛来暧昧的眼光，但是这些似乎让我觉得她更为可敬了，如果不是使我的害怕减轻的话。

在收到默德斯通先生的来信之前的那段时间，我的忧虑一天天地在加深，但是我设法压制它，尽量表现出与我姨奶奶和狄克先生投合的样子。除了第一天换上的那套冠冕堂皇的衣服外，我还不曾换过其他衣服，如果并非如此，我想狄克先生肯定带我放风筝去了。因为我的衣服，我被困在了屋内，只是在天黑之后，睡觉之前，我姨奶奶才为了我的健康而带我去外面的悬崖边散一小时的步。默德斯通先生终于回了信，令我吃惊的是，他在信中说第二天会亲自来跟我姨奶奶谈。第二天，我依旧穿着那奇怪的衣服，坐在客厅里数着时间等待着。内心的希望在下沉，恐惧在上升，面对这种落差，我顿时红透了脸，全身发烫；等待着那张晦气的脸出现，然后吃惊，但是在他来之前的每一分钟里，我都在吃惊。

我姨奶奶为了接待那位让我害怕的客人而做的准备，除了稍微表现得暴躁和严厉之外，我实在看不出还有其他任何形迹。她坐在窗子旁工作，而我则坐在她旁边胡乱地猜想着默德斯通先生造访之后的一切可能与不可能的结果。就这样一直坐到傍晚，而我们的午餐也在无限制地往后推迟；但是最后等得实在是太晚了，就在我姨奶奶说要吃饭时，她突然听见了一声关于驴子的警告，使人既惊又恐，我发现默德斯通小姐坐在驴背上一直走过了那片神圣的草地，来到门外停下，朝四周张望。

“快给我滚开！”我姨奶奶透过窗子摇着头，挥舞着拳头叫道，“你没有来到这里的权利，你竟敢私闯？滚开！哦，你这吃了熊心豹子胆的东西！”

默德斯通小姐朝四周张望时的那份冷静，令我姨奶奶愤怒得不能动弹，没能像往常那样向外冲锋。利用这个机会，我告诉了姨奶奶她的身份，又介绍了刚刚来到那令人厌恶的家伙身边的男人——默德斯通先生。

“我不管她是谁！”我姨奶奶叫道，从那窗子里做了一个赶他们走的手势，“我绝对不允许别人侵犯我，快滚开！珍妮，把它拉走，赶走它！”此刻，我站在姨奶奶背后，看着那幅匆忙之间绘就的战争图：那头驴的四肢插在不同的方向，珍妮捉着缰绳拼命地往外拉，默德斯通先生则牵着它往里走，驴子却抗拒着他们站在那里，而默德斯通小姐则拿起阳伞不停地打珍妮，其中还有一些跑过来凑热闹的孩童在旁边蹦着跳着喊着。当我姨奶奶从那群孩童中认出了那个年轻的罪犯——看守驴子的人，不过十岁出点头，却经常冒犯我姨奶奶——时，便冲进了战场，径直向他扑去，把那个头上蒙都会外衣的年轻罪犯拖进了园子，接着便喊珍妮去叫来警察和法官，将他抓去，审问之后直接正法。但是整场战斗中的这一部分却没有坚持多久，因为那个小恶棍在闪躲方面是个好手，而我姨奶奶对他的套路却又完全不懂，因此没过多久便让他在叫骂中逃脱了，让他更为得意的是他的那头在草地上留下深深脚印的驴也被他弄到手带走了。

在后期的战斗中，默德斯通小姐下了驴，在我姨奶奶接见他们之前，同他的弟弟站在门外等候。而我姨奶奶的衣服在刚才的战斗中略显凌乱，她从他们身边很威风地进了屋，在珍妮通报他们拜访之前，根本不去答理他们。

“姨奶奶，我需要回避吗？”我颤抖着问道。

“不需要，少爷，完全没有必要！”说完便把我推到了离她不远的一个角落里，用一把椅子拦在我面前，如同这是一个监狱或是被告席。在他们会谈期间，我只能待在那里，站在那里，我看见了默德斯通姐弟俩进了屋。

“哦！”我姨奶奶说，“我已经忘了刚开始反对的是谁了，但是我绝不允许任何人骑驴从那片草地上走过，没有谁可以例外，我绝不允许任何人那样做。”

“对于陌生人来说，你的规矩是那么的令人讨厌呢。”默德斯通小姐说。

“是吗？”我姨奶奶说。

默德斯通先生怕会短兵相接，于是连忙插了一句：

“特洛伍德小姐！”

“抱歉，”我姨奶奶的眼中带着一种锋利的光芒说道，“你就是默德斯通先生那个娶布兰德斯通鸦巢——我并不知道它为什么叫鸦巢——我那死去的外甥大卫·科波菲尔的妻子的人吗？”

“是的，我是。”

“如果，”我姨奶奶说，“如果你没有去沾那个可怜的孩子，请你原谅我这样说，这令人愉快的事啊。”

“到现在为止，我同意特洛伍德小姐的话，我觉得可怜的克拉拉在所有大事面前完全是一个小孩。”默德斯通小姐说。

“这应当是你感到高兴的事，小姐，”姨奶奶说，“现在我们已经老了，外貌已不会太可能为我们增添烦恼了，也没有人能用到你刚才所说的话来形容我们了。”

“这是毋庸置疑的！”默德斯通小姐说道（但是我想她的附和并非她情愿，也是不十分高兴的），“像你说的那样，如果我弟弟不与她结为夫妇，这的确是一件快活的事，而且我一向都持这样的看法。”

“你的看法，我并不怀疑，”我姨奶奶说，“珍妮，”她摇了一下铃说，“代我问候狄克先生，并请他到这里来。”

在狄克先生到来之前，我姨奶奶只是挺直了腰眉头紧锁地面对着墙坐在那里。在他到来之后，我姨奶奶便向他们介绍了。

“这位是狄克先生，一个我多年的挚友，他的洞察力，”我姨奶奶加重了语气，目的是对那啃咬食指指甲模样愚笨的狄克先生一种暗示，“为我所折服。”

在这样的暗示下，狄克先生迅速从嘴里取出了手指，脸上立即换了一副庄重而严肃的表情。随后我姨奶奶面向默德斯通先生，听他说道：

“特洛伍德小姐，收到你的信之后，我认为，为了表明我自己的态度，也为了尊重你——”

“十分感激，”我姨奶奶那锋利的目光依旧没有削弱，“你没有必要这样。”

“我认为还是亲自来公安部一趟比寄信要好得多，虽然路上遇到了很多麻烦。”默德斯通先生说，“这个晦气的家伙，逃离了他的朋友和工作——”

“他是一个，”默德斯通小姐说着并让大家看穿得奇模怪样的我，“羞耻的家伙。”

“珍·默德斯通，”她弟弟说，“请你让我说完好吗？这个令人晦气的家伙，特洛伍德小姐，他一直都是家庭纠纷和不安的因素，无论是在我那挚爱之妻生前还是死后。他怪僻、叛逆、还有一种暴躁、不听话、不服管教的性格。我姐和我都用尽力气想纠正他的那些恶习，但终究徒劳。因此我认为——我敢说是我们两个都有此想法，因为姐姐从未怀疑过我——你应当认真思考一下这郑重而又不带任何意气的判断。”

“无须我再来证明我弟弟的话，但是我要补充一下，我相信，在这个世界上像他这样坏的孩子恐怕找不到第二个。”

“你说得太过分了吧！”我姨奶奶连忙接过话。

“但事实就是如此。”默德斯通小姐说。

“嗬！你呢，先生？”我姨奶奶说。

“有关那些教养他的最好方法，我有我的一些看法，这些看法一方面是依据我对他的了解，另一方面是依据对我自己的认识。至于这些看法，我觉得我很负责地实施了，因此我不会有任何怨言。我给他找了一份崇高的职业，并且由我的一个朋友去照顾他，但是他却讨厌那个工作，逃跑了，成为了一个到处流浪四处漂泊的小乞丐，衣衫褴褛地跑到你这里来控诉我。如果你要袒护他的话，我会在我的能力范围内，把那确实不移的后果明明白白地告诉你。”

“先说说那份崇高的职业吧，如果他是你亲生的，我想你也会让他去做吧？”

“如果他是我弟弟的儿子，我想，他一定会是另外一副品行。”

“这样一个可怜的孩子，如果他的母亲现在还尚在人间，我想，他也会去做那份崇高的职业，对吧？”我姨奶奶说。

“我想，”默德斯通先生侧着脑袋说，“克拉拉不会反对我和珍都认为的好事。”

默德斯通小姐用那出奇低的声音佐证了他的这一看法。

“唉——”我姨奶奶说，“一个不幸的吃奶的孩子！”

我姨奶奶用一个眼神制止了狄克先生一直在哗啦着口袋中钱币的这一行为后，说：

“可怜的孩子的年金跟她的母亲一样，不存在了吗？”

“是的，不存在了。”默德斯通先生说。

“另外，那笔小遗产——那所没有任何乌鸦却被称做鸦巢的房子和花园——中没有任何财产给这可怜的孩子的吗？”

“那遗产是她从她的第一任丈夫那里无条件地继承来的。”默德斯通先生刚要开始说却被我那愤怒而且不耐烦的姨奶奶给挡住了。

“哦，上帝啊，你没有理由这样说，无条件地继承！我觉得，大卫·科波菲尔试图在寻找那些存在与不存在的条件，即使它们就近在咫尺。当然是她无条件地继承了。但是当她再婚时——简单地说，当她选择了那极不为不幸的做法，嫁给你的时候——就没有一个人站起来替他说话吗？”

“我的亡妻就是一个不中用，整天烦闷而且可怜的吃奶的孩子，”我的姨奶奶摇着头说，“她就是这样的一个人。现在你还有什么话要说吗？”

“你说得没错，但是，特洛伍德小姐，”默德斯通先生说，“我来是为了把大卫带回去——无条件地带他离开，然后照我认为稳妥的方法去处置他，按照我认为正当的态度去对待他。在这里我不会作出任何承诺，也不向任何人作任何保证。而你对于他的逃离与苦诉有偏袒的意思，因为你表现出一种不想去和解的态度。那么，现在我要对你说清楚，也请你听好，如果你现在袒护他，那么以后你就得照顾他；如果你现在想要插手我和他之间的事，那么以后你就得插手。我不是在说笑，现实也不受他人无理取闹。我来这里是为了将他带走，这是第一次同时也是最后一次。他打算走吗？如果他不打算走——从你的态度中，我看出，他不想跟我走，我不管也不关心你用什么样的借口表达这样的意思——那么，我的门将永远不对他敞开，那样，我认为，你应当接受他。”

我姨奶奶很注意地听他说着这番话，她双手交叠在腿上笔直地坐在那里盯着默德斯通先生。见他说完之后，便看着他姐姐，姿势并没变动，问道：

“喂，小姐，你还有什么话要说吗？”

“老实说，特洛伍德小姐，”默德斯通小姐说，“我的弟弟已经把我想说的话表达得很清楚了，他已经把我所知道的一切表明得那么明白了。的确很感谢你那非同寻常的客气。”这句讽刺对我姨奶奶产生的影响，和我在查坦木的那门大炮边入睡所给我带来的影响一样。

“那么，孩子，你还有什么话要说吗？你想跟他走吗，大卫？”我姨奶奶问道。

我说不，同时请求她不要抛弃我。我说，默德斯通先生和小姐一向都很讨厌我，一直都在虐待我；他们还让以往那么爱我的母亲开始为我而经常落泪，这一点我知道，皮果提也很清楚；对于如此年幼的我却受到如此多的痛苦，我想，谁都无法相信。我乞求我的姨奶奶——当时我所说的话现在已经忘却，但是她记得她被那些话感动了——看在我死去的父亲的面子上照料我，保护我。

“狄克先生，我应该如何处置他呢？”

狄克先生想了一会儿之后面带喜色说：“我会立刻为他量身定做一身衣服。”

“狄克先生，”我姨奶奶甚为得意地说，“把你的手伸给我，因为你的建议是宝贵的，无价的。”她带着一种莫大的诚意握住他的手，然后把我拽到她身边，接着告诉默德斯通先生说：

“如果你高兴，你现在就可以离开了，我来照顾这个孩子，如果他真的如你所说的那样。我至少可以采用你对待他的办法去处置他。但是你的话我一点也不相信。”

“特洛伍德小姐，”默德斯通先生站起身耸了耸肩膀说，“如果你也一个男人——”

“呸！胡说！给我闭嘴！”我姨奶奶接过话。

“多么客气啊！实在是了不起的客气啊！”默德斯通小姐站起

来叫道。

“你以为我不知道？”我姨奶奶没管理她，而是带着一种锋芒的眼神冲她弟弟说，“你把那个可怜不幸的吃奶的孩子引上了怎样一条误途，你让她过的是怎样一种生活！你以为我不知道吗？当你——你能够对她卖弄风情，但我打包票你绝对不敢对一只鹅发脾气——接近她时，也就是那个软弱的小人可悲之日！”

“如此高雅的话我还是头一次听见哟！”默德斯通小姐说。

“你以为我现在所看到的你——老实对你说，这让我感到很不高兴——与以前听说的那个你有什么改变吗？哦，上帝啊！像你默德斯通先生如此柔顺乖巧的人恐怕再也找不到第二个了。那个可怜无知上了当的孩子从来不曾见过这样一个糖做的男人。他崇拜他，宠爱她的儿子——近乎于溺爱！他成为了他的继父，一起坐在乐园里生活，是吗？呸！快给我滚开！滚！”我姨奶奶说。

“这样的人我还是头一次见。”默德斯通小姐叫道。

“那个可怜的小傻瓜一旦被你控制住，”我姨奶奶说，“对于我如此的称呼，希望上帝能够饶恕我，她已经去你不肯去的地方了，因为你还没有害够她和这可怜的孩子，于是你开始训练她，是不是？开始把她当成一只关在笼子中的鸟一样挫折她，教她唱你的调子，消耗掉她那上了当的生命？”

“你不是发了疯，就肯定是喝醉了酒，”默德斯通小姐无力将我姨奶奶那滔滔不绝的话题转向她自己而感到十分苦恼，“我怀疑，你肯定是喝醉了酒。”

贝西小姐根本无心去理睬她插嘴，仿佛此事没有发生过一样，继续对默德斯通说：

“默德斯通先生，”我姨奶奶摇着手指头说，“在那个无知的吃奶的孩子眼中，你就一个独裁者，她的心受到了你的挫伤。她很可爱——我很清楚，在你还没有认识她的若干年前我就清楚这个事实——因为她的弱点，你却给她留下了那致命的创伤，不管你乐意还是不乐意，这是个事实，一个足以让你感到安慰的事实。你和你的爪牙可以多思考一下这个问题。”

“请允许我插一句，特洛伍德小姐，”默德斯通小姐说，“你所谓的我弟弟的爪牙指的是谁？”

贝西小姐继续她的话题，丝毫没有把她的话题放在心上，完全不受那声音的影响。

“现在已经很清楚了，像我对你说的那样，在你还没有认识她的若干年前——世事难料，你们怎么会相识，这着实令人费解——现在已经很清楚了，不过那个可怜软弱的东西早晚都会嫁人，但是我所能希望的是结果不要像现在这样糟糕。默德斯通先生，这个可怜的孩子出生了，却成了你折磨她的工具——这是何等不快的加快啊——以至于现在他成了这般模样。唉——唉！你没必要躲着，我很清楚这是实在的，即使不是那样。”

在那段时间里，他一直是眉头紧锁却面带微笑地站在门边打量着我的姨奶奶。看得出来，虽然微笑依旧，却又立刻变了色，仿佛跑过以后那么喘息。

“祝你好运，先生！”我姨奶奶说，“后会有期！也祝你好运，小姐，”我姨奶奶突然转向她说，“胆敢让我再看见你骑着驴子从我的草地上走过，如果你的脖子结实，我会敲下你的帽子，用脚踩！”

如果想要描述出我姨奶奶此刻发泄那意外事件所露出脸色和默德斯通小姐听到那句话所作出的反应，需要一位画家，一位非凡的画家。我姨奶奶说那句话的态度不下于那句话的本身所表露出的愤慨，默德斯通小姐没有说话，只是很小心地挽着她弟弟的臂膀昂着头走出了房子；而我姨奶奶则站在窗子前看着他们出了住宅；我相信，如果那头驴出现在那片神圣的草地上，她肯定会实践她的警告。

见没有发生此类挑衅的行为，她的脸随之松弛了下来，变得那么柔和，这让我有了勇气去感谢她亲吻她；我带着莫大的诚意搂着她的脖子亲吻了她，之后又同狄克先生握了许多次手，然后又用一次又一次的笑声来庆祝如此愉快的结局。

“狄克先生，今后你就成这个孩子的监护人了。”我姨奶奶说。

“能作为大卫的儿子的监护人，我感到很荣幸。”狄克先生说。

“好，那就这么说定了。另外，我经常想，我可以让他跟我姓特洛伍德呢！”

“好，好！让他姓特洛伍德，好！”狄克先生说。

“你是说特洛伍德·科波菲尔？”我姨奶奶说。

“对，完全正确，是的，就叫特洛伍德·科波菲尔。”狄克先生开始有些害羞了。

对于这样的建议，我姨奶奶是那么的赞成，那天下午便给我买来了衣服，在我穿上之前，亲自用不退色的墨水在那上面写着“特洛伍德·科波菲尔”；另外还规定，所有为我做的衣服上都要标上这个名字。

就这样，我使用了这个新的名字，在这样一个新的环境中，开始了我新的生活了。此刻，我感觉，这么多天来的恐惧像一场梦一样消失了。以前，我不曾想过，我能有像我姨奶奶和狄克先生这样两个古怪的监护人。对于周围的这一切，我永远不曾清楚地想过，但是在我头脑中有这样两件事是很清楚的，一是，往日在布兰德斯通的生活渐渐远去了；二是，在默德斯通-柏林公司的生活也被一层幕遮挡了。而且自那以后，没有人揭开过那层幕，就算在我的叙述中，我也只是很不情愿地稍微揭了一下那层幕，随后连忙松了手。回忆那时的生活给我带来的无尽的痛苦、苦恼与失望，最后连静下来回想那段时光的长度的勇气也没有了，一年？或是更多，也许比此要少？我不知道。但是我所能知道的便是，那样的生活曾经有过，以后也不会再有了；既然写到这里，就把它留在这里吧！

第十五章

很快，我便与狄克先生成为了要好的朋友，常常我们在他每天的工作完成之后便出去放那个大风筝。每天，他都会花很长的时间坐在那里写呈文，工作甚为辛苦，进展却甚为微小，因为关于那个查理一世的问题他总是抛弃不了，掺杂在头脑中，最后只好弃稿，重新起了一个头。在他写呈文的过程中有这样一些情形给我留下了深刻的印象：他对于查理一世的那种主观上的错误理解，抛开查理一世的问题而作的微弱的努力，掺杂进呈文中有关查理一世的问题对那呈文破坏的必然性，以及他那忍受这无穷尽的失望的耐心。即使呈文完成了，狄克先生希望的结果是什么呢，这呈文应该给谁看，起什么作用呢，我想对于这个问题，他不比其他任何人了解得多。更何况他也没有必要为这些问题烦恼，因为，如果这个世界上存在真实的事物，那么他的呈文永远无法结稿就是一个事实。

风筝正在高飞时，正在放风筝的他着实令人感动。曾在他的房间中，他告诉我说他相信他的那些条件（不过是那些流产的呈文而已）会随着风筝向外传播，有时，他也许认为那不过是在幻想而已，但是当他面对天空中的风筝，同时感受到它在他手中一拉一扯，那便不再是一种幻想了。他放风筝时的样子是那么的恬静。每到傍晚，我们便来到那草色青青的山坡上。坐在他旁边，看着他仰望着那飞在高而平静的天空中的风筝，我经常这样认为，唯独那风筝才能使他的头脑清醒，把他的所有混乱全都带向了高空。最后他绕起了线，风筝随着夕阳一同落下，最后落到了地面上，如同死物一般静静地躺在那里。而他此刻也像走出了梦境；我记得，当他拾起那风筝时，若有所失地看着四周，如同他与风筝一道沉落，此刻我非常同情他。

在我与狄克先生的友谊与交情有了很大发展的同时，我的姨奶奶对我的宠爱也加深了。她是那么的喜欢我，以至于在短短几周内，那个我刚使用不久的姓便被她简称为特洛；有时我甚至怀疑，如果我始终如一，那么用不了多久，我便可以享有我姐姐贝西-特洛伍德所享有的特权了。

“特洛，”一天晚上，当双陆盘子摆上桌之后，我姨奶奶对我说，“对于你的教育，我们不应当忘记。”

这是我所放心不下的问题，因此，我很高兴她能对我提及。

“进坎特布雷学校，你愿意吗？”我姨奶奶问道。

我对她说很愿意，因为那所学校离这儿很近，当然也就很靠近她。

“那好，”我姨奶奶继续问道，“那你愿意明天就去吗？”

这段时间我对于我的姨奶奶有些了解，她办事迅速，因而我也就并不因为如此突然的提议而吃惊了，说："愿意。"

"那好，珍妮，明早十点去把那匹小灰马和双轮车雇来，另外，今晚去收拾一下特洛伍德少爷的衣服。"

当听到我姨奶奶如此吩咐时，我十分高兴，但是当我发现狄克先生听到这些吩咐所表现出的模样时，我开始为我刚才的自私而自责。对于我的离开，狄克先生表现得那么沮丧，根本没有心思陪我姨奶奶玩双陆（一种类似飞行棋的游戏），当我姨奶奶用色子筒警告了他几次之后见他依然如此，便合上了盘子，没有跟他继续玩了。但是，当我姨奶奶说星期六我可以回来，而他也可以在周三去探望我时，他又精神振奋了起来，并且还向我承诺说要做一个比现在更大的风筝。第二天早晨，他又沮丧了起来，为了让自己振作些，他便掏出了身上所有的钱，连金带银全部递给了我，却被我姨奶奶制止了，将他的馈赠限制为五先令，而他却苦苦哀求，才将这数目增加了一倍。最后我们在花园门口以热情的方式分了手，狄克先生一直站在那里，直到我姨奶奶把我载到看不见住宅时，他才进了屋。

我姨奶奶如同一个体面的车夫一般笔直地坐在车上用她那娴熟的技术将那匹小灰马从多佛大道上赶过，她全然不顾民众的舆论，总是盯着那匹马，绝不允许它擅自行动。但是我们来到乡村大道时，她允许它松松劲了，转过来问坐在她旁边靠垫上的我感觉如何。

"我很开心，也很感激你，姨奶奶。"

对此她很满意，并用鞭子轻轻拍了拍我的脑袋。

“那所学校很大吗？”我问。

“嗯，我也没去过，我们先去拜访一下维克菲尔德先生。”

“他是开学校的吗？”

“不是，特洛，但他有一个办事处。”

我没有再向她询问任何有关维克菲尔德先生的事了，因为她什么都不愿透露，于是，那一路上，我们只好探讨别的话题。恰巧那天坎特布雷的人们在赶集，于是，我姨奶奶拥有了一个很大的机会去驾着那匹小灰马走在车子、筐子、蔬菜和小贩的货物之间。过于迅速的转弯动作引起了周围多为不满的评论，但是，我姨奶奶对于此类怨言全然不放在心上，只顾专心地赶着车子；我想，如果让她驾着车子穿行在敌人的国度里，她也一定会由着自己的性子，持着对周围一切漠不关心的态度那样做的。

最后，我们在大路上的一所突出的旧房子前停下了；那长而低的方格窗更为突出，末端那刻着人面孔的横梁也突了出来，当时我在想，这所房子之所以向前方倾出，大概是为了想看清那些走在狭窄道路上的人们。那房子真是干净得看不见一丝灰土。低矮弓形门上那刻着花果波纹的老式铜门环，在阳光反射下如同星星一般耀眼夺目；门前的台阶如同细麻布一般白；如同山一般古老的突角和陷石，雕刻和塑刻，奇怪的小玻璃板以及那更奇特的小窗子，却又如同山上的新雪般清洁无尘。

马车停下之后，我专注于那所奇特的房子，忽然看见底层的小窗子中闪过一张面如土色的脸。随后那扇低矮的弓形门被打开，那张脸露了出来。现在看那张脸和刚才在窗子里没什么两样，只是脸上带有一种红发人皮肤中带有的那种红色。他是一个红发人——现在想来，他不过只有十五岁，只是样子显得很老——头发与那刚破土的麦苗一样短；淡红色的双眼，没有睫毛，更是看不出有任何眉毛，完全一双没有掩护的眼睛，没有任何可以遮盖的东西，那时，我曾奇怪怎么会入眠。他围着一条白领巾，穿着一件还能入目的黑衣外套，衣领直耸，双肩突起，瘦骨嶙峋，尤其是那双细长而瘦弱的手，当他来到马车旁一边仰起头看着坐在车里的我们，一边用手擦着下颌时，我尤为注意那只手。

“尤来亚-希普，维克菲尔德先生在家吗？”我姨奶奶问。

“他在家中，”尤来亚-希普说，“请进。”他用那瘦弱的手指向他说的房间。

让他牵着马，我们便下了车，来到一间靠近街道的大而低的客厅。透过客厅的窗子，我发现尤来亚-希普行为好像是在给马施邪术：朝它的鼻孔吹气之后，又立刻用手盖住了。在那高高的古老的火炉架对面的墙上挂有两幅画：一幅画是白发浓眉的男人（但不是一个老头子）正在看扎有红丝带的引以为荣；另一幅是一个宁静而可爱的女人，她正在看着我。

当我想在墙上寻找尤来亚的画像时，房间末端开了一扇门，走出来一个男人，当我看见他时，立即转过身，想要证实那第一幅画并没出那框架，果然那幅画并滑移动半毫；当他走出黑暗时，我发现他比那幅画要老一些。

“贝西-特洛伍德小姐，”他说，“请进，刚才我在处理一些事，但我想你会见谅的。我这一生只有一个动机，而且你也知道得很清楚。”

我姨奶奶谢过他之后，便来到了他的房间。那房间被书、文件、白铁箱等其他东西布置成办事处的模样。窗外是一片花园，壁炉架上面有一个砌在墙壁中的铁保险箱，坐下之后，我在想在清扫烟囱的时候会如何转动那扫帚。

“嘿，特洛伍德小姐，”维克菲尔德先生说（后来我发现他就是维克菲尔德先生，是一位律师，也是本州一位富人的经纪人），“是什么风把你吹到这里来啦？我希望不是不愉快的风吧？”

“不是，此次前来并非为了法律上的纠纷。”

“很好，我想你为其他的事而来似乎要好一些。”

他的头发如雪一般白，而眉毛却如墨水一般黑。他有一张英俊而令人喜欢的脸。他的皮肤中有一种红葡萄酒般的色泽，他那肥胖的身躯也归因于这种色泽。他的服装——蓝外套、条纹背心和棉布裤——非常整洁，还有那使我联想起天鹅胸部羽毛的柔软洁白的细致衬衫和白葛布领巾。

“这是我的外甥。”我姨奶奶说。

“实在不知道你还有一个外甥啊，特洛伍德小姐。”维克菲尔德先生说。

“准确地说，应该是我的外孙。”我姨奶奶解释道。

“不过说实在的，我还真不知道你有一个外孙呢。”

“现在我留养了他，”我姨奶奶摆了一下手，表示他知道与否都无关紧要，然后接着说，“我之所以带他来找你，是想通过你为他找一所可以得到良好教育的优良待遇的学校。请你告诉我，在哪能找到这样一所学校，是哪所学校，以及其他的一些情况。”

“如果要想知道我的意见，”维克菲尔德先生说，“首先得弄清楚一个问题，你也知道，你的动机是什么？”

“别胡闹！”我姨奶奶叫道，“动机本来就显而易见，而你却总是在深处寻找！嘿！我的动机就是让这个孩子愉快，有用。”

“我想，这顶多是一种模糊的动机。”维克菲尔德先生摇着头，很不信任地说。

“模糊？胡扯！你自称说只为一个老实的动机而做所有的事，我希望，你不认为在这个社会中你是唯一一个老实的商人吧？”

“但，特洛伍德小姐，我一生只有一个动机，”他微笑着说，“我与别人的不同之处在于，他们有成打成百个，而我却永远只有一个，但这是题外话了。你想要找最好的学校是吗？无论你的动机是什么，你想要找最好的，是这样吗？”

我姨奶奶点头表示同意。

“但是有一点，你的外孙目前不能住校，在那些所有最好的当中。”

“但是，他可以住在别人家里吧，我想？”我姨奶奶提议说。

对于这样的提议，维克菲尔德先生表示赞同。经过一番讨论之后，他建议我姨奶奶陪他一同去学校，让她亲自考察一番，随后，以同样的动机带她去了两三户人家——当然是他认为我可以寄宿的地方。对于这样的建议，我姨奶奶表示了赞同。正当我们出发时，他却停了下来说：

“对于这样的处置办法，我们这位小朋友或许持一种反对的动机呢，所以，我想，还是留他在这里比较好。”

看得出来，我姨奶奶似乎有意想就这个问题与他争论；但是为了能使事情顺利进行，我说，如果他们乐意，我可以留在这里；于是我又回到了维克菲尔德先生办事的房间，在先前的椅子上坐下，等他们回来。

恰好这把椅子的对面是一条狭窄的走廊，走廊的尽头有一个圆形的房间，当初我看见尤来亚-希普那张面如土色的面孔时，正是那个房间。他把马牵进附近的马厩之后，他就开始坐在这个房间的书桌旁抄写那些挂在铜架子上的文件了。有些时候，由于那悬挂的文件挡在我们中间，即使他想看我，也不会看见；但是，当我定神向他望去时，我便感到不安，因为我发现，从那份文件下面经常会溜过来那两个红太阳般无法入眼花的双眼，甚至每看一次都长达一分钟之久，而他在年老的时候，笔却像先前一样快速敏捷地写着，也许是在假装抄写。有那么几次，我想方设法躲开那两颗红太阳——站在椅子上看对面墙上的地图，浏览报纸上的新闻——但是总被它们吸引了去；而且无论在什么时候，只要我朝着那两颗红太阳看，我肯定能看见它们，不是在上升，便是在往下沉。

在我姨奶奶和维克菲尔德先生回来之后，我便安心了不少。但是他们的进展似乎并不那么顺利，对于学校的优点，我姨奶奶并没有提出任何异议，却没有同意维克菲尔德先生为我挑选寄宿的几户人家。

“很不幸，”我姨奶奶说，“现在我真不知道如何是好了，特洛。”

“的确很不幸，但是我倒有一个办法，特洛伍德小姐。”维克菲尔德先生说。

“什么办法？”

“暂时让你的外孙住在这里。他是一个文静的孩子，肯定不会打扰到我。这里是最好的求学地方了，跟修道院一样安静、宽敞，让他留下吧。”

对于这个办法，我姨奶奶非常喜欢，但是觉得有点过意不去，我也有同样的感觉。

“特洛伍德小姐，”维克菲尔德先生说，“这个办法可以解决目前的困难。你也知道，这只是一种暂时的安排。如果事情进展得不那么如人所愿，或者对我们双方都不太方便，那时可以将他很容易地往外转。另外，也有足够的时间给他寻找更好的住处。我建议你还是暂时让他住在这里比较好！”

“感激不尽，”我姨奶奶说，“我知道他也很感激你，但是——”

“好啦！你的意思我明白，你也没必要如此，如果你喜欢的话，你可以付他的房租，但是我们没有必要为这件事伤神，你随意好了。”

“如此的默契，”我姨奶奶说，“却又没有因此而削弱真正的恩惠，你能收留他，我很高兴。”

“既然如此，就让我们来见见我的小管家吧。”维克菲尔德先生说。

于是我们上了一个古老而宽敞的楼梯，以至于我们三个人可以并排着走上去。我们来到一间古老阴暗的休息室。室内有三四个我曾在街上见过的古典而雅致的窗子，室内那几把古老的橡木椅子似乎与闪光的地板和天花板上的横梁用相同的木料做成的。室内还有一架钢琴，一些花和一些鲜艳的器皿，摆设相当美观。房间中的每个角落都摆放有书架，或椅子，或碗橱，或一个奇特的小桌子，或其他什么东西，于是我想，这个房间中再也找不到如此美好的角落了，但是当我看到另外一个角落时，便发现它是同样美好，这才看清，房间中到处都是这些美好的角落。而且房间中的每件东西上都蕴涵着这所房子所具有的那份悠闲与雅致。

维克菲尔德先生敲开了一个角落的门之后，一个与我差不多年纪的女孩迅速地走了出来，吻了他。看到她的脸，我立刻想起了楼下墙上那幅画中的女人的宁静而可爱的表情。我想，那幅画中的女人是多年以后的她，而此刻她不过是个孩子。从她那红润而愉快的脸上，我看到了一种让我至今不曾忘记今后也不会忘记的一种宁静、善良、平和的神态。

维克菲尔德先生说这是他的女儿，同时也是他的管家，爱妮丝。当我听见他说那几句话的语气，看见他握她手的姿势时，我就猜到了他平生那唯一的动机是什么了。

她挎着一只装着钥匙的篮子；她是一个同这房子一样庄重且心

细的管家。她面带微笑地听她父亲说起关于我的话题；当他说完之后，便建议我姨奶奶说，我们应当到楼上看看我的房间。于是她在前面领路，宽阔的栏杆一直通到我的房间门口，那是一间拥有很大橡木梁和菱形镶板；辉煌而古老的房间。

我突然想起一个教堂中绘有彩色的玻璃窗，我不记得是在什么时候，具体什么地方记过，也不记得它反映什么样的故事，但是当她站在那个古老而幽暗的楼梯上转过身来等我们时，我想起了那扇彩色玻璃窗，从此把那恬静的光线和爱妮丝-维克菲尔德先生联系在一起。

对于我受到如此安排，我姨奶奶与我都感到很高兴。我们既兴奋又满意地回到了休息室之后，由于她担心那匹小灰马在天黑之前不能赶回家，怎么也不肯留下来吃晚饭，当然维克菲尔德先生很了解她，清楚争辩只是徒劳，于是就为她准备了一些点心，随后，爱妮丝去找她的女教师去了，维克菲尔德先生也进了他的办公室。那样，我们便可以毫无拘束地在那里道别了。

她对我说，维克菲尔德先生会帮我安排好一切，我不会缺少任何东西，最后她又和蔼地叮嘱我，给了我一些最好的忠告。

"特洛，在今后的日子里，要对你自己负责，也要对我负责，更是要对狄克先生负责，愿上帝保佑你！"

听她这样说，我感动得不知道该说什么才好，除了感谢之词，再也找不到别的言语了，最后请她替我向狄克先生致以敬爱之意。

"永远不要卑劣地做任何事，也不要弄虚作假，更不要残忍地对待任何事物。杜绝这三种恶习，特洛，我永远都对你的前途抱有希望。”

我尽我最大的可能去答应她，不会滥用她的仁慈，也绝不会忘记她的忠告。

“马已经牵到门口了，”我姨奶奶说，“我得走了！别送了，安心地在这里住下吧。”

说完之后，她便匆匆忙忙地抱了我一下，随后向屋外走去，出门后立即关上了身后的门。对于如此分别的方式，刚开始我很吃惊，担心惹怒了她，但是当我向她望去，见她是那么无精打采地踏上马车，头也不抬便驾车离去了，那一刻，我开始读懂了她，不再误会她了。

五点钟时，也是维克菲尔德先生吃晚餐的时间，我打起了精神，准备去吃晚饭了。席位只有我们两个的；但是，在吃晚饭前，爱妮丝在休息室中等候她的父亲，然后一道下楼，面对面地坐在桌旁。我甚至怀疑，没有她的陪伴，他是否有食欲。

晚饭过后，我们没有继续坐在餐桌旁，而是都又回到了休息室。在那房间一个美好的角落里，爱妮丝为她的父亲拿来一只酒杯和一瓶红葡萄酒，那时，我想，如果是其他任何人为他摆上那瓶酒，他肯定会食之无味。

他坐在那里喝了两小时的酒，几乎喝光了瓶中的酒；在那段时间里，爱妮丝除了弹钢琴，做手工活外，还同我们聊天。在那大部分时间，他是快活的，愉悦的；但也有时会盯着陷入一种沉思，没有语言，也没有动作表情，但是她总是能一眼看透他，用问题把他从那思绪中脱离出来，之后他又喝了更多的酒。

爱妮丝泡好了茶之后，给我们都斟了一杯，茶后一直到她睡觉的那期间，我们度过时间的方式与刚才一样。她就寝前，她父亲搂过她，吻了一下，在她离开后，他吩咐在办公室点起蜡烛。我也睡了。

那晚，我来到楼下，信步来到街上，在那里散了会儿步，想再看一眼那古宅和教堂，想要回想起往日我是如何从那座古城走过的，以及如何从我现在所居住的房屋前毫无感觉地经过的。当我回来之后，发现尤来亚·希普正在关办公室门；我抱着对所有的友好之感，走过去与他闲谈，与他握手道别。但是，啊，他的手是那么的黏湿！碰到和看见一样可怕！离开后，我拼命地擦着手，想要把手搓热，也想搓走他的手。

那是令人感到多么不舒服的一只手啊，当我进入房间之后，它给我冷而湿的感觉始终没能从我的记忆中抹去。探着身子向窗外望去，看着横梁上的那些面孔，仿佛看见了尤来亚·希普的那张脸也出现在那上面，于是连忙关上了窗子，将他关在了屋外。

第十六章

第二天早餐过后，我便又开始了我的求学生涯。维克菲尔德先生带着我去了那所学校，一个庄严的建筑坐落于庭院中。那建筑被一种学术的氛围弥漫环绕着，那种氛围似乎和那些乌鸦——飞过教堂上空，带着传教士的神气在草地上散步——非常适合。见到我的新老师斯特朗博士之后，维克菲尔德先生把我介绍给了他。

初次见到斯特朗博士是在他的书房中，我觉得他像校园外那高耸的铁栏杆和大门旁的石瓮一样坚硬沉重；还有他那未刷干净的衣服，凌乱的头发，未扣好的纽扣，火炉边地毯上那双开了嘴的鞋；他那双毫无神气的眼睛让我想起了一匹已忘却多时的瞎眼老马（那匹老马在布兰德斯通的墓地中吃草时常被坟墓绊倒）。他用那双毫无神气的目光望着我说，他很高兴见到我；随后向我伸来他的手，但是我却不知如何应付，因为它什么都不做。

但是，一位正工作在斯特朗博士身旁的年轻漂亮的女人——他称呼她安妮，我猜想，应该是他的女儿——将我从那种不知所措中解救出来，她跪在那里快活而迅速地帮斯特朗博士穿好鞋，系上鞋带，之后我们便一同向教室走去。当维克菲尔德先生问候她时以“斯特朗夫人”称呼她，这让我很吃惊，正当我在想她的身份究竟是斯特朗博士的太太还是他的儿媳时，无意之间被斯特朗博士点明了。

“我说，维克菲尔德，”他站走廊上把手搭在我的肩膀上说，“至今你都还未能替我妻子的表兄找一份适当的差事呢。”

“还没，还没有。”维克菲尔德先生说。

“希望你能尽快处理此事，维克菲尔德，杰克·麦尔顿不但穷而且还懒，这两种坏癖结合在了一起，那就更麻烦了。看看华兹博士怎么说，”他看着我，提高了他所引用的那句话的音调说，“对于懒人，魔鬼会迫使他做任何坏事。”

“不错，博士，”维克菲尔德先生接过他的话说，“如果华兹博士很了解这个社会，那么他也可以这样说，‘对于忙人，魔鬼同样会迫使他们做任何坏事。’你要相信，在这个社会中，忙人做够了坏事。在近一两百年间，那些忙人不择手段地赚钱专权，难道做的不是坏事吗？”

“依我观察，杰克·麦尔顿从来不为任何事而忙碌。”斯特朗博士摸着下颌深思道。

“也许是吧，让我们回到正题吧，对于我刚才的打岔还请你见谅。我还没有想到任何办法去处理杰克·麦尔顿先生的事呢。我想，”他带着一些疑虑继续说，“我看穿了你的动机，恐怕事情会更困难了。”

“我的动机不过是为了安妮的童伴——她的表兄，找一份适当的工作。”斯特朗博士说。

“这个我当然知道，”维克菲尔德先生说，“但是在国内还是国外呢？”

“嗯——”博士很明显是在为他如此强调那几个字而奇怪，“在国内或者是国外。”

“你的意思，当然没有谁比你更清楚，”维克菲尔德先生说，“或者是国外。”

“是的！”博士说，“是的。这样或是那样。”

“这样或那样？你没有选择的余地吗？”

“没有！”博士说。

“当真没有？”维克菲尔德先生感到有点吃惊。

“本来就没有。”

“没有想过让他去国外而不愿让他留在国外的动机？”维克菲尔德先生说。

“没有。”

“我不能否认你，坚决相信你。如果刚开始我清楚这一点，那么我就轻松了。如果我想说，我持有另外一种不同的意见。”

斯特朗博士听到他这么说便甚为不解地看着他，但不久那目光便柔和了，露出了和蔼而宽厚的微笑。事实上他的态度中包含了一种天真，当你透过他脸上那好学沉思的神态，直视那种天真时，你会发现这对于青年学生来说是极具吸引力和希望的。斯特朗博士一再斩钉截铁地重复“没有”、“根本就没有”，以及其他类似意思的短句。博士迈着奇怪而不均匀的步子摇摇晃晃地走在我们前面，我们紧随其后；而维克菲尔德先生则是一面严肃地对自己摇头，完全没有注意我在看他。

教室在校园中最安静的地方，是个宽敞的厅堂，对面差不多可以看见六个大石瓮，另外还可以看见博士那古老而僻静的花园，园中南面墙边的桃子正面向阳光熟起来，窗外草地上摆了两盆大龙舌兰，那宽硬的叶子，让人感觉寂静、幽闲。教室中，大约有二十五名学生在聚精会神地晨读，见到博士，便都起立向他请早安，当目光转向维克菲尔德先生和我时，便站在那里不动了。

“各位，这是一位新同学，特洛伍德·科波菲尔。”博士说。

随后班长亚当走出座位欢迎我，戴着一条白领巾，像一名年轻的传教士，很和气，很有礼貌地告诉我座位，又向我介绍了各位老师，如果能有让我感到安心的东西，那么就是他的态度。

但是，自从我与萨伦学校的学生和那同龄的伙伴（除米克·华克尔和赛白米分·马铃薯外）分别如此之久，此刻是我有生以来第一次感到生疏。对于我的遭遇，他们全然不知，而我所拥有的经验、年龄、外表以及和他们相同的身份，又显得那么的不搭调，我实在过于敏感这些了，我想，如果我以一种刚刚入学的学生身份来到这里，实在是一种欺骗。在默德斯通·格林伯公司那么久之后，学生们的运动和游戏对我来说是那么的不习惯，在他们看来是最为普通的事，而我却毫无经验，异常迟钝。以前我学过的那些东西从那为了生计而整日卑贱的忧虑中消失了，因此当试验我所了解的知识时，结果我一窍不通，于是成为了学校最低的一级。我不会为缺乏游戏技巧和书本的知识而感到苦恼，更让我感到不安的是那些我所知道的使我与同伴们更加疏远。很多时候，我都在想，他们要是知道我熟悉监狱里的一切，他们会如何呢？我身上会不会存在一种东西把我同米考伯先生一家的那些行为——典当东西，吃晚餐——在我不知沉没镜抖搂出来？如果他们有人认出那个疲惫、衣衫褴褛地从坎特布雷大街走过的我时，我该如何是好？当他们知道我是如何收攒我的零钱来买我的那些午餐——腊肠、啤酒和那些布丁——时，对于阔绰的他们来说，他们会怎么议论我呢？又或者对伦敦生活和街市的近乎无知的他们发现我对于这两种东西的某些卑贱的部分却又何其渊博时，他们会受到怎样的感动呢？在与斯特朗博士相处的第一天里，我把这些问题想了那么多遍，以至于最后认为那些最细微的态度和姿势都会出卖自己;那些同学只要一接近我，我便退缩了，放学铃一响，我便逃走了，害怕我那些不可告人的秘密会在任何友好的待遇面前暴露无疑。

但是维克菲尔德先生古宅中存在那样一种力量，我的不安会在当我臂下夹着课本敲门时逐渐消退。进入我那古老而又空气流通的房间时，仿佛我的疑虑和恐惧中倒映着那古老楼梯的影子，这使得我过去那些往事蒙上了一层水汽，朦胧不清。坐在那里，聚精会神地一直看书到吃晚餐的时候，学校是三点钟放学，随后我便带着一份可以成为一个过得去的学生的希望走下楼。

维克菲尔德先生此刻正在办公室里与人谈事情，爱妮丝则是在休息室等候她父亲。见到我，便露出愉快的微笑，问我是否喜欢那所学校。我对她说，刚开始有点生疏不适应，但是我会很喜欢它的。

“你是不是从来没有上过学，”我问，“上过吗？”

“哦，当然，每天。”

“你知道的，爸爸不允许我去其他任何地方，他的管家应当在他自己家里。”

“我相信，他一定很爱你。”我问。

她点了点头。随后去了门口，听他有没有过来，好去迎他，却没有听到任何动静，便又回来了。

“我一出生，妈妈就死了，”她很平静地说，“我也只是在楼下的那幅画中见过她。昨天我见你在看，我想你一定在想她是谁吧？”

我对她说是，还说那幅画与她很像。

“爸爸也经常这么说，”她高兴地说，“听，爸爸来了！”

当她走身去迎接她时，当他们相互挽着进屋时，她那活泼的脸上流露出欣喜的光芒，他很亲切地与我打招呼，同时还告诉我说，斯特朗博士是个宽厚的人，在他的教导下，我一定会很快活。

“也许有些人——我希望没有——滥用他的仁慈，”维克菲尔德先生说，“但是，特洛伍德，希望你不要成为那样的人，在做任何事时。在与博士交往中，无论大事小事，他都很少去猜忌任何人，无论这是优点还是缺点都应当去重视。”

在他说这些话时，我隐约感到他似乎对什么事感到不满意，有些疲惫;但是在我还没来得及去追究这些问题的时候，就接到了吃晚餐的通知。于是我们走下去，来到先前的位置上。

我们刚坐下，尤来亚-希普便从门口探进了脑袋和那双瘦弱的手，说:

“麦尔顿先生请求说一句话。”

“我才打发走他啊。”他的主人说。

“是的，不过他又回来了，他要求说一句话。”

当尤来亚用手推开门的时候，他似乎在看我，看爱妮丝，看盘子以及盘中的食物，看房中的一切，又好像目空一切，只是用他那忠诚而顺从的眼睛注视着他的主人。

“抱歉。请你让一让，”一个声音从尤来亚背后传来，随后他的脑袋被推开，门口出现了那个说话的人，“冒昧打搅还请见谅——对于这个问题，我似乎没有抉择权，我应当越快出国越好。当与我的表妹谈论这个问题时，她说，她希望她的朋友都能在身边，不愿意看到他们被放逐，于是那位老博士——”

“斯特朗博士？”维克菲尔德先生严肃地问道。

“当然，但是我称呼他老博士——总而言之是一样的，你知道的。”

“我怎么会知道？”

“得，我也相信斯特朗博士也一定是相同的态度。但是他似乎因为你为我定的计划而改变了他最初的想法。那样的话，我也就无话可说了，我也只有离开，越早越好。因此，我想回来再说一句，我应当越早离开越好。如果到了不得不逃的时候，留在岸上拖延是没有任何用处的。”

“你放心，你的事我会尽快打理。”维克菲尔德先生说。

“谢谢，”他说，“十分感激。我不想在别人对我的好意中找碴，何况也是绝不应当的；否则，我想可以按她自己的意思来安排这件事。我相信，只需要她跟那位老博士开口。”

“你的意思是，只需斯特朗夫人跟她的丈夫开口，是这样吗？”维克菲尔德先生说。

“不错，只需要说一声，她就可以把事情弄成她想的那样，不存在任何问题。”

“为什么不存在任何问题呢，麦尔顿先生？”维克菲尔德先生镇定地吃着饭，问道。

“为什么？因为与那个老博士——我是指斯特朗博士——相比，安妮是一个可爱而年轻的姑娘。”麦尔顿微笑道，“我不想得罪任何人，但是，在那样一种婚姻中，有一种补偿也是公道合理的。”

“作为那位夫人的补偿吗？”维克菲尔德先生严肃地问。

“作为那位夫人的补偿，”杰克·麦尔顿先生笑着回道。但是当他发现维克菲尔德先生仍然是那么镇定地在吃饭时，他似乎感到从他那紧绷的脸上找不到一丝希望，于是继续说：

“但是，我要说的话已经说完，为刚才的打扰再次向你道歉，现在我可以离开了。考虑到这本与博士一家无关，仅仅是你我之间的问题时，我当然遵从你的安排。”

“吃过饭没有？”维克菲尔德先生问。

“谢谢。我正打算过去与我的表妹一道用餐呢。再会！”麦克顿先生说。

对于他的离开，维克菲尔德先生并未起身相送，只是坐在那里沉思地看着他。他给我的印象是，天生一副英俊的面孔，谈吐敏捷，但很浅薄、自负。当在那天早晨听到博士提起他的时候，我还没有想过能那么快就见到他。

晚饭过后，我们又来到那休息室，所发生的一切与前一天类似。在相同的位置，爱妮丝为她父亲拿来了酒杯和一瓶酒，接着维克菲尔德先生便坐在那里开始喝酒，又喝了很多。爱妮丝坐在他旁边弹琴，之后做着手工和我们聊着天，和我玩纸牌游戏。在适当的时间为我们泡了茶；随后，当她看见我拿下来一些书的时候，便告诉了我一些关于那些书的知识（她说这些都是些小事情，我却不那么认为），又教给我一些学习它们的良好方法。当我回忆起这些的时候，我想起她那温文尔雅、恬静安详的态度，耳边回响起她那平静而悦耳的声音。后来她对我产生的影响已开始深深印在我的心中。对于爱妮丝的爱与对小爱米丽的不同，但是我觉得，只要有爱妮丝的地方，便流满了仁慈、和平与真理；许久以前的那教堂中的彩色玻璃窗的恬静而柔美的光线打在了她的身上，当我靠近她时，也照到了我的身上，以及环绕在她周围的所有东西上。

当她离开我们去睡觉之后，我也准备去睡了，当我把手伸向维克菲尔德先生时，却被他拦住了，问道："特洛伍德，你是愿意留下与我们一同住在一起呢，还是另觅他处？"

"同住。"我迅速回答说。

"真的吗？"

"如果不打搅的话，如果我可以的话。"

"但是，孩子，我怕你会受不了我们这里的沉闷生活。"

"我并不比爱妮丝更觉得沉闷啊，先生，我不觉得很沉闷啊！"

"比爱妮丝，"他慢慢走到那个大壁炉前，随后靠在上面说，"比爱妮丝。"

那一晚他喝了太多的酒，以至于眼中布满了血丝（也许是在幻想）。这只是我在不久前看见的，当时他正低垂着头，并用手遮着眼。

“我想知道，”他自言自语道，“我的爱妮丝是否已对我开始厌倦。但是，我会在什么时候厌倦她呢！但这不是一码事——完全是不同的两回事。”

他沉默了，没有说话，我也没做声。

“这的确是一所沉闷的古宅，”他说道，“生活也极其乏味；但是我不能离开她。如果想到我们会因死亡而离开彼此，如果在此快乐的时刻这想法便像一个魔鬼那样冒出来，那我就只好让这想法丢弃到——”

他没有再多说什么，而是走到他刚刚坐的地方，习惯地做从空瓶子里倒酒的动作，然后放下瓶，又走回来。

“如果她认为在这儿是痛苦的，”他说道，“那她离开后呢？不！我绝不可能去做这种试验。”

他靠在壁炉那儿沉思了好久，我不知道我究竟是应悄悄地走开还是静静地等待他清醒过来。他终于清醒了，朝周围扫了一圈，接着我们的眼光在空中相遇，他停了下来。

“和我们一起住？特洛伍德，嗯？”他说道，“我喜欢你和我们一起。你可以和我们俩做伴。你能在这儿住下太好了。对我好，对爱妮丝好，也对……对我们大家来说都是好事，是吧？”

“是的，这对我来说是好事，先生，”我说道，“我很高兴你能喜欢我留在这儿。”

“好孩子！”维克菲尔德先生说道，“你要是喜欢，你就可以在这儿住下来。”他和我握了握手，又拍了拍我的背，并说等晚上爱妮丝走了后，如果我想有个伴而他又在那里的话，尽可以去他的房间和他待在一起。我真诚地向他道谢。过了一会儿，他下楼去了，但是我并不觉得困乏，于是我拿了本书下楼去消磨一些时间。

然而当我看到小圆阁那办事处的灯光时，我又不自觉地想着要去尤来亚·希普那里，我觉得他确实有点让人着迷。于是，我就向他那里走了过去。我看到尤来亚正在那儿专注地读一本厚厚的大书，他用瘦长的手指在每一页上都留下了痕迹（或者是我的想象吧）。

“现在天已经很晚了，你还在工作啊，尤来亚？”我说道。

“是的，科波菲尔少爷。”尤来亚回答道。

我坐到他对面的凳子上以便于和他谈话，然而我却发现他脸上并没有真正的微笑，他只是把嘴向两边咧开，在双颊下分别挤出一道生硬的皱纹。

“我现在并不是在为事务所做工作，科波菲尔少爷。”尤来亚说道。

“那么你现在在做什么工作呢？”我问道。

“我在学习法律知识呢，科波菲尔少爷，”尤来亚答道，“我快要读完《提德诉讼程序》了。提德先生真是一位伟大的作家啊！”

他说完后又用食指指着读起书来，我坐在凳子上观察起他来：他的鼻孔薄且尖，中间向下凹陷。它们那样奇特地一张一缩，好像在代替眼睛来眨动，令人看了感觉很不舒服。

“你现在已经成为一个了不起的法律学者了吧？”我向他问道。

“我？”尤来亚说道，“哦，不！我是一个很卑贱的人，科波菲尔少爷。”

然而，我看到他不时把两手掌心相向搓来搓去，我对他的手的感觉不是幻觉，因为他除了偷偷用小手帕不断擦外，还想要去把它们捏干。

“我知道我在这世上是最卑贱的人，”尤来亚·希普谦卑地说道，“不管别人怎样说。我母亲也和我一样是一个很卑贱的人。我们在一个卑贱的地方居住。我父亲先前做的也是很卑贱的职业，他在教堂看墓，是看墓人。”

“那么他现在在干什么呢？”我又问道。

“现在他已升往天国了，科波菲尔少爷，”尤来亚·希普答道，“不过，有许多方面应当让我们心怀感激，比如能和维克菲尔德在一起！”

“你和维克菲尔德先生相处有多久了呢？”我问道。

“我们相处有四年了，科波菲尔少爷，”尤来亚边说边在他读到的那页书上做了个记号，接着把书合上了，“那是从父亲去世一年后开始的。瞧，这是多么值得我感谢的啊！我在维克菲尔德先生门下免费做练习生，这多么值得感谢，否则，以母亲和我这样卑贱的身份又怎么可能办得到呢？”

“那么当你学习期满的时候，你就可以成为一名正式的律师了，是吗？”我说。

“愿上帝保佑，希望如此，科波菲尔少爷。”尤来亚答道。

“也许，可能有那么一天你还会和维克菲尔德先生一起合作呢，”我想让他高兴起来，于是如此说道，“那就会出现维克菲尔德—希普事务所，或者是希普—已故维克菲尔德事务所了。”

“哦，不，科波菲尔少爷，”尤来亚摇头道，“我是一个卑贱的人，怎么可能会出现那样的情况呢？”

他谦卑地坐在那里，斜着眼睛看着我，嘴向两边咧开，双颊上又压出了两道皱纹，就像是我窗外横梁上雕刻的那张脸似的。

“维克菲尔德先生是一个非常不一般的人物，科波菲尔少爷，”尤来亚说道，“如果你们认识的时间足够长了的话，我相信，你一定会知道他比我所说的还要好得多呢。”

“我也相信如此，”我回答道，“可是他虽然是我姨奶奶的朋友，我们认识却不久。”

“哦，真的，科波菲尔少爷，”尤来亚说道，“你的姨奶奶真是一位可爱的女士。”

这时，他用一种很难看的姿势扭来扭去，来表现他的热情，于是我的注意力从对他对我亲戚的称赞转移到对他的姿势上了——他的身体像蛇那样扭来扭去。

“真的是一位可爱的女士！”尤来亚·希普又说道，“我想，她对爱妮丝小姐也非常赞美吧，科波菲尔少爷？”

我大胆地说了声“是的”，请上天宽恕我的谎言吧，因为事实上我对此一点也不知晓，但是我不想因为那样而引起不愉快。

“我肯定你也是那样，科波菲尔少爷，”尤来亚说道，“你一定是那样的。”

“每个人都会那样的。”我答道。

“哦，真的吗，科波菲尔少爷？”尤来亚·希普说道，“谢谢你说这话！确实是这样的！就算是像我这么卑贱的人，也知道确实是这样的，这话非常正确！哦，谢谢你！”

他有些激动地从凳子上扭着起身。然后就开始作回家的准备了。

“我的母亲在家里等我呢，”他从衣服口袋里拿出一只表面模糊的灰色表看了看说道，“她会感到不安的，科波菲尔少爷，因为我们虽然很卑贱，但彼此关怀。如果有哪一天下午你能来看我们，无论哪一天，可以在我们那卑贱的地方喝杯茶，母亲也一定会像我一样感到荣耀呢。”

“我非常愿意去你家里。”我说。

“那么非常感谢你，科波菲尔少爷，”尤来亚一面把书放在一个书架上，一面说道，“我猜，你在这里还要再住一段时间吧？”

我说：“我相信，只要我在学校里读书，就会住在这里。”

“哦，是真的吗！”尤来亚叫道，“那么，你是否也要加入这一行呢，科波菲尔少爷？”

我本想说我现在没有那种想法，我也没有做出过那样的计划；可是尤来亚却翻来覆去地说：“哦，科波菲尔少爷，我想你会的，真的！你会的，肯定会的！”因为我要离开事务所去睡觉了，他就问我熄灯是否会影响我，他在我刚说出“没有”时就把灯熄了。我在黑暗中握了握我觉得他那就像一条鱼一样的手，然后他就从临街的门打开的一条缝中钻了出去，然后他把门关上，把我留在黑暗中。我摸索着在屋子里走，不小心还被他的凳子绊着摔了一跤。那天夜里我觉得有一半的时间都梦见了他，就是因为这个。在我的梦中，他打开皮果提先生的房子去抢劫，还在房子的桅梢上挂了一面黑旗，在旗上写着“提德诉讼程序”几个大字，然后就是在这面煞气十足的黑旗下面，他把我和小爱米丽带到了西班牙海要去把我俩淹死在那里。

当我第二天去上学的时候，我的不安稍微减轻一些，接着每过一天就又减轻一些，于是我一点点地摆脱了不安，心情慢慢平静下来。不满半个月，我与新伙伴们已经相处得很愉快了，在一起时也很自在快活了。不过，和他们一起做游戏时，我还是不够灵活；而且在学习成绩这方面，我和他们相比也是落后很多。然而，我觉得我在游戏方面可以适应从而取得进步，而努力也可以使我在学习成绩方面获得进步。于是，我在做游戏时和在学习方面都是十分的用功，受到大家的一致称赞。由于在很短的时间里我就感觉以前在默德斯通—格林伯公司的生活变得很遥远了，以至我不敢去想象我曾经有过那样的生活；我对现在的生活很熟悉，就如同我已经在这种环境中生活很久了。

斯特朗博士的学校很出类拔萃，与克里克尔先生的学校相比正如善与恶的差别。这所学校制度健全，治学严谨，教学有序，时刻想着怎样来让学生向好的方向进步，而且它显然对学生是抱着信任的态度，这种信任收到了很好的效果。这让我们都觉得我们在学校管理方面也有份，也应该去好好维护它的品格和尊严，使其不被损害。因此没过多久，我们就觉得自己是与学校紧密相连的了——我可以十分确定地说，因为我就是一个这样的学生；而据我在这学校的整个期间的情况来看，所有的学生都是像我这样的——我们怀着光明的理想学习，想为自己争光，不想给学校抹黑。我们很认真地学习，但我们也有很多时间来游戏，也有很多自由可以享受。我还记得，那时学生们在镇上口碑很好，因我们的仪表或举止而玷污了斯特朗博士和斯特朗博士之学生的名声的事情几乎从不会发生。

还有一些高年级的学生寄宿在斯特朗博士的家里，我从他们那里听说到博士经历的一些小的传闻——比如他和在他书房里出现且被我见到的那美丽少女结婚还不到一年，她却分文不名，但是有好多穷亲戚（我的同学这么说），这些穷亲戚竟然想把博士从学校和家里面挤出去。还有他总心事重重的原因是他总在思考希腊文的词根。当时愚昧无知的我见博士散步时总盯着地面，竟然认为他是一位生物爱好者，后来我才知道，原来他是在冥想他计划中的那本新词典中应该收取哪些词根。根据传言所知，被称为数学迷的亚当（我们的班长）曾经按照博士的计划，并根据博士的进展速度等计算出了博士完成这部词典所需要的时间。他认为，从博士六十二岁生日算起，这部词典可在那次生日过后的第一千六百四十九年截稿。

博士是受到全校人崇拜的，否则，肯定不会有如此好的校风；因为他作为最最善良的人，心里面总是怀着一些连墙上的石瓮也会感动的纯真的信念。每当学校旁边的院子里有他在走来走去时，就连那些徘徊在附近的小鸟也都狡黠地转头看他，好像就连它们也认为在世故方面它们竟然可以强过他。假如有一个无赖接近他那咯吱作响的鞋边，而且使他去留意到一个故事中的一句话，那结果就是这个无赖在接下来的两天里就可以享福了。由于此事在学校里实在太过于出名了，从而使那些教员和班长只能费尽心思地把无赖们都赶出去，不让他们去引起博士的留意。有的时候，当他晃晃悠悠地在徘徊时，这类事就在他身边几码远处发生，而他却一点也没有觉察到。当他走出自己的思想领域又没有别人的保护时，他就会任人宰割了。在我们中间流传有这样一个故事，其真实性我也无从考证，反正这么多年我都确信它是真的，于是我就一直当它是真的了。这故事发生在一个寒冷冬季的日子里，他把他的裹腿给了一个女乞丐，让那女乞丐把这裹腿用来包裹一个漂亮的小婴儿，并挨家挨户地给别人看，结果在附近一带引起了一些谣传。并且使得博士的裹腿在附近一带人人都熟悉，就像那个教堂一样。这个故事还提到，那个裹腿只有一个人不认识。过了一段时间后，当那个裹腿被放在一家名声不太好的小旧货铺前陈列时（在那儿这种东西可以用来换酒），很多人都看到博士拿起那东西又摸又看，直夸做得好呢；他好像比较欣赏那东西有些新奇的式样，并且认为他本人的也有所不如呢。

博士和他那年轻貌美的太太在一起的模样看起来真让人高兴。他对她的爱如父亲般的慈祥，这就足以证明他绝对是一个大好人了。我常常可以在结有桃子的花园里看到他们在那散步。有些时候，我到离他们更近一些的书房或客厅里看他们。虽说我认为她对他那部字典从来都未有什么兴趣，但我觉得她很关心博士，她很喜欢他。他们在散步的时候博士好像总是把书中的那些难解部分放在衣服口袋或者帽衬里，向她作解释。

我经常可以见到斯特朗夫人，原因之一是她在我第一次和博士见面时就喜欢我，于是从此她一直关心我并对我很好，至于其二便是她非常喜爱爱妮丝，常常会在我们住处的周围走动。我觉得，她和维克菲尔德先生之间的相处有一种奇特的感觉（他好像怕维克菲尔德先生）。她晚上到这里来时，每次都不让他送她回去，而是和我一起离开。有的时候，我们高兴地一起跑着穿过教堂的院子时，常常会出乎意料地和杰克·麦尔顿先生相遇，而他见到我们也总是会大吃一惊。

我非常喜欢斯特朗夫人的妈妈，她的名字叫做马克兰太太，但像我们学生都是称她做老兵，原因是她看起来挺威风，而且她还会很内行地带领众多亲戚来讨伐博士。她的个头不大，目光却很锐利，总喜欢戴着一顶几乎从不变样的帽子，有一些假花和两只被想象成在花上飞舞的假蝴蝶在上面做装饰的帽子。我们都盲目地坚信这帽子产自于法国，因为这样的东西只有在那个能干的国家的工厂里才能造出；不过，有一点我倒是可以确定：马克兰太太出现在哪儿，这顶帽子也就会在哪里。她去赴友人的聚会时，就会把那顶帽子放进一只印度篮子里带着去；那两只假蝴蝶好像拥有一种不住颤动的本领，绝不会错过任何来占博士便宜的机会。

有一天晚上，我得到了一个很好的机会观察那位老兵——我这么称呼她并没有任何不敬的想法。还有一件事使那天让我难以忘记，此事等下我会加以叙述。那天晚上，为欢送杰克·麦尔顿先生去印度，在博士家举行了一场小小的宴会。麦尔顿先生是以类似见习军官身份去那里的，维克菲尔德先生终于办妥了这件事。刚好那天恰巧也是博士的生日。我们那天放假，早上送礼物给他，并由班长代表大家说了话，然后我们为他欢呼，喊到我们的嗓子都哑了，他也流出了眼泪。晚上，我和维克菲尔德先生，还有爱妮丝，去赴以他个人名义举办的宴会。

杰克·麦尔顿先生比我们早一些到达那里。当我进屋时，斯特朗夫人正在弹琴，她身穿白衣，戴着大红的缎带蝴蝶结，麦尔顿先生则在俯身翻看乐谱。她身体转过来时，我觉得她那白里透红的脸色不像往常那么艳丽，但她看上去确实很美。

斯特朗夫人的妈妈说道：“博士，我差点忘了向你致生日贺词——我的贺词绝不仅仅是生日贺词。我祝愿你长命百岁。”

“夫人，谢谢你。”博士回答道。

“你要活得长长久久的，”老兵说道，“不光是为了你，也为安妮，为杰克·麦尔顿，为许多人。杰克，我觉得你好像还是个小家伙，和大卫少爷相比还要矮上一个头，在后花园的醋栗树丛后和安妮玩过家家的恋爱游戏，这一切简直就像是发生在昨天似的。”

斯特朗夫人说道：“我亲爱的妈妈，现在别提那些了。”

“安妮，傻孩子啊，”她的母亲说道，“你现在早就已经结过婚，是一个的老女人了，这样的话还使你这样害羞，那还要到什么时候你才会听了不害羞呢？”

“老？”杰克·麦尔顿先生惊讶地大叫了出来，“安妮？是吗？”

“是的，杰克，”老兵答道，“确实是一个早就结了婚的老女人。虽然年纪并不算老；我什么时候说过一个二十岁的姑娘就算老了呢？因为你表妹做了博士太太，所以我才会那么说她。杰克，你表妹做了博士太太，那对你可是大有好处的呀。你应该清楚，他是一个心地又好又有影响力的朋友，如果你够格的话，我敢说，他肯定会做得更好呢！我从来都愿意老老实实地承认，说我们家有些人需要有一些朋友帮忙。在你表妹为你弄到个有影响力的朋友之前，你就是那些人中的一个。”

这时，只见博士摇摇手，好像要阻止这件事再说下去，好不再揭穿杰克·麦尔顿先生的老底。可是，马克兰太太在博士旁边的一张椅子上坐下，然后把扇子放在他衣袖上，又接着说道：

“不，我亲爱的博士，如果你认为这事我说得太多，请你一定要原谅我，因为我实在是太激动了。这是我最喜欢说到的话题，这是我的偏执狂症。你是上天恩赐给我们的福星，你应该明白的。”

“区区小事，何足挂齿？”博士说道。

“不，我请求你的原谅，”老兵接着说道，“这里除了我们忠实的朋友维克菲尔德先生，再没有别人，我不允许别的人来阻拦我。身为岳母，我要运用我的特权，如果你再这样的话，我可就要骂你了。我是很诚恳的。我现在要再说一遍当初你向安妮求婚而使我吓了一跳时说的话——你是否还记得我那时受到惊吓时的样子呢？其实那求婚行为本身是很正常的——如果说它本身有异常的话那就实在是太可笑了！可是，因为你认识他的父亲，所以在她才六个月大时你就认识她了，因此我从没有往那方面想过，我怎么也不会想到求婚的人会是你——原因就是如此，你应该是知道的。”

“是的，这件事情我可以理解，你别把它放在心上。”博士和颜悦色地说。

“可我又怎能忘记这件事情呢，”老兵把扇子放到博士的嘴上说道，“我将永远地把这件事放在心上。我要来回忆这些来作为警示，如果我错了就请纠正我。当时我就和安妮谈这件事，告诉她发生了什么。我对她说，‘亲爱的，斯特朗博士已正式向你求婚了。’我没有带一点强迫的意思。我说，‘安妮，你要对我说实话，你现在有没有爱上什么人呢？’‘妈妈’，她哭着答道，‘我还很年轻呢。’‘那么，我亲爱的，’我说，‘我们应该给斯特朗博士一个答复，不能看着他像现在这么心绪不宁啊。’‘妈妈，’安妮还是哭着说，‘如果没有我，他就会不快乐，那么我想我就答应他吧，因为我是那么敬佩他。’于是这件事就这样子定了下来。直到这时，我才对安妮说：‘安妮，斯特朗博士不但要成为你的夫君，还要代表你的死去的父亲，他将会成为我们的一家之主，我可以说他将代表我们家的一切财产，他是我们家得到的恩赐。’那时我用了这个词，今天我还是用这个词。如果这也算是我有的一点长处的话，那就是始终如一地坚持。”

当这段对话进行的时候，那个女儿盯着地面一动不动坐在那里，而那位表兄站在她身边也同样盯着地面。那个女儿颤颤巍巍地问道：

“妈妈，你应该讲完了吧，我希望是这样？”

“没，还没有，亲爱的安妮，”老兵答道，“既然你问，我亲爱的，那我就回答你，但是我还没。我要说，你对你的家实在有点残忍；对你说这话是完全没有用处的，我是要对你的丈夫说，嗯，亲爱的博士，瞧瞧你那可爱的太太吧。”

博士露出了天真仁慈的微笑，那般和蔼地面对她，而此刻她的头垂得是那么的低。这时我发觉维克菲尔德先生正目不转睛地看着她。

“有一天，我对那个淘气鬼说，”她母亲开着玩笑说，“她可以向你提出任何请求，但是她说你对她实在是太好了，只要是她提出的请求你都能够满足她。”

“安妮，”博士说，“这就不对了。这等于夺去了我的一种快乐啊。”

“我对她也是这么说的！”她母亲认真地说，“真的，我知道她本可以对你说，却为了这个而不肯对你说时，我一定会亲口对你说的。”

“如果你愿意，我就很满意了。”博士说。

“能那样做吗？”

“那是当然。”

“那我一定会那样做的！”老兵说，“那就一言为定了。”目的已达到，她用扇子把博士的手拍了几下，然后得意扬扬地回到她先前的座位上。

又进来一些客人，其中有亚当和两位教员，话题变得热闹起来，自然也就转到了杰克·麦尔顿先生，他的旅行，要去的国家，各种计划和希望。那天晚上，晚饭过后，他要去格雷夫森德，要乘的船就泊在那里。我记得，大家当时一致认为印度是个被人误解的国家，除了它有一两只老虎和天气有点热之外，并没什么令人不满意的。至于我，则将杰克·麦尔顿先生看做是活着的辛德巴德（《天方夜谭》里那位了不起的探险家），把他想象成了所有东方君主、国王的朋友。

我知道，斯特朗夫人唱歌非常出色，常可以听到她独自在唱。但是那天晚上不知是嗓子不对劲还是怕在别人面前出丑，反正她没唱。

那夜，我们玩得很开心。尽管有那对蝴蝶的密切监督，博士仍犯了不少错误，使得那对蝴蝶非常气愤。斯特朗夫人没有玩，说是感觉不舒服，她表兄也以要收拾行李为借口早早走了。可收拾完行李又回来了，他们就坐在沙发上一起聊天。她不时还过来看看博士手里的牌，帮他出。

“安妮，”博士一面看表，一面把杯子添满，“该是你表兄杰克动身的时刻了，我们不能再挽留他了。杰克·麦尔顿先生，你前面还有漫长的航程，还有一个陌生的国家等着你。”

“能够亲眼看到还是他孩子时就认识他的好小伙子，”马克兰太太说，“要去世界的另一头，把他的朋友们都甩在身后，也不知前面还有什么等着他，这实在太难过了。一个能作出这样牺牲的小伙子，”她看着博士说，“真值得对他不断支持和爱护啊。”

博士接着说：“我们中有些人，按天理说，不能在你回来时欢迎你了。真希望你能再次平安回来，那当然是再好不过了。”

马克兰太太一面扇扇子，一面摇头。

“再见了，杰克先生，”博士站起来说，我们也都站了起来，“在旅途上一帆风顺，在事业上一番繁荣，在将来能衣锦还乡！”

我们都干了酒，都和杰克·麦尔顿先生握手道别；那之后，他便匆匆和在场的人告别，随即又匆匆走到门口。上了马车后，我们这些学生又向他发出一阵阵欢呼声。为了要赶过去加入这个队伍，我曾离开动的马车很近。在一片喧闹和一阵灰尘中，当车咕隆隆开过时，我看到杰克·麦尔顿先生表情激动，手拿一个红色的东西，这给我留下了一个很深的印象。

同学们接连为博士和博士夫人发出了阵阵欢呼，然后就都离开了。随后，我走到屋里，看到客人们都围站在博士的四周，正在议论杰克·麦尔顿先生发生的种种。正当议论在热烈进行过程中，突然，马克兰太太叫道：

“安妮呢，有人看到她去哪儿了吗？”

这时大家才发现安妮不在那里，于是他们就叫她的名字，可是没听到她的回答。接着人们就全部到屋外去找她，竟然发现安妮躺在走廊的地板上。看到这种情形大家恐慌了起来，当大家发现她处于昏厥状态时，便用常见的方法来急救使她逐渐清醒了过来。博士把她的头托起来放在自己的膝盖上，轻轻地用手梳理她有些散乱的头发，向周围看了看，然后说道：

“我可怜的小宝贝！她是那样的心软啊！她那昔日的伙伴和朋友，她喜欢的表兄离开竟然使她伤心成了这样。啊！我可怜的小宝贝啊！

她睁开眼后，环顾了一下四周，看到我们站在她周围，接着她就扶着人站了起来，转过脸倚在博士肩上（至于原因为何，我也不能肯定，可能是想把脸藏起来吧）。我们把她扶进起居室，让她的母亲单独留下来陪伴她；可她说她感觉很好，不用休息，她坚持和我们待在一起。于是，我们又把她扶出来，并让她在一张沙发上坐了下来。不过她的脸色很苍白，看起来是那样的柔弱。

“安妮，我的小宝贝，”她母亲边为她整理衣服边说道，“看看这里！这里的缎带你好像弄丢了一条。请问你们有谁愿去找一条缎带，那是一条带打了结子的红色缎带？”

她说的是安妮戴在胸前的那条缎带。于是，我们又都到处去找它，我们很认真地找遍了可能的地方，可是没一个人找到它。

“你记不记得你丢在了哪里，安妮？”她母亲问道。

她回答说刚才还在的，她也不知道何时不见的，不过她认为没有必要大家都忙着去找。话虽如此但是我很奇怪地看到，在说这些话的时候她的脸色是那么的苍白，几乎没有一点血色。

大家又找了一遍，仍然一无所获。虽然她一再恳求大家不要再找了，可是大家还是找了一遍又一遍，直到她完全清醒过来，大家还是没有找到，于是客人们就都结束寻找，然后告辞回去了。

在回家的路上，我们走得很慢，爱妮丝和我赞赏月光，而维克菲尔德先生却不知是什么原因，他几乎一路上都在盯着地面。当我们终于抵达自己的房屋前面的时候，爱妮丝却发现她的小手袋被遗落在博士家里面了。因为我总是想为她做一点事，于是我就连忙跑回去帮她找回来。

我走进放着小手袋的那间餐厅，发现里面没有点灯。看到博士的书房里亮着灯，于是我便走过去，想去取支蜡烛并顺便说明我的来意。

博士坐在火炉边的安乐椅上高声读着他那部不知何时才能完成的字典文稿中阐述某一学说的一部分，而他那年轻漂亮的太太就坐在他脚前的凳子上，抬头看着博士那温和地微笑着的脸庞。不过，相对于博士那温和的微笑，他太太的脸更是让我有说不出的惊叹，那是我从没看到过的脸，如此美丽的样子，如此灰白的颜色，如此专一的神情，好像还带着那么一种对我所不知道的什么东西的如梦如幻的强烈的恐惧。我对她那时的情形依然记得清清楚楚：睁得大大的眼睛，褐色分成两大束披在肩上的头发，还有那因为失去了缎带而有些散乱的白衣裙。但我却始终不明白它所表现出的意义确切是什么。这样的情形即使发生在现在老练于判断的我之前，我仍然还是不能说明它所表现出的意义。我在那上面都看到了什么？忏悔、悔恨、羞惭、骄傲、热爱、忠诚和对于我所不知道的某种东西的深深恐惧。

这时我走了进去，并向他们说明了我的来意，我走路的响动和说话声才把他们从他们的思想中惊醒过来。当我找到爱妮丝的小手袋把蜡烛送回书房的桌上的时候，我看到博士正像慈父那样拍着她的头，自责自己让他太太陪他读书到那么久，并让她早些去睡觉。

可是她并不愿如此，她要留在他身边好可以随时都感觉到他对她的信任（其意大致如此，我并未听得清楚）。她的眼睛除了在我离开那儿走到门口时看了我一眼外，一直都在博士身上。当我离开的时候我看到她把双手交叉放在他膝盖上，又一次重复我来时的情形，他又开始慢慢读起他的手稿来，而她的表情也渐渐平静了下来。

这一幕在我的脑海中留下了深刻的印象，我将永远记得，直到我记忆消失的那一天，机会适当的时候我还会再次提起的。

第十七章

自从我逃出默德斯通—格林伯公司以后，我都没有想过皮果提，但是，当我在多佛被收留时，我马上给她写了一封信；当我被我姨奶奶正式收养时，我又写了封信，把我的遭遇详细地告诉了她。之后，我又写信告诉她在斯特朗博士的学校时的快乐与我设想的前途，同时附上了上次借她的那半个金畿尼，由邮局代我寄送，另外在这封信中，我向她提起了那个赶驴车的青年人。当然那半个金畿尼也是狄克先生给我的，对于我像这样花狄克先生的钱，我感到从未有过的快乐。

给我自信，她像一个商人的秘书一样迅速地作答着。对于我的旅途的遭遇，她用她那绝佳的表达能力（当然这些能力并非体现在笔墨方面）表达了自己的全部感情，就连四张感叹句开头的信也不足以表达她的那些感情。当然这其中有不少模糊的地方，但在我看来，那些地方比最好的文字更能让我感动，因为从那些地方，我可以看出，皮果提曾不住地哭，对于此，我还能乞求什么呢？

从她的信中，我领会到，对于我姨奶奶，她还不能完全接纳，对她持了那么久的偏见，想要在一段时间内化解，似乎也不大可能。她说，我们从未真正看清过一个人，但是贝西小姐竟与我们所想的大相径庭，这的确是件怪事（这是皮果提的言语，我猜她想说的是怪事）！从她请我代向贝西小姐转达的怯生生的慰问中我看出，显然她还是怕贝西小姐的，同时也担心我，担心我在不久后会再度逃走，因为在信中，她不止一次地向我表示说她已为我准备好了去雅茅斯的路费。

另外，她的来信中还提到了这样一件令我异常难受的事：在我的老家中，家具被卖出，默德斯通姐弟俩已搬走了，上了锁，出租或出卖了。当他们居住在那里时，丝毫没有我的份，但是一想到从此以后与那个亲爱的老地方断绝关系，花园中杂草丛生，小径被厚而湿的落叶所覆盖时，我便陷入无限的痛苦。寒风围着它低嚎，冻雨拍打着玻璃窗，空荡荡的房间中映出一些魅影，它们是怎么终日度过那百无聊赖的寂寞啊！想到那树下的坟墓时，仿佛那所房子也死了，一切与我父母有关的东西都消失了。

除了这些，皮果提还提到，巴吉斯除了有点小气之外，就其他方面看，他无愧一个出色的丈夫；除了巴吉斯的小气，我们大家都犯过错，她也有许多（说实话，从她的信中我并未明白那是些什么）；巴吉斯附笔向我问好，另外那间小卧室她依旧为我准备着；皮果提先生和汉姆都很好，高米芝太太依旧不太好，小爱米丽说如果皮果提愿意可以代她向我问好，自己却不肯附笔问候。

除了小爱米丽以外，我把皮果提告诉我的消息一字不差地对我姨奶奶说了，因为我本能地觉得我姨奶奶很讨厌小爱米丽。在我入学后不久，我姨奶奶曾在我意料不到的时间来坎特布雷看过我几次，我想她是在考察我。后来她发现我在校的品行、成绩等各个方面都提升很快时，也终止了访问。过了三四个礼拜，一个星期六去多佛度假时见过她一次。每隔一个星期，狄克先生会在星期三正午坐马车看我一次，住一宿，第二天早晨离开。

每次来，狄克先生总是带着一个装有文具和那个呈文的皮写字树叶，至于那个呈文，他的念头是：现在时机已经紧张，那个呈文也应该出手了。

姜饼是狄克先生的最爱。为了让他的到访更为舒心，我姨奶奶让我在点心店专门为他立一个赊东西的折子，限定点心店在一天之内供给他的点心不得超出一先令。对于这些账目，还有他在旅社中的那些账单，在付账之前，都得先让我的姨奶奶过目，对于这一点，我怀疑，我姨奶奶只是允许他的钱在口袋中哗啦响，却不许他使用。进一步的观察佐证了我的怀疑，或者说在花销上他与我姨奶奶之间存在一种不成文的规定，那就是他的所用开销均需向我姨奶奶汇报。他没有任何想要欺骗她的念头，而且总是想方设法让她高兴，用钱这一方面自然很节省。对于这一点，和其他一样，他相信我姨奶奶是最聪明最出色的女人；他不止一次地用一种极低的声音极为秘密地告诉我。

“特洛伍德，”一个星期三，狄克先生告诉我这段秘密之后，带着一种神秘的态度问道，“有个男人藏在我们住宅附近，有时跑出来恐吓她，他是谁啊？”

“恐吓我姨奶奶吗？”

他点了点头。“我相信在这个世界上还没有什么东西可以恐吓到她，因为——”接着，他压低了音量说，“因为她是最聪明最出色的女人。”说完便缩了回去，打量着我对他的这些评论所作出的反应。

“第一次，那男人出现是在——让我想想——查理一世被杀的那年，你说过是在一六四九年对吧？”

“嗯，是的。”

“我实在想不通这到底怎么可能。”他很为难地摇了摇头，“我实在不相信我已经活了这么久。”

“你确定那个男人出现的时间是在那一年吗？”

“这是真的，但是我实在想不通怎么会在那一年。特洛伍德，那一年你是从历史书中得知的吗？”

“是的。”

“我想历史永远都不会欺骗任何人，对吧？”他似乎看到了希望。

“哦，绝对不会！”我很坚定地说，对于当时那天真而年幼的我，自然相信这种说法。

“但是我想不通，肯定是某个环节出了问题。但是，在查理一世的那些难题误装进我的大脑之后，没过多久，那个男人就出现了。那天，天刚黑，下午茶后，我和特洛伍德小姐刚出门，他就已经来到我们住宅的附近了。”

“四处徘徊吗？”我问。

“四处徘徊？”他重复道，“让我想一下，我得想想。不——

没有，他并不是在四处徘徊。”

“那他在干什么？”我直截了当地问。

“我们并没有发现他，直到他来到她背后对她低声说话之后，她转过了身，晕了，当时，我只是一动不动地站在那里看他，随后，他便离开了，应该说把他自己藏了起来（地下或是其他什么地方），这事可相当奇怪啊！”

“自那以后，他就藏起来了吗？”我问。

“绝对没有错，”狄克先生狠狠地点了一下头说，“昨天晚上之前，他绝对不曾出现过！昨晚我们在散步时，他又出现在她背后，我认得他。”

“他又恐吓我姨奶奶了吗？”

“战栗了一下，”狄克先生模仿了我姨奶奶当时的模样震响着牙齿说，“倒退了一步，伏在栏杆上，哭了。但是，特洛伍德，”他把我拉到他身边，然后轻声对我说，“但是，她为什么会在月下给他钱呢？”

“也许他是一个流浪者，在向她乞讨吧。”

他摇了摇头表示对这种说法的不赞同，然后多次回答说：“不是流浪者，不是流浪者，不是流浪者！”接着又带着坚定的口气说，在夜深时分，当他透过窗子时，却发现我姨奶奶在围栏外月光下把钱给了那个男人，之后他便悄悄消失了——他认为可能又钻到地下了——不见了，而我姨奶奶则是慌慌忙忙、鬼鬼祟祟地回了家，一直到第二天早上，我姨奶奶还没有恢复往日的气色，这让狄克先生很为她担心。

对于这个故事的开端，我想，那个陌生人只不过是狄克先生幻想出来的关于时运不济的查理一世的臣民而已，但是细想之下，我便开始担心那是否是一种企图，或者是带有某种企图的恐吓，他第二天的出现可能是想把那可怜的狄克先生从我姨奶奶的保护之中带走，而我的姨奶奶是否是因为他的劝诱而迫使她为了他的安全与宁静而付下那笔钱。由于我跟狄克先生的关系甚密，对他的安全尤为关心，这使得我更加肯定了这一忧虑。后来在相当长的一段时间里，每当他来看望我的那个星期三来临时，我都担心他不会从车里走出来。但是，那个满头白发的他总会微笑着走出车厢，至于那个陌生的男人，他也没有告诉我更多。

那些个星期三对于狄克先生来说，可谓是平生最快活的日子了，当然那些日子也给我带来了不少的快乐。没过多久，学校中的每个学生都认识他了。他除了和我一起放风筝外，从未积极地和我们一起游戏过，但是对于我们的运动他却有着强烈的兴趣。有那么多次我曾见他脸上带着一种无以言表的趣味专注于我们玩的石弹或陀螺的比赛，甚至到紧要时刻，他激动得不能呼吸呢！有那么多次，当我们在群狗逐兔的游戏时，他在那白头上方拼命地摇摆着他的帽子，为所有人呐喊助威，那时他忘却了查理一世脑袋的问题，以及与之相关的一切了！有那么多个夏天的日子，他幸福地站在板球场外呐喊！有那么多个冬季的日子，见他青着鼻子在风雪中高兴地拍着那绒绒的手套，看我们滑过那么长的滑雪道。

他是受大家欢迎的，他做那些小物件的技巧是无人能及的。他可以把橘子刻成一个我们任何人也想象不到的玩意儿，串针和其他东西可以在他手里变成一只船，羊膝骨做的棋子，旧扑克做的罗马战车模型，线轴做的轮子，铁丝做的鸟笼，一切都是那么惟妙惟肖。但是他的杰作要数他用草和线做成的饰物了。见到他所做的东西之后，我们都认为，凡是任何手工制品，他都可以做。

狄克先生的威望并非只是局限于我们中间。几个星期之后，斯特朗博士亲自询问了我有关他的事，于是我把曾经姨奶奶对我说过的话统统告诉了他，听完之后，博士有了很大的兴趣，以至于最后，他对我说，让我把他介绍给狄克先生，当他下次来访时，我主持了这个仪式，博士承诺说，如果在车票房没找到我，他可以去他那里休息，一直到早课结束。当然，没过多久，狄克先生便养成了去他那里的习惯，如果我们拖堂了（在星期三这是常发生的），他便会在院里散着步等候我，也是在这里，他认识了博士的那位年轻漂亮的太太（她只是很苍白，我们大家都很少能见到她，她总是那么闷闷不乐，但是美丽漂亮却丝毫未减），对于这里，狄克先生越来越熟悉了，最后走进教室静静等候了。他总是坐在固定的角落固定的位子上，最后，那个位子被大家叫做“狄克”。他总是垂着他那个白脑袋坐在那里，怀着深厚的敬意听着那些他不曾了解的学问。

慢慢地，狄克先生将那份敬意扩大到了博士身上，认为他是以往任何时代都不曾有过的最精深也最有成就的哲学家。很长一段时间，狄克先生在同他说话时仍要脱帽表示敬意；在他们成为密友之后，当他们在院子里散步于那块被我们唤作“博士散步场”的地方时，为了表示他对于智慧与知识的那份敬意，他也会时时向他脱帽致意。在他们散步时，我不知道博士是如何面对着那本著名的字典诵读里面的片段的，也许，刚开始他觉得这与以往对着自己诵读是一样的，但是后来，这也成为了一种习惯。听着他的朗读，狄克先生露出一种得意而欢喜的笑容，打心底里相信，那本字典是世界上最有趣的书了。

每当我想起教室外窗子前他们那来来去去的身影时——博士带着温和的表情读着，有时会拓展一下原稿，或者郑重地摇摇头，而狄克先生则是在一旁全神贯注地听，难以想象，对于那些晦涩难懂的文字，他那可怜的想象会飘到什么地方——我觉得这是平静中最愉悦的事了。我觉得他们会永远这么来来去去地走下去，最后世界不知怎样就从他们的散步中得到益处——仿佛这个世界上那么多的事对于这个世界上或对于我都不及从中得到的好处。

很快，狄克先生与爱妮丝也成了好友，由于他经常来我的住处，也结识了尤来亚。他同我的友谊在这样一种奇特的基础上不断加深，那基础便是：狄克先生虽然是我的监护人，但就一些小问题却总是拿来与我商量也总是履行我的意见；对于我的聪明，他怀有很大的敬意，同时也坚定地认为，这份睿智绝大部分是受我姨奶奶的遗传。

一个星期四的清晨，在我回校上课之前（早餐前，我们有一小时的功课时间），陪狄克先生去车票房的路上遇见了尤来亚，此时他提醒我先前曾承诺过和他母亲一起喝茶的约定，但是最后加了一句："但是科波菲尔少爷，我们没有对此抱太大的希望，相对于您，我们是那么的低贱。"

当时，对于尤来亚，我实在说不出是喜欢还是憎恶；当我和他相对而视时，我站在那里犹豫不定。不过这被别人看做一种骄傲对我来说是很大的侮辱，于是说，我只是一直在等待他的邀请。

“如果是这样的话，那么科波菲尔少爷，请不要怨我们的低贱阻拦，请你今晚就过来可以吗？对于我们的低贱，你大可不必去隐讳，因为我们的处境我们自己很清楚。”

我对他说，我要征求一下维克菲尔德先生的意见，如果他同意（我相信他是一定会的），那么我会很高兴去的。于是，在那天晚上六点，我便对尤来亚说，我已经准备好动身了。

“我母亲肯定会为此而感到骄傲的。”当我们出发时，他对我说，“或许应该这么说，如果骄傲不是一种罪过的话，那她肯定会为此而感到骄傲的，少爷。”

“但是就在今天早上，你还以为我很骄傲呢。”我说。

“没有，我没有那么认为，请你相信我，我从来没有过那样的念头啊！我也从没有把你认为我们过于低贱而配不上你看做是一种骄傲啊。但是我们又确实太低贱了啊。”

“最近你还在研究吧？”我换了话题。

“哦，少爷，”他带着种自卑的神态说，“对于我的诵读，那很难被你认为是研究啊，我不过是在晚上看一两小时提德先生的作品而已！”

“我想，他的作品一定很难懂吧。”我说。

“嗯，有时感觉他确实很难，但是我不知道在一个有才能的人面前，他又会怎样。”

在前进过程中，他举起那瘦弱的右手，随后用两根手指在他的下颌上敲出了一个小调，继续说：

“对于提德先生书中的这样一些用语，你也知道，少爷——拉丁文字——像我这样一个学识浅薄的读者是很难懂的。”

“你想学拉丁文吗？”我对他说，“现在我也在学，如果你想，我很高兴教你。”

“非常感谢你，少爷，”他摇了摇头说，“对于你的提议，我相信这是出于你的好意，但是，但是我太低贱了，也不配去接受。”

“简直胡说，尤来亚！”

“请你原谅，少爷！我很感激，说心里话，我很愿意那样，但是我太低贱了。有那么一些人，在我还没来得及有知识去冒犯他们之前，便开始来践踏那地位低贱的我了。知识永远与我无缘。像我这样一个人，野心是要不得的，如果要存活于世，也只能低贱地存活，科波菲尔少爷。”

我从他发表这些感想时的扭动、摇头的动作中发现，也是第一次发现——他的嘴竟能张得那么宽，两颊的皱纹竟有那么深。

“尤来亚，我想你错了，如果你愿意学，我想我还有几种东西是可以教给你的。”

“哦，我并没有怀疑你的能力，但是少爷，一点也不用。因为你不低贱，或者说对于那些低贱的人，你不大能为他们着想。对于那些高贵的人，我不想用知识去惹恼他们，感谢你。我的确太低贱了。我们到了，科波菲尔少爷，这就是我低贱的住处。”

我们从街上一直走到一间低矮的旧式房屋，见到了希普太太，除了矮了点儿，她简直就是尤来亚的一个精确的影子。她接待我的态度很谦卑，甚至因为吻她儿子这一举动也要向我道歉，她说，虽然他们低贱，但也有七情六欲，还希望他们不会因此而冒犯任何人。那个房间有一半是客厅，另一半是厨房，除了让人感到有点不舒畅之外，其他还过得去。有一个角橱，桌子上摆着茶具，和其他一些很普通的器具，水壶正在火炉架上烧。有一个柜子——带有抽屉和写字桌面——供尤来亚在晚间读书写字，上面摆着一个向外半露出文件的蓝皮包，柜子上还躺着堆书，最上面那本是提德先生的作品。整体看去，那些东西给人一种赤裸、磨损而又瘦弱的感觉，但是就其中任何一件物品看，却又看不出一点丁点儿的这种意味。

我不清楚，希普先生过世有多长时间了，但是希普太太却依旧穿着那寡妇的丧服，也许这是好谦卑的表现。除了她的帽子有点变通之外，其他的部分都像是在服新丧一般。

“我说，尤来亚，今天是一个值得纪念的日子，”正在泡茶的希普太太说，“因为科波菲尔少爷来拜访我们了。”

“我知道你一定会这么想的，母亲。”

“如果你父亲现在还在世的话，”希普太太说，“那么今天下午会感到无比荣幸的。”

她的这些恭维让我感到不安，但是我很感激被他们当做贵宾接待，感觉希普太太是个值得去亲近的女人。

“少爷，我的尤来亚等今天已经很久了，但是他担心因为我们的低贱会碍了此事，我也有这样的疑虑，况且我们过去低贱，现在还是低贱，将来我们也将永远低贱。”

“我想以后不会那样的，除非你们不想去改变。”我说。

“谢谢你，少爷，”希普太太说，“我们很清楚我们的处境，对于现在的处境，我们满怀感激。”

我感到希普太太和尤来亚逐渐向我靠近，很谦卑地劝我用桌上的食物，虽然没有我特别嗜好的食物，但是我感觉那些轻微的物品中包含着他们那浓浓的情意，也让我感觉到他们的殷勤。不久，他们便谈起了姨奶奶，于是我告诉了他们姨奶奶的事；随后当我们谈论起父亲母亲时，我也告诉了他们我父母的事；当他们继而谈论继父这样一个话题时，我也开始准备告诉他们——却又停了下来，因为我姨奶奶曾叮嘱过，不让我谈论那个问题。但是，当时我是在孤军奋战啊，如同一个软木塞如何能对付一对拔塞钻，一颗幼嫩的牙如何能对付两名牙医，一个羽毛球如何能对付一对球拍一样。对于那些我不愿意透露的，想起来就脸红的事，他们是那样为所欲为地把它们一点一点地刺探出来。当时我那年幼地坦白哟，竟能如此自豪地去信任别人，觉得完全是在受他们的眷顾呢，那情形就更是如此了。

他们彼此相亲相爱，对于此，我认为这是人之常情，但是我却无法防御他们一个说另一个接过去的那种技巧。最后，当他们发现从我这刺探不出更多的事情来的时候（因为关于在默德斯通—格林伯公司的事，以及我逃出那里时一路上发生的事，我绝口不提），他们便开始把话题转向了维克菲尔德和爱妮丝。先是尤来亚把球抛给希普太太，她接住，随后又抛给了尤来亚，尤来亚按了一会儿，又抛给了他的母亲，他们像这样抛过来抛过去，最后我也弄不清那球究竟在谁手中，晕头转向。当然球自身也在变换。一会儿是维克菲尔德先生，一会儿是爱妮丝，接着是关于维克菲尔德先生业务与资产的问题，随后又是我晚饭过后的生活，维克菲尔德先生所饮的酒，喝酒的原因以及喝得太多的可惜。一会儿这件事，一会儿那件事，一会儿所有的事同时出现；这期间，我并没有说太多的话，除了担心他们会感到自己的下贱和我的光临令他们拘束时，偶尔说一点鼓励的话之外，我并不觉得我做了什么，同时还发现，当我在泄露那些不必要的事时，我从尤来亚那深陷的鼻孔的翕合中看出了我这种行为的影响。

此刻，我已感到有点不安了，希望能尽快结束这次拜访，这时，有个人影从门口经过向街上走去——门是开着的——透透气，那天天气很闷热，房间中更为闷热，随后他又折了回来，朝里看，走了进来叫道："科波菲尔！怎么会这么巧！"

是米考伯先生！他是米考伯先生，胸前的口袋中挂着那个单眼镜、手杖、硬挺的衣服、上流的神气，还有他声音中那谦逊的摇曳，丝毫没变啊！

"亲爱的科波菲尔，"米考伯先生向我伸出手说，"这样的见面应当让人感到世事难料啊——简单地说，这是一种不平常的见面的方式。正当我走在街上，心想如果有什么机遇出现（现在我很看好这样的机遇）时，让我看到了一个青年，一个宝贵的朋友出现在我眼前，一位与我那个重大的时期紧密相关的朋友，可以这么说，也是一位与我此生的转机紧密相连的朋友。科波菲尔，我亲爱的朋友，你好吗？"

我不敢说——我真的不敢说——在那里见到米考伯是一件快事，但是我依然高兴能够再次见到他，便伸出手与他亲切地相握，同时问候米考伯太太。

“很感激你，”米考伯摆着手并向领子里缩进了他的下颌说，“她差不多已经全好了。那对双胞胎现在也不从大自然中索取食物了——简单地说，”他在一阵突发的勇气之后说，“他们已经断奶了，现在，米考伯太太已经是我的旅伴了。对于从各个方面证明是神圣友谊面前一位有价值的人，重温旧交，我想，她一定很高兴呢。”

我说我也很高兴能再次见到她。

“你真是太好了。”米考伯先生说。

他一面微笑着环顾四周，一面向衣领中缩进下颌。

“据我所知，”米考伯先生对着我们大家说，“我的朋友科波菲尔并非离群索居，却与一位遗孀共同参加此聚会，另外一位很明显是她的令郎——简单地说，”他又在另一阵突发的勇气中说，“她的儿子。如果我被引见给他们，我会感到无比荣幸的。”

听他这么说，我只得向尤来亚·希普和他的母亲引见米考伯先生了，当然，我也那么做了。当他们说了一些贬低自己的话时，米考伯先生一边坐下，一边用他那最为礼貌的态度摆了摆手。

“科波菲尔的朋友，也就是我的朋友。”米考伯先生说。

“我们实在是太低贱了，我的儿子和我，实在不配与科波菲尔少爷做朋友。承蒙他的好意，来与我们一起喝茶，对于他的光临，我们感激不尽，对于你的垂顾，我们甚感荣幸。”

“太太，”米考伯先生向她鞠了一躬说，“您实在太客气了。”随后把话头指向我问，“科波菲尔，你现在在做什么？还在造酒厂吗？”

听到这话，我一心想带着米考伯先生离开，便拿起了帽子，当然也是红着脸对他说，我现在在斯特朗博士学校读书。

“读书？”米考伯先生扬起了眉说，“听你这么说，我很高兴。虽然像我的朋友科波菲尔这样的人，”面对着希普母子俩说，“并不需要如此的修养。因为他的大脑中即使没有那种待人接物的经验，也依然充满生机——简单地说，”米考伯先生又一次突发出勇气笑着说，“这是一种无师自通的能力。”

尤来亚将双手交错在一起，轻松地扭动着，继而上半身又做了可怕的一扭，以此来表示他同意米考伯先生对我的推崇。

“米考伯太太在家吗？我想去看看她。”我想借机带走米考伯先生。

“如果你肯施惠于她，科波菲尔，”米考伯先生起身说，“面对在座的朋友，我可以对大家说，我是一个受债务而困扰多年的人。”一直以来，他常以他的困难而自负着，因此，我猜到他一定会这么说的，“我和我的困难一直在搏斗着，有时我处在上风，有时被我的困难打败，有时我给我的困难当头一棒，但是它们实在太多了，我只能作出让步，引用波西阿斯的话说，‘柏拉图，你的估计是对的，现在一切都为时已晚，我已经没有能力再战斗了。’但是我这一生，所享有的满足与那些注入我的朋友科波菲尔心中的我的悲哀相比，是微不足道的。”

最后，米考伯先生用下面的话结束了他的那段体面的赞歌：“再见，希普先生！再见，希普太太！”然后带着那份体面和我一起离开了，一路上，他用鞋子踢出了异样的踢踏曲，同时口中还唱着一支曲子。

米考伯先生住在一家旅店中由代办室分隔开的一个房间，房间中弥漫着烟草的气味。从地板裂缝中冒上来的那些暖热的油腻气味，我猜测，下面一层应该是厨房，另外墙壁上一片潮气。从酒杯声和酒精气味中，我得知这附近有家卖酒的店铺。墙上挂着一幅奔马图，客厅中摆着张小沙发，米考伯太太正靠在沙发上，靠近火炉，正在清扫着桌子上的那些芥子。米考伯先生进去之后对她说："亲爱的，让我给你引见斯特朗博士学校的一位学生吧。"

慢慢地，我发现，虽然对于我的年龄和身份，米考伯先生像先前一样含糊不清，但是作为一种雅事，我是斯特朗博士学校的一名学生他却记得很清楚。

米考伯太太很吃惊，却很高兴。当然，能再次见到她，我也甚为心喜，经过一阵寒暄之后，我便在那张小沙发上靠近她坐了下来。

"亲爱的，"米考伯先生说，"我想现在科波菲尔一定想你告诉他一些有关我们的状况，我要去浏览一下报纸，看广告中是否会出现什么机遇。"

"我以为你们现在肯定在普里莫斯呢。"他出去之后，我对米考伯太太说。

"亲爱的科波菲尔少爷，普里莫斯我们去过了。"

"那现在是在就近等待机遇吗？"我示意问道。

"是这样，我们是在就近等待机遇。但是，税关上现在不需要招人。在当地，以我娘家的势力还不足以在那个机关为具有米考伯先生这样才能的人谋取到任何职位。他们不愿意去接纳米考伯先生这样一个有才能的人，那样只会反衬出他们自己的无能。另外，”米考伯太太说，“我不想对你隐瞒什么，亲爱的科波菲尔，当我娘家的那些普里莫斯定居的人得知我们举家前往时，并没有用他们的全部热情来接待刚刚恢复自由的我们。准确地说，”米考伯太太压低了声音说，“这也只能对我们自己说——我们受到了冷落。”

“哎呀！”我叫道。

“没有错，”米考伯太太说，“就此看来，这的确是令人痛苦的，但是，科波菲尔少爷，我们的的确确是受到了冷落。这是毋庸置疑的。实际上，我们去那里还不到一周的时间，他们对于米考伯先生的态度就已经很不好了。”

我说，同样我也这么想，他们应当为自己的那些行为而感到羞耻。

“但，事实就是这样，”她继续说道，“在那样的情况下，摆在一个具有米考伯先生的精神的人面前只有一条路，从他们手中借一笔回伦敦的路费，不管怎样，我们都得回来。”

“于是，最后，你们都回来了！”

“是的，但是从那时起，我便和我娘家中的另外一些人合计着适合米考伯先生的道路，因为他必须去找一个生计，”米考伯太太斟情酌理道，“对于一个六口之家来说，不算女工，很明显不能靠空气过活啊。”

“这是肯定的。”

“我娘家的另外一些人的看法是，建议米考伯先生多注意一下煤这个产业。”

“注意什么？”

“煤，注意煤这个产业。经过多方打听，米考伯先生自己也认为在梅德维的煤产业中为像他那样有才能的人谋取一个职位也许是个生计。那么接下来，第一个步骤便是去看梅德维。当然，我们已经去过那里了。我说的是‘我们’，科波菲尔少爷，因为我永远都不会，”她带有感情地说，“我永远都不会丢下米考伯先生不管的。”

我很含糊地表示了同意，表达了赞美。

“我们已经去看过大部分梅德维了，我个人的结论是，关于那道河上的煤业，或许缺乏才能，但肯定也急需资本，但除了资本，米考伯先生才能多得是。另外，由于离这儿比较近，米考伯先生说，如果不来看一下那个教堂，那未免也太仓促了。一、我们从未来看过，况且它那么美；二、对于一个有教堂的市镇来说，机遇出现的可能性不太，因而急也是没有用的。我们已经来这里三天了，却没有出现任何机遇，你也许不会吃惊我们已在等待从伦敦寄来的汇款，以来偿还我们在这个旅店的全部费用，但是若一个陌生人知道了，肯定会大吃一惊的。在那笔钱还没有到来之前，”此时，她已经非常激动了，“我不能回家（本唐维尔的那间房子），不能见我的儿女，还有那对双胞胎。”

我向刚刚回来的米考伯先生表达了我对于他们身陷此种困境的深刻同情，另外，还告诉他们，我希望能够借给他们一些，尽一些自己的力。米考伯先生激动地与我握手说道：“科波菲尔，你可谓一个真正的朋友，但是还没有达到一个糟糕的程度时，拥有刮胡刀的人，还会有一个朋友。”面对这种可怕的暗示，米考伯太太迅速搂起了他的脖子，央求他冷静。他哭了，但是又在瞬间高兴起来，随后摇铃叫来茶房，为早晨的点心预订了一个热腰肉布丁和一碟小虾。

告别时，他们邀请我在他们离开之前吃顿饭，他们是那么的恳切，以至于我无法谢绝。但是，因为第二天晚上有很多功课，故而不能来，于是米考伯先生约定他会在早上去斯特朗博士学校（同时他也预感那笔汇款会在那时寄到），还说，晚餐可以定在后天。第二天，当我被叫到有人找时，发现米考伯先生已在客厅等候，他来是为了通知我晚餐时间不改动，照原计划如期举行。当我问及那笔汇款时，他只是握了一下我的手，便走了。

那晚我告别之前，当我透过窗子朝外看时，看到令我吃惊，也感到不安的一幕：米考伯先生同尤来亚臂膀相互挽在一起走过，尤来亚很谦卑地领会这样的举动给他带来的那份荣耀，米考伯先生则因为他的眷顾扩展到尤来亚而感到欣喜。但是第二天去米考伯先生暂住的那间小旅店后，让我更为吃惊的是，米考伯先生告诉我他曾陪尤来亚回过家，还在他家中喝了一杯兑过水的白兰地。

“科波菲尔，我想说的是，你的朋友希普是一个绝对有担任首席辩护能力的人。如果，能早一点认识他，那么，在我危难时刻，我可以说，我会让那些债主领略到很好的管教。”

当得知米考伯先生的债务一点都没有偿还时，我实在想不通，但是我也不想去问个究竟。另外，我不喜欢说我希望他不要太相信尤来亚，也不喜欢去问他们是否提到我。因为我怕伤害米考伯先生，或者应该说，我怕伤害米考伯太太，因为她太过于敏感，但是，对于这件事，我时常想起，也感到很不安。

晚餐甚为精美：有鱼一碟，鹧鸪一只，炸腊肠一个，烤小牛腰一个，还有一个布丁，葡萄酒一瓶，还有烈麦酒，饭后，米考伯太太又亲自热了一碗加料酒。

我从未见过米考伯先生比那一晚更快乐的时候了，加料酒使他的脸闪光，仿佛刚漆过油漆一般。对于这座城市，他说，他和米考伯太太在这里过得非常舒服，感到极度的畅快，已经对这座城市产生了深厚的感情，在坎特布雷度过的这段时光是他们永远也无法忘怀的，说完便举杯为它祝酒。随后为我祝酒，重温了往日的那段感情之后，我带着一种礼貌举杯对米考伯太太说："米考伯太太，祝你身体健康。"接着米考伯先生就米考伯太太的品德进行了高度的赞美，她是他的引路人、思想者、战友。另外，他对我说，在我达到法定结婚年龄后，要娶一个和她一样有高尚道德情操的人，如果还能找到像她那样的女人的话。

唱完加料酒，米考伯的脸上露出和蔼之色，比刚才更快活了。米考伯太太很高兴地领唱了《忙旧欢》。当我们唱到"伸出你的手，我可爱的朋友"时，我们围着桌子挽起了手；米考伯先生说"take a right gude Willie Waught（痛快地唱了一场）"。虽然这句话我一点也不明白其中的意思，但是那一刻，我们被感动了。

总之，我在那里留到九点一刻才回去，直至我跟他和他那慈爱的太太诚恳告别时，我都不曾见过有比米考伯先生还要快乐的人。但是后来发生了一件出乎我意料的事，大概在次日早晨七时，我收到了一封米考伯先生的来信，落款时间是在我离开后一刻钟。

我亲爱的青年朋友：

骰子已掷出——一切都成为过去了。用可憎的欢快之假面掩饰住内心之忧伤，今晚我不曾告诉你：汇款已无望了！在这样的情形下，耻于忍受，耻于多想，同样耻于叙述，我已用一张期票打发了此处的债务，并约定十四天后在伦敦——我的本唐维尔寓所兑现。期票到期，准是无法兑付，那结果就是毁灭。雷就要打来，树一定会倒。

让现在给你写信的可怜人，做你一生之鉴吧，亲爱的科波菲尔。他为了这意向，也为了这希望，写了这封信。假若他可以相信自己多少还有点用处，或许他那毫无欢乐可言的阴郁余生会透进一丝阳光呢——虽然说他的生命在目前（至少是这样）还极成问题。

这是你接到我的最后一封信了，我亲爱的科波菲尔。

沦为乞丐的流浪者

威尔金·米考伯手启

我为他的断肠而震惊，于是立刻起身向那个小旅店跑去，想去安慰米考伯先生，同时也顺便从那里绕道去学校。但是，跑到半路，我却发现米考伯先生泰然自若地坐在去伦敦的马车里，胸前口袋里插着一个瓶子，他一面吃着衣袋里的核桃，一面微笑着听米考伯太太说话。当时，他们没有看见我，我想，最好还是不去见他们为好，于是心中放下了一个重担。转身抄近道去了学校。总的来说，对于他们的离开我感到轻松，但是我依然非常喜欢他们。

第十八章

我在学校里度过的那些岁月，还有从童年到青年时的那段生活，它们是在无声地前行，甚至看不出也察觉不到它的一丝进展。现在让我回顾一下那段流水般的生活（现在已成干渠，杂草丛生），看看这一路走来是否留有痕迹，让我记起它曾存在过。

此刻，我已想象坐在教堂中，每个周日的清晨我们会先在学校集合，然后一起去教堂。周围弥漫着阴暗的空气，泥土的气息，给人一种离世脱俗的感觉，那感觉像一对翅膀把我带回过去，朦胧之间带我翱翔在黑白色走廊之上，以及那侧堂的风琴声中。

在学校里，我已不是最差的一名学生了，入学后的几个月我已赶上几个人了。但是，我觉得我与那个第一名相差太大，他是那么的非同凡响，他是那么高不可攀。但是爱妮丝却说“不对”，认为像我这样薄弱的人也一定能够达到他的高度，我却不太赞同，说那个非凡的人已经掌握了常人无法想象的知识。虽然他与斯梯福兹——我个人的朋友，公共保护人——有很大的不同，但是对于他，我却保持那份应有的崇拜与敬意。但是，我依然想知道，在他从斯特朗博士学校毕业后，他的命运会如何，这个社会会采用什么样的办法不去给他一个职业。

现在在我脑海中浮现出这样一个人，她就是我所爱的谢福德小姐。

她在尼丁格尔太太学校读书。短外套、圆脸、淡黄色的鬈发，啊，我太崇拜她了。尼丁格尔太太学校的那些少女跟我们一样也会来教堂。见到谢福德小姐时，我便无心思看那些教文了；当喝诗班响起那悦耳的声音时，我也只能听见谢福德小姐的声音。有多少次，我把她的名字刻在心里带入教堂，有多少次，把她的名字列入王室里面。甚至有时在自己的房间中，带着那份对爱的冲动叫道：“啊，谢福德小姐！”

有那么一段时间，对于谢福德小姐，我完全不知道她的感情，但是后来，得到上天的眷顾，我们在舞蹈学校相遇了，有幸成为了她的舞伴。当我触到她的手套时，我感到手尖有一股暖流，沿着右臂直达头顶。那时，我们之间没有说过一句热情的话，但是我相信，我们彼此了解。谢福德小姐和我青梅竹马，两小无猜。

我自己也弄不明白，到底为何给谢福德小姐偷偷送了十二个巴西核桃。它们不是爱情的象征，也很难包装，纵使放在门缝里，被压开也是困难的，即使压开了也是油腻的，但是我相信这些东西对于谢福德小姐来说是非常合适的。另外，我还送过她松软的饼干、无数个橘子。曾经，我在谢福德小姐的衣帽间吻了她，当时那种无以言表的激动啊！在第二天，我听说她受了尼丁格尔太太的责罚，就因为她用脚尖向内走路！痛苦，愤怒啊！

但是我实在想不到，我怎么会跟一个让我魂牵梦萦的人断绝来往。不知不觉间，我们之间滋生出了一种冷淡的情绪。后来我听到了一些闲言碎语，她希望我们之间不要如此令人注目，并且她还亲口对我说，她更喜欢宙恩斯——更喜欢宙恩斯！那个一无所长的家伙！我和谢福德小姐之间越来越疏远了，直到那一天，在尼丁格尔太太学校放学时，我们相遇了，她对我做了个鬼脸，还面对着她的同学大笑，一切都过去了。那一生的感情——似乎没有一生，但这没有区别——就此落幕了；谢福德出了教堂，她从王室中逐渐消退了。

后来，随着我在学校中地位的升高，也就没有人敢来扰乱我了。那时，对于尼丁格尔太太学校的学生们丝毫没有崇拜的感觉，纵使人数再多一倍，每人都比现在漂亮二十倍，我也不会爱上她们中的任何一个。另外，我感到在舞蹈学校是一件极让我厌烦的事，为什么那些女生不放开我们，独自跳舞。当时我在拉丁诗方面已不再去注意那些小节了，成就逐渐大了起来。对此，斯特朗博士在全班表扬我是一个有希望、有前途的青年学者，当然狄克先生也很高兴，另外，我还得到了我姨奶奶托邮局寄来的一畿尼作为奖励。

此刻，一名青年屠夫浮现在我的脑海中，如同《月麦克白》中那个戴头盔的怪物。大家都说，他从那用来搽头发的牛腰脂中获得力量，同时也是成年人的仇敌。宽大的脸、牛一般的粗脖子、粗短的红腮帮、思维混乱的大脑、善于咒骂的舌头。诋毁斯特朗博士学校的学生是他舌头的主要功能，他公开挑衅说，他可以接受任何学生提出的挑战。他还对某些学生（也包括我）说，他可以绑上一只手，用另外一只也可以轻易地打倒我们。他经常去袭击那些年龄小的学生，专打他们那些毫无防备的脑袋，还当街跟在我背后发出挑战。因为这些理由，我决定接受他的挑战。

一个变天的夜晚，我和屠夫依约来到一个墙角的草地里。我身边有一群学生，他则是由另外四个人相伴——两名屠夫、一位青年的酒店老板、一个扫烟囱的人。首先，我和他相对而立，没过多久，我感觉眼前全是晃动的星星；又过了一会儿，我找不到墙，找不到其他人，也找不到自己。我们纠缠在一起，在草地上滚来滚去。时而我见到流着血却依然镇静的屠夫，时而只是被我的同学扶坐着，什么也看不清，看不见，时而我会向那屠夫疯狂地袭过去，即使用手指抓破他的脸，他也丝毫没有在意。最后，我醒过来，仿佛昏睡了很久，仍然晕头转向，见屠夫穿上衣服走了，被那两屠夫、酒店老板和扫烟囱的人祝贺着，至此，我可以断定，我输了这场战斗。

我被凄惨地送回了家，眼睛被牛肉片敷着，又用醋和白兰地摩擦，嘴唇青肿着。我在家休养了三四日，样子很难看，被一个绿色的眼罩蒙着。如果没有爱妮丝像姐妹一般地陪我度过那段时间，安慰我，对我朗读，我想我一定会很烦闷。对于爱妮丝，我一向都很信任她，我告诉了她我与那屠夫之间的一切，还有那些他给我的损伤，她也认为除了决斗之外，别无他法，但是想到我们之间的战斗，她就害怕，战栗了。

时间总是在不知不觉间溜走，这时班长已经不是亚当了，他也已经不当班长很长时间了。在亚当离开学校许久之后再次回来探望斯特朗博士时，认识他的人已经很少了。不久后，亚当就要成为一位律师了，作为一位辩护人，也戴起了假发。让我吃惊的是，他现在比我所想象的还要谦逊，也不那么堂皇。现在他还没有什么惊世之举，因为此刻，世界一直在照旧继续着，仿佛他不存在一样。

一段空白，诗和历史的战士以庄严的步伐迈过那段空白——后来情况如何！现在班长是我了，我怀着折节下交的意味俯视着那些学生时，那些让我想起我刚来时的情形的一些学生，我感到异常亲切。似乎当初刚来的那个小人并非我自己，当我想起他的时候，他似乎是我人生道路上被我遗落的一件东西——如果是我从它身旁经过时的那件东西而并非是那个幼小的我——我想到他的时候几乎是想起另外一个人。

还有那个小女孩，那个我来维克菲尔德家时看见的那个小女孩，她现在在哪儿？消失了。代替她的是那个在家中到处活动的人——那幅画像的化身爱妮丝——我亲爱的妹妹（早已把她当成妹妹了），我的顾问和朋友，都受到了她那平静而善良性格的影响——现在已完全长成一个大人了。

除了我身材、面貌和积聚的知识改变之外，我还有哪些变化呢？我佩戴了一块金表和一条金链，小指上多了一枚戒指，穿着一件长燕尾服，涂抹了大量的熊脂（一种发油）——这种东西与戒指很不搭配，看上去很不舒服。我又恋爱了吗？没错，我崇拜最大的拉金斯小姐。

她——高高的，黑黑的，黑眼睛，身材苗条——并不是一个小女孩，也并不是一个小雏儿，因为连最小的也不是，而最大的拉金斯小姐肯定长最小的拉金斯小姐三四岁。也许她是一个接近三十的成年人了，但是我对她的热情没有任何东西可以成为障碍。

让我觉得难堪的一件事是最大的拉金斯小姐认识军官。我经常能看见那些军官和她站在街上聊天。当那些军官见到她和她妹妹的软帽（软帽是她的一大嗜好）从人行道上经过时，便会走过街道来和她打招呼，她陪他们说笑着，似乎很喜欢这样。大部分空余时间，我都在四处徘徊，希望能见她一面。如果能够一天向她鞠一次躬（因为我可以向她鞠躬），那么我就很满足了。当然，向她鞠躬的荣幸我时常能够领略到。当我得知最大的拉金斯小姐会与那些军官们在赛马舞会间跳舞时，我觉得我的痛苦应该得到一种补偿，如果这世上还有公道的话。

我的胃口被我的热情吞并了，一次又一次地佩戴我的新丝巾，如果我不穿上最好的衣服，不一次又一次地将我的靴子擦干净，我会感到不安。只有这样，我才觉得我与拉金斯小姐比较般配。

她的一切以及与她有关的任何东西在我眼里都是宝贵的。偶尔拉金斯先生——一个眼睛不能动、两个下颌、很粗鲁的老头子——弥补了我心中的失落，如果我找不到她时，便会去一个可能会见到他的地方，然后说："你好啊，拉金斯先生，你的女儿们及全家人都好吧？"感觉很露骨，我的脸红了。

我当时经常为我的年龄而发愁。那时，我十七岁，太年轻，根本配不上拉金斯小姐，但这又有什么关系？更何况，我马上就会是二十一岁的人了。当我在拉金斯先生家周围散步时，看见那些军官走进屋子，或者见他们坐在客厅听最大的拉金斯小姐弹竖琴时，我很失落。有那么几次，当他们入睡之后，我带着颓废而恍惚的神态围着那个住宅转了一次又一次，想找到最大的拉金斯小姐的房间（现在，我认为，那时我肯定把拉金斯的房间错认为是她的了），想象着那里会出现火灾，所有人都呆望在那时，此刻我会从人群的后面扛着一架梯子冲过去，将梯子在她的窗前靠定，爬进去将她抱出来，随后转身去拿她的那些落下的物品，葬身火海。对于爱情，我没那么自私，所以，能够在拉金斯小姐面前显一次身手之后死去，也就无憾了。

至于那些悲剧基本上就是这样，但也并非总是那些悲剧，有时，我也幻想着一些喜剧会发生。我打扮好（差不多用去两小时）之后，在去往拉金斯先生家参加舞会（等了三个星期之久）的路上时，我用一些美好的喜剧来满足自己。鼓起勇气跪在拉金斯小姐面前向她求婚，此刻，拉金斯小姐会把头倚在我的肩膀上，对我说道："科波菲尔先生，这是真的吗？告诉我，我没听错！好吗？"想象第二天清晨拉金斯先生会在此等候，对我说："亲爱的科波菲尔，我的女儿把一切都告诉我了，年龄不是问题，这儿有两万英镑，祝福你们！"我的姨奶奶也动了慈悲之心，祝福我们，狄克先生和斯特朗博士来参加我们的婚礼。我相信——我是说，现在我相信——我很懂事，也很谦虚，但是这一切幻想始终没有停止。

我来到了那令我陶醉的房屋，有灯光、音乐、鲜花、聊天声，让我难受的军官们，当然了还有最大的拉金斯小姐，一个美丽的火焰。蓝外套，头上插着一枝蓝花——勿忘我花（又名琉璃草）——她戴勿忘我花，似乎真的很需要呢！此次舞会是我第一次参加的成年人舞会，因此，我感到有点紧张与不安。我的出现是那么多余，大家和我之间似乎不存在任何共同语言，也只有拉金斯先生向我问候了我的同学，但是这根本就是多此一举，因为此次前来我并不是来受辱的。我站在门槛上，陶醉地看着我心中的女神，过了不久，她向我走来——她是最大的拉金斯小姐啊！——带着微笑问我怎么不会跳舞。

我向她鞠了一躬，然后吞吞吐吐地说："可以与你跳吗？拉金斯小姐。"

"为什么？"

"因为我不想跟其他人跳舞。"

她笑了，泛红了脸（或许只是我觉得）说道："再下一次吧，我很高兴。"

跳舞的时间到了。"我想，这应该是华尔兹，"在我请她时，她犹豫道，"华尔兹，你会吗？如果不会跳，那么白雷上尉——"

凑巧我会，而且跳得还很不错，于是便从白雷上尉身边将她领走了，很严肃地领走了，很明显，他很不高兴，但是这和我有什么关系！要知道，我也曾失落过啊。我和她跳了舞，我弄不清楚具体在哪儿，周围有哪些人，也不清楚我们跳了多久，但是我知道的是，我带着那位蓝天使很陶醉，很幸福地游来游去，后来，我发现我们同在一个小房间的沙发上休息。我纽扣孔中的那朵红山茶（半克朗），她很喜欢。于是我送给了她，却说：

"我要你的一样无价之宝与此交换。"

"我有吗？什么啊？"拉金斯小姐问。

"那朵勿忘我花，我会像守财奴吝啬自己的金子一样珍惜它。"

“一个大胆的家伙，”拉金斯小姐说，“还给你。”

她把花还给了我，并无不悦之色，我接过花，把它含在嘴里，随后放入了怀中。拉金斯小姐把手伸进了我的胳膊，并面带微笑对我说：“现在，领我回去见白雷上尉吧。”

当我正在玩味刚才与她愉悦的相会，还有那华尔兹时，她又来了，不过挽着一个已过中年、其貌不扬的男人（我见他整晚都在打牌），说：

“这就是刚才我说的那位胆大的朋友！科波菲尔先生，戚肃尔先生想要结识你呢。”

当我看出他是拉金斯先生一家的朋友时，感到莫大的荣幸。

“老弟，你的鉴赏力我很欣赏，同样也令人敬佩。我想你对忽布（一种造酒的植物）应该没什么兴趣，但是我倒有一大片种植园，如果你愿意来阿希福德观光一下我们住的地方，我们很乐意招待你，随你的意住多久。”

我很感激地同他握了握手。当我和最大的拉金斯小姐再次翩翩起舞时，我感觉自己像是在做一个幸福的梦，她还称赞我跳得非常好！那晚我带着一份激动和幸福回了家，整夜，头脑中都是我挽着那位美丽的天使跳华尔兹的画面。自那以后的连续几天中，我一直都处在这快乐的回忆中，但是，之后我既未在街上碰到过她，也未在拜访时见过，只好用那神圣的东西——已经枯萎了的花——来慰藉我这颗失望的心。

“特洛伍德，”一天晚饭过后，爱妮丝说，“猜猜看明天谁会结婚？一个你崇拜的人呢。”

“我猜，爱妮丝，应该不是你吧。”

“不是。”她放下正在抄写的乐谱笑着说，“爸爸，刚才你听见她猜的是谁吗？是最大的拉金斯小姐明天结婚。”

“和——和白雷上尉？”我只能鼓起这样的力气了。

“不是，不是什么上尉。是那个戚肃尔先生，一个种植忽布的人。”

此后，我沮丧了一两个星期，摘下了戒指，穿那些最破的衣服，不再涂熊脂，时常对那朵枯萎的花叹气。那时，我厌倦了生活，同时又受到了那屠夫的一次又一次挑衅，我毅然扔了那朵花，接受了他的挑战，战胜了他。

在我十七岁的那一年，现在能够给我留下的痕迹中，除这件事外，另外就是我重新戴了那枚戒指以及很重地涂抹熊脂油。

第十九章

毕业的时间快到了，即将离开斯特朗博士学校的时候，我实在是弄不清自己到底是高兴还是悲哀。悲哀是因为，我在那里很快乐，在那样一个小圈子里我觉得自己地位显赫，而且对于离开博士也很依依不舍。但是也有些其他的原因（很空洞的一些）让我感到高兴。在我脑中存在这样一些模糊的概念诱惑我离开，可以独立于世，人们对于独立的人保有那份尊重，可以冠冕堂皇地去做一些力所能及的事，以及对这社会造成那么一种奇妙的影响。这些诱惑是那么有力地占据着我那幼稚的大脑，以至于现在想来，似乎并没有因为离开而感到任何惋惜，此次离开也并没有给我留下其他任何印象，对于当时的情形，也完全想不起来了，但这对于我的回忆没有太大的关系。我相信，即将开始的人生使我产生混乱，我也知道，那点经验简直就是沧海一粟，同时，我还知道，人生与其他一切相比更像个故事——一个伟大的故事，而它此刻对于我正慢慢拉开帷幕。

对于我从事什么职业的问题，我和我的姨奶奶已经在一年多的时间里郑重地商谈了无数次，她经常重复那个问题，我喜欢什么样的职业？当然我也在想一个令自己满意的答案。但是，后来，我发现，对于任何事，我都没有特别的嗜好。我倒是可以就自己所掌握的有关航海方面的知识，去率领一支船队，周游世界，以求发现一块新的大陆而闻名于世。但是，我缺乏任何航海设施，另外我也不太想去做那种耗费我姨奶奶资产过多的职业，但是不管我从事哪个行业，我会努力尽我本分去做好这一切。

在我与我姨奶奶商谈时，狄克先生总是一脸深思的态度一本正经地坐在那里。所有的会谈中，他只提过一次建议，那次他突然说（我也不知道他是如何想到的），做一个铜匠应该比较合适。对于这样的建议，我姨奶奶甚为不满，自那以后，他便不敢再提任何建议了，只是坐在那里哗啦他的钱，一切建议只限于我姨奶奶了。

“特洛，我说亲爱的，”在我离校后的那个圣诞节期间的一个早晨，我姨奶奶对我说，“这个问题我想一时间也无法解决，也为了让我们不从我们的决定中犯错误，我想，还是先把这个问题暂且搁置一下比较好。另外，你也应该设法从另外一个角度看待这个问题，记住你现在已不是一个学生了。”

“我会的，姨奶奶。”

“我曾经这样想，或许我们应该变换一下，去看看外面的生活，这也许对你有帮助，至少可以先冷静一下，静下来思考这个问题。比如说一次小小的旅行，至于地点，可以去乡下，去探望那个——那个名字野蛮而又不正当的女人。”因为她的名字，我姨奶奶永远也不能宽恕皮果提。

“世界上就数这件事让我感到欢喜了。”

“得，不过我也和你一样高兴，但这纯属巧合。但是我相信，你喜欢这样的旅行是合理的、自然的。另外，特洛，不管你以后做什么，都要记住是合理的、自然的。”

“我会的，姨奶奶。”

“你的姐姐，贝西·特洛伍德，肯定是个最合理最自然的女孩，以后你要以她为榜样。”

“姨奶奶，我只希望以后我所做的任何事都能够对得起你，那样的话，我就很满足了。”

“但可惜的是你那可怜的吃奶孩子一般的母亲已经过世了，否则，此刻她一定会沉浸在快乐之中，以至于她那软软的小脑袋中没有发昏的部分也会因此而完全乐昏呢。啊，特洛，你让我想起她来了！”

“我想，是愉快的吧？”我说。

“他的模样，狄克，”我姨奶奶很激动了，“他的模样，和生下他的那个下午的样子是那么的像——哎呀，他的模样，他此刻看我的那个眼神跟她是那么的相像！”

“真的？”狄克先生说。

“他和他父亲也很像。”我姨奶奶很确定地说。

“对，他们非常像！”狄克先生说。

“但是，特洛，我所希望你能够做到的，我说不是身体这一方面，我所希望指的是道德，因为身体上你很强壮，不欠缺任何东西，在道德上，我希望你做一个坚定的人，一个拥有自己意志而坚定的人。做事要有决心。”我姨奶奶对我摇摆着她的帽子紧握起拳头说，“要果断地对待发生的一切，培养优异的品格，除了那些正当的理由外，品格的力量不应当受其他任何因素的影响。这些都是我希望你能够努力去做的。而且这些也是你父母都可以做到的，也都可以从中得到很大的帮助。”

我说我会尽力去做到的。

“为了让你从小事上就开始对自己有信心，有主见，所以，我决定让你一个人去旅行。曾经我想过让狄克先生陪同你一起，但是，后来我想还是让你独自行动的好，让他留下来照顾我。”

有那么一会儿，狄克先生曾露出一脸失落的样子，可当后来得知能够照顾全世界最聪明最出色的女人时，脸上立刻恢复了光彩。

“另外，”我姨奶奶对狄克先生说，“还有你那个呈文。”

“的确，”狄克先生连忙接过话，“特洛伍德，这个呈文，我想马上就结稿——也应该结稿了！然后将它出版出去，你知道的。”狄克先生停了好一会儿之后说，“这是暴风雨来临前的宁静啊。”

照我姨奶奶给我做的打算，很快便为我准备好了行装还有一笔可观的路费，之后便很亲切地与我道别了。临别前，她给了我一种良好的劝告，还有许多热吻。她告诉我说一路上多留个心眼儿，多想一下身边发生的事，另外她允许我此次去伦敦可以多住几天，至于是在去萨弗克的途中还是在回来的路上，都可以随我自己安排。

总之，大概三个礼拜到一个月的时间，我都有这样的自由——想做什么就做什么的自由，除了之前她给我的劝告，让我多留心，另外一星期给她写三次信以报告沿途发生的一切之外，别无其他条件限制我的自由了。

首先，我去了趟坎特布雷，同维克菲尔德先生和爱妮丝道别（当时，我还没有从他家中搬出），另外我也同斯特朗博士道了别。当爱妮丝见到我的时候，她很高兴，还对我说，打我离开之后，那个家就变了样。

“当我不在这里时，我相信，我也变了样。”我说，“自与你分开之后，我仿佛失去了右手。但这个比喻并不那么恰当，因为我的右手既没有心也没有大脑去思考。凡是那些与你认识的人，爱妮丝，都会来向你请教，蒙受你的教导。”

“我相信，那些认识我的人，也都纵容我。”她笑着说道。

“不对。那是因为你与别人不同，你有好的性格，高尚的品格，而且你永远都是对的。”

“照你这么说，”正在做手工的爱妮丝笑道，“我与拉金斯小姐没什么分别了。”

“好啦，拿我对你的信任开玩笑是极不公道的一件事，”此刻我想起了那位蓝天使，脸颊有些泛红，“但是，爱妮丝，我会一直信任你，不会改变。一旦我陷入困难，或是坠入情网，不管在什么时候，我都会告诉你，如果你愿意听——即使当我认真地坠入情网时，我也会告诉你。”

“呵呵，你从来都很认真啊！”她又笑了。

“但是，那时，我只是一个未成年的孩子啊，或者说只是一个学生罢了，”我害羞地笑了笑说，“现在不同了，迟早我会很认真起来。但让我觉得奇怪的是，到今天，你都没有认真过呢，爱妮丝。”

爱妮丝笑着摇了摇头。

“我知道你还没有认真过，因为，如果你认真了，我想你肯定会第一个告诉我的，或者，”我发现她的脸有些泛红了，“至少你会让我自动发现。但是爱妮丝，就我目前所认识的人，没有哪一个可以配得上你的。要我说，与我在这里所见到的所有人相比，他应该具有更高尚的品格，在各个方面都要有更高的成就。以后，我会考核那些所有向你求爱的人，对于成功的那个人，我会提出更多更高的要求。”

就这样，我们带着一份亲密与认真继续玩笑着。这份亲密是我们从孩童玩伴时慢慢滋生出来的。但是，爱妮丝突然抬起头，正视着我的眼睛，换了一种语气说：

“特洛伍德，我想问你一件事，除了今天，或许得过很长的一段时间我才有机会去问你了，这也是一件我不肯问别人的事。你有没有看出来爸爸的身体与以前有什么异样呢？”

那种变化我早已察觉，也曾猜测是否也被她看出。此刻，我可能在我的脸上表露出了我的意思，因为我看见她含着泪垂下了头。

“把你看到的告诉我。”她用一种很低的声音说。

“我认为——我是那么的仰慕他，爱妮丝，我可以说实话吗？”

“嗯，可以。”

“我认为，从我刚住进来那时起，他那不断增强的嗜好，对他是有害的。他经常神经过敏——也许这只是我的幻觉。”

“这并不是幻觉。”爱妮丝摇着头说。

“他的手经常颤抖，话也说不清，眼中时常能见到那种发狂的神态。人们总是在他最不如意的时间来找他，也就是在那样的时间里，察觉出了这种异样。”

“尤来亚。”她说。

“是的。但是遇到那些让他不能胜任，或不得要领的事时，脸上总会露出一种不愿表露的神态，这使得他那么的不安，情况一天比一天糟糕，越来越疲惫，越来越憔悴。爱妮丝，不要吃惊，多日之前的一个晚上，我发现他把头枕在书桌上流泪，像一个孩子一样。”

在我还没说完时，她用手轻轻地拦住了我的嘴，眨眼工夫，就见她去房门口迎接她父亲去了，并且将头靠在了他的肩膀上。当他们站在那里看我时，我觉得她脸上露出的表情异常感动我。从她那美丽的脸上，我看出有一种至深的爱，有对他的一份感恩；还有对我的一种祈求，请求我从心底要温和地待他，不能对他有半点粗暴；她忠于他，以他为傲，却又为他担忧，同时也那样坚定地认为我也跟她一样。我觉得此时她的表情能说明一切，比其他任何言语更能使我感动。

我们照习惯的时间去了博士家，喝茶。围在火炉旁的除了博士和他年轻的夫人外，还有她的母亲。对于我的离校，博士极为重视，把我视为上宾，仿佛我就要去中国一样，他吩咐在火炉中添一块大木头，以便他能够透过火光看清他的学生的脸庞。

“自特洛伍德之后，我打算去教更多的新面孔了，维克菲尔德，”博士在火炉旁烘着手说，“我渐渐变得懒惰了，同时也需要休息了。六个月后，我便会离开这里，过一种相对安闲的生活了。”

“这话，你说了十年了，博士。”维克菲尔德先生说。

“但是，这次与以往不同，我的首席老师会接替我的工作——这次我是认真的——因此，要不了多长时间，你就要准备合同了，那合同会像约束恶人一般将我们两个人约束在那里面。”

“要留心，当心上当！如果让你去订任何合同，我想你一定会上当的。得！还是我来准备好了。在我这个行业里，没有比这个更坏的任务了。”维克菲尔德先生说。

“到了那个时候，除了我的字典和另一份合同——安妮之外，我便了无牵挂了。”博士微笑道。

安妮正与爱妮丝一起坐在茶桌旁。当维克菲尔德先生把眼光聚焦到安妮身上时，她却避开了——带着一种迟疑和怯弱避开了。但是这让维克菲尔德先生的注意力更加集中了，似乎他得到了什么暗示。

“我见到有一班邮轮从印度返港了。”维克菲尔德先生静默了片刻说。

“顺便说说杰克·麦尔顿先生寄来的那些信吧！”博士说。

“真的！”

“我那可怜的杰克！”马克兰太太摇着头说，“那样恶劣的天气！——他们说，如同活在一片沙漠中，一面取火的镜子下！他看上去很强壮，但事实并非如此。我亲爱的博士让勇敢的杰克去冒险，看好的是他的精神，而并非是他那看似强壮的身体啊！亲爱的安妮，我想你应该记得，你的表哥一向都不强壮——‘结实’这个词从来都不适合他，”马克兰太太看着我们大家很用力地说，“自从他和我的安妮小的时候相互挽着一同玩耍时，他就不是强壮的。”

安妮没有做声。

“你的意思是，麦尔顿先生病了是吗？”维克菲尔德先生问。

“病！”老兵说，“亲爱的先生，你说他任何东西都行。”

“健康除外？”维克菲尔德先生说。

“的确，健康除外！”老兵说，“他中暑了，毫无疑问，肯定感染过丛莽热和痢疾以及其他你能说出名字的疾病。还有他的肝脏，”老兵无奈地说，“自他离开时，他就已经不顾一切了！”

“这些都是他亲口说的吗？”维克菲尔德先生很不解。

“说？”马克兰太太摇着头和扇子说，“当你有此疑问的时候，证明对于我那可怜的杰克·麦尔顿还不太了解。说？那绝不是他，你大可以用四匹野马去拖他。”

“妈妈！”斯特朗夫人说。

“我亲爱的安妮，这是最后的机会了，我必须很认真地请求你不要打断我，除非你能反驳我的话。你和我一样清楚，你表哥任多少匹马去拖他——我为什么一定要说四匹呢？肯定不止四匹啊！——八匹，十六匹，三十二匹，他都不会说他会推翻博士的计划。”

“维克菲尔德先生定的计划，”博士带着悔意看着他的顾问说，“准确地说，是我们一起为他计划的，我说，国外或国内。”

“我说，去国外。是我安排他出国的。这应当由我负责。”维克菲尔德先生说。

“哦！负责？这一切的安排都非常好，亲爱的维克菲尔德先生，这所有的安排都非常好，非常仁慈，这些我们都能理解。但是，如果他们会死在那里，那么他在那里就是不能存活。如果他不能活下去，他宁愿死在那里，也绝不会推翻博士给他订的计划。我很了解他，”老兵带着一种先知的苦恼平静地坐在那里摇着扇子说，“他宁愿死在那里，也绝不会推翻博士给他订的计划。”

“好啦，好啦，”博士高兴地说道，“我并没有在坚持我的计划啊，我可以让它失效，重新拟订一个新的计划。如果杰克·麦尔顿先生因病归家，我就不会再让他回印度了，在国内，我们再想方设法为他谋取一个更适当、更幸运的职业。”

博士的这番宽大的话将马克兰太太感动得实在太厉害了——无须说，此话定出乎她的意料——她对博士说，此番话与他的为人很像，接着便多次吻过她的扇骨之后将其拍打在博士的手上。之后，便轻轻地责骂了她的女儿安妮，当她孩童时的玩伴因为她而蒙受如此大的恩惠时，却没有任何表示。随后她又对我们说了有关她家族中其他一些值得加以扶持的有价值的一些事。

在她谈起那些事时，她的女儿没有说过一句话，也没有抬过一次头。这期间，维克菲尔德先生的眼光很专注地落在他女儿身边的她身上，他只是一心注意着她以及他头脑中出现的一切与她有关的想法，至于有没有人在注意他，他绝对没有想过。这时，他问：“杰克·麦尔顿先生信的具体内容是什么？”

“信在这儿，”马克兰太太从博士头上的炉架上拿来一封信说，“那个可怜的人对博士说的话——在哪啊？哦！‘抱歉，但是我要对你说，我的身体已受到严重的伤害，恐怕我得回家休养一段时间，作为恢复健康的唯一希望。’已经说得很清楚了，可怜的人！他那恢复健康的唯一希望啊！但是在给安妮的信中说得更清楚呢。安妮，把给你的那封信拿来给大家看看。”

“等一会儿吧，妈妈。”她低声祈求说。

“亲爱的，对于某些问题，你似乎是这世界上最可笑的人，对于自己在家中的权利，也似乎是最不关心的了。如果当初不是我亲自找你要那封信，我们恐怕永远也不会知道有那封信了。你这是对博士的信任吗？你的行为让我感到吃惊呢，你应该更懂事啊。”

她很勉强地拿出了那封信，当她递过那封信时，我发现那双不情愿的手在不断地颤抖。

“让我找找那段话在哪儿，”马克兰太太戴上眼镜说，“哦！‘往日的回忆，我亲爱的安妮’——等一下——不是这段。‘那个和蔼的老壮士’——他说的是谁啊？安妮，你表哥的字竟会如此潦草，而我又竟会如此糊涂！肯定是‘博士’了。啊！和蔼是肯定的！”她停了一下，吻过扇子，又把扇子向那带着和蔼而满足的神态看我们的博士扇去，“找到了。‘安妮，当你知道后千万别吃惊’——既然我们一直都知道他并非强壮，那么也没必要去吃惊了；刚才我是怎么说的？——‘在这里，我吃尽了苦，无论如何也要离开这里，如果有可能，我会请病假，如果没有病假，那我会辞职。我在这里已经忍受的，和正在忍受的，是常人所无法想象的。’如果那个最好的人儿不去鼓励他，”马克兰太太折起信说，“我觉得稍微想一下也无法忍受呢。”

那个老女人在盯着维克菲尔德先生，似乎在求他发表一下自己的意见，在得知这个消息之后，他却未发一语，只是默默地坐在那里低着头盯着地面。当我将这个问题抛开聊起了别的话题时，那段时间里，他依然那么默默地坐着，只是偶尔紧皱着眉头看一眼博士或他的妻子，或者他们两个，其他时间则很少抬头。

博士很喜欢音乐。爱妮丝的歌喉很好，很动人，斯特朗夫人也一样，于是我们开了一场很小的却令人满意的音乐会。但是，我却注意到这样两件事：一、不久，安妮便恢复了，唱得十分自然了，但是她和维克菲尔德先生之间被一片空白完全隔绝了；二、对于安妮与爱妮丝的亲近，他似乎不那么喜欢，带着一种不安在观察着。此刻，我带着前所未有的意义想起了麦尔顿先生离去那晚的情形，并且使我感到不安。在我眼中，此刻她脸上的那种天真烂漫的美已不是过去的那般美了；对于她显露出的那种自然的媚子，我已不那么信任了；于是当我看到她身边那如此善良而忠实的爱妮丝时，心中产生一种疑虑，这种友谊是多么不相称啊。

不过，这友谊使安妮感到由衷的开心，大家也都如此，因此，那一夜过得就像一小时那么飞快。那夜很特别，她们相互告别，当爱妮丝刚要拥抱她、亲吻她时，维克菲尔德先生就在这一刻，好像不经意似的，闯到她们中间，很快把爱妮丝拉走了。那天晚上当我站在门口与博士夫妇道别，在那一刻看到了夫人与博士相对时的表情，我头脑一片空白。

说不清那种表情给我留下了什么样的印象，更不清楚后来再想到她时，记起她的美丽与天真，想把她与这表情分开又是多么不可能。回家后，这表情仍萦绕脑际。我觉得离开博士家时，他家屋顶上乌云密布。在我向那白发苍苍的首领致敬时，怀着对那些背叛他的人仍给予信任而生的怜悯，还怀着对那些伤害他的人的愤恨。一种巨大痛苦的情愫袭上心头，像一个污点落在我学生时代上课和游戏的地方，残酷地破坏了原有的美好。想到那些千百年来默默无言的龙舌兰，想到那整齐平滑的青草地，想到那些石瓮和‘博士散步地’，还有缭绕在晚暮中的教堂钟声，我再也感觉不到乐趣了。仿佛我少年时的印象在眼前被洗劫，它的宁静祥和与光荣辉煌全失去了。

早晨一到，我就要离开这所古宅了。我所想的只是道别。无疑，我不久后还要来这里，我可以再次——也许经常——在老房间里睡觉，但是我住在那里的日子却一去不再来。当我把放在那里的书和衣物清点完准备送往多佛去时，我的心情远比我脸上的微笑沉重。尤来亚·希普那么殷勤地帮我清理，可我竟不领情地认为他为我的离开而暗地感到高兴。

不知为什么，离开爱妮丝时，我带着一种炫耀的刚毅和冷漠上了去伦敦的马车，坐到包厢里，车从镇上飞过，我竟那么大度和仁慈，居然想到要向我往日的仇敌——那年轻的屠夫点头致敬，还想扔给他五先令。可是，他站在店里的大砧木边，看上去是那样执拗，而自我把他的一颗门牙打落后，他的性格一点也没变好，我又觉得最好别和他套近乎了。

我仍记得，当时一心想的，就是对那车夫装老到，说些极粗鲁的话。说那些令我感到极不自在的话，但我却坚持着说下去，因为我觉得成年人就该这么说。

“你要坐到头吧，先生。”车夫问道。

“是的，先生，”我放下架子说，“我要去伦敦，还要去萨福克。”

“去打猎吗，先生？”车夫问道。他和我一样明白，在这个季节里，去那儿打猎是徒劳的，可我仍感到很有面子。

“我不知道，”我说道，“是否要去打次猎。”

“鸟儿很畏怕人的，我听说。”

“我也听说过是这样的。”

“萨福克是你老家吗？”

“是呀，”我挺像回事地说道，“萨福克是我的老家。”

“我听说那一带的麻团很好吃。”

我先前并没听说过这一点，可我想有必要夸夸老家名产，也有必要表明我对那名产很了解，像模像样地说：“我相信你这话！”

“还有马呢，”威廉说道，“那才叫真正的马呢！一匹萨福克马，碰上好的，足足顶得上同样重的金子。你自己养过萨福克马吗，先生？”

“还好，”我说道，“没正经养过。”

“我敢说，我身后那位，”威廉说道，“可养过好些马呢。”

车夫说的那位乘客，长着一只斜得厉害的眼睛，下巴外翘，戴了顶窄边的白色高筒帽，褐色的紧身裤，外侧裤线上那些扣子好像从靴口一直排到屁股。他的下巴离我非常近，好像一直翘到车夫的肩上，我的后脑勺被他的呼吸弄得痒痒的。我转身去看他时，他一副很内行的模样，正用那只不斜的眼看拉车的那匹领头马。

“你养过吧？”威廉说道。

“养过什么？”那人问道。

“萨福克马呀？”

“是，”那人说道，“我什么马都养，什么狗都喂。马和狗都是让人养着玩的，对我来说却是衣食父母——我的房子、老婆、孩子和我的皮鞋、烟草、睡觉，都靠它们！”

“是不是应该坐在包厢后面的座位上，对不对？”威廉摆弄着缰绳凑在我耳旁说道。

我把这话看做一种暗示，识趣地让那个人坐在我的座位上。

“算了，如果你不介意，”威廉说道，“我觉得那样更好。”

我一直认为这是我生平一大耻辱：一个衣衫褴褛的乡巴佬，竟顶替了我的位子。

我常常在这些小事上产生这种心理，尤其在不该如此想的场合偏又会这么想。我想“成熟”也没用。在后来的一路上，我一直从喉咙里发声来说话。

不过，现在的我，坐在四匹马的后面，受过很好的教育，穿着体面的衣裳，口袋里装着金钱，向车外那些过去艰辛旅途宿过的地方望去，还是挺特别的，让人感觉奇妙。对每一个熟悉的地方，我都思绪万千。我朝下看去，看到迎面走来的乞丐，那是我认识的面孔，就好像又感到那补锅人把黑手伸进了我的衬衣。当车轮从查坦木那狭窄的街道上驶过时，我又看到了那买短外套的老怪物所住的小巷，我伸长脖子急切地想看看我当时坐在日光和阴影中等待拿钱的地方。

终于来到离伦敦不到一站路的萨伦学校。在那克里克尔先生严酷责打学生的地方经过时，我真想把我所有的钱都拿来以换得法律许可，下车把他打一顿，然后再把关在笼子里麻雀般的学生全放掉。

我们走到金十字旅馆，这是靠近人口密集处的一家旧旅馆。一名侍者把我带进咖啡厅，一名女仆把我带进我的小卧室，那间封得像酒窖的房间里充满了出租马车里一样的气味。我痛苦地意识到由于我的年轻，没人向我表示一分敬意——女侍者不在乎我在任何问题上有什么看法，男侍者对我很随便。

“先生，”男侍者很亲热地说，“晚饭想吃什么？年轻的先生大多喜欢吃家禽，来只鸡吧？”

我尽可能明确地告诉他，自己不喜欢吃鸡鸭之类的东西。

男侍者说：“那就来一份小腰片吧？”

我再没法说别的，只好同意了。

“喜欢吃土豆吗？”男侍者歪着头，堆着奉承的微笑，“大多年轻的先生把土豆吃得太多。”

我用最低沉的声音吩咐他，来一份小牛腰加土豆，再加上一切配料，然后我让他到柜上看看有没有给特洛伍德·科波菲尔的信。我知道那儿没有，也绝不会有，可我觉得这样做才够派头。

他很快就回来，说那里没有信，听到这话我做大吃一惊状。他为我在靠近火炉的一个座位铺上桌布，同时还问我喝什么酒。听我说“半品托雪利酒”时我猜他准会暗自窃喜，他好因此而把几个瓶底上的残酒凑成“半品托雪利酒”。我这么想是因为在看报时，瞥见他在低低的板壁后（那是他的住宿处）忙着把一些瓶里的东西倒进另一个瓶里，就像一位化学家或药剂师一样。酒拿上来时，我觉得淡而无味，比起一种纯酒来说，它的渣滓多得出人意料，但我很享受地喝了它，什么也没说。

由于心情愉快，决定去看戏。地点是考文特花园剧院，在一个中厢后面，我看了《恺撒》和哑剧。那些尊贵的罗马人在我眼前复活了，他们走来走去，他们代替了往日学校里那些严肃的拉丁文教义，这真是一种享受。但是在全剧中真实与神秘的交织，诗歌、灯光、音乐、观众、布景快速而惊人的变换，都使人心醉神迷，感到兴奋欢欣。在夜晚十二点走到落着雨的大街上，觉得有如在云端过了几年浪漫生活后又跌回一个苦恼的世界上。这里充满喧嚣，一片龌龊，火把照着，雨伞挣扎着，马车挤撞着，还有木屐呱嗒着溅起泥水。

从另一个门出来，在街上站了一会儿。我受到了粗暴拥挤和推推撞撞，很快就清醒了。走上回旅馆的路，边走边回想那辉煌的景象。直到一点钟，喝了些黑啤酒又吃了些蠔子后，还坐在咖啡室里望着火炉回味。

那出戏占据了我的心——因为那出戏在某种意义上有如一个水晶球，通过它我可以看到早年的生活。不知什么时候，我眼前出现了一个青年的身影，他穿得潇洒，长得英俊，我记得，在哪儿见过，却并没注意到他进来。

我仍然坐在咖啡室里望着火炉冥想。

最后，我起身就寝了，这可让那侍者松了口气。他的腿早已不耐烦了。在他的小食品间里不断扭来扭去、踢打着。向门口走去时，我经过那已进来了的人，清楚地看见了他。立刻转身折回来，仔细看了他一眼。

他没认出我，我却一眼就认出了他。

如果在别的时候，可能没勇气找他说话，会等到第二天再这么做，或者错过这机会。可当时是被那出戏占据了思绪，他往日对我的照顾那么值得感激，我对他的仰慕自然而然充满了胸间，我便立刻走向他，说道：

“斯梯福兹！你愿意和我说话吗？”

他看着我，一如他有时打量陌生人那样，我看出他的表情是认不出的样子。

“难道你不记得我了？”我说道。

“我的上帝！”他突然大叫道，“是小科波菲尔！”

“我从来都没这么高兴过！我亲爱的斯梯福兹，见到你我真是非常非常高兴！”

“我见到你也很高兴！”他亲热地握住我双手说，“喂，科波菲尔，孩子，别太激动！”

我擦去无论怎么努力也忍不住流下的泪水，又为此大笑一阵，然后我们并肩坐下。

“嘿，你小子怎么来到这儿的？”斯梯福兹拍拍我肩头问。

“我是今天从坎特布雷坐车来的。我已被那儿的一个姨奶奶领养了，刚在那儿受完了教育。你怎么来这儿了？”

“我成了他们叫的牛津人，也就是说，我无时无刻不感到乏味得要命——现在，我要去我母亲那里。你可真是个可爱的孩子，科波菲尔。现在，让我好好看看你。你还是老样子！一点也没变！”

“我可一眼就认出你了，”我说道，“不过记起你来要更容易些。”

他一面抚摸他的鬈发，一面大笑，然后高兴地说：

“是的，我在做一种义务旅行。我母亲住在离市区不远处，可是道路颠簸，我们家也很单调，所以我今晚留宿在这里，不往前走了。我来了还不到六小时，都花在发牢骚和在剧院里打瞌睡上了。”

“我也看戏了，”我说道，“是在考文特花园。多好啊，多有声有色的一出戏呀，斯梯福兹！”

斯梯福兹又开心地笑了。

“我亲爱的大卫，”他又拍拍我肩说道，“你可真是一朵雏菊呀。日出时田野里的雏菊啊！”

“你把我朋友科波菲尔先生安排在哪儿？”斯梯福兹对本站在远处观察我们的男侍者说。

“对不起，先生。”

“他睡在哪儿？几号房？听得懂我说的话吗？”斯梯福兹说道。

“懂，先生，”侍者露出歉意的微笑说，“科波菲尔先生现住在四十四号房。”

“你把科波菲尔先生安顿在马厩上的那小阁楼里？！”斯梯福兹质问道，“这是什么意思？”

“唉，你知道，这不归我管呀，先生，”侍者更诚惶诚恐地答道，“如若科波菲尔先生不满意。我们可以让他住七十二号。先生，如果你满意。就在你隔壁，先生。”

“当然，”斯梯福兹说道，“快去安排吧。”

侍者忙去换房间。斯梯福兹因为我曾被安排在四十四号觉得好笑，拍着我肩头，他请我明天早上十点钟和他一起用餐。这是更让我感到受宠若惊同时也十分乐意接受的邀请。时候不早了，我们拿了蜡烛上楼，在他的房门前友好地道别。我发现新卧室比先前的好多了，一点怪味也没有，放有一张大床，简直是天堂。躺在床上，在够六个人用的枕头中，我很快就睡着了。梦见了古罗马、斯梯福兹，还有友谊。直到清早，窗下门外驶过的马车又使我梦到了雷公和众神，这才醒来。

第二十章

大约八点钟，那个女茶房叩开了我的门，对我说，已经在外面为我备好了刮脸水，但我痛切地感到这东西对我来说是多余的，于是躺在床上脸红了。我怀疑当她在对我说这话的时候她也笑了，这样的怀疑使得我穿衣服都不那么安心。当我下楼去吃早餐，在楼梯上碰见她时，这样的怀疑让我感觉自己很鬼祟。的确，对于年龄我觉得比我自己所希望的要小一些，因此那时我甚至觉得自己很自卑，连从她身旁走过的勇气都没有了，当我听见她在那里扫地的声音时，我只是一味地张望窗外那查理一世的雕像，雕像的周围杂乱地围着许多马车，浓雾细雨中，雕像并不雄伟，我一直张望到那个女茶房警告我说那位先生正在等着我时才下了楼。

斯梯福兹等我的地点并不是餐厅，而是一个挂着红窗帘铺着土耳其地毯的房间中，炉火很旺，清洁的桌布上精致地摆放着热气腾腾的早餐。火炉、早餐、斯梯福兹以及那房间中的一切全都倒映在餐具架子上的那面小圆镜中。刚进去时，我为斯梯福兹的那份镇静与高雅所折服，与他相比，我没有任何一项可以与之媲美的，因而感到一点害羞，但是不久便从他那份从容的接待中恢复了过来，让我觉得很舒服，他在金十字旅店所造成的改变，是应当为我所称颂的。同时，我昨天所经历的沉闷与孤零面对我今天早晨所享受的那份安乐，实在是难以启齿。现在那个茶房的一些不客气的态度，已消失殆尽，似乎从未发生过一般。我甚至可以说，他是在披麻蒙灰地侍候我们。

“科波菲尔，”当房中只剩我们两个人时，斯梯福兹说，“我现在很想知道，你要到哪里去，对未来做何打算，以及其他关于你的一切。有时，我甚至感觉你就是我的附属品呢。”

当我得知，他仍旧对我的事有如此兴趣时，我激动得满脸通红。我将我姨奶奶让我去独自旅行的计划以及要去的地方告诉了他。

“既然此事不着急，”斯梯福兹说，“那么你与我一道去海盖特吧，去我家玩几天。见到我母亲你一定会喜欢她的——虽然她对我有点矜夸，也有些唠叨，但这些都是可以体谅的——她也一定会很高兴见到你的。”

“我希望是这样。”我微笑道。

“那些喜欢我的人，她也一定会喜欢。”

“这么说，我想我即将成为一个受人宠爱的人了。”我说。

“好！让我们来证实你刚才所说的吧。我们游戏一两小时——陪一个新角色去游玩确实是件趣事，科波菲尔——之后我们便坐马车去海盖特。”

我真不敢相信眼前的一切，以为一切皆是梦，不久便会醒来，孤零零地在餐厅中面对着那个很不客气的茶房。我给姨奶奶写信说凑巧遇到了多年前我所喜欢的老同学，同时也将受到他邀请的事告诉了她。将信寄出之后，我们便乘马车外出了，欣赏了一些图画和一些优美的风景，最后，我们又来到博物馆，在那里我注意到，斯梯福兹似乎有无尽的学问，却又不随意摆弄他的知识。

“我想你会在大学里拿到一个很高的学位，斯梯福兹，如果以前你还不曾拥有这样一个学位的话，他们应当以你为傲呢。”我说。

“拿到一个学位！”斯梯福兹叫道，“不会！亲爱的雏菊——这么称呼你，你不会介意吧？”

“一点也不！”

“那才是一个好人！亲爱的雏菊，”他笑了，“在那方面，我没有任何想要去炫耀我自己的想法，为我自己，我已经做得很多了。但是，我觉得，我现在的这个样子很迂腐。”

“但是名誉——”

“你这荒唐的雏菊！”他笑得很真诚，“我为什么要费尽心机去让一些愚蠢的脑袋仰望我呢？他们应该去仰望其他人，名誉是为那种人准备的，热烈欢迎他去拥有呢。”

对于自己犯下如此重大的过错，我觉得羞愧，我一心只想转移话题，幸亏这对于斯梯福兹来说并不是件难事，他一向都可以随着自己的性格转移话题。

游玩过后，我们吃了顿饭，冬天里日子过得是那么快，当我们乘车来到海盖特山顶上的一所古老的砖房门前时，夕阳已经开始西下了。一位俊秀而年长的女人（并不是很老）带着一份高傲的神态站在门口迎接我们，她搂过斯梯福兹嘴里喊着“我的亲爱的詹姆斯”。这个女人便是他的母亲，对于我的到来她表示了一种很有威仪的欢迎。

这所房子很安静，很整齐，颇具大家风范。从我房间中的窗子向外看去，整个伦敦尽收眼底，如同一团雾气在远处飘浮着，零星地透出一些灯光，一闪一闪的。换衣服时，我用那仅有的空闲匆匆看了一眼那些坚固的家具，一些手工制品的框子（我猜这大概是斯梯福兹母亲未嫁之前做的），框子里以女人为素材的蜡笔画像——女人的头发上和鲸骨褡上都扑了粉，在刚刚燃起的炉光中，它们的影子在墙上忽隐忽现，这时我被一个声音叫去用餐了。

餐厅中还有一个身体瘦矮的女人，相当黑，看上去很碍眼，但也有一些好看的地方。她让我很注意，也许是因为不曾期待斯梯福兹家还有另外一个女人，也许是我们正相对坐着，又也许是她身上的确有那么一些值得人去注意的地方。黑头发，黑眼睛，却很锐利，嘴上有一处疤痕。这是一个老疤——应当叫缝痕，因为它很深，并未变色，而且早已痊愈——这个疤一直切过嘴到达下颌，从我现在的角度看过去，除了上唇（上唇也变了样）和更上的部分外几乎看不出了。我揣测，她大概有三十岁了。有些残败，好似一所招租过久却并未入住的房舍，即使如此，她身上还有一些好看的地方，这，我已经强调过了。她的内心似乎燃起了一种消蚀的火，似乎要从眼睛中喷出一般，也似乎是这团火烧得她如此瘦弱。

她被称做达特尔小姐介绍给我，却被斯梯福兹和他的母亲称呼为萝莎。我发现她以斯梯福兹夫人女伴的身份在这里入住多年了。她在表达她的意思时并不是直来直往地说，而是采用暗示的方法，可结果越是暗示就越让人听不明白。有一次，斯梯福兹夫人开着玩笑说，她怕她的儿子在大学里过着一种颓废的生活，结果达特尔小姐插了一句：

“哦，是这样吗？我是多么的愚蠢啊，但我想问的是，是否总是这样呢？我想那样的生活皆被看成——是不是？”

“那是从事任何一种严肃的职业之前应当接受的教育，萝莎。”斯梯福兹夫人带着少许冷淡回答道。

“的确，这是应该的，”达特尔小姐接过话，“但究竟是不是这么一回事呢？如果我说错了，我希望有人帮我更正——真的是那样吗？”

“真的是这样？”斯梯福兹夫人很不解。

“哦，你的意思是并不是那样吗？这让我很高兴！现在，我明白如何做人了，这就是经常发问的好处。关于那样的生活，我不会允许任何人谈及荒废、放荡以及其他诸如此类的话了。

“你说得没错，”斯梯福兹夫人说，“我儿子的那位导师是一个正直的人，即使我不能十分相信我的儿子，我也应该对他持有绝对的信任。”

“你也应该？”达特尔小姐说，“正直，对吗？真正直，那？”

“没错，我信任他。”斯梯福兹夫人说。

“这是多么的好啊！”达特尔小姐说，“多么让我心安啊！如果是真正直，那么他应该不是——当然不会是那样的了。此刻，我对他抱有很大希望呢。当我知道他是真正直的时候，你一定想象不出，我是如何的瞧得起他呢！”

她就是这样对每一个问题和别人对她更正的每一件事发表着这样的暗示，有时，我费了很大的努力也无法掩饰那份不明白，有时甚至与斯梯福兹发生冲突。晚餐桌上，就发生了一件这样的事。当斯梯福兹夫人问及我去萨伦弗克的目的时，我随口说道如果能有斯梯福兹同行，我会很高兴的，接着便告诉他，我是去那里拜访我的那位老保姆以及她哥哥一家，提醒他，曾在学校中见过面的那个渔家。

“哦，是那个直爽的人啊！”斯梯福兹说，“另一个是他的儿子吧？”

“不是，那是他的侄子，但是，他把他当做儿子一样看待呢。另外他还收养了一个可爱而美丽的小甥女，待她如亲女儿一般。你一定会喜欢见见那些接受他恩惠和仁慈的人们。”

“我会吗？呃，我想我应该会的，或者说我可以考虑一下，去见一下那样一伙人，或能与他们生活一段时间——与雏菊一起旅行的那份快乐我就不提了——也不枉此行了。”

当我看到这样的希望时，我的心因快乐而跳动着。但是一直用那锐利的眼光监视我们的达特尔小姐又插了嘴，原因是当斯梯福兹说“那样一伙人”时语调有些异样。

“哦，但，这是真的吗？请你告诉我，他们真的是吗？”她说。

“他们是什么？谁是什么？”斯梯福兹问道。

“那一伙人啊。他们真的是什么异兽或傻子吗？属于另外一个世界？我很想知道。”

“他们和我们之间有很大的距离呢。”斯梯福兹冷淡地回答说，“他们不会像我们这样容易受惊，也不像我们这样对问题过于敏感，也不太容易受伤。但是我相信他们很正常，对于那些反对这一点的人，我不会与他们争论什么。他们唯一缺少的是精细的性格，他们很容易满足，和他们那粗糙的皮肤一样，他们不容易受到伤害。”

“真的！”达特尔小姐说，“我不知道以前还有什么时候比现在听了这些话更令我感到高兴的了，现在我非常安心！当我得知那一伙人在自己受到伤害时却全然不知，这是多么令人开心哪！过去我曾替那一伙人感到不安。但是现在，对于他们的感受我并不那么关心了。我会在生活中学习，我过去的那些疑虑已经被我完全清除了。过去我还不了解，但是现在我完全明白了，这样的好处完全利于经常发问啊——是不是？”

我相信，刚才斯梯福兹的话只是在说笑，或者说在逗达特尔小姐发笑，当火炉旁只剩我们两个人的时候，我很希望他会这样告诉我。但是他只是想知道我对她的一些看法。

“她很聪明，对吧？”我说。

“聪明！她见到东西就会去磨，一直磨到锋利为止，如同在过去的这些年间，她把她的脸和身体磨得这么锐利一般，在那不断的磨中消耗了自己。最后她只剩下锋刃了。”

“她嘴上的那个疤多么让我注意啊！”我说。

斯梯福兹低了下头，阴沉着脸，停了一下。

“实际上，那个疤是我造成的。”

“是一个意外吧！”

“不是，那是在我很小的时候，她把我惹怒了，结果我抓起一把锤子向她砸去。我想，我过去一定是一个很有希望的小天使！”

谈及这样一段令他伤心的往事，我感到后悔，但是后悔也不起任何作用了。

“自那以后，她就带着那个伤疤了，会一直带着它长眠于地下，如果她会在坟墓中得以安息的话，但是我宁愿相信她不会在任何地方得到安息。她的父亲和我的父亲是表兄弟，自小就没了母亲，后来父亲也去世了，最后已经守寡的母亲将她带回了家，做了女伴。她有两千英镑，每年还能得到一些利息。这些就是关于萝莎·达特尔的过去。”

“毋庸置疑，她爱你像爱亲兄弟一般了？”

“哼！”斯梯福兹面对着火说，“有些兄弟没有被人溺爱而有的爱——不过，喝酒，科波菲尔！为了你而祝福那田间的雏菊，也为了我——这些我很羞愧——祝福山间的那些不忙碌不勤奋的百合！”高兴地说完这祝福词之后，那弥漫在他脸上的微笑消失了，随即又恢复了那份坦白，很动人。

当我们去喝茶时，我不禁带着一份痛苦去看她的伤疤。我发现，那处伤疤在她脸上是最敏感的部位，在她的脸变白之前，那个疤便会变成铅色，如同一条隐形的墨水痕经火烤过之后完全显露出来。我的这一发现，是在她与斯梯福兹玩双陆游戏时发生的一次小争论中。

对于斯梯福兹夫人对他儿子的那份崇拜，我并不觉得奇怪，她似乎不会去想别的任何事。她从一个金色的盒子里拿出了他婴儿时的相片，递给我看，另外盒子还留有他的胎发，随后又递给我刚与他结识时的相片，脖子上挂着他现在的相片。在靠近火炉旁的一个柜子里收藏着他写给她的所有的信。她本来是想拿出一些读给我听的，当然我会很乐意去聆听的，可被他阻止了，把她哄了过去。

“他告诉我，你们是在克里克尔先生的学校里认识的。”斯梯福兹夫人说。此刻，他们两个正在另外一张桌子上玩双陆，而我正同斯梯福兹夫人坐在桌旁聊着。“没错，我记得他曾对我提起一个比他小却为他所喜欢的学生，但是，你的名字我已想不起来了。”

“那时候，他对我很大方，很有义气；那时候，我也急需像他这样一个朋友呢。如果不是他一直在维护我，我想，我早就遭了殃。”

“他一直都是很大方，很有义气的。”斯梯福兹夫人因他儿子而骄傲。

我很真诚地表示了我的同意，从她待我的那份有所降低的威仪中，我也可以看出她明白我的诚意，当然在称颂她儿子时，那副神气依旧那么高高在上。

“总的来说，那所学校对于小儿并不适宜，”她说，“相差甚远呢，不过在那时，有一些特殊条件应当考虑，与选择学校相比，它们似乎显得更为重要呢。因为小儿的性格高傲，需要找一个让他感觉自己优越，甘心向他臣服的人，在那所学校正好有这样一个人。”

这个我知道，同时我也知道那个人。但是我并非因此而更恨他，倒感觉这是他的一个可以赎罪的优点呢，如果接受像斯梯福兹那样一个不可被拒绝的人能够算得上一大优点的话。

“在那儿，在一种自发的竞争心和自觉的自尊心的指引下，小儿的才能得以最大限度的发挥，”她继续说，“他可以不受任何约束的，但是，当他发现，在他们中间自己就是一个君主时，于是决定以后所做的一切都要对得起自己的身份。他就是这样的。”

我再一次真诚地应道，他就是这样的。

“不受任何强迫，凭借自己的意志去做一切，在他高兴时，可以采取方法越过任何与之竞争的对手。科波菲尔，小儿还对我说，你很崇拜他，就在你们昨天相遇时，你还欢喜地哭了起来。我若对于小儿这样感动人心的能力感到吃惊，那么我就不是一个诚实的女人，但是我也绝不会冷淡地对待那些崇拜他的人，因此对于你能来我感到很高兴，同时，也可以跟你保证，他把你们之间的友谊看得很重，对于他的保护你可以完全信任。”

达特尔小姐玩双陆的那份兴趣与做别的事一样浓厚。如果我第一次见到则她却又正在玩双陆时，我一定会想，她身体的瘦弱以及她瞳孔的放大，都是因为这场竞赛，别的任何东西都不能使她如此。但是，当我带着那份快乐听斯梯福兹夫人对我说这番话，以及她对我的重视，让我觉得这是我离开坎特布雷以来从未有过的老练时，如果那时，我认为达特尔小姐会漏掉一个字，或是错过我的一次神色，我就大错特错了。

当那晚被消磨掉大半时，一个盛着酒杯和酒瓶的盘子被端了起来，斯梯福兹烤着火对我说，他要花点时间好好想想跟我去旅行这个问题。他说，不着急，一个礼拜应该是不成问题的，他母亲也很客气地这样说。在我们聊天的过程中，他多次把我称作雏菊；这个绰号又令达特尔小姐很不解。

“科波菲尔先生，这是个绰号吗？他又为什么给你起这么个绰号？是不是——呃？因为在他眼里，你很年幼而且近乎无知呢？对于这些事，我是非常愚蠢的。”

我红着脸对她说，我想大概是这样吧。

“哦！”达特尔小姐说，“明白了这一点让我感到很高兴！我在追求知识，我很高兴能明白这一点。在他眼里你年幼无知，而你们却又是朋友，这，的确很有趣啊！”

不久她便睡了，斯梯福兹夫人也睡去了。只剩斯梯福兹和我在那里一边烤火一边聊起特拉德尔以及萨伦学校的其余的人们，半小时后，我们也一同上了楼。因为斯梯福兹的房间在我隔壁，也就顺便去看了一下。房间中弥漫着安乐祥和的空气，那些由他母亲亲手装饰的安乐椅，靠枕板凳，应有尽有，一件也不少。墙上挂着她的一幅画像，眼神正在打量着她的爱儿，仿佛她觉得，在他入眠之后，那幅画像也应该去照顾他。

回到卧室，我发现我房中的火炉把卧室照得很亮，窗帘和床周围的帷子拉下之后，房间突然显得那么整齐。我坐在离火炉不远的一张大椅子上享受着这份幸福，一些时候之后，我发现火炉架上那幅达特尔小姐的画像正热烈地看着我。

那个画师在替她作画时并未添上那个伤疤，最后我把它加了起来，于是那个伤痕便留在了那里，时隐时现：时而只局限于嘴唇，像我在吃饭时坐在她对面见到的那样，时而全部露出，和她生气时露出的一样。

我想不通，他们为什么把她放在我这里，而不是其他什么地方。为了躲开她，我匆忙脱了衣服，熄了灯，上了床。但是当我睡着时，她却出现在我梦中，依旧在那里看我。当我在半夜醒来时，我想起，在梦中，我见人就问："这到底是不是真的呢？我想知道。"至于我想问什么我也不清楚。

第二十一章

斯梯福兹在大学里雇了一个用人，他与斯梯福兹走得很近。就外表看，他是一个体面的人，同时我也相信，与他相同地位的人中没有比他更体面的了。一张不太柔顺的脸，直挺的脖子，整齐而光滑的头发，沉默寡言，轻手轻脚，态度文静，心细如尘轻声细语，在他口中的那个S（斯梯福兹姓的第一个字母）也被他低声说得那么清楚，在我看来，这个字母他比任何人使用的都要多。他在重视他的态度时都会让他的所有特征都体面起来，我想象着他甚至可以令一个颠倒的鼻子也体面起来。他的周身弥漫着一种体面的空气，体面得那么彻底，让人丝毫找不到他有什么不对的地方。他是那等体面，以至于没人会想到让他穿着和其他仆人一样的衣服，同样也不会有人想到去侮辱一个体面的人让他去做任何掉面子的事情。对于这些，家中的女佣们都那么自然而然地了解，因此宁愿自己去做那些事，也不会让那个在客厅火炉旁看报纸的他去插手。

如此沉默的人我还是第一次见。他的所有性格都是在称衬他的体面，尤其是他的沉默，让他显得更加体面。甚至他的教名我们也无从知晓，这个事实似乎也是他体面的一部分，我们所能知道的就是李提默这样一个姓，但也丝毫找不到任何可以去驳斥的理由。可以去绞死彼得，让汤姆流放，但李提默却是体面的。

在他那种抽象的体面面前，甚至令我感觉也变得年轻了。在他那体面而又平静的态度下，我甚至无法看出他的实际年龄，（这或许是他可值得称赞的地方），说他是而立之年可以，已过半百也未尝不可。

第二天早上，我还未起床，李提默便端着那令我憎恶的刮脸水来到我的房间，摆好我的衣物之后，如同抱一个婴儿一般把它轻轻放下了，并掸去了上面的灰土，随后又按照跳舞的步伐摆好了我的靴子。当我拉开床帷看他时，见他带着一种甚为体面的温度，似乎没有受到冬天里任何寒冷气候的影响，连呼出的气也不见白色。

我问候他早安，同时也问了他时间。他从口袋中掏出了一个体面的双盖怀表，用拇指按着表盖，使它露出一条很小的缝隙，然后用一种问话的神秘态度向里看了一眼表盘，随后便关上了，对我说，已经是八点半了。

“斯梯福兹很想知道你昨晚睡得怎么样呢，先生。”

“多谢，睡得很好。斯梯福兹呢，他也好吗？”我问。

“多谢，他也很好，先生。”这是他的另外一个特征，永远都是些平淡的词汇，不见任何华丽的辞藻。

“还有什么可以为你效劳吗？预报钟九点敲响，九点半用餐。”

“谢谢你，没有了。”

“我要谢谢你，先生。”他来到我身边，稍稍低了一下首说了句“对不起”，作为纠正我的话的一种道歉，之后便关上门出去了，他关门的动作那么轻，让我觉得我似乎是刚刚入睡他不想弄出任何响动来惊扰我的美梦一般。

每天早晨，我们都是这样交谈着，不多一点，也从来不少一点。在与斯梯福兹的友谊中，斯梯福兹夫人对我的信任中，或是与达特尔小姐的聊天时，无论我觉得自己有多么成熟，但是一面对他这样体面的人，我便又坚定不移地像那些不太闻名的诗人所说的“变回一个孩子了”。

他为我们准备好了马，然后由无所不能的斯梯福兹教我骑，他又为我们准备了圆头剑和手套，我从斯梯福兹那里学习击剑，增进拳术。我丝毫不介意斯梯福兹说我在这些方面是外行，却无法忍受在那体面的人面前显示自己的笨拙。从他那体面的颤动着的睫毛中我看不出也不太相信他精通这些技术，但是只要他出现在我们的训练场上，我便觉得自己甚为笨拙、幼稚、毫无经验。

对于他我特别注意，不光是在当时他对我产生了一种影响，后来所发生的事也让我格外注意他。

我快乐地度过了那个星期。可以想象，在我这样如此愉悦的心情之下，那个星期过得怎样的快，但是在那个礼拜里，我对斯梯福兹有了更深一步的认识，同时也得到了成百上千次去称赞他的机会，因此当那个星期结束时，我又觉得与他度过了那么长的一段时间。比起其他任何他对我的态度，没有比他把我当成玩物的那种矜夸的态度更能让我满足了。这种态度让我想起了往日我们之间的友谊，仿佛这是它的延续，同时他对我的这种态度让我感到他并未改变；这种态度使我在用任何平等的标准去衡量我与他的优劣以及我在这份友谊上所拥有的权利时，让我的不安得到了最大程度的减轻；另外最重要的一点是，除了我之外，他不曾对任何人使用这样一种不拘束，亲昵而热情的态度。曾经在学校里，他待我与其他人不同，同时我也乐意相信，这一些他待我也与其他所有的朋友不同。我相信，在他所有的朋友当中，我是最接近他心的一个，同时也因为对他的敬慕而温暖了自己。

斯梯福兹决定与我一道去旅行，动身的时间到了。刚开始也曾犹豫要不要带上李提默，后来还是决定不带。那个易于满足的人，将我们的箱子送到了去伦敦的马车上，在安置它们时，是那么的细心，以免在车上遭受任何震动，当我客气地赠给他礼金时，他是那么镇静地收下了。

我满怀谢意与斯梯福兹夫人与达特尔小姐道了别，斯梯福兹夫人满怀仁慈地与儿子道了别。李提默那沉静的眼神是我临走前所见到的最后一样东西，我幻想着，他那充满沉静的眼神中透出这样一个信念：我的确是个孩子呢。

在这里我不想对这样的感想——能够顺利回到往日那熟悉的地方而怀有的激动之情——加以描写了。当我们途经黑暗的街道向旅店赶去时，对于雅茅斯的名誉，我很担心，但是斯梯福兹的话却让我消除了这一不安，他说这是个新鲜而又偏僻的黑洞呢。一到旅店我们便睡了（经过老朋友“海豚”的门口时，我看见了他的一双脏乱的鞋子和鞋套）。第二天早上，我们的早餐吃得很晚。在我起床之前，精神旺盛的斯梯福兹已从海滨散完步回来了，据他告诉我，那里差不多有一半船夫他都已经认识了。另外，他还告诉我说，他看见了一所烟囱正冒着烟的住宅，并断定那就是皮果提先生的家，他还告诉我，他走了进去，并对他们发誓说，他就是我，那个已经长得他们认不出来的我。

“你打算什么时候带我去那里呢，雏菊？”他说，“现在我完全听你的安排，由你调度。”

“我想，就在今天晚上吧，当他们围在火炉旁时，我想这是一个绝佳的时刻，我希望你能够在这样一个幸福的时刻去拜访那一个非常奇妙的地方。”

“就这么定了！”斯梯福兹说，“今天晚上。”

“我不会去通知他们说我们会去拜访他们，”我高兴地说，“我们应当突然出现在他们面前，让他们感到意外和惊喜。”

“当然！如果我们的出现毫无悬念，那就没有乐趣了。让我领略一下当地人的本性吧。”

“但是他们依旧是你所说的那一伙人吧。”

“嗬！你大概是想起了我与萝莎之间的冲突了吧，我说得没错吧？”他很机警地说，“那个可恶的女孩，我开始有些怕她了，倒像个恶魔，但是随她去吧。我猜你现在要做的是先去看望你的那位老保姆吧？”

“没错，我的确是应该去看望皮果提了！”

“得，”他看了一下怀表说，“如果我把你交给她，然后让她守着你哭上两小时，这时间够吗？”

我笑着说，那么长的时间已经够我们去哭了，也提议让他去，因为他会明白，他未至而声望已至，在她眼里，他和我一样，是一个伟大的人物。

“你要是喜欢，我就去，你喜欢我怎么做，我就怎么做。告诉我去那里的方法吧，在接下来的两小时之内，无论是喜剧还是悲剧收场，我都会随你的意思登台。”

我将巴吉斯先生的住址告诉了他，然后，带着我们之间的约定便独自出了门。地面干躁，空气清爽，海面微波粼粼，太阳虽然没有那么多温度，却也发出了耀眼的光芒，一切都是那么新鲜、活泼。能够来到这里，在那份愉悦的心静下自己也变得那么新鲜、活泼。我真想拦住街上的每一个人，与他们握一握手呢。

很明显，街道在我眼里显得小了些。那条街道我仅在孩童时期见过，但是我相信，当我再次回去时，它不会有所改变。街道上的一切我都还能想起，我没有发现任何不同，除了欧默先生的店铺。那块招牌上原来写着“欧默”，现在改成了“欧默-约拉姆”，其他的“布商”、“成衣匠”、“服饰商”、“丧事用品商”等字样依旧未变。

当我在街对面读过这些字的时候，我很不自觉地向那个铺子走去，来到门口向里张望。一个漂亮的女人怀里抱着一个婴儿站在店铺后面，旁边站着一个小孩牵着她的围裙。我认出那是明妮，我想那两个应该是她的孩子。客厅的玻璃门并没有完全打开，但那个老调子从院子对面的作坊中依稀传来，似乎一直都不曾间断过。

“欧默先生在吗？我想见他一会儿。”我走进去说。

“是的，先生，他在，”明妮说，“他的气喘不适宜户外这样的天气呢。乔，去叫你外公！”

那个牵着她围裙的小孩发出了一声雄壮的叫喊，那叫喊声令他自己都害起了羞，在她的称赞下，用她的裙子蒙住了自己的脸。随后便听见了一种沉重的喘气声向我们靠近，没过多久，欧默先生便站到了我面前，样子并不老，但呼吸更加短促了。

“先生，有什么可以为你效劳的吗？”欧默先生说。

“如果你愿意，欧默先生，我想与你握一握手呢，”我伸出自己的手说，“以前你待我很好，但是那时我并未向你表示过感谢。”

“以前我是那样对你的吗？”那个老人说，“我很高兴听你这样说，但是我确实记不起来了。你肯定那是我吗？”

“一点没错。”

“我越来越感觉自己的记忆力和我的呼吸一样短了，”他看着我摇了摇头说，“我已完全记不起你来了。”

“难道你不记得了吗？那天你去车站接我，我在这里吃早餐，我们（我、你、约拉姆先生、还有约拉姆太太——那个时候她还没有嫁给他呢）一起坐车去布兰德斯通，你还记得吗？”

“哦！上帝啊！”欧默先生吃惊得咳嗽了一声后叫道，“我想起来了，亲爱的姆妮，你还记得吗？哎呀，是啊——那是一位太太的丧事吧？”

“是家母。”

“没错，”欧默先生用手指摸着我的背心说，“另外还有一个婴儿呢，那是给他们两个送殡啊，婴儿躺在她怀里。对，是布兰德斯通，对，对！哎呀！自那以后，你过得还好吗？”

“很好。”我谢过他，同时也问候他好。

“哦！但是，你知道，这没有什么可抱怨的啊，我只是觉得自己的呼吸越来越短促了，但是一个人的呼吸不会因为年纪的增长而延长啊。既然如此，那就服从这样的规律吧，尽可能让自己活得久一点便是了，这是最佳的办法了，是吧？”

欧默先生笑了，因为笑声又咳嗽了起来，站在他身边柜台后面的那个怀中抱着婴儿的他的女儿过来帮他平息了下来。

“没错，那是给两个人送殡呢！同时也是在那趟旅行中我们敲定了姆妮与兰结婚的事。一定要选个时候了，约拉姆说，是啊，一定，父亲，明妮应和着。现在仔已经入了业。看！这是最小的呢！”

明妮笑着抚摸着自己两鬓结扎起来的头发，此刻她父亲把一个胖指头，伸向了她怀中的婴儿。

“的确，那是给两个人送殡！”欧默先生一边回忆着一边点着头说，“没有错！而那时约拉姆正在用银钉做一副棺材，比他怀中的婴儿的尺寸还要大两寸呢。你要不要吃点什么？”

我谢绝了他。

“我记得，”欧默先生说，“巴吉斯的妻子——皮果提先生的妹妹——与你家是什么关系啊？她在你家当过下人吧，是吗？”

我的肯定让他感觉很满足。

“我的记忆力好了许多，我相信我的呼吸也会随之延长的，”欧默先生说，“另外，先生，在我们这里有一位年轻的女人在帮忙，是她的亲戚，我敢说，她对成衣业的那种高雅的趣味是英国任何一位公爵夫人所不能媲及的。”

“那不会是小爱米丽吧？”我不自觉地问。

“她名字是爱米丽，而且也不大。”欧默先生说，“我相信，她生有一张令本市一半的女人都要嫉妒得发疯的脸。”

“胡说！”明妮叫道。

“亲爱的，我并没有把你算在内啊，”欧姆先生朝我使着眼色说，“我只是说，雅茅斯一半的女人——方圆五里——都会嫉妒得发疯呢。”

“那她就应该安守本分，不给她们留下任何把柄，那样她们怎么会嫉妒她呢。”明妮说。

“她们不会，亲爱的！”欧默先生说，“她们不会！这难道就是你对人生的看法吗？尤其是在另外一个女人的美貌上，你认为那些不该做的事她们就不会去做吗？”

接下来发生的一切，让我真的相信，欧默先生在开过这一讽刺的玩笑之后便这么完结了。他咳嗽得那么厉害，呼吸那么短促，所有努力去恢复的尝试都近乎徒劳，我在等待他的头沉到底下。但是，他最后还是好了起来，但依旧喘得厉害，近乎筋疲力尽，只好坐在长桌的踏脚凳上。

“你也知道，”他擦着头上的汗很艰难地吸着气说，“在这儿，她没有接近过任何人，对那些特殊的相识或朋友，她也没有更亲近，更不要说情人了。可是，却四处流传开这样一个恶意的故事，说爱米丽想要成为一位阔太太。我的想法是，这件事之所以会被四处传播，主要是因为她在读书的时候曾这样说过，如果她是一位阔太太，她一定会给她的舅舅——你知道的——买许许多多的东西。”

“你的话我完全相信，欧默先生，”我急切地说，“因为我们在很小的时候，她也那样对我说过。”

欧默先生擦着下颌点着头说：“正是如此，并且，她可以用比大多数少得多的东西将自己打扮得更漂亮，当然，这就使得情况变得不那么愉快了。但是，她似乎有点任性，有时甚至我也这么认为，心思不大定，还有点娇气，自控力不够。反对她的话不过如此吧，明妮？”

“的确不过如此，”约拉姆太太说，“我还相信，最糟糕最难听的也不过如此了。”

“在她来这里之前，曾经看护过一个脾气不好的老女人，因为相处并不好，于是决定离开。”欧默先生说，“来到这里之后，签了三年的学徒，现在差不多已经过了两年，她要多好有多好，能够顶得上任何六个！明妮，她现在是否能够顶得上六个？”

“绝对能，父亲。”姆妮说，“千万别说我毁谤她！”

“不错，”欧默先生说，“那是很好的。所以，少爷，”他又擦了一会儿下颌说，“免得你认为我呼吸短促，话多，我想我已经说完了该说的。”

当他们谈到爱米丽的时候，把声音压得很低，以至于我想她应该就在这附近不远。当我向欧默先生问起时，他点头赞同，并朝客厅的门点头向我示意。当我问能否看她一眼时，他的回答是“请便”，于是我透过玻璃看见她坐在那里工作。一个美丽可爱的人儿，天生一双曾看透我的内心的明亮的蓝眼睛，微笑着转向那个正在她身旁玩耍的明妮的另一个孩子。她那鲜艳的脸上带着那份任性的神气，也潜藏着往日那种令我难以揣摩的羞怯意味，但是，我相信，她美丽的容貌中处处含有向善追求幸福的，也保持着那份善良幸福的状态。

作坊中那仿佛没有间断过——唉！事实上就是没间断过啊——的调子依稀入耳。

“你不想进去和她聊聊吗？”欧默先生说，“进去吧，别客气啊！”

那时，我实在太害羞了，不敢那样——我怕会让她感到难为情，也怕自己会难为情，但是我等问了她在晚上下班的时间，以便我们能够按时来访，接着便向欧默先生与他的漂亮女儿和她的孩子们告了辞，径直来到我的老保姆皮果提家。

那时她正在厨房做饭，我敲了门，她开了门问我有何指教，我面带微笑地看她，但是她却很冷淡地回看我。虽然我从未间断过给她写信，但是至今我们已相隔七年未见了。

“太太，巴吉斯先生在吗？”我装作很粗鲁地问道。

“在，但是患了痛风正躺在床上呢。”

“现在，他不去布兰德斯通了吧？”

“他的病好转的时候，会去。”她说。

“你去过吗，巴吉斯太太？”

她仔细地打量着我，随后迅速地合上了双手半举在胸前。

“我想打听一所那里的住宅，叫——叫什么来着？雅巢的一所住宅。”我说。

她吃惊地倒退了一步，带着一种犹疑不决的态度伸出了双手，仿佛要赶我走。

“皮果提！”我叫道。

“亲爱的！”她叫道。随后我们搂抱着哭成一团。

她是怎样的忘形，又是如何痛快地笑，痛快地哭，以及怎样表达了自己的骄傲、快乐以及悲哀，我不忍叙述了。那一记得，我也不必担心自己过于年轻，以至于不能理解她的情感。我相信，这一生绝对没有——以往对她也没有——哪一次比那个早晨笑得更痛快，哭得更随便。

“巴吉斯一定会很高兴的，”皮果提用围裙擦拭着眼角的泪水说，“你的到来比任何药都管用呢。亲爱的，我可以把你到来的消息告诉他吗？你要去看他吗？”

我当然要去的。但是皮果提向巴吉斯房间走得是那样艰难，因为每当她走几步，便会回过头看我一眼，又折了回来伏在我肩膀上笑一会儿，哭一阵。后来我决定与她一同前往来到门口时，我在门外等了一分钟，让她去通知巴吉斯先生，之后便出现在了那个病人面前。

他见到我时是那么高兴，但又痛得厉害，连与我握手的力气也使不出，最后他求我去握住他睡帽上的缨子，我很诚恳地照做了。当我坐在他床头时，他说，他又像是驾着车和我奔驰在布兰德斯通的大道上一般，感到无限的快乐。他仰面躺着，除了露出脸，身体的其他部位全被盖住了，此时他的样子，是我见过的最奇特的东西了。

“先生，我在车子上写的那个名字是什么啊？”巴吉斯带着病痛的微笑问。

“啊！关于那个问题，我们曾有过很严肃的讨论呢，是不是？”

“我愿竟敢一个很长的时间吧？”

“不短。”

“我从未后悔过，你还记不记得，有一次你告诉我，她会做各种各样的苹果馅饼以及各种好吃的饭菜？”

“记得，记得很清楚。”我说。

“那如同蔓菁一样真，如同，”巴吉斯点了一下睡帽（他痛得只能够让他的睡帽微微抖动了）说，“纳税一样真，再也没有比这些更真实了。”

巴吉斯先生把目光移向我，似乎是在让我同意他思考出结果。我点头表示赞同。

“再也没有比这更真实的了，”他重复道，“我这样一个穷人躺在床上想出来的。我是一个穷人啊，先生。”

“听你这样说，我很难受，巴吉斯先生。”

“的确，我是一个很穷的人。”巴吉斯说。

这时，他从被子中慢慢地伸出右手，毫无目的地摸来摸去，摸到一根松松地系在床边的棍子，用棍子在地上拨了几下，每拨一下脸上总是显出焦躁的表情，当棍子碰到床底的箱子时，焦躁的表情便平静了下来。

“是些旧衣服啊。”巴吉斯说。

“哦！”

“但我希望那是钱呢。”

“我也希望，真的。”

“但不是啊。”他的瞳孔扩张得很厉害。

我表示完全相信，他随后用一种温和的眼神面对他的太太说：

“她，克拉拉·皮果提·巴吉斯是这个世上最好最有用的女人，她有资格配得上任何人对她的任何称赞。亲爱的，晚上准备一顿好吃的饭菜，请科波菲尔留下吃饭，好不好？”

当我想去推辞他的这种不必要的客气时，却发现坐在对面的皮果提流露出一种极度想让我留下的表情，因此也就默许了。

“在我身边的某个地方，还剩一点钱，但是现在我有点困了，你同大卫先出去一下。让我睡会儿，在我醒来后，我会设法找出它们。”

遵照他的要求，我们离开了卧室。刚出门时，皮果提便对我说，现在巴吉斯比以前更小气了，从他的钱库中拿出哪怕一个子儿，也会使用一下这样一个计策，然后忍受着莫大的痛苦独自爬下床，从那个箱子中取出钱。事实上，当我们在门外时，也听到了他发出的那种痛楚的呻吟，因为每一个动作都会牵动他身上的每一处关节。可以看出皮果提对他充满了怜悯，但是仍然说，他那宽厚的动机对他是有帮助的，因此也就没有去阻止他。他呻吟着下了床，一直忍受着痛苦爬上床，这才告一段落。接着我们被唤进去，他假装醒来，然后从枕下拿出一畿尼。他的满足——对我们进行了那巧妙的欺骗以及保持了那个箱子中的秘密的满足——似乎抵偿了他的所有痛苦。

另外，我通知皮果提说，斯梯福兹也会来，没过多久，他便到了。我相信，不管他是以我的好友的身份出现，还是以她的恩人的身份出现，对她都没有分别，因为不管怎样，她都以最大的感激和忠诚来招待他。但是他凭着他那活泼的性格、和蔼的态度、俊秀的脸以及投合所有人的心意的能力，只花了五分钟便俘虏了她，单说他待我的那种态度也能完全征服她。不过，我相信，因为这种理由，在他离开之前，她确实崇拜他。

他和我一起留在那里吃了晚餐。他像阳光和空气一般进入巴吉斯先生的卧室，那个房间瞬间明朗爽快起来。他所做的事不需要声张，没有矜持，也无须费力，却起到一种恰到好处的效果，一切都是那么温雅，那么惬意而自然，就算是现在想到，也那么令我感动呢。

我们围在那个小客厅里有说有笑，书桌上依旧摆着那本自我读书之后便未沾过其他人的手的《殉道者记》，此刻，我又翻开那些可怕的插图，却再也找不到丝毫往日的那些感觉。皮果提聊到了她为我预备的那个卧室，以及留我在那里过夜的准备，同时也希望我能够留下，当我还在迟疑时，我看了看斯梯福兹，他便完全明白了。

“嗯，在我们旅行的这段时间，你在这里睡，我回旅店。”

“但是既然带你来，却又把你一个人丢在那里，似乎有点对不起朋友。”

“嗬！你本来就属于这儿！与这个相比，‘似乎’是多么的渺小啊！”

于是立刻决定了。

一直到八点我们去皮果提先生的旧船之前，他都一直保持着他那些令人愉快的品质。随着时间的推移，这些品质活泼地显露了出来，那时我在想——当然现在也毫无疑问地以为，他在讨人欢喜那方面所获得的成功，使他激发出一种新的体贴的意味，虽然那么让人捉摸不透，但让他更容易讨人喜欢了。如果，那个时候，有人这样对我说，说这一切都是他的障眼法，他不过是因为自己的好胜心，为了一时的享乐和消遣去得到那些事后没有价值的东西，那么当我听了之后会如何发泄我的愤慨，我自己也说不清楚！

我带着一份忠实陪他一起在黑暗中走过那寒冷的沙子来到那条旧船，一路上风在叹息着，似乎比我第一次拜访皮果提先生家时更为悲伤。

“这里很荒凉，是不是？”我问。

“在这黑暗中确实显得有些凄凉，”斯梯福兹说，“海的怒吼声似乎要连同我们一并吞没呢。是那条点着灯的船吧？”

“是的。”我说。

“今天早上，我所见的就是这条，我相信，那个时候，我出于本能，我一直向它走去了。”

当我们靠近灯光时，我们没有说话，轻手轻脚地来到门前，当我把手搭在门闩上时，低声让斯梯福兹靠近我一些，然后走进去。

在外边时已听见一片嘈杂，走进去，又听到鼓掌声。令人感到惊奇的是，那后一种声音是发自一向郁郁寡欢的高米芝太太的。可是，高米芝太太并不是唯一兴奋的人。皮果提先生一脸欢喜，大笑着张开粗壮的双臂，像是等着小爱米丽投进他怀中；汉姆握着小爱米丽的手，好像要把她交给皮果提；小爱米丽又羞又怕，却因为皮果提先生的高兴而高兴，她正要扑进皮果提先生怀中时，我们走进去。我们从那又黑又冷的夜幕中走进这温暖明亮的屋里时，第一次看到他们这样；在暗处的高米芝太太像疯了似的鼓掌。

我们刚进去，那幅画面就消失了，简直让人怀疑它是否存在过。我站在那里惊慌失措，与皮果提四目相对，向他伸出了手，这时，汉姆大声说：

“大卫啊大卫！”

我们大家随即握手，互相问好。皮果提见了我们两人很是得意、开心，简直不知说什么好，只是一次次地和我握手，接着又和斯梯福兹握手，然后把他一头乱蓬蓬的头发揉得更乱，最后高兴得大笑起来。看来他是真开心呀！

“喂，你们两位先生，请到这里来，我相信，这是我一生中从没有过的事！爱米丽，我亲爱的，你也到这儿来！这是大卫的朋友，就是你过去听说过的那位先生。他和大卫来看你了！”

一口气发表了演说后，皮果提又满怀热情，欢天喜地地用两只大手捧住外甥女的脸亲了起来，然后又满怀得意地把她的脸贴在宽阔的胸膛上。然后再放开她，她跑进以前我当过卧室用的小房间里，他把我们仔细打量。

因为他当时高兴，竟觉得热得透不过气。

“如果你们两位——我应该改口称先生了吧？”皮果提说。

“是这样的，是这样的！”汉姆说，“他们是这样的，大卫他们成年了！”

“如果两位先生，”皮果提说，“听了这事的原委，一定请你们饶恕了。爱米丽，亲爱的！她知道就要宣布了，”说到这里，他又忍不住欢喜，“所以她逃走了。请你现在找下她，大姐？”

高米芝太太点点头就出去了。

“今晚是我一生中最快乐的一晚——我没法说得更明白。这个小爱米丽，”他小声对斯梯福兹说道，“就是你刚才在这儿见到的。”

斯梯福兹点了点头。

“我这个小爱米丽，”皮果提说，“一直就住我们家里，我承认——我是个大老粗。这个眼睛水汪汪的可人儿是世上唯一的。我爱她，爱得不能再爱了。你明白吧！我爱得不能再爱了！”

“我很明白。”斯梯福兹说。

“我知道你明白，先生，”皮果提说，“再次谢谢你。大卫能记得她过去的样子。”皮果提说，“我粗鲁得像头野猪，可是，我相信，除非是一个女人，否则没人能知道在我眼中小爱米丽是什么样子。这里没外人，”他放低了声音，“那个女人也不是高米芝太太。这儿有一个人，从爱米丽的父亲溺水后就认识了她，他看着她从小长大。看起来他不是什么了不起的人物，”皮果提说，“有点像我这样——粗鲁却很爽快——不过总的来说，是个诚实的小伙子。”

“无论这个水手干什么，”皮果提满面春风地说，“他的心总牵挂小爱米丽。他听她的，成了她忠实的仆人。你们知道，现在，我可以看见我的小爱米丽结婚了。不管怎样，现在我可以指望她嫁给一个可以保护她的人了。我不知道我还能活多久；可我知道，如果有天晚上我在雅茅斯港口翻了船，在我不能抵抗海浪的最后一眼能看到这镇上的灯火，还会想到岸上有个人，忠诚于我的小爱米丽，上帝保佑她，我就可以安心地沉下去了。”

皮果提热情地摆着手，好像是最后一次对镇上的灯火告别，然后他的目光和汉姆的交会，又相互点头，仍像先前那样说下去。

“我劝他去对爱米丽说。他年纪也老大不小了，但他却比一个孩子还要怕羞，他不肯去说。于是，我就去替他说了。‘什么！他？’爱米丽说，‘这么多年我很熟悉他，也很喜欢他！我绝不能嫁给他。尽管他是那么好的一个人！’我吻了她一下，只好说：

‘亲爱的，你自己去选择吧，你像一只小鸟一样自由’。于是，我到他那儿，我说：‘我希望能好梦成真，但不行。不过，你们仍可以像过去那样交往。我要告诉你的是，依旧要像过去那样对待她。做一个光明磊落的男子汉。他握着我的手说，‘我一定会这样做！’就这么两年过去了，他果然那样，我们家也完全和过去一样。”

皮果提脸上的表情随他的叙述而起伏着。现在，他又像之前那样露出了得意的表情。他把一只手放在我膝盖上，另一只放在了斯梯福兹的膝盖上，然后，他对我们说了下面这番话：

“突然一天晚上——也许就是今天晚上，小爱米丽下工回家，他也跟着来了！你们会说，这有什么稀奇的呀。没错，因为他一直像个哥哥一样照顾着她。无论白天或是黑夜，什么时候都是这样。这个年轻的水手边抓住她的手，边高兴地对我叫道：‘看！她就要成我的小太太了！’于是，她也半推半就、半笑又半哭地说：‘是呀！舅舅，只要你高兴。’只要我高兴！”皮果提高兴得摇头晃脑地说，“好像我就应该不高兴似的！‘只要你高兴，我现在坚定了，也想得明白了，我要尽可能成为他的太太，因为他是个值得信赖的人！’这时，高米芝太太开始鼓掌，你们就进了屋。喏！这回真相大白了！”皮果提说，“你们进来了！此时此地发生的就是这件事。这就是要和她结婚的那个人！”

看到像汉姆这么一个汉子，现在因为得到了那个美丽的小公主的心而发颤，我觉得好感动。皮果提和汉姆对我们所持的信任这本身也令我好感动。我不知道我的感动有多少是来自童年回忆的影响。在那里我是否依然怀着对小爱米丽的残余幻想呢，我也不知道。我只知道，因为这一切而满心喜乐，不过，开始那会儿，我的喜乐多少有些带着伤感，差一点就会酿成痛苦了。

斯梯福兹说：“皮果提先生，你是一个真正的好人，你有权利享受今晚的快乐。我向你保证！汉姆，恭喜你啊。我也向你保证！皮果提先生，如果你不能把你的外甥女劝服出来，我可就要走了。在这样一个美好的夜晚，在火炉旁边，我们共度了一个美好的夜晚！”

于是，皮果提就走进我过去住过的小卧室去找小爱米丽了。刚开始，小爱米丽怎么也不肯出来，后来汉姆又进去了。不久，他们把她带到了火炉前。她很紧张，羞答答的——可是看到斯梯福兹那么温和地对她说话，她没多久就放开了。他巧妙地回避令她不安的事；他对皮果提谈潮汛和鱼，谈大小船只；对我谈在萨伦学校与皮果提见面；谈他很喜欢船和船上的一切；他轻松自如，终于把我们每个人都带入一个迷人的世界，我们大家就都无拘无束地谈开了。

确实，小爱米丽那个晚上很少说话，可是她却仔细聆听，神色兴奋，她样子好可爱。斯梯福兹讲了个很惨的沉船故事，他讲得活灵活现的，小爱米丽一直盯着他，好像也亲身体验了那一切一样。为了逗大家开心，他又给我们讲了一个自己的冒险逸闻，他讲得那么愉快，像是他本人也和我们一样对这个故事感到新鲜有趣。小爱米丽的笑声像微风一样在那条船里荡漾开了，大家也因那件事十分开心而又不得不同情地大笑起来。这使得皮果提唱了起来：“暴风要刮就一定要猛烈地刮，一定要刮就有猛烈的时刻。”他自己也跟着唱了一支水手的歌。他唱得那么动人、那么好听，不禁让人生出许多美妙幻想。

可是，他不只让大家注意他，也不止一个人成为话题中心。小爱米丽变得更大胆了，隔着火炉和我说起话来，谈起从前我们在海滩上散步捡石子贝壳的情形，我问她是否还记得我曾怎样倾心于她时，我们不约都脸红了。他总一言不发静静地看着我们，若有所思。那一晚上，她一直坐在那只靠火炉小角里的小箱子上，汉姆则坐在我从前坐过的老地方。

我们告别时已近半夜。我们用饼干和干鱼当夜宵，斯梯福兹从口袋里掏出一瓶荷兰酒，在场的男人把它全喝了。我们高高兴兴地道别，他们很友善，我能看到汉姆身后望着我们的那对蓝眼睛，还听见她叮嘱我们一路小心的声音。

“我们多幸运啊，”我说道，“赶上了看他们订婚的快乐场面！我从没见过这么快乐的人，我们身处其中，分享了他们率真的快乐，多开心啊！”

“那是个愚蠢的家伙，配不上这女孩，对不对？”斯梯福兹说。

他刚才还是那么亲热，这冷淡的话令我大吃一惊。马上转身看他，见他眼中的笑意，原来是句玩笑，我又放心了，于是答道：

“嘿，斯梯福兹！你当然有资格笑话穷人了！我知道，这些人的每一种情感，每一种喜怒哀乐，都深深打动了你。为此，斯梯福兹，我更加的崇拜你、爱你！”

他停下了脚步，看着我说：“雏菊，我相信你是诚实的、善良的。同时我也希望我们都是的！”说完，他愉快地唱起皮果提先生的歌，和我一起快速地向雅茅斯走去。

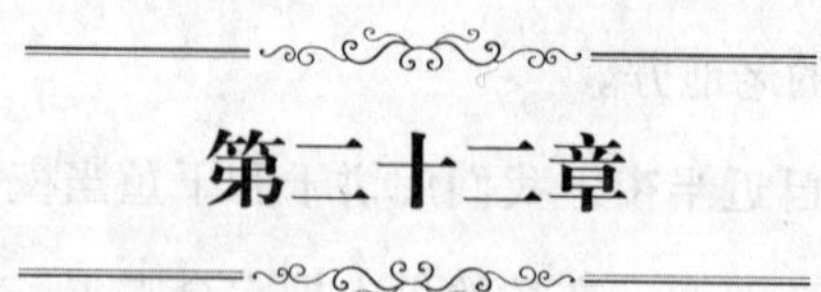

第二十二章

斯梯福兹和我在那里住了半个多月，大部分时间我们都在一起，但时而也会小别几个钟头。我有些晕船，但他却没有这样的毛病，因此每当皮果提先生出海时，他总是一起去，而我则只能留在岸上。另外，我住在皮果提为我准备的房间里受到的某种约束是他所没有的：因为我了解她夜以继日地服侍巴吉斯所遭受的那种辛苦，因而晚上会早点回去，而斯梯福兹却可以随意外出而不受任何约束。因此我经常听到这样的事：在我睡觉之后，他出现在皮果提先生经常光顾的那家如意居，以东道主的身份请那个打鱼的人喝酒；有时会披着渔夫的衣服整夜整夜地留在海上直到早潮涨满时才回旅店。但是对于这些所有的事没有一件令我感到吃惊，因为我明白他喜欢在那些粗糙的劳动和恶劣的天气上发泄他那好动的性格和勇敢的精神。

我们小别还有这样一个原因，我对在布兰德斯通重温那往日的情愫怀有一种莫大的兴趣，但这些对于斯梯福兹来说却极为冷淡，陪我去过一次之后，便不大愿意再去了。因此，有那么三四次，我们早早吃过早餐后便各自上路，最后在晚餐中相遇。我虽然不知道他是如何度过这一天的时间的，但这并非我所担心的，因为他在那个地方的威望已经不小了，而且对于让自己开心的方法，他会在别人连一种想也想不到的时候想出二十种来。

而我则独自来到那往日的大道上加快我走过的每寸土地，留恋在那些过去我经常加快的地方。我一小时接一小时地徘徊在我父母的墓地旁——当它只属于我父亲时，我曾怀着又惊奇又深情的想法向它张望过；当它被掘开来埋葬我母亲和她怀中的婴儿时，我又是带着怎样的凄凉站在那里俯视——筹备在那忠诚的皮果提在他们坟墓附近的花园旁，在一个安静的角落里，无数次地念出墓碑上的文字。此刻当我听见那教堂死寂般的钟声，我大吃一惊。此刻那些回忆与我以后要成为怎样的一个人和那些我所要做的一些事紧紧联系在一起。当我回想起这一切时，总会应和这个调子，如同我回家之后在我母亲身旁建起一座空中楼阁。

我老家的变化很大。那些早就被乌鸦遗弃的破鸟巢现在已经没有了，树也被修剪得失去了往日的模样，住宅中的窗子有一半是紧闭着的，花园也已荒废，但家里有人居住，一个可怜的发了疯的男人还有那些照料他的人。他坐在我的小窗子前，面向那个墓地，我想知道，此刻他所想的与我往日所幻想的——一个玫瑰色的早晨，当我穿着睡衣透过窗子看那些在晨光中悠闲地吃着草的羊时所幻想的——是否一致。

往日的邻居葛窗波先生和太太早已离开去了南美洲，雨已浸透了外面的墙壁，穿过了屋顶。齐力普先生的新妻——一个高高瘦瘦的高鼻梁的女人——为他生了一个瘦弱却有沉重的脑袋的男婴，从他那软弱而直瞪的双眼中透出这样一个疑问：为什么要生他出来。

经常，我悲喜交集地徘徊于我的故乡，一直到发江的冬季太阳向我发了警告时，我才离开那里往回走。当我把它惑乱在身后时，尤其是当与斯提兹愉快地坐在火炉旁享受晚餐时，想起已经去过那个地方是很令我愉快的。当我回到皮果提早已为我整理好的房间一页一页地翻起那本鳄鱼书（那本书一直都摆在那张桌子上）时，怀着一颗感激的心去追忆，我是何等的幸福，又是何等的快乐能够获得斯梯福兹的友谊和皮果提这样一个保姆，以及代替我那些早年失去亲人位置的一个不平凡的宽厚人——我的姨奶奶。

当我结束这漫长的散步后，乘渡船回到雅茅斯，能把我带到一个沙滩上，在那里我可以免去一大段弯路一直来到市镇。皮果提先生的房子在那片离我还不到一百码的荒凉地段，因此当我走过时停下望了一会儿，此刻刚好遇到斯梯福兹也在那里等待我，于是我们便一起在那寒冷的天气和在黑暗的夜晚渐浓的雾中向那市镇的灯火处走去。

在一个黑暗的夜晚，我回来得比以往要晚——因为我们的旅行就要结束了，于是在那一天便去布兰德斯通作了最后的告别——我发现他独自坐在皮果提先生家的火炉前沉思。他是那么的入神，对我的靠近完全没有察觉，当然，即便不去专心地思考问题，也不那么容易觉察出我的临近，因为在沙滩上行走是很难听见脚步声的，但是让我惊讶的是在我走进去唤他时，也并未唤醒他。我来到他身旁看着他，他依旧坐在那里眉头紧锁着沉思。

当我把手搭在他肩上时，他吓了一跳，我也被他吓了一跳。“你怎么像个怨魂一般出现啊！”他近乎发怒地说。

“但是我总得让你知道我的到来啊，”我说，“我有没有把你从星球上叫下来呢？”

“不，没有。”

“那么，是把你从什么地方叫上来的吗？”

“我在打量火里的图画呢。”他说。

“但是你没有给机会让我看了。”这时他拿起一块燃烧的木头搅动了炉火，瞬间迸出许多火星，朝那个烟囱飞去，被寒风吞没了。

“你是不会看见那些图画的，对于黄昏我甚为憎恶，因为它们既不是白天也不是夜晚。你回来得多迟啊！你去过哪些地方？”

“我在跟那些我往日散步的地方道别呢。”

“刚才我在想，”斯梯福兹浏览着那间房说，”我们初来的那一晚，我们见到的那些快活的人会从这个地方的荒凉景象看出——在未来的某个时刻分离，或去世，或者遭受我们所不能想象的伤害。大卫，我真的希望过去的二十年里有一位严明的父亲在教导我呢！”

“亲爱的斯梯福兹，你怎么了？”

“我希望，过去我得到了比现在更好的指导！”他叫道，“我希望过去我能够更好地指导我自己！”

他那过度的沮丧实在令我诧异，他比我想象的还要失去常态。

“现在让我与贫穷的皮果提先生或他那粗鲁的侄子交换身份，”他站起来靠在火炉架旁边无表情地看着炉火说，“都比现在的我要强，虽然我与他们相比要富二十倍也聪明二十倍，但总好过刚才这半个钟头内在这该死的船中苦恼自己！”

他的变化让我觉得恐慌，刚开始，我只能静静地看着他，而他则只是用手扶着头站在那里，满脸忧郁地垂着头面对着炉火。最后，我很诚恳地请求他，求他告诉我那些令他苦恼的到底是什么，即使我没有能力去劝慰他，我也希望能够同情他，但我还未说完时，他便大笑了，刚开始笑声还有点不太自然，但不久也就恢复了兴致。

“没什么的，雏菊！这并没有什么！”他说，“在伦敦的旅店中我就对你说过，有时，我很讨厌自己。刚才，我仿佛是做了一场噩梦—— 一定是这样。在我非常沉闷的时候，我会想起一些儿时莫名其妙的童话来。我想，我肯定是把那个‘不小心’成了狮子口中餐——我想，这比被狗吃掉会更堂皇一些——的坏孩子跟自己给弄混了。被老女人们称为恐怖的东西从我头顶一直爬过脚尖。我害怕自己。”

“我相信，其他的没有能让你感到害怕了。”我说。

“也许吧，也许还有更令人害怕的东西存在呢。”他说，“得啦！事情都已经过去了！我不会再苦恼了，但是我要告诉你的是，如果我曾有一位坚定而严明的父亲，那肯定对我有很大的帮助呢！”

他的表情永远是丰富的，但是当他面对着火说那几句话时，脸上却流露出一种我从未见过却又无以言表的真诚。

“到此为止吧！”他做了一个向空中抛一件毫无重量的东西的手势说。

“哈，因为它离开了，现在我又是个男子汉了，像麦克白那样。吃饭的时间到了！如果我不曾（像麦克白一样）用最可怕的纷扰结束了宴会，雏菊。”

“但我想知道，他们去哪了？”

“我也不知道啊，”斯梯福兹说，“在去渡船那里没找到你之后，我便回来了，却发现这里空荡荡的。这样的情形引起了我一连串的思绪，一直到你来。”

挎着篮子的高米芝太太回来了，证实了这个家当时没有任何人：因为高米芝太太会在皮果提先生回来之前，忙着去买一些生活用品，却又担心汉姆和小爱米丽回来之后找不到她，于是门便没有上锁。高米芝太太被斯梯福兹的愉快问候和诙谐的拥抱大大提高了兴致，随后斯梯福兹便挽起我的胳膊把我拖走了。

当然，他也将自己的兴致提高了，我想绝不在高米芝太太之下。当我们走在路上时，他又开始高兴地与我聊起来了。

“这么说，”他似乎愉快地说，“明天，我便要结束这种海盗式的生活了，是吗？”

“是啊，你也知道，我们已在马车上买过票了。”

“哦！无法挽救了，我想，这个世界上已没有任何要做的事了，除了在海上荡来荡去。我希望不是这样。”

“只要没有失去对生活的兴趣。”我笑着说。

“大致如此，”他说，“然而这句话略微带有一点像我的小朋友这样老实的人而不应该带有的讽刺。好啦！大卫，我想我是个没有坚韧毅力的家伙，我很清楚我自己，但是正当铁还热时，我还能用力去打。同时，我也相信，我完全可以通过航海舵手的严格的考试了。”

“皮果提先生称赞你是个奇才呢。”

“航海奇才，对吧？”

“是的，他是这么对我说的，你也知道，他是个实实在在的人，同时他还知道你在追求一样东西时会付出多大的热情，又是那么轻而易举地掌握了那些技能。但是有一点你让我最为惊讶——像这样一阵子一阵子地施展你的才能，你总会从中得到满足。”

“满足？”他调皮地笑道，“除了对你的嫩，我从未感到满足过，可爱的雏菊。至于一阵子一阵子，我想说的是，我从来都不曾掌握一种技能，将自己绑在伊克西翁（萨利亚王，因热爱宙斯之妻赫拉，且引诱成功，结果被绑在地府的旋轮上）的那个旋轮上。不知道怎么回事，我在一种不好的学徒生涯中错过了这样一种技能，当然，现在也就不去关心了。我在这里买下了一条船，你知道吗？”

“奇怪的家伙，斯梯福兹！”我停下来说——因为这是我第一次听说此事，“也许，你永远也不想再回来了呢！”

“回不回来我不知道，但我却很满意这个地方，不管怎么样，”他挽着我轻快地向前走去，“有一条船刚好出售，我便买了下来，皮果提先生说那是条很不错的快船，当然我不在这儿的时候，它的所有权归皮果提先生。”

“现在我终于明白你的意思了，斯梯福兹！”我大喜，“你佯装给自己买了条船，但事实上却是想送给他一件礼物。既然我很清楚你的为人，那么刚开始我就应该明白你的意思啊！亲爱的斯梯福兹，仁慈的人哪！对于你的慷慨，我应该如何向你表达我此刻的感想啊？”

“闭嘴吧！”他脸红了，“越少说，越好。”

“难道我不了解吗？”我说，“我不是曾经对你说过，面对在这些诚实的人的心中的那些快乐、悲哀或其他任何感情，你都不会无动于衷吗？”

“得啦，得啦，”他说，“这些你都对我说过。我们已经说得够多的了，到此为止吧！”我们一边更快地往前走，一边这样盘算着：既然他不重视这个问题，那么多说可能会惹怒他。

“这条船在下海之前必须得重新装修，为了保证这条船装修的质量，我决定将李提默留下监工。对于李提默的到来，我跟你说了吗？”

“没有。”

“哦。他今天早晨带了母亲的一封信来到了这里。”

当我看到他的目光时，发现他目不转睛地看着我，但嘴唇却是那么的苍白。我担心，在皮果提先生家的火炉边坐着发呆可能是他与他母亲之间发生了某种不快。于是便稍微问了一句。

“哦，不！”他微笑地摇摇头说，“根本不是你想的那样！是的，他来了，我那个人。”

“和往常一样？”我说。

“和往常一样，像北极一样疏远，一样宁静。他马上就要为那条船重新命名了，目前它的名字是海燕，但皮果提先生对海燕并没有太大的兴趣啊！我要为它重新命名。”

“取什么名字呢？”我问。

“小爱米丽。”

因为他反对我去颂扬他，于是便目不转睛地看着我，似乎在提醒我。听他这么说，虽然我表现得那么欢喜——欢喜他会使用这样一个名字，但是我却没有任何只言片语，于是他脸上又挂满了微笑，似乎放了心。

“看，”他盯着前方说，“那个真的小爱米丽！那个家伙也在，说实话，他是个真正的武士呢，他是永远也不会离开她的！”

汉姆已经完全发挥了他的才能，成为一名熟练的船匠了。他，一套工人装束，看上去很粗鲁，却也伟岸，充当他身边那美丽的小人儿的保护者是最好不过的人选了。一副率真的神气，也有一种没有任何掩饰的因她而产生的满足，以及他对她的爱情，他把这些都毫无保留地显露在脸上，我觉得他的脸也因此而变得美丽了。连他们向我们走来的那种姿势，我也觉得他们实在般配。

当我们停下来和他们打招呼时，她怯生生地从他的臂弯中抽出了手，然后红着脸把手向我和斯梯福兹伸来。寒暄了几句之后，他们便向家走去，但是她却没有再去挽他了，只是怯生生地走在他身旁，走得很不自然。我们站在那里，看着他们渐渐在新月的光线中远去，这一切都那么可爱、那么好看，似乎斯梯福兹也这么想。

突然有个年轻的女人从我们身边经过——很明显是在跟随他们。对于她的靠近，我毫无察觉，但是当她经过时，我觉得那张脸曾经在哪儿见过。她身上的衣服很少，但看上去却勇敢、强悍，但同时也矜持、贫穷；当时，她除了去跟随他们之外，似乎什么也不去想。黑暗吞并了他们的影子，也逐渐吞并了她的影子，但是她与他们之间依旧保持着原来的距离。

“那个黑影是在跟随着那个女孩呢，她到底想干什么？”他那低沉的声音几乎令我吃惊。

“我想，她是想跟他们乞讨吧。”

“一个乞丐并没什么大不了的，但是今晚的这个乞丐却做出那种样子，确实很怪啊。”斯梯福兹说。

“怎么说？”

“也许，是因为，”他停顿了一下，“当那个黑影经过时，我头脑中闪过一种类似的东西。我实在弄不清楚，它是从哪儿钻出来的呢！”

“可能是从这面墙的阴影中钻出来的吧。”那里我们经过一条路，刚好路上有面墙。

“那个东西已经闪过了，消失了！”他朝身后望去，“所有的不幸都随它而去吧。现在我们该回去吃饭了。”

但是他又回过头把那远处闪光的水平线看了一次又一次。就在我们剩下的短短的旅途中，有那么几次他甚至语无伦次地表示着自己的疑虑，最后当我们回到旅店舒服地坐在餐桌旁时，当那些温暖的炉火和烛光打在我们身上时，他似乎才忘记。

李提默也早已在那里了，他那往日在我身上的影响依旧保持着。当我向他问候斯梯福兹夫人和达特尔小姐时，他恭恭敬敬地（当然也保持那份体面）回答说，她们都好，并谢过我，随后替她们问候了我。我们之间的话不过如此，但是我觉得他似乎很明显地告诉我说：“你很年轻，你非常年轻呢，少爷。”

当我们的晚餐快结束时，他从监视我们（还不如说在监视我）的角落里朝他的主人跨了两步说：

“抱歉，少爷，莫奇小姐也来这里了。”

“谁？”斯梯福兹大吃一惊。

“莫奇小姐，少爷。”

“嘿！她怎么到这儿来的？”

“这儿好像是她的故乡，她还对我说，每年，她都会来作一次职业上的访问。恰巧，下午我们在街上相遇，她让我问一下，可否在晚餐过后来拜访你，少爷。”

“雏菊，你认识我们刚刚所提到的那个女巨人吗？”斯梯福兹问我。

我承认了我与她之间根本不相识这个事实，虽然在李提默面前承认让我感到害羞。

“没关系，因为你马上就能见到她了，”斯梯福兹说，“她是世界上七大奇迹之一。当她来时，带她进来。”

听他如此比喻过后，这个女人立即引起了我对她的好奇心与兴奋感，但是当我提及她时，斯梯福兹便会哈哈大笑，也拒绝回答我关于她的一切问题，这便使我更加好奇兴奋了。当然，在桌布撤去之后的半个钟头里，我只是怀着一种盛大的期待的心情默默地坐在火炉旁，门终于被打开，李提默依旧带着那种平静的态度喊道：

“莫奇小姐。”

我朝门口看去，但什么也没看见，我依旧看那门口，想莫奇小姐的动作怎么会这么慢，正在此刻，让我感到惊奇的事发生了：

一个大约四十或四十五岁的又矮又胖的女人摇摇晃晃地从沙发旁经过。巨大的头、肥大的胸、狡猾的眼睛、极短的胳膊。当她朝斯梯福兹飞眼时，为了把食指乖巧地按向她那扁平的鼻子，中途不得不把头伸向前去迎接。她的下颌（那是一个双下巴）竟肥到完全吞没了她软帽子的绳子和绳结。虽然她到腰部超过了十足的长度，虽然她像普通人一样到脚跟为止，但是她的脖子、腰以及腿，竟然是那么的短，她站在一张普通高度的椅子旁，如同别人站在桌子旁一样，最后，她只好将随身带来的那个小袋子放到了椅子上。这个女人一身轻便的行装，艰难地把食指和鼻子贴在了一起，站在那里，头那么使劲地歪着，闭着一只锋利的眼，露出一张狡黠的脸，朝斯梯福兹飞了一些时候的眼，之后便滔滔不绝地说起了话。

“什么！我的花儿！”她摇着过分的大脑袋开始愉快地说，“你怎么会来？你是淘气的家伙，你离开家来到这么远的地方干什么？肯定是淘气了吧！哦，你这狡猾的家伙，斯梯福兹，一点不错，我也是，对吧？哈，哈，哈！我想你一定敢打赌说在这里不会碰见我，对吧？那你可要听清楚了，我无处不在。我就像魔术家手绢里的那半克朗，想在哪里在哪里，总之无处不在。说起手绢，你是你那幸福的母亲怎样的安慰啊！亲爱的孩子，越过我的一个肩膀，至于哪一个（越过左肩意味着行为不检）我就不提了。”

她说到这里，解开了帽子，将帽绳抛到了背后，坐在火炉前的凳子上喘息着——此刻她头顶上的那张餐桌便成了她的凉亭。

“哎呀呀！”她拍着膝盖，很机警地看着我说，“我实在是太胖了，这是事实。爬过一段楼梯之后，我甚至连喘一口气都要像拎一桶水那样艰难。当你看见我从楼上的一个窗子向外张望时，你肯定会认为我是个漂亮的女人呢。”

“不管在哪里看见你，我都是这么认为呢。”斯梯福兹说。

“滚开，你这狗，滚！”那个小人儿拿起擦脸的手绢在他眼前甩着，叫道，“别不害羞！不过实话告诉你，上周在米塞尔夫人家——那才叫漂亮！那么年轻！——米塞尔先生来到那个我正伺候她的房间——那才是漂亮！他也那么年轻！——已戴了十年假发却也丝毫不觉得老——他是那样的客气，使得我开始想，我得给自己敲警钟了。哈！哈！哈！他是一个没有道德的有趣的坏东西。”

“你伺候米塞尔太太做了些什么呢？”斯梯福兹问。

“我的可爱的孩子，这个你没有必要知道，”她又用食指点了一下鼻子，扭了一下脸，乖巧地眨了一下眼说，“你也没必要关心！你是不是想知道我使她的头发不脱，帮她染发，或给她的皮肤润色，又或者修整她的眼眉？

我的宝贝，当我告诉你的时候，你自然会知道的！我曾祖父的姓名你知道吗？”

“不知道。”斯梯福兹说。

“沃克尔，他是沃克尔家族中的一员，我也从这个家族中继承了所有的遗产。”

莫奇小姐的眼让我感到惊奇，甚至觉得无人能及。她总是那样侧着头，像喜鹊一样上下翻动着眼球去听别人的话或者等着别人回答她的问题。总而言之，我坐在那里看着她，惊奇得忘了形，甚至忘记了所有的礼节。她将椅子拉到自己的身边，匆忙地从袋子里掏出（每一次都把袋口碰到肩头）一些小瓶子、刷子、海绵、梳子、几块绒布、几把鬈发用的烙铁，还有一些其他的小器具，放在椅子上堆成了一座小山丘。之后，她停放下了手中的一切，对斯梯福兹问道（这让我感到十分狼狈）：

“你的这位朋友怎么称呼啊？”

“科波菲尔先生，他也想认识你呢。”

“得，他肯定可以认识！而且我觉得他已经认识我了呢！”莫奇小姐摇着手中的袋子对我笑道，“一颗桃子的脸蛋！”她踮起脚后跟捏了我的脸（我是坐着的），“很漂亮的一张脸！我十分喜欢桃子。很高兴能与你认识，科波菲尔先生。”

我说能够认识她是我的荣幸，这样的快乐属于彼此。

“哎哟哟，我们竟会如此客气啊！”她竟荒谬地去尝试用她的小手捂住自己的这一举动，“但这又是多么的胡说八道啊！”

她的这种亲切是对我们两个说的，此刻她的小手离开了脸，连臂带肩一起插进了袋子里。

“这是什么意思啊？”斯梯福兹问。

“哈！哈！哈！我们竟是这样一群有趣的骗子，这是毫无疑问的，是不是，我可爱的孩子？”她歪着头，眼珠向上翻着在袋子里摸着说，“瞧！”她取出一件东西叫道，“这是俄国公爵的指甲！我叫他字母公爵，因为他的名字是由所有的字母杂乱无章地拼凑而成的。”

“那个俄国人是你的老顾客了吧？”斯梯福兹说。

“没错，我的孩子，一周我为他修理两次手指和脚趾！”

“他给你的酬劳很丰厚吧，我希望？”斯梯福兹说。

“他是肯出钱的，我的孩子，肯定不像你们这些年轻人，如果你们看见他的胡子，你们一定会说，染黑了的红胡子。”

莫奇小姐眨了一下眼表示她的同意：“除了我没人能办到，无可奈何。在这里是染不了的，而在俄国却能够染得很好，这是因为气候的影响。像他那样一个锈了色的，我想，你从未见过呢，简直一块锈铁！”

“因为这个，你把他叫做骗子吗？”斯梯福兹说。

“啊，多么直爽的一个好孩子啊！”她那么猛烈地摇着她的大脑袋说，“我刚说过，我们都是一群骗子，我拿出公爵的指甲给你看看，用作证明。在那些摩登的人家中，我的全部才能与公爵的指甲相比，那简直是天壤之别。这些指甲我总是随身携带，因为这是我才能的最好证明。既然莫奇小姐能够为公爵修剪指甲，那么她应当是有些技术的。我送给那些年轻的阔女人一些，我相信，她们会将它放在纪念册中珍藏的。哈！哈！哈！我敢说，一个公爵的指甲就能代表这全部的社会制度哟！”那个小女人点着大脑袋还妄想着交叉起她那双短小的胳膊。

斯梯福兹笑得那么认真，我也跟着笑了，她则不断地摇头（差不多总是偏在一旁），一只眼珠向上翻着，另一只眼则在传情。

“好啦！好啦！”她站起身来说，“这只是做生意的一种手段。斯梯福兹，来，现在来让我们探一探北极地带。”

她挑了两三件小器具和一个小瓶子，然后问（让我吃惊）这张桌子能否承担她的重量。在听到斯梯福兹的肯定回答之后，她便搬一把椅子到桌子旁，让我扶着她，接着她便很敏捷地登了上去，仿佛登上了一个舞台。

“如果你们有谁看见了我的脚踝，”她稳当地站在上面说，“就痛快地告诉我吧，我这就回去自杀。”

“我没看见。”斯梯福兹说。

“既然这样，好啦，那么我可以继续下去了，那，小鸭，小鸭，小鸭，到邦德太太这里来挨杀！”

她念的是口语，目的是让斯梯福兹听任她摆布。

随后斯梯福兹便背对着桌子坐了下来，把头交给她检查，对着我笑，很明显，这只不过是为了让我们开心罢了。莫奇小姐站在桌子上，取出口袋中的那个放大镜，打量着他那满头褐发，这实在是一种令人惊奇的景象。

“一个英俊的小伙子！”她大略看了一下后说，“但是如果你没遇见我，那么，不出一年，你肯定会成为一头秃驴。我现在要给你做一种摩擦，不出半分钟，你的鬈发可以保存十年之久。”

说着，便向一块小绒布上倒了一点儿小瓶子里的东西，然后向刷子上涂抹了一些，然后带着空前的匆忙在他的头顶上用绒布擦，用刷子刷，还不停地说着话。

“查理·派格雷夫，一个公爵的儿子，你认识他吗？”她向下看了一下他的脸说。

“知道得不多。”斯梯福兹说。

“他是那样好的一个人！他的胡子，长得是那般漂亮！还有他的脚，如果是一双的话（实际上不是），没有能够赶得上他。但他连我这样一个禁工军中的人都不信任呢，你会相信吗？”

“疯了！”斯梯福兹说。

“看上去很像。但是不管他疯没疯，他已经干过了。”莫奇小姐说，“你瞧瞧他干了些什么，他居然来到一家香料店问售货员要一瓶马达加斯加水。”

“查理这样干？”斯梯福兹不解。

“查理想这样干，但他没得到一丁点儿马达加斯加水。”

“那是什么呢？能喝吗？”斯梯福兹问道。

“喝？”莫奇小姐停下活，拍拍他的腮帮说道，“这是用来修理胡子的。你知道，店里有个女人，上了年纪，却实在是个泼辣货。‘请原谅，先生，’那泼辣货对查理说，‘那是胭脂吧？’‘胭脂，’查理对泼辣货说，‘你认为我要胭脂做什么？’‘别生气，先生，’泼辣货说，‘人们找我们买东西时有很多理由，所以我以为或许是那东西呢。’瞧，我的孩子，”莫奇小姐一面擦着，一面继续说，“这是我说过的可笑的骗子的一个例子。我自己也玩这套把戏，也许经常，也许偶尔——很有趣，我亲爱的孩子——别在意！”

“你说的是什么东西？胭脂那一类吗？”斯梯福兹说。

“把这两个放在一起，我的乖学生，”狡猾的莫奇小姐摸着鼻子说道，“按照秘诀来配制，制成的东西就能给你满意的结果。一个阔寡妇把它叫唇膏，另一个叫为手套，还有一个把它叫为花边。她们叫它什么，我就叫它什么。我向她们提供东西，我们却又彼此相骗，装得没什么事的样子，不久她们就公开了，当我面，用上那东西了。我伺候她们，她们把那东西厚厚地涂在脸上——就像这样——有时还对我说：‘我看起来怎么样呀？苍白吗？’哈！哈！哈！这是不是很好笑！”

莫奇小姐站在餐桌上，一面说着笑话，一面不停摆弄斯梯福兹的头，此情此景，还是我头一次见到呢。

“啊！”她说道，“这一带不怎么需要那东西。所以我只好走了。到这儿来后，还没有见过一个标致的女人呢。”

“真没有见过？”斯梯福兹说道。

“一个影子也没见过。”莫奇小姐答道。

“我想，我们可以告诉她一个，”斯梯福兹朝我递个眼神说道，“是吧，雏菊？”

“对呀。”我说道。

“是吗？！”莫奇小姐机警地看看我的脸，又看看斯梯福兹的脸后叫道，“真的假的？！”

第一个感叹是对我们两个发出的，第二个是专对斯梯福兹而发的。似乎感到两个都得不到回应，她便把脑袋一歪，眼珠朝上翻，做思考状。

“你的一个姐姐？科波菲尔先生。”

“不是的。”我还没来得及回答，斯梯福兹就说：“根本不是。而且相反，科波菲尔先生曾一度对她很有好感呢。”

“哈，他现在变心了？”莫奇小姐马上说道，“哦，真是让人羞愧呀！他每朵花都采，每天都在变，直到见了波丽才使他的心得以平静吧。她的名字叫波丽吗？”

她突然提出问题，并用一种窥探的目光逼向我，我有一会儿真是张皇失措。

“不，莫奇小姐，她叫爱米丽。”

“是吗？”她又像先前那样叫道。

她的语气和态度使我对这一问题深感不安。我就用格外严肃的态度说：

“她端庄得不亚于她的美丽。她已和一个跟她地位相当的人订了婚。对此，你可不要乱说啊。”

“说得好！”斯梯福兹叫道，“听呀！现在，我要让这个小法蒂玛的好奇心得以满足，不让她再存这些歪念。莫奇小姐，她现在就在当地经营制作服饰的约拉姆公司做学徒。你听明白了吗？约拉姆公司。我朋友说的婚约是和她表兄订的。她表兄皮果提，是个船匠，本镇人。她和一个亲戚住在一起。亲戚名字不详，职业为航海人，本镇人。她是世上最漂亮、最迷人的。”

这些话他说得又慢又清晰，莫奇太太歪着脑袋听着，他停下来，她就又活跃起来：“哦！就这些吗？”她手里的小剪刀不停地修着他的连鬓胡须，那剪刀绕着他脑袋，“很好，很好！故事结尾应该是‘从此他们过上了幸福生活’是不是？”

她不怀好意地看着我，不等我回答，自己喘一口气又往下说道：

“嘿！如果我伺候过一个无赖——那就是你——斯梯福兹。我告诉你这个，你听到了吗，亲爱的，”她往下看看他的脸，“现在，你可以逃开了，如果科波菲尔先生愿意坐下，我就为他修理一番。”

“你怎么想的，雏菊？”斯梯福兹起身时笑着问道，“要打扮一下吗？”

“不。谢谢，莫奇小姐。”

“不要说不。眉毛可以再浓点儿吧？”

“谢谢，”我答道，“这次免了吧。”

“来稍稍打扮一下吧，”她请求道，“让我们把架子搭好，修修胡子吧！”

拒绝不了她的热情，只好答应了。

“费用？”

“五先令，”莫奇小姐答道，“极便宜！”

“这是钱箱。”莫奇小姐说道，站到椅子边，把先前拿出的各种小东西塞进口袋里，“我把所有的道具都收好了。喏，我知道你们伤心了，可我非走不可。鼓起你们的勇气，试着忍受吧。再见，科波菲尔先生！”

她肩上挎着那口袋，大摇大摆地走了。

那晚我们谈论的话题都是围绕她。我下楼回去睡觉时，斯梯福兹说巴吉斯先生找我。于是，我来到巴吉斯先生的房间，却见汉姆在房前踱来踱去，这很奇怪。更奇怪的是听他说到小爱米丽在屋里。当时我就问他，为什么他不进去，而一个人在外头走来走去。

“你知道，”他犹疑地答道，“爱米丽，是和一个人在里面谈话。”

“我想，”我笑着说，“这就是你在这儿的原因吧，汉姆。”

“一般说来是这样的，”他说，“不过，”他压低了嗓子很严肃地说道，“这是个女人，一个年轻女人，这是爱米丽偶然认识的一个女人。”

听完这话，我便想到几小时前我见过的那个跟踪她们的身影。

“这是个穷女人，”汉姆说道，“受到全镇的厌恶，大街小巷的人都厌恶她，就连埋在墓场里的死人也不像她那样遭人厌恶。”

“汉姆，今晚我们在沙滩上相遇后，我看到的就是她吗？”

“盯着我们？”汉姆说道，“好像是这样。那时我不知道她在后面，后来她偷偷来到爱米丽的小窗前，看到灯亮，就低声叫：‘爱米丽，爱米丽，看在上帝分上，用女人的心肠对待我吧。我从前和你一样呀！’这话听起来很可怜！”

“的确是。汉姆，那爱米丽又该怎么办呢？”

“爱米丽说，‘玛莎，是你？！哦，玛莎，真是你呀！’她们曾一起在欧默先生那里共事过很长一段时间。”

“现在记起她了！”那是我初次去时见到的两个女孩，其中一个就是她，我叫道，“我记得很清楚！”

“玛莎·恩德尔，”汉姆说，“比爱米丽大两三岁，和她一起上过学。”

“我从没听说过这名字，”我说道，“我不想打断你的话。”

“就为了那，”汉姆继续说道，“几乎一切都在这句话里头，‘爱米丽，爱米丽，看在上帝的分上，用女人的心肠对待我吧。我从前和你一样呀！’她想和爱米丽说话，但爱米丽却不能那么做，因为她的舅舅回家了，他不愿意——不，”汉姆很诚恳地说，“他是那么善良。”

我感受得出这话的真实，立刻全明白了。

“爱米丽就在一张纸片上写了，”他往下说道，“再交给窗外面的她，要她带到这儿来。‘把这纸片’，她说，‘交给我姨妈巴吉斯太太，如果她爱我，便会把你留在火炉边，等舅舅出门后，我就可以来了。’她又把我告诉你的那番话一字一句说给我听，求我带她来这儿。可我有什么办法呢？她本不应该认识那种人的。她的眼泪淌下时，我又无法拒绝她。”

他把手伸进粗糙的外衣前襟里，小心翼翼地拿出一只钱包。

“就算她眼泪淌到脸上时我也能拒绝她。”汉姆轻柔地把那小钱包托在他粗糙的手掌上说，“当她把这东西交给我保管时，我又怎么能拒绝？这么一个好看的东西！”汉姆看着钱包若有所思地说，“里面就这么一点钱。”

他把钱包放回怀里。我紧紧地握住他的手。后来，门开了，皮果提出来了，她向汉姆招手，示意让他进去。我本想躲开，她却赶了上来，也将我请了进去。本想避开她们待着的房间，可她们就待在那间瓦顶下的厨房里。而住宅门一开就是厨房。那个少女——正是我在沙滩上见到的——在靠近火炉的地方，就坐在地上，头和胳膊倚在一把椅子上。那少女的头发遮住了脸，也许是她自己弄乱的吧。不过，可以看得出她很年轻，皮肤白净。皮果提哭过，小爱米丽也哭过。我们进去时，在那一片沉寂中，碗柜旁那只荷兰钟的滴答声似乎比平常更响了。

爱米丽先说了话。

“玛莎想去伦敦。”

“为什么要去伦敦？”汉姆问。

他站在她们中间，既同情又嫉妒地看着那个少女。他同情她、嫉妒她。这情景对我永远刻骨铭心。他俩都用很柔和、很低的声音说话，但很清楚。

“那里比这里要好，”第三个声音，这是玛莎，虽然她一动不动——高声说，“那里没人认识我。而这里谁都厌恶我。”

“她到那里干什么呢？”汉姆问。

“她要走正路了，”小爱米丽说，“你不知道她对我说过什么。他知道吗？他们知道吗？”

皮果提同情地摇摇头。

“我要去试试，”玛莎说，“如果你们肯帮我离开，我在哪儿也比在这儿好。我说不准会好起来。让我离开这里吧，这儿的人从我还是个孩子起就认识我了！”

爱米丽把手伸向汉姆，后者把一个小帆布袋放到她手里。她以为是自己的钱包，接过后往前走了几步，可是发现不是，她又回到他那里，把小帆布袋给他看。

“这都是你的呀。”我听见他说。

她眼中充满了泪水，转过身朝玛莎走去。对玛莎说了什么，我不知道。只看到她弯下腰，把钱放进玛莎怀里，低声又说了些什么，还问够不够用，然后握住玛莎的手吻起来。

最后，玛莎站了起来，披上头巾并掩脸大哭起来，慢慢挪向门口。离开前停了一下，好像想说什么，又像是要转过身来。却没说出任何话，只是在头巾下发出一声隐隐的呻吟。就这样走了。

刚关上门，小爱米丽亟亟看着我们三个，随后不住呜咽起来。

“别这样。”汉姆轻轻拍着她肩头说，“别这样，亲爱的！你不该哭呀，亲爱的！”

她伤心地哭着说：“作为一个女孩，我做得不够好。我知道，有时我没有应有的感激之心！”

“有的，有的，你有！”汉姆说。

“没有！没有！”小爱米丽呜咽着摇头说，“我没有我应该做得那么好！没有！没有！”

她一个劲地哭，好像心都裂开了。

“我不尊重你的爱情。我知道我是这样的！”她呜咽着说，“我老和你闹别扭，常对你变心，可我根本不该那么做，你从来都不那么对我，而我为什么老对你那样呢，实际上我只应感谢你，让你开心！”

“你已让我很开心了，”汉姆说，“亲爱的！看到你，我就很开心了。想到你，我一天到晚都开心。”

“哦，亲爱的，如果你爱上一个人，一个比我更坚定、可贵的人，一个全心全意爱你的人，你也许会更幸福！”

“姨妈，”爱米丽呜咽着说，“请你来，我今晚好伤心，姨妈！我不像女孩应该做得那么好。今晚陪陪我吧。”

皮果提来到火炉前的椅子上坐下，爱米丽跪在她身边，搂住她脖子，抬头望着她的脸。

她把头垂在老保姆的胸前，这才渐渐平静下来。老保姆则像拍抚一个婴儿那样安慰她。

那天晚上，我看到过去从未见过的事：看到她天真地亲吻未婚夫的脸，并渐渐向他的身躯靠拢。在月光下，他们一起走去。从后面看他们，发现她双手握住他手臂，靠他更近了。

第二十三章

清晨醒来之后，非常怀念小爱米丽，也曾一度想起昨夜玛莎离去后她的心情。昨晚我仿佛处在一种神圣的友情之中去倾听那些家庭的弱点与难处，即使是把这些向斯梯福兹透露，也让我觉得不安。对于那个儿时曾与我结伴的美人儿。过去，现在，直到我离世的那一刻，我无时无刻不相信，我曾爱过她，爱得那么真诚，并且比对任何人的感情都更深。如果把她向我诉说的她的那些她内心无法抑制的情感向任何人透露——也包括斯梯福兹——我都觉得残忍，对不起自己，更对不起我们童年时那段美好的光辉（我经常能够看见我们被这光辉所环绕着）。因此，我打定主意，把这件事永远藏在我心中，不去对任何人透露，同时这件事在我心里给她增添了一种新的光彩。

在我们吃早饭的时候，我姨奶奶寄来了一封信。我把信中的那些有关归途的问题与斯梯福兹讨论了一下，因为我觉得和他商量是合情合理的，也可以从他那儿得到更多更好的意见。现在，让我们忙的一件事就是向所有人道别。首先是巴吉斯，他对我们的那种依依不舍丝毫不落后于别人，我相信，如果我们可以在雅茅斯多留两天，他肯定会再去打开那个箱子，拿出另一畿尼；对于我们的离去，皮果提以及她哥哥的一家都满怀离别之痛；同我们道别的还有欧默-约拉姆店铺的所有人和为斯梯福兹效劳的海员更是不计其数，我甚至可以相信，纵使在我们离开时带上一个连的行装，我们也无须花钱去雇人搬运。总之，对于我们的离去，有那么多的人在我们身后为我们惋惜和难过。

“你会在这里住多长时间？会很久的？李提默？”当他来送我们时，我问。

“不，先生，应该不会太久。”

“现在他也说不好，他清楚自己该干什么，也必须去做。”斯梯福兹说。

“这个他肯定会去做好的。”我说。

李提默用手触了一下帽子以表示对我赞许的答谢，他的这一举动让我感觉自己只有八岁了；他又触了一下帽子，以此祝愿我们一路顺风；于是我们便离开了站在人行道上送别的他，离开了那个如同埃及金字塔一样体面的一个谜。

有一段时间，斯梯福兹默默地坐着，而我则是在想何时才能回到这里，而那个时候，我和他们又分别会有什么样的新的变化。一向感情丰富的斯梯福兹终于又快活起来，拉了拉我的胳膊说：

“说说，大卫，早餐时你提到的信怎么样了？”

“哦！”我从口袋里掏出信说，“我姨奶奶寄来的。”

“在信里她都说了些什么，需要考虑吗？”

“她提醒我说，让我在这次旅行中处处留心，也要认真考虑一下。”

“的确应该这样，那么你已经这样做过了吗？”

“事实上我不敢说我已经认真考虑过，反而是，我差不多把这件事给忘却了。”

“得！那从现在开始就处处留心一下吧，以经贸部补你过去这段时间的疏忽，”斯梯福兹说，“向右看，一片平地，一片被沼泽覆盖的平地；向左看，同样如此；向前看，没有任何不同；向后看，仍然如此。”

我笑了，说，在这个地方，我找不到任何适当的工作，也许是因为它太过于古板了吧。

“至于这个问题，姨奶奶是什么态度？”他看着我手中的信问，“她有什么建议吗？”

“不错，她问我是否会喜欢当一个代诉人，你怎么看？”

“哦，这个我也不知道，”他冷冷地说，“不过，依我看，这个和其他别的什么职业没什么两样。”

我忍俊不禁，并对他说，在他眼里似乎所有的职业都那么一样，那么没有轻重之分。

“斯梯福兹，代诉人是个什么样的职业啊？”我问。

“僧院的辩护士，它与博士院——离圣保罗教堂不远的一个懒散、古老而又偏僻的角落——的那些过时落伍的法庭之间的关系，如同律师同法院之间的关系，这种职业本应在两百年前灭绝的。它已经不合时代的发展了。想要了解它，就得先知道博士院。他们在那样一个偏僻的地方处理所谓的教会法，又用那些陈旧而奇怪的案例去变戏法。至于那些案例，绝大多数的人们对此浑然不知，其余的那一小部分还以为这是爱德华诸王时代挖掘出来的化石呢。对于他们来说，自古以来他们涉及的范围是遗嘱纠纷、婚姻诉讼，以及那些有关大小船只的争议。

“瞎说！”我大叫道，“你的意思是教会与航海之间存在某种千丝万缕的关系？”

“当然我不会那样说，”他回答，“我的意思是，对于这些问题都是由博士院中的那些人去处理。今天在那里，你或许会发现，他们会因为“萨拉·珍”被“南塞”撞沉，又或者因为皮果提会和雅茅斯船夫一起去营救暴风中遇难的“纳尔逊号”而胡乱读一段《杨氏字典》中的那些航海术语；当你明天再去那里时，他们会到处收集一些赞成和反对的证据，去辩护或是驳斥一位行为不端的教士；你会发现，在今天航海案中充当法官的人在明天或许就成了辩护士，或是相反的结果。他们如同演员，在不同的剧本中充当不同的角色，时而法官，时而辩护士，但总是从一种愉快的态度在那些特选的观众面前上演一些不公开的表演。”

“但辩护士和代诉人之间总还是存在不同的吧？”我开始有点迷糊了。

“没错，辩护士是法学家，具体说是那些在大学获得博士学位的人。但辩护士为代诉人所雇，他们之间形成一个强有力的小团体，待遇优厚，互分酬劳。总之呢，我是劝你高高兴兴地去博士院当代诉人。在那里他们才会夸着自己的高贵呢。”

对于斯梯福兹谈论这个问题时带有的那种轻薄的态度，我并不怪他。当我想起那个离圣保罗教堂不远的一个懒散、古老而又偏僻的角落时，顿时感到一种庄严而古旧的氛围，当我处在这样一种氛围中去思考我姨奶奶的建议时也并未感到不悦。她在信中提到，她是在最近去博士院找她那位代理人立遗嘱——以我为继承人——时想到这一意见的，当然，她最后请我自己决定。

“不管怎样，在姨奶奶看来，这都是一种很妥当的安置，同时也是一种值得赞美的处置。”当我对他提起这一点原因时，他说：“雏菊，我想唯独应该高高兴兴地去当代诉人。”

我已经很愿意那样去做了。随后对他说，我姨奶奶在信中还说，她已经在靠近林肯院广场的一家有台阶以及屋顶有天窗的旅店等我们一个星期了，她之所以选择这样一间旅店，是她坚定地认为，夜间伦敦的每一家都会有发生火灾的危险。

一路上，我遥想着在博士院担任代诉人时的情形，斯梯福兹也用各式各样幽默的话语去模拟当时的情形，就这样，我们高兴地谈论着博士院结束了我们的旅途。到达终点时，他回家了，说后天来看我，接着我便坐车去了林肯院广场，当时我姨奶奶正在等候晚餐。

我们重逢时是那样的欢喜，似乎我周游世界刚回来。我姨奶奶立即搂过我哭了起来，并且强撑着笑脸说，如果我那可怜的母亲还在世的话，毋庸置疑，她一定会流泪的。

“狄克先生没跟你一起来吗，姨奶奶？我感到很难受。珍妮，你好啊！”

珍妮一面行着礼，一面向我问好，此刻我发现姨奶奶把脸拉得很长。

“我也感到难受，”姨奶奶擦着鼻子说，“在你出门的那天起，特洛，我就没安心过。”

我还没来得及问她原因，她便告诉了我。

“我想，”我姨奶奶带着那种忧郁却又坚定的神气把手放在了桌子上，“狄克太缺乏意志力了，他那软弱的性格还不足以去驱赶那些践踏草地的驴子呢。我应该让珍妮留下的，那样我也许会更安心些。如果我的草地今天曾被一头驴子践踏过，”我姨奶奶加重了语气，“那肯定是在今天下午四点。一股寒流从我的头顶一直侵袭到我的脚尖，我知道，那一定是一头驴子！”

“关于她说的驴子，我想说点什么去安慰她，但她却不肯接受。”

“那一定是头驴子，而且是那头默德灵（英文意思是杀人犯）小姐骑进我草地的短尾巴驴子。”自那以后，默德灵便被我姨奶奶认定为是默德斯通小姐的唯一姓名了。“在多佛，再也找不到像那头让我更难以忍受的驴子了。”我姨奶奶拍着桌子说。

珍妮冒险暗示说，她想那头驴子这时可能正在帮着那些工人驮沙石，没有工夫去践踏草地，因此劝我姨奶奶不用那样苦恼。但是我姨奶奶却怎么也不听。

晚餐被端进来了，虽然我姨奶奶选的房间是旅店中最高的一间——我不清楚她住这么高是为了更接近屋顶的天窗，还是为了使她的钱免于火灾而多要了几阶台阶——但当晚餐被端进来时还是热腾腾的，一只烧鸡，煎肉和一些蔬菜，对于这些，一切都是那么合我胃口，自然也就没有去辜负。但是对于伦敦的这些食物，我姨奶奶却抱着异样的态度，吃得也很少。

“我相信这只不幸的鸡一定是在一个地窖中喂大的，除了在那破旧的菜叶上，肯定整天都是暗无天日地生活着。我很希望这块煎肉是牛肉，但我怎么也不会相信的。在伦敦，除了垃圾，其他一切都是假的。”

“这只鸡也许来自乡村呢，姨奶奶？”我暗示道。

“怎么会，怎么可能会让一个伦敦的商人去出售一件货真价实的货物，那样他们会浑身不自在的。”

听她这么说，我也就不去冒险反驳她了，但是食量却并未因她而减少。见我如此，姨奶奶大为满意。餐桌收净之后，珍妮帮她完成了就寝前取暖的一系列准备：绾起头发，戴上睡帽（构造甚为巧妙，姨奶奶说，这可以防备火灾），折起上摆过膝。接着我便按照她那不容许有丝毫变动的规则为她倒了一杯热水，温了一杯酒，准备了一片细长的烤面包。一切安排妥当之后，珍妮便去睡了，坐在我对面的姨奶奶喝着酒和水，吃面包之前总要蘸一下酒水，吃面包时总是从睡帽的边缘中间慈爱地看我。

“特洛，”她说道，“关于那个代诉人的职业，你感觉如何？你想过吗？”

“我已经认真考虑过了，亲爱的姨奶奶，也跟斯梯福兹商量了很久。我实在很喜欢这个职业。”

“好！这让人感到很高兴！”

“但是姨奶奶，还有一点让我感到担心呢。”

“说出来吧，特洛。”

“据我所知，想得到这样一份工作，似乎要达到一些条件呢，我想知道，是不是需要很多钱才能得到这份工作呢？”

“为了让你定约习艺，刚好一千英镑。”

“那，亲爱的姨奶奶，”我把椅子上拉近一点说，“这让我很不安呢。这笔钱数目不小啊，对于我的教育，你已花去了很多，而且在其他方面您待我也是那么宽厚。对于我，您已经付出了全部的慷慨。肯定有其他一些工作是不需要任何费用就可以得到的，只要有决心，肯努力，同样有发迹的可能。让我们试一试吧，您不认为那样会更好吗？您能够确定您有这么大一笔财产吗，并且如此使用是正当的吗？我真心地希望您——我的第二位母亲——能够再仔细考虑一下。您能确定吗？”

我姨奶奶盯着我看，直到吃完了她手中的那片烤面包，随后将手中的水杯放在了火炉架上，双手交叉着放在了折起的下摆上，然后说：

“特洛，我亲爱的孩子，如果我的此生有一个梦想，那就是设法让你善良，明白事理，幸福快乐。我一直在这样努力着——狄克也是如此。关于狄克对于这个问题的见解，我希望我认识的人都能听一听。他的那些见解高明之处实在让人感到惊奇，但是关于他的智慧，除了我，无人能够理解！”

她停了一下，随后握起我的手说：

“特洛，如果回忆过去能够对现在产生一些影响，那当然是有益的，否则就不要去回忆吧。也许我应当与你那可怜的父亲成为更好的朋友；也许我应当与你那可怜的母亲成为更好的朋友，纵使你的姐姐贝西·特洛伍德让我失望；当我看见那个满脸尘土，疲于奔波的你来投靠我的时候，我就应当那样了。自那时起一直到现在，特洛，你是我的骄傲与快乐。对我的财产，我没有其他任何打算；至少”——说到这里，令我感到惊讶，她也迷糊了，迟疑了——“没有，对于我的财产，我没有其他任何打算——我当你是我的孩子。在我这样的年龄，我只希望你能够有仁爱之心，能够容忍我的那些怪僻想法；对于一个女人来说，她在青年时没有拥有那些快乐与安慰，那么接下来你所要做的比那个老女人为你做的要多了。”

听我姨奶奶提及她的过去还是大姑娘上轿——头一回。她带着一种镇静中包含宽容大量的意味。把她过去的历史提起又安然放下，这让我对她的那种尊敬与爱慕又提升了一个层次。

“现在对于这一切我们都了解了，也都同意了，特洛，这个我们不需要谈起了，吻一下我吧，明早早餐之后我们去博士院。”

睡觉之前，我们在火炉前长谈了一次。姨奶奶和我的卧室在同一层，那天夜里只要窗外响起马车声或菜车声，她便会调皮地开我的门，问我是否听见了消防车，因此惊扰是免不了的，但临近清晨时，她睡得好一些了，也让我睡得安稳了一些。

将近正午时，我们开始动身往博士院斯宾罗–约金士事务所赶去。对于伦敦，我姨奶奶还有另外一种看法，她觉得每个人都是小偷。因此她把一个装有十畿尼和一些银币的钱袋交给我保管。

我们来到海军街的一家玩具店前，停在那里看圣丹斯坦教堂的人敲钟——我们算好时间，顺便在正午看他们敲钟——随后，我们便向拉给特山脉和圣保罗教堂方向走去。当我们经过拉给特山脉时，我发现姨奶奶显得很慌张，也迈大了步伐。同时，我发现了一个面如土色、衣衫褴褛的人（他曾停在我们前面观察我们）跟在我们后面，最后慢慢靠近得几乎碰到她。

“特洛！”我姨奶奶慌乱中抓起我的胳膊低声叫道，“我该怎么办啊？”

“先别慌，”我说，“没什么好害怕的，您到一个店里去躲躲，我去赶走那个家伙。”

“不，不，孩子！千万别跟他说话，求你，我命令你！”

“啊，他只是一个乞丐，一个倔犟的乞丐而已！”

“创什么你是不知疲乏的！他的身份你也不知道！同时你也不知道你刚才在说什么！”

我们一边说一边来到一家店铺门口停了下来，他也停止了脚步。

“别回头！”当我气愤地转过头时，我姨奶奶说，“去为我找辆马车，亲爱的，然后你去圣保罗教堂等我。”

“等你？”我说。

“是的，”我姨奶奶说，“我必须一个人走。我必须和他一起走。”

“和他，姨奶奶？他吗？”

“我很清醒，我说，你必须！去为我找辆马车吧！”

显然我非常吃惊，但是我知道，我并没有权利去违背她的这一命令。

正好有辆空马车从我们身边经过，我跑开几步叫停了它。在我还没来得及把踏板放下之前，我姨奶奶便跳上了车，那个人也随即跟了进去。她向我摆了摆手叫我走开，是那么恳切，虽然我处在一种极度慌张的情况下，但是遵照她的指示立即转了身。转身时，我听见她对车夫说：“一直往前！随便去什么地方！”马车从我身边迅速驰过，朝山上奔去。

此刻这样一件事——狄克先生过去告诉我却被我认为是他的幻觉的一件事——进入了我的心中。我不能怀疑，他就是上次狄克先生跟我提起的那个人，但是我却无法想象，他究竟从我姨奶奶身上找到了怎样的把柄。来到教堂之后，大约过了半个钟头，那马车回来了，却只留下我姨奶奶独自一人坐在车内。

此刻，她却是那么激动，她喊我上了车，让车夫带我们在这附近转一会儿，以便静下来继续我们的访问。她只是对我这样说：“亲爱的，永远别问我这究竟是怎样一回事，也永远别再提及它。”当她完全恢复镇定之后，说，可以下车了，她现在已经很平静了。随后便把钱袋递给我去付车夫的酬金，但我却发现，袋子中只剩下了那些银币，而那十畿尼却不在了。

一条低矮的拱廊直通博士院。我们向博士院没走几步，却发现城市的喧嚣声魔术般的消失在幽远处了。经过几座觉闷的院落，走过几条狭窄的小道，斯宾罗–约金士那带天窗的事务所便出现在我们眼前了。在那大门敞开的圣堂前廊中，有三四个人正在忙着抄写，其中一个戴着一头如同姜饼做的褐色硬假发小而干瘦的人起身迎接我姨奶奶，随后把我们带到了斯宾罗先生的房间。

“现在斯宾罗先生正在法院呢，今天是拱形法院开庭日，但离这儿不远，我这就派人去请他。”

我利用斯宾罗先生回来之前的这段空余时间四处打量了一番，到处是沾满灰尘的旧式器具，书桌上的桌布也已退色，如同一个老乞丐一般惨淡苍白。桌上散乱地摆放着许多纸卷，有的标着“证件”，有的（使我吃惊）标着“诉状”（实为毁谤文件），有的标“监督法院”、“海军法院”、“特权法院”、“代表法院”等。我想知道，这里到底有多少法院，我也想知道将这所有的法院完全熟悉需要多少时间。另外，还有一些大套大套被装订得很坚固的宣誓陈述书手稿，似乎每一套都包含了十卷或二十卷的历史。这所有的一切让我感觉很贵重，对代诉人这种职业顿生一种满意的念头。当我正带着浓厚的兴趣去观察这些和其他一些类似的物件时，门外传来了一阵快速的脚步声，一件白皮镶边的黑袍飘了进来，斯宾罗先生边走边摘下了帽子。

他，一个小个子，淡黄色头发，着装整齐的绅士，穿着最好的靴子，最硬的衣领，他那对精致的上卷的胡须，想必花过工夫。他的金表链是那般粗，这让我想象，他除非用那像金箔店的商标一样强壮的金胳臂才能将它拉出来。他是那般慎重地将自己装束得那么僵硬，以至于弯腰也是件极费力的事。当他坐在椅子上看文件时，是那样滑稽地从脊骨转动着整个身子。

我早已被我姨奶奶介绍过，在受到了客气的接待后他说：

“原来，科波菲尔先生，你也想加入我们这一行，是吗？前不久，我有幸会见特洛伍德小姐，”他把身子又滑稽地倾斜了一下，“我无意之间跟她提到，我们这里有一个空缺，承蒙特洛伍德小姐提起，她说她想让她的小外孙从事这上等的职业。我想，我现在有缘与他结识了。”又做了一次那滑稽的动作。我向他鞠了一躬说：“我姨奶奶曾写信跟我提过这件事，她相信我会喜欢它的。考虑之后，很满意这工作，于是便欣然接受。但是我也不能绝对保证自己了解它之后能够继续喜欢这份职业。即使这只是一种形式，但是我还是想在转正之前能够有一个试用期，以便试验自己是否真的喜欢。”

“哦，这个自然！”斯宾罗先生说，“在我们这儿，我自己本想是规定两个月——三个月——事实上，是无期限的，但是我的另一合伙人，约金士先生却不愿这样，因此，最后我们的规定是一个月——一个月的试用期。”

“酬金呢？一千英镑吗？”我问。

“酬金，连花销在内共一千英镑。”斯宾罗先生说，“我的看法已经向特洛伍德小姐表明过，同时，我也相信没有多少人能够像我这样了：把钱看得很轻。但是约金士先生似乎有自己的看法，而我却又不能无视他的看法。简单地说吧，一千英镑在约金士看来实在是太少了。”

“那么，先生，”我说（依旧想为我的姨奶奶省钱），“这里有没有这样的习惯，如果一个学徒能够快速通晓他的职务，而且格外有用——”如此称赞自己我不禁羞红了脸。“那么，在试用期结束，能否得一点——”

斯宾罗先生花了很大的力气将那脑袋伸出了衣领，在我还没来得及说出“酬劳”时，便回答了我。

“没有。约金士先生是不会同意的，如果没有他的限制，对于这个问题，我会认真加以考虑的。”

一想到那可怕的约金士，便使我狼狈不堪。但我后来发现，他很忧郁却又温和。他在这业务中的地位是自己不能出面，却又以最执拗不近人情的形象被别人提起。例如，约金士先生从不肯接受一个干事要求加薪；也绝不会同意雇主的诉讼费拖延太久，即使是斯宾罗先生很为难，而约金士先生也不肯放松一丁点儿。如果没有那个凶神约金士，我想那个吉神斯宾罗一定会放开他的手脚。当我年龄大了一点之后，我发现，我还经历过斯宾罗-约金士办事的另外一些技巧呢！

当时商定，那一个月的试用期可以随我的意在任何时候开始，而我姨奶奶也无须留在这里等我的试用期结束，因为合同可以很方便地送去她的家中，让她签字。此刻，斯宾罗先生为了让我知道法院是个什么样的地方，便提议即刻带我去看看，而我也很想了解，便欣然前往；而我的姨奶奶却认为那地方太危险——我想她大概将法院当成随时都有爆炸危险的火药厂了——于是便独自留下了。

我被斯宾罗先生领进一个大理石地面，并被一些朴素的砖瓦房环绕的院子。从门上的标有的那些名字猜想，这估计就是斯梯福兹向我提起的那些学识渊博的辩护士的官司舍。我们来到我左手边一个颇具教堂风范的宽敞却很沉闷的房间，房间的上面有一部分被栏杆隔开。在一个马蹄形的高台两侧，有许多绅士——穿着红长袍戴着灰假发——舒服地坐在椅子上。马蹄的弯曲处，有一个眯着眼的老头儿，倘若那是只鸟笼，我一定以为那站着一头猫头鹰了。但是，我却听说他是法官司。马蹄的空处，摆着一张略低于高台的绿色长桌，围坐着一群与斯宾罗先生同等级的一些穿着白皮镶边的黑袍子的绅士。他们的衣领总是那么硬，却错误地认为他们的神气是那么的傲慢，后来从他们当中的两三个人起身回答法官司问话的语气中发现，自己的确是冤枉了他们，因为声音是那么的柔顺，似乎这个世上再也找不到比它更柔顺的了。法院中央的火炉旁有两个充当观众的人——一个围着围巾的后生，另一个则偷偷地从衣袋中取出面包屑往嘴里塞——正在烤火。除了火炉中发出的啾啾声和其中一位博士的说话声——他正从大概整一图书馆的证据中慢慢吞吞地读出其中的一些细枝末节——之外，到处一片死寂。简而言之，如此令人安逸乏困，昏头昏脑，毫无时间概念可言，陈旧的聚会，我还是第一次见；同时感觉，充当在其中任何一种角色——也许应该排除投诉人之外——都可以是一剂镇静剂。

我满意于这里的僻静。当我对斯宾罗先生说我已经看够了的时候，便回去找我姨奶奶去了；之后便随我姨奶奶离开了博士院。在我们刚出事务所时，我被那些干事用笔指点着，这让我感觉自己异常年轻。

在我们回林肯院广场的途中，除了遇见一头让我姨奶奶产生痛苦的联想的拉菜车的驴子外，没有任何别的险遇。当我们安全回来旅店之后，就我的计划，我们又长谈了一次。她在伦敦整日感觉自己处在火灾、垃圾与小偷中间，半刻也得不到安宁，因而急于回家，当然也劝她无须为我感到不安，大可放心由我自己照顾自己。

“当我来这里还不到一个星期的时候，便为你留意了一组家具齐全的律师公寓，我想你一定会喜欢的，特洛。”

随后便从口袋中掏出了一张边缘很整齐的剪报，上面刊登了这样一则广告：阿德尔菲布京汉街的临边，有一组雅致，家具齐全的律师公寓预备出租，可作为一位青年绅士的上等寓所，房租低廉，即可迁入，仅住一月，未尝不可。

“啊，太满意了，姨奶奶！”我为能入住如此体面的公寓而红了脸。

“那么，”她又戴上了一分钟前取下的围巾说，“我们去看看吧。”

我们动身了。我们向广告上落款的那位克鲁普太太家走去，我们连按了三四次那我们认为可以通知克鲁普太太的门铃，却依然不见人影，最后一个穿着紫花布长衫下加绒皱边的胖女人出现在了我们面前。

“带我们去看看那律师公寓，太太。”我姨奶奶说。

“是这位先生住吗？”她在衣袋中摸索着钥匙说。

“那是相当雅致的一组房间啊！”克鲁普太太说。

接着我们便来到楼上。

让我姨奶奶感到满意的是，这房间处在顶层，避火梯就在附近。一条昏暗的走廊，一间伸手不见五指的储藏室，客厅卧室各一间，家具齐全但很旧，不过也能过得去，并且，一点不假，河就在窗外。

我姨奶奶与克鲁普太太去储藏室谈房租去了，而我则坐在客厅的沙发上发呆，怎么也不敢相信，自己会有如此的好运，入住如此高贵的宅邸。经过一番唇枪舌剑之后，她们回来了，令我高兴的是，从她们脸部表情看，这交易达成了。

“这些家具都是前一名房客留下的吗？”我姨奶奶问。

“是的。”克鲁普太太说。

“那他现在怎么样了？”我姨奶奶问。

克鲁普太太发出了一阵刺耳的咳嗽声，模糊不清地说：“他生了病，于是——咳！咳！咳！哎呀！——于是便死了。”

“哈！他是怎么死的？”我姨奶奶问。

“他的死是因为酒，”克鲁普太太毫不隐讳地说，“还有烟。”

“烟？你不是说这个烟囱吧？”我姨奶奶大吃一惊。

“不是，是雪茄和烟斗。”

“不管怎么样，这是不会传染的，特洛。”我姨奶奶面对我说。

“当然不会。”我说。

总之，我姨奶奶见我如此喜欢那里，便签了一个月的合同，一个月后可以再续一年。一切生活用品必备之后，克鲁普太太还向我提供了被褥和三餐，并且还明确表明心迹说，她会待我如同亲生儿子一般。我准备在后天入住，克鲁普太太说，上帝保佑，现在她有了一个可以照顾的人了。

回去的途中，姨奶奶对我说，她是如何坚定地相信，我所欠缺的两种品质——坚定和自信——会在我即将度过的生活中得到弥补。第二天，当我们在谈将维克菲尔德先生家中的那些我的衣物和书籍取出的有关事宜时，她还把她的意思强调了好几次。姨奶奶在第二天动身回多佛了，我托姨奶奶给爱妮丝带了一封信，告诉她取行李的事以及我旅行中的一些事。过多的琐事我不想再多说了，只补充以下几点：为了供我在这一个月的试用期之内的所有开销，姨奶奶给了我很多钱；在她离开回多佛之前，斯梯福兹并未出现，这让我和她大为失望；她和珍妮安然地进了马车，为了即将能够战胜那些可恶的驴子而喜形于色；马车走后，我面朝阿德尔菲回想那曾徘徊在那拱门附近的日子，以及玩味将我引入上层的那种幸福的转变。

第二十四章

能够独自占据那一所高高在上的壁垒，这实在令人愉悦。每当我关起门时，便会想起回到后升起梯子的鲁滨孙·克鲁索。能够揣着自己住宅的钥匙在城里散步，确实是一件令人愉悦的事。我能够邀请任何人来家里，如果我觉得个家便利，那么任何人都不会觉得麻烦。出门归家，无须通禀任何人，乃是一件非常愉快的事。当我拉铃让克鲁普太太上来时，或者当她想上来时，她便会喘息着从地底下上来了。对于这一切，都是那么的愉悦；但是，同样，也会有空虚寂寞的时候。

一天当中愉快的时光是在早晨，尤其是那些阳光明媚的早晨。在白天，感觉生活很新鲜自由；在阳光中，这种感觉更是明显。但是当在傍晚时分，这样的感觉似乎随太阳一起沉没了，特别是在烛光中，这样的快乐时光就更少了。独自一人在卧室中，我想找个人说话，想念爱妮丝，同时发现我那笑颜常开寄托心腹处存在的大片空白。此刻也感觉克鲁普太太离我甚远。想念在我之前死于烟酒的房客，我但愿他活在那里，不用他的死来烦恼我。

熬过两天两夜，仿佛比一年还要漫长，却并未发现自己年长了一些，反而和往常一样，因为自己的年轻而苦恼。斯梯福兹还是没来看我，我怀疑他肯定是生病了，于是便在第三天的时候，提前离开了博士院，步行来到海给特，是他母亲接待我的，并告诉我说，他和一个牛津的朋友去圣阿尔班看望一个朋友了，次日应该能够回来。我是太爱慕他了，甚至连他的那个牛津朋友都很妒忌呢。

那晚，她强留我用了晚餐再走。那时，我只记得，我们的话题只有他，没有涉及其他任何的事。我告诉她，在雅茅斯他是如何的受人喜欢，又是怎样一个受人欢迎的客人。但是，对于我们在那里的生活，达特尔小姐又是满嘴的暗示和那些神秘的问题，“真的吗，究竟？”诸如此类的问题，她竟问了那么多遍，以至于最后从我口中探出了一切她想知道的事。她的容貌还是和我初次见到她的时候一样，没有变化，从她那自然而愉快的应酬中，我似乎感觉有些爱上她了，就在那一晚，我夜行回家时还不禁想，要是能和她这样一个有趣的伴侣漫步在白金汉街上是件多么令人愉快的事啊！

次日清晨，去博士院之前，当我在用咖啡和面包打发早餐时——顺便说一句，克鲁普太太煮的咖啡竟淡到令人吃惊的地步——我感到无限快乐，因为斯梯福兹来了。

“哦！亲爱的斯梯福兹，”我叫道，“我还以为我们永远都不会再见面了呢！”

“上次旅行回来的第二天，一大早就被人拉走了。喃，雏菊，在这里，像你这么老的光棍还真是少见哦！”

我带着少有的骄傲领他参观了我的住宅，就连厨房他也大加赞赏。“我要说，大孩子，”他补了一句，“除非你下逐客令，否则我真的要把这地方作为我在城里下榻的最佳之处了。”

这句话是那么的令我开心，我告诉他，那个通知会随着世界末日一道来临。

“还没吃早饭吧，和我一起吧！我可以用那个光棍用的锅给你烘一些腌肉，至于咖啡，克鲁普太太会为你准备好的。”当我准备拉铃叫克鲁普太太时，他说：

“别，别！别拉铃！我一会儿就走，去一个住在可芬花园的碧阿沙旅馆陪一个家伙吃早餐。”

“那么，晚上过来和我一起用晚餐吧？”

“说实话，我很想过来，但是我不能，因为我必须归那两个人占有。明天一早，我们仨便会离开。”

“那么，带他们一起过来吧，依你看，他们会来吗？”

“哦，当然，他们肯定愿意过来，但是我担心会对你有所叨扰。我想还是和我们一起去别的地方吃饭为好。”

对于他的提议，我无论如何也不肯答应，因为我想借此来举行一场宴会，而且恐怕没有比这更好的机会了；另外，听到他如此赞赏我的住处，我心中又激起一阵新的骄傲，想竭力去发挥它的优势。最后，我强迫他去代表他的两个朋友向我郑重承诺，晚上六点过来用餐。

他走之后，我拉铃叫来克鲁普太太，将我这个不顾死活的计划告诉了她。但是克鲁普太太的观点是，首先，她肯定不会来伺候我们，但是她给我介绍了一个手脚麻利的年轻人，酬金五先令，至于小费我可以随意给，我说，那就请他来帮忙。另外，克鲁普太太说还得请一个“小妞子”，让她借着烛光在厨房里洗那些油污的碟子。当我问起她的酬金时，克鲁普太太说，十八便士不会令我富裕，同样也不会因此而贫困潦倒。我说，不会的，于是便决定请她。随后克鲁普太太说，现在让我们来准备晚餐吧。

很明显，那个为克鲁普太太建造厨房火炉的铁匠缺乏远见，因为除了排骨和马铃薯之外，什么都不能煮。至于那个烧鱼的锅，克鲁普太太的意见是她自己也说不明白，建议我最好亲自去看一下。我要去看一下吗？即使看过了，我想可能也不会太明白的，于是便推辞了，说：“有没有鱼无关紧要。”但是她却不太赞同我的意见，最后建议说，既然牡蛎上市了，为什么不去买一点呢，于是便用牡蛎代替了鱼。克鲁普太太随后向我提出了这样一些意见：两只烤鸡——去糕饼铺买；一碟猪腰，一碟炖牛肉——去糕饼铺买；一个馅饼，青菜，一些肉冻（如果我喜欢的话）——去糕饼铺买。这些都准备好之后，克鲁普太太说，这样她便可以集中注意力去烧马铃薯了，而且可以去预备干酪和芹菜了。

按照克鲁普太太的意见，我亲自去糕饼铺预定了这些东西。从糕饼铺出来沿途走在斯特兰大街上，来到一家火腿牛肉铺前，发现有一种如同云母一般坚硬的东西，标签上注的是“充龟”（是用小牛头做成的），便买了一块。当时我实在觉得这么大一块完全够十五个人吃，但是在花了一番工夫让克鲁普太太答应把它弄热之后才发现，它竟浓缩得那么厉害，如斯梯福兹所说仅仅够四个人吃。

这些准备做完之后，我又来到可芬花园市场为餐后买了一些零食，随后又在附近的酒店买了不少酒。回家之后，发现厨房的地板上那些数目众多的瓶子（少了两瓶，这让克鲁普太太很不安）排成的方阵，的确让我吃了一惊。

斯梯福兹的那两个朋友，一个叫葛雷格，另外一个是马肯，两个活泼有趣的家伙！葛雷格的年龄比斯梯福兹要稍大一些；而马肯则很年轻，也不过就二十岁。另外，我还发现马肯总喜欢称自己是“一个人”，极少或者根本就不用第一人称单数。

“在这里，一个人大概可以过得很好呢，科波菲尔先生。”马肯说——指他自己。

“这里看上去挺舒适，房间都很宽敞。”我说。

“你们两个的食欲都不错吧，我希望？”斯梯福兹说。

“说实在的，”马肯说，“城市似乎能够增强一个人的消化能力。一个人整天都感觉饿，因此不断地在吃。”

可能是刚开始有点忸怩，也可能是觉得自己太年轻，配不上主人这个头衔，于是开席之前，便强拉着斯梯福兹主人的那个位置，而我则坐在他对面。客人都入席之后，便开始喝酒；有斯梯福兹这样高明的人在为我撑场面，我们的宴会进行得很顺利，中间没有任何停滞。反倒是我，却并不那么善于应酬，整个宴会被那个手脚麻利的年轻人给分散了注意力；还有因那个“小妞子”而感到不安。因为，我刚好对着门，而那个手脚麻利的年轻人不时地叼着一个酒瓶出现在门口；至于那个“小妞子”，与其说她不会洗碟子，倒还不如说是因为她经常打碎碟子。另外，她似乎还有窥听别人谈话的习惯，因为她时常离开厨房走进大厅，却又总是疑心会被我们察觉，最后终于踩到那些她之前仔细摆在地板上的碟子，破坏力极强。

但是，这些都只不过是些小插曲，撤去桌布，摆上零食之后，这一切就都被我们抛之脑后了；此刻，那个手脚麻利的年轻人似乎说不出话了，在我们示意他去陪克鲁普太太聊天之后，又打发了那个“小妞子”去地下室，接着我们便开始狂欢了。

渐渐地，我高兴起来，也更快活起来，但是那些几乎已经忘却的话以一种令我很不习惯的方式涌进了我的脑海。我很真诚地笑自己的笑话以及他们的笑话；我还承诺说要陪他去牛津；承诺在更改之前的每一周都会有与此相同的宴会；葛雷格整晚都在疯狂地吸着鼻烟，最后我终于忍不住，便偷偷跑进厨房，竟连打了十多分钟的喷嚏。

我在不断地说，不断地笑，不停地为大家倒酒，不断地开酒瓶，虽然暂时没有再开的必要。我举起酒杯，提议为斯梯福兹干杯，因为他是我最亲爱的朋友，童年时的保护者，现时的伙伴；我说，我很高兴为他祝酒，他的情义我这辈子也报答不了，而且凡是那些我能想出的任何华美的辞藻都不足以表达我对他的赞美；最后，我说：“斯梯福兹，我祝福你，愿上帝保佑你！”随后我们为他连喝了九次彩，干了九杯酒，接着又是一阵狂喝，以至于当我摇摇晃晃地起身准备过去同他握手时连我的酒杯也被我打碎了。我走过去对他说："斯梯福兹，你就是我的那颗启明星。"

我不断地说，不断地笑，突然发现有人在歌唱，原来是马肯！那时，他唱道"当一个人的心被忧虑压抑时"，在他唱完那首歌之后提议说，祝福"女人"！对于他这样的提议，我给予了否定，也不能允许。我说，这个提议没有绅士风度，在我这里，我只许可去祝福"女士们"！我和他争得面红耳赤，可能是我觉得斯梯福兹和葛雷格在笑我，或是在笑他，又或是在笑我们俩。马肯说，一个人不应该受人摆布；我说，一个人应当。他说，那么一个人不应该被人侮辱；我说，这是当然，在我的屋檐下永远不会有人被侮辱，在这里，众拉神（罗马神话中的家庭保护神）是受人敬仰的，在这里，待客之道是至高无上的。他说，我是一个非常好的人，无心去损伤一个人的尊严。我立刻举杯，提议为他祝酒。

谁在抽烟？我们都在！我在抽烟，同时也在用力地压制那越来越厉害的颤抖。斯梯福兹发表了一篇几乎令我感动得流泪的演说。我谢了他，并且说，我希望今天在场的所有人能够明后两天——下午五点——和我一起用晚餐，以便延续今晚谈话与交际的乐趣。顿时，我脑海中闪过一个人，我觉得非常有必要去祝福她——我的姨奶奶。贝西·特洛伍德，我觉得在所有的女性中，她是最好的一个！

什么人从窗口向外探出身，一面享受着微风拂面的感觉，一面为了使头脑清醒，便把额头顶在冰冷的石栏杆上，那是我。我对自己说："科波菲尔，你为什么要抽烟？要知道，不能那样啊。"又是什么人站在镜前摇摆不定地打量着他的面貌，那还是我。镜子中的自己，是那么的苍白，眼神是那么的呆滞，我的头发——只是我的头发，没有任何其他的东西——早已将我的醉态表露无疑。

听见有个声音对我说："去看戏吧，科波菲尔！"在我面前的不是卧室，而是那张满是酒瓶的餐桌，朦胧的灯光，对面是斯梯福兹，马肯在左，葛雷格位于我的右手，大家似乎都在雾里，相隔甚远。看戏？当然。正合我意。走吧！他们应该原谅我，让他们先一个个地出去之后，然后熄了灯——谨防失火。

面对黑暗，我慌了，门也在眼前消失了。当我在窗帘中寻找那扇门的时候，被斯梯福兹笑着抓起胳膊把我拉了出来。我们一个紧跟着一个走下楼。快到楼底时，什么人摔了一跤，滚了下去。听见一个声音说，那是科波菲尔。对于如此荒谬的报告，我实在感到气愤，但是在后来发觉自己仰卧在地板上时，我才开始想，那个报告也不是完全没有依据的呢。

一个多雾的夜，路灯被一些大圈子所环绕。有人神志不清地说，下雨了，而我却认为在下雾。来到一根灯柱下，斯梯福兹帮我掸拭了头上的尘土，并把我的帽子摆弄好。很奇怪，我感觉有什么人把我的帽子从什么地方拿了出来，因为之前它并没有被我戴在头上。这时，听见斯梯福兹说："科波菲尔，你好了没有？"我回答说："再好不过了。"

一个人透过窗子从雾中向外看，在接过什么人递给他钱的时候，问我究竟是否与他们一起，并显出一种让不让我进去的犹豫神气。没过多久，我们便坐在那戏院的高处，向下看一个似乎在冒烟的大坑，挤满坑中的人却又是那么的不清楚。一个与街道相比更清楚，光滑的戏台，台上的人说着一些我几乎听不懂的事，另外，除了耀眼的灯光，音乐，以及厢座里的女人们，我实在没有看到其他任何东西。感觉眼前的那些建筑都在游泳，当我想竭力让它们静下来的时候，它们却又表现出一种令我无法形容的模样。

什么人提议去下面女人们所在的礼服厢看看，于是，我们便走下去。途中看见一个拿着望远镜，身穿大礼服靠在沙发上的男人，还有一个可以看见全身的大镜子。随后，我们便走了进去，当我们坐下之后，可能是自己说了些什么，听见身旁的人对什么人喊“别吵”，随之投来的是那些女人们愤怒的眼神，还有——什么！没错！——爱妮丝，她身旁坐着我不认识的一个男人和女人。此刻，我又看见她的脸，但是她看我的表情中却带着惊奇和惋惜。

“爱妮丝！”我模糊地说，“啊！爱妮丝！”

“嘘！别出声！”她说，但我不知道这是为什么，“你搅扰了观众。你看看台上！”

我照她的话，想去看戏台，也想听上面进行的是什么，但一切都是徒劳。当我逐渐地把目光转向她时，发现她退回了一个角落，用那戴着手套的手按住前额。

“爱妮丝！你不舒服吗？”我很担心。

“是的，是的。别担心我了，特洛伍德，”她说，“听！你正打算离开了吧？”

“我正打算离开？”我不解。

“没错。”

当时，脑子里产生了这样一个愚蠢的念头，想对她说，我要留在这里，好可以扶她下楼。我相信，我肯定表达出了自己的意思，因为她在认真看了我一会儿之后，似乎明白了，于是低声对我说：

“如果我，我非常诚恳地求你，我知道，你一定会顺从我的请求的。现在就离开吧，特洛伍德，为了我，请让你的朋友送你回家吧。”

那时，我完全清醒了，我虽然很生气，但是也感觉害羞，于是说“再！”（我是想说“再见！”）便起身走了出去。他们跟在我身后，出了门便径直回了家。那时，只有斯梯福兹留下来陪我，帮我宽了衣，我不停地告诉他，爱妮丝是我的妹妹，另外我让他帮我拿来开瓶器，好让我再开一瓶。

躺在床上的什么人，整夜都在做着梦，说着一些相互矛盾的话，那张床是一个永远都不会静止的海！我意识到那个什么人正是我自己时，发觉自己的皮肤简直就是一层硬板，干渴，舌头如同一个在火焰上加热的空锅的锅底，手掌如同一个热盘子，似乎找不到任何一块足以令它冷却的冰块。

第二天清醒过来时，我所感到的精神上的痛楚，是那么的悔恨，那么的羞愧啊！昨晚犯过的那些令我无法救赎的——我记得爱妮丝看我时的那种令我终生难忘的眼神——罪过给我带来的恐惧啊！连她如何来到伦敦，现在住在何处都不知道，这让我感觉无法与她接近所要忍受的痛苦啊！宴会过后房间的狼藉令我感到的恶心啊！我那强烈震荡的头啊！令我头痛的烟味啊！杂乱无章的空酒瓶啊！要外出却又无法起床的痛楚啊！哦，我度过了怎样的一天啊！

在那个夜晚，我坐在火炉旁看着那盆羊肉汤，心想，我在步上一个房客的后尘呢，不但承继了他的房间，还得重演他的悲剧呢，此刻我真想赶回多佛，揭穿这一切！后来，克鲁普太太拿走了那个汤盆，把昨天宴会的全部残余——一只猪腰——送了过来。那时，我真想扑到她那紫花布胸前，带着真诚的忏悔对她说："哦，克鲁普太太，别去管那些肉了吧！我现在很伤心呢！"——但是，我怀疑克鲁普太太究竟值不值得我去信任。哦，这又是怎样的一个夜晚啊！

第二十五章

在那个头痛、恶心而又令我后悔的可悲的日子之后，上次关于我请客的情形，在我头脑中产生了一种混乱而又奇怪的想法，仿佛那一天被一群泰坦族的巨人（以身长力大著称）用一个大杠杆推倒了几个月前。我边想边走出门口，看见一名车夫正拿着一封信在客厅中徘徊，见我正从楼弱点顶的杠杆上看着他，便快速跑上楼来到我跟前，筋疲力尽地喘息着。

“我找大卫·科波菲尔大人。”那车夫举起手中的手杖顶了一下头上的帽子说。

我简直不敢相信那封信是出自爱妮丝之手，我当时那个激动的心啊！于是，我便告诉他我便是他要找的大卫·科波菲尔大人。他也信了，把信递给我之后说要等我回信。于是我便丢他在门外楼梯口独自回律师公寓去了。我是那样的激动，在决定拆开信之前，将它放在餐桌上细细打量了片刻。

折开之后，信纸上是一段简短却又让我感觉和蔼的文字，内容上毫未涉及我在戏院中的情形。那段文字是这样写的：“亲爱的特洛伍德，我现在在赫尔本的伊力巷，住在父亲的代理人华特布鲁克先生家中，今天有空来看看我吗？时间你定。爱妮丝亲字。”

我花了太多的时间，大概想了六封回信，这么做只是在揣度如何才能让她更满意一些，至于那个等候在门外的车夫，他肯定是在想我在练习写信。“我怎样才能从你的记忆中抹去那段令人恶心的印象呢？”——写到这里，我停了下来，写不下去了，揉成了一团。于是另起了一个头：“亲爱的爱妮丝，莎士比亚曾说过这样一个奇怪的现象，一个人会将他的敌人送进嘴里（指喝酒）！”——这种语气让我想起了马肯，于是又揉成了一团。我甚至想用诗的形式给她回信，于是以六音诗开头，写道：“哦，且莫要记起！”——这句诗让我想起了十一月五日的那个炸药阴谋，又付诸东流了。多次尝试之后，我写道：“亲爱的爱妮丝，见到你的信就如同见到你一样，此刻，我已找不出比这更高的赞美了。四点钟我准时到——特·科”，当我把那封信刚递给那个车夫时，便产生了二十个将它撤回的念头。

如果我能感受到那天的重要性，那么博士院中一半的职务人员都会感到，我诚恳地相信，他以往在那腐败的宗教机关所做的坏事足以被他做的这点好事所弥补。虽然我在三点半动身，而且找到约定的地点也不过是几分钟的事情，但是当我最后终于鼓起勇气去按华特布鲁克先生家的门铃时，赫尔本的圣安德鲁教堂的时钟已明确指着四时十五分。

华特布鲁克先生一贯是在楼下处理一些普通事务，而那些高贵的事务（这类事有不少）则是在楼上进行。我被领进一间小巧的客厅，爱妮丝一个人坐在那里编织一个钱袋。

她那安静而和蔼的模样，让我不禁回想起过去在坎特布雷的那段快活的校园生活，以及前一夜我那醉酒的，满身烟味的愚蠢模样，此刻我陷入了深深的自责与羞愧中，我不否认，当时我确实流了泪。就算是现在想来，我也不能断定我所做的事该定义为可笑，还是定义为聪明。

“如果当时不是你，爱妮丝，而是其他什么人，我会此刻我大概已经忘却了这件事，但当时出现在我眼前的偏偏是你！我现在宁愿我已经死了。”

她用手——我感觉这与其他任何手都不一样——握了一会儿我的胳膊；此刻我感受到她对我的爱护与安慰，情不自禁地握起那只手放在我的嘴唇边，满怀感激地吻了一下。

“别为此而苦恼了，特洛伍德。”她一面扶我坐下，一面高兴地对我说，“如果我都不能让你认真地信任，那么你还能够信任谁呢？”

“啊，爱妮丝，我的幸运女神！”

她忧郁地（我感觉有点）摇头微笑着。

“是的，爱妮丝，我的幸运女神！永远都是！”

“如果真的是那样，好吗，特洛伍德，现在我极想提醒你一件事。”

她的意思我已经猜得七七八八了，但是我仍带着一种极想知道的表情看着她。

“我想提醒你，我想你去防备那颗灾星。”她坚定地看了我一眼说。

“亲爱的爱妮丝，你不会是在说斯梯福兹吧？”

“就是他，特洛伍德。”

“那样的话，爱妮丝，那他就太冤枉了。你的意思是说他是我的灾星，或者是任何其他人的灾星！但我要告诉你的是，他是指导者，辅助者，朋友！如果，爱妮丝，如果你仅凭着前一夜对他的印象来判断他，那是不公道的，也不是你的作风。”

“我的依据不是前一夜对他的最初印象。”她很平静。

“那，你的依据是什么？”

“很多事，虽然单独看它们是那么的微不足道，但是集腋成裘，那么多事综合在一起也就不能忽视了。我的依据部分是因为你对我说的那些关于他的事，也因为你的性格，以及他对你造成的影响。”

她那柔和的声音触及了我的心弦，弦随即反弹出她那柔美而诚恳的声音，似乎其中夹杂着能够驯服我的那种感动力。我坐在那里看着她，似乎仍旧在倾听；但是她却低着头做起了手工，斯梯福兹（虽然我异常爱慕他），却在她的声音中暗了下去。

“像我这样一个与世隔绝的人，”爱妮丝抬起头说，“对世事的了解是那么的微薄，竟然如此大胆地向你提出如此坚定的劝告。但是，特洛伍德，我很清楚这些见解是从我们一起长大的那亲切的记忆中，还有对你的亲切关怀中滋生出来的。我如此胆大地向你提出如此有力的见解也是因为这个。我很确信我在判断，也很有把握。当我在提醒你，你结交了一位危险的朋友时，我感觉，对你说出此话的那个人不是我，而是另外一个人。”

当她的声音落时，我看着她，依旧在倾听，他的影子（在我心中依旧那么牢不可破）又暗淡了。

“我并不是不讲情理地希望你，”她停了片刻，之后又拾起先前的语气谦虚地说，“立刻肯，或者能，改变你的情感——那已成为你一种信仰的情感；更不希望你立刻肯，或者能，改变在你那确信无疑的性格中扎了根的情感。你也不应该急着去改变。我只是求你，特洛伍德，在你时而想起我——我是说谎，”我正要插嘴，而她也知道原因，便带着一种安静的微笑说，“时时想起我——认真考虑一下我今天说过的话。也请你宽恕我，好吗？”

“那得到你对斯梯福兹持有公平公正的态度，而且像我一样喜欢他的时候，我才能宽恕你呢。”

“没到那个时候，你就不会宽恕我吗？”爱妮丝问。

当我提及斯梯福兹时，我见她的脸上飘过一个阴影，却依旧对我微笑，此刻我们又像以前那样毫无保留地相互信任了。

“那到什么时候，你才能宽恕前一晚我犯的过错呢？”

“当我再次想起的时候。”她说。

对于这件事，她本来想到此为止的，但是我憋足了一肚子要对她说的话，我把我是如何丧失体面，又是怎么被一连串偶然事件送进戏院以及其他所有情形通通告诉了她。此后，我又向她详述了斯梯福兹对我的照料，这样我才安了心。

“你应该记得，”在我说完之后她便立即岔开话题说，“你会告诉我你陷入的困难，甚至坠入情网也会对我毫无保留的，继拉金斯小姐之后的是谁啊，特洛伍德？”

“还没有呢，爱妮丝。”

“总应该有一个吧，告诉我。”她跷起一根手指笑着说。

“没有，爱妮丝，真的！虽然我很喜欢与斯梯福兹夫人家的一位小姐聊天，当然她也很聪明。——达特尔小姐——但是那并不是爱。”

她因为自己的洞察力而自豪地笑了。她随后告诉我说，如果把每一次的疯狂恋爱的时间和结局都告诉她，那么她像记大事年表一样记到今天，大概也有一个练习本那么厚了。接着她向我提起尤来亚，问我是否见过他。

“尤来亚·希普吗？没见过，他来伦敦了吗？”

“每天他都会来华特布鲁克先生的事务所楼下，我比他晚到一个星期。我担心他干的是些不择手段的勾当呢，特洛伍德。”

“干一种令你不安的事，他干的会是什么呢？”

爱妮丝放下了手边的活，交叉着双手，用她那双清秀而温和的眼眸看着我说：

“我想，不久他便要同爸爸合伙了。”

“啊？怎么会？那样一个下贱的人，向人摇尾乞食的狗，竟会攀到如此高的地位了吗？”我很气愤，“你难道没去设法劝阻吗？你不能保持沉默！想一想这将是怎样一种结局，你一定要制止你父亲的这种疯狂计划。爱妮丝，趁现在一切都还来得及，你应当尽快采取行动加以制止。”

她只是看着我，对我的慷慨陈词她只是很冷淡地摇摇头说：

“还记得上次我们就爸爸的变化展开的一次讨论吗？在你离开后不久——最多不过三天——他就对我作了第一次暗示。他装出此事由他做主的样子，却又无法隐藏被人强迫这样一个事实，见他挣扎在这两种心情之间，是令人悲哀的。我很替他担心。”

“强迫，爱妮丝！被谁强迫？”

“尤来亚，”她迟疑了一下，“现在爸爸已经离不开他了。阴险却又乖觉。他先抓紧爸爸的弱点，让它滋长，最后加以利用，一直到——我所有的意思概括成一句话，就是一直到他让爸爸怕他才肯罢休。”

我知道，就她所知道的或者她的猜疑，她能说得更多，但是她是那样爱护她的父亲，为了尽量少提到她的痛苦，我也就没再多加追问了。我感觉，这并不是一朝一夕的事。我也就没再出声了。

“他嘴上虽然对爸爸表示服从和感谢——也许是出自他真心，当然我也希望如此——却处处令爸爸掣肘，他现在拥有着实际的权力呢，我担心他会不择手段地运用手中的权力。”

我说了一个让我感觉满意的词去形容他：猎犬。

“在我刚才提到的那个时候，就是在爸爸对我暗示的那天，”她继续说，“他对爸爸说他即将离开，因为有更好的前途在等着他，虽然他是那么的难过，而且有千百个不愿意。那个时候，爸爸沮丧的程度是那么深，比你我平时见他时更加忧伤，最后，当爸爸提出合伙时，他似乎安了心，但也似乎为害羞的办法而苦恼。”

“对这件事，你是什么态度呢，爱妮丝？”

“特洛伍德，我做我希望是对的事呀。为了爸爸的平安，也为了减轻他身上的负担，同时我也希望有更多的机会去陪陪他，我劝他去做了，而且这样的牺牲是必须的，”她用手捂着流泪的脸说，“现在我觉得，我似乎是爸爸的一块绊脚石，没有资格做他疼爱的孩子。我知道他是怎样缩小自己的交际圈和职务范围，又是如何谢绝了那么多的事，又是如何遮暗他的生活，消耗他的精力，他所做的这一切都是为了一个念头，那就是他是为了我而转变。现在他不知不觉衰老的原因全是因为我，如果我能够替他分担一些该多好啊！如果我能让他恢复起来该多好啊！”

这不是我第一次见爱妮丝哭——这么悲哀地哭。就算是我从学校带回荣誉，上次谈及她父亲，旅行前互相道别，我也仅仅是见她含着泪转过和蔼的脸，但是见她如此悲哀地哭，我还是头一回见。见她如此我陷入极度的悲伤，带着一种愚蠢的又极无可奈何的态度安慰她说：“求你，爱妮丝，别，别这样，我亲爱的妹妹！”

就品格和意志来说，爱妮丝胜过我很多，没过多久，她那美丽而平静的脸上如同一片乌云刚刚从晴朗的天空飘过。

“我们单独相处的时间已不像以前那么多了，趁着现在还有机会，我诚恳地请求你，特洛伍德，与尤来亚之间保持友好的态度，不要讨厌他，也不要憎恨他的那些你看得不顺眼的地方。他也许不应当受如此的毁谤呢，因为他具体有没有犯错，我们也并不知道呀。但是不管怎样，看在爸爸和我的面子上吧！”

此时房门被打开，爱妮丝便停下了，一个如同帆船一样的女人——华特布鲁克太太，高个子外套了一件很大的衣服，实在难以分辨哪里是人，哪里是衣服——驶了进来。我隐约想起曾在戏院一束暗淡的灯光下见过她；但是她却很清楚地记得我，怀疑现在我仍在醉着酒呢。

但是，当她慢慢发现此刻我很清醒，而且觉得（我也希望）我是一个谨慎的人之后，大大缓和了对我的态度，问我是否常去公园，接着又问是否有交际。当听见我的回答均是否定的时候，我发觉这似乎很令她满意，却又很优雅地掩藏了她的真实想法，于是邀请我明晚过来一起用餐。我欣然接受，随后告辞。离开之前，我去事务所拜访了尤来亚，但凑巧他不在，于是便留下了我的一张名片。

第二天我应约到访时，从面对街道那敞开的大门里传来一阵蒸羊腰肉的香味，此刻我发现客人并非只有我一人。人群中，我认出那位化了装的车夫正在帮助那里的仆人站在楼梯下传报我的名字。他私下问我姓名的那种态度，似乎之前我们不只见过面一般。但事实上我们都彼此认识，清清楚楚地认识，我们两个都因良心而胆怯了。

华特布鲁克先生是个中年人，短脖子，宽大的硬领，黑鼻子，完全一副狮子狗模样。对我说，高兴能与我结识，我向华特布鲁克太太打过招呼之后，他便领我来到一位身穿黑绒服，头顶大黑绒帽子的可怕女人身边，然后恭恭敬敬地把我介绍给了她，乍一看去，她像是哈雷特的一个近亲——暂且认为是他的姑妈吧。

她是亨利·斯派克太太，她的丈夫也在她身旁。他是一个冷静的人，头上似乎撒了一层白霜。亨利·斯派克夫妇俩很受大家尊敬，据爱妮丝说，这大概是与亨利·斯派克夫妇的职业——与财政部门有那么一点联系或者是某个人的私人律师——有关。

我在人群中发现了尤来亚·希普，一身黑色装束，满脸谦卑的神气。当我走过去和他握手时，他实在感激我的折节下交，也以能够得到我的注意为荣。但是我却希望他能够少感激我一些，因为那一整晚他总带着那份感激徘徊在我周围，就连我与爱妮丝说一句话，他也会站在我们身后用那毫无掩盖的眼睛向我们狰狞着。

除了这样一个客人——在进门之前便引起我的注意，他被通报唤作特拉德尔先生——其他人都像酒一样临时被冰过了。此刻我的回忆停留在了萨伦学校，我猜测，不会是那个寄痛苦于骷髅的汤姆吧！

我带着那种异乎寻常的兴趣在人群中寻找着特拉德尔先生。他是一个具有退让态度的冷静而镇定的青年，可笑的头发，睁得很大的双眼。他退入偏僻角落的速度之快，让我很难再次找到他，但是我看得很清楚，他就是汤姆——那个往日常遭虐待的汤姆！

我来到华特布鲁克跟前说，我想，我在这里看见了一位老同学。

“真的！”他大吃一惊，“亨利·斯派克先生不会是你同学吧？但你太年轻了。”

“我不是在说他，我是说特拉德尔。”

“哦！呃！呃！真的吗？”此时他兴趣大跌，“可能吧。”

“如果是他，那么我们在萨伦学校曾是同学呢，”我看着他说，“他的为人很不错。”

“哦，的确，他的为人不错，”他很迁就地点着头说，“特拉德尔的为人实在很不错。”

“真是太巧了！”我说。

“真的，”他接过去说，“是太巧了，本来特拉德尔是不会来这里的，但亨利·斯派克太太的兄弟病了，他的位置被空了出来，特拉德尔是今天早上才去请他的呢。亨利·斯派克太太是一个非常有绅士风度的人呢，科波菲尔先生。”

因为我不认识那个人，也就带着敷衍哼了一句满富同情的话，随之向他问起了特拉德尔的职业。

“他学的是法律。是的。一个不错的为人——除了自己，从不与任何人作对。”

“他跟自己作对吗？”我很惋惜。

“嘿，”他得意地扁着嘴玩弄着表链说，“我应该说，他很自暴自弃。是的，我应该说，例如他的身价怎么都不值五百英镑。特拉德尔是经我的一个朋友介绍的。哦，是的，是的。他能够很清楚地记录案件，也具有起草答辩书的本事。一年之内，我能给他一些事做，给他做一些有价值的事。哦，是的，是的。”

当华特布鲁克先生吐出“是的”时，那极为得意，又极其满足的神气，给我留的印象很深。他的表情很奇妙，似乎存在一种看清别人出身的穿透力。他出生于一个富贵之家，与生俱来随身携带一副云梯，然后顺着云梯，爬向人生高处，用一位哲学家的眼光看那些深在壕里的人们。

就在主人宣布开席之前，我依旧为这个问题而思索着。华特布鲁克先生陪着哈姆雷特姑妈走了下去，华特布鲁克太太挽着亨利·斯派克先生，我向爱妮丝走去，但被一个连站都站不稳的喜欢傻笑的家伙抢了先。作为年轻人的我们——尤来亚，特拉德尔，还有我——尽量在后下去。我并没有因为没能去扶爱妮丝而气恼，因为在楼梯上，我与特拉德尔相遇了，他是么亲切地问候我，而尤来亚竟露出那样勉强的微笑，并带着他那份谦卑扭来扭去，真想把他栏杆上抛下去。

特拉德尔和我在餐桌上被安置在相距甚远的两个角落：他被一

束江天鹅鸟绒的炫光笼罩着，而我周身则弥漫着哈姆雷特姑妈的晦气。用餐花去了一段很长的时间，其间谈话主要涉及两个主题：一个是族，而另一个则是血。华特布鲁克太太不断地强调，如果她存在缺点的话，那就是血。

有几天，我曾这样想，如果我们不那么高雅，但是事实却又偏偏又并非如此，因此，我们过得也就不那么舒服了，范围也更是狭窄了。桌子上坐着古尔友治夫妇，他们跟银行的法律事实之间存在某种间接联系（至少古尔友治先生与之存在这样的联系）。我们只是一味地谈论银行或财政部的事。哈姆雷特的姑妈喜欢自言自语，为了弥补这样聊天的烦闷，她总是就别人提出的问题事先对自己胡乱扯一遍，当然这样的机会也是不多的；但是当我们把问题与血联系在一起时，她那抽象的理论跟她侄子一样渊博呢。

这场宴会，我们仿佛是在人吃人，汲汲的内容是那般血淋淋的。

“我与我太太的意见一致，”华特布鲁克先生把酒杯举在眼前说，“除了缺少血之外，其他的都非常合适。”

“哦？血几乎令所有人都感到满意！”哈姆雷特的姑妈说，“一言以蔽之，在关于血这个问题中，没有比这更美妙了，有那么一些低能儿（幸亏不多，但确实有一些），愿意做我所谓崇拜偶像的事。偶像！去崇拜那些捉摸不定的东西。但是，血就不一样了。如果鼻子里流出了血，我们会认得。如果我们发现了下颌上有血，我们会说，‘它在那里！’血淋淋的！这是一种确定无疑的事实，我们能够指认，丝毫没有怀疑的余地。”

那个将把爱妮丝扶下楼的站不稳的傻笑的家伙给出了一段那么

精辟的诠释。

“哦，你们知道，说到底。”他带着一种很白痴的笑容打量着桌子周围的人说，“我们不能没有血，你们知道。我们也应当有血，你们知道存在那么一些年轻人，你们知道，也许在学习和道德的方面，落后于他人，也许是犯了过错，你们知道，最后使得他们自己和身边的人陷入困境，但是，说到底，一想到身上还有血，就会立马开心！而我自己呢，宁愿被一个有血的人打败，也绝不会让一个没有血的家伙把我扶起来！”

他的这番高谈阔论，把所有问题都诠释得那么清楚，令大家极为满意，尤其是在女士们离席之前，这家伙一直备受关注。自那以后，我发现，一直很幽默的古尔友治先生和亨利·斯派克先生结成了一个同盟，隔着餐桌交换着一种神秘的对白，以对付这个敌人，打败我们，推翻我们。

“关于那四千五百英镑的甲种债券案，到现在还没有找到一条所期望的途径去解决吧，古尔友治？”亨利·斯派克先问。

“你指的是甲的西吗？”古尔友治说。

“乙的西啊！”斯派克先生竖起了眼眉，显出想知道的样子。只需将这个问题向公爵禀报——他的名字我就不必说了，”古尔友治先生抑制着自己说。

“我知道了，”斯派克先生说，“丁。”

古尔友治先生含糊地点了一下头——“已经向他禀报了，他的答案是，‘还钱，否则一直监禁！’”

“哎哟哟！”斯派克先生叫道。

“‘还钱，否则一直监禁！’”古尔友治先生坚定地重复了一遍，“至于第二个欠债人——你明白我的意思吗？”

“戊。”斯派克先生带着一种凶兆说。

“——戊断然拒绝他画押。为了让他画押，被送到折市场监视，但他去依旧拒绝那样做。”

斯派克先生表现得那么想知道，他完全傻了。

“现在，这个问题就这样被搁置了，”古尔友治先生向后靠在椅子上说，“事关重大，我不能对此一一说明，我想华特布鲁克先生会见谅的。”

在餐桌上谈论这个话题，那些名字，即使这只是些代码暗示，但是华特布鲁克先生的表情只有满脸的欢喜。他表示能够了解这谈话的内容（但我相信，他并不比我明白得多），并且对他如此谨慎的态度给予了高度的评价。斯派克先生在接受此等秘闻之后，自然也向他的朋友惠赠了自己所了解的一件秘闻，就这样，他接着上一个话题继续了下去，此点对话，古尔友治先生吃了惊，就这样来来回回地持续着。在他们这全部对白中，我们这群局外人时刻遭受着这对话中的重大关系的压迫；而主人则是怀着那份骄傲把我们看做一种敬畏和惊讶下的牺牲品。

能够上楼与爱妮丝相见，和她聊天，向她介绍特拉德尔，这些实在让我感到高兴。特拉德尔很害羞，却讨人喜欢，和以前一样，性格仍然那么好。他明早得动身去别的地方住一个月不能久留，今晚便不能与他秉烛夜谈了。但我们彼此交换了地址，以便在他回伦敦时我们可以再次相聚。当我告诉他我见过斯梯福兹时，他很感兴趣，带着饱满的热情赞美他，我拉着他把他对斯梯福兹的见解告诉爱妮丝，但爱妮丝并未听他说话，只是一味地看着我，当只有我在看她时，很轻微地冲我摇了摇头。

当听爱妮丝说她在几天后即将离开，听后我几乎欢喜跳跃起来，因为我相信，在这些人中间，她不会过得很快乐，但是一想到刚见面不久又分别，未免有些难受。在同她的聊天中，听她的歌声中，使我的记忆飘回到被她收拾得非常漂亮的古宅中的那段幸福时光，为了能与她多相处一会儿，我一直在那里留到客人散尽的时候，当华特布鲁克先生宴请宾客的灯火已全部熄灭时，我已经没有理由再留下了，最后只得逆着自己的心意去与他们道别。那一刻，我感觉——比任何时候更能感觉，她就是我的幸运女神！面对她那可爱的脸庞，平静的微笑，就如同天使般的光辉照耀在我的身上，而且我相信，那绝不是错觉。

客人已散尽，尤来亚除外，我不能把他归入那些在我之前道别的宾客当中，他一直都徘徊在离我们不远处，我下楼时，他尾随其后；我出宅门时，他紧贴在我身旁，将他那瘦长的手指缓慢地伸进比他手指长得多的大盖·克炸药阴谋主使者，后习惯被称为奇装异服的人的手套中。

我并非想与尤来亚同行，但是当我想起爱妮丝对我的请求时，我便问他是否愿意到我的寓所喝杯咖啡。

“哦，真的吗，科波菲尔少爷？”他说，“请你能够原谅，科波菲尔先生，但是那样称呼你我倒觉得更自然一些呢。我不希望你勉强自己敞开高贵的门去欢迎一个像我这样低贱的人呢。”

“这根本谈不上勉强啊，”我说，“你来，可以吗？”

“能去，我十分高兴呢！”他扭了一下。

“得，那，你来吧！”我不禁对他有些粗鲁，但是他摆出一副完全不放在心上的样子。

我们抄近路，以免多说话。至于那个手套，他是那么的谦卑，一路上一直在往手上戴，直到我的寓所也未停过，不过似乎一切都又那么徒劳。

为了避免他的头撞上什么东西，我牵着他的手走黑暗的楼梯。他的手湿冷得如同一只青蛙，我真想甩开他的手独自逃开呢。但是，爱妮丝与待客之道重过一切，于是便将他领到火炉旁，随后我点上蜡烛，他通过这烛光打量这房间时，露出一种谦卑的喜悦。当我拿起克鲁普太太一贯用的那个锡罐（我想，这大概是个刮脸杯，为了防止这一重价的专利发明腐蚀在储藏室中）热咖啡时，我真想把他烫伤。

“哦，这是真的吗，科波菲尔少爷，我说的是科波菲尔先生？能够接受你的招待，连想都不敢想啊！但是，即使是我经历那么多，但是就我这低贱的地位来说，这是我从来都不曾想到的事啊，这真像是上帝为我降的甘霖啊。另外，我想，你大概已经得知我升职的事了吧，科波菲尔少爷——我应当称呼你为科波菲尔先生！”

帽子和手套放在地板上，坐在我的沙发上，用膝盖顶着咖啡杯，轻轻转动着茶匙，把那双毫无遮掩的眼睛转向我，却并没有看我，他鼻中那令人讨厌的凹痕还在，以及他那从下颌到靴子透过全身的蛇一般的蠕动，那时，我便打定主意，我永远都不会喜欢他，留他做客，让我感觉很不安，因为那时我很年轻，还不能做到喜怒不形于色。

“我猜，关于我升迁的事，你应该听到一些风声了吧，科波菲尔少爷——我应当说，科波菲尔先生！”尤来亚说。

“是的，听到了一点。”

“哈！我早就在想爱妮丝迟早会知道的！”他很平静地接下去说，“爱妮丝知道了，我很高兴呢，非常感谢你，科波菲尔少爷——先生！”

我真想抓起地毯的脱靴器朝他扔去，他竟然对我设套让我泄露关于爱妮丝的事，虽然这不是那么重要。但是我止于喝咖啡。

“你知道吗，科波菲尔先生，你是多么灵验的预言家啊！”尤来亚继续说，“哎呀，你的预言简直是太灵验了！不知道，你是否还记得，你曾对我说，也许我会与维克菲尔德先生合伙，也许会成立一个维克菲尔德-希普事务所。你也许忘了，但是当一个人低贱时，科波菲尔少爷，他会把这样一些话牢记在心中呢！”

“我记得，但是那时我认为这种可能性是很渺小的。”

“哦！谁又能相信谁呢，科波菲尔先生！”他很兴奋，“我只想当时我肯定也认为是不可能的，我记得，我说过，我是太低贱了。真的，那个时候我确确实实这样认为呢。”

他，坐在那里，脸上挂着一个干皱的微笑，他看我，我看他。

“但是，对于那些最低贱的人来说，科波菲尔少爷，”他接着说，“同时也是个好助手呢。这让我想起来感到很荣幸，我曾经担任过维克菲尔德先生的助手，也许我能够做得更好呢。哦，他是那么地令人敬佩啊，科波菲尔先生，但是过去他却又是那么的疏忽啊！”

“听你这么说，我感到可惜，”我说，随即我又很锋利地补了一句，“不管就什么观点。”

“的确如此，科波菲尔先生，不管就什么观点。尤其是我对爱妮丝的观点，那更是如此。难道你忘了你说过的那些感人肺腑的话了，科波菲尔少爷？但是我却记得很清楚呢，有一天，你曾这样说，每个人都得赞美她，因为这句话，我还谢过你呢！我想你大概忘了吧，科波菲尔少爷？”

“还没有。”我冷冷地说。

“哦，你还记得，我是多么高兴啊！”他叫道，“你是让我这低贱的人在心中燃起希望的火花的第一人哪，而且你还没有忘记！哦！能够再赏赐我一杯咖啡吗？”

在他说燃起火花时着重强调的语气中，当他说话时看着我的眼神当中，有一种东西令我吃惊，我似乎看见他周身笼罩着一团火光。随后我用那个刮脸杯来款待他那不同腔调提出的请求；感觉自己根本不是他的对手，而且忧虑他随后即将会说些什么，因而当我给他倒咖啡时，手不觉颤抖了一下，感觉这些都逃避不了他的注意。

他什么都没说，只是不断地搅动着勺子，呷着咖啡，用他那可怕的手微微抚摩着他的下颌，看火，打量房间，朝我微笑（更像是喘息），带着那种过分的谦卑扭捩，蠕动，不断地搅咖啡，不时地呷一口，依旧不说话，最后我忍不住开口了。

“照依这么说，维克菲尔德先生，”我终于开口，“才能高出你——或我——五百倍的维克菲尔德先生也曾疏忽一时，是吗，希普先生？”

“哦，的确很疏忽，科波菲尔少爷，”尤来亚带着那种谦卑的叹息说，“哦，疏忽至极！如果你愿意，我高兴你称呼我尤来亚呢，那才像是过去啊。”

“得，尤来亚。”吐出这个名字我花了多少力气啊！

“谢谢！”他热切地说，“谢谢你，科波菲尔少爷！听到你叫我尤来亚，就如同听到往日的那些风声，钟声一样亲切。哦，抱歉，我们刚说到哪儿了？”

“说到维克菲尔德先生的——”

“疏忽，非常的疏忽，科波菲尔少爷。除了你以外，我不会对任何人提起这个话题；但即使是对你，我也只能是提起，而不能详细地说。在过去的几年里，如果是别人，代替了我，那么维克菲尔德先生一定会被他按在拇指下，会被按——在——拇指下了。”说着他那可怕的手便伸到我的桌子上，用拇指按着，桌子在摇动，最后似乎房间也在摇晃。

如果我不得不看到他用他的八字脚把维克菲尔德先生踩在脚下，我觉得我也无法更加恨他了。

“哦，哎呀，没错，科波菲尔少爷，”此刻他换了一种轻柔的语调（这与他那丝毫未减轻用力的拇指是多么鲜明的对比啊）继续说，“这是毫无疑问的。这中间一定有为我所不知的损失，他比我清楚百倍。我不过是他的一个低贱的助手，又是那么低贱地在伺候他，我被他放在一个永远也无法达到希望的地位上。我应该是怎么感谢他啊。”放完便向我转过脸，却并不在看我，他从桌子上把拇指移向他那瘦长的下颌，慢慢地，沉思地来回滑动着。

那一刻，当我透过炉火他那阴险的脸准备谈及其他什么事的时候，我的心跳动得是何等的愤慨啊。

“科波菲尔少爷，”他说，“我恐怕打扰了你休息呢。”

“你并没有打扰到我，我一向睡得都很晚。”

“非常感谢你，科波菲尔少爷！的确，当你第一次与我聊天时，我感觉自己一直都慢慢摆脱我那低贱的地位，但是我依然低贱。希望我永远低贱。如果我对你说一些心里话，科波菲尔少爷，你不会觉得我更低贱吧？是不是？”

“不会。”我很勉强。

“谢谢！”他掏出小手巾擦着自己的手掌说，“爱妮丝小姐——”

“嗯，尤来亚？”

“哦，听见被人很自然地唤作尤来亚，是件多么令人愉快的事啊！”他像一条挣命的鱼一般抖动着身体叫道，“今晚，她很漂亮吧，科波菲尔少爷？”

“她永远都是那样，在所有方面超越身边的每一个人。”

“哦，非常感谢你！这是事实！”他叫道，“哦，多谢，多谢！”

“你完全不用这样，”我表现得很傲慢，“你没有理由对我这样表示你的感谢啊。”

“科波菲尔少爷，实际上，这正是我要对你吐露的心里话。虽然我是低贱的，”他用尽力气去擦手，时而看我，时而看手，“虽然家母也是那样的低贱，我们的房子也是简陋的，但是我对爱妮丝（我的秘密，不担心让你知道，因为，科波菲尔少爷，自从那次车里见到你的时候起，对你，我已经没有秘密了）爱慕已久。哦，科波菲尔少爷，对于她曾走过的每一寸地面，我是怀着多么纯洁的爱啊！”

当时，我头脑中闪过这样一个疯狂的念头：抓起火炉中那红热的箸刺入他的胸膛。但是这个念头如同子弹射出枪膛一般离开了我，但是被这红脸劣畜的非分之想所玷污的爱妮丝的影子依然清晰地存在我的脑海里。他那歪着身子坐在那里看我的样子，实在令我头痛。在我眼中，他似乎在膨胀，越来越大，房间中似乎充斥着他的回音；我被这样一种感觉——感觉似乎这一切都曾发生过，以及感觉到那些他随后要说什么——完全支配了。

这时，我所作出的任何努力都没有比看到他脸上流露出的那种自信的感觉更能使我想起爱妮丝以往的请求。我带着一种自己都不敢相信的镇静神气问他，是否已向爱妮丝吐露过自己的心声。

“哦，没有，科波菲尔少爷！”他回答说，“哦，没有！除了你之外，我没有对任何人提起过。我只不过刚从我那低贱的处境中迈出一小步呢。我现在还只是希望能通过我对她父亲的帮助（我自信能够帮助他，科波菲尔少爷），或者能够帮他跨过一些障碍而使她对我产生好感。因为她是那么的爱她父亲，哦！多么难得的一个人儿啊！我相信，为了他，她会对我刮目相看的。”

我完全明白了这个恶棍的全部阴谋底细，同时也明白了他对我公开的原因。

“如果你愿意替我保守这个秘密，科波菲尔少爷，或者说，不从中加以反对，那么这就是你对我天大的恩惠了，我想你也不想惹麻烦。我知道你宅心仁厚，但是你认识我的时候我很低贱（也许我应该说，那时是我最低贱的时候，因为我一直都很低贱），因此你也许会凭着这最初的印象在我的爱妮丝面前反对我，这也不是不可能的。我将她称作我的，你知道，科波菲尔少爷，记得有首歌是这样唱的，'宁愿舍王冠，唤她做我的'！我希望将来能够实现呢。"

亲爱的爱妮丝，善良而可爱的爱妮丝，那些凡是我能够想得出来的人没有谁能够配得上她，难道，竟然会被这样一个恶棍娶了去？！

"现在不用着急，科波菲尔少爷，"他带着那种奸佞的神色继续说，"我的爱妮丝现在还年轻，而母亲和我仍需向上爬，在时机还未成熟之前，还有许多事要做呢。所以我还有很多机会让她慢慢了解呢。哦，为了这个秘密，我是多么感谢你啊！哦，现在你知道了这些，肯定（我想你肯定不想在那个家中惹麻烦）不会来反对我，现在我是多么放心哪！"

他伸过他那黏湿的手。与我握了一下，随后看了一眼他那灰白色的表。

"哎呀，一点都过了。在叙旧时，时光竟会溜得这样快，科波菲尔少爷，马上就到一点半了呢！"

我对他说我以为比这还要更晚呢，我并不是真的那样想，而是那时我的表达能力确确实实已经消失了。

"哎呀！"他犹豫了一下，"我的住处——靠近新开河底的一家旅馆——恐怕已经与周公畅谈两个钟头了。"

"真的对不起，我这里只有一张床，而且——"

"哦，不用床，科波菲尔少爷！"他伸直了一条腿接着说，

“但是我可以躺在你的火炉前吗？”

“如果是这样，那么还是我来躺在火炉前吧，你睡我的床。”

对于我这样的提议，他是那么的惊异，继而用一种高声的谦让拒绝着，那声音高得几乎能够穿透远在水平线上的那个房间中熟睡的克鲁普太太的耳朵。在这里，顺便提一下那个帮助克鲁普太太睡眠的那个时钟，那个钟永远慢着不下三刻钟，每天早晨都需要借助那最可靠的权威来加以校正，每当我们在守时这个问题上产生哪怕一丁点矛盾，她都会拿出那个钟来佐证自己。当时，我向他提出一切能够让他接受的床的理由，却没有让他那谦让的态度发生丝毫改变。最后，我只得在火炉前为他拿来了沙发垫子（不及他那瘦长的身长一半长），靠枕，外套，桌布，用这些为他铺了临时的一张床，对于这样的布置，他非常感谢我。最后我又给他拿来了一顶睡帽，他立刻戴上了（那么丑陋的一张脸出现在我的睡帽下！自从那以后，我便没有戴过那个睡帽了），之后便躺下了。

那一夜，我至今都没有忘记，也永远不会忘记。忘不了那一夜，我是如何的辗转难眠；如何为爱妮丝烦恼，以及对这个家伙的憎恶；又是如何考虑那些我能够做的事以及我应该做的事；最后又是如何决定把他的这些话藏在心里，为了她的平安，什么都不做，什么也不说。一闭眼，脑海中便会浮现出那生有柔和眼眸的爱妮丝，以及站在她面前满怀爱怜之色的她的父亲，一想到这些，心中便有说不出的恐怖。醒来后，想起那睡在火炉前的尤来亚，忘记便像一个梦魇一样在惊扰我；同时为自己昨夜留宿了一个比恶魔更坏的东西而感到忧郁。

那根火箸不知怎的，也钻进了我的脑海，不肯出来，我想，那个东西可能现在还是红热的，而我已经取出刺入他胸膛。我知道这不过是种空想，却时常为这个念头所叨扰中，忍不住走近火炉边去窥探他。仰面躺着，嘴像邮筒一样张着，两腿叉开，鼾声震耳。没想到在现实中他竟比我的幻想更加丑陋，每隔半个钟头，我竟被他这憎恶的面貌引到他那里去，不自觉地走近他，看一眼。这黑夜是那么的沉重而无望，丝毫没有白昼的迹象。

清晨，当我见他下楼时（哦，上帝啊！他没有留下来用早餐），他把黑夜也一起带走了。在我动身去博士院时，我特别叮嘱克鲁普太太，别去关窗，好让空气在我的房间里清除掉他的气息。

第二十六章

再次见到尤来亚·希普是在爱妮丝离开，我去票房向她道别送行的时候，刚好他们坐一辆车回坎特布雷。看到他把准备穿的深紫色高垫肩短外套，还有那把像小天幕一样的伞一起放在车顶后的那个高高的座位上，这让我感到些许满足；爱妮丝已坐到车厢里去了。不过，我在爱妮丝眼前努力和尤来亚维持那所谓的友好，我想这努力应该没有白费。在车窗前，如同上次餐桌旁的秃鹰一样不断地在我们身旁徘徊，偷听着我和爱妮丝之间所说的每一个字。

想起上次在我的火炉旁他对我说过的话，让我感觉很苦恼。在这种苦恼当中，我把爱妮丝对我说的有关她自己的话想了无数遍。“我做我希望是对的事呀。为了爸爸的平安，也为了减轻他身上的负担，同时我也希望有更多的机会去陪伴他，我劝他去做了，而且这样的牺牲是必需的。”为了她父亲，她不惜付出任何代价，妥协，让步，同时也凭这微薄的信念支撑自己，因为这悲惨的预兆，我也不断压迫着，更何况是她了。我知道她是那么的诚挚，那么的爱他父亲，同时也深刻明白那并非出自她本意。而无形中对她父亲造成的影响，认为自己欠他太多，是那么真诚地想要归还。虽然她与她身边那个深紫色外套，面目可憎的家伙是那么的不同，但是我却没有丝毫的安心。因为最危险的就是他们之间的不同，一个是纯洁无私的灵魂，一个是卑劣自私的灵魂。毫无疑问，以他的狡猾，他不但知道这一切，而且早已把这些想得很透彻了。

但是，我知道得很清楚，这必然是以爱妮丝的终身幸福为代价；同时，我从她的态度中发现，她并未看破这一点，看来这些的阴影还没有波及她，如果我现在对她透露这即将要发生的事。恐怕会立刻伤害到她，因此我未对她透露半分。她从车窗中向我挥手告别。她身边车厢中的那个恶魔扭来扭去，仿佛已经完全把她占有，得胜而回了。

那离别的情形在我的记忆里是那样地挥抹不去，接到爱妮丝的来信，被告知她已平安抵达时，我的悲哀又回到了与她道别的那一刻。我随时都在担心，这个问题终将发生，那时我的不安会是现在的多少倍啊！接二连三的噩梦！！这件事已成为我生活的一部分，像离不开我的脑袋成为了我生命中的一部分。

此刻收到斯梯福兹的来信，他告诉我说现在他已去了牛津，因此在我不工作的时间里，便觉得异常寂寞，自然有了充足的时间去琢磨我对爱妮丝的不安。我感觉，此刻对于斯梯福兹在我的意识里已潜伏着对他的不信任了。回信内容极为热情，但是总的想来，对于他离开伦敦，我还是暗自欣喜的。我怀疑，这可能是爱妮丝在我身上所造成的影响，似乎这种影响并非因为我想与他见面而发生丝毫的动摇；况且她在我心里占据着那么大的地位，使得这种影响对我就更有力了。

就这样，时间一天天，一周周地过去了。我在斯宾罗-约金士事务所当学徒。每年除房租和零花外，姨奶奶额外给我九十英镑，在寓所读了一年的约，那个地方的夜晚不但漫长而且可怕，但我可以以一种均衡的心态却又无精打采地坐在那里拼命喝咖啡，现在想想在那段时间里，我所喝的咖啡似乎可以用加伦作单位来衡量呢。也在这个时候，我得到了三种发现，首先是，得了鼻炎的克鲁普太太随后又患上了痉挛，以薄荷治疗；其次我发现，储藏室里的白兰地瓶子炸裂了，这可能与温度有关；最后我发现在这个世界上我是那么的孤独，经常以故事诗抚慰一颗寂寞的心。

在我正式成为学徒的那天，只是在事务所用夹心面包和葡萄酒招待了一下那些雇用书记们外，并无其他任何庆祝仪式。晚上我独自去戏院看了场戏剧《陌生人》，为其中的恐怖战栗到那样的程度，回到家，竟怀疑镜子的那个人到底是不是自己。签完契约之后，斯宾罗先生说，他的女儿在巴黎读书，不久便会归家，但是由于家里长久没人管理，（早年丧妻，现在有个女儿）显得有些凌乱，否则一定会请我去他在诺伍德的住宅，为我举行一个庆祝仪式。但是他对我说，在她回家之后，希望我能够过去，我向他表达了谢意。

过了一两个星期，他再次对我提起这件事，说，如果我能够在下周六前往住到周一，他会感到很高兴的。我欣然接受他的邀请，他于是决定用他的四轮马车接送我。

在那些雇用书记们的眼里，诺伍德邸是个极神秘的圣地，当那个周六来临时，最后连我的毡提包也都成为他们崇拜的了。其中一个告诉我，他听人说，斯宾罗先生家用银杯喝水，名瓷吃饭；还有一个告诉我，他家的香槟都是整桶整桶的。那个戴着假发的老书记曾有幸去过几次，他说那是多么多么奢华，还说他在那里喝过珍贵的东印度的褐色葡萄酒。

那天，我们在宗教法院审判了一件拖延了很久的案子，有一个面包匠去教区委员会投诉说反对修路捐款，结果将他逐出教会六个星期，还罚了很多钱。据我估计，在审案时所列出的证据大概两倍于《鲁滨孙漂流记》，因此结束时已经很晚了。最后那个面包匠的代诉人，法官和两名律师一同出了城，斯宾罗先生带着我乘那辆四轮马车去了他家。

那是一辆造型精美的四轮马车，就连那两匹马也高傲地拱着脖子，抬着腿，似乎以属于博士院中的各种排场上，他们会制造出许多精美的车子去互相攀比。但是我发现其中有一件最伟大的竞争品，那就是浆硬的衣服，我确信，未来也不会否认——代诉人的那些浆硬的衣服已经达到了世人所能忍受的最高境界了。

一路上，我们非常愉快。另外，就我的职业斯宾罗先生作了一些相示。他告诉我说，我们这个职业是所有行业中最上等的，和律师那个职业是风马牛不相及的，更不能混为一谈，因为我们这个职业更多的是讲究专业，不像律师行业那么古板，机械，当然利益也是丰厚的。他还说，在博士院中的工作比其他任何地方的任务都要轻松，这无形中让我们成为了一个特权阶级。他还告诉我这样一个令他不那么快意的事实，我们主要是被律师雇用，这是不可陷讳的，但是在这种雇用中间，他了解到，律师是一群劣等人，普遍被代诉人看不起。

我问他，在他看来最好处理的案件是什么。他告诉我说，最好的应该是一件存在争议的遗嘱案，有三四万英镑的遗财。他对我进行了具体分析，在这样的案件审理过程中，不光是辩论程度上有很多挑眼的机会，质问与反驳过程中，双方也能举出无穷的证据；当然了，诉讼肯定是从那笔遗产中拨出，结果是鹬蚌相争，渔人得利。之后，他把博士院向我公布了一遍。周密是博士院的最值得称赞的地方，它周密中的一个完美的典型，世界上再也找不到任何比这里组织得更恰到好处的地方了。例如，你向宗教法院提交一件离婚或一件索赔案。很好，很和。宗教法院审理时，就如同你在一个家庭中斗小罗圈牌，安安静静地斗，从容不迫地把它斗完。如果你对于结果不满意，怎么办？那么，请你去拱形法院。那拱形法院是什么呢？和宗教法院本质是一样的。在相同的房间，在相同的被告席，还是刚才的那些律师，唯一不同的只是法官，但是宗教法院的法官可以以辩护士的身份出现在当场。得，你仍然是在斗刚才的罗圈牌。你仍然不满意，那么现在又该怎么办？只有去见那些代表了。那，代表又是谁呢？他们是一群辩护士，没有任何职位。刚才当你在斗罗圈牌时，他们均在场，目睹了洗牌，分牌，斗牌的全部过程。同样也与所有在场斗牌的人交流过，此刻他们扮演着法官。最后这个问题就这么解决了，令所有人都满意地解决了。他最后总结说。那些无知的家伙会说博士院闭塞，腐败，需要整顿；但是小麦价格在暴涨时，博士院的所有人都会被弄得手忙脚乱的；我们可以把手放在心口然后对这个世界说："动博士院哪怕一根手指头，这个国家也就衰亡了！"

我全神贯注地听完了他这番话；但是，我却怀疑这个国家是否真如斯宾罗先生说的那样会去感激博士院，不过，对于他的意见，我仍然恭敬地服从。对于小麦的价格，完全是我能力所不能控制的，就算到现在，我也不曾战胜过它，而且在我这一生当中，在所有的问题上，它总出现来干扰，竟致毁灭我。现在，我仍不能十分了解，它究竟与我之间有什么关系，或者说它根本就没有任何权利来压倒我，但是每当见我的老朋友时，我便弃械投降了。

这是一段离了题的话。我没有想去动博士院使国家衰亡的念头。我用沉默来谦卑地表示，对于那些年龄和学问都在我之上的所有人说的所有话，我都赞同。之后我们聊到了戏剧，聊《陌生人》，那两匹马，就这样我们来到了斯宾罗先生的宅邸。

门前有一个漂亮的小花园，可爱的草地一丛一丛的树木，幽雅的小径，拱形的格子棚。那个季节虽然不是游玩花园的绝佳时节，但就花园收拾之后的那美丽程度来说，就已经很令我迷了

“斯宾罗小姐会独自在这里散步吗？”我想。

我们来到灯烛煌煌的住宅，穿堂中挂着各式各样的高帽，扁帽，衬衫，外套，手套，鞭子，手杖等。“朵拉小姐呢？”斯宾罗先生问仆人。“朵拉！”我想，“多好听的名字啊！”

我们进入附近的一个房间这后，耳边响起了一个声音：“科波菲尔先生，这是小女朵拉，小女的密友！”毋庸置疑，这是斯宾罗先生在说话，但是我没有听出来，也不关心。刹那间，所有的一切都静止了，我已经应验了我的命运，我爱上了朵拉·斯宾罗！我完全被她俘虏了，成了她的奴隶！

在我眼里，她不是一个凡人，而是一个仙女，一个西尔斌（希腊神话中的气仙，貌美绝伦），我也不知道她是什么——从来见过却又人人想要得到的什么。此刻我已处在爱情的深渊之上，刚站到那深渊的边上，没有向下看，也没向后看一眼，甚至连一句话都还未对她说，就头朝下直陷了进去。

“我……”我刚鞠过躬，耳边便响起了一个很熟悉的声音。“和科波菲尔先生已经见过面了。”

这声音不是出自朵拉之口，不是！是她的密友，默德斯通小姐！

如果那时候我是吃惊的，我肯定不会相信，因为当时除了朵拉之外，物质世界的其他任何东西都不会再令我吃惊了，与朵拉相比，他们是那么的微不足道。我说：“你好吗，默德斯通小姐？”她说：“很好。”我又问候了她的弟弟，她回答说：“舍弟很健壮，谢谢。”

斯宾罗先生见我们寒暄之后说：

“科菲尔，没想到你与默德斯通小姐早就认识，我很高兴。”

“科波菲尔先生和我是亲戚，在他的童年时我们曾相处过一段时间，不过后来，境遇把我们分开了，现在我几乎已经认不出他来了。”默德斯通小姐镇静严肃地说。

我回答她说，不管在什么时候，什么地方，我都能认出她来。这是千真万确的。

“小女朵拉自幼丧母，多亏默德斯通小姐，承蒙默德斯通小姐的好意，愿意做小女朵拉的密友兼保护者。”斯宾罗先生对我说。当时我头脑中闪过这样一个念头，默德斯通小姐就是那藏在衣服里的暗器，说保护朵拉，还不如说攻击朵拉更贴切些。除了朵拉以外的任何事，它们在我头脑中闪过的那些念头都是短暂的，因为我禁不住要看她，但是我却发现，她那可爱而任性的态度中，她似乎不大愿意与她的密友兼保护者保持亲密。此刻，钟敲响了，斯宾罗先生说，这是第一次晚餐钟。于是我便去换衣服了。

在那恋爱时的流动心情下，换衣服或者做其他任何事，都觉得有点可笑。我只能坐在火炉前咬着毡提包的钥匙发呆，想着她那苗条的身材，美丽的面孔，水汪汪的眼睛，文雅而迷人的态度！

钟又敲响了，两次钟声之间的间隔似乎是那么短暂，在那样的情形下，已容不得我去细细打扮了，只好匆匆忙忙换了件衣服，下了楼。楼下有一些客人，朵拉正和一个满头白发的老头子在聊天，虽然他已白发苍苍，但是我却仍然妒忌得发疯。

我当时是怎样一种心境啊！我妒忌这里的每一个人。他们比我更熟悉斯宾罗先生，这让我忍受不了；听到他们谈论我未参加过的事时，这让我痛苦。当有一个光滑的秃驴隔着桌子用一种温和语气问我是否第一次到这来时，我想报复他——想出一切野蛮的行为报复他。

在那里，除了朵拉，谁我都没有印象，除了朵拉，我对于食物的全部印象是：食之无味，结果六碟食物原封不动地撤回去了。我坐在她旁边，和我聊着天。悦耳的小声音，动人的小微笑，令人愉快的小动作，让我着了迷，甘心成为她的奴隶。我觉得她的一切都是那么小，而且越小越可爱。

当她和默德斯通小姐（除朵拉外，宴会中唯一的女性）走出室外时，我陷入了一种可怕的忧虑，忧虑默德斯通小姐在朵拉面前毁坏我的形象，让我名誉扫地。

那个头顶反光的人温和地对我说了一个很有才的故事，我觉得内容大概是关于种植园，因此当他提到“我的园丁”时，我故作一种听得很仔细的样子，心却神游到伊甸园陪朵拉在游玩呢。

我们来到客厅时，默德斯通小姐对我露出了那么残酷而又冷淡的神色，这让我更加忧虑，怕她会在我所爱的人面前诽谤我。但是这种忧虑却在一种出乎意料之外的情形下被我安然放下了。

“大卫·科波菲尔，”默德斯通小姐站在一边向我招手，“说几句话。”

我和她单独相对了。

“大卫·科波菲尔，”她说，“我不想在这里谈什么家务，因为那不是一个让人喜欢的话题。”

“一点也不是。”我说。

“一点也不是，”她同意道，“同样我也不太想去提起过去的那些相悖的意见。或者过去受到的野蛮的待遇。我遭受过一个人——一个女人，同样是女人，那在提起未免有些抱歉——野蛮待遇，一提到她，我就恼恨，恶心，因此也不去提她。”

见她如此诽谤我姨奶奶，我觉得很恼怒，但我对她说，既然默德斯通小姐不想提，那就不去提她。但我还对她说，当我听见别人在我姨奶奶背后毁谤她时，我一定会斩钉截铁地发表我的意见。

默德斯通小姐闭着眼垂下头，片刻之后慢慢睁开眼睛，说：

“大卫·科波菲尔，在你的童年时，我对你有偏见，而且对你感到很不满意，这是事实，现在我也不想否认。也许这一开始就是错的，也许你的那些毛病已经纠正了。当然，现在这些问题已不能成为我们之间沟通的障碍了。我相信，我出生自一个以坚定著称的家庭，我的那种坚定的性格并非造就于后天的因素，也并不因为后天的因素而有所改变。对你，我有我的看法，当然，对我，你也可以有你的见解。”

此刻我低下了头。

“但是，如果我们因为以往的那些不快而发生争执，这是根本没有必要的。”默德斯通小姐说，“既然上帝能够让我们今天在此相遇，那么以后也定能重逢，我提议，以后，就让我们以远亲的身份彼此相待吧。家庭的背景迫使我们这样，彼此不在此后议论对方，诽谤对方。这个提议，你同意吗？”

“默德斯通小姐，”我说，“在过去，你同你的弟弟是那么残酷而恶劣地对待我的母亲和我，只要我活一天，那样的虐待就无法从我的记忆里抹去。但是现在你的提议我完全同意。”

默德斯通小姐又闭起了眼垂下了头。过了片刻，我发现手背袭来一阵凉意，是被她的手指碰了一下。之后她调整了一下手腕和脖上的锁链，便走开了。这些手链似乎是我上次见到她时戴的那副，一模一样。看见她的这些锁链，想起她往日的那种性格，这让我联想起监狱门上的锁链，使那些从外面看见它的人便能想象里面的情形。那个晚上，我心中的皇后拿来一个像六弦琴的乐器，之后听她用法语唱着迷人的曲子，歌词大意：无论世事如何难料，我们尽管尽情地跳舞，嗒啦啦，嗒啦啦！我陶醉在她那柔美的歌声中，拒绝任何点心。当默德斯通小姐把她拘捕，带她离开时，她对我笑了，向我伸出了她那芬芳的手。我朝镜子里偷偷看了自己一眼，样子是那么的白痴，那么的愚蠢。那夜，我在陶醉中入了梦，第二天在迷恋中醒来。

那天早晨天气晴朗，因为我起得也早，于是便想去那些拱形格子棚附近的小径上散步，回想一下她昨晚令我痴迷的一些情形。当我走过穿堂时，刚好看见了她的小狗——吉普，全名叫吉普赛。我甚至连它也爱上了，于是便柔和地向它走去，但是它却钻到了椅子底下，露出牙齿向我狂吠，似乎不肯接受我的好意。

花园是那么的寂静而且清凉。我边走边想，如果我能够与那个可爱的人儿订婚，那么我会幸福到什么程度啊，还想到关于结婚，财产等诸如此类的其他的一些事。我想那里，我肯定像过去爱小爱米丽一样天真无邪地爱上了她。叫她“朵拉”，给她写信，崇拜她，爱她，我相信，当她跟别人在一起时，心里想的仍然是我，我觉得这种想法已达到野心顶点了，不得达到我的野心的顶点了。不用说，我是个情痴，而且多愁善感，但是我仍然有一颗纯洁的心，现在想想，虽然有些可笑，却丝毫没有轻视的意味。

没走多久，我便在一个拐角处碰到了她。当我想起那个角落时，我全身又颤抖起来。连笔也握不稳了。

“你——起得——真早啊，斯宾罗小姐。”

“待在家里是那么无聊，”她说，“而默德斯通小姐又是那么荒谬！她竟瞎说等天气干一干。到那时出来比较好。干一干！（说着便笑了，那么悦耳。）星期天的清晨，是我休息不去练习音乐的时候啊！我得找点事情做啊。所以在昨天晚上，我就对爸爸说，我必须出来，更何况，现在是一天当中最明亮的时候啊，你不觉得吗？”

我立马回答她说（当然语气有些吞吞吐吐），我想当时的确很明亮，但是就在一分钟前，还很黑暗呢。

“这是你在跟我客套呢？还是天气真的变了呢？”

我回答说（比先前吞吐得更厉害了），我并未在跟她客套，而是确确实实的，虽然并未觉察出天气像她说的有过任何变化。随后我又害羞地补充了一句：这种变化是建立在我情感的基础上的。

她拔下了鬈发遮掩了羞红的脸，那样的鬈发我还是第一次见——我哪里能见到呢。因为从来就没有那样的鬈发啊！看到她的帽子和蓝结子，我想，如果能够挂在白金汉街我的卧室中，那将是一件无价之宝啊！

“刚从巴黎读完书回来吗？”我问。

“是的，”她说，“巴黎你去过吗？”

“没有。”

“哦！我希望再过不久你就要去了，你一定会非常喜欢那里的！”

我脸上露出了悲哀的痕迹。她居然希望我走。她竟然会以为我能走，这让我实在难以忍受。因为我看不起巴黎，更看不起法国。我对她说，就我现在的情形来看，为了哪怕任何理由，我也都不会离开英国，无论什么都无法诱惑我离开。当她在摇她的鬈发时，那只小狗朝我们跑来，把我从巴黎这一问题中解放了出来。

它妒忌我，总是对我吠。她抱起了它——哦，上帝啊！——抚摩着它，但它仍旧在朝我吠。当我伸手去摸它时，它却不让，于是她打它。她拍着它的鼻梁，它则是闭着眼舐她的手，但是它的腹中仍发出如小低音般的吼叫，这次我更痛苦。它终于安静了——她用下颌轻轻地顶着它的头；它自然安静了！——接着我们便向一所温室走去。

“你和默德斯通小姐好像不是很亲密吧？”我说——“我的宝贝？”

她吻了下它的头，它只是懒懒地眨眨眼。

“爸爸称她为我的密友，但是我敢说，她配不上这个称呼——

是不是，吉普？对于那种性情的乖戾的人，我和吉普都不会信任她。我们信任谁随我们喜欢。我们的密友，我们自己寻找，不需要他们替我们寻找，是不是，吉普？”

吉普发出了一种舒服的噪声，有一点像沸腾时的茶壶发出的声音一样。而对我来说，这每一个字就像是一堆新锁链堆加在旧锁链上。

“我们自幼就丧失慈爱的母亲，却必须得让默德斯通小姐那样令人闷气的老家伙来时刻跟随着我们，这是很令人不舒服的——是不是，吉普？但是，没关系，吉普，我们不去信任她，无论如何，我们尽量让自己开心，捉弄她，不巴结她——是不是，吉普？”

如果再像这样下去，我像我一定被那锁链压得跪在路上行走，或者被立刻赶出宅外。但是，那温室离我们很近，不久便到了。

温室中到处都是美丽的天竺葵。我们行走在天竺葵之间，朵拉时而停下脚步欣赏这一盆，时而赞美那一盆，当然，我也跟着她赞美同一盆。她不时地抱在怀中的狗举到那些花瓣前。那一刻，如果我们三个不会处在仙境当中，至少我一定在那里神游。直到今天，那些天竺葵叶的气息仍能够令我的情感在刹那间起伏，带有一种半玩笑半认真的惊奇；对于那一刻，我的全部印象是，一顶帽子，蓝结子，鬈发，两条秀美手臂中的那条小黑狗以及层层叠叠的花和闪光的叶子。

早餐的时间到了，默德斯通小姐在到处找我们了，最后她来到了温室；见到朵拉，于是便把那张被胭脂填平的皱纹的令人不愉快的脸凑上来，让朵拉吻，随后挽起朵拉摆出一副军人的架势率领我们去用早餐了。

因为茶是朵拉泡的，因此我坐在那里拼命地喝，忘了自己喝了多少杯，最后直到自己的全部神经系统（如果那些天里我的神经系统还存在完好的话）崩溃为止。没过多久，我们去了教堂，我和朵拉被默德斯通小姐隔开了；但是全教堂的人在她的唱诗的悦耳声中消失了。会中有一篇说教——自然是关于朵拉的——我想，关于那一次礼拜的所有情形，我所记得的恐怕也只有这些了。

我们很平静地度过了那一天，没有任何客人，只散了一次步，一席四个人的晚餐，晚上浏览了一会儿书画。默德斯通小姐面前摆了一本《圣经》，那么聚精会神地看着我们，仿佛我们是她所管辖的嫌疑犯。晚餐过后，斯宾罗先生坐在我对面，用他的小手巾盖着脸，他哪里会想到，我正在幻想着已成为他女婿后怎样热情地和他拥抱啊！夜深之后，当我起身与他说晚安时，他哪里会想到，我正在幻想着他同意我与朵拉的婚事之后怎样真诚地为我们祝福啊！

因为次日我们海军法院有一件救船的案件要审理，所以一大早我们就动身回去了。早餐时，朵拉又泡好了茶；当她抱着吉普站在门口送我时，我百感交集，坐在马车中下意识地朝她脱下了帽子。关于这次的案件，需要引用航海技术中的一些知识，而博士院中的人又都不太了解，于是法官向三一院请来了两位年老的专家来帮忙。

在这里，我不想做一些毫无结果的描写，描写那天我在海军法院的感受；描写当我在听审时，是怎样被案件弄糊涂；又是怎样坐在高等裁判席上梦着朵拉；最后当被斯宾罗丢下（我曾一度希望，他能够再带我回去）时，我又仿佛自己便是那条船的主人，船已开走，我被遗弃在一座荒岛上，对于这些我都不想去费力去描写。我只希望那个一直在沉睡的老法院能够醒过来，见证我在法院中所作的那些关于朵拉的白日梦。

不只是在那一天做那些关于朵拉的梦而是一天打发一天，一周接一周，一个学期接一个学期地梦见。在法院，脑子里全是朵拉，丝毫没把案件放在心上。只不过案件一直在审理中拖到无法再拖的程度时，我才会稍稍想一下，但想的也只是在那些婚姻案件中想结婚的人们为什么不幸福；以及思考如果我能继承某个遗嘱中的那些遗产，我首先会对朵拉采取什么样的行动。在那一周上，我的行为是那么狂热，买了四件华美的背心（完全是为了朵拉，因为我根本不羡慕那种东西），在街上戴草色的羊皮手套，脚也因靴子而磨出了鸡眼。如果把那段时间我所穿过的靴子与我的脚的尺寸比较一下，我那时的心境便能很轻松地被表明了。

虽然，为了表明自己对朵拉的那种诚意而弄破了自己那可怜的脚，但是每天我依旧跛着脚走很多很多路，为的就是能够碰见她。不过，在诺伍德大街上，我和那著名的邮递员一样为人们所熟知了，以至于最后走遍了整个伦敦城。我经常在卖那些最好的女人用品的商店前徘徊，像一个极不安静的灵魂在那些商店面前左顾右盼，早已疲倦却依旧拖着疲惫的身躯在公园里晃荡。当然，上天总会给我碰见她的机会，但是很少的，相隔的时间也很长。偶尔会看见她坐在马车中朝我摇着手套；或者遇见她，陪她和默德斯通小姐走一段，和她说说话，但是说完之后却为自己的愚蠢而悲哀，因为发觉自己对她说的话中没有一句能够表明自己真正心思的话，或者发觉她根本不知道我的用心良苦，另外感觉她根本就不关心我。那段时间里，我一直都在期待能够再次被斯宾罗先生邀请，但一直都在失望。

克鲁普太太肯定是一个眼光锐利的女人，因为这段爱恋发生只有几个星期的时候，在给爱妮丝的信中，我也只是很隐讳地写我接受了斯宾罗先生的邀请去他家做客，至于朵拉，我也只是写“他有一个女儿”，比这更露骨的话，实在没有勇气写。但是，克鲁普太太肯定是一个眼光锐利的女人，因为在这爱恋刚发生时，便被她一眼给看破了。在那个晚间，我很烦闷地坐在火炉前，这时，她敲开我的门（当时她的痉挛发作了）问我有没有掺和着大黄和七滴丁香精的小豆液，问我能否赏赐她一些，因为这是治她病的一剂良药，但是如果我没有，她说白兰地是次好的药剂，问我赏赐她一些。我实在没有听说过她所说的什么小豆液，而我的壁橱中白兰地倒是常备，于是便给她倒了一杯，递给她后，她当着我的面（以免我会怀疑她会拿它作什么不正当的用途）仰起头咕咚喝完了。

“打起精神吧，先生，”克鲁普太太说，“看到这个样子，我实在不忍心哪，因为我自己也是一位母亲啊。”

对于她的话，我感到莫名其妙，但是我对她笑了笑，极力做出亲切的样子。

“喂，先生，请原谅我的冒失吧。”她说，“我了解了，这里头有一位年轻的小姐哟。”

“克鲁普太太？”我羞红了脸。

“哦，哎哟哟！要对自己有信心，先生！”她点着头对我鼓励说，“不要失望，先生！好姑娘多的是，如果她不对你微笑，有的是别人。你是一位受欢迎的年轻绅士，科波菲尔先生，对于自己的价值，一定要清楚。”

克鲁普太太总是把我叫做科波菲尔先生，当然，这不是我的姓；另外，我猜想，我的姓可能被她稀里糊涂地与洗衣日联系在一起。

“克鲁普太太是什么使你想到这里有位年轻的小姐呢？”我问。

“科波菲尔先生，”她带着很浓厚的感情对我说，“因为我自己也是一位母亲啊。”

有些时候，克鲁普太太只好把手贴在她那紫花布的胸衣上，然后用我给她的药抵挡着她的胸痛。最后，她终于说话了。

“就在你那亲爱的姨奶奶为你租下这里的时候，科波菲尔先生，我就说过。我有了一个可以照顾的人。‘上帝保佑！’我说，‘现在我有一位我可以照顾的人了！’——你吃得很少，先生，喝得也不多。”

“这就是你推测的依据吗，太太？”我问。

“先生，”她带着一种近乎严厉的语气说，“除你之外，我也为其他像你这么大的青年人洗过衣服。一个年轻人大可不必把自己看得太重，同样也可以过分地去关心；可以不去注重他的发型，也可以把头发梳着太勤，至于靴子，可以穿太小的，也可以穿太大的。这所有的一切全由他自己的习惯而定。但是，他如果走了极端，那么这里头必然有一位年轻的小姐。”

克鲁普太太那么坚定地摇了摇头，一时间，我连一块有利的阵地也找不到了。

“在你之前，死在这里的那位房客，”克鲁普太太说，“他坠入了爱河，和一家酒馆中的女服务员。整天喝酒，肚子都胀了起来，但还是立刻买了几件背心呢。”

“克鲁普太太，”我说，“我求你——必须请求你，别把与我有关的那位年轻小姐和那位酒馆中的女服务员或者如此类的人混为一谈啊。”

“科波菲尔先生，”她接过我的话说，“我自己也是一位母亲啊，我不会那样的。如果我叨扰了你，先生还请见谅。我从不愿意闯进那些不欢迎我的地方。但是，你还年轻，科波菲尔。我对你的劝告是，打起精神，要对自己有信心，对于自己的价值。一定要清楚。你应该去学点什么，先生。”克鲁太太说，“喏，如果你去尝试着玩一下九柱戏，也许可以转移自己的注意力，或许对你会有所帮助呢。”

说完，装出很感谢我的那杯白兰地——早已喝干——向我着重地行了个礼，出去了。当她消失在黑暗之中时，我自然觉得克鲁普太太有些冒失。但是，她的劝告，从某种意义上来说，我愿意接受，并将它看做一种提醒，一种警告，以便将来对于自己的秘密加以保守。

第二十七章

也许是因为克鲁普太太对我的劝告，也许是偶然想起司凯特尔（九柱戏）的读者与特拉德尔有些许相似，第二天，便想起了特拉德尔，准备去看望他。何况他上次说去别的地方住一个月的期限早已过了，估计他应该回来了。上次他给我的住址上写着他住在一个靠近凯木登区兽医院的一条小胡同里，听博士院的一个小抄员告诉我，那个地方基本上住的都是些男学生，并且他们还喜欢去买一些驴子回到宿舍去做实验。在那个小书记的指点下，那天下午，我便动身去拜访我的那位老同学了。

走进那条胡同，我发现它并没有我（主要是特拉德尔的缘故）想象中的那么令我满意。因为那里的人似乎有一种随地乱扔那些即将失去价值的东西的习惯。他们的这一种习惯使得那条胡同充满了烂菜叶，脏乱，潮湿而且臭；当然了，那些废弃物中也不全是菜叶，因为在我寻找门牌号时，我发现了一些其他的东西，譬如说，鞋，锅，黑色的礼帽，雨伞等，它们破损的程度各有不同。

这里散发的一些气息，突然让我想起与米考伯夫妇同居时的那段日子。当那所房子呈现在我面前时感觉它有一种说不出的破旧，与那条胡同里的其他房子有那么大的不同，这让我再次想起米考伯夫妇来。那条胡同里的房子是那么的单调乏味，完全没有视觉美，似乎是一个完全不懂建筑的人在胡乱涂鸦。在我到达门前时，刚好送牛奶的人也正好到达，这更让我强烈想起米考伯夫妇。

“我说，”那个送牛奶的人对那个开门的年轻女仆说，“我的那笔牛奶费准备好了没？”

“哦，我家主人说，他马上就去准备。”她说。

“因为，”那个送牛奶的人似乎并没有得到任何有利的答复，于是对她说，从他说话时的眼神可以看出，他更像是对房子里的什么人说的，“因为这笔牛奶费已经拖得很久了，我甚至相信它会这么一直拖下去，毫无音讯。现在，我再也忍受不了。这，你是知道的！”他仍然朝房子里喊话，向廊子里瞪眼。

顺便提一句，至于由他来经营像牛奶这么甜美的东西还真有点大材小用，如果他是一个屠夫或者去经营白兰地，我都觉得他够凶。

那个年轻的女仆把声音压得很低，但是从她说话的嘴形来看，似乎在说，马上就去准备。

“老实告诉我，”他托着她下颌，很用力地瞪着她问道，“你很喜欢喝牛奶吗？”

“是的，很喜欢。”

“那么，好的，”他说，“从明天开始你就不会再喝到如此甜的牛奶了，你听见了吗？从明天开始，你连一滴也不会再见到了。”

我觉得，她似乎因为今天能够喝到牛奶而因此放了心。那个送牛奶的人愤恨地摇了摇头，随后放开了她的下颌，粗鲁地打开了牛奶罐，给她倒了和平常一样多的牛奶。到完之后，便愤愤地走到了第二家，用报复一般的尖嗓门朝宅子里喊出了他那一些行业的术语。

“请问，这是特拉德尔先生的住所吗？”我问。

从廊子里传出了一个神秘的声音，“是的。”接着那个女仆说，“是的。”

“他现在在家吗？”我问。

那个神秘的声音又喊出了肯定的答复，接着那个女仆也给出了肯定的响应。于是，我进了门，那个女仆指点我上楼。当我来到客厅门时，我隐约觉察到有一道神秘的眼光在注视我，我估计，这和刚才那个神秘的声音应该同属一人。

当我上了楼梯之后——只有两层——特拉德尔早已来到楼梯口等候我了。我们那么开心地拥抱，随后，他怀着那么大的诚意把我欢迎进了他的小卧室。那间卧室靠近房子的前面，里面的家具不是很多，但倒也整洁。摆了一张沙发床，在书架的顶层，一本字典的后面摆着他的鞋油和一把鞋油刷，见到那张被文件覆盖的书桌，我仿佛看见他正披着一件旧衣服正在劳苦地工作。记得当时我坐在那里，没有注意房间里的任何东西，但是它们却又跑入我的眼帘，连那个瓷墨水瓶上印着的那幅教堂风景图也被我看见，我想这大概是与米考伯夫妇同居的那段时间所造就的才能。对于其他的一切，他都进行了巧妙的布置，装饰衣柜，如何去摆放鞋子，刮脸杯，等等；另外，那件用来捕捉苍蝇用的纸质像房模型，以及以前我经常提到的那件有纪念价值的艺术品——用来安慰自己所受的虐待——格外让我想起那童年时代的特拉德尔。

但是让我不解的是，墙角有一样东西被一大块白布整整齐齐地覆盖着，我实在猜不透那底下到底是什么。

“特拉德尔，”我小坐片刻之后，又起身和他握手时说，“很高兴能再次见到你。”

“见到你，我也很高兴，科波菲尔，”他说，“当我们在伊力巷与你相遇时，我真的很开心，我相信你也很开心，因此给你了这个地址而没有通知你去律师公寓找我。”

“你有律师公寓吗？”我问。

“嘿，在那里，我拥有一个房间，四分之一的走廊，还有一个小书记供我们使唤。我是和其他三个人一起合租的那套公寓，至于那个小书记，每星期我给他半克朗。”

从他的微笑中，我隐约看出他那往日质朴善良的性格，以及他所受到的不幸。

“对于这个地址，我一般不会轻易告诉别人，你应该明白，科波菲尔，这并非是因为我骄傲，只是怕那些人来了会不喜欢这里。而我此刻正在与困难搏斗，如果我非得装出其他的一些模样，那不免有些可笑。”

“华特布鲁克先生对我说，现在你正在学法律。”

“嘿，没错，”他反复地搓着手说，“现在我是在学法律，实际上，这事已经拖了很久，在签门合同之后，我才开始学，但是那一百英镑的学费的确令我很头痛。令我头痛啊！”他似乎像拔牙一般痛苦地往后退了一步。

“特拉德尔，当我坐在这看你的时候，你猜我想到了什么？”

“猜不到。”

“我在想过去你常穿的那套天蓝色的衣服呢。”

“啊，的确！”他笑道，“很紧身的那件！哎呀！那曾经是多么令人不快啊，是不是？”

“我想，如果克里克尔先生不去虐待我们，那么，我想那些日子我们该多么快活啊！”

“也许你是对的。但是，哎呀，那个时候发生过多少有趣的事啊！还记得在宿舍里度过的那些夜晚吗？我们经常聚在一起举行夜宴的时候？你给我们大家讲故事的情形，还记得吗？哈，哈，哈！还记不记得，在梅尔先生的离去时，我为他笑却挨了打？老克里克尔！我也想再见他一面呢！”

“他曾经是那么野蛮地对待你呢，特拉德尔。”我在发泄我心中的不平；他那高兴的表情让我觉得他的挨打仿佛发生在昨天。

“你感觉是那样的吗？”他接过我的话说，“你真的这么认为吗？也许是吧，至少有一点，但这些事都已经过去那么久了。老克里克尔！”

“我记得，那个时候，是一个叔父在抚养你吧？”

“当然！那个时候，我总想给他写封信，但是怎么也写不成，嗯！哈，哈，哈！没错，那时，我的确有一个叔父，但是在我毕业后不久就去世了。”

“真的！”

“是的。他是一个歇了业的——你怎么称呼！——布货郎——布商——他曾经指定我为他的继承人，但是当我长大以后，又不喜欢我了。”

“你说的这些都是真的？”见他是那般镇定，我觉得他还隐藏了些什么。

“这是真的，科波菲尔！我没有骗你，这是一件很不幸的事，但他真的是一点也不喜欢我了。他说我根本就不中他的意，于是便娶了他的女管家。”

“那后来，你是如何打算的呢？”

“我没有提出任何异议，只是和他们住在一起，等待着我被他们打发出来，就这样，一直住到他犯了痛风病，病危，去世，她改嫁，我孤苦无依，这才离开。”

“那么，特拉德尔，你到底得到了什么？”

“有！”他说，“我得到了五十英镑。一开始我就没有掌握任何技能，所以也不知道做什么好。但是，后来我得到了一个干自由职业的人的儿子的帮助，他也在萨伦学校读过书——饶勒尔，鼻子向一边歪着的那个，你还记得吗？”

“完全没有印象。他没有和我同过学，因为我在萨伦学校读书的那一会儿，没有鼻子是歪的。”

“想不起来没关系，”特拉德尔说，“在他的帮助下，我得到了一份抄写法律文件的工作。但是，这根本不够去维持生计，到后来，我便开始陈述案情，记录要点，以及类似的一些工作。因为我的勤奋刻苦，科波菲尔，现在，我已经学会如何全神贯注地去做那些事了。后来，因为要去学法律，那五十英镑剩下的部分也已经被我花光了。再后来，就是饶勒尔向两个事务所——华特布鲁克先生的事务所便是其中之一——举荐了我，因而我得到了不少的工作。同时也有幸认识了一位正在编写一种百科全书的主编，他让我参与编写，事实上——”（说到这里，他扫了一眼桌面）“现在我就是在为他工作。我的编写并有没那么糟糕，科波菲尔，”特拉德尔保持着以往一贯的轻松愉快的神气说，“但是，我却没有丝毫的创作灵感啊，一点也没有。我想，恐怕再也找不出任何一个比我更缺乏创造力的人了。”

我点了点头，因为看出他似乎在期待我去承认这是个理所当然的事实；于是他便像以前一样轻松愉快地说了下去。

“就这样，我省吃俭用，一点一点地攒钱，终于凑齐了那一百英镑，哦，上帝保佑，终于让我付清了——虽然那——那当然是一件，”他又像拔了一颗牙一般痛苦地往后退了一步说道，“令我很头痛的事。现在我靠编写维持生计，我也希望哪天能够与出版社直接联系，并希望它成为我幸福的起源。科波菲尔，你一点都没变，那张漂亮的脸庞真是人见人爱，我见到你又是那么欢喜，所以，我不会对你隐瞒什么，因此，我要对你说，我已经订婚啦。”

“订婚啦！哦，我的朵拉！”

“她住在德文，是一位牧师的女儿，十个中的一个，是的！”他发现我正在朝那个墨水瓶上看。“没错，就离那个教堂不远！”于是指着那个墨水瓶对我说，“从这里往左，在一个门外，大概就是我拿笔的地方，那里就是她的家——你明白的，就在教堂对面。”

那时，我早已神游到斯宾罗先生的住宅和花园里去了，因而对于他的指点，我并未完全领会。

“她是那么的可爱！”特拉德尔说，“她比我稍微大那么一点，却非常可爱！我对你说过我要出城吗？我已经去她家做过客了。我是步行去的，又步行回来，这之间我度过了那么美好的一段时光哟！我想，虽然我们已经订婚了，但是结婚恐怕还有很长一段时间，不过我们坚信‘等待和希望’！我们经常说，‘等待和希望’，我们总是这样说。她愿意等我，科波菲尔，等到她六十岁，或者就这么一直等下去！”

特拉德尔带着一份得意的微笑从椅子上起了身，把手搭在我刚提过的那块白布上。

“但是，现在我们已经朝以后的夫妻生活迈出了第一步。对，这第一步已经迈出。我们会慢慢来经营，但是我们已经迈出了第一步。看，科波菲尔，”他带着莫大的骄傲掀开那块布，“这就是我们迈出的第一步，花盆和架子，是她亲自买的。当你把它摆在客厅的窗前，”他的身体微微向后退，然后带着一种欣赏的眼光说，“盆里种上花，于是——于是你瞧！当然，我也买了一件，那张大理石面的圆桌（周长大概有二尺十寸）。放上一本书，当然，当有贵客临门时，再送上一杯茶，于是——于是你再瞧！多么值得令人赞赏的一件艺术品啊，坚如磐石！”

我大加赞赏了这几样东西，随后他很慎重地把那块白布又盖了上去。

“虽然像这样的家具不是很多，但至少也有了一些。但是，科波菲尔，诸如桌布和枕头套之类的东西是很令我气馁的。另外，像蜡烛盒，烤肉架之类的东西更是令我气馁，不但价钱不菲，而且价格仍在涨。但是，‘等待和希望’！我敢向你保证，她绝对是最可爱的女孩！”

“这个我相信。”

特拉德尔回到他的椅子上坐下说：“最后，我想就我刚才的唠叨再说一句：我要尽我最大的努力去挣钱，然后好好生活。我挣得不多，但是，我的开销也不大。和楼下的那些人一起搭伙食，总的来说，还是比较令人满意的。特别是米考伯夫妇，他们的人生阅历实在是太丰富了，是极好的朋友呢。”

“亲爱的特拉德尔！”我连忙叫道，“你在说什么？”

他把眼睛瞪得那么大，似乎想知道我在说什么。

“米考伯夫妇啊！”他重复了一遍，“我和他们是多么好的朋友啊！”

此刻，传来了两声敲门声，我脑中突然闪现出在温泽里时米考伯先生的敲门声，因为除了他之外，没有人会这样敲门，因此，这两声敲门声打消了他们是否是我的老朋友的疑虑。于是，我让特拉德尔把他的房东请上来。随后特拉德尔便来到楼梯的栏杆前照办了；接着便是那带有上流人的神气，而且丝毫没有发生任何变化的米考伯先生——紧身裤，手杖，眼睛，还有那硬领，都没有任何变化——出场了。

“打扰了，特拉德尔先生，”米考伯先生终止了口中那支柔和的小曲，然后用往日那响亮的声音说，“我实在不知道尊驾府上有一贵客。”

米考伯先生拉起他的硬领向我弯下了腰。

“你还好吗？米考伯先生？”我问。

“先生，蒙你垂问，实在感激不尽。我依旧如故。”

“那——米考伯太太呢？”我接着问。

“先生，上帝保佑，她也如故。”

“孩子们呢，他们还好吗？”

“先生，我同样欣于奉告，他们也都很健康。”

问到现在，虽然我就站在米考伯先生面前，但是他却丝毫没有认出我来。但是，当他看见我对他微笑时，便仔细打量了我一番，倒退了一步，大叫道：“哦，上帝啊！我居然有缘能与科波菲尔重逢！”然后便带着那么愉快的热情握住我的双手。

“啊，特拉德尔先生！我怎么也想不到，你居然认识我青年时期的一个朋友，往日的伴侣！”当米考伯先生走到楼梯栏杆前朝下喊话时，特拉德尔仍然为刚才他所说的话在发愣（当然，这是有理由的）。

米考伯先生叫道：“我的爱人，特拉德尔府上来了一位贵客，他想把他介绍给你呢！”

喊完话，他立即折了回来，又热情地握起了我的手。

“我们的那位好朋友，那位博士，还好吗？”米考伯先生说，“坎特布雷所有的诸位都还好吗？”

“他们都很好。”我说。

“呵呵，我听了非常高兴呢，”米考伯先生说，“上一次我们是在坎特布雷偶遇的吧。说得典雅一些，是在那因乔塞（十四世纪英国最伟大的诗人）而名垂千古并且为那些古往今来，世界各地的人们所朝圣的地方——说得简单一点，是在那所教堂附近偶遇的。”

我说是的。

米考伯先生似乎来了兴趣，在滔滔不绝地说；但是，他的脸上露出了一丝忧虑，很明显是在关心他爱人在隔壁洗手和匆匆忙忙开关抽屉的声音。

“你现在所看到的我们目前的状况，科波菲尔，”米考伯先生斜着一只眼看着特拉德尔说，“的确是一种规模狭小而又缺乏张扬的；但是你应该最清楚，我曾经是那么努力地在与困难搏斗，同时也战胜过许多困难，跨越过很多障碍，但是，人生中总有那么一些不如意的时候，需要停下来，以待时来运转；有时必须退后一步，以便更好地发力往前冲，当然，这些事实是你最熟悉不过的了。而现在，我觉得正是人生中重大的转折期。当你发现我正在后退时，我是在更好地储存力量，以待最有力的冲刺，我相信，要不了多久，我就能够蓄齐这些力量了。”

当我对他表示我的欣慰时，米考伯太太推门进来了，比起往日她稍显得邋遢了一些，或者说在我看来，的确有些不太习惯；但是，为了会客，也稍微打扮了一下，还戴了一副褐色的手套。

“亲爱的，”米考伯先生领她到我跟前说，“这位科波菲尔先生愿意与你重叙往日的友谊呢。”

在介绍我的时候，米考伯先生可能太过于心急了，因为稍渐年迈的米考伯太太被感动得那么厉害，以至于米考伯先生不得不慌慌张张地跑到楼下舀了一些水浇在她的额头上，帮她苏醒过来。见到我，她是那般欢喜，我们长谈了半个钟头，当我问及那对双胞胎时，她告诉我说，已经“长大成人了”；当我问及米考伯少爷和千金时，她的回答是“绝对的巨人”，但是当时，却并没有见到他们。

米考伯先生非常希望我能够留下来和他们一块儿吃饭，如果当时我没有看到米考伯太太眼神中的那种为粮食而犯愁的窘态，我肯定会答应的。于是我推托说我还得赴另外一个约会，米考伯太太立即如释重负；见她如此，我便坚持以约会为理由谢绝了他的挽留。

但是，临走之前，我对特拉德尔和米考伯夫妇说，我们应当选定个时间，去我家吃顿饭。因为特拉德尔受工作所限，最近没多少空闲，但是，最终我们还是敲定了一个我们大家都很合适的时间，于是我便与他们道了别。

米考伯先生为了能对我说几句心里话，便以向我指点近道为由跟我来到了一个街道的拐角。

“亲爱的科波菲尔，”米考伯先生说，“就算我不告诉你，我想你也应该明白，在我们现在这种状况下，能够拥有一位如同你的朋友特拉德尔那般光耀灿烂的——希望我能够这样说——光耀灿烂的头脑与我们同居，这是怎样的一种安慰啊。在我们隔壁住着一位帮人洗衣服挣钱的女人，客厅的窗口摆着那些硬面馍馍在卖，街对面住着一位警察，你可以想象，能与你的朋友同居对我们来说是莫大的安慰啊！亲爱的科波菲尔，现在我以贩卖谷类维持生计，但这根本无利可图——换句话说，就是亏本——所以，现在的经济困难就是这个原因。但是，我要说，目前，我已得到了一种机遇（具体的我不方便说），我相信，这次的机遇不光能够永远维持我的生计，而且连你的朋友特拉德尔也会享受到呢。对于他，我是那么的关切啊。你可能也看出来了，以米考伯太太现在的身体状况，大有为我们的爱情再结一次晶的可能呢——简单地说，就是还有希望再添一丁。但是她娘家那边却对此甚为不满，但是我实在不明白，这对于他们来说，到底有什么相干，因此对于他们的徒有虚表的关切，我只能藐视他们的存在了。”

说完，便与我握了手，转身离去了。

第二十八章

在我款待新发现的那些老朋友的时刻到来之前，我主要靠朵拉和咖啡度日。在那段单相思的日子里，胃口也随之减弱了，但是我并不因此苦恼，相反，倒还觉得有些欣喜，因为如果食欲很好反倒觉得是对朵拉的不忠。我不断地去郊外散步，失望伴随着新鲜空气一起来被吞进肚子，但是并没有得到希望的那些效果。也正因为那段时期的痛苦经历，我也怀疑一个长期受紧靴子挤痛的人是否会对肉食产生自然而然的嗜好。我相信，只有四肢健壮，胃口才棒。

此次宴请这些老朋友，我并没有重复先前的那些阔绰准备，只买了两条鱼，一个鸽肉馅饼和一只小羊腿。当我怯生生地请克鲁普太太帮我烹制那两条鱼和羊腿时，立马遭到她的反对，带着一种尊严却又夹杂了一些受了伤的语气说："不行！不行，先生！求你别让我做这些事，因为这些事我无法做到令自己满意！"但是后来，我们协调了一下，她答应帮我，但前提是此后两周之内我必须在家吃饭。

在这里，我可以顺便提一下，克鲁普太太加在我身上的那种霸道，实在令我痛苦，而且近乎可怕，对于任何人，我都不曾怕到那种程度。对于一切事，我们都得去协商，稍一迟疑，她潜伏在身体里的痛便会奇妙地发作，随时都有可能侵犯她的要害。例如，差不多六次客气的拉铃之后却无任何反应，最后，我不耐烦地拉起了铃铛，最后她终于上来了——但不管怎样，这是靠不住的——她带着一种愤恨的神气走了上来，靠在门边的那把椅子上，把手贴在紫花布的胸衣上，奄奄一息，痛得那么严重，我真希望她得知她能立刻离开，在我牺牲白兰地或其他什么之后。如果她得知下午五点钟我还没有铺床（我依旧觉得这种安排令我极为不舒服）时，她的手只要稍稍向那紫花布移动一点点，就是以令我结舌地向她道歉了。总之，她是我生活中的阴影，我宁可规规矩矩地去做任何事，也不愿去得罪克鲁普太太分毫。

为了这次宴会，我去买了一张半新的餐桌。我没再雇用那个手脚快的青年了，因为一个星期天的早晨，我看见他穿着一件背心——与我上次宴请宾客时丢失的那件很像——出现在斯特兰大街上，自那以后，我便对他有了偏见。我又请来了那个“小妞子”，但是我限定她在送完碟子之后退到第一道门外的楼梯口，如此一来，避免了她践踏碟子的可能，再者她那喜欢窥视的眼神也不易为客人所察觉。

我准备了一盘加料酒的材料，等米考伯太太更舒服些，我在火炉中生了火；铺好桌面之后，我便静候他们的到来了。

我的三位客人准时赴约。米考伯先生换了一件比平时硬领更高的衣服，眼镜上的那条缎带也是新换上的；特拉德尔一手扶着米考伯太太，一手拿着她那被浅褐纸包着的帽子。对于我的住处，他们都很喜欢。随后我领米考伯太太去化妆，当她看我为她准备的那些东西时，她大为欢喜，叫进了米考伯先生。

“亲爱的科波菲尔，”米考伯先生说，“这是多么的豪华啊！这让我想起了我独自一人的时候，那时米考伯太太还没有被请到海门（希腊神话中的婚姻神）。”

“他的意思是说，被他请到，”她俏皮地笑了，“他不能替其他人负责啊。”

“亲爱的，”此刻米考伯先生露出一脸认真的表情说，“是我不愿意替他们负责。我太明白不过了，当你被那不可测的命运遗留下来时，也许你已注定嫁给那个长期奋斗却仍旧入不敷出的人了，亲爱的，我明白你的意思。我为你的话感到抱歉，但是我能够忍受。”

“米考伯！”她哭着叫道，“我有罪！我从没有丢下过你，也永远不会丢下你不管的，米考伯！”

“亲爱的，”他非常感动，“你会宽恕我刚才的过分，我想与我们共过患难的朋友也会饶恕我一时的冲动，怜悯我那受伤的心，怜悯我那因与自来水公司一个下贱的管龙头的人之间发生的冲突而瞬间爆发的情感。”

随后米考伯先生接过米考伯太太，同时握着我的手；我从那些零碎的暗示中猜测，因为不缴纳水费而被自来水公司在那个下午停了水。

为了避开这个令他痛苦的话题，我对米考伯先生说，我准备了一盆加料酒，特地等他来帮我调配，于是我便把他带到那存放柠檬的地方。刚才他脸上的那些不愉快全都消退了，更不提绝望了。他被柠檬和糖的香气、热腾腾的甜酒味以及那沸水的蒸汽所环绕，他是那么的开心——我从未见过比他那天下午更开心的人了。加料，调匀，尝试，似乎这一切并不只是他在调配那些加料酒，而是在经营他那子孙万世的基业，我透过那些微妙的香气的薄雾看他那张灿烂的脸，让我实在感到惊奇。至于米考伯太太，当她走出我的卧室时是那么的愉悦，就连云雀恐怕也不会比这个出色的女人更快活了。令我费解的是，令她有如此重大转变的究竟是她的那顶帽子所起的作用呢，还是我为她准备的那些化妆品呢。

我猜——我不敢问，一直以来只是在猜——克鲁普太太在烧过鱼之后又犯病了。因为在那之后停了一小会儿，随后送上来的羊腿是外面白里面红，似乎还沾着一些炉灰，大概是在烤的过程中她犯了病，让那只小羊腿跌进了火炉中。就连肉汁也被那个“小妞子”全部撒在了楼梯上，顺便提一句，那些肉汁一直躺在那里直到它蒸发干为止。鸽肉饼也只是金玉其外，败絮其中。总的来说，这场宴会是失败的，如果没有他们的那些非凡的兴致，如果没有米考伯先生的一个聪明的提议为我解围，我是很苦恼的。

“亲爱的科波菲尔，”米考伯先生说，“即使是管理得最好的家庭中，发生意外也是正常的，巧妇难为无米之炊嘛，别太在意了，乐观一点吧。但我想冒昧地说一句，这上面还有一些可以食用的部分，如果让那个年轻人去租用一个烤肉架，那么剩下的工作由我来做，我可以向你保证，只需一种小小的分工，我们便可以很轻松地弥补这一小小的不幸。”

刚好储藏室中有一个烤肉架，那是我第一天早上用来烤咸肉片的。于是我便立刻取了来，开始弥补这一不幸了。他所说的分工是：由特拉德尔将羊肉切成片；然后他在那些肉片上撒上胡椒、芥末和盐，接着我将它们一片片地在烤架上摆好，并在米考伯先生的指导下用叉子不断翻动，烤好后取下。烤好一些之后，我们便卷起袖子，边吃边烤，同时注意碟子里的肉片的分量，注意烤架上的肉片，以免烤煳了。

这样的烧烤实在是新奇，美好，也极为热闹，我们时而站起来烤，时而坐下来吃，我们是那么忙，那么热，也感到那么有趣，在那动人的喧闹声中，在那令人愉快的香味中，顷刻之间，羊腿只剩下了关节骨头。我的食欲也奇迹般的恢复了，那一刻，我真的已经把朵拉抛在了脑后，这次宴会让我感到满足的是，即使米考伯夫妇为了举行宴会而卖去一张床，似乎也不能使我更加开心了。

特拉德尔一边吃，一边切，一边开怀大笑，一刻也没有停过。实际上，突然之间，我们大家似乎都是如此，我想，从来没有哪一次比今天更成功了。

当我们正兴高采烈地忙着烤最后一批肉片时，我发现房间中走进了个人，手里拿着帽子那么泰然自若地站在我面前，是李提默。

“什么事？”我不自觉地问。

“抱歉，先生，有人指引我到这儿来。我的主人不在吗？”

“他没来。”

“你没见过他吗，先生？”

“没有，你不是从他那里来吗？”

“不是，先生。”

“是他让你来这儿找他的吗？”

“也不全是，先生，但是我想，今天不在，也许他明天会来。”

“他已经从牛津回来了吗？”

“先生，”他很恭敬地说，“您坐，这个交给我就行了。”说完便从我那丝毫没有抵抗的手中取了去，然后全神贯注地俯在烤架上了。

即使是斯梯福兹亲自到来，我想，我们也不会感到如此的不安，但是面对他那体面的仆人，瞬间我们却成了谦卑中的谦卑了。米考伯先生靠在椅子上哼着小曲，装出很自在的样子，从他怀里露出了叉柄，仿佛已经被行刺；米考伯太太懒洋洋地戴上她的褐色手套，摆出一种上流人的神气坐在那里；特拉德尔则是笔直地站在那里用那沾满油的手摸着头发，对着桌布发呆；而我，只不过是一个孩子——一个坐在主位上的孩子，连看都不敢看那个体面的大人物——不知从哪跑到我这儿来整理我的住处一眼。

肉烤好之后，便取下然后庄重地朝我们递过来。此刻我们已经食欲全失，但是也都取了一些，只是做出想吃的表示而已。当我们一个一个地将碟子推开之后，他不动声色地将它们收走，然后拿来了干酪，用完之后又拿走，清理桌子，摆好酒杯，随后又自作主张将我刚买的那张摆满碟子的餐桌推进了食器室，他是低着头做完这一切的，而且做得那么妥当。但是，当他背对着我的时候，他的臂肘似乎充分表明了他那坚定的看法：我是非常非常的年轻。

“还有什么可以为你效劳的吗，先生？”

我谢过他，对他说，没有，然后问他用不用晚餐。

“不用，谢谢，先生。”

“斯梯福兹是不是要从牛津回来了？”

“我以为他今天会到这里的，先生，但是我却搞错了，看来他明天才能到，先生，毫无疑问，这是我的错，先生。”

“如果你先见到他——”我说。

“抱歉，先生，我想我不会在你之前见到他呢。”

“我是说万一，请你转告他，今天他没能来，我感到惋惜，因为今天来了一位老同学呢。”

“的确，先生！”他随即朝我和特拉德尔恭敬鞠了一躬，抬头时看了一下特拉德尔。

正当他向门口慢慢走去时，我带着一种——对他来说，这样的举动实为不应该——想说点什么的微薄希望说：

“李提默！”

“还有什么可以效劳的吗，先生？”

“上次，你在雅茅斯住的时间长吗？”

“不是很长，先生。”

“你目睹了那条船完工的全过程了吗？”

“是的，先生。我住在那里就是为了监督那条船完工呢。”

“我了解了！”我说，他很恭敬地抬起眼睛看我，“我想，斯梯福兹还没有那条船吧？”

“这个，我，不能说，先生。我认为——但是，先生，我实在不能说，先生。再见。”

说完，向我们所有的人恭敬地鞠了一躬，便走了。他离开之后，我的客人似乎连呼吸也比较自由了，而我感到的轻松是前所未有的，因为处在一种低下的地位中（在他面前，这种感觉是常有的），除了让我感到拘束之外，我的良心也以为我对他的主人存在偏见而因此来低声咒骂我，我甚至不能压制我心中的那种焦虑——以为他可以发觉这事实的那种模糊的不安的忧虑。事实上需要掩饰的是那么少，但是我总觉得他能够看穿我的心事，这是为什么呢？

我被米考伯先生的那些赞美李提默的诗句从我这思考中唤醒，把他称为最体面，最完全的仆人。看来，对于他的那一个鞠躬，米考伯先生已经完全接受，并带着无限的诚意接受了。

“亲爱的科波菲尔，但是这加料酒，”米考伯先生呷了一口酒说，“就如同这时光，不待人啊！现在这酒的味道真好。我的爱人，你怎么看？”

她回答说极佳。

“那么，”米考伯先生说，“亲爱的科波菲尔，恕我冒昧，我要为我的朋友科波菲尔，我那过去比较年轻的日子，以及我的朋友陪我一起并肩作战的日子，干一杯。另外，我可以用之前我们唱过的那句来说明我和科波菲尔之间的关系。‘我二人曾跋山涉水共采那美丽的哥文（雏菊）’，从这种比喻中可以看出，我们曾这样过。虽然我并不清楚，”米考伯先生带着一种响亮的声音和一种无法形容的神气说，“也不管哥文到底是个什么东西，但是我坚信，科波菲尔和我一起肯定采过，也经常采那东西，如果这一切都是能够办得到的话。”

说完之后，我们一同举杯，一饮而尽。很明显，特拉德尔显得有些突兀，想不通我何时与米考伯先生并肩作战过。

“哈哈！”米考伯先生清了清嗓子，在酒和火的作用下说，“我的爱人，再来一杯？”

米考伯太太说不能再多喝了，但是，我们都不同意，于是又给她满上了。

“在这里，没有外人，科波菲尔先生，”米考伯太太喝了一口酒说，“我把特拉德尔也早已当成了我们家中的一分子，现在，对于米考伯先生的前途，我想听听你们的意见。要说谷类，”米考伯太太有根有据地说，“像我多次对米考伯先生提过的，这也许是高尚的，却无利可图，就算我们把标准再降低些，半个月的薪水是两先令九便士，这能叫有利可图吗？”

我们都表示赞同。

“那么，”以见事透辟自负，也以使米考伯先生走正路的（他也有走歪路的可能），她那女性的智慧自负的米考伯太太说，“那么这样问我自己，如果谷类没有发展，那么做什么才能有前途呢？煤可以吗？一点也不。因为我娘家的提议，我们因而向那个行业投入了我们的注意力，并进行了考察，结果发现这根本就是一个错误的决定。”

米考伯先生把手插在口袋里，靠在椅子上窥探着我们，并微微颔首，似乎在说，她已经把这个道理说得很透彻了。

“既然谷类和煤这一类东西，”米考伯太太更加有根有据地说，“都没有发展前途，那么科波菲尔先生，我自然要把目光转向其他行业了，并对自己说，具有米考伯先生这样的才能的人究竟在哪个行业才能有所发展呢？一切只拿固定工资的事除外，因为那是不可靠的。我相信，只有那些绝对靠得住的生意才适合具有米考伯先生的特殊天资的人。”

特拉德尔和我都带着同情，低声说道：“米考伯先生必然会在这个大发现中一展抱负。”

“我无须瞒你，亲爱的科波菲尔，”她继续说，“我想了很久，觉得米考伯先生对于酿酒这个行业最适合不过了。瞧瞧特鲁曼—罕布里—布克斯顿公司吧！想想巴克雷—波京斯公司吧！依我看，将来米考伯先生一定会在那个行业做出一番事业的，另外，我还听说，利润那是相当丰厚的！但如果米考伯先生连进去工作的机会都没有——当他甚至贬低自己的身份向他们投诚时，他们居然不回他的信——这个想法还能奏效吗？不能。我相信以米考伯先生的才能——”

“哼！亲爱的，这是真的吗？”米考伯先生打断了她。

“我的爱人，别打断我。”米考伯太太套上她那双褐色手套说，“我相信，科波菲尔先生，以米考伯先生的才能去从事银行业，那肯定是有很大的发展空间。我在心中暗自揣度，如果我在一家银行有一大笔存款，由我出面去证实米考伯先生的才能，那一定会使米考伯先生得到信任，加以重用。但是话又说回来，如果银行不肯接受，也不去重用具有米考伯先生这样有才能的人，那这个想法还能奏效吗？不能。头天自己开设一家银行，我了解，我娘家有些人，如果他们能够把钱交给米考伯先生，然后去设定这样一个机构。但是，如果他们不借钱给米考伯先生——他们是不会那样做的——那这个想法还能奏效吗？我得说，现在我们仍然停留在原来的位置，没有向前进一点啊。”

特拉德尔和我都摇了摇头说：“一点也没有。”

“从这里，我得到了什么结论呢？”米考伯太太仍然带着那种把事情说得很清楚的神气说，“亲爱的科波菲尔，我得到的结论是什么呢？很明显，我们得设法活下去，我这样说有错吗？”

特拉德尔和我都说：“一点也没错！”后来我竟然聪明地补了一句，“一个人如果他活不下去，那就得死。”

“没错，”米考伯太太接过我的话说，“的确如此。就目前的状况来看，亲爱的科波菲尔，如果不出现和目前状况截然不同的劈面，我们就得死了，现在我已经很确切地这么认为了，最近，我也曾向米考伯先生指出过这个想法，我们不能希望机遇会自己出现。或许我们应当做点什么帮助它出现，也许我的想法是错误的，但是这个想法已经在我的脑中生了根。”

对于她的这个想法，特拉德尔和我给予了很高的称赞。

“好啦，”米考伯太太说：“那么我应该怎么做呢？一方面，米考伯先生是有资历的——有很好的才能——”

“我的爱人，这是真的吗？”

“亲爱的，求你别打断我，让我说完，一方面，米考伯先生是有资历的，有很好的才能——应该说是个天才，但这也许是我这做妻子的对他的偏见——”

特拉德尔和我同时低语道：“不是。”

“而另一方面呢，米考伯先生至今都还没有一官半职。这个责任该由谁负？毫无疑问，是这个社会啊。那么，我的主张是，将这样一件可耻的事实公布于众，勇敢地向这个社会发出挑战，让它把这个事实改正过来，还米考伯先生一个公道。我认为，亲爱的科波菲尔，”米考伯太太极为严肃地说，“米考伯先生必须得向这个社会发出挑战，战书可以这么写，‘谁敢应战，站出来！’”

我大胆地问米考伯太太，具体应该怎么做。

“向各大报纸上刊登广告，”米考伯太太说，“我认为，为了对得起自己，为了对得起家庭甚至我可以说，为了对得起那一直将他忽视了的社会，米考伯先生必须在各大报纸上刊登广告，将自己清清楚楚地告诉世人，他是怎样的一个人，具有怎样的才能，最后这样落笔：喂，拿你们最丰厚的报酬来聘用我，投函凯木登区，邮局，威尔金·米考伯，邮费先付。’”

“亲爱的科波菲尔，米考伯太太的这些想法，”米考伯先生直起脖子斜看着我说，“事实上，就是上次见到你时对你说的飞跃了。”

“刊登广告得花不少钱啊！”我将信将疑。

“的确如此！”米考伯太太带着那种合乎逻辑的神气说，“这是不假的，亲爱的科波菲尔！这一点我也曾与米考伯先生提过。就算为了这样的理由，我认为米考伯先生也应当（如我已经说过，为了对得起自己，家庭，还有这个社会）去筹一笔款——用期票来借。”

米考伯先生靠在椅子上，看着天花板，玩弄着眼镜，但是我时而发现他也在留意正在看火的特拉德尔。

“如果，”米考伯太太说，“如果我的娘家那边的人都不具有那天然的同情心，来通融那张期票——我想，应该有一种更好的商业用语——”

米考伯先生仍旧看着天花板，对她提醒说：“贴现。”

“是贴现，将那张期票贴现，”米考伯太太说，“我的想法是，米考伯先生应当拿这张期票进城，直接去金融市场，能贴多少，是多少。不过米考伯先生是否会被他们强迫而使自己蒙受很大的损失，这就得看他们的良心了。但是，我把它看做一种投资——一种必然获利的投资，当然我也这样劝米考伯先生，为了这种投资，我们得付出一切代价。”

我认为（但是我也不知道为什么会这样认为），这是米考伯太太会出代价的忠实表现，于是我把这意思嘟囔了一遍，一直在看火的特拉德尔随着我的意思也嘟囔了一遍。

“没有必要，”米考伯太太喝完杯中酒，拿起披肩，准备退回我的卧室时说，“我没有必要在米考伯财政这个问题上长篇大论。但是亲爱的科波菲尔，当见到你，也在特拉德尔先生面前（虽然我们只是刚认识不久，但我早已把他当成家中的一分子了），我禁不住想告诉你们劝米考伯先生时我采取的那些途径。我认为，现在应该是米考伯先生奋发的时候，我说的是，机遇已经出现了，我认为这是最好的方法了。我知道，我只是一个女人罢了，人们总习惯认为，对于这些问题，男人应该有更独到的见解；但是，我仍然记得，当我还在闺阁之中的时候，就听爸爸经常这样说，‘虽然恩玛的身体很脆弱，但是对于每个问题的见解却并不比任何人弱’。我知道爸爸一向都很偏袒我，但是我也从未怀疑——我的良心与理智不允许我怀疑过——爸爸对于一个人的观察力。”

说完这些话，她也谢绝了我们再干一杯的请求，便到我卧室里去了。此刻，我觉得她是那么高贵，而且她绝对有资格成为罗马贵妇，并且相信，在社会动乱时，她绝对可以建立各种丰功伟绩。

在我对她这种印象下，我激动地举起杯，为米考伯先生能有这样一位贤妻而祝贺他，特拉德尔也一同举了杯。米考伯先生很感激地和我们握手，随后用他的小手巾蒙住了脸。片刻之后，又很高兴地喝起了酒。

他很健谈。他说，我们在新生的孩子里重生，在经济的压迫下，新生的孩子会格外令我们高兴。他说，但是对于这一点，米考伯太太近来感到有些不安，但是他的解释已让她安了心，至于她娘家的那些人，他们根本就不能与她相比，也根本配不上她，至于他们的那些意见，他也完全不会理会，让他们——他是这么说的——滚蛋吧。

随后，针对特拉德尔，米考伯先生发表了一篇激情洋溢的赞词。他说特拉德尔是一个很不错的角色，他那坚定性格完全是他（米考伯先生）所不能及的，谢天谢地，他却能够加以赞美。随后，米考伯先生向特拉德尔满怀同情地提起那位与他相亲相爱的姑娘，米考伯先生立即举杯为她祝酒，我也照办了。特拉德尔谢过我们，然后带着质朴和诚实对我们说："我非常感激你们，同时，我也敢向你们保证，她是最可爱的姑娘！"

自那以后，只要有机会，米考伯先生便会带着绝佳的礼貌与关心问我的感情问题。他说，如果他在没有听到他的朋友郑重地告诉他"没有"之前，他便会相信他的朋友科波菲尔已经有心上人。脸红，发烫，不安，结巴，否认，最后我终于按捺不住举起酒杯说："得！我要为朵拉干一杯！"见到我如此反应，他是那么兴奋，那么满足，随即拿起一杯酒跑进我的卧室，好让米考伯太太也为朵拉干一杯。米考伯太太带着很浓的热情干了那一杯，随后便从我的卧室传出一阵尖叫："听啊，听啊！亲爱的科波菲尔，我十分开心，你听见了吗？"同时轻轻敲着墙壁，作为喝彩。

随后，我们的话题涉及了一些比较世俗的事；米考伯先生对我们说，当广告发挥了作用，出现了一种令他满意的机遇之后，他想到的第一件事就是搬家，因为他在凯木登区感到不舒服。首先他对我们提到的是他时常关注的那条位于牛津街西端面对海德公园的胡同，但是他没有期望能够立即搬进去，因为这一小小的举动需要一大笔收入。他的计划是，能够在一个体面的商业区——如毕加狄力——拥有一栋楼的顶层，在那里住上一段时间，他就已经很满意了。米考伯太太也一定会喜欢那个地方。在那里，添一个弓形窗，或者在屋顶再加一层，或者作一些其他的变动，那样他们便可以舒服地住上几年了。最后，他还特别强调说，无论会出现什么样的机遇，也不管他们会搬到哪，总之我们可以放心——他会永远在那里为特拉德尔预备一个房间，为我准备一副刀叉。我们领受了他的好意，同时，他就刚才对我提到的那些世俗的琐事向我们道歉，请求我们能够谅解。因为这对于一个快要彻底进行新的生活的人来说，谈到这些是很自然的，因此，我们要加以谅解。

此时，我们被米考伯太太敲墙壁的声音打断了，她问我泡茶的水是否已经烧好。随后，她走出我的卧室，很认真地为我们泡茶。

每当我传递茶杯，奶油，面包从她身旁经过时，她便低声问我，朵拉是黑还是白，高还是矮，或者其他诸如此类的事，但是我觉得我非常喜欢听她这样问我。茶后，我们坐在火炉前聊着其他的一些话题；米考伯太太为我们唱起了她最拿手的《勇军曹》和《小塔夫林》，并且当米考伯太太待于闺阁之中时就以这两首曲子见长了。另外，米考伯先生对我们说，当他在她的娘家第一次见她，听到她唱《勇军曹》时，他便格外注意了；当她吟唱第二首时，他便下这决心，此生非她不娶。

十点过后，米考伯太太起了身，拿起那张浅褐色的纸把她的帽子包好了，重新换上了软帽。特拉德尔去穿外套了，此时先生拿出一封信偷偷递给我，压低了声音对我说，让我在有空的时候再看。米考伯先生扶着他的爱人走在前面，特拉德尔拿着帽子跟在我们后面，我拿着蜡烛跟他们来到了楼梯的栏杆前给他们照路，我趁着这一小段时间，提醒了特拉德尔几句。

“特拉德尔，”我说，“米考伯先生并不坏，只是很可怜，但是，如果我是你的话，我不会借他们任何东西。”

“亲爱的科波菲尔，”他笑着说，“我没有任何东西可以借给他们的啊。”

“你要知道你还有一个名字啊。”我说。

“哦！的确，当然！很感谢你的提醒，科波菲尔；但是——我恐怕已经借给他了。”

“是被用在投资的期票上吗？”

“不是，不是用在那个上面。我还是第一次听说这种东西。不过，我刚才在想，很有可能在回家的途中他便会跟我提起了。但我的是另外一种。”

“我希望以后也不会。”我说。

“希望不会，我想应该不会，因为在前一天他还对我说，他已经有准备，‘有准备的’——这是米考伯先生的原话。”

这时，米考伯先生抬起头朝我们看了一眼，我仅来得及把我的话跟他简单提醒了一下，他谢过我之后便下去了。仅是当我拿着帽子，那么温和去扶着米考伯太太时，我担心他很快便会被连皮带骨牵扯进金融市场了。

回到房间，正当我坐在火炉旁半认真半嘲笑地回想米考伯先生的性格以及往日我们之间的关系时。楼梯上传来一阵急促的脚步声，刚开始，我以为是米考伯太太落下了什么东西，让特拉德尔回来取，但是当脚步声临近时，我知道那是谁了。此刻我心跳加速，血液冲上我的脸，因为是斯梯福兹。

我从来都没有忘记过爱妮丝，也从未离开过一开始就在我的思想中为她建立的圣殿。但是当他走进房间站在我面前时，那过去落在他身上的阴影瞬间消失了，被光阴所替代了，此刻我感到惶恐与愧疚，因为曾经我竟怀疑我那么真挚的朋友。但是我仍然爱她，她依旧是我生命中的幸运女神，我痛责自己冤枉了他；如果我知道用什么可以赔偿他，如何赔偿他，我一定会不惜一切代价。

“喂，雏菊，傻啦！”他热情地握起我的手，而后愉快地抛开，笑着对我说，“看来，我又碰上你宴请宾客了吧，你这奢侈的家伙！我相信，同博士院的这些家伙比起，我们冷静的牛津人，要快活百倍呢。”他坐在刚刚米考伯太太坐过的沙发了，把火拨旺，然后用他那双明亮而愉快的目光打量着我的房间。

“听出是你的脚步声，我是那么的吃惊，我几乎连问候你的力气也没有了，斯梯福兹。”我带着所有的热情对他表示欢迎。

“得，油嘴滑舌！如同苏格兰俚语说的那样，眼痛的人见到我一定会好起来，但是，雏菊，见了春光满面的你，那效果也是一样的。最近好吗，我的马库斯（罗马神话中的酒神）的信徒？”

“很好，虽然有三个人的赴宴，但并非盛宴。”

“刚刚在街上，我已经遇到了他们三个，还听他们在大声地称赞你呢。”他说，“那位穿着紧身裤的朋友是谁啊？”

我压缩了一下语言，向他用简短的几句话介绍了米考伯先生。他真诚地笑了，笑我对于那位先生作了一些无力的描述，他说他是一个值得去结交的人，他决定去认识他。

“但是你猜猜看，另外的一位朋友是谁？”我说。

“我哪知道，”斯梯福兹说，“我希望不是一个讨厌的家伙，但是看上去有点像。”

“他是特拉德尔啊！”我很兴奋。

“谁？”他很无所谓的样子。

“特拉德尔啊！你忘了吗？当初在萨伦学校和我们住在同一间寝室的啊！”

“哦！是那个家伙！”他拿起火箸敲着火炉上的一块煤说，“他还像过去一样心肠那么软吗？你究竟是在哪儿碰见他的？”

我觉得在斯梯福兹眼里，特拉德尔一直是一个受轻视的角色，因此便极力去称赞特拉德尔。听完，斯梯福兹也只是点了点头，笑了笑，说他也很想见到那位老同学。他从来都是那么奇怪，说完便把他抛在脑后，问我还有没有东西吃。在这简短的对白中间，当他感觉很不爽快时，他总是懒洋洋地坐在那里依旧用那火箸敲着那块煤。在我拿出剩下的一些鸽肉馅饼时，他的举动丝毫未变。

“嗬，雏菊，这是一个宫廷御宴啊！”他大叫着跳到桌子旁坐下，“我要好好地吃上一顿，我刚从雅茅斯回来。”

“你不是去牛津了吗？”我不解。

“没有，我去航海了，非常快活。”

“今天李提默来了，到我这儿来打听你，我还以为他说你要从牛津回来呢；但是现在想想看，他的确没说过那样的话。”

“他居然回来打听我，他比我想象中的还要傻。”斯梯福兹愉快地斟了一杯酒，举杯为我祝酒，然后说：“雏菊，如果你能够了解他，那么你就是我们当中最聪明的一个了。”

“的确，我不了解他，你竟然去了雅茅斯，斯梯福兹！”我把椅子移向他一点，想知道这是怎么一回事，“你在那里住的时间长吗？”

“不长，浪荡了大概一个星期。”

“他们都还好吗？小爱米丽结婚了吗？”

“还没有。不过就快了，我相信，几个星期，或者几个月之后，迟早要结的。我也不是经常能看见他们。对了，”他放下手中的刀叉，把手伸进了衣袋，“有你的一封信。”

“是谁写的？”

“是你的老保姆，”他从胸口的衣袋中拿出一些文件，说，

"'詹·斯梯福兹大人，如意居的债务人'；不是这个，别着急，立刻我就能把它找出来。信的内容好像是说，老什么的情况不妙。"

"你是说巴吉斯吗？"

"是他！"他仍然在他的衣袋中摸索着，"我担心，可怜的巴吉斯快完了。在那里有一名医生，曾经接你来到这世上的那个。我觉得，对于那种病，他非常精通，但是，他的结论是，那个车夫即将要走完他最后的旅程了。椅子上的那件外套，你去找找，我相信应该在那里面。找到了吗？"

"找到了！"

"这就是了！"

皮果提的信比以往更潦草，更短了。信中提到了巴吉斯那令人绝望的身体状况，还提到他现在又比往日吝啬了，当然更让自己舒服了。至于她的疲劳以及对他无微不至的照料，她在信中却绝笔未提一字，却很称赞他，信中流露出一种质朴而未加任何修饰的诚挚情感（我知道这种感情是真挚的），结束语是"问候我永远亲爱的"——这指的是我。

当我在辨认那些字迹时，斯梯福兹在不停地吃不停地喝。

"这事的确让人感到悲伤，"他吃完后说，"但是每一天太阳都会沉没，每一分钟都会有人离去，我们不应该被这些人都逃避不了的命运所吓倒。但是如果我们因为公平的脚步在垂青别人时，如果此刻我们没有把握住自己的命运，那么我们便会失去一切。不，前进！需要时应当向前驰骋，过得去时不妨缓步，但是一定要前进！跨过一切障碍，去前进！在比赛中获胜！"

"什么比赛啊？"我问。

“我们已经参加过的比赛，”他说，“前进！”

他停了下来，举起酒杯，微微向后仰着他那俊秀的头，这时，我发现他那红润的脸上带着些许海风的新鲜气息，同时也保留着上次我曾发现过的一些痕迹，仿佛在过去一段时间里，他一直在从事一种紧张的工作。此刻他那火一般的意志在他心中激起了一阵涟漪。本来，我想劝阻他放弃他所幻想的那些冒险行动——如与凶恶大海的搏斗，与恶劣天气的抗争——但是我的思想又回到了我们刚刚的话题。

“听我说，斯梯福兹，如果你那旺盛的精神愿意听我说话。”

“我的精神很蓬勃，愿意做你喜欢的任何事。”他走到火炉旁说。

“那么，听我说，斯梯福兹，我想我得去探望一下我的皮果提。也许我做的任何事都不会对她有益，或者说能够确切地帮她什么忙，但是她对我是那么的关心，我只希望我的探望能够在她身上产生一些影响，给予她一种安慰与支持。我想，与她曾经对我所做的一切相比而言，我即将做的根本微不足道。如果你是我，你会不会抽出一天的时间去探望呢？”

他很不安地坐在那里，想了一会儿之后低声说：“得！去吧。你是不会碍事的。”

“你刚从那里回来，让你陪我去恐怕不会有结果了吧？”我说。

“对啦，”他说，“待会儿我得去看我的母亲，这么久没回家，良心上未免有些不安，因为对于她那浪荡的儿子来说，她却仍然爱得那么深，这很难得呀。——呸！胡说！——你是打算明天去吗，我猜？”他伸直了两只胳膊，然后把一只手搭在了我的肩上说。

“是的，我想明天就动身。”

“得，还是后天吧。本来，我打算让你去陪我们住几天的，现在到这儿来，就是为了邀请你，而你却偏偏要飞到雅茅斯！”

“斯梯福兹，你经常瞒着别人到处东奔西走，却说我偏偏要飞！”

他没出声，看了我一会儿，然后用那只搭在我肩上的手摇了我几下说：

“过来吧，明天！和我们快快乐乐地过一天。下次再见面是什么时候，谁都说不好！过来吧！明天一定得来！你要站在我和洛莎·达特尔之间，将我们分开。”

“没有我，难道你们会爱得太厉害吗？”

“对啦，也许是恨得太厉害。”他笑了，“但是不管是爱是恨，明天一定得来！”

我允诺了他，他穿上外套，点上雪茄，步行回家。我穿上外套去送他，一直来到一条空旷而寂静的大道。一路上他都很愉快，在我们分手时，我看着他迈着勇敢而轻快的步伐朝家走去，突然，我想起他所说的，“跨过一切障碍，去前进！在比赛中获胜”！同时也希望他去参加一种有价值的比赛。

回到卧室，当我脱下衣服时，米考伯先生递给我的那封信落在了地板上。这才记起它来，于是打开了。落款时间是距晚餐还有一个半小时。我不知道曾经是否提过，在米考伯先生遭遇那些难以解决的问题时，他便会使用一种法律上的术语，这让他觉得，通过这种办法，似乎能够解决他的问题。

阁下——因我不敢称呼，我亲爱的科波菲尔。

我应当奉告：下方的署名人已经溃败。今日君或许见此人闪烁其词，乃不愿让君预闻彼之窘况；但希望已沉入地平线之下，下方署名人已遭溃败。

在受到某个人之迫害（我不能称之为社会）下我写就此信。彼人受雇于某经纪人，已处于烂醉状态。彼人已扣押署名人之住所，以追补租金，其扣押物中不仅包括本宅长住房客之署名人的各种动产，还连及内院荣誉学会会员寄宿人汤姆·特拉德尔先生所有财产。

此时“荐”（此乃某名垂青史诗翁之言）于唇边将溢之杯，如尚缺一滴忧郁，则可于下列事实中得之：前言汤姆·特拉德尔先生曾好意承受署名人23镑4先令9便士半之期票一张，现已到期，却无应有准备。不但如此，就事实而言，署名人之沉重负担，又因自然规律之程序，将添一弱小受苦者而变得更重矣；以弱小者出世之期——以数字示之——自即日算起，不到六个月矣。

上述之言，可以将其视作分外功行，署名人忏悔不已是也。

威尔金·米考伯谨启

可怜的特拉德尔！现在我算是看清了米考伯先生，也似乎了解了他从那打击下恢复的可能了；那一夜，我彻底难安，因为我担心特拉德尔，也在为那个住在德文的牧师的女儿——她是十个中的一个——而悬心，那么可爱、善良的一个姑娘，她可以为特拉德尔等到六十岁，甚至就这么一直等下去。

第二十九章

次日清晨，我便向斯宾罗先生请了几天假，因为我还没拿到过薪水，于是那个不通情理的约金士先生也就没说什么，当然请假也没费多少口舌。我趁此机会向斯宾罗先生问候了他女儿，但是在我说话时，我突然说出的声音堵住了喉咙，眼睛也模糊不清。但是斯宾罗先生说他女儿很好，而且对于我问候也很感激，但是他说话时所带有的感情并不比谈论其他人时要多一些。

作为学徒事务员的我们都是那些即将成为高贵阶级的代诉人的幼苗，当然享有的待遇也是丰厚的，同时也是那么的无拘无束。但是，由于我不想那天一点钟或是两点钟之前动身去拜访斯梯福兹，同时，那天一大早，我们法院就在处理一件小小逐出教会的案子，当然我和斯宾罗先生也出席了，在那里很愉快地坐了一两小时。这个案子是狄普京斯提交审判的，目的在于使布洛克的灵魂得到感化。案情起因于他们的争斗，过程中一个人把另外一个人推到了教会的屋檐下的一个水龙头上，恰恰因为这一推，便造成了一件宗教案。想起来这件事那么的有趣而可笑。一路上我坐在马车里想着博士院，以及斯宾罗先生所说的“动哪怕博士院的一根手指头，国家便会衰亡”的话，我这样想着直至我们抵达海洽特。

斯梯福兹夫人和洛莎·达特尔小姐见到我都很高兴。我发现李提默被一个害羞的帽子上带着蓝色结子的小丫头所代替，由她来伺候我们，这让我感到出乎意料之外的惊喜。与那个体面的人相比，这个丫头让人感觉愉快，更不至于令人心慌意乱，但是，在我坐下还不到半小时，就发现，达特尔小姐总是在打量我，眼神是那么紧逼，同时又在鬼鬼祟祟地把我的脸和斯梯福兹的进行比较，非得找出这二者之间会发生什么。因此我朝她看时，便会发现那双令人惊悚的黑眼睛。要么看着我，要么突然由看我的角度转向斯梯福兹，又或者是一同将我二人摄入眼中。当她发现我在注意她时，她一点也没收回她那灼热的目光，反而以一种更为专注的表情盯着我，虽然我扪心自问没有任何地方能够让她抓住把柄，但是我实在忍受不了她那如饥似渴的眼神，最后不得不在她那好奇的光芒中退避三舍了。

在那一整天当中，我感觉整个住宅到处都是她的影子。当我在斯梯福兹房中聊天时，都能听到外面过道中她的衣服被风刮得窸窸窣窣的声音，当我们坐草地上玩着我们往日玩的游戏时，我发现她的脸像一盏飘来飘去的灯，忽而出现在这扇窗户前，忽而来到那扇窗户前，最后终于定住了，站在那里监视我们。午后，我陪他们一起外出散步时，却被她那瘦长的手一把抓住了我的胳膊，叫我留下，一直到斯梯福兹和他母亲的脚步声消失时，她开始说话了。

“你已经很长时间没来这里了。你的全部注意力真是被你的工作所吸引了吗？它们真就那么有趣，那么吸引人？因为我无知，所以才有此一问，是想得到更好的指教。真的吗，先生？”

我对她说："我确实喜欢这份工作，但是它还没有我想象中那样好。"

"哦，是这样！我很高兴知道真相，因为在我犯错时得到及时纠正是件令我再愉快不过的事情了。"洛莎·达特尔小姐说，"你的意思是这份工作很枯燥，很乏味是吗？"

我说，也许这份工作确实有那么一点乏味。

"哦！所以你想去放松一下，转换一下周围的气氛，寻找一些刺激，或其他与此类似的事？"她说，"啊！的确！但是对于他来说是不是有些——呃，我不是在说你。"

从她的眼神——她向斯梯福兹挽着他母亲远去的方向投去了迅速的一瞥中，我明确她指的是谁，但我也只是读懂了这一点，至于其他的，我一无所知，当然，毋庸置疑，当时我的脸上就露出了迷惑不解的神色。

"难道那样的事对于他来说就没有——我可并没有说是，只不过，我想知道一下而已——任何吸引力吗？难道那样的事就不会让他在访问那位盲目溺爱他的人时，也许，比平常要更疏忽一些吗——嗯？"说完又朝他们迅速地扫了一眼。随后，也带着相同的眼神看了我一眼，似乎要将我心灵深处的那一点想法看破一般。

"达特尔小姐，"我说，"请你不要以为——"

"我没有做任何猜想！"她叫道，"哦，别以为我会去胡乱猜测什么！我并不多疑。我只是问了一个问题而已，但我没有发表任何意见，我只不过是想就你对我说的话为自己建立一种想法。哦！你的意思是说，这并非如此？得！我明白了，这很让人高兴呢！"

"当然不是那样的，"我在惊慌中说，"纵使斯梯福兹离开家的时日比以往都要长，那也与我无关。因为若不是听你提起，我也不知道此事呢。上次一别，直到昨晚我才见到他。”

“之前就没有见过？”

“当然千真万确的，达特尔小姐，没有！”

她一直盯着我看，我发现她越加的消瘦了，脸色也越加苍白了，那一道伤疤也似乎变长了，一直划过她那变了形的上唇，在脸上斜了一道杠，直穿下唇。她的那道伤疤以及她那锐利的眼光，是那么的可怕。她目不转睛地盯着我，说道：

“那他都做了些什么？”

我是那么吃惊地把这几个字重复了一遍，与其说是在反问她，还不如说我在自言自语。

“那他都做了些什么？”

她说的那个样子，似乎在冒火，足以把她自己烧尽。“那个家伙究竟在帮他干什么啊？他看我的眼神，永远是那么的虚伪，实在是令人费解！如果你高尚，忠于朋友，我是绝不会让你做出任何出卖朋友的事情。但是我只请你告诉我，那些迷惑他的，是愤怒？仇恨？浮躁？爱情？还是足以让他疯狂的念头？这到底是什么？”

“达特尔小姐，”我说，“要我怎样，你才肯相信我啊？对于斯梯福兹，我实在不知道他究竟与我第一次来这里见到他有什么不同。我想象不出，也相信他没有变化，甚至到现在，我连你的意思都没弄明白呢。”

她仍旧目不转睛地盯着我，那一刻，她那残酷的伤痕处，微微抽搐了一下或者说是战栗一下，随后便把嘴一撇，嘴唇随之掀起，似乎是在鄙视我，也许是在同情她所鄙视的对象，她连忙抬起手——竟是那么瘦弱的一只，曾经她在火炉前举起了它，遮住了脸，那是我曾经在想，这与细磁又什么区别啊——遮住了那东西，然后用一种又迅速而带有感情的语气说：“刚才我对你说的，你要发誓对我保密！”随后便没有再听到她说任何话的声音了。

斯梯福兹夫人在她儿子的陪伴下显得很高兴，而斯梯福兹在此次回家探亲过程中也是格外关心她，对母亲毕恭毕敬。见他们俩在一起，我觉得非常有趣，这大概是因为他们之间彼此亲爱，更由于他们之间那十分相似的性格，并且是那种傲慢与偏见，在她，或许是因为年轻或性别的关系而表现出的一种仁慈之态。我曾经因为多次为他们没有发生严重分歧而庆幸，否则，对于那样两种性格——我应该说是同样一种性格中表现出了两种不同的态度——甚至此两种极其不同的天性更难以和解呢。当然，当然这个想法也并非出自我自己的观察，而且洛莎·达特尔小姐的一句话提醒了我。

晚餐时，她说：“哦，话是这么说，但是，我整天都在想，也十分想知道，所以，不管是谁，请告诉我吧。”

“你想知道什么，洛莎？”斯梯福兹夫人说，“哦，请你别这样神神秘秘的，行吗？”

“神神秘秘！”她叫道，“哦！是这样吗？你认为我是这样的吗？”“难道我不是一直都在恳求你，”斯梯福兹夫人说，“用你最自然的态度把话说得让我们大家都能听明白吗？”

“哦！你的意思是说我在说话时很不自然是吗？那么，你得宽恕我，因为我在虚心求教。我们永远也无法了解我们自己。”

“那已经成为第二天了。”斯梯福兹夫人很冷淡地说，“但是我记得——我想你也没有忘记——你以前不是这样的，洛莎，那时你是多么信任任何人啊，对任何人都没有疑心。”

“我想你是对的，那样一种坏习惯竟能在一个人身上滋生，长大！”达特尔小姐说，“我以前没有疑心而且相信任何人，这是真的吗？我怎么会改变了呢，而且我却全然不知？这太令我奇怪了，简直莫名其妙！我应当立刻设法找回以前那个我。”

“你会做到的。”斯梯福兹夫人微笑着说。

“哦，我是诚心想要去找回的，你知道！”她说，“我要向——让我考虑一下——向詹姆斯学习，学习如何对人坦白。”

“如果是这样，那再好不过了。”斯梯福兹夫人赶紧说，因为洛莎在说话时总带着那么一点讽刺，虽然这次在说出这句话的时候是那么不经意。

“我也相信这再好不过了，”她异常激动地说，“如果我还有什么事可以让我去相信你的话，那么，相信这是没有错的。”

我似乎感觉斯梯福兹夫人为刚才的急躁而后悔，因为她立刻和颜悦色地说：

“好了，亲爱的，到现在，我们还不知道你到底想要知道什么呢。”

“我想要知道的？”她带着一种令人无法忍受的冷淡说，“哦，我不过是想知道，性格相似的两个人会不会——我这样说恰当吗？”

“没什么恰不恰当的。”斯梯福兹说。

“谢谢！性格相似的两个人，如果对一件事的态度产生了严重的分歧，那么会不会比平常人感到更加愤恨，而且造成的伤害也会更深呢？”

“我想是这样的。”斯梯福兹说。

“你真的这么想吗？”她应声道，“哎呀！那么，如果——我是说如果，况且那些未必会发生的事都可以用来假设——你和你的母亲之间产生严重分歧。”

“亲爱的，”她母亲很和蔼地笑道，“举另外一种假设吧！詹姆斯和我都很清楚彼此的责任，我也祈祷上帝保佑，不会发生那种事！”

“哦！”达特尔小姐沉思地点了点头，“但是这就可以避免分歧吗？哦！当然可以啦。的确，我竟然愚蠢到做出这样一种假设，你们因为清楚彼此的责任，进而能够避免分歧，这太好了！真的很感激你。”

另外，还有一件关于达特尔小姐的事，我觉得不能不提，因为后来，当那些无法挽救的过去都显露出来时，我肯定会想起这件事。那天，尤其是从这段时间之后，斯梯福兹很从容地使出他那决定的技巧，让这个性情怪异的人成为一个令人满意而愉快的伙伴。当然，对于他的成功这并不令我感到意外，允许她对她那种令人愉快的技巧——那时，我在想，这应当是一种令人愉快的天性——所产生的那种魅力，也没令我感到意外。因为我知道，她有些固执，性情怪僻，而且多疑。最后我发现，她的面容松弛了，态度也逐渐改变了，看他的眼神也是逐渐增加着钦佩，仿佛在责备自己的软弱，尝试着抵制他那迷人的魅力，她的眼神终于缓和了，脸上露出了温和的微笑，过去我对她那种恐惧的感觉也随之消失了，我们围坐在火炉旁，如同一群无忧无虑的孩子说笑着。

是我们在餐厅中坐得太久了呢，还是因为斯梯福兹不想失去他刚刚得到的那些优势，我不得而知，反正在洛莎离开后，我们在那里没留上五分钟。“听见了吗？她在弹竖琴，”我们走到餐厅门旁，斯梯福兹轻声对我说，“在这三年里，我想没有人听见她弹过，除了母亲。”他说这句时，脸上出现了一种奇特的微笑，却又在眨眼之间消失了。我们走进屋，发现只有她一个人。

“别起来！”斯梯福兹说（此时，她已起来），“亲爱的洛莎，别站起来！为我们弹唱一首爱尔兰歌曲吧。”

“你喜欢听爱尔兰歌曲？”

“非常喜欢！”斯梯福兹说，“喜欢超过任何一切，雏菊也是打心底喜欢音乐的。给我们弹一首吧，洛莎！让我们在这里听吧，像往日那样。”

他扶着竖琴坐了下来，没有碰到她，也没有碰到她坐过的那把椅子。她却面带古怪之色在竖琴旁站了一会儿，然后举起右手勾起了一些弹琴的指法，却没有触碰琴弦。最后她坐了下来，把竖琴拿到了她的面前，开始弹唱了。

在她的弹唱中，我觉得存在一种我所不知道的东西，让那支歌在我的印象中是那么的不同凡响，超越了一切我所听到过的歌或者凡是那些我所能想象得出的歌。它有那种让人感到亲切的味道，却也包含着一种令人恐惧的成分。似乎那支歌只是从她的内心迸出来的，而未经别人的谱写。她的情感在那低沉的音乐中都得不到完全的表现，而当一切都归于沉寂之时，它又蜷伏了起来。她又倚靠在竖琴上，右手做起弹琴的动作，并没有触动琴弦，那时，我早已呆住了。

大概过了一分钟，我才被接下来发生的事所唤醒：斯梯福兹起身走到她面前，搂过他说：“喂，洛莎，以后我们要非常相爱了！”她打量着他，像野猫一样粗鲁地把他推开，随即冲出了房门。“洛莎这是怎么了？”斯梯福兹夫人进来说。

“刚才，她做过了一会儿天使，妈，”斯梯福兹说，“因此，按照那不变的规律，她又走入了那种相反的极端了。”

“要小心她，别去惹她，詹姆斯，她现在越来越爱使性子了，记住，别去招惹她，寻她开心。”

洛莎没有回来，直到我去跟斯梯福兹道晚安时，也没人提起她。那时，他嘲笑她，问我有没有见过像她这样一个蛮不讲理的小东西。

我把我对她的诧异表达得那么十足，并且问他能否猜出她突然之间生如此大的气到底是因为什么。

“哦，我怎么会知道，你可以说她是为了任何事去发脾气，也可以说她发脾气不为任何事，无缘无故，莫名其妙！但是我要对你说，她会去磨每件东西，甚至她自己，把它们磨到锋利为止。她有锋利的刃，要谨慎与她交往。她永远都是个危险的人物。晚安，好梦！”

“晚安，祝你好梦！”我说，“亲爱的斯梯福兹！明天早上，不等你起来，我就会离开，再见吧！”

他不想让我走，他站在那里，像上次在他家里一样伸直了两只胳膊，并把一只手搭在我的肩上。

“雏菊，”他微笑着对我说，“这个名字不是你父母给你起的，只是我喜欢这样去称呼你——我愿意，我愿意，我愿意，你也可以给我起这样一个名字！”

“嗯，这我当然愿意了！”

“雏菊，以后不管我们会因为什么而分离，你应该去想着我的好处。好啦，我们现在就约定如果我们一旦分离，那么去想我那些最美好的地方。”

“在我心里，斯梯福兹，你没有最好的，也没有最坏的。在我心里，你永远都是那么受我尊敬、喜爱。”

我为曾经对他的冤枉（虽然这种想法在我脑中还并未成形）而感到悔恨，我想把我的真实想法告诉他，当时话已到嘴边，却又咽了下去。因为这样做必须得出卖我与爱妮丝之间的友谊，或者说我还是没有想到如何向他表达才能免去那种出卖她的危险，否则，在他说“愿上帝保佑你，雏菊，晚安！”之前，我肯定已对他说出了。犹豫之下，我还是决定不说，于是便同他握手道别了。

第二天，我起得很早，稍稍穿上衣服之后，来到窗前朝他房中张望。他睡得很熟，头枕在手臂上，很安稳地睡在那里，像在学校中我见到他的那样。

分别的时候到了，但是他却来得那样快，当时，见他像在学校中时常见的那样睡下去，我近乎惊奇，竟没有任何东西能扰乱他的睡眠。让我再想念一下在学校时的他吧！接着，我踏着寂静的晨色离开了。

——啊，斯梯福兹，求上帝宽恕你吧！我再也没有机会去握那只在爱情和友谊上都消极的手了，永远都不会有了，永远！

第三十章

当天晚上，我便来到雅茅斯，首先找了家旅店。因为我很清楚皮果提特备的卧室——我的卧室——估计现在有人入住了，于是便先去找了家旅店，预定了一个房间，吃了饭。

十点钟的时候，我动身了。那时候街道上所有的店铺都停止营业了，一切显得那么的萧条、凄凉。当我走近欧默-约拉姆公司时，发现窗户紧闭，但门还开着。朝里张望，发现欧默先生正在离客厅的门不远处抽烟，于是便走了进去，问候他。

“嗯，你还好吗？”欧默先生一面招呼我坐下，一面说，“抽烟不妨碍你吧，我希望？”

“没关系，我很喜欢——看着别人抽烟。”

“嗯？你不抽吗？”欧默先生笑着说，“这也好，先生。抽烟对年轻人来说是种毛病。我抽烟也只是为了我的气喘呢。”

在他大口喘着气坐下后，又用力地吸了一口，仿佛烟斗里有一种让他续命的良药。

“当我得知巴吉斯病危的消息之后，我感到很悲伤。”我说。

欧默先生很镇静地盯了我一会儿，随后摇了摇头。

“现在他是什么状况，你知道吗？”我问。

“正好我也想问你这个问题呢。”欧默先生说，“但是由于我们这个行业的潜规则，也是由于有所忌讳，所以对于当事人的情况，我们是不便过问的。”

对于这种情况，我实在无法开口，刚开始也没有想到。虽然在我刚踏进店门的时候，唯恐那往日的嗒嗒声又在耳边响起。但是听他这样说，我也大致清楚巴吉斯的状况了，于是对他说，这倒是真的。

“对了，对了，你知道的，”欧默先生点着头说，“我们不敢那样去做啊。难道要我们去说：我代表欧默-约拉姆公司问候你，今天上午或今天下午你感觉怎么样？这哪里是对当事人的问候啊？这对于他是多么大的打击啊！”

欧默先生和我互相点了点头，随后又从那个烟斗中找到了呼吸。

“干我们这一行的，我们不能对任何人随意表示我们的关心。”欧默先生说，“这么跟你说吧，如果我与巴吉斯认识才一年时间，当我走到他跟前时只是点点头；纵使与他结识四十年，我也只能是点点头而已，我不能跑过去问：‘你还好吗？’”

我觉得这让欧默先生很为难，于是也就把这个意思告诉了他。

“我希望我不是一个唯利是图的人，”他说，“这么跟你说吧，我随时都可能一命呜呼，在这样一种情形下，我应该不是唯利是图的人。当一个知道他快要死，或者知道在什么时候一定会死的人，更何况他已经有外孙女了，我想他应该不会是那样的人。”

“肯定不会。”

“我并不是在怨恨我的职业，我根本没有那么想过，同时，我也知道每个职业有好的一面，也有不好的一面。而我所希望的只不过是每个当事人能够放宽心，坚强一些。”

欧默先生露出一片怡然自得，平易近人的样子，随后又静静地吸了几口烟，继续了刚才的话题：“因此，关于巴吉斯的病情，我们也只有通过爱米丽得知了。当然，她也知道我们的真正意图，于是把我们当做羔羊一般，不会对我们产生惊慌，也没有任何猜疑。明妮和约拉姆刚刚过去了，去问问爱米丽巴吉斯今晚的状况。实际上，爱米丽一下班便回去帮她姨母的忙去了。如果你愿意留在这里等她们回来，那一切自会清楚了。你想喝点什么吗？加水的柠檬酒怎么样？我在抽烟的时候便会喝它呢。”欧默先生举起了杯子说，“据说那东西可以滋润喉咙，让我的呼吸更加通畅呢。但是，我并不是呼吸道出了问题啊！我对我女儿说如果能够给足呼吸，那么我自己就会把呼吸道修理好呢，亲爱的。”

事实上他的气是不够他喘的，甚至看到他笑都会替他捏一把汗。当他理顺了气息，能够说话时，我谢绝了他所提议的加水柠檬酒，因为我刚吃过晚饭没多久。同时感谢他盛情相留，并决定留下等候他的女儿女婿回来。随后我向他问起了小爱米丽的情况。

“嗯，先生，”欧默先生从他嘴里取出了烟斗，以便搓他的下颌，“老实说，等她结婚之后我就高兴了。”

“这是为什么呢？”

“嗯，这阵子她总是心神不宁的。”欧默先生说，“我的意思并不是说她没有以前漂亮了，而是她比以前更漂亮了——我敢向你保证，她比从前更漂亮。另外我的意思也并不是说她的工作没以前出色，而是和以前一样的出色。在过去她能顶任何六个人，现在她同样能够做到。但是我总觉得她心事重重。我希望你能够明白我的意思。”他又搓了一会儿下颌。吸了几口烟说，“我用下面的话粗略地表达一下我的意思：使劲拉，用力拉，伙计们，一齐拉啊，哈哈！我想说的正是这些，而爱米丽所缺乏的也正是这个。”

欧默先生的表情是那么的丰富，而且能够准确地表达出自己的意思，这让我心悦诚服地向他点了点头，表示已经领会了他的意思。他也似乎开心我领会的速度，于是便接着说：

“我认为她心神不宁的状况主要是因为她的状况不太稳定。这你也是知道的，在她下班之后，我们——她的舅舅，她的未婚夫，还有我——已经把这个问题反复谈过很多次了。我的看法是，她目前的状况不太稳定了。你应当永远记得，”他微微地摇了摇头说，“她是那么的热情活泼。有句话说：你不能用猪耳朵织出丝绸钱袋。我不明白它有什么深意，但是我认为如果你从小就开始做的话，一定会做到的。她已经用旧船改造了一个家，我连用石头和大理石砌成的家也比不上它啊。”

“我相信她能够办到！”我肯定地说。

“我看到她那样一个小东西，是怎样成天黏着她舅舅不放的。而且还一天比一天牢固，一天比一天亲热。简直让人开心。但是，你也得明白，这种情形的背后必然隐藏着一场斗争。为什么要毫无必要地拖下去呢？”

我一直都在注意这个面慈心善的老人，对他的话也心悦诚服。

“所以我对他们说，”欧默先生很从容地说，“我说，我们应该灵活变通，合同上的期限完全可以由你们来支配。她的工作速度已经比我们想象得要快。学起来也比想象的要快。至于剩下的时间，我们可以一笔勾销。只要你们愿意，她随时都是自由的。如果她愿意留下继续在我们家做事这当然很好。但是如果她不愿意留下那也没关系。不管怎么样，我们都没有吃过亏。我想你会懂的。”欧默先生用烟斗碰了我一下说，“像这样一个呼吸短促的人，况且已是一个做外公的人了，我还会和她那样一个蓝眼睛的美丽小姑娘计较吗？”

“肯定不会，我敢打包票。”

“肯定不会，你说得没错！”他说，“嗯，先生，她的表哥——她要嫁给她表哥，这你知道吧？”

“嗯，我知道，我们很熟。”

“你当然跟他很熟喽，”欧默先生说，“好啦，先生，她的表哥（职业不错，待遇也很好），因为我的话，向我表示了感谢（大体来说，他的态度让我很敬重他），随后又为了她租下一所舒服的小房子，如果你我看到了都舍不得挪眼呢。小房子里设备齐全，严密而整洁。如果不是巴吉斯病危而延了期，我想这时他们已经成为夫妻了。”

“那爱米丽现在好点了吗？”

“嗯，你要知道，”他又摸起了双下颌说，“这样的期望现在是不现实的。就眼前的变化与分离来说吧，离她很近又很远。如果巴吉斯去世，那他们的婚事肯定能快点办，但就目前而言，他们只能随着他的病一直拖下去。总之，现在的这种局面令人难以捉摸，你要知道啊。”

“我知道。”

“但是，”欧默先生说，“爱米丽仍然有些精神不振，心神不宁。应该说她比过去更严重了一些。随着时间的一点点逝去，她对她的舅舅就越加的疼爱，也不愿与我们大家分离。甚至我的一句安慰都能让她的眼睛充满泪水。如果你看见她和我的外孙女一起嬉戏的情景，你会终生难忘。哎哟哟！”他沉思道，“她是那么爱那个小女孩哟！”

“既然现在有这样一个再合适不过的机会，于是趁他的女儿女婿未回来之前，问一下关于玛莎的消息。”

“啊！”他灰心丧气地摇了摇头说，“很不好，先生。无论你怎么看，都是令人悲哀难受的。我也从不认为她有什么过错，我不愿意在明妮面前提起她，因为我知道她会立即阻止我。但是我也从来没有提起过。我们谁都没有提起过。”

欧默先生在我之前听见了他女儿的脚步声，于是便用烟斗碰了我一下朝我使了个眼色以示警告。随后她和她的丈夫便进了屋。

我从他们那得到的消息是：巴吉斯先生的病已经糟糕到无以复加的地步了，完全不省人事。祁力普先生退出房间来到厨房时说，就算现在把内科医学院，外科医学院还有那个药剂师公会的所有医生都找来，也是无济于事了。祁力普先生还说，那两个医学院智慧束手无策，至于那个公会，也只会让他的病情更加严重。

另外，我还从他们那得知皮果提先生也在那里，于是便决定立即动身前往。于是便同欧默先生，约拉姆先生以及他太太告了别，带着一份庄重朝他家走去。这种心境足以令我感觉巴吉斯先生在我心里已成为了一个迥然不同的新人物了。

我轻轻地敲了门，是皮果提先生为我开的门，但是当她见到我时并没有表现出任何吃惊之色，在见到皮果提先生时，她也如此。此后我也没有见到她有任何异常。我想，对于那个可怕的意外降临之前，所有的一切惊奇在她面前都化为乌有。

我与皮果提先生握过手之后，便随他进去了厨房，轻轻掩上门，见小爱米丽坐在火炉旁，双手蒙着脸。汉姆站在她身旁。

我们低声私语着，而且还经常停下来听楼上是否出现任何异常。就在我上一次造访时，我还没有察觉到，在厨房里见不到巴吉斯先生，竟是这般奇怪。

“你太好了，大卫先生。”皮果提先生说。

“没错，太好了。”汉姆说。

“爱米丽，我亲爱的孩子，”皮果提先生说，“看，谁来了。

是大卫少爷！唉，打起精神来啊，我的好孩子！你不想和大卫少爷说点什么吗？”

我现在还能想起当时她浑身发抖的模样，现在还能感觉到当我触到她的手时所感到的那种冰凉。她随即从我手中挣脱出，然后起身，走到她舅舅的身前，静静地伏在他的胸前，却依然浑身颤抖着。

“像她这般柔弱的心肠，”皮果提先生用他那粗糙的手抚摸着她那浓密的头发说，“承受不了这样的悲哀是很自然的，大卫少爷，对于这样的烦恼，她一时还无法适应，这是很自然的。”

她把他抱得更紧了，既不抬头也不说一句话。

“已经很晚了，亲爱的！”皮果提先生说，“汉姆来这里是带你回去的。那，同他一起离开吧！你说什么，我的好孩子？”

我并没有听到她的任何声音，而他却俯下头说道：“你要跟舅舅一起留在这里？喂，你不会是想对我作出这样的请求吧，小傻瓜？你的未婚夫来这里接你回去啊！嘀，谁会想到这个小东西居然这样依偎在一个经历暴风骤雨的人身旁？”他极为骄傲地看着我们说，“但是她对舅舅的那份爱比海里的盐还要多呢——愚蠢的小家伙啊！”

“爱米丽的这种做法是对的，大卫少爷！”汉姆说，“既然爱米丽想留下，那么就让她留在这里过夜吧。我也留下。”

“别，别，”皮果提先生说，“一个像你这样已经成家立业的人，或者说差不多已算得上成家立业的人不应该去荒废一天的工作。你不能守夜，白天还要工作呢，那样身体是吃不消的。回家睡觉吧。你不用担心爱米丽会没人照顾呢。”

汉姆听了他的劝告，于是拿起帽子准备走。当他走过去与她吻别的时候——每次见到他向她靠近时总那么彬彬有礼——她似乎把她舅舅搂得更紧了，甚至想逃避她那入选的丈夫。他走了，我跟过去轻轻掩上门，甚至不想扰动这全宅的安静。当我回到厨房时，发现皮果提先生仍然在对她说话。

“好了，现在我要上楼去，把大卫少爷到来的消息告诉你姨妈，兴许她会高兴一点呢。亲爱的，现在你可以在火炉旁取取暖，把你那双冰冷的手烘热。你不用害怕，也不用悲伤。什么？你要跟我一起去？好吧！来吧！纵使她的舅舅被赶出家门，倒在一个水沟里。大卫少爷，”他怀着不小的骄傲说，“我相信她也不会离开我的！但是，很快就有另外一个人了，很快就有另外一个人了，爱米丽！”

后来，当我经过我的小卧室时，我隐约感觉到她躺在地板上，当时里面一片漆黑，这究竟是房中那些纷乱的影子呢，还是真的就是她？我说不准。

我独自坐在火炉前，在皮果提先生陪她上去之后，我一直都在想那漂亮的小爱米丽对于死亡的恐惧。又想起欧默先生的话，于是觉得找到了令她如此不安的原因。我坐在那里，一边想，一边数着时钟的滴答声，一边感受着这所房子的死寂。见到皮果提太太，她把我搂在怀里，不断地感谢我祝福我。她还说，我的探望是她莫大的安慰。随后把我领上了楼，抽泣着对我说，巴吉斯先生一直都很喜欢我，称赞我；在他还未病危之前经常提到我。如果他能够醒过来，再次看见我的话，他一定会非常高兴的。

当我看见他时，感觉他连高兴的力气都不会有了。他靠在那只曾经给过他无数苦恼和困难的箱子上，头和手臂都伸出了床外，趴在床上，那种姿势令他很不舒服。关于那只箱子，我听说，当他已无力下床，也无力用那根木棍探查它是否安全时，便让人把它搬到了靠床的一张椅子上。自那以后，便整日整夜地抱着它。此刻，他的胳膊正搭在上面呢。时光已逝，而箱子仍在那里。“都是一些旧衣服哟！”这是他临终前的最后一句话。

“亲爱的巴吉斯！”当我和皮果提先生来到他的床前时，皮果提靠近他，带着泪水说，“那个最最亲爱的孩子来了，那个帮我们牵针引线的孩子来了，巴吉斯！那个替你传递口信的人啊！跟大卫少爷说句话啊，巴吉斯！”

他没有出声，像那只箱子一样，没有知觉，一动不动地躺在那里。

“潮水就要把他带走了。”皮果提先生捂着嘴对我说。

我的眼睛充满了泪水，皮果提先生的眼睛也模糊了。我不解地问：“潮水带他走？”

“住在海滨的人们，”皮果提先生说，“会随着潮水的退尽一起离开。同样，在潮水没有涨满之前，也不会新生儿——潮水未满之前是生不下来的。退潮的时间大概是三点半，半个钟头内差不多退尽。如果他还能坚持到潮水再次涨起时，那么他便能活过满潮，跟下次的潮水一道退尽。”

我们一直守在他身旁。对于我的陪伴，是否对他的病起到了什么神秘的功效，我不想去说，但是当他开始用微弱的声音说胡话时，我实实在在听到，是那些曾经他送我去上学的一些事。

“你醒了啊，巴吉斯？”皮果提惊叫道。

“潮水快要把他带走了。”皮果提先生碰了我一下，带着一种敬畏低声对我说。

“巴吉斯，亲爱的！”皮果提说。

“克拉拉·皮果提·巴吉斯，”他很脆弱地说，“恐怕再也找不到能与她相比的女人了。”

“看啦，巴吉斯！大卫少爷来了！”皮果提说。此刻他正好睁开了眼。

当我靠近他，想去问他还记不记得我时，他伸出手臂，微笑着对我说：“巴吉斯愿意！”

此时，潮水已退尽，也带走了他。

第三十一章

在皮果提的恳请下，我最后决定留下来送那个可怜的车夫最后一程。很久以前，在那个老古墓里挨近他那可爱的孩子，用自己的积蓄为他们买了块地。

在留下来的那段时间里，我很满足自己为她做一些事（其实，所做的也并不多），就算现在回想起来，我也因为能够做一些令她感到安慰的事而高兴。尤其是在负责巴吉斯的遗嘱时，因为我正在做这方面的工作，因此比较熟悉，这让我感到更加欣慰。

我提议在那只箱子里寻找遗嘱，一番搜寻之后，从箱底翻出一个袋子，袋子里除了一些干草，还有一个挂着表坠儿带有表链的金壳老怀表。至于那只表，我也只见过在他结婚时戴过一次，除此以外，不曾见他佩戴过，一只白银制的烟盒，看上去像条腿，一个仿造的柠檬，里面满是些小杯小碟，我觉得这些是他想在我童年时打算送我的礼物。后来恐怕是舍不得了。八十七个半几尼，有一几尼一枚的，也有半几尼一枚的，崭新的钞票二百一十英镑，英格兰银行的一些证券，一个假先令，一个生了锈的马蹄铁，一个樟脑，一个牡蛎壳。那块磨得很亮的牡蛎壳中透出了缤纷的光彩。据此，我猜想，对于珍珠，巴吉斯先生可以说是有一些模糊的概念，根本谈不上对它有什么见解。

这么多年以来，每次出门，他都会带上那只箱子，与之形影不离。为了避人耳目，他给这个箱子编了个来历，说这是一只属于布来保先生的箱子，让他代为保管。箱子盖上他还曾清楚地写下了他编的谎言，只是年代已久，那些字迹早已模糊不清了。

这么多年，我发觉他的积蓄实在有不少，现金几乎有三千英镑。他在遗嘱中这样说：将这其中的三分之一的利息作为皮果提先生的养老金，三千英镑给皮果提、小爱米丽，还有我一人一千。如果我们中间有谁也去世了，那么便让那些还活着的人继承；至于那些别的所有的遗产，全部由皮果提继承。

当我把这份遗嘱在各种仪式中读出，不厌其烦地向那些当事人解释其中的每一项条款时，我发觉自己已经完全称得上是一个代诉人了。于是我便想，博士院似乎有那么点价值，至少现在看来比我想象的要多。对于那些遗嘱，我进行了全心的考察，时而还用铅笔在那上面做了些记号，最后我宣布了这份遗嘱的合法性。当时还为自己能够明白如此之多而感到奇怪呢。

在安葬巴吉斯先生之前的那一周里，我一直都在为皮果提清理她所继承的那些财产而忙碌着，合理地为她安排所有的事物。对于每一个问题都为她想好解决的办法。当然这使我们都很开心呢。在那一周里，我并未见到小爱米丽的面，但是他们对我说，大概两个星期内，她便会举行简易的婚礼了。

我没有正式地参加葬礼，我的意思是说，我并没有穿黑色外套，也没有去拿驱邪幡，我只是在他们之前便赶到了布兰德斯通，当皮果提和她的哥哥陪伴巴吉斯先生到来时，我到了那块墓地。住在鸦巢的那个疯男人从我的小窗子里向那里张望，祁力普先生的婴儿站在那保姆的肩上，冲着那个牧师摇着她的那个大脑袋，并对他不停地眨着眼。后面除了欧默先生——他的呼吸还是那么的短促——之外，再无别人了。一切都是那么的寂静。葬礼结束之后，我们留在墓地里散步，并来到我的母亲坟前，从它旁边的树上摘了一些新叶。

对于这里，我感到一种莫名的恐怖。那遥远的市镇上方飘浮着一朵乌云，我独自一人往那市镇走去，很寂寞，也很怕靠近它。回想起来那个令人难忘的夜晚发生的那件事，而现在却又要因为去叙述而让它在我面前重新上演一次，这实在是令我无法忍受的。

但是这件事不会因为我现在的陈述而变得更加糟糕，即使停下不去叙述这件事，它也不会因此而变得更加好些。事情已经发生了，我们已无力扭转乾坤，甚至不能让它有丝毫的改变。

那天，小爱米丽在欧默先生的家待了一天。次日，我的老保姆准备陪我一起去伦敦办理遗嘱的一些手续，于是决定在那天晚上，我们在那所老船宅中碰面。汉姆按平日里去接小爱米丽的时间去了欧默先生的家。我则独自一人往回走，皮果提和她的哥哥照原路回去了，承诺说傍晚时分会在火炉前等我们。

在那个侧门旁——就是我们以前想象中罗德里克·兰顿背着他

的行李休息的地方——我与他们分了手。但是，我并没有直接走回去，而是来到了通往罗斯托夫特的大道上，在那里散了会儿步。随后便转身去了雅茅斯，在那里找了家整洁的酒店用了餐。当我赶到渡口时，已经天黑了，那一天就这样被我消磨掉了。正当时，突然乌云密布，随后倾盆大雨已至。还好，雨后浓云散去，月光皎洁，因此还能看清路往回走。没过多久，皮果提先生的住宅便隐约可见。窗子中透出微弱的灯火。在沙滩上经过一番艰辛的跋涉之后，便来到门前，推开门走了进去。

乍眼看上去，里面显得很舒服。皮果提先生刚抽完烟，餐桌上已经零星地摆上了几道菜。火炉里的灰刚掏过，因此火烧得很旺。那只为小爱米丽预备的柜子早已摆在那老地方。皮果提手里拿着那个盖上印有圣保罗教堂的手工匣，量尺和那块蜡烛头坐在原先的老地方。除了她那件丧服外，似乎这一切都未曾被惊扰过。高米芝太太还是神色忧郁地坐在老地方。这一切都显得那么自然。

“大卫少爷，你是第一个回来的！”皮果提先生一脸快活的表情对我说，“如果外套湿了就脱下来吧。”

“谢谢你，皮果提先生。”我脱下外套递给他挂起来的时候说，“还是干的呢。”

“真的呢！”皮果提先生把手搭在我的肩上说，“还很干呢！快坐下，少爷。现在一切欢迎之词都显得那么的苍白无力，但我们真的很诚心诚意地表示对你的欢迎呢。”

“非常感谢你，皮果提先生！喂，皮果提！”我走过去一面亲吻她一面说，“你还好吗，我亲爱的老保姆？”

“呵呵！”坐在我们身边的皮果提先生搓着手笑道。笑得那么真诚，一半是因为他天生真诚，另外也因为解脱了近日的烦恼，“现在已找不到任何一个女人了，少爷，并且这话我也曾对她说过，能比她更令人放心的了！对于死者，她已尽了责，这一点死者也知道。死者对她做了应该做的，而她，对于死者也做了应当做的。而且——而且——而且这一切都是那么的和谐。”

高米芝太太在呻吟着。

“可爱的老妈妈，打起精神来吧！”皮果提先生说，并且偷偷地朝我们摇了摇头，显然这是在告诉我们，最近发生的事又令她回想起了那个老头子。“不要难过！打起精神来吧！就当是为了你自己，打起哪怕一丁点儿的精神，我想心情自然会好起来呢！”

“我做不到啊！”高米芝太太说，“我感觉什么都在跟我作对，我是那么的孤苦无依啊。”

“不是的，你还有我们啊！”皮果提先生安慰她说。

“是的，是那样的！”高米芝太太说，“和你们住在一起全靠你们养活我，我没有任何的积蓄。什么都在跟我作对，如果没有我，你们会更省心的。”

“瞧你说的！没有你，我们怎么生活呢？”皮果提先生用一种认真的语气责备她说，“比起过去，现在我们不是更需要你吗？”

“在从前，我早就意识到在这里是多么的多余了！”高米芝太太悲伤地抽泣着，“况且现在有人这样明确地告诉了我这一点！我是那么的孤苦无依啊。总是与人作对，我还能期望别人需要我吗？”

皮果提先生因为自己的话被她这样无情地曲解而感到吃惊，但他只是一边摇着头一边卷起了袖子，带着一种痛苦的表情看了一会儿高米芝太太，随后转身看了一眼那个荷兰钟，便起身，剪了烛芯并将它拿到了窗边。

“喂！”皮果提先生愉快地说，“好啦！亲爱的老妈妈，快活起来吧。”

高米芝太太依旧在低声轻吟着。

“像往常一样亮了！你恐怕还不明白我这么做的原因吧，少爷？呵呵，这完全是为了可爱的小爱米丽准备的。因为这儿天黑之后路不太好走。于是一等到她回来的时刻，我便把蜡烛摆到窗前。这样一来，”皮果提先生带着那么大的兴趣对我说，“便可以达到两个目的。爱米丽说这里是家，还说舅舅也在这里！当然，如果我不在，那灯自然不会点上了。”

“真是个孩子！”皮果提说，尽管她这么想，但仍然喜欢她这一点。

“呵呵，我想可能是，但是看起来又不那么像呢。”皮果提先生叉开着两条腿站在那里，很满意地上下搓着两条腿，不停地看我们和那火炉。

“的确不太像。”皮果提说。

“没错，”皮果提先生笑着说，“看起来的确不太像，但是，但是现在想想还真有那么回事呢。但是我又不太在乎这些，哈哈！现在我要说，当我走进爱米丽的那个小房子时，我——”突然皮果提先生意味深长地说，“我觉得那房子里的每件小东西都是她，拿起来，抚摩着它们，又轻轻地放下，仿佛它们身上都带着小爱米丽的影子。她的小帽子等，其他任何东西都是如此。在我们面前，我不允许任何人用任何理由去糟蹋它们。她是一个像大海猪一样的孩子哟！”皮果提先生说完便大笑起来，似乎在发泄他那火一般的热情。

皮果提和我都笑了，只是没他那么大声罢了。

“这只是我的愚见。”皮果提先生又搓了一会腿，面带微笑继续说，“在她小的时候——那时她还没有膝盖高——便常常和我一起玩耍，扮法国人，土耳其人，其他各国的人，鲨鱼，哎哟哟，没错，还有狮子，豹子，以及其他我知道的和不知道的任何东西！现在我已经习惯了在窗前点上一支蜡烛。”他朝那支蜡烛很愉快地伸去手继续说，“我决定，在她出嫁离开这里以后，我会照常在这里点上蜡烛，晚上，当我在这里（不管我会遭遇任何不测）而她还未回来时，我也会在窗前点亮蜡烛，然后静静地坐在火炉前，像现在这个样子，等她回来。她是一个像海猪一样的孩子哟！”他说着又大笑起来，“每当我看见火烛冒着火花时，我便会对自己说：她已经看到它了！爱米丽就要回来了！她是一个像海猪一样的孩子哟！”这时，皮果提先生停止了笑，合起了双手说：“她回来了。”

汉姆戴着一个大斗笠进来了，但只有他一个人。那时，我在想，在我回来之后，雨肯定又下大了。

“爱米丽呢？”皮果提先生问。

汉姆微微摆动了一下脑袋，似乎在说，她在后面。这时，皮果提先生把蜡烛从窗前取下，剪去烛芯，放到了桌上。随后给火炉拨火去了。

汉姆说话了：“卫少爷，你能不能出来一会儿，爱米丽和我有东西要给你看。”

我们都起了身。当我走到门前近眼看到他时，他那苍白的脸吓了我一跳。这时，他连忙把我拉到屋外，关上了门，只剩我们俩。

“怎么了，汉姆？”

“大卫少爷！”他哭了，哭得那么令人心碎！

他这一哭让我有点不知所措，只能站在那里愣愣地看着他。这一刻，我不知道我在想什么，也不清楚自己在担心什么，只是一直愣愣地看着他。

“汉姆，可怜的人！告诉我到底发生了什么事！”

“我深爱的人——她是我的希望和骄傲，那个我愿意为她死的人——她已经走了！”

“走了？”

“是的，爱米丽已经走了！哦，少爷，想一想吧，想想她是如何逃走的吧，我是多么希望在她遭遇那毁灭与耻辱之前，仁慈的上帝就能结束了她的性命啊！”

他把脸转向那纷乱的苍穹，紧握的双手不停地颤抖，身体痛楚地扭曲，直到现在，他还与那荒凉的原野一起留在我的记忆里。在那里永远是那么昏沉，而他仿佛是那唯一的活物。

“你学识渊博，”他的声音在颤抖，“什么是对，哪些是最好的，你很清楚。告诉我，大卫少爷，进门之后我该如何开口啊？”

门动了，我下意识地去握住门闩，想去争取一点时间，但是太晚了。即使我能活五个世纪，恐怕在皮果提先生开门的那一刻脸上所起的变化我都忘不了。

进屋后，便是一阵哀哭与吼叫，她们站在皮果提先生旁边，很无助，很彷徨。我手中拿着汉姆给我的信，而皮果提先生则撕碎了背心，散乱着头发，脸色苍白，嘴唇发紫，口中喷出的血早已流到了胸口，愣愣地坐在那里看着我。

“念吧，少爷。”他的声音很轻，但很明显能听出他的声音在颤抖，“不过，别太快，我担心自己会听不太明白。”

在这如同死一般的沉寂中，我开始举起那张墨污的纸，念了起来。

“当你（你对我的爱早已超越了一切，纵使在我还清白的时候）看见这封信的时候，我已走远。”

“我已走远。”他缓缓地重复着，“停一下！爱米丽已经远去了，啊！”

“清早，当我离开我那个亲爱的家时——我那个亲爱的家啊——哦，我那个亲爱的家啊！”

信是前一天晚上写的。

“我便决定不再回来了，除非他把我以阔太太的身份请回来。或许，会过很多小时你才能见到这封信，那时恐怕已经入夜，我早已远去。哦，我希望你能够了解我是多么的心痛，我希望那个被我伤害到无法原谅我的程度的你能够了解我是多么地心痛。我的罪过太重了，已经没有再写下去的意义了。哦，拿我的缺点来安慰自己吧。哦，一定要代为转告舅舅，我对他的爱从来都不及现在的一半那么多。哦，不想去回忆过去大家对我的好，也不要想我们已打算举行的婚礼，就当我已经死了，在幼年的时候我已经死了，已经被埋葬了。哦，上帝啊，保佑我的舅舅吧！告诉他，我从来都不及现在一半爱他。替我好好安慰他吧。去找一个好姑娘，一个能够照顾舅舅，能够配得上你，一心一意对你好的姑娘吧。以后，我会每天都跪拜上帝，愿上帝保佑每一个人，把祝福送给除了我以外的每一个人。最后，我对舅舅献上我的爱，把我的泪水和谢意献给舅舅。

写到这里，她停了笔。我读完之后，他一直都在那里愣愣地看着我。后来，为了能够让他冷静下来，我走到他跟前握起了他那双冰冷的手。他对我说："谢谢你，少爷，谢谢！"并未有任何移动。

当汉姆对他说话时，对于汉姆的痛苦，皮果提先生是看在眼里，痛在心里。于是便紧紧握住汉姆的手，但是他仍然没有丝毫的移动，也没有人敢去打扰他。

最后，他终于从我的脸上慢慢地移开了眼睛，似乎刚从梦中醒来一样，四处张望，低声问道："那个男的究竟是谁？我想知道他是谁。"

汉姆扫了我一眼，那眼神令我不觉地感到一惊。

"这个人似乎很有嫌疑，他是谁？"皮果提先生问。

"大卫少爷！"汉姆带着一种哀求的语气说，"你先出去一会儿吧，等我对他说完你再回来。不应该让你知道呢，少爷。"

我又是一惊，往后退了一步，碰到了一把椅子。那时，我想说些什么，但却又开不了口，眼前也模糊了。

"他究竟是谁？"一个声音在我耳边响起。

"以前，"汉姆吞吞吐吐地说，"有一个仆人和一个绅士经常来我们这，他们是主仆关系。"

皮果提先生站在那里一动不动地看着他。

“就在昨天夜里，有人看见他跟我们那可怜的姑娘在一起。这一个多星期以前，”汉姆说，“我们都以为他早就走了，其实，他就藏在附近。离开这里吧，大卫少爷！”

我感到我的脖子被皮果提的胳膊围住了，但是，即使这整个房子倒在我身上，让我移动，我也办不到啊。

“就在今天早上快要天亮的时候，镇外的那条诺维奇大道上停了一辆很奇怪的马车。”汉姆继续说，“那个仆人向马车走去，又折了回来，然后又走了回去。当他回去时，爱米丽和他一起走向了那辆马车。撤离的那个人就是他！”

“上帝啊，”皮果提先生把手向前一推，向后倒退了一步，似乎是在阻拦令他感到害怕的东西一般，“千万别告诉我，那个人是斯梯福兹？”

“大卫少爷，”汉姆上气不接下气地说，“这与你无关，我一点也不怪你，但他真的是斯梯福兹这个无恶不作的畜生。”

此刻，皮果提先生没有声音，没有泪，甚至连动都没动一下，就这样一直到他似乎再次从噩梦中醒过来。随后便走到墙角，取下了那件挂在钉子上的粗毛外衣。

“过来帮我一下吧！现在我连穿上它的力气都没有了。”他很烦躁地说，“过来帮我一下啊！”当有人帮他穿上了之后，他说，“顺便把那顶帽子递给我。”

汉姆问他去哪。

“去把我的外甥女找回来。把爱米丽找回来。但是，恐怕我得先去把那条船凿沉，因为我还有思想，一想到他的所作所为，我非淹死他不可！如果他现在就在我的面前，”他疯狂地挥舞着拳头说，“如果他现在就坐在这里，和我面对面，就算你们把我打死，我也非淹死他不可！我这就去把我的外甥女找回来。”

“去哪找呢？”汉姆来到门前拦住他叫道。

“无论去哪儿，就算走遍这整个世界，我也要把她给找回来。我那个受了侮辱的可怜的外甥女哟，我要找回来，别拦着我！我告诉你，我要去找她！”

“别去，别去！”高米芝太太哭喊着闯进他们中间，“别去，千万别去，丹尼尔。你现在这个样子，如何能去？等一会儿，等你恢复了力气再去找她吧！我的孤苦无依的丹尼尔哟！现在这个样子，你怎么能去啊？坐一会儿吧，饶恕我以往拿一些我的不如意去苦恼你的行为吧，和这个比起来，我的又算得了什么呢？丹尼尔，想想当初你是怎么收留我们的吧，那时她和汉姆都是个孤儿，而我也只是个孤寡的老太婆，想想吧，它能让你那可怜的心变软呢。”她把头靠在他的肩上说，“想一想那个时候吧，那样你可以减少些痛苦，因为你常说‘在我的屋檐下，我不允许有任何人欺负你们，因为那就是和我作对’。这么多年以来，这里就是我们的家啊！”

这时候，他安静了下来，当我听见他的哭声时，我是多么想跪在他面前。因为自己所引起的破坏而向他忏悔，并且去诅咒斯梯福兹，当他破涕为笑时，我那充满伤痛的心也随他一起解脱了，但是我却哭了，真诚地哭了。

第三十二章

在我是自然的心情，推己及人，我想其他人大概也是很自然的，因此我不怕坦诚相告，我对于斯梯福兹的爱，没有任何时候比我与他感情破裂时更强烈。当我发现他的缺点时，我感到那般痛苦。但我更想念他的优点，回忆他的好处，甚至对于他那能够成为高尚而伟大的人物的性格。此刻，比起往日最崇拜他时更觉得可能。他破坏了一个诚实家庭的安宁，虽然我深切地感觉到我那出于无心的责任，但是我想，如果此刻他就在我面前，我也不会说出哪怕一句带刺的话来。我依旧那么喜欢他——虽然我对他已不像往日那么迷恋——永远都不会忘记曾经对他的爱慕，甚至会像一个精神受挫的孩子一样怀着一颗软弱的心去幻想能够与他言归于好的念头。但是，我从来不曾有过那个念头，正如他早已预料，我们之间已经完了。我从不知道，他对于我是怎样一个记忆——也许非常浅显，对于他的记忆，我却像是对一个死去的好友一般，记忆鲜活。

是的，斯梯福兹在这可怜的传记的舞台上永远地被除了名！

但最终在评定孰是孰非时，指出那些反对你的证据，也许是我的悲哀，但是我也不会盛气凌人或是严词责问。

消息不胫而走，次日清晨，当我来到街上时，发现许多门户前聚集了许多人，都在谈论这些事。主要是在骂她，骂他的人很少，但是人群中，却弥漫着一种——对她的第二个父亲和她的未婚夫——仁厚和体贴的尊重。当那两个人来到海滩上散步时，远远望见他们的那些渔民都会自动离开，三五成群地站在一起，互道惋惜。

在一处近海的沙滩上，我见到了他们。即使皮果提先前不曾告诉我说，他们俩整夜都只是坐在那里不曾入睡，我也能从他的面容中很轻松地看出这一点——疲乏！经过那一夜，现在皮果提先生的头低得更厉害了，这么多年来还是第一次见，但是他们的此刻看上去如同海——那一刻，海风平浪静地横在天空下，但表面那种沉重的起伏如同它在呼吸，并且与那太阳发出的金灿灿的光线水平相接——一样严肃，一样庄重。

“我们已经，少爷，”当我们静静地走完一段路之后，皮果提先生开口对我说道，“反复讨论过，现在至于哪些我们该做，哪些不该做，我们已经很清楚了。”

此刻，我偶然看见正在眺望那波光粼粼的海面的汉姆，心中顿生一种恐惧，他脸上并非充满了某种坚定的决心，我想如果一旦被他遇见斯梯福兹，他非结果了他不可。

“少爷，在这儿，我已经尽了我应尽的责任。现在我决定去找回我的——”他停了片刻，坚定有力地说，“我要找她回来。那将是我永远要尽的责任。”

当我问及他将从什么地方开始寻找时，他摇了摇头，随后问我明天是否动身回伦敦，我告诉他说我今天之所以留下是怕失去任何能够帮助他的机会，然后告诉他，如果他也想去伦敦，随时都可以陪他去。

“我要与你一同去伦敦，如果你觉得方便，那就明天吧。”

我们又静静地走了一段路。

“汉姆会把他的工作持续下去，陪我妹妹一起过。至于那条旧船——”

“你打算抛弃吗，皮果提先生？”我轻轻插嘴道。

“我现在的责任，大卫少爷，”他回答说，“已经不再停留在那里了。但是自从海面开始被黑暗所覆盖，同时也淹没了一些船只，那条船早就应该被黑暗吞并了，但是，但是大卫少爷，我不会抛弃它，永远不会。”

接着又沉默地走了一段路，随后他解释道：

“我的愿望是，少爷，无论是白天还是黑夜，夏季或是冬季，那条船都永远保持它的原貌，不让她感到陌生。万一哪天她流浪归来，我不想让它带着任何拒绝她的样子，而是以它原来的面貌出现在她的面前，让她不禁想要走近它，或许像一个鬼魂一般，从风雨中透过那个旧窗子，偷偷看一眼那挨近火炉旁的老座位。那时，也许当她看见只有高米芝太太在场的时候，她或许会鼓起勇气走进去，来到她的床上躺一会，让她那疲乏的身躯静静地躺在那过去曾令她愉快的地方，让她休息一会。”

那时，虽然我很想说，但是我还能说什么呢。

“每个夜晚，那个旧玻璃窗前都会立着一支蜡烛，如果她能够看见，它就会对她呼唤：‘回来吧，我的孩子，回来吧！’夜幕降临，如果有人在敲你姑妈的门——尤其是那种轻轻地敲——汉姆，你别去开门，让她去——你别去——接见我那堕落的孩子！”

一连几分钟，他都走在我们前面，在这其间，我又看了汉姆一眼，脸上依旧是那表情，那眺望海面的眼神没有丝毫改变，这时，我轻轻碰了他的胳膊。

我喊了他两次，如同在喊一个沉睡的人起床一般，当他注意到我时，我问他究竟在专注什么事。

“想我面前的事，大卫少爷，想那边。”他胡乱地向海面指着。

“想前面的事，你的意思是？”

“大卫少爷，其实，我也不大明白这到底是怎么一回事，我不过觉得从那边来的——似乎就是那个结局。”他看我的眼神似乎刚睡醒一般，但依旧是那么坚定。

“什么结局呀？”我不解，甚至有些恐惧。

“我也不知道，”他若有所思地说，“但我想，一切都是从这里开始的，那么结局也会随之而来。但是，已经完了，少爷，”他补充说，据我估计，他大概是在回答我刚才的不解，“你无须为我担忧，我只不过是有点迷糊而已，没有什么感觉。”可以看出他失了态，已非常混乱了。

皮果提先生在前面等我们，我们迎面赶过去，都没有说什么。但是，对于这种情形伴随之前发生的一些事，会经常跑出来苦恼我，一直到那无法挽救的结局在命中注定的时刻到来时，才告终。

不知不觉间，我们已经走近了那条旧船，便进去了。那时高米芝太太却是在忙碌着准备早餐，并非如同往日一样坐在那个角落里皱眉。见我们进来，便接过皮果提先生的帽子，替他摆弄好座位，对他说话的语气是那般柔和、愉快，这让我惊讶，还以为认错了人。

“丹，我的好人，”她说，“你必须得吃饭，必须得保持体力，因为如果没有力气，你什么也做不了。吃点吧，那才是一个好人！如果我的罗道，”（她是指啰唆），“让你心烦，那么，就直接告诉我吧，我可以改的。”

她给我们大家送上了早餐之后，便去了窗子边，在专心致志地为皮果提先生缝补那些破损的衣服，整整齐齐地叠好，放进一个水手用的油布袋。同时，又用温和的语气说：

“在任何时候，任何季节，丹，”高米芝太太说，“我都会留在这里，以后我所做的事都会顺着你的意思。我没多少知识，但是，当你出门在外的时候，我会经常给你写信的，你也可以给我写信，告诉我旅行中你那孤苦无依的情形。”

“我担心，在这里，你即将成为一个孤单的女人了。”皮果提先生说。

“不，不会的，丹，”她说，“我不会那样的，你也不必担心我。我还有很多事要做，我会为你打理好这个家，等着你回来——为任何回来的人打理好这个家。”

这么短的时间，高米芝太太竟会有如此大的变化，完全变了一个人！此刻，她是那么热心，明白什么应该说，什么应该绝口不提，那种忘记自己，关怀别人的精神确实令我敬佩。那一天，她竟坚持做了那么多完全非她所能胜任的工作，为所有不必要的事跑进跑出，搬桨、帆、虾罐、沙囊、绳索、木材，将诸如此类的物体从沙滩搬回屋内，虽然这些事可以花点小费请海滨的人代为搬运，但是她却坚持自己做。在同情中保持同等的愉快，这也是她令人惊奇的一个改变。另外，似乎她已经忘却了自己的不幸，唉声叹气，怨这怨那是绝对没有的。在那一整天，直到黄昏前，我都不曾见过她流过一滴泪，甚至没有听到任何颤抖的声音；当皮果提先生疲倦地沉睡过去时，她把我拉到门口，按捺着呜咽和啜泣对我说："愿上帝保佑你，大卫少爷，也爱护那个可怜的人吧！"说完便跑出去洗了把脸，然后安安静静地坐在他身旁，好让在他醒来之后便能够看见她在工作。简而言之，当那晚我离开时，我从高米芝太太身上得到的教训，以及她给我的经验，是我受用不尽的。

九点过后，当我怀着一种忧郁信步走过市镇，来到欧默先生家门口时，约拉姆太太对我说，她父亲对此事很关心，也很苦恼，不吸烟就能睡着了。

"一个不诚实的恶毒的丫头，"约拉姆太太说，"从来，她就没有一点好的地方！"

"别这么说，"我接过来说，"你不会真的这么想吧？"

"我是这么想的！"她很愤然。

"不，不！"我冲她吼道。

她拼命地摇头，想要做出一副非常苛刻的样子来，却又压制不住那颗柔弱而富有同情的心，于是便哭了起来。我感觉这同情对于贤妻良母的她来说是非常适合的，同时，也为这份同情而更尊重她。

“她想干什么呢！”明妮呜咽道，“她打算去哪里呢！她想要什么样的结局呢！哦，她又怎么可以如此残忍地对待自己，对待他呢！”

看见小明妮，我又记起约拉姆太太年轻漂亮的时候了；我想她大概也记起了吧。

“我的小明妮，”约拉姆太太说，“总算是睡着了。刚才在梦里还哭着喊爱米丽的名字呢。整整一天了，她哭了整整一天，反复地问我同样的问题，到底爱米丽是不是坏人。我该怎么对她说呢？前天晚上爱米丽还把系在脖子上的那个结子解了下来系在小明妮的脖子上呢，甚至还陪她一起枕在一个枕头上，直到小明妮熟睡呢！小明妮的脖子上现在还留着那个结子呢。这也许是不应该的，但我又能怎么办啊！爱米丽的确很坏，但是她们相亲相爱。孩子什么都不知道啊！”

最后她的丈夫终于出来安慰他那激动的妻子了，于是我便离开他们向皮果提家走去；那时我的忧郁更加沉重了。

而现在，皮果提家中除了她雇用的一个老女人之外，别无他人，她自己此刻正不顾近来的烦恼和多夜的失眠，打算陪她哥哥到次日早晨。至于，那个老用人，我并不需要她的任何效劳，于是便顺着她的心意将她打发去睡了，而我则是坐在火炉前回想近日所发生的一切。

当我从巴吉斯临终时一直想到汉姆以那坚定的眼神眺望海面时，我被一声敲门声拉了回来。这个声音明显不是那个敲门锤（为来访的人预备的）击打出来的，而是一只手，一只很低的手轻轻敲出来的，从门上很低的地方发出来的。

这个声音着实令我吃了一惊，如同是贵人的门上响起了一个下人的敲门声。我打开门，下意识地向下看，让我感到惊讶的是眼底是一把伞，一把会独自走动的伞。后来才发现伞下的莫奇小姐。

她用了那么大的力，也无法收起那把伞，于是便递给了我，如果她在转向我时仍然带着上次我们相见时给我留下深刻印象的轻佻的表情的话，我大概不会很客气地接待她，但是，当她是那般苦恼地交叉着自己的双手，又用那般诚恳的脸面对我的时候，这让我转变了刚开始的想法。

“莫奇小姐！”我向那条空荡荡的街道上四处张望，却并不知道自己想要看什么，随后说，“你怎么来这里啦？有什么事吗？”

她举起那条极短的右臂对我示意，让我帮她收起那把伞，随后便匆忙从我的身旁经过，直接去了厨房。我关上门，跟了进去，那时她已经坐下，在炉栏拐角——那个铁栏很低，顶上摆着两块平板，上面放了一些碟子——的那个汤罐的阴影里坐着，前后晃动着身体，像遭受了痛苦一般在膝盖上来回搓着手。

当时，我成了这不合时宜的访问的唯一接待者，而且又旁观了她这一奇怪的行为，因此不免有些惊慌。于是，叫道：“莫奇小姐，请告诉我，到底出了什么事！你是不是生病了？”

“我亲爱的年轻人，”她把双手交叉按在心口说，“我是这里生了病，而且病得不轻。我竟没想到事情会发展到这种地步，如果我稍微思虑一下，那么我便可以看穿，而且能够去阻止它的发生呢！”

她是那么来回摇晃着自己的身体，她把那顶大帽子（这与她是极不相称的）跟着她前后摆动着，墙上那顶帽子的影子也做着与之相同的动作。

“见你如此难过，却又极为认真，这让我很吃惊。”——说到这里，被她拦住了。

“没错，是这样！当你们这些发育健全，无忧无虑的年轻人见到像我这样一个小东西，吃惊是必然的！拿我当玩偶，寻开心，厌倦的时候，就将我一脚踢开，却又奇怪我为什么能比一个木偶或木兵拥有更好的感觉！是的，没错，就是这样子。老样子！”

“对别人来说，也许是那样，”我接过来说，“但是，我可以向你保证，我绝不是那样的。也许见到你现在这个样子，一点也不会感到惊讶，因为我对你了解实在是太少了。这些倒是我的真实想法。”

“我又能怎么办呢？”那个小女人站了起来，伸出胳膊来表达自己，“看嘛！我是个什么样子，我父亲，弟弟，妹妹都是这样。这么多年来，我都是为弟弟和妹妹工作——辛苦啊，科波菲尔先生。但是我们得生活啊，我无害于别人。如果有那么不加思考，那么残忍，来拿我寻开心，那么我除了陪他们开玩笑，拿他们来开玩笑，开其他一切东西的玩笑，我还能怎么办呢？如果那时我那样干，这又是谁的错，我的吗？”

不是，我知道这不是她的错。

“如果，在你那位虚伪的朋友面前，我把自己表现成一个敏锐的矮子，”那个小女人带着憎恨的眼神对我摇了摇头说，“你以为他会给我多少好意和帮助吗？如果小莫奇（年轻的先生，她的身材并非是自己造成的）将她自己的不幸向他或他一类人诉说，你猜什么时候，他们才能听见她的小声音呢？虽然小莫奇困苦，愚蠢，尽管她只有二尺之躯，她也得活下去啊！但是她不能那么做。不！到死，她也不会得到奶油和面包呢。”

她又坐到炉栏的拐角了，掏出了一条小手巾擦拭眼睛。

“如果富有同情心（我相信你有），那么应当为我感谢上帝，”她说，“虽然在你们眼里我是那样一个女人，当然我也很明白这一点，但是我却能快快活活地承受这一切。不管怎么说，我得感谢上帝，因为从生活中我发现一些为人处世的小技巧，不用去领受别人给我的施舍；当然，对于那些别人因愚蠢或虚荣抛给我的嗟来之食，我的回敬也不会很客气。如果我衣食无忧，这固然很好，对于别人也不会更坏。如果在你们这些巨人眼里，我是一个玩偶，那么在玩弄我的时候稍微宽厚一些吧。”

当她把那条小手巾放回口袋之后，用一种很庄重的眼神看着我，继续说道：“刚才，我在街上看见了你，但是你应该能够想象得到，我腿短，步伐小，没有你那样的速度，根本就赶不上你；但是我早已猜出你会来这里了，只是那个好女人不在家。”

“你和她认识吗？”我问。

“对于她，我主要是从欧默–约拉姆公司听说的，大约早晨七点钟的时候走过那里。还记不记得，上次在旅店，与你们想见时，斯梯福兹对我聊起的那位不幸的姑娘吗？”

当她提及这个问题时，墙上的那个影子随着她头上的那顶帽子又开始前后晃动起来。

对于那天的情形，我曾想过那么多次，当然也就记得很清楚。

“但愿他遭殃，”那个小女人在她那放光的眼前伸出她的食指说，“希望那个恶棍遭十倍的殃；但是我过去一直想，那个对她怀有幼稚爱情的应该是你呢！”

“我？”

“幼稚，孩子气！”她前后摇摆着身体，扭着自己的手说，“为什么你会那么赞美她，甚至还脸红，很激动的样子？”

我不能对自己隐瞒，我曾经的确那样过，但是与她所猜想的理由有很大的不同。

“我知道什么？”莫奇小姐说。她又掏出那条小手巾，不停地跺脚，每跺一次便要将小手巾披在眼睛上，“看得出来，他是在妨碍你，欺瞒你；看得出来，在他手中，你就是一块柔软的蜡。那天，我不是离开了房间一小会儿吗？你猜怎么着，‘小天真’（他竟这样称呼你，今后你就叫他‘老贼好了’）被她迷上了，她似乎也犯糊涂了，决心去爱他，因此他的主人才决心要去挽救你们——这全然是为了你，而并非是他自己——这便是他们来这里的主要目的。对于他的话，我不敢有半点怀疑啊！当时，斯梯福兹大加赞赏她，以此来让你高兴！你是第一个提起她的，你也承认小的时候就非常喜欢她。当我对你提起她的时候，你是一会儿热，一会儿冷，脸色时而红，时而白。当时我认为，你太年轻，过于放荡，缺乏为人处世的经验，而你的朋友却很能以为了你的好处——应该说是幻想——轻松地掌控你，除此之外，我还能怎么想，我应该怎么想？哦！哦！哦！他们害怕我能够洞穿他们的心思，”说着便起了身，挥舞着短臂，苦恼地走来走去，“他们利用我的乖巧——我必须得这样，因为生计——结果把我彻底给骗了，我代他们向那个可怜的姑娘投递了封信，后来，我十分相信，她与李提默搭上话，正是由于这封信引起的！”

我站在那里，看着莫奇小姐说出这一切违反信义的行为，惊得半天没回过神来。她只是一味地来回走动，最后终于开始喘息时才又坐了回去，掏出那条小手巾擦着脸上的汗；有很长时间，她只是摇头，没有其他任何动作，也未曾有要打破寂静的迹象。

“前天晚上，”我终于开了口，“当我来到诺维契的时候，偶然发现他们将你丢了下来——这让我感到诧异——很诡秘地来了又去，当时，我就怀疑有些不对劲了。昨天夜里乘车往这里赶，今早才下了车。哦，哦，哦！已经太迟了！”

可怜的莫奇小姐！那么激动地哭过之后，突然间变得那么冷淡，转过身，将她那可怜的冰冷的小脚架在火炉架上取暖，像一个木偶一样对着火发呆。那时，我坐在她对面的一把椅子里，很惆怅地回想着这一切，时而看火，时而看她。

“我该告辞了，”她说着便起了身，“已经很晚了。你不会对我的话有所猜忌吧？”

她是那样锐利地看着我，对于她那样短短的要求，我又怎能很坦白地回答一个不字呢！

“嗯？”她借助我的手越过炉栏，然后若有所思地看着我说，“如果我是一个长短合度的人，我想你就不会对我有所猜忌了吧！”

我觉得她说这句话时夹杂了许多感情，同时，也觉得惭愧。

“你还年轻，不妨听一听我这三尺之躯的人一句劝告。我亲爱的朋友，如果你没有确切的理由，最好不要把身体上的缺陷想象成精神上的缺点吧。”

随后，便越过了那个炉栏，同时，我也跨越了对她的猜忌。对她说，我相信她对我说的情况，而且我们都成了别人手中的棋子，受了狡猾之人的愚弄。她谢过我，并且说我是个好人。

“那，还有，”她从门口转过身来，举起食指锐利地看着我说，“从他们的谈话中——我的耳朵无时无刻不在敞开，我不能让我的官能遗弃不用啊——我感觉，他们已经出了国。只要他们回来哪怕只有其中的一个，只要我还活着，没人会比我——一个四处奔波的人——更早地知道此事。当然，不管我知道了什么，我也会想方设法通知你知道。如果我能够为那个可怜的上当受骗的姑娘尽点力，只要上帝高兴，我一定会尽力去做！至于那个李提默，除我之外能再被一条猎犬缠住那才好呢！”

当我看见她说出最后一句话时所露出的神气时，不禁对她产生了更深的信任。

“对我，和那些长短合度的女人一样，不要给予太多的信任，也不要给予过少的信任，”那个小人儿拍着我的手腕祈求道，“当你再次见到我的时候，如果你发现和你第一次见到我一样，而并非今天这个样子，那么请你一定要注意我是在什么场合。你要知道，我是一个没有保障也无力改变一切的一个小东西。但是，想一想，当我在完成一天的工作之后，在家中陪伴和我一样的弟弟妹妹的情形吧，那时，你也许不会对我太过于苛求了，当然，对于我今天的悲伤与认真的态度，你也就不会感到奇怪了。再见吧！”

我怀着与以前大不相同的见解与她握了手，随后为她开了门。撑起了那把伞，费了好大劲才让她掌握了平衡，见她在雨中一颠一颠地向街上走去。除非雨水冲力将伞面打向一边，使得莫奇小姐猛烈地挣扎着将它扶正，否则你会以为一把伞在大街上飘荡呢。有那么一两次，我冲出去想要帮她，但是在我未近她身之前，那把伞像一只大鸟一般跳跃开去，所以帮忙是徒劳的，于是我便进了门，躺到了床上。

一觉醒来已经是清晨了，皮果提先生和我的老保姆已经来接我了，高米芝太太和汉姆也早已等在车站为我们送行了，于是我们便动身出发了。

“大卫少爷，”当皮果提先生将他的提包安置在行李中间时，我被汉姆拉到了一边，低声对我说道，“现在，他的生活已经乱了套，毫无章法可循。他连去什么地方都不清楚，甚至不知道他面前会有什么在等着他；除非他找到她，否则，他会这么一直漂泊下去。请你好好照顾他吧，大卫少爷。”

“放心吧，我会照顾好他的。”我亲切地握住他的手说。

“谢谢，非常感谢你，大卫少爷。另外，还有件事要拜托你。我想你也知道，现在，我有稳定的收入，又不急着用钱；如果不是为了生计，钱对我来说就是一堆废物。如果这些钱能够用在他身上，那么我做起事来也格外用心。话虽如此，少爷，”他平静而温和地对我说，“但是你可以相信，无论如何，我都会尽全力去做事，要活得像个男人！”

我对他说，我相信这些；同时，也对他说，我希望他的那种孤独能够早些结束。

“不，少爷，”他摇了摇头，“对我来说，那一切都已成为过去，我心中的那个缺憾除了她之外，没人能够填补。把这笔钱带上，他总会用得上的。”

我答应了他，同时提醒他，皮果提刚从他的妹夫那继承了一笔不多却很固定的收入。接着，我们便互相道别了。就算是现在，当我与他辞别时，恐怕我也会带着一种悲痛想起那时代所节制的忍耐和深重的愁苦。

至于高米芝太太，我根本无法描写出她是如何含着泪，如何望着皮果提，追着马车，又是如何，又是如何地与行人冲撞的情形，这实在是一件极为困难的工作。因此，只好让她戴着那顶变了形的帽子，跷着一只脚坐在一个面包店的台阶上，带着气，没再去管她了。

到站之后，首先要做的就是，为皮果提和她的哥哥找一个住的地方，安顿下来。很幸运，在与我的住处相隔两条街的地方，在一家杂货店的楼上找到一间干净又便宜的地方，租下那间房之后，我去一家饭馆买了一些凉菜，随后便带着他们去了我的住处。我的这一举动并没有得到克鲁普太太的赞许，甚至达到了一种完全相反的结果。起因是，皮果提在坐下不到十分钟的时间内，便折起丧服，开始帮我们打扫卧室，这可把克鲁普太太惹怒了。在她看来，这似乎是抢了她的工作，而且近乎失礼，而且据她说，她最不能容忍的就是别人的失礼。

在来伦敦的途中，皮果提先生对我说，他想去拜访斯梯福兹夫人，对他的这一想法，我并没有想到意外和不安；反而，我觉得应该去帮他，同时作为他们之间的调停人。因此，我便给那位母亲写了一封信，言辞极为温和，没有带上丝毫伤害她的语气告诉她，他所受到的痛苦，以及这其中我应尽的责任。我对她说，他地位虽然如此卑微，却高尚，正直；最后我希望她能够接见，此刻正处于苦恼中的他，时间我定在下午两点。最后，我把信交给最早的那班车带去。

在信中约定的时间，我们准时来到那个门口——在那里，几天前，我们还是那么快活地待在一起，将我那与人无争的书生意气以及那热情洋溢的深厚情谊，流露得那样彻底，而现在我却被拒之门外；此刻它对我来说，一是一处废墟，一个残迹。

开门的不是李提默，而是在我上次拜访时就已经代替李提默的那个轻松愉快的面孔。走进客厅，斯梯福兹夫人早已坐在那里，而洛莎·达特尔小姐，则迅速地溜到那一头她的椅子后。

就斯梯福兹夫人脸上的表情来看，恐怕她早已在她儿子那得知他的所作所为了，她的脸色是那般苍白，似乎已经远远超越那封信所引起的恐慌了。更何况，她的爱子之心，肯定会削弱我那封信的可信性，此刻，我感觉到那封信是那样的苍白无力，比这更令人可怕的是，斯梯福兹夫人与她儿子相像的程度，我恐怕皮果提先生也意识到了这一点。

她笔直地坐在她的靠背椅子里，冷静，坚定，严肃，似乎不能被任何东西所惊扰，当皮果提先生站到她面前时，她很犀利地看着他，他看她的眼神也丝毫不弱。而洛莎·达特尔那锐利的眼光将我们尽收于眼底。他们之间相互看了一会儿，没有说一句话，最后她示意皮果提先生就座。他低声答道："太太，我宁愿站着，坐在府上我觉得浑身不舒服。"接着又是片刻的沉寂，她终于开了口：

"对于你来这里的目的，我很清楚，也很抱歉。但是，我想知道，你对我有什么要求，你打算教我怎么做呢？"

他用胳膊夹着帽子，然后在怀里摸出爱米丽的信，打开，递给她。

"请你看看这个，太太。这是我甥女的亲笔信呀！"

她在看信时，是那般严肃，那般冷静，似乎对于信的内容完全无动于衷，看完之后，便递还给他。

"除非以阔太太的身份把我请回来，"皮果提先生把那句话指给她看，然后问道，"太太，我想知道，他会不会承诺呢？"

"不。"她说。

"为什么不呢？"

"这是不可能的，那样只会有辱他的名声。你应该比我清楚，与他比起来，她要卑微得多。"

"但是，你可以提高她的身份啊！"

"她没接受过多少教育，也没有文化，没有知识。"

"她或许是，或许不是，"皮果提先生说，"但是，我想，她不是，太太；同时，我也没有资格评判这种事。但是，你完全可以把她教育好啊！"

"我本不想将此事说得太明白，但是你一直都在逼我，那么我告诉你，撇开其他的不谈，就从她那些卑微的亲属来说，这事就永远办不到。"

"请听我说一句，太太，"他的语气很慢，很平静，"你知道如何去爱你的孩子，我也知道。我对她的爱已达到了极点，她能够顶得上一百个我自己的孩子。如果我拥有全世界的财富，我也会用它把她赎回来！只要能够将她从这耻辱中解脱出来，她跟我们生活在一起，看着她长大，受到我们的钟爱，我们可以顺着她的意愿，不去管她;宁愿她能够快活地生活在另外一片蓝天下，而我们只是心里总想着她，就足够了，情愿将她托付给她的丈夫——或者她的孩子们——一直到在上帝面前，我们都平等的时候。”

他的这些不太顺口的话似乎对斯梯福兹夫人产生了一些影响，虽然傲慢的态度没有丝毫改变，但是当她在回答他的时候，明显能听出一些柔和的味道了。她说：“我不去辩解什么，也不反对什么，但是我很抱歉，我不得不说，这是永远也办不到的。这样的婚姻，对小儿无疑是毁灭性的打击。这事现在办不到，将来也不可能办得到，没有比这一点更清楚不过的了。如果做什么能够弥补——”

“这让我想起了那张脸，”皮果提先生冷静而又带着一种激昂的神气插了嘴，“那张脸曾出现在我的家中，火炉旁——无所不在——对我微笑，友好的微笑，而实际上确是那般阴险，想起来，简直令人发狂。如果那张脸想要用钱来弥补我那受了伤的孩子的损失，那是绝对难以忍受的；如果这种话从一个女人的口中说出来，那更难以令人接受呢。”

听到这话，她顿时变了脸色，一道愤怒的红光布满双颊；双手迅速地抓起椅子，用一种盛气凌人的态度说：“你打算怎样弥补我和我儿子之间产生的这条鸿沟？你对她的爱，比起我对他的爱，算得了什么？你们的分离又怎么能与我们相比？”

达特尔小姐轻轻碰了她一下，低头劝解她，她却一个字也听不进去。

“别出声，洛莎！让我把话说完！我的儿子，从他小的时候起，只要是他要求的，我都会去满足，时刻为他着想，他就是我生命的全部。从他出世之后，我们便不曾分开过，但是，突然之间，他竟和一个如此卑微的丫头同居，将我抛开！竟然为了她，用欺骗报答我对他的信任！竟然为了她，把我抛弃！竟然为了那可耻的爱情，置他母亲于不顾！孝顺，尊敬，感恩，这些颠扑不破的义务，他全然置之不理！这对我，难道不是一种伤害吗？”

“洛莎，别出声！如果他能将他的一切都押在那个微不足道的对象上，那么，我也能为了一个更伟大的目的，押上我的全部。他可以随意去什么地方，带着那些过去我因为爱心而供给他的财产去吧！他想长期不归家来令我屈服吗？如果是那样，那么他也太不了解他这个母亲了。无论什么时候，只要他抛开他的痴情，那么我永远都会欢迎他回来；但是如果他不抛开那个女子，只要我还有一口气在，只要我还有举手示意反对的力气，那么我都不会让他接近我。除非彻底与她断绝来往，向我负荆请罪，否则他休想接近我！这是我的权利！这是我一定要求的忏悔。我和他发生分歧的根源就在这里！这，”她又露出那种盛气凌人的态度，“对我，难道不是一种伤害吗？”

当这个母亲在这些话的时候，我似乎听见也看见他的儿子正在与她顶嘴。过去，从他身上看到的那种刚愎自用的性格，此刻，在她身上也表露无疑；对他那种不适当的精力的认识，在她身上我也得到了认识；另外，我还看到，在某些强有力的动机点，他们是那么的相似。

这时，她按捺住自己，低声对我说，她希望能够尽快结束这次会谈，再这么说下去也是徒劳。说着便傲慢地站起身准备离开，这时皮果提先生便向她示意，她没必要这样。

“不要担心我会对你有任何妨碍，我要说的不多，太太，”他一边向门口走去一边说，“来的时候，我没有抱任何希望，所以现在离开也不可能得到任何希望。对于那些我觉得该做的我已经做了，而且我也从来没有幻想过像我这样卑微的人能够得到什么好处。可恶的一家，实在令人难以忍受，我还怎么能够幻想从中得到好处呢？”

说完，我们便离开了；而她则是站在那张靠背椅旁发愣，俨然一幅威严端庄，面目端正的画像。

出去之后，路过一道廊子，大理石的地面，两壁和顶子都安着玻璃，廊子的两壁攀缘了一些绿绿的葡萄藤。当我们经过那两扇通往花园的玻璃门的时候，洛莎·达特尔小姐轻轻向我们走来，低声对我说：

“你干得可真漂亮，居然把他带到这儿来。”

愤怒，轻蔑，竟是那般暴露在她那双深黑的眼睛中，愤怒和鄙夷竟那般集中地表现，即使是出现在那张脸上也是我意料之外的事。那个因锤子造成的伤痕，此刻在她那紧张而兴奋的脸上，竟是那般暴露。我盯着那个正在颤抖的伤痕时，她不禁举起手来，打它。

“他，应当被维护，应当被带到这里来，是吗？你干得可真漂亮！”

“达特尔小姐，”我回答道，“我想你应该不会不讲理，竟跑来责备我吧！”

“难道，你不知道他们都很顽固，骄傲，任性，他们都快要疯了，你怎么可以让这两个疯子相互离间呢？”

“这是我的过错吗？”我反问道。

“这是你的过错吗！”她回答道，“你怎么可以带他来这儿？”

“你还不知道吧，达特尔小姐，”我接过她的话说，“他曾经受了那么大的创伤！”

“但是，我却知道，詹姆·斯梯福兹，”她把手放在胸口，仿佛要压制住那里的暴风骤雨，不让它发作，继续说道，“生来就是一个虚伪的叛徒。至于这个家伙和他的那下贱的外甥女，我有什么必要去知道，有去关心他们的必要吗？”

“达特尔小姐，这样的伤害本来就已经够深了，而你，现在仍在加深！分别之前，我只想说，你实在冤枉了一个好人。”

“冤枉？我没有冤枉他，一群卑劣下贱的家伙，恨不得现在就能拿鞭子狠狠地抽她。”

皮果提先生一言未发，沉默地出了门去。

“无耻，达特尔小姐！实在无耻！”我愤怒地瞪着她，“对于他的创伤，你如何能够忍心践踏！”

“践踏？我恨不得践踏他们所有的人，”她回答，“恨不得拆毁他的房子。我恨不得在她脸上烙下印记，把她衣衫褴褛地抛到街上，活活饿死。如果我有权去审判他，我一定会狠狠地处置她。

我要这样吗？非这样不可！我讨厌她，恨她！如果我有机会去揭开她那丑陋的嘴脸，痛骂一顿，我一定会那么做，不管付出多大的代价，就算她进了坟墓，如果我能跟进去，我也会那样做的。临死之前，如果只有我说一句话才能让她的灵魂得到安息的话，而我恰恰又知道那句话，就算要了我的命，我也不会对她说的！”

她虽然如此激烈地表达自己的愤慨，却给我一种软弱的印象。其实，她不用把声音抬得那么高，像平常一样，甚至更低一些，也能够完全表达出她的全部慷慨。任凭我如何去描写，也不能完全表现她在我记忆中的印象，甚至不能表现出那种她发泄愤怒的全部态度。我记得各种各样的感情，但是像她这样的我还是头一次遇见。

当我追上皮果提先生的时候，他正慢慢地向坡下走去，一面愁容。走近他身边时，他便告诉我，在伦敦要办的事，现在已经办完了，他打算当晚便开始他的旅途。当我问及他准备去哪的时候，他的回答仅仅是：“我得去，少爷，找回我的外甥女。”

当我们回到杂货店的那间房子之后，当我对皮果提提起此事时，她反过来对我说，清晨的时候，他也对她说过同样的话。至于他要去的地方，她也跟我一样，知之甚少，但是，她相信，他已经计划好了这一切。

在那种情形下，我不想把她单独抛下，于是便留下和他们一起吃晚饭，主食是皮果提最拿手的牛肉饼。我记得很清楚，当时房间里除了牛肉饼的味道之外，还弥漫着茶、咖啡、干酪、面包、咸肉、蜡烛、酱油、核桃等奇怪的气味。晚餐过后，我们在火炉面前坐了一个钟头，但是大家都没怎么说话，随后，皮果提先生站起身，把他的油布袋和粗手杖都摆在了桌子上。

他从他妹妹手中接受了一些钱，作为巴吉斯临终前给他的那笔遗产，但是我想，这些顶多够他维持一个月，不过他答应说，有时他会给我写信。之后便背上袋子，拿起手杖和帽子，与我道别。

“我可怜的妹妹，愿你万事如意，”他抱着皮果提说，接着又握着我的手对我说，“你也一样，大卫少爷！就算走遍天涯海角，我也要找她回来——但是，这是不太可能的！——或者我找到了她，我是说，她和我要去一个没有非言非语的地方，一个甚至死后都没有非言非语的地方。万一我遭遇不测，那么，请替我告诉她最后一句话：“我会永远疼爱我那亲爱的孩子，我宽恕她了！”

他很严肃地说了这番话，随后戴上了帽子，下了楼，我们把他送到门口。那时，已近黄昏，气温适宜，尘土飞扬，在那通往大道的小径上，行人稀少，夕阳西下，红霞满天。他向那条街的阴暗拐角走去，消失不见了。每当这种黄昏来临时，每当我半夜醒来时，每当我看到月亮、星星，听见风声雨声时，那个孤苦无依的身影便浮现在我眼前，耳畔响起他的话：

“就算走遍天涯海角，我也要找她回来，万一我遭遇不测，那么，请替我告诉她最后一句话：‘我会永远疼爱我那亲爱的孩子，我宽恕她了！’”

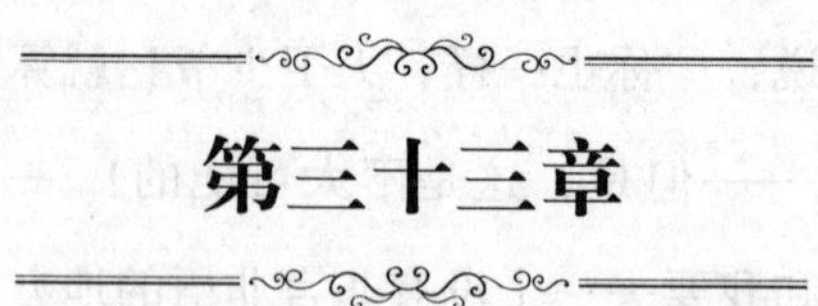

第三十三章

整个期间，我想我渐渐地爱上朵拉了，而且越来越甚。在我失望和苦恼的时候，她的身影便能给我安慰，甚至能弥补我对友谊的缺失。她的言行举止能带给我慰藉，尤其在我怜悯自己或他人的时候。朵拉就像高悬星空的星星，我在世界上所受的欺骗和苦恼越多，就越觉得她明亮、纯洁。她打哪儿来，与高级神灵有什么关系？我想我并无确切的概念。但谁要是怀着把她当做平凡少女的想法，我定会愤怒而轻蔑地驳斥他。

可以说我的朵拉勾走了我的魂儿，我整个儿地陷入了爱她的思绪中。形象点说，如果把我的爱可以比作水可以拧的话，那是可以淹死任何人的，而剩下的身里身外的水，仍够把我整个儿浸透。

回到伦敦，为自己着想，我做的第一件事就是夜间去诺伍德漫步。心里怀揣朵拉，就像童年怎么也猜不到的谜底一样，“围着房子四周转圈圈，却怎么也碰不到房子”。我相信这深不可测的谜底是高高在上的月亮。不管它是什么了，我的朵拉闹得我像受月亮蛊惑的奴隶一样，当真围着那所房子和园子足足转了两个钟头。我心神不宁——或是探头张望栅栏的缝隙里；或是使劲儿把下巴绕过锈了的钉子；或是给窗子里的灯光来个飞吻。还无厘头地拜托黑夜佑护好我的朵拉——至于佑护她什么，我就不得而知了。可能是保护她免遭火灾吧，也可能是保护她别碰到她所讨厌的耗子。

我对朵拉的爱强烈地占据着我的思想，对我来说，信任皮果提是自然而然的事。有个晚上，碰到她带着那套老工具在我的身边忙着清点我的衣柜。于是我借此机会含蓄地告诉了她我这天大的秘密。结果皮果提非常感兴趣。可我无法使她在这个问题上和我有一样的看法。她极力地偏袒我，完全不考虑我为何在这件事上感到恳心，并且提不起精神来。而她却说："那位小姐能得到像你这样的如意郎君只会感到满足。至于她的爸爸，"她接着说，"哎呀，那个男人还能怎么想！"

可是，我发现斯宾罗先生的代诉人的袍子和硬领把皮果提的气焰稍稍压低了点，使她对我眼中一天天净化的那个人的敬意不断增高。当他直挺挺地坐在法庭上，文书案件围绕在他的身旁，我觉得他就像静静的海中的一个小灯塔一般，周身发射一圈光辉。捎带说下，我坐在法庭上时，我记得我时常发问，如果那些愚痴的老法官和老博士认识朵拉，他们会关心她吗？如果他们能与朵拉结婚，他们会高兴得头脑发昏吗？如果朵拉的歌声能让我为她而疯狂，而那些愚钝的人们却不为所动。这种情形我怎么也想不通。

我鄙夷他们中的每一个人，他们都是美丽心灵的花园中无知而冷漠的老园丁。我对他们都怀有像深受其害的敌意。在我看来，审判厅不过是一个残酷的错误制造地。比起酒店，法庭并没有什么更多的温情和诗意可言。

我亲自处理皮果提的事，骄傲地证明了那遗嘱并没什么讹误。跟遗产税局商议好后，我带她去银行，没多久一切便安排妥当。为了调节情绪，让大家从法律的气氛中走出来，我们去海军街看一种冒汗的蜡像（都二十年了，我恐怕它们早已化了）；去参观林乌德小姐的展览会（其实是座刺绣的灵庙，我记得那里适于反省和忏悔），还浏览了伦敦塔以及爬圣保罗大教堂的屋顶。这些在当时都让皮果提尽可能地享受了其中的乐趣。但我觉得，只有在圣保罗大教堂才真正给她带来了乐趣。这是因为她与她那针线活的小匣子这么多年来的关系，她把圣保罗大教堂当成了她匣盖儿上图案的对手，觉得在某些方面，这教堂可不及她的艺术品。

皮果提的事（博士院俗称“例行公事”，办起来只是个程序问题）快办妥了，只剩下交手续费了。一天早上我带她去事务所，老提菲说斯宾罗先生带一个领结婚证的绅士宣誓去了。我知道他一会儿就回来，因为无论是主教代理事务所还是主教辅佐事务所都在这附近。于是我就叫皮果提在那儿等一会儿。

在博士院中工作，对于遗嘱事物，我们要像丧事承办人一样，见到服丧当事人时，我们习惯做出点悲伤的样子。同样，遇到领结婚证的当事人，我们也要跟着高高兴兴地接待。故此我暗示皮果提道，看吧，斯宾罗先生不会沉浸在巴吉斯先生去世的震惊和悲痛中，他会很快恢复的。果然如此，他进来时像个新郎一样心情愉悦。

不过我和皮果提都没心情去注意他，此时我们发现与他一道而来的是默德斯通先生。默德斯通先生的发髻像以前那样黑，那样密，样子没怎么改变，尤其他的那双眼睛依然叫人望而生疑。

“嘿，科波菲尔？”斯宾罗先生迎来，“我想你准是认得这位先生吧。”

我示意性地向他鞠了一躬，皮果提则只点了下头。见我们俩这样，他颇有一点尴尬。不过他又迅速向我走来以打圆场：

“我想，”他说道，“你过得不错吧？”

“你会感兴趣？”我回答道，“如果你一定要知道的话，就当很好喽！”

我们相互对视了一下，跟着他又找皮果提搭话。

“你呢，”他说，“听说你没了丈夫，我为此感到难过。”

“默德斯通先生，这又不是我平生头一回失去，”皮果提浑身颤抖起来，“但我希望没有人在这一件事中受到责难，也没有人需要为此负责。”

“哦！”他说，“想起来是令人愉快的。你已经尽力了吗？”

“我不曾伤害过任何生命，”皮果提说道，“默德斯通先生，没有！我为此感到快乐！我没有为难或是折磨过任何可爱的人，叫他们苦恼惊吓而死，这让我想起来就觉得愉快！”

他痛楚地——我想是吧，还有点懊悔地——望着她一会儿，然后转向我（并不看我的脸，只看我的脚）说：

“可能短时间内我们不会见面了——无疑，这是我们双方都满意的。因为这样的见面实在无法令人愉快。对于我为你好而实施的合法权利，你一直以叛逆的心理来面对。好了，我也不期望你什么了。我们之间彼此排斥。”

“这又不是一天两天的事了，你说呢？”我打断了他的话。

他用那双黑眼睛尽可能恶毒地看了我一眼，同时苦笑了下。

“这种心理侵蚀了你幼小的心灵，”他接着说，“它夺取了你那可怜母亲的生活乐趣。对，你说得也对，但我仍希望你会改正自己，让自己变好。”

他走进了斯宾罗先生的房间，至此事务所外部这个角落里小声的对话也就结束了。他圆滑地大声说道：

“干斯宾罗先生这一行的人知道这类纠纷的复杂性和难缠性，他见多了这类家庭纠纷。”他边说边付他的证书费。斯宾罗先生把那本叠得整整齐齐的证书递给他，说了些祝福他与夫人的客套话。默德斯通与他握了握手便离开了事务所。

听完他的一番话，皮果提怒不可遏（她是个好人，因为她发怒只是为了我），我好生劝她这里不便与他计较。如果说劝解皮果提是件容易的事，那么克制自己便是件很难的事了。她如此激动，此刻我愿用我亲切的拥抱来平息我们往日所受伤害的记忆，即便当着斯宾罗先生和那些书记的面。

斯宾罗先生好像并不知道默德斯通与我是什么关系，不过也好，因为想起我那可怜母亲受罪的过去，即便在自己心里默认他，也是难以忍受的。斯宾罗先生如果想过这个问题，他似乎只认为我姨奶奶是我们家的一家之主，还知道有个反叛派，是由另一个人领导的——这是我在等待提菲先生算皮果提账单手续时，至少从他话中得出的结论。

“特洛伍德小姐，”他说，“当然很坚定，她不会对反对她的人妥协，我欣赏她的品格。科波菲尔，我可要祝贺你，你站对了立场。亲人间的争论是令人惋惜的——不过很常见——关键是要站在有理的一方。”以我看，他是说要站在有钱的那一边。

“我想，这是段美好的姻缘吧？”斯宾罗先生说道。

我回答他说我对此婚姻并不知情。

“是吗？”他说，“据默德斯通先生无意透露的几句——这本是人在这种情形下常有的事——加之默德斯通小姐的暗示，我可以确定，这是段不错的姻缘。”

“先生，你是说有钱吗？”我追问道。

“是啊，”斯宾罗先生说，“听说有钱，长得也好看。”

“当真？那他那位新太太年轻吗？”

“刚成年，”斯宾罗先生说，“最近才成年的，我还以为他们在等着这一天的到来呢。”

“上帝救救她吧！”皮果提说道。她说话时语气是那样的沉重，那样出乎意料，弄得我们三个都很不安，直到提菲拿着账单进来时才缓解了场面。

不过之后老提菲就进来了，把账单给斯宾罗先生查看。只见斯宾罗先生把下巴缩进领子里轻轻地蹭着，带着不以为然的神气，一项一项地复核——似乎这都是约金士做的——完了，他叹了口气把账单还给了提菲。

“嗯，”他说，“算得不错，都对。科波菲尔，如果能如实开销收费的话，那我就快活得不得了。不过我们这行不便只顾自己的想法。这就是这种工作讨人厌的地方。哦，我还有一个合作人——约金士先生。”

听他这样温和地惆怅（意思是说完全免费），我把钱付给了提菲，并替皮果提谢了他。于是皮果提往寓所赶去，我则和斯宾罗先生一道去了法庭。在法庭上，我们根据一条巧妙的小法令（我见过几桩婚约因这个法令而无效，不过现在它可能废除了）处理一件离婚案，这条法令是这样的：一个叫汤马斯-卡雅敏的丈夫在领取结婚证的时候只用了汤马斯。他想，如果婚姻不像他所期待的那样美满，他就把卡雅敏隐瞒起来。后来他对婚姻果真感到不满，或者说对他的太太（无辜的人啊！）感到厌倦了。他在婚后一两年，让另一个朋友宣告他叫汤马斯-卡雅敏。这样他就未曾结过婚了。令他满意的是，法庭倒也承认了。

我一定要说，我很怀疑这种判决的严正性，即便那是能化险为夷的一斛小麦，也不能把我吓住，让我不再怀疑。

可是斯宾罗先生却与我争辩，他说，无论是世界还是教会，它都存在好的与坏的。这必然是一种体系的一部分，这没什么，你应该明白的。

如果我们早点起床脱下外套来工作，那么我们就可以把世界造得好一点。可是我没敢告诉朵拉父亲我的想法，但是我敢说我们是可以改良博士院的。结果斯宾罗先生却特别劝告我不要打这样的主意，因为这是不合乎上等人的身份，但他倒也愿意听一听，看看我认为博士院还有什么可改良的余地。

这时，法庭已承认了那人并未真正结过婚。我们离开法庭途经遗嘱事务局时，我便以博士院离我们最近的地方作为例子。我说，遗嘱事务局就是一个有奇特管理的机关。斯宾罗先生问我为什么这样说。我以尊重他所拥有的经验（其实是对朵拉父亲的尊敬更多些）的语气说，巨大的坎特布雷省的注册局，整整三世纪了，原本是为保存人们遗留下的财产的，实际上是一所随便的建筑物，并没有实现最初的目的。里面塞满了重要的文件，可是他们连基础的消防设施都没有。注册官为了自己的利益，还任意租用。实际上，注册局上上下下都被注册官当做图利的宝地。人们的重要东西被任意堆放，不闻不问，实在荒谬至极！他们从人民那儿榨取民脂民膏，投机倒把，每年能赚八九千镑（更不用说助理注册官和资历深的书记了），却舍不得花一分钱找一个稍安全点，像样点的地方把那些重要文件保存起来。这能说得过去吗？在这个机构里，冠冕堂皇拿高薪的人都是些专出风头却不干实事有头有脸的人，而那些在楼上又冷又暗的恶劣环境下工作的人，却是全伦敦市报酬最少，最受忽视，而又最干实事的人，这公道吗？那些本该为人民谋利的主任注册官，却利用职务，在拿干薪上大做文章（同时兼职教士及奉者，教堂执事等）——而人民反被抛在一边，每天下午局里忙碌的时候，我们总能看到这种状况，这似乎很不合乎礼法，我们也很好奇。一言以蔽之，坎特布雷教区的这个遗嘱事务所是个有害而无益的机构。要不是它躲在圣保罗教堂隐蔽的地方，像这样胡作非为的事业一定早就被人们闹得个底朝天。

谈论这个问题时，我的情绪越来越激动，对此斯宾罗先生只是微微笑了下，跟着像往常和我讨论问题一样，发表了他的看法。

他说，这到底算什么样的问题呢？这样的问题很主观。要是大家觉得自己的遗嘱很安全，认为事务局没有改良的必要的话，结果呢，谁也不会受到损失！至于那些拿高薪的人，对他们来说很好啊。那么好处占了优势！这个制度或多或少有不完美的地方，可是哪有什么完美的呢。不过他反对打楔子。对于遗嘱事务局来说，国家这一概念是光荣而神圣的，一旦把楔子打进了遗嘱事务局，国家的光荣也就荡然无存了。他觉得，明智的人应该以接受事物本来面貌为原则。他也坚信完美这一代会将遗嘱事务局会延续下去的。虽然我对此仍存有疑问，不过我还是听从了他的话。可是我发现他说得也有道理，因为这个机构别说是今天屹然巍立，就是十八年前的国会报告中，尽管它那样不尽如人意，也未能有人把它怎么样。我今天对事务局的意见在那份报告中都有。据那份报告，局里现存的遗嘱仅等于两年半的数量。那以前的遗嘱他们是怎么处理的呢？是不是丢失了很多？抑或卖给了奶油店了？我不知道，我也只能暗自庆幸我的不在那儿。愿主保佑我的遗嘱别那么快到那里！

这一章记的都是值得我高兴的事，它们也是值得记录的事。斯宾罗先生继续和我边说边散步，直到我们随便聊了点别的什么的。最后斯宾罗先生告诉我，再过一周朵拉过生日有个野餐会，当我听到他说要是我能参加他会很高兴时，我乐呆了。果然第二天我收到了一张花边小信笺，上面写着“爸爸同意，切记勿忘！”于是接下来的一周，我一直处于像醉了酒般幸福的状态。

在准备这幸福大事期间，我频频犯错。比如那条领带，我想起来就觉得羞愧，而我的靴子，简直可以当做刑具了！我买了只精美的小藤篮，让前天晚上去诺伍德的马车顺路捎去。我还在花篮里装了点刻有甜美词句字样的饼干，那只花篮看起来本身就像一篇宣言就要向我的朵拉起誓！等到早晨六点我去了趟考文特花园市场，为朵拉买了个花球。十点钟，我骑上灰色的骏马（还是我特意为这次见面而雇的）往诺伍德赶去。我把花放在帽子里以让它保持新鲜。

我想象着，当我路过花园时，看见了朵拉，我却假装没看见，而是慌张地寻找住宅，就像别的年轻的小伙子在这样的情形下犯的两个错误一样（我觉得很自然）。我终于到达了目的地，也真的路过花园时下了马，拖着那双夹脚的靴子走过朵拉坐的那片草地。展现在我眼前的是如此美妙的一幅画呀：在这样明朗的早晨，她戴着一顶洁白的帽子身着像天空一样颜色的衣裙，安详地坐在紫丁香树下的椅子上，身边不时地飞舞着五彩的蝴蝶。

另外还有一位年轻的小姐——比她稍大些，差不多二十岁——在她旁边，她叫密尔斯，朵拉亲切地称她朱丽亚。她是朵拉的闺房密友，此刻我倒羡慕起密尔斯小姐能当她的密友。

吉普没看见我，不然它准会叫我。不过当我把花献给朵拉的时候，他嫉妒得龇牙咧嘴。正常，要是它能看出我对它的女主人的半点爱慕之心，它这样是无可厚非的。

“哦，科波菲尔，谢谢你！花儿真美！”朵拉说道。

我很想告诉她，花儿因为接近你而更美——这是我在来的那三英里的路上早就酝酿好的动人言辞。而现在真的见到她了，我则因接近她而意乱情迷，所以这些话我始终没能说出口。她太让人着迷了！她把花凑到她小小的下颌仔细地闻（下颌上印有可爱的酒窝），此刻我简直灵魂出窍，手足失措，再也说不出一句话来。我就好奇，我当时忍住没说出来“杰米斯小姐，如果你还心存仁慈，不忍心看我这样的话，那就杀了我吧，让我永远地死在此时此地吧”！

朵拉还把我的花给吉普闻，可是吉普发怒了，就是不肯闻，这倒逗笑了朵拉，把花塞到吉普的鼻子前，强迫它闻。吉普无可奈何，只好用牙咬住一点天竺葵花，想象着里面藏了一只惹恼了它的猫儿，死命地嚼着。于是朵拉打它，还撅起那可爱的小嘴怜惜起来：“我可怜而美丽的花儿哟！”我听起来暗自窃笑，好像被咬的是我一样。要是它咬的真是我那该多好啊！

“科波菲尔先生，你听到了一定会很高兴，”朵拉对我说，“讨厌的默德斯通小姐去参加她弟弟的婚礼了，估计三个星期都回不来，高兴吧？”

我说，只要她觉得高兴，我就高兴。凡是能让她觉得高兴的事也能让我高兴。密尔斯小姐会意地对着我们微笑，脸上透露出她的智慧与仁慈。

“嗯，生平最讨厌的就是她了！”朵拉说，“朱丽亚，你无法想象她的脾气有多么暴躁，多么令人憎恶。”

“是的，亲爱的，我能想象！”朱丽亚应和道。

“哦，亲爱的，你能？也许吧。”朵拉把手搭在朱丽亚的手上说道，“我亲爱的，原谅我一开始把你和他们混为一谈。”

此番话让我看到，密尔斯在多变的生活中有过不愉快的经历。或许我可以认为她智慧而仁慈的态度也是因此而生。一天的相处，我总结了那个不幸的经过是这样的：她因错爱非人而受其伤害，听说，她早就打算带着她那些可怕的经历退隐了，不过对于年轻人未曾受伤的惯有的希望和爱情，她仍能以平静的态度去聆听。

就在此时，朵拉见斯宾罗先生走出宅子，便跑过去说：“爸爸，你看多美的花儿呀！”密尔斯小姐听罢在一旁若有沉思地微笑起来，好像在说：“浮游们，快快在这光明的早晨好好享受你们一生的短暂时光吧！”后来我们都离开了草地走向已准备好的马车。

这样的骑马旅行我再也不会有了，我也未曾有过。他们三个人坐在马车里，里面放着他们的篮子，我的，还有吉他琴匣。马车的后面是敞口的，我骑马跟在他们后面。朵拉面向我而坐。她把花挨着自己放在靠垫上，根本不让吉普接近花，以免把花揉碎了。她还不时地拿起花来嗅一嗅以提神。其间，我们的眼神常不期而遇。我倒是没有从灰色的骏马上跌下，翻到前面的马车上，这可算是奇迹了。

有灰尘，一定有，而且还很多，我相信。我隐约记得斯宾罗先生曾劝过我不要在灰尘里骑马。可是我却看不到灰尘，我只当它们是围绕在仙女朵拉周围的一层爱与美的云雾。至于我自己，我丝毫觉察不到。斯宾罗先生有时候会站起来问我外面风景怎么样，我告诉风景美得让人愉快。我也是这样想的，因为我觉得它们都有朵拉的身影。太阳照耀的是朵拉，鸟儿歌唱的是朵拉，徐风吹拂的是朵拉，就连篱笆上的野花也是朵拉，其间的每个花蕊也是朵拉。让我感到安慰的是，密尔斯小姐了解我的心情，也只有她能完完全全地了解我的心情了。

那天到底走了多久，直到今天我也不清楚。我们走到了什么地方。好像离吉尔福德那个地方不远吧，或许是那是《天方夜谭》里的术士们专为我们的那一天而开拓的一个地方，那是一座小山丘上的一片绿地，泥土柔软，嫩草芳香，大树绿荫，还有石楠等各种各样的美景。那是属于我们的地方，我们一离开那个地方便永远地关闭。

当发现有人在等待我们的时候，我异常感到恼火，嫉妒之心一发不可收拾，就是连女人也不肯放过。而那些与我同一性别的人就更别说了，简直有着不共戴天之仇。他们当中，有一个满脸红胡子，比我大三四岁的人，尤其引起我的反感。在我眼里他就像个大骗子一样可恶。而他却还不自觉地仗着他的红胡子耀武扬威。

我们打开篮子，准备野餐时，红胡子炫耀地说会做色拉（鬼才信呢）。一些年轻的姑娘们便在他的指导下洗莴苣，切菜，朵拉就是其中的一个！看来我与他是免不了一场决斗了，反正不是他死便是我亡。

红胡子一边做色拉——我就奇怪了，那东西他们竟然也会吃下去，我可是死也不吃那东西——一边逞能要求打理“酒库”。倒也是个机灵的家伙，竟想到用树干上的洞来存酒。之后，我竟然见他端着盛有半只大龙虾的碟子跑到朵拉身边吃起来！

打遇到那可恶的红胡子后，我有那么一段时间对于发生的事提不起兴趣来。迷迷糊糊地在人群中，我装着不在意，还强忍着心里的不爽，努力让自己跟一个穿红裙子的姑娘说话，做出很暧昧的样子。这个小眼睛的姑娘对我的殷勤表示接受，至于是因为我，还是像我对朵拉一样对红胡子有什么企图，那我就不得而知了。大家为朵拉敬酒的时候，我也站起来为她干杯，还做出了为此很不情愿中断谈话的样子，毕了，我匆忙地继续我的谈话。我在向朵拉鞠躬时，我从她的眼神中看到她对我流露的祈求。但是那眼神越过了红胡子，我便铁了心。

后来那个穿红裙子的小眼睛的绿裙母亲把我们分开了，我想应该是出于计策的吧。大家在收拾完狼狈不堪的野餐残迹后都散去了。懊恼和后悔促使我一个人在树林子里没有方向地走着。我在想，或许我应该借口身体不舒服，骑着我的骏马赶快逃离这里。想着想着，我撞见朵拉了，她和密尔斯小姐一起的。

“科波菲尔先生，”密尔斯小姐叫住我，“怎么，你不高兴？”

我对她道歉，说一点儿也没有。

“还有你，”密尔斯小姐继续说道，“朵拉，你好像也不高兴呢。”

“啊？不。哪有不高兴。”

“科波菲尔先生，朵拉，”密尔斯小姐以一种老成可敬的语气说，“好啦，别因为小小的误会而否决春天花儿的绚烂。花儿在春天发芽，一旦枯萎了，就无法挽回。我是，”密尔斯小姐继续劝解，“以过来人的身份——那些遥远的无法改变的以往经验——说的。闪烁在阳光下的甘泉，可千万别因为一时的大意而将其堵塞；撒哈拉沙漠里一点可怜的绿洲，不该值得花心思去耕耘。”

我不知道我做了什么事，只觉得浑身发烫，像发烧一样的程度。我只是握着朵拉的小手，我们互相吻着对方的手，我也吻了密尔斯小姐的手。我想，我们此刻已经到达了天堂的天堂。

我们继续在天堂漫步，不愿离开。一开始我们就在林子里走着，这里没有其他人。我挽着朵拉的胳膊，她羞怯怯地。天知道，我们的感情是那样的满足，那样的愚蠢。但是要是能永远拥有这样的感情，永远没有方向地迷失在树林里，那将是天大的幸福。

只是时间过得太快了。我们从人们的笑声中听到有人在呼喊朵拉。我们就不得不回去了。他们起哄要朵拉献唱，红胡子还殷勤地说要到马车上去取琴匣。朵拉叫我去取，还说只有我知道琴匣在哪里，这下红胡子是彻底没希望了。我拿来琴匣，把琴取出来献给朵拉，还帮她拿手帕和手套，坐在她的身边。我静静地咀嚼她唱出的每一个音符，坚信她是为我而唱，别人可以听，可以瞎起哄，但他们是局外人。

我太陶醉了，唯恐我的幸福不是真的，唯恐醒来就回到了白金街看着克鲁普太太叮当着餐具做早饭。大家都和着朵拉唱着，密尔斯小姐也是。但是密尔斯小姐唱的是她那记忆深处的漫长岁月，仿佛她有世纪经历。当夜幕来临，我像先前那样快乐，与大家一起像吉卜赛人那样煮茶，喝茶。

聚餐结束了，包括失意的红胡子在内的其他人依次离场。我们也借着淡淡的余晖，趁着静谧的夜色回去了。途中阵阵香气不时迎面扑来，我有种发自内心的喜悦，步伐也比以前轻快了。斯宾罗先生在喝过香槟之后醉意微醺：一路上向孕育葡萄的大地致敬，向做酒料的葡萄行礼，以及给葡萄能量的太阳致礼，最后在向供酒的伙计们行完礼后才在马车的一角睡下。为了能和朵拉说上话，我骑马赶上马车。她拍了拍我的马，还夸赞了它一句——哦，多么可爱的小手，在马背上尤其如此。她的披肩不时地往下掉，我便伸手替她围好，但愿她能明白此举的意思，明白披肩必须意识到它要跟我交朋友。

还有贤明的密尔斯小姐，她虽心力交瘁，却善心待人，虽然厌世，却从不让这种情绪影响自己和他人——她是位这样善良的小修女——她还不到二十岁，却做了如此仁义的事。

“科波菲尔先生，”密尔斯小姐说道，“方便的话到车的这边来吧，有些话我想对你说。”

瞧我这样儿——我骑在马上，把手搭在车门上，向密尔斯小姐俯下身子。

“朵拉要跟我住在一起了，我们后天就动身去我家。如果你愿意，去我家玩玩吧，我爸爸会很高兴见到你的到来的。”

我把密尔斯小姐的地址珍藏在记忆最深处，那个地方我是无论如何都不会忘的。此时，面对密尔斯小姐我不知道如何感激是好。我除了在心里默默祝福密尔斯小姐，用最真诚的眼神来感激她，我实在想不出用什么可以感激她的恩情。我对她说，我会永远珍视我们的友谊。

说完，密尔斯小姐和气地支开我：“回到你的朵拉那儿去吧。”于是，我来到朵拉身边。朵拉探出头，我则把我的骏马挨着车轮骑，我们就这样维持着一路的交谈。我因为离马车太近，以致把我的骏马的前腿蹭去了一条皮。它的主人说是花了三镑七先令买的——是我付的那笔钱啦。不过用这些钱换来与朵拉共处的快乐，我觉得太实惠了！一路上，密尔斯小姐独自对月吟诗，估计她在回想曾与这对甜蜜的人儿有过多少相似之处。

我们离诺伍德也太近了吧，不久我们就到了。在此之前斯宾罗先生就已经醒了。他邀请我说：“科波菲尔，你可要进来休息一下哟！”我接受了，进去吃了点夹心的面包和淡雅的酒。在灯光明亮的屋子里，我看见朵拉红扑扑的脸蛋可爱极了，以致让我痴痴地看着不愿离开。直到最后斯宾罗先生实在撑不住打起疲惫的鼾声时，我才意识到已经很晚了，我们不得不分别了。一路上，我不厌其烦地回味着和朵拉离别时握手的温度，在心里一千次一万次地回想今天的点点滴滴。最后我都不知道自己是怎么到的伦敦。晚上，我迷迷糊糊，终于睡下，可是我已经是个完全被爱情冲昏了头的傻瓜。

第二天一大早，我决定向朵拉表白我的心意，以了解自己未来的命运到底如何。结果是好是坏呢，这是我当时在意的苦恼。我当时已经考虑不到这世界上还存在别的问题，反正只有朵拉的答案对我最重要。在接下来的三天里，我把我和朵拉之间的事以最沮丧的心情（我无法控制自己，陷入爱情的人儿总是以这样的方式折磨自己）逐个分析，我想从中寻找让我快乐的安慰，结果我更加烦恼了。最后，我实在按捺不住了，便花了几个钱把自己郑重地打扮一下，还下定了求婚的决心。于是我奔向了朵拉的家。

我仍然在街上来回走了好几圈，一直担心地猜测，对于这个问题，什么样的答案是最好的呢？我不想再想下去了，便鼓足了勇气，命令自己走上台阶，我敲了敲（里面的人没来得及开门，我就等了一会儿），这其间，我有一种冲动得地学学那个伶的巴吉斯，假装问问是不是布来保先生家，然后道歉，然后匆忙地离开。不过最终我还是战胜了这种想法。

我不期望密尔斯先生在家，他其实也不在家，这样更好。不过密尔斯小姐在家，这就够了。

仆人迎领我到楼上的一个小房间里，密尔斯小姐和朵拉都在，吉普也在。我记得当时密尔斯小姐在抄一首新歌的谱子，叫《爱的挽歌》。我的朵拉则在画画，画的是花，而且是我送她的那些花，可想而知我当时多么的兴奋！我不得不说画得很像，像所有美丽的花，不过从那包花的纸上还是可以看得出来她画的是我送她的花。

密尔斯小姐看到我的到来感到很高兴，只是可惜了他的父亲不在家，有点遗憾。不过我想其实大家都不是很在乎这点。密尔斯小姐招待了我们一会儿，就把笔放下转身离开了。

我在犹豫，要不要把问题留到明天再说呢？

“希望你那可怜的马儿夜里回去的时候不要太累了，”朵拉抬起头，眨巴着那双明亮的眼睛说道，“那条路可不短哦。”

我又考虑了一下，还是今天说吧。

“对它来说那确实是条漫长的路，”我说，“因为它没有什么力量来源。”

“太可怜了，你怎么都不喂它点东西吃呢？”朵拉问。

天啊，我又在想是今天还是明天问这个问题。算了，还是明天提吧。

“喂啊，我有喂啊。”我慌忙回答，“我把它照料得很好啊。我的意思是说，它不像我有迫切想见你的动力。”

朵拉俯下头，依在画上停留了一会儿，说：“是真的吗，可是上次的聚会中，你有段时间好像对这幸福并不领情啊。”

她说话期间，我直直地站在那里，心神不宁，手心热热的，我明白，我再也无法克制自己了，我必须立刻向她吐露心意。

“你坐在吉特小姐身边畅聊的时候，”朵拉微露皱眉，稍显生气的样子轻轻地摇了摇头说，“你好像并不以这为幸福啊。”

忘了说明，吉特就是野餐聚会上那个穿红色衣服小眼睛的姑娘。

“我当然不知道你为什么要那样做？”朵拉说，“以及你为什么今天又要把这称作幸福事？但是，你一定是口出随意。我也知道，没人可以对此有意见，因为你有支配自己行为的权利。吉普，你这不识相的家伙，给我过来！”

我不知道我是怎么做到的，我像被什么控制了似的，一下子拦住吉普，把朵拉搂到怀里。我把我憋了一肚子的话一口气说完，挡都挡不住。我颤抖地告诉她我有多爱她，有多么崇拜她，只要她一句话，我连为她死都愿意。吉普以为谁侵犯了它的小主人，疯狂地朝我叫。

朵拉低头抽泣，情绪也跟着激动起来，我越说越起劲儿。如果她需要，我愿为她上刀山下火海。不管什么事，只要她一声令下，我一定在所不辞！我不能忍受没有朵拉的生活，也不愿忍受。自第一次看到她，我时时想刻刻这样想，对她的爱不曾停留，反而与日俱增。此刻我更是爱她爱得无法自拔，古往今来总不乏相爱的人们，但我敢肯定，不会有人能做到，不会有人愿意像我爱朵拉那样。我沉浸在这样的幸福中越久，说的话越多，吉普叫得越厉害。我们各自以自己的方式让自己的幸福不断地深刻化。

好啦，好啦，我和朵拉慢慢地平静下来。我们坐在沙发上，吉普安静地躺在朵拉的腿上对我眨着眼睛。我心旷神怡，犹如醉酒。最后，朵拉和我订婚了。

我想，我们都想过最终会走在一起过着幸福的生活。因为朵拉告诉我：得不到爸爸的允许，我们就不能结婚，这说明她也想过。可是享受幸福的年轻人不会考虑太多这样的现实问题；也忘乎这世界除此还有别的想法。我们没有告诉斯宾罗先生，那时，我们也不觉得这样保密有什么对不起别人的。

朵拉去找密尔斯小姐了，还跟她一起回来的。看到密尔斯小姐，觉得她好像比平时静默了些。恐怕是因为看到我们的事，触景伤情，唤起了她内心深处的忧伤记忆。不过，她仍然为我们祝福，并且以那修道院惯有的方式向像我们保证，她会永远是我们身后的朋友。

那时候，我们的生活是多么的自在。我们在一起的时光充满快乐，充满自由，像群傻气的孩子。

那时候，我拉着朵拉的手量她的无名指，打算给她做个刻有勿忘我花花样的戒指。我还把尺寸交到珠宝商去定做。当他看到订货单上的尺码时就取笑我，还为那个可爱的镶蓝宝石的挂件任意要价。在我的记忆里，这个戒指和朵拉的手密不可分。就在昨天偶然看到女儿手指上戴着另外一只时，瞬间有种痛楚滑过。

那些日子，我到处游行，为我们拥有的秘密感到满足而快乐。我给朵拉的爱，和朵拉给我的爱让我引以为豪。我想，就算我行走于云端，俯视着地上的芸芸众生，我也不觉得能比这些更值得了不起。

那些日子，我们在广场的花园幽会，躲在凉亭不起眼的地方分享我们的快乐。至今我还因为这些而喜爱伦敦的麻雀。想象着它们烟灰色羽毛能折射热带绚烂。

这期间，也就在我们订婚不到一周，我们首次发生了毕生最大的争吵。朵拉甚至要把戒指还给我，还用一张叠成三角形的信纸给我写了封令人绝望的信。信上可怕地写着：“我们的爱以胡闹开始，就让它也以疯狂结束吧！”这些可怕的字眼使我失去理智地揪着头发，痛恨自己让事态发展到一切成为过去。

这时，我以最快的反应趁着黑夜跑去找密尔斯小姐。在存放扎布机的后厨房里，我们偷偷见面了。我恳求她在我们之间做点沟通，好挽救这个疯狂的局面。那段时间，密尔斯小姐担任我们的调解人。她把朵拉叫来，以她的苦涩经历为基础，好生劝我们要互相包容，不要让倔犟把我们误导到撒哈拉沙漠干涸的境地。

那一刻，我们哭了，也和好了，一如当初的幸福。从此，那个存放扎布机的后厨房便成了我们的爱情宫殿。我们约定，将信件交给密尔斯小姐，由她转达。我们每天都要写一封以上的信。

多么幸福的时光啊！我们无所事事，却自在快乐，就像孩子享受他们的时光。时光老人支配着我一生的时光，却不曾有过哪一段能让我回忆起来带着微笑，能让我一直不厌其烦地回味！